杀机1941

肖海燕◎著

下册

時代文藝出版社
SHIDAI WENYI CHUBANSHE

25

月落星稀，江家大院黑黝黝的耸立在淡淡夜色里。且说四三一基地被捣毁后，阿英奉命从全城戒严的宁城带出最后一份情报潜往江家湾。她机警地扫视着周围，从树影草丛中绕到江家后门。吱呀一声门开了，一个仆妇提着马桶朝河边小码头走去。阿英把头顶的破草帽抓下来迎上去道："阿娘，这里可有个胡老四？他是我远房表叔，我来投奔他。"

"胡老四？他会有你这么清秀的远房侄子？"老仆妇啧啧着上下打量阿英，把马桶放在地上回头冲院里喊了一声，"胡老四，你家侄子来寻你！"

"寻我的？"一个苍老的声音传来，话音刚落一个人咳着出来，手里还拿着把大扫帚。阿英一看乐了，原来这胡老四一脸大麻子，五短身材倒是看着挺结实，就是看不着腿长在哪儿，一条腰带系在常人大腿位置上，猛一看还真滑稽。难怪张部长叫他矮脚虎。她扬声叫道："四叔，我是二叔屋里四娘舅家妯娌的小五，乡下日子难过，我娘叫我到你这里讨口饭吃。"

胡老四摸着脑袋踅摸着："小五啊，长这么大了？我都认不出了。"

老仆妇笑道："看这小嘴叭叭的，把我都绕糊涂了。你们爷俩聊，我刷马桶去。"

阿英跑到胡老四面前，低声说："我是来收番薯的，你能包运到三里河吗？"

胡老四一惊，朝四周看看，说："五眼桥难过，得绕道。"

阿英调皮地眨眨眼说："四叔，我还没吃早饭呢。跑得累死了。"

胡老四大声呵斥道："你肯定是偷跑出来的！看我怎么收拾你！"

"四叔，我好不容易跑出来，你就让我在这待几天嘛，我从来都没见过这么漂亮的房子。"

河边上的老仆妇微笑摇头，刷马桶的声音愈发大起来。

胡老四拉着阿英进了后院墙边的柴房，低声说："你就是那个要去老家的人？"

"是啊。我有急事能马上走吗？"

"能，能，我马上送你去。你等等，我去厨房看看有啥吃的给你拿点。"

阿英一屁股坐在地下歇着，不一会儿胡老四两手倒腾着个热乎乎的大番薯过来，阿英一下跳起来接过番薯，把破草帽往头上一扣说："四叔，我们快走吧。"

一路无话，她跟着胡老四走了二十多里地来到一个小山村，离老远她就感觉到那些躲在树后山坡顶的哨兵。走进静悄悄的小山村，胡老四熟落地把她领到一个小小的竹篱茅院，朝里指指，就返身回去。阿英鞠躬谢谢，他狡黠地笑笑说："东家还等着我干活儿，我回了。"

阿英哈哈大笑着朝他挥挥手："四叔，再见！"

回身看小院，张部长一身农夫打扮已经走出屋来，身后跟着个黑大个儿。她赶紧跑进去，低声说："我回来了。你快看看这个！"张部长习惯性地朝四处扫了一眼，拉着她进到屋里。她奇怪地问："小张呢？他伤得很重吗？"

"他这次战斗伤得不算太重，只是又感染了鼠疫，还在隔离。"

阿英默默无语，掏出暗兜里的小竹管交给张部长，郑重其事地说："罗姐姐写这个东西写了半天，她对我说这个非常重要。"

张部长指了指桌上的水碗低头看情报，她自己拿碗在屋角水缸里舀了一碗水喝着，眼睛却盯着部长伯伯。他反复看着情报心情沉重：这次任务虽然出色完成，但四〇〇小组成员损失殆尽，现在敌人又要对内部所有中国人进行甄别，张震和罗芳虽然没什么把柄在敌人手里，但很难保一点儿蛛丝马迹没落下。他在屋里一圈一圈踱着，香烟吸了一支又一支。终于站在桌边，看一眼双手支颐眼珠子骨碌碌跟着他转的阿英，问："你罗姐姐还有什么话带给我？"

"好多话啊。"阿英详细汇报了吴妈和王长林等四人牺牲的情况，又说了全城戒严，侦缉队带着日军到处搜查抓人，宪兵司令部已经被南大营的龟田大佐接管。最后，说自己在城墙水洞差点儿被鬼子刺刀扎着。

张部长眉头紧皱默默听着，一点点梳理着那些关键的信息。阿英哩哩啦啦说完，抬头盯着他的眼睛，期待地看着他。

“王长林他们的尸首现在停放在哪里？”

“都在宪兵司令部里。可是鬼子要把小孙的尸体和十一个鬼子一起火化了送到日本去。”她眼泪汪汪地说，“怎么办啊？他是抗日英雄，不能被鬼子搞得尸骨不能还乡啊。”

“你说龟田是因为分不清十二个人谁是小孙，才要把十二具尸骨都送回日本？”

“嗯，都烧成黑乎乎一团了。”

“他左腿骨折过，能认。四〇〇的同志都是抗日英雄，我们要好好安葬，开追悼会，祭奠他们的英灵。”张部长深沉的声音回荡在低矮的茅屋里，也热乎乎地温暖着阿英的心。她一下哭出声来：“我还以为，你要不管他们了，他们好可怜啊！死得那么惨，那么壮烈，杀死好多鬼子。”

张部长轻轻拍着她的肩膀说：“他们为抗日牺牲，我们怎么可能……？！”他仰天长叹，“多少战友，多少弟兄……我安排人去认尸，想办法把他们的尸骨领回来。”

他打开一面鲜红的党旗，对阿英谆谆教诲，时间一分一秒过去……

守在屋外的黑大个儿持枪警惕看着四周，小屋里只有低低细语和微微唏嘘，太阳缓缓爬过树梢，张部长和阿英走出小屋，他像对待一个真正的战士一样紧紧握住她的手，说：“我们失去了五个好战友，但是我们又多了一个真正的战士！”

阿英骄傲地说：“是！从今天起，我是一个真正的战士了！”

“大刘！去老班长那里给她拿点吃的带上。”

大刘转身去了。张部长语重心长地说：“这次去，还是一句话：一定要小心。跟你罗姐姐说：无论任何人有暴露身份的危险，立即撤离。这是命令！培养一个好地下工作者不容易，让他们打进敌人内部更难，我们伤不起啊。你也一样，安全第一。”

“吴妈说的，任务第一。”阿英咬着下嘴唇握紧拳头。

“没有安全怎么完成任务？你们都牺牲了，我去搞情报吗？”张部长故作轻松地哈哈大笑，阿英不好意思地嘿嘿笑了。

“对了。张伯伯，我上次交给你的小包袱你帮我收着吗？没搞丢吧？”阿英又回头看一眼空荡荡的小茅屋，一脸的不放心。

“放心，我帮你收着呢，等你回来就还给你。”

“嗯。那是我亲爸爸和继儒爸爸留给我的，我就剩它了。以后，我还要靠那个小被面找我亲爸爸呢。”

“我知道。打完鬼子，帮你一起找。”张部长慈爱地拍拍阿英，把她送到小院外，忽然一拍脑袋说，“呀，一件大事差点儿忘了！”阿英一激灵紧张地抬头望着他匆匆回屋的背影。

转瞬他挥着一双新鞋笑吟吟地出来。阿英惊讶：“那个婆婆真给我做鞋了？”她一屁股坐地下穿上新鞋，跳起来踩踩踏踏，乐不可支。

她揣着黑大个儿拿来的俩鸡蛋和一个大大的烤番薯上路了，依旧是宽大的破柳条布裤褂，一顶破草帽遮颜，只有脚上那双鞋是新的，非常合脚，带着它的主人一路疾走。

烤番薯很香，煮鸡蛋暖暖的，可是她心里更暖。

紫岚苍老的声音突然变得亢奋：“这一天，我入党了，中国共产党！我从来没想过，自己能和国家连在一起。国家那么大，自己那么小，小得像只蚂蚁！可是，现在自己是中国共产党党员了！和国家连在一起了！如果以前是为了报仇，从今往后就是为国而战！”

宁城。乌云压城城欲摧，昏鸦盘旋，除了鸡鸣狗吠，静得让人心悸。城门紧闭，城墙头上枪刺在暮云中来来回回的闪着微光，流动哨又增加了。

阿英已经在城外躲藏徘徊半天了，敌人防守得严，她不敢贸然靠近，只能慢慢等天黑再找机会。蚊子，成团的蚊子飞舞，围着她舞蹈，不时拿她当点心，根本不理她无情的拍打，在她所有暴露在外的皮肤上留下痛痒印记。

终于夜深，周遭只有蛙鼓虫鸣，城墙上的游动哨再次走远，她野猫般悄无声息钻进泄水洞，悄悄爬进城里。

罗芳自得知敌人要对所有中国人进行甄别以后就在想，就算通过甄别，张震在宁城的作用也会大减，而自己因为有夕颜小姐的背景不会有大碍。但是，龟田是个职业军人，极度刚愎自用和极其崇尚武士道精神，他对间谍工作很鄙视，对中国人很不信任。以后宁城在他的掌管下特务机关的作用将大大下降，而宪兵司令部则因为军官全部死了，已经名存实亡。她觉得自己陷入一个两难选择：留，还是走?

夜色迷蒙，她躺在阁楼的床上辗转反侧，新形势下不知道家里会有什么指示。好不容易刚刚迷糊着，听到有窸窸窣窣的声响，猛地坐起来忽然想到应该是阿英来了，凝神朝那个角落看去。果然地板一点点被顶开，阿英的脑袋露了出来。

指示很短：坚持隐蔽，保持静默，广交朋友。

阿英又把张部长的话跟她学说了一遍，然后抱着她的脖子贴着她耳朵悄悄说："罗姐姐，我告诉你一个大秘密！"罗芳看着她小脸兴奋得通红两眼放光，诧异地问："什么秘密？好的还是坏的？"

阿英骄傲地昂着头说："当然是好的！"她神秘地两手聚成喇叭筒在罗芳耳朵上悄悄说，"我入党了！"

罗芳一把抓着她两只手，两个人恨不得跳起来，激动中滚在床上强压着声音笑啊笑的，多少天来的压抑、悲痛、紧张都在这一刻得到释放。

"你才十四岁啊，十四岁！已经是共产党员了！你以后怎么得了啊！人家都要求十八岁的，你十四岁就要你了。"

"哼，我都十五岁了，你怎么还说我十四岁啊？"

"你那是农历算法，在娘肚子里就算一岁了，虚岁十五，实际才十四多点。"

两人头抵头脚挨脚地说了半夜，直到拂晓才迷糊睡去。

远近处公鸡一声声啼鸣，偶尔几声狗吠和孩子的哭声撩开了小城的黎明。

阿英在鸡鸣声中伸了个懒腰，胳膊打在罗芳的身上，转脸一看，罗芳正睁着两只亮晶晶的眼睛微笑看她："听张部长的，去学习吧。"

"我不想去。"阿英调皮地看着罗芳说，"我想跟着你。"

"傻小囡，学习多好！"罗芳神往地看着顶棚，"在根据地和同志们在一起，可以无拘无束大笑，听老师讲课，放心睡觉，不用把自己假扮成另一个'自己'。"她长长出一口气，叹道，"多美啊……"阿英被她引得也神往起来："那我走了谁给你跑交通啊？没人比我更熟悉宁城和这些交通线了。"

"去吧，去吧。我们要静默了，暂时也不需要跑交通了。"她深情地抚着阿英的头发，把一缕凌乱的发丝从她眼眉处捋顺到耳后，"去好好学习，好好歇歇，为以后工作积攒本事和力气。"

"嗯。罗姐姐，我真的好舍不得你啊。"

"千里搭长棚——没有不散的筵席。也许，不定啥时候我们又碰到一起了。"罗芳搂着她说，"好好活着，打跑鬼子以后我们一定都回到这里来团聚。"

26

夜风里，隐隐传来敲打键盘的嗒嗒声。白纱窗帘轻舞，对面高楼大厦上的七彩霓虹洒在桌上，凌紫风端着咖啡走到窗前，万家灯火和闪烁的霓虹把夜空映成了诡异绚丽的红色，遥远星光已不见，但她知道，那些星星就在那儿！

那遥远的声音在耳边回荡，那声音从苍老变为稚嫩："我走了。离开了宁城，离开了艰险的隐蔽战线。严格说来，我那时还不算一个完全的情报人员，只能算一根线，把宁城与根据地连起来。见惯了阴霾多雨的天空和比那更压抑的危险情境，到了青年干部训练班，我才真正知道什么叫根据地的天是晴朗的天。"

1943年的四明山。翠竹满山，清溪潺潺，正午阳光透过婆娑竹影洒下一地斑斓。溪边几个新四军战士在洗衣服，说笑声飞扬。远处，阿英蹦蹦跳跳唱着歌跑来："酸枣刺，尖又长，兄弟姐妹一起打东洋。你拿枪，我拿棒……"

啪！一块石子投进水里，溅起的水花迸了几个女战士一身。顿时，溪边更加十二分地热闹，湿漉漉的衣服也没人管了，几个人打打闹闹地闹成一团。

阿英开心啊，根据地无拘无束、安全可靠，完全没有压力，她的顽皮天性爆发了。她手里摇着根柳枝，猴疯猴跳的，好不容易在一个和她年龄相仿的女孩儿身边坐定，却又大叫一声："大尤，二尤，你们看啊！"她一惊一乍的样儿让端着木盆准备离开的大尤二尤站住了脚。

"小英子又发现啥新大陆了？"这尤家三姐妹是上海有名的剧团来的，满嘴都是新名词。

阿英伸着脖子，稀罕似的看着小尤的头："你看你看，她头发里有什么啊？还会动呢！"她说着就要上手抓，小尤不耐烦地把她手打开："讨厌，啥事体？"小手麻利的阿英已经带着一两根发丝捏住了什么凑到眼前细看了，她全神贯注的样子吸引了大家都围过来。

她伸开小小的手掌，小心翼翼地把捏着的东西放在巴掌心里，一个肥肥白白小虫子，长着许多半透明的小脚，爬啊爬的，刚爬到掌缘又被她扒拉得翻着跟头滚回去。别人还没啥，她自己乐得笑个不停。

尤家三姐妹看得目瞪口呆，不知道这是什么。小刘笑道："这城里小姐不认识虱子，怎么你阿英也不认识？"

"啊！"阿英一听是虱子手一扬就把它扔得没影了，围着她的一群人惊叫着散开。于大姐笑道："这虱子谁身上的？"

阿英指指小尤，小尤脸都白了："不是我的！我怎么会长那腻心东西！"大尤也叽叽喳喳地说："不可能！我们很讲卫生的，怎么可能长虱子？"

二尤愤愤不平地说："你就是嫉妒我们！自己身上长脏东西，还要诬赖我们！"

阿英一下不愿意了，她伸出手说："你们大家看，这是不是虱子？"原来她刚才扬的是左手，那虱子还捏在右手两指之间，几个捣蛋鬼七嘴八舌地附和："是！"

"这是不是我刚才从小尤头上抓下来的？"

"是！"这次几个小鬼异口同声起哄，看着尤家三姐妹哈哈大笑。

小尤仿佛受了莫大侮辱扁着嘴哭了出来，二尤原是唱刀马旦的，性子烈嘴也厉害，冲着阿英就去了，尖尖的手指头直指着阿英的鼻子，上海话飞了出来："你搞什么鬼？欺负我们啊？我们上海人高尚优雅讲卫生，我妹妹长虱子？瞧瞧你自己，小瘪三！"说着鄙夷地上下扫视着阿英一身破烂流丢的柳条布裤褂。哪个小姑娘不爱美啊，本来根据地清苦，穿着破烂一点儿也无所谓，可是谁经得住被人这样在大庭广众奚落？阿英一下涨红了小脸，打开了二尤指着自己鼻尖的手，骂道："上海人有啥了不起？！我也当过上海人！穿几件好衣服有啥了不起？我小时候也穿过的！想打架？老子跟你们打！”说着弯腰一头撞向二尤胸口。

二尤没想到她说着说着忽然撞来，冷不防被撞倒在地！毕竟是刀马旦出身，刚一倒地两腿一剪翻身跳起来顺势飞起一脚把阿英踢了个大马趴。从小在育婴堂和人扭打惯了的阿英倒地忍痛一把抱住她一条腿，就地一滚，两人扭在一起。但二尤到底比她大几岁又是练过的，几下就翻起来把她压住。她想放阿英起来，无奈被阿英死死抱着不放，她试图掰开阿英的手，可是阿英已经急眼了，非但不松手还张嘴咬了她一口，二尤气极就在阿英脸上不轻不重打了一巴掌。

几个小鬼一下扑了上去喊道：“大欺小啊！要打架一起来！”

大尤见状去拉架，喝道：“二尤！放手！”却被俩小鬼抱腰抵住喊道：“想拉偏架吗？！”另外两个已经扑到二尤身上又踢又打喊道：“阿英，我们来帮你！”一时打成一团。

小尤在旁边跺脚大哭：“不要打了！不要打了！”

这话说起来长，其实也就那么一眨眼的工夫，于大姐本来见她们丢了衣服说笑，就摇摇头自管洗衣服去，没几分钟忽然听到身后争吵，开始还当是小孩子闹着玩儿，后来觉得不对了，回头一看已经打得滚地葫芦乱作一团。赶忙跑过来把二尤从几个小鬼扭打中拉了出来，只见一个花朵似的二尤披头散发满脸满身泥土，狼狈不堪。再看一眼“肇事者”阿英，也是滚得跟个泥猪一样，两眼瞪得溜圆冒着桀骜不驯的凶光，要不是被俩小鬼挡着估计还要冲过来撕打。

这情景让于大姐哭笑不得，她板着脸教训道：“你们这些小鬼，长虱子怎么了？这虱子在红军那会儿叫‘革命虫’！长虱子是革命环境艰苦，说明我们不怕艰苦坚持抗日！有虱子就想办法消灭它！难道反而要我们自己打个你死我活吗？什么大不了的事？！有时间有力气想想怎么打鬼子去！”

她转脸先批评二尤：“你年龄比她们大，怎么跟小孩子一般见识？还打架！像什么样子？”二尤也自知理亏，低头不语。

于大姐又对阿英说：“阿英，你虽然年纪小，但是既然参加了革命队伍，大家就都是兄弟姐妹，你怎么可以和人打架还咬人呢？道歉！”

“是她先骂我的。”阿英悻悻地瞥一眼狼狈的二尤嘟囔着，二尤对她怒目而视。

“大家都是战友，怎么可以动不动就打架？知道什么叫战友吗？就是战场上生死与共的朋友！是可以把性命交给他的人！你们这样以后怎么做战友？”于大姐瞪着阿英，“承认错误，给战友道歉！不然我关你禁闭！”

阿英偷眼看着二尤手背上被自己咬破的血痕，也觉得自己做过头了，扭捏地低头嘿嘿一笑，对二尤说：“对不住啊，我刚才急眼了，都是我的错，以后不会了。”

于大姐又对二尤说：“人家小同志都跟你道歉了，你呢？”

二尤一跺脚，鄙夷地看着阿英，咬着牙硬邦邦地扔了句：“对不起。”

阿英一下不乐意了，和几个小鬼眼睛一瞪一伸脖子又要说什么，尤家三姐妹也是一脸的不忿。

于大姐皱眉道：“二尤！”

二尤不情不愿地低声说：“对不起，我错了。”

于大姐缓和了神色道：“好了，都散了，该干啥干啥去。都是革命同志，不要闹不团结了。”她一手挽着尤二姐，一手拉着阿英，把她们拉到一起握了握手，又呵斥几个小捣蛋，“好了好了！几个小鬼，顽皮！看别人吵架只有劝架的，哪有火上浇油的？！以后再敢这样一起关禁闭！”她推推阿英和几个小鬼说，“快去洗衣服吧，要不是我帮你们把衣服捞起来，早就被水冲走了。看，都成小花猫了。去洗干净，不然一会儿上课大家怎么看？”双方彼此对视一笑这才释然，阿英不好意思地嘿嘿笑着跑了，尤家三姐妹也讪讪而去。

于大姐看着这些女孩子们摇头笑了，她是训练班女生队的队长，这个阿英淘得叫人头疼，看到啥都新鲜，前天来报到兜里还揣着个手雷，死活都不肯上缴。这才来两天就跟人打架，时间久了还不知闹出啥事来。

下午是大课，一个高挑清俊的男人讲课，也没讲稿书本，挥洒自如才气四溢，那身极整洁的粗布旧军装丝毫不掩儒雅气质，听小尤一说，居然是上海滩有名的大记者。一下午四个小时不知不觉就过去了，阿英看着老师的眼睛都是放光的，她从来没听过那么多道理，以前千思百想想不通的事，被抽丝剥茧层层剥开，富人为什么富，穷人为啥穷；日本人为啥要侵略中国；国共打了这么多年为啥又要合作抗日，国民党为啥又要搞摩擦……

傍晚，黑大个儿大刘来了，她一看见他就知道是张部长找她，悄悄从人堆里溜出来，问：“去哪儿？”

“跟我走，张部长要见你。”

“我还没请假。”

“我已经帮你请过了。快走，熄灯前还要赶回来。”

阿英听了这话马上安心了，来根据地一共才五天，到青训班也才两天，她已经深深喜欢上了这里的生活。

风里，传来紫岚苍老的声音：“那是梁坳后山悬崖下的一座小山包……”

清风习习，青草萋萋，五座新坟依山而立。五座青石墓碑上都刻着一行大字：抗日英雄之墓。

没有姓名，没有性别，没有生卒日期，只有右下角不显眼处一个小小的汉字号码，依次是一二三四五。

张部长、阿英和警卫排的战士们肃立墓前，敬礼，默哀。阿英如约唱起了《五月的鲜花》：“五月的鲜花，开遍了原野，鲜花掩盖着志士的鲜血。为了挽救这垂危的民族，他们曾顽强地抗战不歇……”没有朝天空放的排枪，也没有漫天飞舞的纸钱，只有每座坟前一支烟一碗酒，清亮的歌声飘散在风里。

葬礼结束，张部长拉着阿英坐在编号一的吴妈坟前沉默了半天，缓缓说：“阿英，听说你跟人打架了？”

阿英一头汗：“风刮得真快，谁这么嘴长啊……”

张部长笑了：“原来你铁头功还没忘啊？”

“那个，”阿英尴尬地挠着头低声说，“那个是防身的。”

“可怎么我知道的两次都是撞了自己同志呢？”

“……”

“阿英，你年龄小小已经是共产党员了，组织上一直拿你当一个好苗子培养，不能再这么任性了。”他抚摸着吴妈的墓碑，说，“吴妈跟你说过些什么吗？”

“说过，任何时候任务第一。”

“做地下工作，还有一条很重要：要学会隐忍。”他看着阿英疑惑的眼神，接着说，“就是要学会隐藏自己的心事，掩饰自己的感情，忍得了常人不能忍之事。”阿英一下想起了吴妈牺牲前与佐藤斗法的那个下午，她细细回想着当时见到听到的情景，吴妈伪装成一个泼辣的烟花女人，从装傻到反咬王长林，到和汉奸们对骂，步步把佐藤拉入自己设计的局中。如果是自己，肯定挺不到交通员赶到。

“她本来是大商人家的大小姐，从小裹在绸缎里长大，读过大学，当过老师……爱人牺牲了，孩子成了孤儿……”

阿英忽然紧张起来：“小毛头呢？铜豆儿，铜豆儿呢？那是吴妈托付给我的！”

“放心，我把小铜豆儿交给了可靠的人，再过两年大一点儿，我亲自带着跟总部走，组织上会管他一辈子的。”

阿英松了一口气，在她眼里，根据地是安全的地方，总部又是最安全的。

“伯伯，你认识吴妈很久了吧？”

“嗯。很久很久了……我们是老战友。”

张部长点了支烟慢慢吸着，过了半晌才说：“阿英，以后不管做什么工作，首先是要团结团结再团结，团结一切可以团结的人。斗争越残酷，条件越险恶，就越需要同志间的相互信任和默契配合。战友啊，是可以在战场上把后背交给他们、可以在生死关头托妻寄子的人啊。你才去两天就和同志打架，以后怎么和人团结工作一心打鬼子呢？”

阿英羞愧地低下头，自己当真是到了根据地开心得啥都忘了，只觉得自己是英雄之一，刚从最危险的地方撤了出来，到安全的地方放大假来了，完全忘记了自己是来学习的……

“想想吧，想想吴妈，想想王长林、周海、李二拐、孙小毛。想想他们……”

“我错了……”阿英真心诚意地认了错，她在每座坟前一一鞠躬，最后那座坟前，她摸着墓碑问：“这是孙小毛吧？他的骨灰……”

“这是座衣冠冢，他才十九岁，因为有两个左腿断了的人，他的骨灰被送到日本去了……”

母亲的声音在凌紫风耳边缭绕："简单肃穆的葬礼，没有现在电视剧里那些士兵举枪朝天齐射的镜头。子弹多金贵啊，一人才三五发，打鬼子都不够。鬼子扫荡清乡，战士们没饭吃饿得半死，都舍不得用一发子弹打野物，还朝天放空枪？"朗朗的笑声之后，是缓缓话语，"只有张部长点燃的香烟，每座墓碑上放了一支。那些燃起的香烟袅袅盘旋，久久才随风而去，仿佛尽是丝丝缕缕的恋恋不舍。我至今都不知道吴妈的真实姓名，不知道除了小铜豆儿她还有没有亲人，更不知道她的亲人们身在何方，不知道小铜豆儿现在何处，是否平安长大……不知道小铜豆儿知不知道他的妈妈是谁、埋骨何处……"

梁坳后山的悬崖下，老去的紫岚在凌紫风的搀扶下，在山间小路上缓缓而行，不时放眼四处环顾，几个陪伴她的当地干部七嘴八舌道："不会在这里吧？从来没听老人家说过这里有抗日烈士墓啊。"

"会不会建烈士陵园时一起迁走了？"一个年轻后生说。

紫岚置若罔闻，只管朝前走去。她对那座小山包记忆太深刻了，她挥舞着拐杖拨开脚边的长草，一步一步探寻那些石碑："就算坟平了，石碑应该还在。"几个干部已经走不动了，站在山包前看着她"疯狂"的举动。

当啷，拐杖碰到了什么硬物，她一下跪倒在地拨拉开长草，一块长满青苔的石碑歪倒在地。她扯了一把长草擦拭着墓碑，凌紫风也帮着擦拭，很快，一行大字露了出来：抗日英雄之墓。凌紫风大叫一声："在这里了！"那几个干部赶紧跑过来一看："嘿！真的啊！"

"那其他的也在这左近！"

几个人左右两边散开，低头在草丛里一阵乱扒，立马就有了回音："这儿有一个！"

"这儿也有！"

"这儿有两座！"

紫岚坐在地上，抱着那石碑老泪纵横。听到大家的喊声，擦一把眼泪先挣扎起来朝左边看去，一座倾斜的石碑长满了苔藓，她膝行过去用衣袖使劲儿擦了擦右下角，赫然一个"一"字，她抱着石碑哭道："妈妈姐姐，我可找到你了！这么多年，我一直在心里想着你，一直想着啊！妈妈姐姐，你不怨我来晚了吧？"几位干部见她痛哭，也不好相劝，只好一起动手去拔几座荒坟上和周围的青草，铲土把坟包重新堆起拍实，把歪倒的墓碑扶正。

紫岚一把一把拔着眼前墓碑四周的荒草，嘴里喃喃道："妈妈姐姐，我帮你清理门前，帮你打扫院子，给你盖好房子，你安息吧。我虽然来得晚，但还是来了，这么多年，先是戎马倥偬，后又远戍边关，你懂的，任务第一啊！"一个干部拉了拉凌紫风的衣袖，指指墓碑。凌紫风俯在妈妈耳边大声说："妈，我们先把烈士的墓碑扶正吧。"

紫岚抬头说："好好，你看我，失态了，失态了。"她擦一把眼泪不好意思地对几个干部笑笑，"真是老了，人一老就顾前不顾后的，让你们见笑了。"

几个干部笑笑，领头的葛镇长说："老前辈啊，我们理解您！要不是您说，我们真不知道这里还有烈士墓，我们失职啊。"

紫岚微笑着说："知道这几座墓的人恐怕都已经不在人世了。"说着不禁又叹口气道，"他们的亲人却不知道他们埋在这里。"她看着几个人合力把吴妈的墓碑扶正培好土，她说："葛镇长，我求你一件事。"

葛镇长见这里真有抗日烈士墓，已经惊了，他可是这里土生土长的干部，从来没听说这里有烈士墓，却被这个远方来的老太太一下就找到了。原本对老太太来意的疑虑彻底一扫而空，这是个真老革命无疑了！他敬佩地说："老人家，您说，您说。"

"我出钱，把这五座墓都重新修了，给他们重新刻碑，修个小小的墓园，也算我和他们战友一场，给他们一个最后的归宿。"

葛镇长一迭连声答应着，旁边一个干部却忽然喊道："这里还有两座！"紫岚一惊，在凌紫风的搀扶下跌跌撞撞走过去，只见一座墓碑上刻着"抗日烈士之墓"，另一座上刻着"革命烈士之墓"，右下角的编号依次是六和七。她愣了，不知道这六和七是谁，心却一下揪起来，茫然地看着远方，在脑海里搜索遥远的记忆：他们会是谁呢？

葛镇长说："墓碑上怎么刻呢？不知道名字啊。"

紫岚回过神来，说："地下工作者都是无名英雄，像她，"她指指一号墓碑说，"我只知道她叫吴妈，最后的代号是花姐，可她的真实姓名我也不知道。那个葬礼，很安静。他们五个，是为了完成一个共同的任务在同一天牺牲的。”

她的眼前闪过当年的情景。

张部长缓缓的话音：“吴妈，四〇〇小组的政治交通员，代号四〇一；王长林，四〇〇小组组长，代号四〇二；周海，组员，代号四〇三；李二拐，代号四〇四；孙小毛，代号四〇五。孙小毛的尸骨最终还是没能领回来，是衣冠冢。就算他的骨灰去了日本，他的灵魂还留在中国！”

紫岚说：“我永远都忘不了张部长的话。他说：‘我会记着这些英雄战友的，以后我死了，也要和他们埋在一起。’”她看着编号为六和七的两座墓碑说，“我不知道这里面有没有他，但一定是我们的战友。地下工作，生是代号，死也是代号。”她忽然豪气顿生地说，“其实，名字不就是个代号吗？我都记不清我现在的名字是第几个代号了，就连这个臭皮囊，也快要尘归尘土归土了。哈哈，紫风！”她拿拐杖在地上顿了顿，扭头对女儿说：“我死了也给我埋这儿来，多少年不见了，我也好和他们就个伴儿，一起多聊聊。想他们啊，想当年我是最小的，没想到再见时我却是最老的了。有意思，有意思啊，哈哈！”

清脆的笑声回荡在山峦之中，一群小鸟叽叽喳喳扑棱棱飞了起来，山谷里顿时一扫肃穆，充满了生机。

葛镇长说：“老前辈，你们原来是个什么单位啊？这么神秘的。”

“哈哈，那时候叫地下工作，现在叫间谍。”

“乖乖！难怪这么神秘！间谍啊，那是太厉害了！”葛镇长佩服地说。

晚风习习，吃过饭娘儿俩在小镇散步，小镇还大致保留着原来的格局，镇里的人看见来了两个陌生人，都喊喊喳喳相互打听议论着，一些知道底细的人用崇敬的眼神瞧着谦和的老太太。

娘儿俩走到纵队司令部遗址前，紫岚不禁笑了，特意转到后门看了看，说：“这门怎么看着这么小了呢？连带整个院子、楼，都小了好多。”

凌紫风捂嘴笑道：“妈，那时你多小啊，可不就看这院子相当豪华、高大了。”后门锁着，紫岚笑谈当年撞倒哨兵的笑话，母女俩哈哈大笑着又转到前门，进去又旧地重游看了一遍。就是从那晚开始，紫岚又对凌紫风断断续续讲了许多旧年故事。

“是的，离开暗瞳，我的地下工作告一段落了，开始了根据地青训班的学习，一下子轻松得像鸡毛飞上了天。”

山溪潺潺，竹叶瑟瑟，转眼就从夏天到了秋天。自从大闹宁城打掉了四三一基地和李墅据点，鬼子就对根据地大举扫荡清乡，青训班转移到了大山深处。生活的艰苦是可想而知了，不但没有各种生活必需品，连吃饭都成了问题。唯一让她高兴的是总算给发了一套土黄色的粗布军装，可以把那身破破烂烂的旧裤褂收起来了。

阿英心里有点后悔，离开宁城前没设法找着胡管家要点大洋，眼看着这越走离宁城和老宅越远，手里一点儿钱没有，想买点什么都没可能了。要不，起码可以买点盐给队上，也省得天天吃着没滋没味的野菜粥汤。

朝阳的山坡上搭着几排竹寮，竹寮前一块空地被平得干净整齐，竹片和石块搭成一排排竹凳坐着学员，一棵大树上挂着一块小黑板。

初升的朝阳下，文教员一身旧军装在树下侃侃而谈，阿英也学着大家一样把草纸钉的本子放在膝头做笔记。

太阳当头，二尤——阿英早已记住她叫尤雪梅了——站在前面指着小黑板上的歌词教大家唱歌：“风在吼，马在叫，黄河在咆哮，黄河在咆哮，河西……”阿英起劲地跟着大声唱，清亮的嗓音分外出众，尤雪梅不禁多看了她几眼，心想：小姑娘的嗓子真好。阿英心里对尤雪梅也很佩服：唱得真好！还会教人！字也写得好！其实心里还有一点儿嫉妒：长得也漂亮！

下课了，大家嘻嘻哈哈地回宿舍，竹寮地上一排草铺，晒干的茅草散发出隐隐草香。每人有限的一点儿家当就放在自己铺上——一床夹被，一个塞着换洗衣服的枕头，还有一个茶缸子或者一个小搪瓷碗。阿英的枕头里比别人多三样东西：一本《词源》和一个白纸订成的本子，还有有关她身世的那方紫色锦缎。这是她离家时带走的，经历了那么多颠沛流离，还奇迹般地保存完好，全是因为她把这些交给了张部长保管。不，她还有俩宝贝，是罗芳给她的钢笔和那手雷。同宿舍的女伴们都很奇怪，这么破烂流丢的小姑娘哪来这么多好东西？

阿英把草纸本子往枕头里一塞，哼着歌儿把自己那堆刚换下来的破衣服抱着去溪边了。刘阿娣——就是那个帮她打架的小鬼之一——弄个草篓子在小溪里捉小虾，看见她抱着那堆破衣服笑道：“领了军装了，还要这破烂干吗？”

“破归破，洗干净补补，天冷了可以穿里头。”阿英嬉笑着，把衣服扔到溪水里把鞋子一蹬，赤脚跳进去嘁哩咔嚓地踩啊踩，踩得一股股脏水冒出来随溪水流走，阿英伸舌头道：“简直脏死了，穿在身上时倒不觉得啊。”

刘阿娣笑道：“你刚来那天没把人熏死，没看见尤家三姐妹捏着鼻子绕着你走吗？”

阿英踩得水花四溅，诡笑着说：“随她们去，假干净半天还不是被我把虱子从头上抓出来？我再臭不养小动物——”说着一伸舌头，两个小鬼头哈哈大笑起来。她弯腰把衣服捞起来仔细搓洗着特别脏的地方，偏着头想了想说：“不过她们唱歌真好听，尤其是二尤，还会教。”

刘阿娣神往地说：“听说她们是上海戏班子来的名角儿，真想看看她们穿着绣花衣裳扮起来的样子，一定比天仙还美。”

阿英仰头看着天，那里被翠竹染成梦幻的翠蓝色，她耳边仿佛又响起咿咿呀呀的唱戏声，眼前似乎又飞舞着戏台上那些飘逸的水袖。大上海，已经那么遥远，遥远得好像隔了一个世纪。她使劲儿搓着脏衣服，抿着嘴半晌才说：“阿娣，我也要学唱戏，到舞台上唱给大家听。”

“二尤肯教你吗？你一来就和人家打架。”

“不管她教不教我都要学。”她一脸认真地说，“哼，她总要唱吧？只要她唱我就跟着她学！”说着放声唱起了“水牛——水牛——先出犄角后出头啊哦！”

刘阿娣嬉笑地瞧她，脚丫子使劲儿在水里踩一下打起好大的水花溅她一脸，终结了她的童谣。洗完衣服，她俩在溪边点了一小堆火，烧那些小虾吃，烤得亮晶晶的，对着光看得见薄得可怜的粉嫩肉，勉强填塞着她们饥饿的肚腹。

小孩儿没烦恼，吃过小虾打牙祭一路欢跳着回去。

宿舍里，于大姐吹哨子召集大家去开会。一群女学员团团在草铺上坐好，正点名时，阿英和刘阿娣唱着跳着回来，远远就听她们在唱：“风在吼，马在叫，黄狗在咆哮黄狗在咆哮！”大学员们听得一脸哭笑不得，几个小鬼是已经扮着鬼脸要笑倒。于大姐憋着一肚子笑虎着脸等她们进来，俩小鬼头儿在门口一个急刹车，伸头感觉里面气氛不对，伸着舌头蹑着脚想悄悄溜进去，被于大姐冷冰冰喝道：“站住！”立马冰冻当场，阿英努力适应着屋里的昏暗，偷偷看看于大姐脸色，吐了下舌头嬉皮笑脸地想往里蹭。

“站住。”于大姐看着这小鬼有点头疼，张部长送她来时曾经介绍过她的情况，十四岁，刚刚立功入党，极其机灵敏捷的一个好苗子，要自己加意培养。可是来了这些天，除了看到聪明调皮，什么也没看出来。还有大胆！一个手雷放在枕头里谁也不让碰。昨晚上更是不知从哪里捉了条蛇来，先是在屋里乱甩着吓人，被说了之后又在屋后烤了大嚼，馋得一班小鬼叽叽喳喳乱抢！今天要是再不给她点颜色瞧瞧，估计明天就会把这竹寮拆了。

阿英被于队长上下打量得惴惴不安，又被全班学员指指戳戳搞得浑身不自在。偷眼看着于队长不怒自威的脸，终于领教了这位平时和善的老大姐昔日驰骋疆场的肃杀之气。她低眉顺眼地不知自己犯了什么错儿，害得这位活菩萨变了护法金刚。乖巧是她的必杀技之一，这时使出来驾轻就熟。

于队长看她终于变老实了，这才说：“阿英，刚才唱什么呢？”

“黄河啊，对了，”她一指尤雪梅说，“她教的。”一脸无辜的样子看得于队长恨得牙痒。

“你再唱一遍。”

“那个，好吧。”她扬声唱起，“风在吼，马在叫，黄河在咆哮，黄河在咆哮！”她唱得激情昂扬声情并茂的，引得大家都跟着唱起来，于队长的脸色柔和了。一曲唱罢，于队长说：“小鬼，这是抗战的歌，也是我们宣传群众鼓动群众的武器，不许胡乱改词儿。下次可没这么容易让你过关！”于队长虎着脸吓唬她，阿英吐了下小小的舌尖缩了下脖子怯怯地问：“队长，我可以进去了吗？”

“归队！”

阿英和刘阿娣听得这一声简直如蒙大赦，一溜烟儿地蹿到各自铺上老实坐好，听于队长传达上级指示：“敌人严酷的清乡和经济封锁，让根据地经济遭受重创。上级指示我们，自己动手丰衣足食，减轻人民负担。”于队长看着大家说，“我们不是一线战斗部队，配发的给养要大幅度减少，现在还是刚刚秋收之后，到了冬天和明年春天会更加艰难。大家说说，都有什么好办法？”

青训班的学员有沦陷区来的青年学生、文化人，也有来自根据地的青年农民、部队战士，还有刘阿娣这样自己溜出来参军，但是年龄太小只好来学习的。平时上课、唱歌，城里来的学员们当然是大出风头，可是遇到这样的问题就傻眼了，农村里来的这帮人立马精神了。她们都是苦出身，都是挨过多少饥荒过来的，办法自然多多。

刘阿娣老老实实地说：“冬天春天可以挖笋，现在可以在溪里摸点小鱼小虾、挖野菜、挖葛根，春天了就可以种菜种粮食。”

王花花跳起来说：“可以抓蛇！”说着忍不住舔了一下嘴唇，昨晚就是她最先和阿英抢蛇肉吃的。

“还可以挖田鼠洞，里面有粮食！”阿英忽然想起小时候杰克说过的故事。

“还有竹鼠、野鸡，山里好多野物可以抓来打牙祭。”平时难得说话的苗翠翠猛不丁也冒了一句。

“没枪没子弹怎么捉得住那些野物啊？人家是带脚带翅膀的好不好？站在那里等你捉牢来烧得吃啊？”小尤一脸怀疑。

“你不会不见得别人不会啊，阿英昨晚不是捉到蛇吗？”

眼看这帮小鬼又要吵起来，于队长赶紧把话题引开：“大家说得都不错，我看我们还能去给老乡们演戏，既是宣传，也可以让老乡管饭。大家看怎么样？”这话一说，能歌善舞的城里学员立即热闹起来，尤雪梅马上扬声说：“我们可以搞个戏曲队，演抗日新戏。”

于队长说：“好！这主意好！编抗日新戏！”

阿英一听跳了起来把手举得老高：“我也要学演新戏！我也要学！”

于队长看着尤雪梅笑道：“阿英的嗓子蛮好，我看可以算她一个！”尤雪梅见阿英一脸热切，她有点心动，毕竟演戏不是三个人就可以撑起台的。于是她不顾小尤不满地嘟囔，朝阿英微微点点头，阿英高兴得咧着嘴一个劲儿傻笑。

一场会开到天黑，阿英和刘阿娣、苗翠翠说干就干，拎着两个小竹篓乘着月色去后山里抓蛇抓野鸡。尤雪梅三姐妹则咿咿呀呀地边唱边比画着讨论起编新戏的事了，周围聚拢了一群人叽叽喳喳地瞎出主意。

27

天边刚露出一点鱼肚白，宿舍外一个咿咿呀呀的声音响起来。苗翠翠在草铺上伸个懒腰，胳膊落下时砸在刘阿娣胸口，把她砸得嗷地叫了一声翻身坐起来，四处张望着说：“什么事情啊？谁打我？”

旁边一个人翻了个身哼哼唧唧地抱怨道：“谁呀？一大早比鸡叫得还早，叽叽哇哇的？”

依次醒来的人凝神一听，果然有人在咿咿呀呀地吊嗓子，刘阿娣打着哈欠说：“还能有谁啊，肯定是尤家三姐妹呗。”

尤晓梅打着哈欠说：“别胡赖人好不好？我们姐妹仨可都在被窝里呢。”

苗翠翠往右边一摸，一惊一乍地大叫道：“是阿英！阿英不见了！被窝都凉了。”

大家窝在被窝里长吁短叹地说：“天啊，这小丫头疯魔了，睡得比狗晚起得比鸡早！学戏不要命啊。”

尤晓梅窃笑道：“学戏？有得她苦头在后面呢。”

尤寒梅悄悄拧了她一下：“不说话会死啊？”

尤雪梅轻轻摸索着穿衣，对大姐说：“我去看看她。”

刘阿娣和苗翠翠暗地里对视了一眼，鄙夷地朝尤晓梅那边撇撇嘴，苗翠翠悄悄问刘阿娣：“你说，阿英能学出来吗？去黄村演出可没几天了。”

“阿英聪明，一定行。”她说着翻个身又睡了，吧嗒着嘴嘟囔，“吃不饱，还要上课劳动，被窝真好……”

晨光熹微，启明星一闪一闪的垂在天边。竹林的清风里传来清亮的咿咿呀呀声，阿英面对着林海很认真地按尤雪梅所教有板有眼地吊嗓子。尤雪梅听着听着脚步慢下来，暗自赞叹：“就这么几天，小丫头倒是学得有点腔调了，不用再啰唆她了。”

她伸手折一支竹枝，开始活动着腿脚，找了处平缓的地方开始下腰溜腿跑圆场全神贯注地练功，忘了阿英的存在。

全神贯注地练功，她忘了阿英的存在。

阿英吊完嗓子，转过身来正看见一缕晨光洒在转身亮相的尤雪梅身上，那俏生生的面相身段，漂亮！尤雪梅嘴里轻声打着鼓点翻身打起了刀马旦的把式，手里那竹枝一会儿是马鞭一会儿是剑戟，唱念做打，一脸的神采飞扬。

阿英看呆了，上次看戏还是在上海大世界，继儒爸爸带她去看《梁红玉》《楼台会》，爸爸对《楼台会》如痴如醉，阿英却对《梁红玉》情有独钟，那击鼓抗倭的潇洒英姿印在她心里。她失声叫道：“《梁红玉》！击鼓抗倭的梁红玉！”

尤雪梅闻声停下，看着阿英笑道：“你怎么知道？这出戏我从来没在大家面前演过呀？”

“我在上海大世界看过。”阿英得意地笑道，“你没想到吧？”

“天啊，你真的去过上海？”

“我是上海人，你不知道吧？”阿英调皮地看着尤雪梅甩了一句上海话。

“天啊，真看不出，你要是演戏就太好了。”尤雪梅赞叹道，“你真会演什么像什么的！”阿英心想：你还不知道我都演过什么呢。她默默数着：女儿兼佣人，女儿兼跑堂、小掌柜，小要饭的，小贩，拾粪的，放牛的，还有学生！反正是需要装啥就装啥，装啥能混过去就装啥。其实自己最想装的还是学生，可惜装了几次学生却再没机会真正进课堂。所以她表面调皮捣蛋，心底却很看重这次学习机会。

尤雪梅一听阿英也是上海人心里更喜欢了，她上下打量着阿英，这个不打不相识的小女子，看似天真无邪，内里却不知有多少曲里拐弯花花肠子。不过人是真聪明，也有演戏天分。如果说开始答应教她是却不过于队长的情面和心底里那点想捉弄她的想法，那现在是真心想收她做徒弟了。

她耍了个花架子说：“想学吗？这可不但能唱戏用，练好了还能强身健体、打架防身。”她笑了，阿英也笑了：“那我的赖皮拳也很管用啊。”

“那是你们人多，我也怕伤了你们。”

阿英一吐舌头做了个鬼脸，两人都哈哈大笑。

尤雪梅教阿英压腿开胯、一招一式地练起来，笑声惊起了晨鸟，也惊起了晨起操练的战友们。

几天后，一群女兵们背着简单的乐器和行头，去黄村唱戏了。一进黄村，村长王富贵就颠儿颠儿迎上来，口里直说：“欢迎欢迎，今天正好柳晋才家娶媳妇，你们来了太好了！全村的人还有四里八乡他家的亲戚朋友都来了，咱宣传抗日也好，为他家添点喜气也好，这不是两好嘎一好了吗？”

“柳晋才？你们村儿的柳秀才？”于队长笑问道，“他娶媳妇儿还是他儿子娶媳妇儿？”

“你可不知道啊于队长，他家今天是双喜临门，爷俩娶母女俩！”王富贵的话让大家都大吃一惊。于队长哈哈大笑道：“还有这样的事？怎么听着像戏文里唱的啊？哪儿来的母女俩就一下嫁了爷儿俩？”

“逃难来的，要不咱这穷乡僻壤的咋会有这种好事？”

一队人叽叽喳喳进了村，老远就看见柳家大院里张灯结彩的，阿英从来没见过乡下人娶亲，好奇地一溜烟儿跑在前面，大门口一个老太太挓挲着双手拦她：“啥人家的小姑娘啊？你是哪边的亲戚？”

“我是来贺喜的呀，新娘子在哪里？我要看新娘子。”

“新娘子也好随便看的啊？不到揭盖头谁也不可以看。”老太太说着阿英半懂不懂的可爱乡音。阿英拱手道：“恭喜柳家双喜临门，新郎新娘两对新人，百年好合千年高寿，和和美美早生贵子——”她这一连串的贺词听得老太太高兴得嘴巴咧到耳朵根子上，一侧身就被这小丫头滑溜溜蹿进去了，逗得后面一群人哈哈大笑。

阿英当然没看到新娘子，新房的门关得严严实实，她再好奇也不好意思硬闯进去。

她和尤家三姐妹在厢房里化妆。她的妆很简单，用烧过的木条描了眉，用红纸洇湿染了红唇，又拍了腮红，换了一套老百姓穿的衣服，演一个小丫鬟。尤家三姐妹还在忙，她听着窗外的嘈杂忍不住跑出去瞎掺和。

前院里柳家摆了十几桌流水席，杀了一头猪，蒸肉的香气弥漫，馋得阿英直咽口水，她跑回厢房大叫："今天有肉吃哦！"抽动鼻子咂着嘴自言自语，"可惜菜做得不对，梅菜的盐重了，肉皮没炸。"

尤寒梅笑道："看这阿英啊，都馋疯魔了，连菜都会烧了。你说说，人家这是道什么菜？"

"梅菜扣肉啊，就算我没吃过猪肉还没见过猪走？哼，好歹我也是当过小掌柜的人呢！"阿英冲口而出，说完就后悔了。张部长再三叮嘱过：对自己的身世和以前的各种身份要严格保密！她一伸舌头扮个鬼脸嘻哈笑着跑了。

尤寒梅若有所思地看着她背影说："我看她是个有很多故事的人。"

尤雪梅笑道："这丫头人小鬼大，是个演戏的好材料。"

阿英在院里好奇地到处乱窜，一会儿帮着搭戏台，一会儿教几个小孩儿唱歌，眼看着村长王富贵宣布吉时到，柳家族里几个长辈往上座一坐，一个仆妇给乐得眉开眼笑的柳秀才和柳少爷披红戴花。阿英一看这爷儿俩差点没笑死，柳秀才苍头上戴着顶有年头的黑缎瓜皮帽，一张沟壑纵横的老脸兴奋得冒红光，一身压箱底的绸缎长袍马褂随着他颤巍巍的身子抖擞着，鸡爪似的手拄着一根文明棍；那儿子就更喜庆了，簇新的宝蓝缎子长袍上罩一件赭色团花绣金马褂，活像把戏班子的戏服穿了。小伙子长得倒是方面大耳眉清目秀的，可是仔细一看那眼神却有点呆呆的，嘴角不时滴出口水来。

阿英更加奇怪了，钻进厨房里一边帮着干活一边跟做饭的老仆妇聊起来。

"这柳家啊，真不知道造了啥孽了。柳秀才三代单传，娶了三房媳妇都死了，就养这么一个儿子还是个戆头，托了无数媒都娶不到媳妇。"她四处看看没人，才悄悄跟阿英说，"小同志啊，我是只敢跟你说，这家上辈子肯定老作孽的。人家都说柳家阴气太重，嫁过来活不长！"

"那你怎么一直在柳家待着呢？"

"我家在临县，去年闹瘟疫，一家人都死了。我一个孤老婆子，没地方去啊。”老妇声音喑哑了。阿英赶紧换话题：“那这母女俩怎么肯嫁过来？还一下嫁了父子俩？”

“嗐，还不是逃难没法子嘛，好在柳秀才和儿子人心蛮好，家业也殷实，嫁过来倒是吃穿不愁了。”

“那母女俩漂亮吗？从哪里逃来的呀？”

“哪里逃来的不晓得，长得都满秀气的。那个马二嫂说是四十多了，可看着还像三十出头，小姑娘是个哑巴蛮漂亮，嫁给戆头可惜了。”

阿英也跟着叹息一声，忽然想起养母温玉莲和姐姐何逸梅，不知她们现在身在何处过得怎样，大上海的十里洋场很费钱，她们那点钱不知够不够安身立命。她一分神切着了指头，呀的一声惊叫，老妇过来看了一眼抓了把糯米粉糊在伤口上说：“阿囡，这里我一个人够了，你去外面玩。”正说着鞭炮声响起，好热闹的阿英笑着跑出去看热闹了。

农村婚礼的热闹程序一项项进行着，阿英和一群小孩儿一起看着笑着，直到于队长叫她去准备登台。

锣鼓声响起来，丝竹声声咿咿呀呀地悠扬着，把喜庆与欢乐送上天空昭告天下，引得村人一拨拨涌进柳家，最后只好把戏台搭到大门外。简易的戏台上先是尤家三姐妹和阿英的折子戏，一出《楼台会》把台下的新郎官柳秀才听得如醉如痴，尤雪梅的《红玉击鼓》看得大家大声叫好。当然，阿英是绝对的龙套，不过总算过了把演戏的瘾。

于队长借着旺盛的人气即兴来了一场慷慨激昂的抗日演讲，最后是全队学员在尤寒梅的指挥下唱起了《怒吼吧！黄河》，所有观众激动得热血沸腾。最后，尤寒梅转身朝着观众们指挥大家一起唱：“大刀向鬼子们的头上砍去！”上过学堂的小孩们都会唱，大人们却不会，只是跟着拍巴掌，最后那声“杀！”字一喊出来，众人跟着大声喊杀。

酒席开了，两对新人出来敬酒，阿英一眼看见那站在柳秀才身边的新娘惊得差点儿把筷子掉地上。她在一片嘈杂中悄悄走到于队长身后，附耳低声说：“别出声！快走，有情况！”

于队长一抬头，阿英在她肩上狠狠掐了一下，直起腰大声说：“新郎新娘来敬酒了！”

老新郎乐颠颠地用双手捧着酒杯哆嗦着嘴给于队长敬酒，新娘却眼风溜着阿英琢磨这女孩儿好像在哪儿见过，阿英却是一副喜笑颜开没心没肺的样子。

于队长被阿英一句话说得心惊，但见她如此做作也只好先敷衍新郎新娘，说了恭喜的话喝完喜酒，待他们一转身，就悄悄跟着阿英朝外走去。阿英啥也不说，快步走到一个僻静处才悄悄对于队长说："咱们快撤，让老乡们也跑。那个老新娘是宁城侦缉队的密探！”

于队长对阿英的身份是有点心知肚明的，张部长的人都有秘密，她虽不细问但也不能不问，她低声问："你确定吗？”

“确定！她原来在王村，是个卖豆腐的，叫马寡妇，与宪兵司令部的何大头和侦缉队的人都很熟。上次被抓怎么给她逃出来了？而且还逃到根据地深处来？”阿英皱着眉头的样子一点儿也不像个小女孩儿，她喃喃道："按常理她暴露了应该往外逃，逃到宁城或者沦陷区去才对，而且我也没听说她有这么大个哑巴女儿啊……”

于队长果断道："不管怎么样，先把她控制起来，你去盯着她和她那个来路不明的女儿。我们抓紧撤，也通知老乡们。”她说着把背着的驳壳枪拿出来顶上了火斜插在腰里。

阿英抿着嘴儿点点头，从怀里掏出手雷揣到兜里说："这个破货，休想从我手里逃掉。”

“小心，别蛮干。我马上把哨兵放出去，把村里的各个路口都把住。”

“好。还得派人通知家里吧？我们都不会打仗，万一鬼子来了只能逃。”

“我会安排，你赶紧去盯紧了那两个女人。”

两个人分头行动，阿英装作没事样儿回到席间，一老一小两对新人还在转着桌子敬酒。马寡妇几杯酒下肚风骚地笑着，笑得男人们看她的眼神都变了。阿英拉着刘阿娣和苗翠翠说："我们去看新娘子。”三人不远不近地跟着新娘子，和其他看热闹的小孩子没啥不同。不一会儿，马寡妇扶着已经喝醉的柳秀才、小新娘牵着戆头儿子进了后院。阿英悄悄让刘阿娣和苗翠翠守住后院门盯紧小新娘，自己跟着一群人挤了进去。东西厢房，两间贴着大红喜字的房间，她不知道他们去了哪间，于是悄悄溜着窗跟儿去听，结果在东厢房窗下听到了动静儿。

新房里马寡妇把醉醺醺的柳秀才搀扶着放在了床上，他顺势倒下把她也拉着倒在自己身上揉搓着，一张嘴追寻着马寡妇的红唇。马寡妇厌恶地避开那喷着酒臭口臭看得见黄色豁豁牙的干瘪嘴唇，挣扎着坐起身来，假意道："老爷，我去给你倒杯解酒茶来。"

老秀才扯她衣裳说着台词腔调："娘子——人生一大乐事就是洞房花烛夜，不喝也醉，勿要解酒啊！"

马寡妇轻轻推开他也学着道白："看青天白日羞答答的，且待天黑……"

老秀才毕竟老朽，揉搓这一顿已经气喘吁吁，闻言人醉心也醉了，拉着马寡妇的手说："我的小心肝儿，你且陪我坐着，我稍微歇歇，晚上好和你大战三百回合。"一张老脸幸福得红彤彤的。

马寡妇心里不耐烦急着脱身，双手按着老秀才肩膀，甜甜笑着说："你先闭上眼好好歇着，我去打水洗洗，晚上有得你忙！"老秀才扯着她手不放："不许你出去，外面那些人没一个好东西，你当我没看见他们瞧你的眼神吗？你乖乖坐这儿，你就一辈子不洗也是香的。"

马寡妇急了，说："那我给你把被子盖上。"说着拉过被子来，老秀才猛不防被她一下用被子捂住了头，双手死死被按住。老秀才开始还以为她开玩笑，待得她整个上身都压下来时才慌忙挣扎。马寡妇按住头却按不住脚，被老秀才双脚乱踢，踹得红木大床哐啷啷乱响。听窗的人们捂嘴偷笑，阿英开始还以为是这俩人耐不住了大白天折腾起来，但越听越不像了，大红着脸把窗户推开一条缝儿悄悄看进去，这一看不打紧，一看吓一跳！

那马寡妇合身骑在老秀才身上正死死按住被子，老秀才连头带脸都被捂着！她大喊一声："杀人了！"冲到门口一脚踹在门上，但人小力微一脚没踹开，急得她连声大喊："来人啊！快来人啊！杀人啦！"发愣的人们一下炸开了锅，接着前院的人也涌过来，闹嚷嚷七嘴八舌乱问："怎么了？""怎么了？！"

于队长立即叫来几个汉子把门撞开，马寡妇已经吓得浑身哆嗦躲在一边。阿英冲进去一把扭住她喝道："你为什么要杀柳秀才？！"

于队长一个箭步冲到床边，拉开被子一看，老秀才两眼翻白已经昏厥过去。

她用指甲狠狠掐在他人中上，一下两下三下，老秀才呻吟一声醒过来，迷瞪着眼恍然不知身在何处。

众人围着老秀才时，阿英却在低声逼问马寡妇：“快说！你为什么急着杀人？！”说着反扭马寡妇的手使劲儿往上一扳，马寡妇吃痛不过啊的一声痛叫说：“我说我说，你不要扳了，我痛杀了！”

阿英稍稍松了松，催促道：“快说！”她生怕鬼子就在左近猛不丁扑过来就麻烦了。

“日本人让我来这里打探新四军的消息，今天是侦缉队来取情报的日子。”马寡妇眼泪鼻涕一起流着说。

“跟你一起的那个女人是什么人？”

马寡妇脸上露出恐惧：“我不知道，我不知道啊。”

阿英一听急了，把她胳膊猛地往上一扳道：“快说！不说我扯断你这条膀子！”

“她是日本人派来的，我不知道啊。”说话间于队长已经走过来，阿英还没说话，她已经大喝一声：“去抓那个新娘子！她是日本特务！”

一群人应声跑了出去，于队长对王村长说：“你赶紧组织民兵帮村民转移，不管怎么样先躲躲。把粮食、耕牛全藏好。我们去抓那鬼子娘儿们。”王村长脚不点地地跑了。

于队长叫来警卫员小吴低声命令：“立即跑步回去通知青训班领导和根据地领导，这里发现鬼子特务，叫家里严密防备，鬼子可能马上有大行动。”

小吴跑步走了。

老秀才还躺在床上发呆。

已经有人拿来绳子把马寡妇牢牢捆起来，阿英这次亲自看着她，生怕又被她逃掉。

搜小新娘的人陆陆续续回来，都焦急地摇头。苗翠翠和刘阿娣是最后回来的，阿英明知她们无功而返，但还是存着一分期冀问道：“抓到了吗？不是让你们盯着她的吗？”

“我们本来是一直盯着她的，这边一出事我们就忙着赶过来给你帮忙……”

刘阿娣怯怯地说，苗翠翠低了头。

“笨蛋！专门教你们看住她的！两个人还看不住一个人！”阿英快气疯了。

于队长说：“现在就怕敌人有电台，搞不好情报已经传出去了。”

这时柳秀才颤巍巍地说：“佛堂，快去佛堂。”他一急话也说不清了，抖着从床上爬下来抓着于队长的手指着后墙。于队长搀着他，阿英拖着马寡妇，大家跟着柳秀才朝后墙走去。马寡妇坐在地上不肯老老实实跟着走，一肚子气没地儿出的苗翠翠一把拖起她，刘阿娣朝她屁股上就是一大脚，踢得她踉跄着快步跟阿英走了。

柳秀才颤巍巍在后墙多宝格柜子边上按了一下，柜子吱呀呀滑开了，里面是个小佛堂，旧得泛着灰色的黄布幔低垂着，老秀才把熏得发暗的观音像底座转了一下，佛龛一下转向一边，露出一扇小门，里面传出嘀嘀嗒嗒声。他哆嗦着指指里边说不出话来，于队长朝前一蹿，里面啪地打出一枪。阿英大喊一声：“我来！”她一手还拽着拴马寡妇的绳子头儿，右手从兜里掏出手雷崩掉拉环儿大喝一声：“出来！再不出来我炸你了！”

里面的嘀嘀嗒嗒声愈发响得急了，阿英真的急眼了，做过地下工作的她深知情报的重要和厉害，二话不说在佛龛上磕了一下，暗数“一、二、三！”唰地就把手雷贴地扔了进去，轰的一声巨响，整个房子晃动着，那间暗室整体塌了下来，全屋的人都吓得朝外跳出去，阿英紧紧抓住绳子不让惊叫的马寡妇跑，嘴里叨叨着：“小日本娘儿们，老子送你个日本地瓜吃！”她探头探脑透过飞舞的灰尘朝里看去，骂道：“味道好不啦？再嘀嘀嗒嗒我听听？”

于队长又冲过来说：“阿英！你怎么样？”

“我没事，你进去看看那日本娘儿们还有气没有。”阿英咳嗽着说。于队长已经挥手招呼身后的人钻进去，七手八脚拆除倒塌的烂砖破梁。老秀才在外面哭喊道：“我的天啊，你们怎么拆我家房子啊。”

阿英回头朝外面骂道：“闭嘴！没叫日本特务杀了便宜你！”老头子立马声音降了八度。

废墟里，四散着血肉模糊的肉块尸身和红布碎片，人已经是无法辨认了，饶是阿英胆子贼大，看见那一块块残肢碎肉也是心里咚咚乱跳不禁打了个寒战，眼神瞄到了别处，自言自语道："妈呀，我杀人了！天啊，我怎么就杀人了？菩萨，那不过是个鬼子，杀鬼子是除害！她该杀！"

于队长在里面找到炸坏的发报机，叹道："可惜了，搞一部电台多难啊。"她在废墟里仔细扒拉着，阿英悄悄问："找到密码本了吗？"

于队长微微摇头，对身边的学员说："彻底搜查！每一片纸都给我捡起来。"站起身示意阿英把马寡妇拉走，两人把她带到新房里审问。

"说，你什么时候来的？"

"有好些天了。"

"多少天？！"

阿英顺脚就在她屁股上踢了一脚，她吃痛一叫："五六天了。"阿英一瞪眼。"六天，六天。"

"怎么跟侦缉队联系？"

"他们三天来一次，在村外土地庙见面。"

"那个日本女人有电台为什么还要侦缉队来？"

"不知道，太君怕我骗他们吧。我不知道啊……"她哭着一把鼻涕一把眼泪地说，偷眼看着于队长脸色。

"侦缉队每次来多少人？你们来之前鬼子是怎么给你们交代的？"

"侦缉队每次来十来个人，太君、啊不！鬼子就叫我们找四爷的老窝和当大官的地方，叫啥司令部的。"

就在这时村外传来枪声，马寡妇一下精神了："侦缉队来了，你们把我放了，我就叫他们放过你们。"于队长侧耳听着，过了一会儿，她笑了："谁放过谁？你没听到枪声越来越远了吗？走！"于队长嘴上说得轻松，心里却一点儿也不轻松。她走出门去对等在门口的王村长说："你赶紧带着村民撤，一定把粮食、牲口都带走藏好，这里不能待了。我们也马上撤了，你们一定要小心。"

她大喊一声："集合！出发！"

几个部队来的男学员跟着警卫员小孟在前面侦察前进，阿英和苗翠翠拖着马寡妇走在中间，其他女队员们跟在后面。边走，于队长边询问负责在废墟里搜查的尤雪梅和尤寒梅："你们在里面找到什么？"

“就找到这点东西。”尤雪梅把一叠仔细包在手帕里的碎纸片交给她，又递过一支口红说：“还有这支口红。”于队长接过口红看了看说：“这是什么东西？”

尤雪梅说：“是涂嘴唇的。”于队长好奇地说：“什么？”

“就是涂红嘴巴的。”

“哦，那给你们用吧。”

“不行，鬼子的东西都要先检查。”阿英悄悄对于队长说，“交给张部长去看看。”

尤雪梅很不高兴地斜了她一眼：“哪儿哪儿都有你，队长都同意给我了，轮得到你管吗？”

“小心有毒！”阿英一时也想不出其他理由，只好恶狠狠地说了这么一句，倒也让尤雪梅顿时闭住了嘴巴。

阿英狠狠扯了一把绳子瞪了马寡妇一眼道：“侦缉队来了十几个人？！等到地方看我怎么收拾你！”

马寡妇被送到张部长那里去了，连带那支口红和那包碎纸片。阿英向张部长细细汇报了事情原委，又悄悄回到了青训班。

无意中打掉了马寡妇那个间谍组，炸死了日本女间谍，张部长笑着说：“小丫头，又立了一功，可惜我不能为你记功。”

“我不要记功，你得赔我一颗手雷，关键时刻管大用。”

张部长大笑，跟小张要了颗手榴弹，阿英接过来东瞅西瞅皱着眉头说：“这个好用不好用？关键时刻别是个臭火。”

半张脸都是烧伤疤瘌的小张笑道：“知足吧，我这是正经兵工厂造的，不是咱自己造的。”

阿英还是苦着脸嘟囔：“没有日本地瓜好用，把子还这么长……”临走她再三向张部长说，“那女鬼子死前一直在发电报，我在宁城从没见过她，保不准是横田那老东西的人。不知道她都知道什么又告诉横田那老鬼子什么。张伯伯，你和侯司令一定要小心啊。”

“鬼子大举清乡之后，原先被我们破坏的敌特谍报组织又有死灰复燃的迹象。”他神色凝重地说，“最近几次都是我们前脚转移鬼子后脚就跟上来，掩护我们的老乡和村民损失很大。”他深沉地叹了口气，“你们也要小心，这次是你侥幸认出了马寡妇，否则侦缉队进了村你们不是对手。”

“马寡妇骗人，侦缉队每组只有三四个人，没有十几个。”

“你就不想想，三四个侦缉队就敢深入根据地？后面必有鬼子大队。佐藤死了，现在宁城特务机关是横田亲自在抓，抓了很多人，情况非常严峻。”

“罗姐姐他们？”阿英心里一紧，问话脱口而出。张部长横了她一眼，她立马换了个话题：“张伯伯，你这次可千万看好了马寡妇，她现在可是到死都记得我了！她要跑回去……”

张部长：“放心！她没几天好活！”对于队长说，“你们一定要提高警惕，马上安排转移。你的果断布置非常正确，但还要叫黄村的老乡多躲避一些日子。鬼子死了一个谍报员，一定不会善罢甘休。”

于队长点点头说：“这种情况我有经验，老乡那边我会再去嘱咐他们。我们没有战斗力，惹不起还躲不起吗？”她爽朗地呵呵一笑道，“我一定会带好这批学员的。”

“根据地和我们内部的反间谍工作很严峻，你们也要处处小心。这次你们立了大功，对我们的工作有很大帮助。”

阿英张了张嘴想说啥终于没说，张部长摸摸她的头说：“我知道你想说啥，好好学习，需要了我会找你。”

张部长其实心里也有很多话没说，既然有马寡妇和侦缉队联系，为什么还要配一个会发报的谍报员？她发报给谁？给宁城特务机关是毋庸置疑了，但是这条线有侦缉队了，发报除了快捷没有更大作用。发给正在根据地扫荡的鬼子作战部队？那说明鬼子大部队很快会来。但是，会不会是发给自己内部的内鬼？敌人对我部的行动虽然不是了如指掌，但最近却每每只比我们晚一步。太可怕了！

于队长交来的那一包碎纸片，现在还不能确定是什么东西，如果是密码本的残片，就有大用。可内鬼是谁呢？心事重重的他匆匆送走了于队长和阿英一行，当然没忘了让老班长给阿英两个煮鸡蛋，那孩子饿得两眼都眍瞜了。

阿英没有细问这件事的结果，也没觉得自己有多大功劳，于队长被张部长要求严格保密，别人就更不知道这事的原委了。

回到驻地，大家七嘴八舌地问阿英："听说你用日本炸弹炸了日本特务，你怎么会用那个？你哪儿来的日本炸弹？你怎么知道那女人是坏蛋？"

她一概嘿嘿笑着搪塞："那日本炸弹？是我哥给我的！也是他教我用的。那女人是于队长叫我盯着的，我也不知道她是坏蛋，看她要杀人才晓得。"

但是，那以后很多女学员看着她的眼神有点变了——小小年纪敢杀人啊！

清早，小溪边的青草上结霜了，水下几条小鱼微微抖动着尾巴，似乎也冻坏了。阿英和刘阿娣、苗翠翠拿着自己编的竹篓抓鱼，三双脚冻得通红，她们却不以为意，六只眼睛只盯着冰下的鱼，终于那几条小鱼被赶入了她们的鱼篓，清冷凛冽的风里响着银铃般的笑声。

营地竹棚下的大锅里，咕嘟嘟地冒着热气，锅里没有一颗米，绿油油的全是野菜。阿英她们抓来的几条小鱼连鱼鳞都没舍得刮放进了锅里，两个男学员用衣襟兜着刚刨出来的一堆木薯之类的块根，于队长带着几个女学员洗干净倒进锅里。阿英发愁地看着那一大锅咕嘟嘟冒着白烟的"饭"，这种"饭"已经连着吃了好些天了，没油没盐实在是没法下咽。她太怀念在小上海的日子了，虽然累，虽然玉莲妈妈给她受气，可是能吃饱啊，不要说那些肴肉、咕咾肉、醉蟹了，那都是有数的，不敢整块整只地偷吃，但是偶尔吃一片，吃根掉下来的蟹腿还是没问题的，就连那茴香豆、煮干丝都是那么美味。她咂着嘴回忆那些美味，逗得刘阿娣直乐："阿英，你又想起啥好吃的了？腌炖鲜还是咕咾肉？"

苗翠翠不屑地说："那些又麻烦又费火，还是我们乡下人的笋烧肉好吃。"

"前几天柳秀才家的梅菜扣肉真香！可惜只有一片，口水答答滴啊……现在管它什么肉只要有肉我马上就变大老虎，啊呜——咬一口！"

刘阿娣神往地说："我只要两只糖水荷包蛋就好。"

苗翠翠舔了下嘴唇说："哪怕有碗糖水也好啊。"

"三个小鬼头，在精神会餐啊？"于队长笑眯眯地摸了摸最小的刘阿娣的头，她不禁把身子依偎进于队长怀里，仰头，两只眼珠子在瘦得凹下去的大眼眶里泪汪汪地骨碌着，看得铁石心肠的于队长也心疼，一转身拿铁勺搅着锅里的野菜汤，一滴眼泪掉入汤里。她铁勺敲敲锅边喊道："开饭了！都来打饭。"学员们三三两两懒洋洋地走来，尤家小妹尤晓梅端起碗喝了一口哇的一声就哭了："连点盐都没有怎么吃啊……”哭着哭着一跺脚连碗带汤全摔在于队长脚下。于队长气得脸色铁青：“尤晓梅！你还像个革命战士吗？！”尤晓梅一屁股坐在地下大哭着说：“我不要当革命战士了，我要回家，我要回上海去！……”

尤雪梅和尤寒梅想把她拉起来，她却哭得更厉害了，结果姐妹三个抱着哭作一团。

刘阿娣默默蹲在地上，叹着气捡起尤晓梅的碗，一点点把泼在地上的薯块一一捡回碗里，嘴里叨叨道：“别人费好多力气才搞回来吃的，就这么随便丢了……”她摇摇头又叹一口气，阿英噗地笑了：“刘阿娣，你唠唠叨叨好像胡妈啊。”

于队长看一眼刘阿娣，心一下软了，这些孩子都饿坏了。她沉声说：“大家都先吃饭，尤寒梅，你带着妹妹去洗脸。晓梅，别哭了。”她看着大家伙儿说，“同志们，我们现在确实很艰苦，没粮，没盐，差不多什么都没有，最大的麻烦是我们没有战斗力不敢出山。但最起码我们现在是安全的。”她咬咬牙对大家说，“我们是革命战士，是抗日先锋，如果我们都顶不住，怎么叫老乡们一起抗日？怎么能把日本鬼子赶出去？！我们现在起码比东北抗联的同志们要好得多。他们那里冬天雪埋半人高，火烤胸前暖，风吹背后寒，一样的没粮食没弹药，很多人都冻死饿死了，就这样还要对付鬼子的围剿！大家想想鬼子的残忍，想想多少同胞和同志死在他们手里，我们要不要抗日？要不要把鬼子赶出去？！”

大家都默然了，刘阿娣说：“队长妈妈，我想抗日，也想把鬼子赶出去，可是躲在这山里，我很饿……”

“饿，我也饿。都是人生父母养的，没饭吃，都饿。可我们为什么没饭吃钻山沟呢？还不都是小鬼子害的？！”她把手里的铁勺在锅边上叮叮叮敲了几下说，“这没油没盐的野菜汤确实难吃，这就是咱的抗日汤！咱就靠这口汤撑下去，迟早把小鬼子赶出去！”

“饿不死老子，迟早打回去！”阿英忽然冒出一句，接着端起碗呼噜噜喝起来。

大家伙儿听着，蔫头耷拉脑地好歹端起碗吃“饭”。就在此时，哨兵搀扶着一个老乡小跑过来，那人上气不接下气地嘶声喊：“翠翠，翠翠！出事了，出大事了！”

苗翠翠跳起来迎上去道：“崔老爹？崔老爹！出啥事了？你怎么跑来了？”

“不得了啊，出大事了……”翠翠帮崔老爹把背着的沉重口袋接下来，崔老爹捶胸顿足地哭喊道：“不得了啊……”翠翠急了，拉着他说：“崔老爹，出啥事了？你倒是说啊！急死我了！”

于队长也早已迎上来，二话不说先对哨兵说：“赶快回哨位去，加强观察！”然后才拉着崔老爹的手缓缓说，“老爹，慢慢说，出什么事了？”

“黄村，黄村出大事了！鬼子屠村了，屠村了啊……”崔老爹蹲在地上抱头号啕大哭，全队的人都哗地围过来。

苗翠翠一下跌坐在地上傻了，半天才一下扑到崔老爹身上扯着他疯狂摇动着问：“我爸呢？我妈呢？我弟弟妹妹们呢？”

“没了，都没了……回村的人都没了啊！”崔老爹撕心裂肺地号了一声再也说不下去……

苗翠翠爬起来就跑，一路大喊着：“爸！妈！”于队长忙喊：“拉住她！拉住她！”低头又去拉崔老爹，“老爹，您坐着，喝点水慢慢说。”

阿英跟于队长一起搀起老爹说：“这是我们于队长，你跟她说说，到底咋了？”崔老爹一听马上转向于队长道：“队长啊，小鬼子，他们把黄村的人杀了，把村子全烧了，烧光了……”

“黄村的人？！不是让大家都躲躲吗？至少躲个把月的！这才几天怎么又跑回去了？”

“别提了……”他回身去拉地上那布口袋，阿英帮他抬着坐到竹棚下的锅台边。崔老爹老泪纵横地说：“翠翠呢，翠翠！”刘阿娣和尤雪梅把拽回来的苗翠翠推过来，老爹抚着布口袋说：“粮食，都是为了粮食。你们戏班子走了以后，我们也都赶紧跑了，有的听了村长的话把粮食和值钱的东西带走了，有的人家走得急，慌忙里没带走全部粮食。”他看一眼苗翠翠说，“我们在后山里躲了三天，有的人家就没粮了。下雨了，山里冷，先是有人偷偷回去看看，拿点东西就赶快跑，后来看鬼子没来，就大意了。村长也拦不住，有些人家就回去了。前天，你家铁头和来娣病了，你爸妈就带他们回家。你爸背了一袋粮食到后山给村长，说是已经十天头上了鬼子也没来，孩子在家喝点热汤养养，好点再躲到山上去。村长跺着脚让他去喊回村的人赶紧出来，可谁知道啊，天杀的小鬼子天不亮就进了村。”

崔老爹的叙述再现了可怕的一幕。

黎明前最黑暗的时刻，大部分人家逃走的黄村黑漆漆的，死一样寂静。

淅沥沥的冬雨不停下着，湿滑泥泞的村路尽头传来吧唧吧唧的脚步声。

翠翠家趴在门口的阿黄下巴搭在前爪上正闷头大睡，忽然耳朵抖了抖，抬起头，狗眼在黑暗里溜溜地亮着。它忽地站起身，浑身的毛奓起来冲门外狂吠着。

村口影影绰绰走来一队黑影，闻声停住。谍报队队长山崎轻轻挥手，让伪军把整个村子包抄起来，自己带着鬼子朝村里摸去。站在黄村唯一的大宅柳家大院门口，他看着黑漆漆的院落和紧闭的大门发出一声凄厉大吼：“冲进去！”

一小队鬼子在门外摆开了迫击炮，一队鬼子成战斗队形朝大门里冲去，大门应声而开，反让多疑的藤井迟疑着后退了一步。鬼子兵直冲进去，并没有意料中的枪声和反抗，一句话，院子里压根就没有一个人。

跟着新任特高课课长藤井的有一个熟人——何大头，自从下了卡车走了一夜山路，他已经累得跟狗一样，见院里没啥反抗，一屁股坐在廊檐下的美人靠上呼呼喘气。这一夜，要不是怕掉队落了单，他早就坐地上不走了。

藤井大踏步进去，一进进院子一间间房子查看着，最后回到坍塌的小佛堂，死死盯着那些残垣断壁。一个鬼子兵很利索地捡起一根不知是椅子腿还是窗户棱儿，撕下一块布幔扎成火把举起照亮，瓦砾里泛出一股恶臭，一块黑乎乎的东西很刺眼地在碎砖里支棱着，藤井捂着鼻子指了指，一个十六七岁的小兵凑过去一拔吓得啊的一声怪叫——那是一只断臂，女人的断臂。

藤井的脸黑得锅底一样瞪了小兵一眼，小兵极力扭着脸把那断臂拿来放在佛龛前条案上，藤井用手绢捂了口鼻仔细翻检那只断臂。

这是一只左臂，已经开始腐烂，蛆虫钻动，从手的形状还看得出生前的秀丽。那截套在断臂上的红色衣袖斑驳着黑一块紫一块的陈旧血渍和烟尘，藤井用棍子挑开它，上面布满了一块块尸斑，断臂上方外侧有个模糊的图案。他把捂着口鼻的手绢取下，倒了点水轻轻擦拭上面的污渍，赫然显露出一朵精巧的梅花。

藤井身子一震，虽然那天池田说急促散乱的发报声忽然中断，预感到出事了，但没想到竟是这样。绫子是佐藤生前特意从上海特务机关借来的受过专门训练的特工，没想到一朵美丽的帝国之花就这样凋谢在这个穷乡僻壤。他忽然一阵悲哀，本来对她很有期待，原想等她完成任务回去可以有机会缠绵一下，没想到她竟然尸骨不全地散落在残墙断瓦之间。心痛啊……

他气恼地一挥手，让手下在里面继续翻检："必须把绫子少尉的尸骨找齐了！"转身朝外走去，杀气腾腾命令道，"村里百姓统统赶到这里来！"

院外的士兵们奉命杀气腾腾而去，院里的也忙得不亦乐乎。

天色熹微，柳家大院里耸立起一座高高的柴堆，最上面架着一只樟木箱，七八支火把冒着黑烟，火把照耀下两排刺刀闪着寒光。

一群村民被刺刀逼着走进大院，不时传来枪托砸人的声响，此起彼伏的呼痛声和孩子的哭声。

藤井见人们被赶进来，一挥手，一支火把被扔在了院子中间的柴堆上，轰的一声燃起了一大堆篝火，跳动的火焰舔舐着樟木箱，火光压住了天边启明星的光芒，两排鬼子兵朝天放了两排枪，在藤井带领下朝火堆鞠躬致敬。然后，藤井一转身就势拔出了东洋刀朝前一指，喀啦啦一阵响动，所有寒光闪闪的刺刀全部直对着瑟缩在一堆的村民。

被赶进来的人们一见院里杀气腾腾十八层地狱的样儿，已经吓得不知所措。藤井对身边的何大头嘟噜了一句什么，何大头提着气儿说："太君问话，村里的维持会长在不在？"

大家互相看看，纷纷摇头。何大头谦卑地对藤井说："太君，这里，那个、那个，是皇军没来教化过的地方，他们没有维持会。那个，也就没维持会长。"

藤井一瞪眼，他赶紧扭头提高了嗓门问村民："你们村里谁是管事的？"

大家你看我我看你，木然地摇摇头，一个老汉颤巍巍地说："我们这里没人管事，都逃荒去了。"

"逃荒？没听说今年有什么大灾，这么大村子就剩这么几个鸟人，是逃荒还是逃皇军？老实说！"

藤井不耐烦了，恶狠狠地问："这里发生了什么事？！谁把里面炸了？！谁炸死了皇军的女人？！"

何大头把藤井的话一句句翻译过去，眼睛盯着那老汉说："老家伙，说！这里到底发生什么事了？不说死啦死啦的有！"

"前几天晚上，我在家里，就听见炸雷轰隆隆一响，跑出来看，柳家被雷轰了。造孽啊，柳家不积德啊，生个儿子是傻子，老了老了还被雷劈。造孽啊……"

"雷劈？你个老东西哄谁？这是雷劈的吗？"

"老总啊，我家在村东头，这是村南头，等我跑过来这里已经这样了，人家都说是被雷劈了，我也就知道是雷劈了啊。不关我的事啊……"

何大头想想也不错啊，扭头低声对藤井翻译了老头的说法。藤井摇摇头说："不对！这里是被炸了的，不是雷劈的。"他用指挥刀指指老头儿说，"问他！这家的人都在哪里？一定要把这家的人找出来！绫子少尉不能就这么不明不白地死了。"

"柳家的人呢？把柳家的人给我指出来！"何大头弓着的腰一朝向百姓立即挺得笔直，那问话声也拔高了八度。

"哎哟老总啊，这柳家被雷劈了后哪还敢待在这里啊？柳老爷带着傻儿子连夜就跑了，说是去投奔亲家。"

"放屁！"何大头使劲儿朝老头儿脸上啐了一口骂道，"他亲家就是大日本皇军！说！他们跑哪儿去了？他那儿媳妇怎么死的？"

老头儿吓得一下就跪下了，连连作揖说："老总，我真的不知道啊。就知道柳家爷儿俩一下娶了两房漂亮媳妇，大家都眼热得要命，说是他家祖坟上冒青烟了，老天一下就给他送了俩漂亮女人来，还吵吵着要喝酒看戏。没想到轰的一声就没了，到底怎么回事我们也没看见啊。"

其余众人也七嘴八舌说："就是啊，求求您了老总，跟太君说说吧，我们真不知道咋回事啊。那天我们都在前院等着喝喜酒，后院被雷劈了……"

何大头在藤井耳边翻译着村民们的话，藤井皱着眉头，叫何大头继续追问柳家父子的去向，他决心搞明白这里到底出了什么事，绫子到底怎么死的？这次派马寡妇和绫子来这里的事除了横田大佐就只有自己和这个何大头知道，怎么这么快就被新四军端了？不管这些乡下人怎么说，他心里明镜似的，一定是什么地方出了问题，有个屁的老天爷天打雷劈！一定还是内部出了问题！藤井长叹一声：“看来，这里是查不到什么了，回宁城去吧。”

何大头点头哈腰地应承着：“是是，太君英明。”心里想的却是：可快走吧，别被新四军来打一顿，枪子儿不长眼，说不准我金贵无比的小命就没了。

藤井狞笑一声道：“走，是要走的。但是！”恶狠狠地瞪着跪在地上的老头儿，老头儿恭顺地趴在地上浑身哆嗦，“不能便宜了这些和新四军一个鼻孔出气的刁民！”他提着指挥刀朝老头儿走过去，老头儿趴得更低了。他用刀锋在老头儿苍发蓬蓬的头上拍了拍，用蹩脚的汉语说：“你的，抬头！”

老头儿抬头看了他一眼吓得又低下头去，他用冰凉的刀锋托起老头儿下巴：“说！柳家人的，哪去了？！”

老头儿被刀锋托着下巴，吓得上牙打下牙哆嗦着，说出来的话更加不囫囵了：“不、不、不，不知道了。”

藤井已经不指望从这老头儿嘴里掏出什么有价值的消息了，他抡圆了指挥刀劈下去，一道血光飙起来，正好撞上第一缕晨光，红得耀眼。一颗白发苍苍的头颅咕咚一声掉在地上，骨碌碌滚出十几步远，还看得见那老头儿的眼睛瞪得溜圆，嘴巴大张着舌头在嘴里哆嗦。

直到这时，围聚在一起的村人才发出一阵惊恐的尖叫，何大头后退一步闭了下眼，把惊叫咽了下去。

藤井面不改色地提着滴血的指挥刀在村人面前慢慢走过，逐个打量着一个个村人，忽然停步拉出一个小女孩儿来。那女孩儿被他一扯哇的一声尖叫起来，趔趄着打着磨儿不肯跟他走出人群，一个妇人抓住她冲藤井喊道：“花花！花花！抓我！别碰我女儿！”

刚从山上赶回来躲在柳家大院墙后的苗翠翠她爹见状一蹦子从墙外翻进来，两个鬼子兵冲过来堵截……

藤井冷面一刀，把妇人拽着女孩的一条胳膊劈了下来，妇人疼得号叫着满地打滚，女孩儿先是一愣接着抱着藤井的胳膊嗷的一声就咬下去了。藤井负痛大吼，一把将女孩儿举起来扔到了火堆里，女孩儿从火里爬起来往出跑，一群鬼子用刺刀把她戳回去，瞬间她就全身是火惨号着在火里乱跑，鬼子们全都哈哈大笑。

可怜苗翠翠的爹先是大喊着“翠翠妈”扑上去，捡起女人的胳膊徒劳地想给她安上去，转眼见女儿又被抛在火堆里，他疯了！捡起火堆里一根燃烧的木椽子挥舞着朝藤井冲去，藤井狞笑着挥舞战刀跟他对攻起来，可怜他哪里是训练有素的藤井的对手，被藤井像老猫戏鼠般在身上左一下右一下划出好多不深不浅的伤口。他知道自己活不成，也不想活了，完全是一副拼命的样子不顾死活地往上扑，一棒子狠狠打到藤井肩上，藤井一刀斜劈，他一只手臂连着着火的木椽被劈了下来，他根本就没想着要活，合身朝藤井扑过去，嘴里喊着：“我和你拼了！”藤井紧紧握着战刀神经质地扭了下脖子，狠狠一刀劈下，翠翠爹的脑袋飞了出去，人却依然直扑上去紧紧抱住了藤井。

人们被这一幕恶战吓呆了，已经失去了头颅的翠翠爹一只左臂有力地箍住了藤井，腔子里呼呼地往外飙血……

村人们又恨又怕，几个孩子大哭起来。

藤井也吓蒙了，大喊着往后退着，几个鬼子兵冲上来帮他，一把把刺刀刺在翠翠爹的身上，又七手八脚地往下扯，终于把翠翠爹的尸身扯了下来。

一家人转眼间三口子就没了，虎头虎脑的铁头哭喊着要冲出去，被旁边一个汉子死死拦腰抱着，旁边一女人紧着捂他的嘴，周围的人默默移过来挡在他前面。

浑身是血的藤井拄着带血军刀咆哮着：“新四军在哪里？！柳家人在哪里？！说不出来你们统统给绫子小姐陪葬！”

火堆里，那口盛着绫子尸身的樟木箱已经烧得七零八落，苗花花也已经蜷缩成黑乎乎的一小团，地上两条断臂，两颗头颅，三具尸体。

雨后初晴的太阳，印在藤井血红的瞳孔里。他眼前的这些中国人，看着畏畏缩缩万分恐惧，可没有一个是顺民！浑身浴血的他已经不想再从这些人嘴里得到事情真相了，他只想让他们为绫子的死负责。

他一挥手下令：“开枪！统统的杀了！”

一阵枪响之后，柳家大院里横七竖八的尸体横陈。

藤井命令：“烧！全村烧光，就留这个院子。你，”他对何大头一努嘴说，“写个告示留下，就说，这就是和皇军作对的下场！他们，统统给绫子小姐陪葬！”他瞪一眼面色仓皇的何大头，目光朝下一扫，瞧着何大头尴尬地掩饰着尿湿的裤裆，冷笑了一声。

何大头俯首帖耳哆嗦着腿连连道：“哈伊，哈伊，我马上写，我这就去写，我是猪，我是猪。”他这东一榔头西一棒子前言不搭后语的回复让藤井更加不齿。

村里一处处火头升起，黑烟滚滚。藤井看着篝火熄灭，让人把绫子的骨灰拣出来，拿了柳家的首饰盒装了用白布裹好。何大头哆嗦着手把写好的告示呈上来：“太君，这个的还请您亲笔签发。”

藤井接过毛笔看了一下，冷笑着扔了，用战刀在血泊里沾了沾，在告示一角很霸气地画了几笔，顺手在何大头裤腿上抹了抹回刀入鞘，把本来就战战兢兢的何大头差点儿又吓尿了。

藤井站在柳家大院门口的石阶上，看着村里四处窜起的黑烟，静等着各路放火抢掠的士兵都归队，这才挥手示意撤了。

崔老爹哭诉道：“队长啊，我们听到狗叫就爬起来躲在山上看啊，后来又听到枪响，看到黑烟，整个村子都烧了啊……可谁都不敢下山。我和村长躲在路边林子里看着鬼子走了，才偷偷跑回去。这一看不得了，柳家大院里几十口子啊，全没了！全没了……”老爹从怀里掏出一张告示给于队长，告示上黑笔浓墨地写着：黄村匪类伙同新四军杀害大日本皇军，抗拒皇军统治，皆非顺民。一律杀无赦！大日本皇军藤井少佐宣。后面是血淋淋几个鬼画符。

于队长扶起崔老爹，说：“老爹，我们会为黄村的乡亲们报仇，新四军会为乡亲们报仇！”她抬头对围拢在身边的队员们吼道，“我们会吗？！”

“会！”被崔老爹的述说震惊了的学员们七嘴八舌地大喊。

“我没听见！”

“会！”大家齐声大吼，“为乡亲们报仇！把鬼子赶出去！”

苗翠翠抓过那张告示举着，一下跪在于队长面前：“队长，我要去前线！哪怕烧火做饭当卫生员！我要去前线！”她转身朝黄村方向磕了几个头，直起腰来喊道，“爹，娘，花花、来娣、铁头！只要我苗翠翠还有一口气，就一定给你们报仇！把鬼子赶出去！”她跳起来骂道，“藤井你个老甲鱼，有本事你别死，小娘我抓住你千刀万剐煮了喂狗！藤井你个杀人不眨眼的魔鬼啊！我 × 你十八辈子祖宗！”她嘴里飞出一连串不堪入耳的村骂，没人阻拦她的哭骂，大家默默朝黄村方向鞠躬默哀。

崔老爹抱着那口袋拉着苗翠翠说：“翠翠，你家啥都没了，都烧光了，这是你爹背出来的一袋米，我给你背来了。”

“米？！”苗翠翠听到“米”字一下停止了哭骂，低头一看那熟悉的破布口袋，哇一声又哭起来了，“爹！娘！你们咋知道我天天饿肚子啊？”她趴在米袋子上哭爹喊娘地又哭了好一阵子，阿英拍着她的背，轻轻说：“翠翠，不哭，咱不哭了啊。”说着自己却不禁跟着哭起来。

崔老爹却拉着于队长问：“怎么？你们天天饿肚子？”

于队长没吭气，回身在锅里搅了搅，崔老爹探头看了看，叹了口气：“你们上次去咋就不说呢？不是说咱们是一家人吗？我这就回去，只要你们打鬼子，只要我们有一口饭吃，就不能叫你们天天饿着！哪怕一碗饭匀成一锅粥，咱们也一起吃！”

崔老爹拄着拐噔噔地走了，苗翠翠一直把他送到山脚下，看着他远去的背影，想想自己一家就剩自己一个人了，她不禁又眼泪唰唰地流。阿英默默陪着她，眼前又晃过养父何继儒死不瞑目的脸庞，半晌说了一句：“我们都是孤儿了。小鬼子，欠我们多少命……”

苗翠翠跪地仰天大叫：“老天爷！你咋不劈了日本鬼子！你瞎了吗？！”

阿英拉起苗翠翠往回走说：“老天爷瞎了，我们不瞎！它劈不了鬼子，我们劈！”

一高一矮两个女孩儿，一路走，一路相互紧握着冰凉的手……

青训班的营地又转移了，他们进了四明山的深处，远离人烟，躲避鬼子，也怕连累老乡。不只是他们，整个纵队都化整为零转移了。

四明山依旧是青山绿水，只是天更冷了，很快就到了最难熬的腊月。

山坳里，难得的大晴天，冬日暖阳懒懒地洒在一群意气风发的年轻人身上，新四军军歌飞扬在蓝蓝的天空上。锅里有了米，年轻人的心气儿一下就提了起来，他们在尤雪梅的指挥下，排练节目。

于队长在一边看着若有所思，苗翠翠不会唱歌，烧了一大锅开水，提了一桶来晾着，又跑去抱了大家的碗来。尤寒梅已经领着人咿咿呀呀唱起了《楼台会》，苗翠翠听了一会儿听得不耐烦了，拉着于队长说："这哼哼唧唧唱的什么啊？我一句也听不懂，好像和打鬼子没关系啊。"

苗翠翠的粗喉咙大嗓门一下吵得大家全听见了，嘀嘀咕咕议论起来，城市里来的同学说："《楼台会》也蛮好听，乡下人听不懂。"

农村同学不干了，叽喳道："我们本来就是唱给乡下人听，又不是在大上海唱。唱这么咿咿呀呀软绵绵的戏，能让人提起打鬼子的劲儿吗？"

两方的争论越来越激烈，搅得尤寒梅实在唱不下去了，一赌气摔了手里的扇子喊道："吵什么吵？要吵到别处吵去！"

于队长一直静静听着大家争论，拉着尤寒梅说："小尤，咱们能不能也编点新戏，像《放下你的鞭子》那样的戏，教育人民、鼓动人民。好不好？"

阿英学戏正在兴头上，成了尤雪梅的跟屁虫，正跟在她身边比画着水袖，听于队长这么一说接嘴笑道："好呀好呀，新戏好，新戏要好玩一点儿好唱一点儿的，老乡听得懂，战士也听得懂。"苗翠翠在身后扯了一下她衣裳后襟，她一眼看过去，尤寒梅的脸色已经不大好看，她一伸舌头缩了缩脖子笑了。

尤寒梅慢慢想着，说："编新戏倒好，可我们只会唱戏，从来没编过戏文，上次搞了好久也没搞出来……"

于队长拍手笑道："这怕什么？咱们青训班有的是笔杆子，文老师就是现成的，你们去找他。"

尤雪梅闻言眼睛顿时一亮，整个人都亮了，说："好啊好啊，我马上就去。"说着转身就跑了。

没几天，一出新戏《阿毛打鬼子》开排了，讲述一个孩子家人被鬼子杀害后愤而走上抗日战场的故事。

这天，文老师当导演，神采飞扬地在讲戏。尤雪梅在他指导下配着新词学唱，等她学会了，再教其他几个人。

阿英热切地举手嚷道：“我要演阿毛，我爸爸就是被鬼子逼死的，我也是被鬼子逼上梁山的。我演阿毛！不能真的上战场打鬼子，在戏里打鬼子也很过瘾啊！”

尤雪梅横了她一眼道：“阿毛是这出戏的主角，戏份最重了，当然是我来演。你呀，好好学，有文老师在，还怕以后没你的好戏演？”阿英的嘴噘起来刚想说话，尤晓梅已经叽叽喳喳喊起来：“还有我呢，我也要学阿毛的戏，起码可以做你的替角儿啊。”

“呵呵，都抢着演抗日小英雄，谁来演鬼子小队长呢？”

“苗翠翠！”尤晓梅有点恶作剧地喊道。

文老师看一眼苗翠翠粗壮结实的身材点点头，苗翠翠瞪着尤晓梅张嘴要骂，可看看文老师已经点头，又觉得只要能上台就好，于是不吭声了。

几个配角很快就定下来，可是谁都不想演被鬼子欺凌惨死的阿毛娘，戏份多又难，都怕演不来。

争执半天，尤寒梅笑了：“阿毛娘当然是我来，阿毛嘛，其实应该是个花旦戏，你们几个小鬼头吵得来一塌糊涂的，也不怕文老师笑。”

文老师哈哈大笑道：“阿毛的戏，我倒以为不一定是花旦戏，花旦戏轻佻娇俏，与阿毛的故事不太符合，我说啊，”他看一眼尤雪梅说，“加一点儿反串小生或者刀马旦是不是更好？”

尤雪梅脸微微红了一下说：“好啊，那我要把动作和唱腔再好好想想。”她美目娇俏地看了文老师一眼，心里暖暖的。几个小鬼朝他俩做鬼脸，倒搞得文老师有点尴尬，红着脸忙说：“我可不是为你争角色啊，我是就戏论戏。”

“越描越黑……”阿英嬉笑着冲两人做鬼脸。尤雪梅娇嗔地横了她一眼，亲昵地在她背上轻轻敲了一下，脸红得跟大红布似的，惹得围观的人们哈哈大笑。

于队长笑得前仰后合地说：“这有什么好争的？你们都好好学，这么大的根据地，你们可以分组下去演！”大家一下欢呼起来，等大家好不容易安静一点儿了，她高声宣布：“报告大家一个好消息，闹了几个月，清乡的鬼子大队终于撤了！”这次的欢呼很震撼，连竹林里的鸟儿们都被惊着了，它们叽叽喳喳振翅飞起来，盘旋远去又好奇地飞回来。

排戏的这些天，她们十分感谢苗翠翠的父亲，感谢他背出来的那一袋米。虽然每天每顿只能在锅里加那么一小碗，每个人碗里只有数得出的几粒米，但总算有了粮食味儿了。

阿英咬牙切齿地想下山，去把存在胡管家那里的那一大笔钱弄出来去买好多好多米，还有盐！要命的咸盐！大家嘴里都淡出鸟了！

又过了些天，带着新戏的演出队出发了，她们给四乡八镇的乡亲们、部队战士们到处演出，鬼子清乡之后的根据地满目疮痍，他们经常看到被烧掉的房子，还有在新坟前哭泣的人。《阿毛打鬼子》一炮而红，引起了大家的共鸣，民众的抗日热情前所未有地高涨，支持新四军和抗日政权的积极性也空前高涨，黄村的乡亲们真如崔老爹所说，把一碗饭匀成一锅粥，给他们送来了粮食。

汽灯雪亮，人声鼎沸，一个不大不小的村庄。山间条条小路上星星点点摇动的火光，仔细看去，那是人们打着火把兴高采烈地从四里八乡涌来。不年不节的，这些人呼朋唤友地笑着，一个头上顶着把竹椅子的小伙喊道："阿牛哥，看戏要快跑，要不要我帮你占位置啊？"背着老太太的汉子说："妈，你也是，非要来看戏，十几里山路啊。"老太太豁着牙叨叨："我把你们兄弟姐妹几个都背大的，今天你背我一下就不行？"汉子无奈伸头喊："阿三，位子多占几个！"阿三大声答应着，跑得更快了。

雪亮的汽灯下，阿英一会儿哭一会儿笑的，把个乡下小姑娘演得活灵活现。苗翠翠演的日本鬼子一刺刀扎死阿毛娘，阿英一大段悲戚激昂的唱词引得台下观众群情激昂，不知道谁喊了一声："打！"无数乱七八糟的东西照着苗翠翠砸来，紧接着上台的是扮演新四军战士的小王，他举枪把鬼子打倒在地。全场欢呼，大喊："打死他！打死他！"阿英捡起了鬼子的枪，一脚踏在鬼子身上做了一个帅气的亮相。

在群情激奋中宣传队全体上场，高唱"大刀向鬼子们的头上砍去"，最后全场不分军民齐声喊："杀！"

演出结束了，老乡们久久不肯散去，尤雪梅给年轻人和小孩儿们教抗日歌曲，阿英和苗翠翠等人忙着收拾道具和卸妆。几个女人在满地找刚才扔上来的东西，一个女人说："这是我的。"另一个说："你的？你男人哪有这么大脚？"另一个女人说："这也不是你的，你哪有这么好的针脚？"叽叽喳喳说得热闹，阿英凑过去仔细一看哈哈大笑，原来她们在找的是纳了一半的鞋底。

阿英笑着把卸了妆的苗翠翠拉过来，笑道："大嫂们，给你们看看你们刚才打的'鬼子'。"

"呀，是个妹子啊？！嫂子们刚才光顾着生气，就忘记是演戏了。"几个媳妇拉着苗翠翠上下看着查问，"妹子，看打着哪儿没有？"

苗翠翠憨笑着说："没事，嫂子们，你们打我，是说我演得好。"一片嬉笑声中，一个媳妇从怀里掏出一个焐得微温的煮鸡蛋，塞给阿英道："妹子，可怜见的，小小年纪就没了爹妈，以后谁疼你啊。"她的话说得阿英眼睛红红的，拉着苗翠翠和刘阿娣低声说："我的战友都是我的亲人，你们也是。把小鬼子打出去，就报仇了。"

舞台上的阿英生龙活虎，几场下来，几个人里倒是她演的阿毛最讨观众喜欢，成了阿毛的主要扮演者。他们走遍了根据地的大小村镇，人们不知道他们的姓名，只记得新四军是打鬼子的队伍，这队伍里有个会唱戏的孩子叫阿毛。

28

时钟倒拨，回到四三一基地被毁后的一个月。

宁城特务机关。秋风在树丛池边穿行，低矮的冬青树木愣愣站着，所有树木都挂着阴冷的墨绿，荷叶枯萎凋零着把荷塘搞得乱七八糟，连游鱼都潜在池底不肯出来，一片死寂。

小楼里安静得仿佛空无一人，其实里面是有人的，侦缉队大办公室里，浩子趴在办公桌上，骰子罐儿、牌九，乱扔在宽大的桌上。他手指头下意识地拨弄着牌九，两眼忧愁地望着窗外那枝伶仃的枯枝，悄悄说："完了，这下要老酒泡咸鱼——小菜一碟了。"

赵小六子看看四周，悄悄在他耳边说："有现成的替死鬼啊。"

"替死鬼？谁？"浩子警惕地看着他，声音不免高了那么一分两分，周围数道目光齐刷刷地射了过来。

赵小六子故作神秘地悄悄说："太君无非是要抓个人出气，押在宪兵队的络腮胡……"他朝大家环视一圈，眼睛诡异地眨了眨，嘿嘿笑了。围拢来的人互相交换着眼神不约而同地点点头，都坏坏地笑了。

横田在原先佐藤的办公室里来回踱步，佐藤下过的残棋还摆在茶几上，一只古色古香的小铜鼎泛着冷冰冰绿莹莹的铜锈，精美的茶具仿佛在等待品茶人。

他双手抱臂低头盯着那盘残棋，佐藤死了，四三一没了，更可恨的是堂堂大日本皇军的宪兵司令部被几个抗日分子搅得地覆天翻，十一个军官死于一个支那瘸子之手！

仔细研究过那几个人的档案，发现一个疑点：四个人都是同一个人主审，都在同一天签悔过书，而且四个人的被俘也与这个人有关。这个人，就是张震。

他回到桌前，再次翻看着张震的档案。看档案记载，这个人是新四军里一个很年轻的中下级军官，主要负责根据地的粮食和各种物资征用、购买、调集、分配，介于军需官与政府官员之间，从档案看不出有什么特别。但就是这样一个人，熬过了最可怕的刑罚，最后在心理打击和肉体摧残双重压力下才就范。这到底是一个什么样的人呢？

佐藤曾很得意地报告过，说征服了一个值得重用的支那人。但也说过，他一直在严密监视这个人，不敢真正彻底信任这个人。“他眼睛里有一种东西，捉摸不透的东西。”

他闭目凝思：如果这个张震可疑，这次新四军闹得这么大，为什么一直盯着他的佐藤没有发现任何蛛丝马迹？只有两个可能：要么他确实已经彻底归顺了，死心塌地为大日本帝国效力，像七十六号的李士群；要么他是个深藏不露的双面间谍！如果是这样就太可怕了。更可怕的是他身边还有一个近卫夕颜小姐的密友罗芳，用中国话说是投鼠忌器，没有真凭实据还不好动他。

他又想起佐藤的死。根据守护佐藤病房的卫兵报告，是张震和罗芳进去探视时自己拔掉了输液管和氧气，这期间他们好像发生了一点儿争吵，然后就死了，但他没听清争吵的内容。

横田后悔啊，后悔为布置清乡晚来了两天，没能最后见佐藤一面，他死前不管多少肯定会有线索，起码有些想法。现在，就算张震有问题，那所有的证据和漏洞也都被他抹平了。

他和佐藤一样对这些人毫无信任，充满厌恶。这些叛徒，可以背叛一次就可以背叛第二次第三次，他们能背叛自己的祖国自己的民族就能背叛大日本帝国！

现在，佐藤死了，一切都没了线索。龟田大佐在第一时间里提取所有人的聆讯供词都不知所云，杂乱无章里透着真实，却毫无价值。

来到宁城这一个月，他已经对这些支那人统统过了一遍筛子，这些人都不可靠，但又不能如龟田大佐所说全部清除。统治这座城市，他们是不可或缺的力量。他叹了一口气，忽然觉得很无力，想杀人，可杀人已经不能解决问题。现在是要怎么收拾这个烂摊子，怎么结案好给上面有个交代。这么大的事不能糊里糊涂了结，总得拿出个把人来杀鸡给猴看，不能认输了事！他拿起电话，给藤井下令，重审所有曾在宪兵司令部和特务机关工作过的中国人。

几天下来，审讯室里不时传出狼哭鬼嚎，所有人文的武的都过了一遍。横田只管坐在暗处，一个个观察，一言不发。

最后一天，他亲自在佐藤办公室“接见”了张震——恭敬下掩盖不住的骄傲，还混杂着几分惫懒、自暴自弃、嚣张。几个回合下来，确认了佐藤的看法：是个值得利用的人，有价值，但不敢信任，他的眼睛里确实有点捉摸不透的东西。

对罗芳的方式就更柔和了，毕竟近卫夕颜小姐的朋友是不能不尊重的。在宪兵司令部的荷塘水榭，他一身和服，与罗芳小姐隔着茶桌相对而坐。而她在接到邀请之后显然也是做足了功夫，一身和服、薄施脂粉，娉娉袅袅地开门进来，行礼，跪坐在横田对面，那一招一式一颦一笑，活脱脱一个日本贵族小姐。这架势逼得横田不得不对她多加了几分客气，一场茶客客气气品完，肚子空空如也，脑袋也空空如也。

最后的句号画在了地牢，那里不断传出络腮胡的凄厉惨号。由于整件事里他“嫌疑”最大，现在还在接受刑讯，招不招的也根本无所谓。横田在审过他一次以后就再没露面，由藤井负责审讯，何大头翻译。藤井既没有佐藤的耐心，也没有田中的精致，每天两次上来就是把那些刑具一件件挨着在络腮胡身上使用，与其说是为了获得口供，更像为了满足他嗜血虐待的变态心理。络腮胡吃足了苦头，却不知道到底让他招什么，急得直哭。

这天藤井拿起桌上亮闪闪的手术刀比画半天，不知道是做什么的，干脆走到络腮胡跟前，看看手术刀又看看他身上各处，忽然表现出对他下体的极度兴趣。络腮胡大叫着：“不！不！你们要我说什么？要我说啥我就说啥，告诉我啊！”他极度绝望痛苦的哭叫声让何大头动了恻隐之心，说：“你和王长林他们是怎么回事？皇军就想知道王长林他们几个的事，还有四三一基地怎么被新四军端掉的。

谁是内奸？！”他小声说，“你死罪难免，招了就少受点活罪吧。”

“我说，太君，我啥都说。王长林是新四军的人，他们诈降，宪兵司令部就是他们几个合谋打的。”

“那你是干吗的？怎么知道他们的计划？”

“他们秘密开会被我发现了，王长林给我一大笔钱，让我别告密。”络腮胡一句谎话出口，后面越编越顺溜。藤井很满意地听着何大头翻译的供词，赵小六子添油加醋地记录着，不一会儿就整出满满两大张来，熟练地拿着印盒过去让他摁了手印，看一眼藤井。何大头作好作歹地求着，藤井点头让两人把络腮胡从拷问架上放了下来，络腮胡已经是奄奄一息，赵小六子给了他一碗水。

三天后络腮胡喝了断头酒该上路了，但他自己还不知道。络腮胡吃饱了，又喝干了碗里的酒，对何大头千恩万谢，对他说：“请你务必转告横田大佐，张震不是好人，提防他，他不是共党奸细你砍了我脑袋！”

何大头脑袋摇得拨浪鼓似的说：“兄弟，你别害我，这话我带不着。”

“为什么？为什么？！你看他把我害得多惨？我不是奸细，他才是！”络腮胡嘶声大喊。

何大头感慨地摇摇头说：“兄弟，你是真不明白还是装糊涂啊？人家背后有人，佐藤不敢动他，横田也容他三分，为什么呀？为他和那个罗小姐好啊。罗小姐是谁？是近卫小姐的密友，那是天皇贵胄，和近卫家搭上关系就是和天皇家搭上关系，你跟他作对就是找死！砍你脑袋？明年今天就是你忌日了，醒醒吧。”他一脸怜悯地低声说，“你啊，就是个替罪羊，大家都指着拿你给上面一个交代！”

络腮胡傻傻地看着何大头，那脸上的不屑和不耐烦说明了一切，他一下就软了，出溜到地上跪着哀求：“什么？明年？今天？忌日？今天我就要死了？求求你，求求你！救救我！”他茫然看着何大头的眼睛，何大头忽然有点可怜他了，五大三粗的东北汉子，生来就是扛枪玩命的狠角色，可一旦降了日本人就变成稀泥软蛋了。

“降将不是将啊，兄弟。”何大头感叹着。络腮胡忽然明白了，自己不过是日本人手里的一把刀，用完了随时可以扔掉，不管他们让自己干什么给自己什么，都是因为自己能像条狗一样帮他们咬人、敛财、消除他们周围的危险。现在，自己最后的用处就是为他们解决一个麻烦——完结这次事件。

他号啕着扇了自己两嘴巴："降将？我就是条狗！日本人的狗！我早就该死了，在北大营被攻击时，在卢沟桥炮响时，在淞沪战场上！那时候我死了是英雄！现在，"他低头看着自己颤抖的双手，脸色灰败，"这手上都是血，都是血，中国人的血……天啊！你怎么就不让我早死了呢？！"他疯了，他捶打着地面，拉着何大头的裤腿嗷嗷哭着说，"我是不是早就该死？我帮日本人杀了那么多人，干了那么多坏事，四爷想杀我，国军想杀我，百姓想杀我。可没想到现在是日本人要杀我！哈哈哈！日本人要杀我！日本人！小日本，我 × 你十八辈儿祖宗！"他哭着哭着忽然狂笑不已，"小日本！老子过十八年还是一条好汉！"喊完又继续哭号。

何大头不耐烦且胆怯地踢开了扯着他裤子的双手，冷笑了一声："希望那时候日本人还在这儿。"

络腮胡喃喃道："如果那时候他们还在这儿，我要做一个英雄！杀鬼子的英雄！"

何大头完全不耐烦了，走到牢房门口朝外面等着的鬼子兵一歪头，两个鬼子兵端着刺刀枪进去，把趴在地上的络腮胡像狗一样拖起来，半拖半拽用枪托驱赶着朝外走去。阴暗的走廊里，空洞洞回响着铁锁锁铁门的哐啷声和络腮胡的哀号。

这不是络腮胡想要的结局。他两眼望天，天上飘落冰凉的雨丝，鲜红的血飚上天空又溅落在污浊的泥水里时，他眼前浮现出老家的白山黑水，那些洁白的雪花……

此刻，横田手里的香烟换了一支又一支，房间里烟雾缭绕，时间嗖嗖地过去，他把烟头捻灭在烟缸里，使劲捏了捏眉心，把满桌子翻开的案卷一推，喃喃自语道："鸡肋，都是些鸡肋！"说完仰靠在椅背上长长叹了口气，再三斟酌，他决定留下这些"鸡肋"，甄别再搞下去也没意思了，留着这些"鸡肋"去为大日本帝国当炮灰吧。

横田走了，宁城特务机关名存实亡，日籍人员装备和侦缉队全部划归宪兵司令部，南大营的龟田兼任宪兵司令，张震还在当着他的大队长，罗芳继续在特务机关做翻译工作。每个汉奸都知道，好日子完了，自己已经失去了皇军的信任。

宁城周边在鬼子大力扫荡清乡后抗日武装销声匿迹，维持会遍地开花，一片“祥和平静”。很快，南京政府派人来筹建政保局、警察局，宁城的伪政权成立了。

暗瞳小组全员静默，每个人都依自己的伪装身份小心翼翼地做个“普通人”。张震和罗芳在看似平淡的日常生活中紧锣密鼓地为自己“织网”，广交朋友，团结拉拢所有可以利用的人，为自己织一张密密层层严丝合缝的保护网。何大头忙于在藤井、龟田那里寻找新靠山，而苟六壬自知直接靠日本人很难，钻头觅缝进了南京系的警察局。

南京派来的政保局局长冯静之，也在疯狂地建立伪政权机构，扩张自己的汉奸势力，成了宁城汉奸统治的头头。

宁城，看似波澜不惊下暗流涌动，新的暗战，在酝酿中……

29

宁城郊区江家湾，鬼子眼皮子底下的江家大院，门口挂着江家湾维持会的牌子，四角碉楼家丁伪军联合站岗，大门口迎来送往的管家给鬼子、伪军、侦缉队和各路来访者点头哈腰打躬作揖，俨然是大日本皇军直辖的顺民典范。但在第三进院落一间厢房里，张部长安然坐着，他一件青布长衫跑单帮小买卖人打扮，陪他的就是江家大院的主人江老爷。

“江老先生，现在根据地最缺的就是粮食，鬼子这次清乡，烧杀抢掠搞三光，粮食、耕牛、衣被……损失惨重。部队跳到外线，也是为了缓解粮食困难。现在最困难的是后方医院和我们学校，学校已经断粮一个多月了，后方医院也只能保证伤员们每天一碗稀粥。”

“现在粮食是战略物资，鬼子实行配给制。只能想办法从黑市买粮食，这需要一大笔钱。我家还有点存粮，原本是为了留着春荒时赈济佃户的，既然根据地更需要，先给你们送去。”

张部长感激地起身朝江老爷拱拱手：“谢谢啊，江老先生，我代表大家谢谢你。买粮的钱，我代表抗日政府给你打借条，抗战胜利，我们一定归还！”

“张部长客气了，赶走倭寇也是我的心愿，我会想方设法尽力的。只是……”他欲言又止。张部长笑道：“老先生有话只管说，不要有顾虑。”

“鬼子残暴，我家人丁单薄，儿子在国军，小侄也加入了贵军，膝下小孙子只有八岁，万一有不忍说之事发生，请您帮我保全这个孩子。”江老爷说到此处眼睛湿润，站起身朝张部长深深一躬。

“老先生，您放心！只要有我在，就有孩子在！就算我死了，还有我的同志们，一定会保全您和孩子的！”张部长双手紧紧握住江老先生的双手，眼睛有点濡湿，心知这老爷子是在托孤啊。鬼子对粮食的控制非常严格，在黑市买粮已经要承担很大风险，帮新四军买粮更是提着脑袋的买卖。

江老先生告辞了，张部长在屋里独自踱步，买粮的资金，其实还有一笔钱是可以动用的——阿英的钱。阿英当年在小上海当小掌柜时曾把一笔钱交给胡管家专门与新四军做生意，她成为暗瞳小组的交通员以后这生意停下了，后来逃离小上海时这笔钱忘记带走，一直在胡管家手里。她去青训班前曾对自己说，如果需要，可以自行支用这笔钱。

张部长一直没有动用这笔钱，他不忍心用这个孤儿的钱，而且严格来说，这笔钱是何家的。他来回踱步，按阿英的说法，那是足足五千大洋，也是何家除老宅的田地外唯一的财产，这孤儿寡母的钱，自己能用吗？！还有阿英这地下工作的好苗子，本是想留着好好培养的，可是根据地目前的情况，部队、医院，连司令部都断粮了，没粮吃就没有战斗力，就不能安军心。他疾走几步，下定决心：不顾一切，筹粮！

他大喝一声招来了大刘，让他去山里把阿英找来。

梁坳附近的一个小村庄，村口溪边嘻嘻哈哈聚集着几个女孩子，最冷的时节已经过去，爱干净的女孩子们在洗头、洗衣服。

阿英端着一盆黑乎乎的水招呼尤雪梅：“雪梅姐，快来洗头。”尤晓梅一听洗头，一下钻过来说：“我先洗！我要先洗！”待看见那盆水一下蒙了，“这是什么呀？黑乎乎的不要越洗越脏哇？”

“这是皂角水，洗了头发很亮的。”

尤晓梅怀疑地瞪着那盆深色的热水，泛着一股怪味儿。阿英笑着说：“你看我的头发，就是用皂角水、草木灰水洗的，从来不长小动物。”尤晓梅心动了，她把头朝盆里探过去，又被那股味道熏了起来，叫道：“我不要洗，你哄我！”

阿英有点生气了，说：“小姐！这里不是上海，找不到香肥皂，我只能帮你们找到这个！”

尤雪梅仔细看了看阿英的头发，她一直都奇怪为什么这些乡下孩子反而不长虱子，阿英不管多冷都经常洗头，一头短发又黑又亮，难道真是这种黑乎乎的水的作用？她拉住妹妹说：“小妹，阿英不会哄我们，你看她头发多好，要不我先洗？”

尤晓梅噘着嘴往后退开说：“要洗你洗，我反正不洗。”

阿英朝她做了个鬼脸，笑道：“那你就继续在脑袋上养小动物吧。”

听了这话，尤雪梅坚决地屏着呼吸把脑袋扎进了脸盆里，阿英帮她洗着长长的秀发，洗完抬起头来，她惊骇地看着水面上漂浮的小虫尸体，浑身发麻。但很快她就欣喜地叫起来：“这水真的可以啊，我的头不痒了！”阿英笑呵呵地说：“雪梅姐，我再帮你冲冲，你不要怕凉啊。”说着直接在小溪里舀了半盆水帮她冲去了浓烈的皂角水味道。尤雪梅拉着发梢嗅着：“咦？怎么有肥皂味道？”

阿英耸耸肩说：“天晓得，也许肥皂是用皂角做的？反正都有皂。”

尤晓梅仔细看着二姐的头发说：“那我也要洗。”

阿英挠头道：“皂角没了啊。”尤晓梅的嘴角一下耷拉下来，摆出一副要哭的模样。阿英挠挠头，看看尤晓梅，再看看一脸渴望的尤寒梅，只好说：“好吧，你们跟我一起去摘皂角。”

当她正爬在树上往下扔长长的黑色皂荚时，大刘气喘吁吁地跑来大喊：“阿英！阿英！”大刘正东张西望地问人：“小丫头片子跑哪儿去了？”一把皂角砸在他头上，一串银铃般的笑声随着撒下。

大刘一抬头，笑道：“小鬼，快下来，头儿叫你快去。”

“有任务？”

“去了你就知道了。”

阿英骑在树杈上晃荡着两只脚丫子：“不去，我还要演戏呢，演戏多好玩儿。”她真心喜欢演戏，真心害怕再回到敌占区从事那些危险任务。大刘急得满头冒汗，他在部队可从没见过不听命令的战士。他眼见着阿英左一把右一把地摘那皂角，脚丫子晃晃荡荡不理他，跳起来去抓她脚丫子：“你快下来，还有好几十里地要走呢！”阿英把脚丫子一缩，几个小鬼不知轻重地跟他嘻嘻哈哈逗着、闹着，急得大刘满脑门子汗，抱着大树噌噌往上爬，嘴里嚷嚷着：“看我不抓下你这小猴儿崽子，还有这么淘的丫头！”

阿英皂角摘得差不多了，眼看着大刘是真急眼了，她调皮地扔了他一皂角，说：“好了好了，还真急了。你再爬过来树枝就被你压断了，你下去，我自己下来。”她朝他一撇嘴说，“一点不好玩儿。”

大刘瞪她一眼跳下地，双手叉腰说：“无组织无纪律！再不跟我走，看你们于队长怎么收拾你！”

阿英不以为意地朝他一龇牙跳下去，对尤雪梅说：“雪梅姐，你把这皂角捣碎了，然后加水煮开，再把上面的水篦出来，水晾温了就可以洗头，洗完冲两遍就好。隔几天洗一次，几次就好了。”

大刘不耐烦地扯扯她：“你啰唆完了没啊？快走吧！”

“我还没吃午饭呢，饿肚子我可跑不动。要不，”她眼珠子一转坏笑道，“你背我？”

尤晓梅扑哧一下笑了：“猪八戒背媳妇儿？”一群人笑得前仰后合，阿英脸红得像大红布，追打着尤晓梅，搞得大刘摸着后脑勺嘿嘿傻笑。

阿英笑够了很认真地说：“我真的要等饭吃，不然跑不动。”

大刘在干粮袋里掏啊掏，掏出一块黑乎乎的干粮，说：“这个给你吃，赶紧走。”

阿英歪着头看半天递回去说：“这都什么东西捏的啊？还馊烘烘的。”

尤雪梅到底大几岁，严肃起来对她说：“阿英，别闹了，组织找你有事，还不赶紧走？服从命令！”

“雪梅姐，我想跟你演戏。”

“以后吧，以后我还带你演戏，教你好多新戏。现在快去吧，看这同志都急眼了。”

“那好，我听你的雪梅姐。”她白一眼大刘，“不看雪梅姐的面子我才懒得跟你走呢。”

大刘急得什么似的：“姑奶奶，赶快收拾东西跟我走吧！”

阿英就那么个小包袱，到青训班给发了床薄被发了套军装，三下五除二打好背包背上出来。大刘傻眼了，悄悄说：“姑奶奶，我们是去敌占区，你穿成这样？”

阿英叹口气嘟囔：“我猜就是这样，倒霉。”进去脱了军装惋惜地叠好放在被子上，把自己小包袱里的那套破柳条布裤褂换上，庆幸没扔了这破衣服。

于队长急匆匆走进来，衣襟里兜着一个烤番薯，那香味儿老远就闻得到，阿英欢呼着迎了上去：“队长，大刘来接我走……”

“我知道了。”于队长用眼神制止她继续说下去，“出去好好干，别给青训班丢人。”

阿英点点头说：“嗯。于队长，我走了，这些东西还给队里，留给别人用。”她说着指指床上的军装被子，有点眼泪汪汪的。

于队长看着她笔挺的腰背，摸摸她头感慨地说：“阿英，像个新四军战士了。”把衣襟兜着的烤番薯拿着胡噜胡噜上面的柴灰塞给她，“专门给你烤的，来不及烤熟了，带着路上吃。”阿英扑在她怀里说：“于队长，再见！”一转身抹着眼泪跑了。

几十里山路，绿树清风，过膝的野草溅湿了裤腿。大刘心急如火大步流星，张部长命令“尽快赶回来！”他一直担心阿英跑不动，好在她跑惯了山路一点儿不比他走得慢，一边啃着烤番薯，一边小脚倒腾着往前赶。可远路无轻担，大刘把她的小包袱背在自己背上：“我不背你，背背你的包袱还行。”说着忍不住看一眼她的烤番薯咽口水。

阿英奇怪道：“难道你们司令部也没饭吃？”说着掰了一块给他。

“刚才那块干粮是首长的，他没舍得吃，让我带给你路上吃。”大刘答非所问，阿英心里却狠狠酸了一下：“都断粮了……”大刘没吭气，只是加快了脚步。

阿英心里盘算，张部长找自己干吗？难道是买粮？自己原来当小掌柜时是有一些买卖关系，还有一笔钱在胡管家那里，可给部队买粮不是小事，那得多少船粮食啊。现在宁城不知道怎么样了，听说佐藤死了，可是何大头还在，侦缉队那些家伙都认识自己，敢不敢再在宁城露面呢？要是露面，是公开还是半公开？公开的话，什么身份呢？要跟张老板把小上海盘回来是不可能了，跟何大头盘铺子回来更不靠谱，罗姐姐能不能和自己公开联系？都不清楚。算了，不想了，既然是张伯伯叫我去，他叫干吗就干吗。

一路无话，闷头赶路，大刘是闷葫芦不好玩儿，倒是让赶路速度快了不少。从没开午饭一直赶到星星上山月亮当头，除了小憩喝水，几乎是马不停蹄，终于在拂晓前赶到了江家湾。依旧是从后门悄悄进去，大刘指指还亮着灯的屋子，她探头探脑进去，见张部长正一动不动埋头看东西，悄悄走到跟前跳起来大声嘿了一声，指望看吓他一跳的样子，没想到张部长只是指指身旁凳子说："坐，跑累了吧？"她吐下舌头看看他皱着的眉头，乖乖坐下了。

张部长起身倒了杯水递给她："怎么样，饿肚子了吗？"

"饿了啊，鬼子清乡那段差点儿饿死啊，天天白水煮野菜冬笋木薯，吃得我吐酸水。我这辈子都不会再吃笋了。"她眼睛骨碌碌转着补了句，"除非有肉！"一想到肉她不禁咽了下口水。张部长被她逗笑了："看来，小鬼这次是真的饿肚子了，滋味好不好受吧？"

"当然不好受，晚上做梦都恨不得把手当猪蹄啃了。"

"不是你一个人饿啊，鬼子把粮食抢走了，眼看又到春荒，连前线的战士、后方的伤员都在饿肚子。粮食、咸盐、药品，都没有了。"张部长说着在屋里来回踱着，渐渐变成了自言自语，"兵马未动粮草先行，皇帝不差饿兵，根据地缺粮啊。这样下去怎么得了……"

阿英眼珠子跟着他转来转去，把茶缸子往桌上一放，站起来说："报告！新四军战士阿英前来报到！请分配任务！"

"哈哈，小鬼。这半年多没白学，真有点战士的样子了！"

"张伯伯，我们想办法把鬼子抢走的粮食弄回来！"

"怎么弄回来啊？小鬼！"张部长不禁有点亲昵地嘲笑她。

她眼珠子骨碌碌转着说："宁城东门外有鬼子仓库，我去找到粮库，你派兵想法子抢回来！哼，粮库总没有四三一难打吧？"她歪着头看张部长，"你找我来就是为这？"

"嗯，想法不错。不过，你还记得怎么做生意吗？"

"让我去买粮食？"

"怎么样？敢不敢回宁城？"

"那个，回去是没问题，可回去怎么弄？悄悄做事还是正大光明的？做生意偷偷摸摸的估计不好办。”阿英挠头。

“给你做新身份，找那些同情新四军、有抗日心的商人，请他们帮我们买粮买药买盐。”

“这样啊。”阿英歪着脑袋想了想说，“可以试试。我还有笔钱在胡管家手里，让他出面。不过，何大头怎么办？这个汉奸二叔真的很麻烦啊。还有那个马寡妇，真死了？”

“马寡妇黄村惨案后公审枪毙了。至于何大头，谅他不敢动你一根毫毛。”

“我要一支枪，或者日本地瓜，防身用。”

“比那个更强，让小张和你一起去。”

“真的？太好了！”

小张走进来狰狞一笑：“怎么样？怕不怕？谁敢多看我一眼吓死他！”

“你也就吓吓那些小虾米子，吓我？我是吓大的吗？”

张部长笑道：“两个小鬼见面就斗嘴，我来给你们介绍一下。”

“嘻嘻，就我俩还需要你介绍？”阿英朝小张做了个鬼脸，小张随便一咧嘴那模样就很恐怖。

张部长郑重为两人介绍道：“张亮同志，宁城锄奸队队长。阿英同志，敌工委特勤九号，以后你们就是工作搭档，任务是为根据地采购、征调粮食和急需品，铲除罪大恶极的汉奸。”

“是！保证完成任务！”

“先别忙保证，阿英得先起个大名，编好离开何家以后的经历，回去的说辞。我来说说……”

山峦起伏，满目葱茏，竹海中一条小路蜿蜒，小路尽头的启明星在闪耀。张部长与换了半旧男装的阿英携手前行，张亮在前面警戒开路。

张部长絮絮叨叨地说：“做地下工作，细心、耐心、恒心，都很重要。但最重要的，是信仰！”

阿英有点迷惑地抬头问他：“什么是信仰？在青训班这些日子，文老师和于大姐他们经常说这个词儿，我一直不太明白又不好意思问……”

“信仰，是你对一种思想、一种哲学体系深信不疑的学习和仰望，并希望通过自己的努力付诸实施，让理想之花在现实中结出幸福的果实！”

阿英被这些美好又深奥的词儿深深吸引又充满疑问：“什么意思啊？什么是思想？什么哲学……体系？你的信仰是什么？”这是她第一次每个字都听清楚却每个字都没真听懂。

张部长看着周围绿莹莹的竹林，伸展双臂做了个深呼吸：“一个幽灵，共产主义的幽灵，在欧洲大陆游荡。”

阿英欢快地大声接着：“这个我知道！是《共产党宣言》！（接着背诵）为了对这个幽灵进行神圣的围剿，旧欧洲的一切势力，教皇和沙皇、梅特涅和基佐、法国的激进派和德国的警察，都联合起来了。……这些我就不懂了，什么意思啊？是一帮坏人联手揍这个幽灵吗？”

张部长笑嘻嘻地看着这个神采飞扬的小女孩儿：“你知道共产主义是什么吗？”

“不太懂，我猜就是所有东西归所有人，每个人需要什么就有什么，谁也不许欺负人！老班长说的，打土豪分田地，耕者有其田！”

张部长：“对，也不完全对。我们要的是一个平等、自由、和平、民主的国家，不许一小部分人把财富和权力都揽在自己手里，搞得炮火连天、大多数人穷得要死。首先让人人有饭吃、有衣穿，百姓安居乐业！就像你唱的，让鲜花开遍了原野！父亲不再失去儿女，孩子不再没有爸爸，每个家里都充满欢笑！”

阿英憧憬地说：“多好啊……那就是胜利了？”

“那只是第一步，我们还会建设一个没有人压迫人、人剥削人的新中国、新时代，每个人需要什么就有什么，国家富强，人民幸福！”

“天啊！太美了！我要共产主义！”

天边的鱼肚白扩散成蓝得透亮的天空，启明星完成了它的任务隐没在曙光里，竹林小路蜿蜒，一大一小两个背影，没入一片翠绿……

30

冬末春初的宁城，寒风依旧，冷雨泠泠。小上海灯火通明，人影憧憧，留声机咿咿呀呀女声柔媚地唱着“好花不常开……”

一切都那么熟悉，又那么陌生。昔日的小掌柜何茉莉，曾经的小交通阿英，一身帅气男学生装站在小上海门口。身后是黑礼帽遮着半张脸，一身青布棉衣裤精干利落的张亮。她的面前，是小上海现在的主人——张老板。

张老板刚下黄包车就遇到了茉莉，身边还站着尊凶神。他有点尴尬又有点害怕地看了她一眼：“茉莉回来了……”她感觉到其实他的眼风更深地留在身后张亮身上，茉莉忙上前一步挽着他手臂甜甜地笑道：“张老板，您好，您先请。”

张老板狠狠心，苦笑着嘟哝了一句：“这是你自找的，跑回来做甚？！真出事他保得了你？我这辈子是欠了何家多少债，净给我找麻烦。”这才走上台阶推门进去，跑堂的小凳子一眼瞄到喊了一嗓子：“老板好，您老里边请！”张老板哼了一声，胖胖的五短身体往前挪动着，显得有那么一点点不情愿。

大堂正中最明亮处，一桌人酒兴正酣，嚷得最响的正是茉莉此行最怯的何大头。

小凳子一脸惊讶地看着茉莉：“小、小掌柜的？小掌柜的回来了？”

“喝！谁不喝谁是大王八！”何大头一脚踩在椅子上，喝得红头涨脸地敞开了怀，小凳子被张老板瞪了一眼不敢出声，何大头正叫板的张震眼风却扫了过来，嘴角依然是那种无所谓的笑容。茉莉曾敬佩过他，有那么一瞬以为找到了儿时的杰克哥哥，可很快就被他当汉奸的事实砸晕了。现在看见他浪荡不羁的样子心生厌恶，一言不发跟在张老板身后，却被眼尖的浩子一眼瞄到，他像活见鬼一样张口结舌怪叫：“小、小掌柜的！”

他这一嗓子，小上海大堂里立马静得落根针在地上都听得见，空气都凝固了。茉莉一横心按张部长教的把帽子一摘大大方方朝大家一鞠躬，一脸调皮地笑说：“各位老板们、老客们，我何茉莉又回来了！”她看着何大头和侦缉队那些人，一时不知道说什么好。

何大头手里的酒杯哆嗦着，瞠目结舌地看着茉莉：这丫头这样大摇大摆回来了，身后还杵着个煞神。这是怎么了？他揉揉眼睛见她看着自己的眼神怪怪的，难道是来找老子报仇的？！手里酒杯掉地下哐啷一声碎了，满头汗如雨下，哆嗦着嘴唇呆若木鸡。

茉莉看着他那样儿，忽然怒从心底起恶向胆边生，恶狠狠地笑问：“二叔近来可好？我妈和我姐姐好吗？”

“你，你从哪儿冒出来的？！”何大头是谁啊，那是见过多少刀光剑影的人，是见过血流成河的人！当然，也是被日本人吓破胆的人。他色厉内荏地喝道：“老实交代，你是不是投了四爷？！”这话一出口，侦缉队的人都拔出枪跳了起来，浩子悄悄朝后缩去，张老板的脸都黄了，满店里的客人全傻了。

“二叔！你不能冤枉我！想当初你把我卖给佐藤当小老婆，我是你亲侄女啊！是，我跑了。”她环视着店里的人们问，“搁你们谁头上不跑？难道真让他卖了吗？谁不跑？！”众人交头接耳，朝何大头瞥去嘲弄鄙夷的眼神。她继续逼问何大头：“你把我妈和我姐弄哪儿去了？把她们还我！”

何大头被她的气势吓住了，一屁股坐在椅子上鼓起最后一点儿底气说：“你妈和你姐姐都跑了！你跑了她们没法给皇军交代，连夜就跑了。奶奶的，跟我要人？我找谁哭去？！皇军那里我赔了多少笑脸和现大洋？”

茉莉心一横大步踏上前掏出一把匕首啪地扎在桌子上吼道：“横竖就这样了，有你这种二叔我反正活不好，那就做个了断吧！”

何大头盯着那立在桌上微微颤动嗡嗡作响的匕首傻了，结巴着说：“你……你想干什么？”

“我回来了！我要堂堂正正地拿回属于我家的东西。我没投靠什么四爷八爷的。这是家事，你也不用给我栽赃好让皇军灭了我。”

“这小上海你妈卖给了张老板，和我没关系。不信你问他！”

茉莉回头看着张老板，张老板愁眉苦脸地说：“这个我可以帮何翻译官做证，那天你跑了，皇军第二天要来抬人，你妈一看没法儿了，就找我说把小上海盘给我，说要出去避避风头。茉莉，我真是一片好心帮她啊，要不谁一时间能拿出那么大笔钱呢？我们之间有契约，有中保。唉！这年头真是好人难做。”他愁眉苦脸地看看何大头。

何大头见梯子就往下出溜，忙点头说：“是啊，为了你逃跑的事，我在皇军那儿没少吃瘪，我是真心帮了你们的。茉莉，我们到楼上找个地方好好聊聊，这里人太多。”

“哼，那你得把刚才的话吞回去！不然，这么多侦缉队的先生会把我活剥了。”

“你那点事谁还不知道啊，你们说是不是？”何大头可怜巴巴地看着侦缉队那帮狐朋狗友，祈求地说，“张大队、浩子、弟兄们，你们说是不是啊？”

张震一直眯着眼睛嘴角叼着根烟默默看着这一切，这时懒懒地说：“何翻译官，你的家事我管不了，这小茉莉不见了快一年这可是治安案件。”他停下话头眼睛也不眨地看着何大头，缓缓剔着牙问，“这怎么说？”

茉莉朝张震一躬说：“张哥，这宁城的治安是你管？”张震夤懒地点点头，茉莉扬声说：“好，我要告他！”张震一起身坐直了，满怀兴趣地看着这叔侄俩，她指着何大头愤愤道：“我告他贩卖人口、谋夺家产，逼得我家破人亡！”

何大头闻言抓着个饭碗就要砸她，被张震一把钳住手腕，周围全是看热闹的人。

“那个，小茉莉当时跑了她家并没报案，现在回来就好，这都乡里乡亲的，张大队您看？”张老板看何大头脸涨得青紫，茉莉又是咄咄逼人，只好自己出来打圆场。

何大头悻悻地说：“那是我要卖你吗？那是佐藤要买你，你妈愿意卖，我顶多算个中人。”

“有拿枪顶着人卖孩子的中人吗？你别忘了，宁城现在是皇军的王道乐土，是有王法的地方！”茉莉得理不饶人，句句紧逼，何大头气得有苦说不出。佐藤没死，他天天提心吊胆，生怕哪天佐藤发作起来要他小命；佐藤死了，小茉莉又跑回来跟他要妈要家产，可那家产他也是花钱买的，小上海更是到嘴的肥肉没了。现在两头不落好，他头都晕了。

就在这僵持不下时，罗芳袅袅婷婷地从外面回来了。看见这一幕直接走到茉莉身前拉住她说：“茉莉，你终于回来了！回来就好。”

“罗姐姐！”茉莉高兴地一把抱住罗芳跳着笑着说，“罗姐姐，我总算又见到你了。这一年我过得多苦多可怕多懊恼啊，都是被他害的！”

罗芳看一眼尴尬的何大头，笑道：“好了好了，我在外面听半天了。横竖都是一家人，不要讲那么多了，出出气也就好了啊。”又对何大头说，“行了，别跟乌眼鸡一样。我来当和事佬，帮你们和好算啦。”说着把茉莉朝何大头推推，茉莉说：“那我现在被他害得无家可归怎么说？！”

“我有什么办法？你家铺子和小上海都是你妈卖的，跟我没关系。”

“不是你鼓捣佐藤，怎么会有这么多事？你引我妈抽鸦片，从她手里贱买我家铺子，小上海要不是我撑着你也早夺走了，所以你才鼓捣佐藤买我的！你当着大家说，是不是？！”茉莉心一横把这些都抖搂了出来，心知要是不把何大头一次折服了今后就没法在宁城站住脚。何大头被她说得脸上红一阵白一阵，周围人全是鄙夷的嘘声。

“张大队长，你说，怎么办？！”茉莉一手叉腰一手指向了张震，“你得替我主持公道！”

张震犯了难，挠着头说：“这就麻烦了，是让我办他拐卖人口呢，还是诱人吸毒？或者强买强卖？这哪一条都沾边哪一条都不好办啊。”

众人都知道，拐卖人口，那买主是佐藤，这没法儿办；诱人抽大烟，苦主不在；那只有办他强买人家店铺了，可这是有买卖契约的，也不好办。大家大眼瞪小眼看着张震、何大头、茉莉三人，看来小茉莉只好吃哑巴亏了。

“那我现在有家不能回怎么办？”茉莉两手叉腰摆出一副有恃无恐的样儿。

罗芳轻轻一句话挡开道：“茉莉呀，这么久跑哪儿去了？怎么还有跟班了？”

“罗姐姐，我现在跟你同姓了呢，我拜了上海三圣堂罗老板当干爹，干妈给我取名罗影！罗老板的小影子！”茉莉很得意地对大家说，“请大家以后叫我的新名字。谢谢！”说完夸张地朝大家团团作了个揖，那劲儿居然很有一点儿江湖气，大家一听“三圣堂”三个字都恍然大悟地噢了一声，再一想她今天大不一样的强势，才知道这毛丫头绝对是仗着三圣堂罗老板撑腰有备而来的。

店里有那不知道的悄悄打听起来：“这三圣堂是怎么回事？”

一个老头儿手指头拈着几根鼠须就吹开了：“三圣堂那可是咱们宁城人的骄傲，那罗老板早年独身一人去上海白手起家打天下，把个不起眼的鸡毛掸子生意硬是做成了码头船运大亨！那个三圣堂嘛，就是当年打天下时一帮宁城老乡拧起来立的青帮堂口。不然，在上海那地方怎么立得住？”这一说大家的目光又投向茉莉身后那人，在屋里还戴着个礼帽遮了半个脸，站在那里一句话没有却带着冷冰冰的杀气。何大头对三圣堂的内幕是知道那么一点点的，想当年在上海洋行学生意时，开始也是得了三圣堂兄弟的庇护。于是，他不得不对茉莉客气了几分。

张老板又出来做和事佬说：“何翻译官，看在罗太太面子上，你好歹也得让一步，总不能让茉莉回来一无所有吧。”

“这小上海是你盘下来了，叫我让什么？”何大头一脸强横地白了张老板一眼。张老板笑面团团地也不生气，说：“你还有三间铺子，半死不活地撂着可惜，不如我出个主意你们听听。”何大头和茉莉都看着他，他慢悠悠对何大头说：“反正你给皇军做事也顾不上管铺子，给茉莉一点儿股份，让她帮你经营多好，她现在又有了罗太太的关系，上海那边也是路路通了。我呢，也让一步，这小上海的后院还给茉莉，让她有个家。”他看一眼罗芳又尴尬了，嗫嚅着对她说，“不过罗小姐，您看您……”

茉莉拉着罗芳说：“原来罗姐姐现在住着后院啊？太好了，正好给我做伴啊！”她一龇牙耸了耸肩笑道，“是我给姐姐做伴。”

何大头心里也是一动，茉莉做生意的本事他是知道的，自己确实也没空管那几间铺子，要不是胡管家撑着早关门了。他心里盘算着，这要是给她点股份，就不用给她工钱，要是她赚钱多了，年底给她分点儿，她要赚少了，嘿嘿。于是张口就说：“这几家铺子，我当时盘过来也是花了大价钱的，当然不能和早先的价钱比，那现在不是打仗了吗？实业不值钱！”看小茉莉眼睛一瞪要说话，忙手一挡说，“你别急，我还没说完呢。我多了不能够，我只能给你百分之十，三间铺子都归你打理，年底赚钱分红，不赔不赚你白干。丑话说前面，没有工钱啊。”

“没工钱我拿什么吃饭？”茉莉不干了，“皇帝还不差饿兵呢，哪有又要马儿跑又要马儿不吃草的？大不了年底再从我分红里扣。”

张老板说：“这行，年底扣分红。”他对何大头一竖大拇指说，“这你合算，不花钱就白得一能干的小掌柜。”他趁着这劲儿朝大家拍拍手说，“今天茉莉回来，也算是小上海一喜事，我请客，小凳子，每桌上一坛子花雕，楼上雅间给何翻译官和茉莉另开一桌，我给她接风。”转身又让着罗芳，“罗小姐，张大队长，您二位也请。”

几个人在众目睽睽之下去了楼上雅间，张老板把张震、何大头让了上座，自己坐在何大头身边。又让了罗芳，茉莉自己坐了罗芳下首，张亮一声不响坐了她下首，他不说话，别人也不敢找他说话，因为大家都发现了他礼帽下那很恐怖的半边脸。

酒席之上，茉莉恢复了可爱女孩儿的天性和小掌柜的生意人角色，把一桌人哄得都很开心，大家心里都明白，盯着小茉莉的佐藤死了，其他日本人和南京新来的那些人根本搞不清茉莉是谁，只要这桌中国人不找麻烦，她回来就不是啥事。

几杯酒下肚，何大头举杯对一直不阴不阳的张震说：“兄弟，我这侄女儿反正已经回来了，你看我们也和好了，以前的事以后大家也不必说了。”

张震无所谓地哼哈了两声：“你的家事我管不着，你们揭过了就过了。可她刚才说要告你……”他斜眼看着茉莉，又瞥一眼何大头。

“茉莉，你赶紧说话啊！”何大头急赤白脸地朝茉莉使眼色。

“说啥？”

“说你不告我了！”何大头一肚子火拱上来，急得挥手要拍桌子，一只手猛地伸来抓住他手再拍不下去。他一扭头，一张瘆人的丑脸对着他，眼神冷得要杀人，吓得他一哆嗦。

罗芳捅捅茉莉，茉莉朝何大头做了个鬼脸：“他脾气可不好，以后欺负我得趁他不在。……张哥，放了我二叔吧，谢谢。”

何大头揉着被攥红了的手腕尴尬地说：“我这不是急了吗？”

“张大队长，看张老板和我罗姐姐面子，我就先不告我二叔了。不过，小女子有个不情之请。”她说着一顿，何大头刚缓和的脸色又难看了。张震饶有兴趣地看着这个小丫头，一言不发。

“您得帮我做个见证，”她看一眼何大头，说，“他今天可是自愿把我家三间铺子给我百分之十的股份，让我当掌柜，说好赚钱给我分红。以后赚钱了，他可不能反悔赖我的红利！”

张震不耐烦了：“老子只管你告不告他，谁管得了你家这些烂账？”罗芳瞪了他一眼，他不好意思地摸摸头笑了：“好，这个面子我卖给你罗姐姐，叫他写合约给你！张老板做中人。啰啰唆唆的，耽误老子喝酒！”

茉莉看向何大头，何大头气呼呼地抬手想拍桌子忽然又放下了，嘟囔：“写就写，不就是个合约吗！”朝正在一旁伺候的小凳子撒气，“小赤佬看什么看？！拿笔墨来！”

张震已经自顾自喝起来，片刻间合约拟定，何大头草草签了字摁手印，茉莉仔细看了合约，小心地签了自己名字——罗影，摁了手印又恭恭敬敬请张老板签字盖章。然后收起合约，给张老板敬酒道谢，又对张震和何大头说：“二叔、张大队长，我大难不死回来了，以后还请二位多多关照。我敬你们！”说着高举酒杯深深鞠躬。

夜阑人散，罗影正式回归了宁城。

罗芳，罗影。罗影是罗芳的影子，她带她走上抗日道路，罗太太什么的都是胡扯。阁楼里风吹过小窗缝隙发出嘶声，两人围着一床被子坐床上。

“这次我真的有独立任务了。”罗影兴致勃勃地说，“给根据地购买物资，主要是粮食、药品、盐。”

罗芳疼爱地看着这个小妹妹，短短一年，她的变化太大了，从小上海精明乖巧的小掌柜变成了有主见有心机的大气生意人。不，是个真正的战士了！

她沉思一下问罗影：“张部长有给我们的指示吗？”

“有。暗瞳小组继续静默，我可以和你接触往来，因为原来我们就认识。但是，你不能直接出面帮我，也不能介入我的工作。如果我出事了得自己兜。”她很有担当地说出这番话来，严肃的样儿把罗芳逗笑了：“难道你真出事了让我袖手旁观？”

“你可以帮我出主意，让我别做错事。”

“知道吗？美国人在太平洋战场节节推进，打得小鬼子吃不消了！”

“真的呀？！小鬼子也有遇到硬茬的时候？”

“美国人轰炸日本，东京都被炸了！”罗芳抑制不住的兴奋感染了罗影，她开心地拍手笑道：“报应啊！想当年他们炸闸北，死了那么多人，也该轮到他们了！”

“现在他们的供应越来越吃紧，粮食和很多物资都列为战略物资严加控制。连我都是每月拿米票再加津贴的，很多人都要买不起也买不到米了。黑市可以买到，有些是从别处收购的，有的是本地各路关卡没收的，这些家伙都很黑，卖给你，然后在关卡等着再没收，一袋米可以赚好几回。布匹也是这样，最严的是药品，尤其是西药，那个可以在黑市卖大价钱。所以，”她看着罗影说，“罗掌柜……”罗影会意地说：“我最重要的是要打通这些敌伪关系。”

罗芳点点头捏了一下她脸蛋儿笑道：“小囡蛮门清的嘛。你要利用好商会这块地盘，张老板他们是商人在商言商要赚钱，同时他们也同情新四军，有爱国意愿，但他们更怕死，一家人的身家性命更重要。太冒险的事他们不肯干也不能让他们干，交易的事情一定要替他们严格保密。”

“知道了。听说夕颜小姐家在上海也是做生意的，不知道她家做啥生意？能不能帮我和她家商号拉上关系？如果有这条线，我就好办多了。今天要不是连张震和何大头都对你恭敬有加，张会长对三圣会也敬畏几分，我不可能就得了何大头百分之十的股份，这可是猴嘴掏枣虎口拔牙啊。”

罗芳嘴一抿笑道：“小囡眼神好用心思也好用了，这事你让何大头出面求我。”她脸一板接着说，“夕颜家做什么生意我可以帮你打听，但鬼子在中国的商号大部分都有间谍背景，你和他们做生意要小心上加小心，只做大路货，不做敏感商品。而且，就算你和他们做生意了，也不能把我扯进去，这是组织纪律。我和你，就是普通邻居认识而已，明白吗？”

罗影郁闷地点点头，按这说法不能指望罗姐姐太多出面，看来还得多在何大头身上下功夫，拉浩子、王胜这些侦缉队的熟人关系，先解决通关问题。生意上的事，有商会那边张老板他们帮忙，总会有办法的。可惜小上海没了，搞吃吃喝喝那一套要多花钱了……

她闷了半天，罗芳有点担心：“怎么？怕了？”

“怕有什么用？我在想咋办呢。今天在酱园猫了一整天，那里是买盐的好地方。我可以让二叔弄通行证去贩盐，再借着买菜把盐运到根据地去。用盐换根据地的土产，两头得利，名正言顺，就是被抓住了也顶多是花钱消灾。药品的事我还是想去找张小开，以前他就帮我们买过药。现在就剩粮食了，这么大宗的东西不好运……”

罗芳赞同地点点头说：“运输是个大麻烦，得有家里配合……”

两姐妹抵足长谈，一条条一丝丝细细讨论，月影推移，终于困得睁不开眼，睡着了。

要搞盐，进酱园。罗影一大早就去了何记酱园，空气中弥漫着浓浓的酱香和淡淡的怪味儿，但她只闻到了盐味儿。

后院里一排排一行行摆着几十只大酱菜缸，初春的太阳晒着，几个工人在忙活。

罗影转了一圈，回到柜台后一手翻着账本一手拨得算盘珠子噼里啪啦响。何大头的三个铺子她最看重的就是这间酱园，酱园最主要的原料是蔬菜和咸盐，都和根据地有关。关键是运输，买盐运盐有很多道关卡，通往根据地的路也有很多关卡。有何大头的通行证，卡子上的人也还得疏通，找谁呢？络腮胡死了是好事，没有他捣乱可能会好些。

她刚才盘点了一遍货物，核对了账本记录数量是大致不差，但进货成本还是太高。于是喊叫着大伙计：“何三儿，这铺子里进货一直谁管着？”

这何三儿是何大头盘过铺子后新招的，何大头拿他当亲信。何三儿见她翻半天账本子心里就一直在嘀咕，拿着抹布这里那里擦抹着不肯离开，心想这新来的小掌柜是老板的亲戚，又听说是何家做过买卖的精明人儿，这一叫不知道哪里被她抓到了破绽，快步走过来说："进货一般是胡掌柜去，小的溜儿的也让我自己去，买个菜啥的。"

"这菜都哪儿进的？看着好像不便宜啊。按说我们大宗进菜……"她话没说完，浩子吆喝着进来："小掌柜，小掌柜的！听说你又上任了，我这忙着给你找了个伙计，看看！这小子要多机灵有多机灵。"何三儿顿时蒙了。

罗影一抬眼，看见浩子带着个刚齐他肩膀高、瘦不拉叽的小屁孩儿进来，那俩眼珠子在凹陷的大眼眶子里骨碌碌乱转，头一下就大了。她伸着脖子说："浩子哥，你哪儿拐来的小孩儿？把人家饿成这样儿？"

浩子说："这是我乡下娘舅家亲戚，实在饿得受不了了，进城找口饭吃，小掌柜给他派点儿啥活儿吧。"他拍了小孩后脑勺一下，"快，叫小掌柜的。"

小孩子梗着脖子好奇地看着这个大不了自己几岁的掌柜，忽然冒了一句："你是姐姐还是哥哥啊？"

罗影没想到他这么问，低头看看自己一身男装，很转地笑了："小鬼头，我是掌柜的！至于哥哥姐姐就没关系了。"她歪着头上下打量着他说，"你怎么想起来要到城里讨生活？"

"乡下没饭吃，再待下去只有饿死。"

"浩子，你知道的，城里皇军也是配给制，我都还没口粮，怎么给他饭吃？"罗影心知，留下这孩子以后自己的一举一动就都落在他眼里了，备不住出门一转弯浩子就全知道！

"掌柜姐姐，你就留下我吧，回去我会饿死的。我不要工钱，什么都能干，我可以从天亮干到天黑，一天只吃两顿饭。"孩子扒着柜台急切地说着，"真的，我什么都能干，你不要看我瘦，我很有力气的。"他的眼神触动了罗影内心深处最柔软的地方，她看看浩子，这个人不是太坏，要不要借这孩子笼住他？

"浩子，你娘舅家在哪里啊？怎么穷成那样？"

"嗐，就是地方不好啊！"他探头探脑里外看看低声说，"江家湾后面小十里地，皇军、国军、四爷三不管地界，一个特小的村子，牛坳。"

罗影听了心里有点动，嘴上却说："绕死了，什么国军四爷皇军地界的……"

浩子央求地说："小掌柜的，我家里实在是撑不住了，你给他口饭吃就是救了……"小孩子眼巴巴看着罗影。

"算啦算啦，留下吧，有我吃的就有他吃的。不过说清楚啊，管吃住没工钱，不许偷跑回家！不许偷懒！"

浩子连声说："行行，只要管饭怎么都行。"他生怕罗影反悔，对那孩子说，"小狗子，好好跟小掌柜的学生意，勤快点儿，长点眼色。"说完拔脚就走，小狗子眨巴眨巴眼睛从门后面找出扫帚来唰唰地扫地，罗影看他一眼，无奈地对何三儿说："何三儿，先带小狗子去洗个澡换身干净衣裳，咱们做酱菜生意的，讲究干净。"她看一眼小狗子满是菜色的脸问，"今天吃饭了吗？"

小狗子张了张嘴又把话咽了回去，罗影叹口气说："看看有啥吃的给他先弄一碗。"小狗子扑通趴在地上就给罗影嗵嗵磕头，吓得她从柜里跑出来拉起他说："小狗子，你这是干什么？快起来，起来。"小狗子泪汪汪地说："谢谢，谢谢掌柜姐姐，我好饿……"

罗影龇牙一乐说："起来吧，我也饿过，那滋味不好。跟姐好好干，放机灵点。何三儿，好生看店，我去那两家铺子转转。"

何三儿殷勤答应着，恭送罗影出门，这才转身盯着小狗子上下打量着说："自己去后院井里打水好好洗洗！"又嘟囔，"换衣服？哪有衣服给他换？还不得先拿我的！"说着恶狠狠翻了小狗子一个大白眼。

小狗子吓得缩着脖子喃喃："何大哥，我先借您的，我身上的马上洗了，干了换下来就还您。"

何三儿这才无话，至于给小狗子找吃的，他就当忘了。

一直到半下午，罗影才回到酱园，还没进后院，就看见小狗子拿着大扫帚唰唰扫得尘土飞扬。她见状大喊："停停停！有你这么扫地的吗？"她挥手扇着飞扬的尘土呛咳着说："快洒水洒水！"

小狗子傻傻地抬头看着她，又看看地面，不懂自己错在哪里。

"咱这是酱园，你看满院子的酱缸，搞得这尘土飞扬的，那酱菜还能吃吗？扫地一定要洒水，明白吗？"

小狗子一缩脑袋，扔了扫帚去端水，哗哗地洒着，手脚很是麻利。罗影高兴了："小鬼头还不赖，饭吃了吗？"

小狗子边洒水边抬头笑笑说："掌柜的，我还没干啥活，不饿。"罗影摇摇头，看看自己吃了一半的萝卜丝油墩子，伸手递给他说："吃吧，好歹垫垫。"

小狗子闻到油香已经在咽口水，接过油墩子大口吞了，感激地呜噜着："谢谢掌柜。"

"扫完了到前面来，我有话问你。"

小狗子进来时，她已经悠闲地喝茶了。

"小狗子，你和浩子是啥亲戚啊？"

小狗子说："我是他弟，他是我大哥。亲的！"

"啊？哈哈哈！小狗子，小耗子！真是亲兄弟！那他为啥说是娘舅家亲戚？"

狗子垂头丧气看着自己脚面嘟囔："嫌我丢人呗……我家兄弟姐妹八个，前年我妈死了，这两年就靠大哥补贴家里。"

"你是家里老几？"

"我老六，哥哥们在家帮爹种地打短工，我原先帮人放牛，小妹去年病死了。今年是实在不行了……二姐前些日子给二哥换亲，爹说要把三姐送给人家当童养媳，我……"小狗子说着眼眶红了。

罗影高兴坏了，真是瞌睡给枕头，想在侦缉队里拉个过硬关系，浩子就把他亲弟送来了！她拍拍小狗子肩头："好了好了，男子汉大豆腐还想流鼻涕不成？难过有屁用！跟姐好好干，干得好让你提前出徒拿工钱！"

小狗子高兴得要跪下被罗影一把拉住："别！我受不起，别折我寿！会煮饭吗？把厨房好好打扫干净了去淘米！"

小狗子一听煮饭欢天喜地跑了。

晚上，酱园关了门，铺子里摆好了桌子，上面是一盘卤猪蹄一盘白斩鸡一盘炒青菜一盘煮毛豆和一大盆扬州炒饭，还有一坛酒。

八仙桌四面，坐着何大头、浩子、罗影和胡掌柜，小狗子在一旁伺候。

罗影开口："小狗子，给大家倒酒。"端起碗来对何大头说，"二叔，在宁城，你是我唯一的亲人了，也是我东家，对不？"何大头皮笑肉不笑地说："你个小鬼头，想说啥就说啥，别给我下套儿。"

“好。二叔直爽，我也直说。”她嬉皮笑脸地把何大头面前的酒碗塞到他手里说，“现在我们不说亲戚，起码也是荣辱与共，不对，是银钱与共。铺子赚钱，你拿大头，我拿零头。我先敬你大老板一碗。”何大头勉强地接过碗喝了一口。罗影也喝了一小口，说：“咱们是一条绳上的蚂蚱，以后一起发财。你出钱，我出力，发财大大的。”

何大头脸色缓和一点儿道：“这话我爱听。看钱的面子上，以后你不许再给我难堪，给我好好赚钱。”

“没问题，肯定的。不过，二叔你也不能一推六二五，还有好些事得你帮我出面摆平。”

“没问题。”

“浩子哥，我也敬你一碗。”

“小掌柜的，这你就见外了。论公，我和何翻译官是哥们；论私，我这小兄弟不是还在你这儿找饭吃吗？哈哈！”

“浩子哥明白人儿，我就实话实说了，小茉莉有事求你。”

浩子一抬屁股躬身问道：“啥事，小掌柜的尽管说，只要我浩子办得到的一定尽力。”茉莉收留了弟弟，让他心存感激。

“不是啥大事，就是以后我家货过你们卡子时多关照点儿，别扣我货。”她对何大头说，“二叔，你说是吧？我问了胡管家，我们成本高就是因为常被扣货。当然，不全是侦缉队扣的，还有皇军、假皇军、缉私队、警察局，好像谁都可以扣我们的货。二叔，你白给皇军当差了，还是你面子不够大？”

何大头脸腾地红了，拍着桌子嚷嚷道：“娘希匹的，老胡你怎么从来没跟我说过？奶奶的，扣货居然扣到我头上了！”

“嗐，何翻译官您这就不懂了吧？您这几间铺子从不去我们侦缉队开通行证，弟兄们看到胡管家一般都会睁一眼闭一眼放过去，可有时皇军在就不好办，只好扣了。其实，宪兵司令部的通行证最硬气，过哪个卡子都好用。”浩子对罗影说，“小掌柜的，你放心，以后要去哪儿就让小狗子去找我开通行证，只要是侦缉队的卡子和皇协军的都好使。”

何大头也拍着后脑勺说：“是啊，我怎么把通行证这事忘了呢？以前你小娘皮在小上海的时候找我开过一张，以为一直有得用。好好，明天我再去找皇军开一张。”

通行证的事情搞定，罗影很开心，大碗斟酒大筷子夹肉地劝着何大头和浩子。小狗子是个有眼色的孩子，盛饭温酒忙得不亦乐乎，直把何大头和浩子两人伺候得舒舒服服，喝得满面红光。最后何大头嘴一抹说：“哎，还是自家的饭菜好吃啊，老子天天下馆子，可就没这吃得舒服。”

“可不是嘛，您还有钱天天下馆子，我就天天吃那食堂的包伙，太难吃了。”

“这还不容易？我跟小魏大厨还是学了两手的，酒席整不出来，这家常菜我可以烧给你们吃，馋了打个招呼，叫小狗子买菜，来这儿吃！”

浩子喝了一大口感叹道：“男人还得有个女人疼啊。何翻译官，你又不是没钱，咋就不娶个老婆呢？老这么一个人单着住店？”

何大头喝多了舌头也大了，说：“就我现在这样，哪个好姑娘跟我？我看上人家人家看不上我，看上我的我还真不敢要。”他打了个响嗝小声说，“你们没看看现在皇军的架势？”浩子和罗影一下凑过去竖起耳朵。“打不动了呗。皇军早就不提啥三个月灭亡中国了，那太平洋上跟美国人干没占着便宜，听太君们聊天说，连日本国内都开始吃紧了。现在皇军的供应也不行了，以前我跟着他们肉罐头随便拿，好大米随便吃，老佐藤还给发大洋。现在一个月一担陈米，发饷给的是纸币，想拿点罐头几乎是不可能了，早知道多弄点罐头再搞几船好米屯着！还有，”他回头看看门外窗外，更加神秘地低声说，“你们发现没，今年补充来的新兵全是十六七岁孩子，还有朝鲜人、南洋人。”

浩子接话说：“我也听松木说，日本已经打得快没人了，连上小学的女孩子都练兵了。造孽啊，你说他们没事跑中国来打什么呀？”

“你懂个屁，那叫一将功成万骨枯。你不识字，我可是看过地图，世界的！那上面，我们中国好大一片桑叶，日本就像条小毛毛虫伸着脑袋来啃我们。日本国屁大的岛子，估计人都住不下了，来中国抢地盘抢饭吃呗。”他说得大家都恍然大悟，头点得鸡叨米似的。

罗影担心地问：“那小日本会不会也撑不长了？咱们可得好好活着，少作孽多赚钱，别他们屁股一拍跑路了，你们可就要倒霉了。人家地方那么小，不知道跑路时会不会带你们去？”

浩子和何大头两人对望着大眼瞪小眼，朝罗影点点头又摇摇头，何大头悻悻地说：“臭小娘皮说的话倒有几分道理。”

“所以啊，”罗影也压低声音说，“我们还是老老实实闷声发大财，好好做生意赚钱要紧。”何大头浩子会意地点点头，各自心里都打起了小算盘。

浩子试探地看着何大头脸色说：“要是兄弟我负责你家铺子的货物顺利通关，有啥好处给我？”

何大头眼睛一瞪说：“我有通行证还要你保证啥？”

“二叔，宁城这地方各路神仙都不是省油的灯，你也不能天天帮我盯着，有浩子哥帮忙肯定更顺利些吧？”罗影手在桌下牵牵何大头衣角，何大头一想也明白了，浩子这小子没事四处溜达着，不像自己得跟在太君身边，这各路神仙都是混账，自己也扣过商人的货物放在自家店里卖掉，于是瞥一眼罗影说：“养着你亲戚，还要什么？”

罗影看着浩子，肉疼地说：“你帮我们护送货物过关，每个月我看铺子赚钱情况给你零花钱，如果被人把货收了，那就没办法了。”她看一眼浩子补了一句，“不过，你可以经常过来和你阿弟吃饭，我烧肉给你吃。”

浩子一听有这等好事连连点头，说：“不光我侦缉队的卡子，只要是咱宁城人开的卡子，我都能帮你搞定。”他看一眼何大头谄笑着说，“就算我不行，不是还有您吗？实在摆不平了您再出马啊，咱生意做大了，把藤井太君也想办法拉下水啊。”他狡猾地诡笑着。

何大头不语，罗影有点不相信地说：“这也行？太君也做生意？别做梦了。跟他做生意我只有赔钱的，搞不好还赔命！”

浩子低声说：“上次我瞄见他倒腾一堆珠宝首饰和小佛像，那玩意儿不能吃不能花的，难道他不想卖掉？”

何大头说：“这事不能急，得慢慢试探。不过他们大日本国里据说也是啥都缺，就金条好用，只要他用得着我就好办，王八盖儿也给他撬出缝儿……”他鬼鬼祟祟地使眼色。

罗影一脸纯洁地笑道：“这事就只能拜托二叔和浩子哥，和太君打交道我勿来赛咯（不行的）。”

何大头借着酒劲儿一拍胸脯：“要说和日本人打交道，那还得是我！”

“那二叔看，咱生意上再做点啥好？”

“哼，如果决心做黑市生意，那来钱最快就是西药！”

“二叔你懂药？我不懂哦。你不是在日本商社做过事吗？那东西只有他们才拿得到吧？”

“那玩意儿不需要懂，只要搞得到，狗屎都能卖！日本商社德国商社我都有熟人，那些洋买办也是相互通气的，只是谈生意得我自己去才行。你不是三圣堂罗老板的干女儿吗？他们肯定也有关系，你先试着跑跑？”他一看罗影面有难色马上说，“通行证我来开，大日本皇军宪兵司令部的！包你一路顺风。”

罗影灵机一动：“夕颜小姐家不知做什么生意，你去求求罗小姐？”

何大头一拍大腿叫道：“大和洋行！这招儿高！”

何大头和浩子终于酒足饭饱地走了，一直不开腔的胡管家悄悄朝罗影竖大拇指，也走了。

小狗子满心欢喜地把剩下的饭菜吃了个肚儿圆，罗影打着哈欠走到门口，忽然想起什么，回头看抱着个稻草帘子的小狗子：“你晚上睡哪儿？”

小狗子说：“这柜台比我家床还大，睡这儿还能看门。”说着就把稻草帘子铺上了。

“被子呢？你哥没给你送行李来？”

“不用，后面有蓑衣。”小狗子看罗影皱眉，赶紧说，“不冷，再过几天就暖和了。”

罗影叹口气说：“这浩子也真是！你们是亲的吗？”说着从兜里掏出一把铜板数了数给小狗子，“明天去估衣铺买两件衣裳，买条薄被。”她懒得听小狗子千恩万谢的话，出门走了。

且不说罗影在何记三家店铺正式上任，整天忙忙碌碌东奔西走，没多久就跟附近店铺掌柜混成了熟脸，那何大头很心疼给了罗影百分之十的股份，想起来就跑到几个铺子里去指手画脚，生怕罗影偷懒更怕她偷钱。罗影不好说什么，反倒是别人在他背后指指戳戳，好在他脸皮厚也无所谓。不过，一个多月后他就开心了，胡管家抱着账簿去跟他报账，面团团的脸上堆满了笑说：“恭喜东家，贺喜东家，三个店都开始赚钱了。”何大头一听从椅子上跳了起来：“真的？居然开始赚钱了？这么快？茉莉这小娘皮还真有几把刷子。”

胡管家满脸谄笑说：“二小姐真不是盖的，一来就拉来好多买卖，把店里那些滞销货都倒腾出去进了新货，生意总算好起来了，说过几天还要去上海进货呢。”他说着把账本给何大头递上去。何大头装模作样地翻看着，其实看得最仔细的就是月末结余那一栏：看这月赚了多少钱。

账簿一合，他张嘴就说：“老胡，这个月既然开始赚钱了，给我拿点钱来零花花。”心里马上泛起春香楼新来的凤娇娇那娇俏小模样……

胡管家顿时语塞，嗫嚅半天说：“二小姐过几天要去上海进货，还说问问您能不能拿点钱出来周转。”

何大头一拍桌子咆哮道：“你说啥？！赚钱了还要我拿钱去进货？！你个吃里爬外的东西！”

胡管家赔着笑脸低声下气地说：“店里才开始赚钱，进货周转都要钱，这不是现在物价天天涨，进货越多赚钱越多吗？”

何大头骂骂咧咧道：“那我不管，你把小茉莉给我叫来！问问她天底下有没有这个道理，我是大股东，赚钱不给我分反而还要问我要钱，这不是要逆天了吗？”

胡管家摇摇头低声说：“东家，您这就为难我了，分红都是按年，没有按月的。”他嘟囔道，“人家想的没错啊。”

何大头跳起来骂道：“你个老甲鱼，居然敢顶嘴了，看老子不把你关宪兵队几天你就不老实！”吓得胡管家抱着账簿逃出何大头办公室，和正走过的浩子撞了个满怀，何大头嘴里骂骂咧咧的还没完，浩子钻进来笑道：“何大翻译官怎么了？谁把你气成这样？”

“茉莉那臭小娘皮，铺子赚钱了不给我钱，还问我要钱进货！奶奶的，我真是叫鬼上身了，居然给她分股份！”

“呵呵，何翻译官，话不是这么说。茉莉那丫头真的有来头，看来三圣堂那边很给她面子，前些天上海那边来的洋布洋火煤油可不少，咱这边运去的不过是些笋干鱼干之类的土产。”

胡管家站在门口接话道：“是啊，上次那些货都只付了一半货款，这次再怎么说也不好赊账了，做买卖讲究的就是个信用。”

何大头悻悻然骂道：“你就是那臭小娘皮的一条狗，她说啥你就信啥？没钱？在她干妈怀里哭一场不就有了吗？”

胡管家急了，挓挲着两手急得不知道怎么说好：“……二少爷！这，这不是那话儿啊。”

浩子笑道：“何翻译官，做生意的事咱不懂，还不如就让小掌柜的操心去。看这样儿，她挣钱是老鼠拖木锨——大头在后头。咱哥俩只管喝酒吃肉等着年底分红拿赏钱就好，你说是不是？”

“哼，可真窝囊，老子的买卖老子自己想花几个钱都这么难……”何大头对胡管家挥挥手道，“去吧去吧，跟小茉莉说，她去进她的货，店里的钱我先不要了，我的钱她也别惦记！”

胡管家倒退两步一溜烟儿跑了，边跑边嘟囔：“真不是生意人，二小姐遇到这样的叔叔也是豆腐掉在灰堆里——摔不得打不得。”

浩子还在跟何大头胡扯：“嘿！你那几间落魄铺子居然被茉莉给整活泛了，还真是个人才。”

何大头扬扬得意地说：“那是我的福气！没我罩着，她在宁城连头都不敢冒！”

浩子哈哈大笑道：“那是当然，没你罩着她也没通行证，也没这么容易在外面侦缉队地界上随便行走啊。”见何大头笑呵呵点头，又大咧咧地说，“何老板，跟你商量个事。”

何大头警惕地瞪着他问：“啥？”

“我乡下娘舅二媳妇娘家哥哥的孩子想在城里找个活儿，你那些店铺需要伙计不？”

“呸！你家的人我不敢用！”何大头笑着骂道，“就你小子那些本事，我对付不了。”

浩子一脸无辜地说：“我早就金盆洗手了，我娘舅家那孩子我都没见过。”

何大头脑袋摇得拨浪鼓样说：“听说这玩意儿都是天赋，你是没见过他，也许人家天生就有这本事，我用不起。”浩子脸上挂不住了，说：“小弟我求不下您，我找小掌柜去。”说着拔脚就走，何大头在身后嗤笑道：“去吧去吧。那小娘皮猴精猴精的，比我更难弄。”浩子悻悻然走了。何大头呸了一声自言自语：“刚收留了你弟弟，就又弄来一个，有完没完啊？想把我何家店变成耗子洞？这年月谁能养闲人！”说着打口袋里掏出一把大洋，哐啷哐啷掂了掂，拿了一个吹了吹放耳朵边听听声儿放桌子上，又拿一个吹了听过摞在第一个上面……

31

上海，十六铺码头，往来船只云集，行人熙熙攘攘。罗影一身长衫，戴顶小黑礼帽墨晶眼镜走在跳板上。胡管家提着个公事包走在身边，张亮一身伙计打扮跟在后面。

日军岗哨处，她拿出通行证，一路顺利过关。

小街深巷，一座不那么起眼的大宅，可供汽车出入的大门边青砖门柱上一个黄铜铭牌——罗宅。

大门上套着的小门在铁环叩门声中打开，古色古香的庭院露出一角，罗影一路小步快走，朝站在大别墅阶上的罗太太扑去，甜甜地叫了一声："姆妈！"

罗太太笑吟吟地迎上前来说："囡啊，你可来看干妈了，乡下好不好啊？看你怎么又黑又瘦了呀？"

"姆妈，我想死你了！看我给你带的好吃的！"她猴子献宝一样招呼着张亮，"快呀快呀，拿出来给老太太看看。姆妈，闻闻看，香不香！"

张亮从背篓里先提出来一条黄灿灿的大鱼干，一看就好有食欲的那种。罗太太嗅了嗅说："真香！是家乡的味道，好新鲜，好！"罗影嘻嘻笑着并不搭话，看张亮从背篓里拿出小竹篓装着的竹荪、干蘑菇、笋干，又拿出一大块油纸包着的咸肉，篓子最底下是十根精选的春笋。一篓篓包装精致清香四溢的干货摆在阶前，每一篓都让罗太太发出一声惊叹，最后那些咸肉、春笋更让一向稳重的她一惊一乍地喊道："影儿啊，你真是姆妈的影子，姆妈欢喜烧小菜你就给姆妈带来这么多好食材，今晚我要给你干爹好好煲一锅腌笃鲜，好好帮他养养胃，润一润，补一补。”

罗影嘻嘻撒娇笑道：“姆妈，有我份儿吗？我也馋姆妈的汤了。”

“有，有，怎么少得了我影儿的呢？姆妈这辈子十足十了，就少个好女儿，我天天拜菩萨，菩萨就把你送来了，你是姆妈的小心肝哦。”她上下打量了罗影一眼，板起脸说，“影儿啊，你怎么又穿成这样了？女孩儿就是女孩儿，老是反串着小心找不到婆家！”

她又抬眼看看胡管家和张亮，扬声说道：“张妈，领老胡和伙计去后面休息。小翠，老早把这些东西收好。书香，去伺候小姐更衣，一会儿我要和她说话。”

罗影笑道：“姆妈，我去去就来，侬勿要太累了，我一会儿来帮侬一起烧。”

傍晚，一辆黑色轿车驶入罗宅，身穿浅灰绎丝唐装的中年男人下得车来，一根漆黑锃亮的文明棍儿在手里甩着，并不用来拄地，只是用来平添潇洒的。在门口把礼帽和文明棍儿扔给迎候的张妈，忽然咦了一声说：“张妈，啥味道？太太又亲自下厨了？好香！”不等张妈回答已经大步朝餐厅走去。

罗太太从餐厅走出来笑道：“看你，馋虫勾出来了吧？也不问问谁来看我了。”说着把罗影往前一推。罗影已经换了一身女儿装，腰系荷叶边的小围裙，擦着双手笑嘻嘻给罗老板一鞠躬说：“干爹好。”

“影儿啊，给干爹带啥好吃的来了？”又对老伴儿说，“难怪这么香呢，是影儿来了。影儿啊，干爹我沾你的光喽。”说着哈哈大笑起来。

这一顿晚饭一家人吃得其乐融融，欢宴间罗影就说了：“干爹，我这次带来的土产，还都有一份样品，我想这些好东西上海人一定都喜欢的，就不知道上海这边路子通不通。”

“我就晓得这小巨头的东西不好白吃，你看看，你看看！”罗老板朝罗太太大笑。

“自家女儿还说这样话，我家影儿生意脑筋老灵光的，这些土产比南货店的好多了，又新鲜又清爽，肯定有得赚，到时候你不要牙都笑掉了。”

“货色味道是不错，不知道卖相怎么样？老家的东西总是乱糟糟一大堆，连土带渣的，没法上大商场，地摊摆摆还行。我们这样的商行现在还做地摊生意吗？笑话。”

罗影笑着把筷子一放站起来边跑边说：“干爹，我去拿来您看！”

不一会儿，罗影和张亮抬着一个大竹篓进来，两人把竹篓打开，里面是一水儿的小竹篓和油纸包，她一个个拿出来整齐摆在硕大的餐桌上，得意地一一点说：“所有竹荪、笋尖、笋干、蘑菇都用小竹篓装，每篓一斤。咸肉分部位，腿肉、五花肉、里脊肉，还有肘子猪脸，统统油纸包，肉论斤，肘子猪脸论个，还有咸鱼干论条，都有包装。然后大包装就是这种大竹篓，透气又卫生。干爹，卖相可以吧？”她小学生般双手往后一背含笑看着干爹。

“不错。不过这是样品，大宗货你也能做到这样？”罗玉海逐一打开小竹篓验看商品，“很多人都是样品不错，交货一塌糊涂。你想做这买卖，得按样品供货。”

“这都是精选货，只要价钱合适我当然可以做到。如果是统货，价格便宜点，当然货色也就比这个差了。如果干爹有路子，我跟您签合同，货不对板我赔！”

“好！小小丫头还蛮有想法的。”

跟进来一直没说话的胡管家赔笑说：“我家小掌柜做生意一只鼎！这是上次尾款，请笑纳。”他双手奉上汇票。

“干爹，看看数目对不对。”她笑盈盈地歪着头，有几分顽皮和娇俏。罗太太伸手拉她坐下故意做生气状道：“看看这小囡，饭没吃完就谈起生意了，先吃饭！我烧的小菜都要冷了，谈生意吃完饭书房谈去！”

罗老板哈哈一笑朝罗影做了个鬼脸说：“好！先吃饭。你们两个，也去吃饭。”

罗影起身帮他盛了一碗腌笃鲜端到面前说：“干爹，尝尝，老家的味道。”

罗老板喝了一口汤直竖大拇指：“太太烧菜手艺越来越好了，家乡的味道啊，真香！竹荪、咸肉、春笋，鲜到骨头里啊。”

“干爹，以后我常常给您送最好的来！让干妈天天下厨烧给你吃好吗？”她一边夹一块蒸过又炸酥了的咸鱼干放在干爹碟子里一边说，“我们用乡下的桐油、土产，换这边的百货、布匹、纸张、煤油、西药。两头赚钱！”

“人小志气大，想得不错，不过做起来很难啊。”罗老板哈哈大笑着看看罗影，心想这小丫头真敢想，又想想她的背景，也就笑着打哈哈道，“听你妈的，先吃饭，生意到书房去谈。”

饭后，罗老板和罗影去了书房，这里是一水儿的紫檀仿明式家具，古色古香。

罗老板坐在书桌后面，罗影坐在他对面椅子上，一本正经地看着他。

“他们真的派你来跟我做生意？”

“是。”

“你……真做得了主？”

“我完全负责。我十三岁就在自家店里做掌柜了，知道怎么做生意，不懂的您还可以指点我。”她认真得不能再认真地看着干爹说，“干爹，您知道我的身世，我爸是被日本人逼死的，我妈和我姐姐被日本人逼走到现在我找不见她们。我恨日本人，您也不喜欢日本人，上海沦陷前带着弟兄们帮国军打过鬼子。现在，新四军在家乡打日本人，打仗缺子弹全靠跟鬼子抢，受伤没有药，春天没吃的，冬天没棉衣，连盐都没。我要帮他们，您要不要帮？”

罗老板沉声说：“现在是日本人天下，和四爷做生意风险很大，就算我帮你买货，你也不一定能运到四爷地头。”

“运输归我，您只要帮我买货就行。当然，能帮我运出上海更好。”罗影诚恳地说，“新四军和您公平交易，我们需要您的帮助。”

“好。我采买布匹、纸张、煤油、百货给你，你用家乡的桐油土产给我供货，然后互找差价。”他忽然好奇地问道，“我知道国民政府很少给新四军发饷，你跟我做生意的钱是从哪儿来的？”

“别人我不知道，我跟您做生意的第一笔钱是自己的。”罗影老老实实地说，“我爸爸去世前，家里还有好几间铺子，专门有笔钱是跟四爷做生意的，他被鬼子逼死了，我接着做！我逃出宁城这钱就存在老胡那里，这次回来又从他那里取出来，就是我们第一次的定金。”

罗老板大拇指一竖：“好，新四军讲信用，我也讲信用。我按单子给你备货，你也要按时把乡下的土产运过来。”

“好！一言为定！”罗影高兴极了，单子里有部队急需的西药、干电池和煤油，还有根据地需要的其他违禁品，干爹看了一遍居然什么都没问就答应帮自己采购，太感激了！

罗玉海怎能不知道单子里的违禁物品？但他看着这个管自己叫爹的小小弱女子，哪里还说得出拒绝的话？况且，他也是个热血江湖客！

上海街头，罗影在一间间商铺里转悠浏览，和南货店的店员掌柜攀谈、了解行情，看有什么山区的东西可以卖到这花花世界。

几天后的十六铺码头，她终于押着驳船拖着的一串船只，载着货物回家了。船队是三圣堂的，干爹挑了十个心腹帮她开船押货。在进宁城之前无人处，有几条船划进了芦苇荡，那些最要紧的禁运物资悄无声息地被新四军悄悄逶走了。

宁城外码头，罗影带着船队大摇大摆地靠了岸，浩子已经在卡子上等着，她把通行证交给浩子查验，和卡子上的人笑嘻嘻地打招呼，递烟送酒，塞点小钱，一切顺利。货很快就进了何家的货栈和几间店铺，又很快被那些小店铺老板还有肩挑背扛的跑单帮商人、乡下货郎化整为零买走了。

没几天，他们又回来了，运来山里的各种土产，罗影租下酱园隔壁的后院，在那里重新分拣包装。没多久，一船船土产干货运到上海去了。

罗影，越来越像个商人了。

她又瘦了，熟人见面都说："小掌柜的赚钱赚疯了，不要命了！"但她最惦记的，还是粮食。上次通过商会张老板买了几船粮食，可是那怎么够？根据地在闹春荒，起码还要三个月才有收成……

她下决心再去找找张老板，买粮，还得靠商会。

商会会馆外，罗影驻足街边抬眼望去，心里感慨万千。当年抗捐时的白纸对联已无影无踪，父亲也早已魂归故里，自己也不复往日童稚模样，只有日本人的膏药旗还在城头飘扬。她心里恨啊，恨不得把小鬼子一脚踢出宁城去！她咬咬嘴唇平息下心情，换了副笑脸昂首挺胸走进会馆，驼子更驼了，一眼看见她扔了扫帚垂手说："何家小掌柜的来了，您里边请。张会长还没到，您先坐，我给您沏茶。"

罗影笑着，很客气地说："你忙，我很久没来了随便转转。"驼子憨笑着退出，不一会儿，门口传来他的声音："张会长早，何家小掌柜来了，在里面等您。"

她提着袍角三两步迎出去拱手笑道："张老板好。"努力摆出成熟商人的模样把一盒点心捧给张会长，脸上却是一片小女孩儿的阳光笑脸。

"哈哈，小掌柜的！一趟上海回来神气又不一样了！"张老板在自己地盘上，声气也高了，心情也很好，腰背挺得笔直，团团弥勒佛的脸庞居然也很威严的样子。

"张老板好，多亏您帮忙，这趟生意很顺利，今天是专门来谢您的。"罗影一手搀着张老板拾阶而上，扶他在上首太师椅坐下，重又朝他深深一躬，说，"张伯伯，茉莉感激伯伯对何家的深厚情谊，每次大难，都仰仗您的帮助……"说着不禁哽咽。

张老板叹气道："说起来，何家也是倒霉，这年月，好好活着不易啊。"他示意罗影在对面落座。

罗影却很懂事地在下首椅子上侧坐了，对张老板说："张伯伯，我这次回来，重新拿回何家店铺的经营权，就是想让何家的人以后能好好活着。"

"是啊，何家的产业不好随便败了，你爹……唉，不说了。这次去上海找到你妈了吗？"

"还是没找到，原来住的地方早就租给别人了，房东说我妈没去过，我猜是怕二叔去找她们麻烦。我干妈说让干爹的手下给留意着呢，迟早会找到她们。"罗影一脸烦郁。

张老板呵呵一笑说："是，留得青山在不愁没柴烧，你帮她们把家业守好，以后她们也有个盼头。"他端起盖碗，闲适地用杯盖掠掠茶叶浮沫儿，嗅嗅茶香，抿了一口满意地咂咂舌尖的余香，眼睛看着茶杯说："你这次回来不止是为了做点自家小买卖吧？"说着一抬眼，精亮的眼风直射罗影的眼睛。

罗影一欠身说："张伯伯精明，小女子啥事也瞒不过您。"

"上次你让我帮忙买粮我就轧出苗头了，你跑了这一年是去四爷地界了？"

"我无路可逃，谁打鬼子我就投谁。我要给我爹、给宁城抗捐的商人、给所有被鬼子祸害的人报仇！"罗影说着眼睛都红了。

"轻声！"张老板眼风朝外一扫，只见几个商人前后脚络绎进来，"有事改天去家里谈。"

"好。张老板，小女子我全靠您提携，今天来是想加入商会的，要能为咱宁城的商行做点小事那是深感荣幸，有用得着小女子的地方还请张老板吩咐。当然，"她站起身朝张老板又是深深一揖说，"更多还是我要仰仗商会这棵大树，把自家生意做得顺溜一点儿，请张会长多多指教。"又转身对刚刚进来的几位商人团团一揖说，"请各位前辈多多扶持。谢谢！谢谢！"

"哈哈，小茉莉，那我也是你前辈了？"罗影抬头一看，是张小开笑嘻嘻地瞧着自己，连忙嘘道："茉莉已经死了，葬了。现在我是罗影，上海三圣堂罗大老板的干女儿，何家店铺新雇的掌柜。"

大家互相看看，点点头，张小开在自己嘴角轻拍一掌说："对对对，看我这张臭嘴，又瞎说了。罗掌柜好！"

罗影也笑嘻嘻地说："张小开好，张小开吉祥。"说着手帕儿一扬学戏里的范儿给他行个屈膝礼，把一屋人都惹得哈哈大笑。张老板一口茶呛了，罗影上前两步帮他拍背，说："不好意思，小女子逗大家一乐。"

大家坐定，张老板咳嗽一声，皱着眉头缓缓说："今天把大家召集来，是有事相商。"罗影有点尴尬，起身说："原来今天是商会议事，罗影来得鲁莽了，先行告退，改天再来拜望各位前辈。"

张老板抬抬手凝重地说："坐，你现今也是何记三家店铺的掌柜了，一起听听吧。"他对大家说，"昨天，宪兵司令部和政保局都来了通知。"他从公事包里抽出两封信函，环视着大家，"他们又要加赋税。从下个月开始。"

张小开一下就跳起来："还要加？这政保局成立才多久啊？这是第几次了？！"

罗影忍不住插嘴："原来和佐藤的协议不作数了吗？！"

"显然是不作数了。"张老板叹了一口气说，"佐藤死了，宁城发生了很多变化。以前赋税的事佐藤一把抓，现在特务机关没了，改成宪兵司令部的特高课，藤井当了宪兵司令。南京又来立了个政保局和警察局，两家才开张就伸手，宪兵司令部那边是当然不放手，谁拿张二指宽的条子来都想从我们头上刮油水。"他越说越气，声音不禁大起来。莫老板一巴掌拍在身边的红木茶几上，盖碗茶的碟子盖子被震得噼里啪啦乱响，骂道："娘希匹！当我们是死猪啊？谁想砍一刀就砍一刀？！”

“我们现在比死猪也就多一口气啊！”黄老板叹道，“现在赋税的事到底谁说了算？这必须要立一个规矩，回到原来佐藤管事的方式，我们只要对付一个人就可以了，现在这样……”他叹气摇头。

张小开说：“再来一次抗捐？”

张老板摇摇头说：“不是那时候了，现在再抗捐，都不用日本人出面，政保局和警察局一眼就会看清是怎么回事，会把我们……”他有意无意地看看凝听的罗影，“马上跟四爷连起来……”他欲言又止。张小开做了个抹脖子的动作感叹说：“落到那些汉奸手里，那我们就死定了。”没人接话，屋里安静极了。

“按说我们应该给南京系的政保局交税，好歹也算国民政府吧。可宪兵司令部还继续跟我们收税，现在连警察局都跟我们要治安捐，如果我们给了，下次侦缉队也跟我们要怎么办？”张老板自言自语，屋里静得连蚂蚁爬过都听得见。

罗影听得见每个人的呼吸声，却听不到话语声，她轮番看着在座各位装泥菩萨，急了。总得有人说话，都不说，我说！她下狠心默数着——一、二、三！张嘴说：“各位前辈，按说今天没我说话的份儿，可既然听了，就瞎说几句。”几个人的脸一下都朝向她。

她看着大家说：“日本人步步紧逼，汉奸，啊，跟日本人混的家伙比日本人还贪。就像张会长说的，这次再让步，下次谁都敢跟我们伸手了，这还不算三天两头去店里敲诈勒索的小虾米。这样下去没法做生意！”她一下站起身来说，“我们不能退！就是要回到佐藤协议上去，那是我们用命争来的！我们只对宪兵司令部，除非藤井下公文给我们，让我们给谁纳税，其他人我们一概不认，用日本人顶他们。”她对张老板说，“这样，我们只要对付藤井一个人就行，他虽然狠但比汉奸好糊弄。”

张小开摇头说：“你不知道，政保局和警察局那些家伙狠着呢，那手段一点儿不次于日本人。”大家纷纷附和，黄老板苦着脸说：“这中国人一旦把自己当了日本人啊，就比那日本人还日本人了。”

莫老板呸地啐了一声道：“他们还配叫个人？顶多算条狗好吧？那次我看龟田大佐把政保局冯局长骂得狗血淋头的。龟田走了，他回头把手下骂得狗血淋头，把走私违禁品的商人直接拖出去枪毙了。后来听人说其实那个跑单帮的贩了一船洋布来，已经过了日本人卡子，却被政保局下面的缉私队抓了，好处费人家也给了，还不知足，要吞人家的货，人家就分辩了几句，就不干了非要抓起来。两下里嚷嚷起来，搞得码头上人山人海沸反盈天地围观，惊动了路过的龟田。”

大家都摇头，张小开说：“现在做生意谁不贩点私货？船船都交过路钱，还赚什么？”他转脸问罗影，“小掌柜的，你这趟也不少货吧？”罗影笑嘻嘻点点头：“不过我运气好，没碰到那些王八蛋。”

“你哪是运气好啊，那天我都看见了，侦缉队那些人把个码头城门都站满了，缉私队的根本靠不上边儿。还是你二叔有本事！”张小开有点嫉妒有点调侃有点苦涩地说了。大家全看着罗影，这个刚才还慷慨激昂地要抗捐的人，原来也是个靠汉奸赚钱的人……

张老板叹息：“眼见着又要操心办年货了……”屋子里一片唉声叹气。

而罗影，却心里有苦说不出：我这本来是想商量给新四军买粮的事的，怎么为抗捐的事折腾上了？可是，不解决这事，商人们也不能和新四军一条心。

她张了几下嘴又闭上了，不能为自己分辩啊。大家鸡一嘴鸭一嘴地议论着，说来说去最后还是张老板一锤定音：“咱们还是先去找藤井，让他拿主意。反正糠皮里就这么点油，给了皇军就不能给政保局，不能两头支应。”大家一致同意，可是对那些汉奸还是怯。

罗影想想握住拳头干脆地说：“那些王八蛋交给我！”心知不干掉几个铁杆汉奸这些商人是不会帮自己买粮的。

大家惊奇地望着她，她诡异地笑道：“不是还有我干妈吗？咱明着不行还不能阴他们？！”

莫老板一拍茶几道：“三圣堂！”大家会意地相视一笑，都以为罗影要借三圣堂的人来教训政保局的坏蛋。只有张老板深深看了她一眼：新四军近在眼前，政保局的王八蛋要倒霉了。

何记酱园。前面店堂里各色小商贩人来人往，何三儿算盘珠子噼里啪啦响个不停。客人大多是乡下小贩用土产干货换酱菜，小狗子前店后院不停脚地跑，屋里充溢着汗酸臭味。后院里更是人声鼎沸，几十个酱菜缸来不及地倒腾着。罗影转着看那些酱缸，不时拈出一块酱菜尝尝，连尝几块后她不干了，皱着眉头跟胡管家说：“这样不行，酱菜一定要腌够日子，不能粗制滥造，会把何记酱菜的牌子做倒的！”

“哎哟我的小掌柜啊，他们这哪是来换酱菜啊，他们是来换盐的啊！我听说，”他凑到罗影耳边说，“四爷那地界盐缺得厉害，很多人都没盐吃，你想想人不吃盐怎么行？这盐禁运酱菜不禁啊，不就讨个巧吗？”旁边等着取酱菜的几个小贩赔笑道：“掌柜的，确实不为吃酱菜的好味道啊，就冲着盐味儿来的。”

罗影停住脚和他们攀谈起来，一个小商人笑着说：“酱菜好吃不好吃不要紧，多放点盐就好。”

罗影摇头说：“不行！我何记的招牌不能倒。”她对胡管家说，“再来的客户，一律给一半酱菜，另一半去其他两间铺子换百货。”

小贩说：“现在乡下穷苦，买不起什么百货的。”

“瞎讲，别的不买，针头线脑、煤油洋火总要的啊。你们去铺子里自己挑，我这次在上海可是办了不少好货色呢。”她笑笑对小商贩们说，“告诉你们个巧宗儿，上海那边首饰、金银珠宝、竹木家具也好销，你们要是能淘换来，也可以换不少货。”她压低声音说，“可以给你们配点盐。”几个小商贩乐得眉开眼笑地连声答应，罗影手指比在嘴唇嘘了一声：“配盐的事别传，都知道了我可没那么多盐！”

“是是，不传，不传！我们绝对不告诉别人。”几个小贩叽叽喳喳，一个小贩对罗影小声说：“我还想吃独食呢，怎么会告诉别人去？”

罗影微微颔首一笑转身走了，走出几步，胡管家悄声说道：“小掌柜的高！这下要不了几天四乡八镇的小商贩都会把我们的铺子挤满的。”

罗影呵呵一笑说：“我可没叫他们都来我这儿啊，生意嘛，大家做。我做不了的，他们自然会去别家。”

张亮领着十几个女人在整理收来的干货，他看着堆得跟小山似的笋干、蘑菇发愁道：“小掌柜的，这样可不行，这些货这样堆着很快会霉掉的。”

罗影也发愁地看着，江南潮湿，这些干货摊开还好些，堆着很容易返潮，眼看着天也要热起来，万一下场雨就麻烦了。她看看胡管家，挠头说：“要不再雇几个人？”

胡管家为难地说：“雇人不划算，现在雇这些个就是一大笔开支，再雇要赔钱了。倒是你刚才说的要他们拿竹木器和首饰珠宝来换更合适，赚头也大。”

张亮看着那些小商贩忽然说：“为什么不叫他们收货时就收理好的货呢？乡下人工是不要钱的，而且分散在各家各户也容易收拾。就这小竹篓子，咱们还得花钱买，人家顺手就编了，我们无非加点钱给他们。”

“我也想到过啊，就怕他们不能保证质量，要是货发到上海才发现是坏的、差的，我们的名声岂不是做坏了？”

“你把标准定好给他们，一分钱一分货，来了验货给钱，谁家的货出毛病找谁家，下次可以不收他的也可以扣他钱。”胡管家倒是听出门道来了，办法一下就有了。

罗影说：“这办法行，先在几家老客户里试试。”她对张亮说，“验货一定要严，不要装在篓子里看不见就胡乱搞七搞八，要是砸了何记的牌子我先开了你！”

夜，罗影在店里盘账，算盘珠子噼里啪啦响，张亮在后院井里打了一桶水哗哗清洗完一身臭汗，头发湿漉漉地进来了。罗影抬头看见，扔过去一条毛巾说：“快擦干，天还凉呢，小心冻病了。”

张亮开心地说：“小掌柜的真行！老家的吃盐问题一下就缓解了。”

“光我们一家干不行，得多些商铺跟上来才行。我们才多点儿货啊，要张老板那些大户跟上才行。明天中午我请他们在小上海吃饭，你也跟着去，他们都怕你。”

“哈哈，让我去吓唬他们？”

“胡说。我有那么没水平吗？好歹我也学习过。”她伸头看看前后门，低声问，“小狗子睡了？”

张亮点点头。

两人凑在一起，她小声说：“张哥，商人们其实也想跟老家地界做生意，但是政保局那帮坏蛋很坏，他们不但敲诈勒索，还让缉私队各处路口渡口到处查违禁物资，轻则罚款，重则没收，甚至抓人杀人。”

张亮会意：“最坏的是哪个？交给我了。至于缉私队，我们锄奸队会打得他不敢出城门！”

“太好了！虽然是地下，我们也不能让他们太肆意妄为了。”罗影高兴得跳起来抓住张亮的手摇了几下道，“我早就恨得那些汉奸牙痒，好好打他们。你不在的时候我就说你去上海了。”

“没问题，做生意我是新手，打仗我可是行家。”张亮得意笑道。罗影轻笑着频频点头，忽然又说：“还有一件事，咱们收的那些土产山货，你说在老家搞加工，一家一户的质量怎么保证？你还得抽空回去一趟看看，跟家长请示一下怎么搞好。上海那边的要货量还是蛮大的。”

“这你就傻了吧？咱队伍上大部分时间都自给自足，都会搞生产，干这个小菜一碟，标准定好纹丝不差！我现在最要紧的是锄奸行动，你提供目标，我负责行动。”

“嗯嗯，我负责做生意、给你情报，你负责杀汉奸。”

两人嬉笑着，看似玩笑其实认真地讨论着工作。

讨论中，锄奸目标锁定，行动方案初定，两人信心满满踌躇满志：一切皆在掌握中！

夜，就这样一点点深了。

32

正午时间，小上海的店堂里虽不算熙熙攘攘，但也坐了八成的客人。二楼雅间里，八九个客人团团围坐在一张大圆桌边。请客的，是现今宁城里叫得响的一号新人——罗影，罗掌柜。

张会长贵人晚到，罗影一身男装，在楼梯口恭迎，把他让到上座，自己二叔倒成了陪客坐在张会长下首，莫老板张小开黄老板等等一一重新落座。

酒过三巡，黄老板端杯酒说话了："小掌柜的，不，罗掌柜，现在是年轻人的天下了，你生意做得风生水起，老哥我在旁边是看得眼热啊。我敬你！"

"黄老板，这怎么敢当？不敢当不敢当，我敬您，敬您。我先干为敬。"罗影赶着站起来喝了一大口，呛咳着说，"这酒怎么这么难喝啊？"回头大喊一声，"小凳子！这是我要的最好的女儿红吗？"小凳子正端着一托盘菜上来，闻声把菜上好端着坛子仔细闻闻说："掌柜的，是上好的女儿红。"

"天啊，原来上好的女儿红就这味儿啊？这么难喝你们怎么那么喜欢喝？"罗影这一惊一乍的，一下把满桌人都笑喷了。

"张老板，看我这侄女儿，她请客，才喝一杯自己倒先疯了。"何大头是有酒就乐，叫嚷着，"来来来，我来打个通关，大家划几拳，搞两杯搞两杯。"

"二叔先等等，我给大家介绍一个人。"

"谁？谁呀？"何大头东张西望地到处看，大家也都好奇地看看门口又看看罗影。

“张亮，跟各位老板们正式见过，以后大家多交往。”

一直坐在下首不言语的张亮端起面前的酒杯，对大家做个团团揖说：“各位老板，何翻译官，我张亮初来乍到，还请各位以后多多关照！”说完把杯中酒一饮而尽，又抓过酒坛子喊一声，“拿大碗来！”小凳子赶紧捧了一只饭碗过来，他给自己倒了满满一碗端起来，又对小凳子说：“给各位老板都满上。”

“张亮，各位老板都是有大见识的人，这里又没小姑娘，你就把那破帽子摘了吧，还怕吓着人？”罗影的话其实是各位老板心里的话。张小开笑道：“就是啊，男子汉大丈夫，本不以长相论英雄，难不成还怕吓着我们吗？哈哈！”

张亮豪爽大笑着把礼帽一摘：“既然这样我也就不戴这劳什子了，这半天捂得我够受。”

他帽子一摘，全桌人虽都说不怕，却也不禁都滞了一下，那是一张什么样的脸啊！小半边脸上全是烧伤的疤瘌，一只耳朵烧得只剩个揪揪儿，只有两只眼睛亮晶晶虎虎生威非常有神。他用大碗连敬了众人三碗，大家全被他的豪气和酒量震住了。

罗影笑嘻嘻地说：“大家不要被他的脸吓住了，他心很好，功夫也很厉害，救过我的命，是干妈专门请他来帮我的。”

这下大家更对他另眼相看了，张老板心知这就是她要用来对付汉奸的人了，赶紧端起一杯酒说：“兄弟，以前老哥眼拙，看轻你了，我给你赔罪。”又对大家说，“都陪着陪着，以后张兄弟就是咱们兄弟了，道上要是有什么麻烦，可全仰仗您了。”大家纷纷附和，连原本大咧咧的何大头也有几分怵了他，讨好地端起酒杯。

江南春夜出了名的妖媚，小桥流水，树影婆娑，灯影摇曳，月色阑珊。春香楼后的小巷，又起了几家跟它抢生意的暗门子，十来盏红灯笼挂出来搞得满街妖媚喜气。做妓女嫖客生意的小贩也三五成群地聚集在这左近，脂粉、头油和各种消夜的香气混杂着飘荡在风中。

花姐牺牲的小院，因为传说有厉鬼出入已经荒芜，爬满矮墙的爬山虎和蔷薇残枝乱七八糟纠缠着，桂树下的血渍虽已看不出，但依然泛出隐隐血腥味。在暗影憧憧人头攒动中倒成了一个闹中取静的地方，眼下就有两个人躲在矮墙后，悄悄盯着外面。

春香楼后门口，一个身穿黑色中山装戴小礼帽的男人晃啊晃的，趁人不注意一扭身进了春香楼。小院黑影里，一个人低声说："他就是政保局缉私队的孙队长，最近常在小怜香……"两人嘀咕完，一人起身走了，另一个继续蹲守。

春香楼里，人来人往。老鸨子翠花满头珠翠脸上粉渣子扑簌簌往下掉，殷勤地朝中山装男人迎来："孙队长啊！您老可是稀客啊，我连着几天都不敢叫小怜香出堂会，就专等着伺候您老人家呢！"

孙队长色眯眯地在翠花粉嘟嘟胖乎乎的脸上捏了一把在鼻子上嗅了嗅："老翠花，好香啊！可惜，粉渣子多了点。"

"要死啦，老娘我年年十八！"翠花嗲声嗲气撒着娇，花绸手绢朝他脸上一扬水桶腰一扭仰脸朝楼上喊道，"小怜香！下来接客！"楼上一个大茶壶公鸭似的嗓门拉长声喊道："怜香阁小怜香姑娘接客！"接着一个脆生生娇滴滴的声音应道："妈妈，我来了！"

孙队长眉开眼笑地抬眼看去，一个被粉红印花旗袍勒出三道弯的娇小女子妖媚地扭下楼来，举手投足间高开叉处露出白花花的大腿，瞬间几十个男人一起仰视她裙底那血红的底裤，场景也蔚为壮观。孙队长笑得嘴角一颗大痣上的黑毛乱颤，双手抡挲着迎上前去，满嘴里"我的小乖乖，我的小心肝儿"乱嚷，色眯眯的眼睛除了那女人连楼梯都看不见，绊了一下直接摔到小怜香脚下顺势抱住她腿扯了下来，滚地葫芦似的滚成一团，也不知是真摔还是假摔。

全场大笑欢呼，摔倒的俩人也不生气，嘻嘻哈哈地滚爬着挣扎起来。谁也没注意一个帽檐压住眉眼的男人在不起眼处悄悄看着这一幕，趁众人哄笑悄悄挪进一道帷幔后，从另一条楼梯悄悄上了楼，他沿着回廊一间间看着门上精致的木牌，春香阁、万香阁、芸香阁、聚香阁、含香阁、沉香阁，耳边是咿咿呀呀呢呢哝哝的娇俏声和南腔北调的调笑声，擦肩而过的是三三两两打情骂俏的男人女人，他犀利的眼神里漫出一丝不耐烦。转过回廊，房间明显大了，冷香阁、墨香阁，有了！怜香阁。

楼梯咚咚响，孙队长横抱着小怜香朝楼上大踏步前进，看热闹的妓女嫖客们又各忙各的各乐各的去了。老翠花满场子花蝴蝶似的飞着，觍着老脸跟恩客们打情骂俏，招呼着大茶壶小丫头们紧忙活。

夜渐渐深，喧闹的春香楼也渐渐消停下来，那些在大厅里打茶围、搓麻将、推牌九的人已经不多，看热闹的更是都走了。翠花打着哈欠对聚精会神赌钱的恩客们寒暄几句，嘱咐陪客的妓女："好生招呼着大爷们。"扭啊扭的上楼回屋去了。

就在她快要走到怜香阁时，忽然听到一声非人类的惊叫声。翠花是见过风浪的，她最恨一惊一乍的女人，尤其是她家的姑娘！她凝神再听，却一丝声音也没有了。她飞速转动的大脑回放了一下那声惊叫，迅速判断出了是谁，拔脚就走。

二楼上，几个妓女嫖客站在怜香阁外一脸惊惶。翠花一步抢过去，嘴里嘟囔骂着："小赤佬想死啊？吓着了客人看我不揭了你的皮！"一推怜香阁的门却没推开，她咦了一声轻声叫道："孙队长？孙队长？"里面静悄悄没一丝声息。她回头招呼着已经上来站在她身后的大茶壶，指指房门，大茶壶轻轻敲敲门壮着胆儿喊了声："孙队长！您、您在里面吗？"

大茶壶回头对翠花说："妈、妈妈，又又闹鬼了……"

越是里面没声儿，他的腿越是哆嗦，回头看看翠花，翠花也被他搞得精神紧张，指指房门让他再敲，他硬着头皮加重力道又敲了几下，提高嗓门颤声叫道："孙、孙队长？小怜香！出、出、出什么事了？"

里面还是没声儿。楼下几个胆大的客人也蹑手蹑脚地上了楼，跟在翠花身后伸着脖子想一看究竟。翠花还在犹豫，后面一客人低声说："孙队长腰里有枪，那么煞星的人，什么鬼敢惹他？"

另一客人悄悄说："噤声，后面巷子里死的那个女人你忘了？四爷杀鬼子，他是汉奸，啊不，是皇军的人。会不会……"

翠花一想，急了！这要是孙队长在自己这里有个好歹，这春香楼还想不想开了？不管是不是闹鬼，皇军怪罪下来肯定先把自己咔嚓了！她的胖脸和浑身的肥肉一下哆嗦起来，她推着大茶壶往前走："把门撞开！"大茶壶惧怕地回头看她，她一把把他推到门上厉声说："再不撞开扣你月钱！"

大茶壶的竹竿腿簌簌抖着朝后退了两步，鼓足劲儿咣的一声撞到了门上合身摔了进去。翠花傻了，刚才这门明明是拴着的啊！！！！！她忍不住尖叫了一声："有鬼哇！"

紧接着是大茶壶破锣似的鬼叫声："杀人啦！"

这下全楼的人都炸了，乱跑的，拿被窝捂头的，尖叫的，一堆人你推我搡朝外乱跑，拥出大门；另一帮人挤挤挨挨跑上楼梯，想看热闹。

翠花在身后俩客人的搀扶下，挪动着冬笋似的两只胖脚，门里门外倒腾了几下也没迈进去，就看见大茶壶趴在地上那两条腿一蹬一蹬的怎么也蹬不起来，屋里隐隐一股怪味冲鼻而来，那心里更是加了几分害怕。身后那胆大的嫖客耐不住了，把她挤到一边自己一步跨了进去。

后窗的窗扇被风吹得微微摇晃着，月色洒了一屋。一侧的雕花大床床幔低垂，两只白森森的大脚支棱着伸出血红的帐外，地下的大茶壶好不容易刚爬起来又哇的一声大叫趴在地上。

仔细一看，那床幔簌簌抖动，连带那床都吱吱作响。

大胆的嫖客也不大胆了，后退一步反手摸索着拉开了电灯。这灯一开后面的人胆子都大了许多，里面不管是鬼是人，灯开了肯定都跑了。

翠花上牙打着下牙壮着胆子走进去，大茶壶哆嗦着喃喃："血，血，都是血……"

她定睛看着，那血，正滴滴答答从床上落到地面，已经在地上流了一大摊，大茶壶显然是摔在那摊血里了，满手满身都血淋淋的，不知道还以为是他被人杀了。翠花推着那嫖客蹑手蹑脚凑到床前，下多大决心闭着一只眼睛一把拉开了床幔，啊的一声惊呼那床幔又落下了，两个人哆嗦着僵在当地，不要说挪动脚步，连一句话都说不出来了。半晌，翠花才哆嗦着说："怎、怎、怎么办……皇、皇军知道了怎么办？"

那嫖客早傻了，这时吭哧半天才说了句："我，我先走了。翠花，你就当我今晚没来过。"转身一把推开她撒腿跑了。

外面的人还在往里涌，翠花大吼一声："都别挤！刘二！快去报官！"

别看刘二平日里在妓女们面前横得不得了，知道里面杀了人早就吓得脚杆子都软了，这时还在门外面挨着，听老鸨子叫他去报官，忙问："报哪里啊？好几个衙门呢。"

翠花火了，骂道："娘希匹你是戆头还是被老水牛踩了脑袋？当然是报警察局啊，皇军来了你还说得清楚吗？你会日本话不啦？"

刘二呼哧带喘地跑着走了，胆小的客人们也早跑得一干二净，就剩几个二百五愣头青还等着看热闹。过了一顿饭工夫，外面警笛哨子一片乱响，一队警察咔咔跑着进来，领头的队长就是苟六壬，哈欠连天衣裳扣子错位骂骂咧咧地进来，张开喉咙就喊："老鸨子呢？把老鸨子给我叫出来！"

刘二赔着笑脸把他让到大堂当间一个桌子上，一个胆大的妓女巴结地张罗着斟茶摆果碟儿，那苟队长也不坐，一脚踏在椅子上摆出山大王架势，手里的王八撸子在桌上点着嚷嚷："娘希匹的叫你们老鸨子乖乖过来！"翠花哆嗦着好不容易在刘二搀扶下挪到他面前，队长抬眼一看，好家伙嘛，一张一筒的脸粉渣子掉得满脸白一片黄一片的，描得弯弯的吊梢眉已经残缺不全，猩红的嘴唇哆嗦着像两条蠕动的肥虫。他不禁心生厌恶，骂道："你个老鸨子老也罢了，这么丑半夜出来吓人啊？吓死人要偿命的知道不啦？幸亏大爷我胆子大，胆子小的还不被你吓阳痿了啊？"

翠花下得楼来心里稍微定了点儿，被苟队长左一句老鸨子右一句老鸨子本就说得上火，这会儿听这话越来越难听，终于忍不住堆出笑脸来冷冷说了句："哦哟，大爷看来也是堂子里的常客嘛，怎么就没常来我家坐坐呢？我叫最好的姑娘陪你啊。"

"臭娘皮的现在都时兴玩女学生了，谁还逛你们这种下等堂子？快说，半夜三更的报案说杀人了，谁杀了谁了？现场在哪里？"

"大爷啊。"老鸨子就是老鸨子，一听这家伙果真是个惯会嫖妓的家伙，翠花顿时浑身的关节都上了转轴似的贴着他扭动起来，把个肥肥的胸脯在他肩头挨挨擦擦地说："大爷喜欢女学生啊，我这里也有下海的女学生啊，还是大户人家出身呢！"说着扬声喊道，"若凡！过来！"

人们东张西望，不知道谁是这个若凡。只有刘二颠儿颠儿地跑上楼去，连拉带扯地拖出一个穿着睡衣裤的女人来。翠花巴结地说："大爷，赶明儿我让她换了学生装来伺候您。"

苟队长斜眼看了一眼被拖过来的女人，白白净净一张脸，长相不算出众，紧闭的眼睛和嘴巴显出一分倔强，却也是这分倔强打动了他，伸手摸了摸她脸蛋儿，笑道："好啊，从今天起就不许她接别的客，老子要包了她。"

翠花谄笑着附在他耳边道："大爷，她还是个雏儿呢，您要包了她，可真是她的造化。"

那女人在刘二紧扭着的手里挣扎了两下，紧闭着的眼里落下泪来，却是紧闭嘴一句话都不说。警察队长抬起她下巴打量着，猥亵地笑道："老子不信你这染缸里还能拉出白布来，雏儿？笑话！"

"真是没开过苞儿的，前天才买来，这不饿了两天了，还这么拗呢。"

苟队长这才点点头说："废话少说，看看现场吧。"

咯吱咯吱的楼梯被大皮鞋踩得嗵嗵响，杂沓的脚步声朝楼上响去。本想看热闹的二百五们看这警察队长的架势，蔫出出又跑了几个，剩下大多是妓院里的人了。他们没处跑也没处去，只能待在这里等结果。

翠花一路陪苟队长上楼，赔着笑脸问道："队长贵姓？怎么称呼？"

"哼，我姓苟，叫我苟队长。"

"哈，苟队长？苟队长好啊！"

"别觉得我这姓有趣，我的名字更有趣——苟六壬！甭管你多高贵多下贱，都归我遛！老鸨子，乖乖跟我遛着。"这话惹得一片笑声，只有翠花听出了里面冷冷杀机，后脖根上泛起一阵凉丝丝的意味。

进得怜香阁，他一挥手掩住口鼻，先看了一眼满地哩哩啦啦的血渍和满地的血脚印，囔着鼻子命令属下："保护现场，把这些脚印都拍下来！"

一个瘦麻秆背相机的警察发愁地说："队长，这现场……已经不成样子了，简直像赶了一群马踏过。"

"屁！你当我瞎子啊？拍！"他说着走到床前一把拉开床帏，顿时做恶心欲呕状。

闪光灯下，一具赤裸的男尸横在床上，两眼圆睁一脸似哭似笑亦惊亦怖的神色，只有脖子上一道不大的伤口翻着，顺着伤口朝上望去，一道血迹飚在床帏、帐顶。一张纸条遮着他已经萎靡的私处，苟队长小心地拈起纸条，上面写着两行字："汉奸下场！新四军锄奸队。"他把纸条揣到兜里。

一个女人，也是赤身裸体的，双手抱膝蜷缩在大床一角瑟瑟发抖，身下已经是屎尿横流。那男人的头，就浸泡在那黄色污浊里。

苟队长到底是苟队长，此情此景也没吓到他，他仔细端详着男人，后退了一步大吼道："封锁春香楼，所有人等一概不许出入！"

顿时鸡飞狗跳一片惊呼哭喊，春香楼里乱成一片……

小上海后院的阁楼里，罗影一直来回转圈不肯睡下。罗芳笑道："怎么了？跟丢了魂似的？"

"怎么还没有枪声呢？是不是还没动手呢？会不会失手？不会反而被人做了吧？"

"小傻瓜，你相信他吗？相信就安静坐下等，你转得像只陀螺知道吗？"罗芳知道张亮去执行任务了，她没有告诉罗影，这种任务锄奸队肯定还有其他同志配合策应的。

天亮了，罗影熬到平时的钟点去了何记酱园，耐着性子听小狗子说完他认为重要的琐碎事情，才如往常一样去了后院。一眼看见张亮挥着大扫帚在扫院子，一颗心终于落到肚子里，笑嘻嘻走过去说："张哥早！早说了你不用干这些杂活，看着工人干就行。"说话间已经走到他身旁，悄悄问道，"昨晚怎样？得手了吗？"

"小菜一碟儿！"张亮低声说。

"你确定？"

"确定而且肯定。"

"我担心了一夜。"

"一切顺利，那个张小开提供的情报很准确。"张亮还想说什么，罗影一挤眼睛大声道："明天我要去上海进货，你抓紧带人把所有土产干货整理好装船，明天跟我一起走。"

小狗子大声喊："掌柜的，啥时也带我去上海？"

罗影笑道："等你再长大几岁吧，现在啊，只能是个累赘。"

孙队长被杀的消息一早晚间如春风吹遍了宁城，宁城的商人们惊奇之余个个心下暗喜，一大早何记酱园隔壁的黄老板就跑来串门，悄悄说："听说孙队长昨晚被四爷收了，嘿嘿，这真是老天长眼。"

罗影一下跳起来说："真的？！太太太棒了！"按捺不住的得意样儿，把黄老板招笑了："罗掌柜，你真的不知道？我还以为你早知道了。"说着精明的小眼睛似笑非笑瞧着她。

"我哪儿知道啊，就是早起路过宪兵司令部，看着门口换了双岗，出出入入的皇军也特严肃，还纳闷出啥事了呢。"她好奇地打听，"咋死的？在哪儿？"

"嘿，听说是在春香楼干掉的，咔！一个那么邪乎的人就没了。"黄老板在脖子上比画了一下，摇摇头一脸敬佩。罗影挤着眼睛笑道："这对咱买卖人是好事啊，省得他隔三岔五到处嘚瑟着查来查去了。"

黄老板说："谁说不是呢。哈哈，你那天说跟乡下人做买卖的事我也想过了，我准备打发个伙计去乡下亲戚那里看看，有啥好买卖可以做的，城里就这点买卖，喂不饱咱这么多人，乡下毕竟还是人多，零碎买卖也捎带做点，算点补益吧。就你这酱园，生意好得不得了。"

罗影低声说："我这还不是沾了皇军不让卖盐的光？不过要说小生意做大，我听干爸说，咱宁城很多大老板也是从鸡毛换糖起家的。"

俩人聊了几句买卖上的事散了，罗影转着处理完三间店铺的事务，回到酱园后院再次点验了要运到上海的货物，眼看着就到了午饭时间，她歪头想了想，跟张亮说："张哥，我去趟商会，听听风声。你别出门，就在店里帮我照看着，如果苗头不好，直接钻后院猫起来。"又大声喊，"小狗子，中午不要烧我的饭了，你和张哥自己烧来吃吃。"小狗子在后院里大声答应着，罗影掸掸身上长衫，拿礼帽往头上斜斜一扣，吹了声口哨出门了。张亮在她背后无声摇头笑笑，别看他年龄不大，却是个出身贫苦的老革命，要不是对罗影有一定了解，还真看不惯她这佯装公子哥儿的做派。

商会议事厅里，七八个大小商人打牌的聊天的喝茶的，个个脸上带着兴奋，看见罗影进来，都笑呵呵地打招呼。罗影佯作不知地笑道："各位前辈都在乐呵什么呢？有喜事？"

莫老板大声笑道："罗掌柜的，今天我心情好，走，咱们小上海，我请！"

“哟，莫老板今天这是铁公鸡拔毛，难得啊。”

“昨儿个赌钱赢了，隔壁家杀了一条狗！都去，都去，大家一起乐乐沾点喜气！”

“哈哈，是啊，去，一起去，沾点喜气！”

外面风风火火跑进一个人来，驼子大喊：“何翻译官，您老来啦？里边请里边请。”

“娘希匹你喊个屁！通风报信啊？！”他一把把驼子推了个趔趄，冲进屋里恶狠狠地问道，“缉私队姓孙的被四爷宰了，你们是不是早就知道？！”一屋子人一下全愣住了，他疯狗一样一把扯住罗影衣领骂道：“是不是你这臭小娘皮干的？！”

罗影一愣之下扯着嗓子喊道：“是！就是我干的！又怎么样？！你抓我啊！”

莫老板、张老板一惊之后上前来拉着何大头的胳膊，莫老板说：“何翻译官，何翻译官，这是怎么说？有话慢慢说，出啥事了？”

“何翻译官，怎么了？扯着你家小掌柜的成什么体统？快放手，放手，我的何家二少爷！”张老板跺着脚说着，硬是把他扯着罗影脖领子的手掰了下来。莫老板把他摁坐在椅子上，一伙人围着他问怎么了。罗影摸着脖子咳嗽了两声，挤进去问何大头：“二叔，出什么事了？”她心里十八个心眼儿急转：何大头一向大大咧咧，忽然发飙是为什么？难道是看出什么端倪？他要是跟日本人告密，这些商人们马上就有血光之灾！真要这样，这事自己要扛！可任务怎么办？！

张老板心里也在弯弯绕，昨天在小上海喝酒，难道露出马脚了？他这是要找谁麻烦？茉莉？还是自己？茉莉这丫头十有八九和四爷有关系，姓孙的是不是她让那恶煞似的张亮杀的可都说不清呢。可证据呢？咱大家伙儿可没啥把柄落在他手里吧？

莫老板和其他几个商人大眼瞪小眼，罗影心一横踏上一步说：“二叔，您这是怎么了？天塌下来有大个子，出啥事了？”

何大头哭丧着脸说：“我的姑奶奶、小祖宗啊，你敢说那姓孙的死跟你没关系？藤井现在要警察局限期破案，破不了案不知道要杀多少人呢！”

张老板慢声慢气地说：“你慢慢说，到底怎么回事。”所有围观的人都冲他点点头。

何大头这才叹气说道："一大早藤井就接到报告说姓孙的被杀了，带着我就去了警察局，警察局那姓苟的还没拿姓孙的当回事，被藤井抽了一鞭子臭骂一顿，说是破不了案就拿他顶罪。藤井还命令我在警察局督着，查不出来杀头也有我一份。现在已经开始全城搜捕抓人了，你们还在这儿乐！"

"这样啊。那大家是要小心了，有没有说戒严啊？要是戒严大家都赶紧回家。"张老板慢悠悠地说。

"二叔，那姓孙的死在哪儿了，警察局有啥线索没有？"

"死在春香楼了，跟他一块儿的那个妓女，叫小怜香的，吓傻了，啥都不会说，现在还在警察局发抖呢。刚才苟六壬又去春香楼拉了一队妓女、大茶壶去警察局问口供，那个老鸨子在那里哭得七佛出世八佛升天的，我都快被他们闹死了。娘希匹的辣块妈妈不开花，开花养了小娃娃。"

"他死在春香楼和我们有啥干系？你跑来跟我们发疯？"张小开轻飘飘地来了一句。

"你以为我傻子啊？昨天中午我们吃饭大家说没说姓孙的不是东西、姓孙的该死？"

张小开笑了："我们说他该死他就死了？难道是我们把他说死的？证据呢？你看看，你看看——"他指指罗影说，"就她，一个小姑娘杀得动姓孙的？"他又指指自己鼻头，"就我这样的，也就好比绣花枕头罢了，杀得了人？鸡都没杀过啊。那姓孙的，既然能做缉私队队长，怎么也会两下子吧？手里有枪啊！谁都杀得了他？那杀他的人也得是个厉害角色。"大家连带何大头都听得连连点头，他又低声说："这家伙行为不检点，死在春香楼那样的地方，妓院里鱼龙混杂，天天争风吃醋的，什么人没有？再说了，谁知道这姓孙的有没有什么仇家？许是被仇人杀了呢？"

大家点头，纷纷赞同有道理。何大头冷静下来，也摸着脑袋说："是啊，那姓苟的给我看一纸条儿，说是杀手放在那家伙那玩意儿上的，上面写着'汉奸下场！新四军锄奸队'。那字写得粗拉拉的，一看就是粗人。"

"也许是情杀呢，留条儿说是四爷，皇军也没地儿拿人去啊。"

“走走走，反正姓孙的死和我们没关系，那个小怜香也不是我们谁的相好，我们也和他没仇，还是我请客，小上海喝酒……”莫老板招呼着就要走。

何大头被大家这样一噪，也觉得没啥大麻烦了，反正不是仇杀就是情杀，实在查不出，现成的杀手留帖明明白白说了是新四军干的，到时一推六二五，这案子没破也是破了。他一拍脑袋说：“还是姓苟的聪明，难怪他一点儿不着急！我怎么就没想明白呢？”大家见状又是一愣，莫老板搂着他脖子说：“老哥你干什么呢一惊一乍的？”

何大头把他的想法一说大家全乐了，张小开说：“还是人家姓苟的聪明，人家爹妈就聪明，这聪明是祖传的，要不怎么给他起名‘狗遛人’呢！”

大家叫了黄包车，一路去了小上海。

席间，何大头自然把苟六壬办案的种种细节说了个底儿掉。罗影也就此跟大家说了明天去上海办货，请大家帮着二叔对何家店铺的事多多关照。

话说张亮杀了人没事一样脚底抹油跟着罗影走了，这边宁城警察局和政保局打得沸反盈天，政保局骂警察局无能，抓不到新四军的锄奸队；警察局说政保局任用流氓，四处滋事，眠花宿柳被新四军杀了，案子已经破了。至于人犯？让政保局自己抓去！

两家官司打到藤井那里，把个行伍出身的藤井惹得火冒三丈，最后完全无法判断谁说得更有理，只好各打五十大板统统臭骂一顿。

但三家谁都不是傻瓜，政保局的冯局长是个老牌特务，被日本人从中统高价挖出来；警察局的苟队长有奶就是娘，虽说是市井混混出身，却是十几年的老警察油子，方方面面都兜得转，心眼更是多得不得了；藤井是个狂热的军国主义分子，对天皇忠心耿耿是不必说了，而且心狠手辣，又有横田大佐遥控指挥，决心对宁城的地下抗日分子来一次大扫除。

宁城，风雨满楼。但这也没耽误小罗影悄悄与张老板私下商量好为根据地买粮事宜，老奸巨猾的张老板想出了只负责联系买家卖家居间交易，实物交割由买卖双方自行决定的法子，粮食根本不进宁城，把自身风险降到了最低。

暗瞳，继续静默。藤井却饶不过张震，叫去一顿臭骂：“外面新四军四处蚕食皇军地盘，逼得我们固守据点。城里居然被锄奸队混进来杀了人轻松跑掉，要你们侦缉队干屁吃的？！”

张震恭恭敬敬低头不语，足足听藤井日语夹杂着蹩脚的汉语骂了小半个钟头，满脸不服憋屈地说：“自从警察局、政保局成立，城内治安已经不归我们管。城外我们的眼线没钱发饷，尤其是新四军地盘上闹粮荒，他们连饭都没得吃，更别指望他们给皇军送情报了。”

“八嘎！没饭吃就可以不忠于职守了吗？起码他们吃饭的脑袋还在！不给皇军情报，统统砍了！”

何大头边翻译边给张震递眼色，张震语气软了话不软：“是是，他们是混蛋，不忠于职守，可他们没拿到皇军的粮饷是不会好好干活的。”

藤井气得在屋里来回转着把地板踏得咚咚响，可是想想也无计可施，于是放缓了声气儿说：“现在国统区的情况还比较清楚，新四军的动向不清楚，他们就像躲在暗处的野猫，一会儿抓一下，一会儿咬一口。这次扫荡，没有抓住他们的指挥机关，这样大大的不好！我要你，把野猫窝找到，搞清楚它在哪儿、想干什么，我们大日本皇军就可以——”他两手狠狠往中间一握、一绞说，“拧断它的脖子！”

张震躬一下身说：“我也想啊，可现在我不知道我们侦缉队到底该干吗了！政保局那帮人动不动对我们指手画脚，啥事刚有一点儿线索他们就来横插一杠子，搞得什么也干不成。上次在南乡，我刚接到线报，说发现一户可疑分子，有新四军便衣人员出入，明摆着是个蹲守的好机会，就被他们把那户人家点了，除了杀人一家老小屁也没问出来，还搭上我一个忠心耿耿的情报员。”

藤井大怒：“有这样的事？！”

“我的情报员已经蹲守了很久了，确定那家通共后报告给我们。我本想派人继续蹲守，跟踪出入的可疑人员找到新四军老巢，起码可以搞到高级一些的情报，谁知道手下人嘴不严，酒后告诉了缉私队的人，结果他们为了抢功，一窝蜂跑去，还开着摩托、打着大灯，没进村就开枪，等他们冲进村去，哪还有新四军的影子？他们抓了人家一家老小，拷问不出情报就杀了，又烧了房子。当着全村人的面！结果呢？他们走了，新四军回去了，我的情报员失踪了！”

藤井阴森森地看着愤怒的张震，确定他说的都是实话，遗憾地说：“你们支那人，就是自己乱七八糟的坏了事！这样，政保局和警察局那边，我会去和他们说。你，专门负责对付共产党和新四军；警察局，负责治安，抓贼；政保局嘛，就让他们去对付国民党和国军，他们本来就是一家人。”

张震一听满心欢喜，发自内心地说：“谢谢太君！我一定恪守职责，努力让太君知道共党和新四军的情况。”

“嗯。对付新四军，你有什么好办法？”

“这个嘛，我一直在想。共产党和国民党不一样，他们和老百姓一边儿，搞得老百姓都听他们的，什么都不告诉我们。那我们也只能对老百姓好一点儿，和他们抢人啊，老百姓不恨皇军了，就不会这么帮新四军了。”

“嗯？你是说，用怀柔政策？”

“是，是。皇军要想在这里待得长久，大东亚共荣，不是得让老百姓听话纳粮吗？就像你进了一家，你天天打哪个，哪个就越不听话，打急了就跑，说不定跑之前还给你放把火，把家里的坛坛罐罐房子被子烧得一塌糊涂，有啥好玩儿啊？还不如你好我好大家好，你给他一条活路，他也就忍着你住他家不走了呗。要是你再给他一官半职，让他管着家里一点小事，他活得滋润了就帮你办事了。太君，您说呢？”

“……有点儿道理。……去，制订一个对付共党的方案，拿来我看看。”

“藤井先生，你要我们侦缉队对付共党，我有一个要求，现在谁都可以抓人，可是谁都不知谁抓了什么人，我建议以后抓到的共党疑犯统统交给我们侦缉队审查，所有部门得到与共党有关的情报都汇总到您手里，这样我们就可以统一对付他们了。还有，您得给我们一点儿经费，狗都要喂，下面那些探子总得给点好处才能给我们干事。这其实也是佐藤太君以前用过的法子。”

藤井狐疑地看着他，凝重地说：“你知道，这样你就掌握了巨大的权力吗？”

张震恭谨地微微一躬身说：“誓死为皇军效劳。”

藤井眼珠子转着，不再作声，眼睛却盯着桌上佐藤留下的那一摞笔记本，半晌才抬眼盯着张震说：“不，你抓到的共产党，统统交给冯静之二审；他抓到的国民党，你二审。最后，都送到宪兵队！那个缉私队的孙死了，你怎么看？”

“听警察局的人说，他尸体上有新四军锄奸队留下的字条，八成和新四军有关。不过……”

“嗯？”藤井的目光像刀子一样朝他看去。

“姓孙的当了缉私队队长把谁都不放在眼里，四处结仇，又死在那种地方，也说不好……”

“你是说，有仇杀、情杀的可能？”

“不能排除，万一呢？很多事看起来很复杂，真相也许很简单。”

“万一？可能？也许？你还是好好想想怎么对付新四军锄奸队和他们的探子吧，下次死的可能也许就是你了。”藤井冷笑着挥挥手让他离开。

张震无所谓地耸耸肩：“您说的都对，遵命。”略一躬腰转身离开，心里却在大骂：娘希匹的王八蛋一点儿不傻！

藤井看着张震的背影，暗自冷笑：想揽权？别以为我不知道你想干什么！没一个好东西！

他的视线又落在了佐藤的日记上，刚才这头“吃肉的狼”是前任又爱又恨、信疑参半的，谍报队队长长崎就受命一直监视调查他，投顺这两年来这头狼从桀骜不驯到破罐子破摔到现在一切都不在乎，是好事还是坏事？还有，绫子少尉的死在他心里始终是个谜，她是佐藤在世时从上海刚挖来的职业特工，深入到新四军腹地活动时居然被杀了！事后得知她掌握一条和新四军内线的联络线，刚联系上发回两次情报就暴露了。她发回的一条重要线索就是在宁城宪兵司令部有一个代号暗瞳的内奸，可惜还没有获得更进一步的情报就断线了。这个内线是谁？暗瞳又是谁？答案都随绫子的死随风散去……

33

中午，紫罗兰电影院正放着爱情片。煽情的音乐声中，银幕上的性感美女正很撩人地凝望一个帅气男人，两人一点点接近。观众们屏住呼吸，有人伸长了脖子，情侣的手悄悄握在一起，一个小孩子大喊：“看啊！要亲嘴了！要亲嘴了！”招来几句痛骂。

张震与罗芳依偎着，和别的情侣没两样。他在罗芳耳边低语，她渐渐眉头紧锁，声若蚊蚋地在他耳边说：“你不能没向组织汇报就擅自向藤井提出你的计划，这是违背组织原则的！”

“这是掌握敌人对付我们情报的最好办法。否则我们无法得到情报！”

“不行，必须跟家里汇报，我们在静默期。”

“我想利用这个机会给敌人假情报，同时把真情报传递出去，给家里制造消灭敌人的机会，也可以恢复我在敌人内部的地位。自从端掉四三一，敌人对侦缉队和留下的汉奸们都采取疏远、边缘化态度，尤其是龟田，把宁城特务机关裁撤成宪兵司令部下的特高课，把我这个副课长也撸了。新成立的政保局、警察局都有独立的抓捕、搜查权力，而且各自为战，这对我们非常不利。我猜这也是家里继续让我们保持静默的重要原因——给我们时间恢复在敌人内部的核心地位。可现在，除了你在译电室还能接触一点儿机密，我已经很难接触到敌特对我根据地间谍活动的情报，我们必须设法扭转这种被动局面。我今天听说鬼子在老家搞了一次大行动，好像是把我们的后方医院连锅端了，可我居然事先一点儿情报都没得到！那要我们在这里干什么？白吃干饭吗？我们是暗瞳！不是睁眼瞎！”

“你想的没错，但必须等我给家里汇报以后才能开始行动。”罗芳眼睛盯着银幕，心里却在前前后后地思考他计划的可行性，终于如是说。

“进攻，就是最好的防守！”

“等我消息。”罗芳紧紧握了握张震的手。

“好。”张震也明白，向敌人提供根据地的情报，无论真假都要冒很大风险，浙东根据地周围敌伪顽势力犬牙交错，建立得极其困难，战略纵深不够，全靠着浙东山区地形复杂、山林茂密和人民支持才得以生存，一招不慎就会给根据地造成巨大损失。所以，任何行动都必须慎之又慎，他完全理解罗芳的谨慎。

宪兵司令部，藤井和松木在荷塘水榭喝酒。自从四三一基地没了，松木作为幸存者回了宪兵司令部，宪兵司令部的军官毕于一役，他这个幸免于难的小队长就成了与藤井办理交接事宜的唯一人选。藤井上任后并不看重他，他喜欢吃，就让他管理军官食堂，后来发现他颇有采买理财能力，就干脆让他当了宪兵司令部的军需官，没事时两人常喝几盅。

松木频频斟酒，两人边喝边聊，渐渐都有了醉意。

松木：“藤井君，你真要亲自去抓那些抗日分子？”

藤井：“当然。”

“藤井君，你来到支那几年了？”

“你什么意思？”

松木脸上略显忧愁地说：“我来六年了，上海、南京，很多很多地方，一路杀过来，血流成河。可是，你看支那人真的服了吗？他们表面上点头哈腰，其实心里不服。四三一基地，我们用活人做试验，连那些小孩子都哭着骂我们。”

藤井不语，半天举起一杯酒说：“喝酒。”几杯酒下肚，松木忍不住还是絮叨起来：“这个地方，我们不会一辈子待下去，我是大阪人，我很怀念以前做小买卖的日子，一家人聚在一起乐乐呵呵。”他咂一口酒，低沉地唱起小调来。

“我也想家。可我是帝国军人，效忠天皇陛下是我的荣耀。我在家就是个农夫，当兵，我靠军功升到了少佐！我很自豪！”藤井大口喝酒大块吃肉，气态豪爽。

“军功？是杀人吧？”松木醉眼看他，“我也杀过，杀第一个人手都哆嗦，杀完我哭了。我常常做噩梦，梦见在去极乐世界的路上，有一片血海，我，我们都浸在里面，被杀死的支那人抓住我们朝下拽、往下摁，要淹死我们……我不想在这里待了，我要回家去，回家团圆，做小买卖，也可以活得很好……”

“八嘎！你的错了！大大的错了！这里很富裕，天气好地盘大，在这里我们是主宰，回去我只能当农夫。这里，是帝国的王道乐土，支那人的就是我们的，抢他们的东西不犯罪，杀了他们不犯法，我不回去！我要好好效忠天皇，宁城就是我的王道乐土！我要把家人也接来，在这里安家。支那人，统统我的奴隶！”

“奴隶？藤井君，想发财吗？”松木给藤井和自己斟满酒，两只小眼睛骨碌骨碌转着。

“发财？谁不想？龟田大佐说这里自古就是个肥得流油的地方，连风里都有银子的味道。”他盯着松木咽了下口水，大口喝酒。

松木凑过去小声说：“以前，佐藤君和这里的商会合作。”他搓着手指头示意点钱。

“商会？”

“是。宁城的商会，管着这个城里所有商人，按章程按月给宪兵司令部纳税，佐藤君有百分之二十。”

藤井瞪大眼睛贪婪地、带着点疑问地看着松木：“多少？”

“每个月六百大洋！”松木少说了二百大洋，这是他留给自己的跑腿费和谈判余地。

藤井兴奋地站起身在屋里转圈，嘴里却骂着：“那每个月就是好几千的税！支那人都是混蛋！现在他们的税都交给谁了？！”

“张会长昨天还问我呢，现在到底交给谁？他说政保局和警察局派捐派税和收治安费的单子都送到商会了，他让我请您示下——就是皇军的命令——看交给谁。”自从张会长接了小上海，松木在那里吃饭就是半买半送，到他成了藤井眼前的红人，小上海已经成了他的免费食堂，张会长还不时请他喝酒吃大餐。他现在说的，就是昨晚酒后两人商量好的，在他眼里，这也是生意。

藤井眼珠子差点儿瞪得掉出来：“当然交宪兵司令部！原来怎么交现在还怎

么交！”

“哈依！我们皇军的钱，谁敢抢？！”松木给藤井夹了一大块颤巍巍的扒肘子，又倒满了酒，两人喝着，他说：“政保局、警察局，都是南京政府的，让他们跟南京要钱去，宁城的钱，藤井君的，皇军的！”

藤井抹了一把油乎乎的嘴，笑道：“那个张会长给了你多少？”

松木有点尴尬地笑了：“你是长官，拿大头。我是小小跑腿的，拿跑腿费，每个月五十块大洋。”

啪！藤井一拍桌子，松木一愣。只见藤井大喝：“他给你的太少了！叫他给你一百，我要……每个月九百！”

“这个……怕他们拿不出来吧？佐藤君以前是做生意的，他已经把他们榨到极限了。”松木边喝酒边口沫横飞地讲述了商人们抗捐的事。藤井听着也是一杯接一杯地喝酒，脸色越来越难看。听完始末，酒杯在桌上狠狠一顿，骂道：“支那人，统统的该死！叫姓张的，明天就把钱送来！”他眯着眼睛手指在桌上敲着，“按老规矩办，一分都不能少！”

“那他们已经交给政保局和警察局的怎么办？”

“你！拿我的命令去找他们，吃进去的，吐出来！否则，请他们来宪兵队！”

“是！是……”松木晕乎乎地说，“不还钱，就杀了？”

藤井阴恻恻地笑着，拍拍松木的肩膀：“放心，他们怕死，怕死就好办。”

松木愈发醉了，他红着眼睛举起酒杯一饮而尽：“我的手上都是血，支那人的血……”忽然声嘶力竭地喊道，“我要回去，留一条命回去团聚。”他边说边把酒一杯杯倒进嘴里，嘟囔着，“留一条命回去团聚……”话音凄惨，感染了藤井，藤井伸出手看着，说：“你说，真的有佛祖吗？”

松木仰头看着屋顶的灯出神，嘟嘟囔囔：“要是有佛祖，就真的有地狱，地狱是什么样子？”他打了一个寒战紧闭眼抱住头喃喃，“南京……南京！佛祖保佑，那不是我，不是我……”他蜷缩着把头埋在膝上身子微微晃着。

他的样子看呆了藤井，藤井咕咚一口喝干了杯里的酒，犹豫着暗自思忖：我何必再去染一手血？……那些支那人天天争权夺利，就让他们去干那些事吧。支那人对付支那人最狠，以毒攻毒，我要把宁城的抗日分子统统铲除！他心里一个恶毒的主意已经想好：让宁城的各路支那人分而治之，互相攻击、互相监视、互相钩心斗角，自己就可以坐收渔人之利了。不过，那个张震说的一套也有道理，到时候再说吧。

松木，已经醉成一摊烂泥了。

何记酱园，罗影见去上海的事都准备差不多了，再看看时间也差不多了，按惯例去河边溜达，去半边亭坐坐，看看那块七窍玲珑石。那是她回城之前跟张部长约好的，如果家里要紧急联络，就在那七窍玲珑石上摆三块小石子儿，所以她每天都会抽空儿去河边溜达溜达。她买了一小包瓜子儿，一边嗑一边朝半边亭溜达过去，一双眼睛骨碌碌到处转，一眼瞄见七窍玲珑石上赫然三颗石子儿，这可是两个多月来第一次！她整个人都一下精神了，这些日子一直在倒腾买卖，虽然是为部队提供物资，也是很重要的工作，可是总归不过瘾啊，顶多算个军需官。现在家里紧急联络，一定是有新任务！她一路捡着石子儿朝河里打水漂儿玩，走到七窍玲珑石前伸手把三颗石子儿抓到手里，打着水漂儿又走远了。她这走着走着就去了江家湾，在江家大院，见到了黑着脸的张部长。

一见面没有往日的笑脸寒暄，张部长黑着脸说："给你一个任务。"他推过来一张照片，照片上是一个面相清秀的小伙子，一身黑色学生装，偏分头，一脸青春朝气，只是那眼神有点柔弱了。

她仔细看着照片问："找这个人？他怎么了？被捕了还是叛逃了？要救他还是杀他？"

"他叛变了！受不了苦，又嫌官小牢骚满腹。最近我们和敌人打了几次小规模遭遇战，他被捕叛变了，敌人派他回来做内应，他策反别人不成，杀人灭口割了脑袋回去邀功求赏，带着敌人抄了我们的后方医院。连伤员带医护人员牺牲一百二十八，被俘的女护士都……只有十六人突围出来。损失惨重啊……"

罗影倒抽一口冷气："那后方医院……没了？"

张部长沉痛地摇摇头："没了……"

罗影看着张部长凝重的神情，瞪大眼睛问："那以后伤员怎么办？要通知暗瞳吗？"

“通知。找到他，让小张杀了！这个人，必须除掉！”张部长一拳砸在桌上，罗影从来没见他发过这么大火。

张部长思索片刻让大刘拿碗米汤来，用蘸着米汤的笔在照片背面细细密密写着：何仰融，特务营侦察连副连长，反清乡中被俘旋即叛变，带日军突袭我后方医院致整建制损失。此令：杀！

罗影在他身后看着恨得牙痒，说：“保证完成任务！我这就走，杀不到这混蛋你杀我！”

“小鬼！我杀你有什么用？我要你们把这个叛徒找出来，干掉！”他轻轻点着照片语重心长地说，“他知道我们太多秘密和常用路数了，不抓紧除掉太危险，后患无穷。”

“好！我马上走。”她接过风干后消失了字迹的照片揣进长衫的暗袋，点点头转身就走。

桌上，一杯茶满满的，杯沿泛起袅袅茶烟。

张部长看着她小伙子般精干挺拔的背影，在跨出门槛的刹那脑袋不易察觉地两边晃了晃，显然是在观察周遭情形。他第一次发现，她像个成熟的地下工作者了。

小上海的阁楼里，昏暗灯光下，照片上的俊秀小伙微笑着。罗芳把照片收进手袋夹层，思索着说：“我在敌人的内部通报中看到后方医院被毁的报告，但是怎么没有见过这个人的情报呢？现在宁城里各种机构林立，宪兵司令部、政保局、警察局、宪兵队、侦缉队、缉私队，还有南大营和伪军，藤井不知道把他藏哪儿了。上次去扫荡的是南大营的鬼子，他们一般抓到人都是就地杀了，叛徒，他们会移交给宪兵队，可是我怎么会没见过这个人呢？”

她又掏出那张照片反复看了，像要把他刻在眼睛里，喃喃自语：“我一定抓到你。”

罗影说：“罗姐姐，家里的命令是，暗瞳查出人来提供情报，杀人的事锄奸队负责。”她指指自己胸口说，“也就是，我负责！”

“你？那怎么行？”罗芳大吃一惊。

“罗姐姐，我已经不是那个动不动就吓得哆嗦的小茉莉了！我是新四军战士罗影！我会打枪，学会了很多你不知道的本事，相信我，有能力完成上级交给我的任务。而你的任务是继续潜伏。”

罗芳默默点头，但心里已经打好主意，暗瞳小组会暗中策应，确保任务完成。

她说：“既然家里让你带来给暗瞳的指示，那就说明你还是我们的交通员。我这里有一份紧急情报，请你马上送回去。”

罗影点点头说：“没问题，你准备好，明天一早我就送走。”

第二天一大早，罗影带着张亮出了城，码头上帆樯林立人头攒动，何记的货船已经备好，驳船后面溜溜地拽着一串货船，吃水线一直压到船帮沿儿不到一拃高处，船上桐油篷布把高高的货堆遮得严严实实，罗影和张亮站在驳船船头，毛毛细雨潲在脸上肩上，两人都一脸凝重。

汽笛一声低鸣，驳船驶出码头，后甲板上空无一人，罗影低声传达了张部长的命令，说：“等我们回来，应该就有叛徒的情报了，到时我们一起制定行动方案，召集锄奸队做了他。我要在前面江家湾停一下，你跟我一起上岸，掩护我。”

张亮点点头。

罗影走到船头，对船老大说：“师傅，麻烦前面江家湾停一下，我还有点东西要上。”

“老板，你看看哪里还有地方摆？已经超载了。”船老大无奈地说，心想这样的老板真够呛，恨不得把一条船当两条用啊。

“一点儿小玩意儿，不占地方。”罗影给船老大扔了一块大洋，“好好开船，给我安安稳稳开到上海有赏。”

船靠岸，罗影轻捷地跳上岸去，匆匆走向江家大院，跟大门口的老管家一拱手道：“江叔啊，我要的上等咸鱼笋干都备好了吗？”

“好了好了，罗掌柜的，老爷早就吩咐下了，给您家老爷子捎的礼物一定要好上加好的顶级货。”

罗影对张亮说：“你在门房等我。”

张亮不语一头钻进门房，从窗户里盯着院外街道。

罗影在老管家引导下直往后院走去，走到第二进院里，老管家躬身说：“罗掌柜的，您请稍等，我去库房拿东西。”

罗影点头笑笑，看着堂屋墙上的字画挥挥手，眼风瞧着老管家出去，抬脚朝里面走去，直上张部长住所，把一个小竹管交给他。张部长看情报时，她按罗芳交代，把宁城现在的伪政权格局和各自与日本人之间的关系细细说了一遍，又把罗芳说在宪兵司令部没发现何仰融踪影情况汇报了。张部长紧皱眉头细看情报，心里琢磨着罗芳汇报的暗瞳小组要求重新开始工作，为敌人提供假情报骗取信任重新进入敌伪核心层、获取机密情报的计划。他将宁城乃至整个浙东根据地的敌工工作在心里缜密梳理着，算计着怎样才能对我方更有利，但片刻之间怎可能做出决定？他对罗影说：“你先去上海，三天后来取指示。你目前的任务，第一，和锄奸队除掉何仰融；第二，是继续做好物资供应工作，这件事，你只能以商人的身份做，不许向任何人暴露真实身份；三、暗瞳的机要交通暂时还由你负责，但这对任何人都不能透露，包括张亮。”

“知道了。”罗影把张部长的指示复述了一遍，“还有指示吗？”

“暂时没有了。对了，最近宁城的商人们通过各种交易渠道给根据地送进来不少粮食和日用品，根据地的土特产能卖出去了，调动了百姓生产自救的积极性，告诉你一个秘密——”进门以来张部长第一次露出笑容说，“就连咱后方机关和后勤部门都加大了生产自救力度，一会儿老管家给你带的东西就是咱自己的产品。”

“天啊！太好了！我去看看，给上海供货合不合格，要是合格啊，我就拿这个做样品，给家里卖个好价钱！或者，让干妈直接换成家里需要的东西，我不赚家里的钱。”说到赚钱她调皮地冲张部长眨了眨眼。

“小鬼，连家里的钱都敢赚啊？”

“哈哈，当然不敢了。对了，咱根据地芦苇荡多，有种老乡叫鸡头米的东西，在上海我见过，小时候我妈常用那个熬粥，城里人叫芡实，说很贵的。到时候可以多收一点儿去卖。”她转而严肃地说，“后方医院被破坏，家里一定需要大批医疗用品和药品，我这次去上海正好想办法办一点儿急需的，就是不知道最急需是什么？”

张部长说：“你去找这个人——”他附在她耳边低语，“……请他帮你列一张单子，也可以请他帮你搞一点儿货。”他想想把腕上手表取下来递给罗影，“这是信物，把这个给他看，他会帮你。本来我想亲自跑一趟，但手头重要的事太多，重建后方医院……”他长叹一声，“你先去吧，他能帮你多少算多少。关键还是运输问题，这批物资一定要严格保密，一趟运不回来不要勉强，安全第一。”他抓着她肩膀摇了摇，“安全才能确保完成任务，一定要步步小心。”

“我会的。张小开买了田中诊所，其实是买的那张日资诊所的牌照，诊所并没有开，用那名义私下做西药买卖。这个人有抗日热情，一直帮我们，这次杀缉私队的孙耀祖也是他提供了准确情报。如果被查到，我可以说是给他诊所买的，他会帮我圆谎。”

张部长忽然皱起眉头，转了两圈说：“这个人的底你摸过没有？”

“他是宁城最大的百货商店的小开，前些年在南京金陵大学读书，又去外国学过一年，淞沪会战前回到上海，紧跟着回了老家宁城，就在家做小开，管着自家的百货商店和电影院。他人新派，脑子活络，生意做得很不错，他家生意是宁城百货业里最好的。从商会抗捐那会儿，他就是积极参与者。我从来没在他面前暴露过，就是张亮也是以三圣堂江湖人物身份和他交往。”

“和他交往还是要提高警惕，可以利用，但不可暴露身份。”

“是！那我走了。”

“好。一定注意安全。”

罗影快步出门，听声儿回身挥挥手，龇牙一笑走了。“唉，还是个孩子。”张部长也无声地笑了。

院子里，满满两大挑东西摆着，有一只摇啊摇的小竹马，鲜黄油亮的引得罗影童心大发骑了上去。张亮从门房里一眼瞄过来看见，无语摇头，几步赶出来扯扯她说：“掌柜的，时间不早了。”罗影尴尬地下来嘟囔了一句谁也没听清，张亮一把提溜起竹马，老管家呵呵笑着叫人挑起两担货跟着上船去了。

一路上有宁城宪兵司令部的派司，又有罗影点头哈腰嬉笑着塞进手里的小费，各道关卡上的人简单检查下那些不值钱的竹席土产，也就顺利放行了。

34

上海罗宅。湿漉漉的细雨把院里的矮冬青洗得翠绿，灰色的石头别墅显得更加浑厚沉静，一个精干的大汉挥动竹帚唰唰扫着鹅卵石铺就的弯曲花径，那一招一式哪是扫地，简直就是在练把式。

罗影手提着小竹马走进罗宅，跟扫院子的汉子大声打招呼："梁叔，我干妈在家吗？看我带啥好玩的来了？"她举举手里的小竹马，梁叔惊奇道："哟！小竹马！做得挺精致的。给你干妈的？这家里没有小孩子啊？"

"嘻嘻，不告诉你！"

"难道你……"梁叔上下打量着她，张口结舌说，"这也不像啊。"

罗影脸一下红了，撒娇道："梁叔！想哪里去了？干妈不是有个小侄孙吗？她很疼他的。"

"哦，哈哈，您真是惦着太太，有心！有心！老爷和太太都在，我去给您通禀去。"

罗影在前面走着，张亮让两个挑夫把东西挑到阶下，给了力钱打发他们出去。

客厅，罗太太正款款从楼梯上走下，罗影骑在小竹马上调皮地晃了晃歪着头说："干妈，好玩儿不？"

罗太太看见罗影已经是眉开眼笑了，再看着她摆弄那小竹马，张亮又搬着东西进来，更是笑得眼睛眯成了一条缝儿："哎哟我的囡囡啊，侬来了姆妈就开心杀了，又带这么多东西来。”她摇摇小竹马说，“哦哟，毛头看到要玩得觉都不睡了，做得好漂亮！”罗影叽叽喳喳地又说又笑，逗得罗太太开心得不知道怎么好。

罗老板从书房迈着四方步出来，看到这一幕也不禁笑了：“干女儿一来家里笑声都多起来了。”

罗影马上装得规规矩矩地垂手说：“干爹好。”

“小丫头！装！”

一家人哈哈大笑。笑完，罗影把挑子里的东西一一拿出来显摆，她在船上已经仔细翻检着看了，集体制作的东西确实比老乡一家一户的东西好得多。罗老板边看边点头，一样一样看过去也不禁赞道：“这些货色真不错。说吧，这次想办什么货？”

“干爹，您真是。这些是样品，专门孝敬您和干妈的，不用这个换钱。您看着好，要多少我保证供货，价钱绝对公道。”

“好好好，就冲能逗你干妈开心，你要什么回头货我也都帮你备，价钱公道！”罗老板的开心不是装的，三个姨太太搞得他焦头烂额，躲回大宅来太太经常不给他好脸看，有这干女儿以后，太太开心了，对他也宽容体贴多了。人老了老了，才发现真是年少夫妻老来伴，玉茗毕竟是他生死与共杀出来的结发夫妻，哄她开心才是他最开心的事。

“好了好了，一见面就要谈生意，还是父女呢，我看更像客户了。”罗太太嗔道，逗得罗影咯咯娇笑。罗影一手搀着一个笑道：“干爹干妈，我们去大世界看戏好不好？今天演《楼台会》，干妈最喜欢看的，有名角儿啊，我已经叫伙计去买票了。”

罗太太一迭连声说好，叫了张妈上楼去换衣服了。

罗老板一脸精明地问她：“把你妈支开，有什么话要跟我单独说？”

“干爹，我这次想搞点西药，治什么的都行，盘尼西林和红伤药最好。”

“没问题，要多少？”罗老板不在意地问着。罗影支吾了一下下决心道：“我上次结算的全部货款。”

罗老板眉头一跳，抬眼上下打量着罗影，最后盯着她眼睛说：“贩西药被抓住是要杀头的，宁城没有大医院，你要这么多西药干什么？”

“好。干爹，我说实话。四爷的后方医院被鬼子端了，连医生护士和伤员，一百多人全死了……现在急需药品和医疗器械，我不能看那些打鬼子的人受伤没法救活活疼死。”罗影哽咽着眼睛都红了。

罗老板默不作声，脸色阴晴不定地缓缓在屋中间踱着。罗影低声说：“干爹，您能帮我多少算多少，不帮我我也不怨您，毕竟这是要掉脑袋的事，我再去别处设法。”

“囡囡啊，不是干爹不帮你，这数字太大了。你那些货款不是大数，但也不少，红伤药还好说，无非是些消炎粉、红汞碘酒之类的，可是要买盘尼西林，就算你有钱，也没有这么多货。再说，买这些东西必须有内行人开单子，你自己胡买也不是个事。”

“那干爹是愿意帮我了？”罗影一听干爹这话有缝儿，笑嘻嘻地接了一句。

“傻囡囡，干爹是商人，可干爹也是中国人。不过这事一定要机密，不然真的要掉脑袋，害死全家不说，整个三圣堂都要受牵连。”

“嗯，那是一定的。我也不是要一次都办了，只是请干爹帮我留心，我把上次和这次的货款都留下，一点点办，不要惹眼，我分批夹带过去。我自己也想想办法，搞一点儿。”

罗老板摇摇头叹道：“我看你是着魔了，帮人我没意见，可是你，得小心啊。”

“干爹，我一定会小心，就算是出事也是我一人做事一人当，决不出卖干爹！”

罗老板摇头道：“你还是不了解你干爹啊，干爹是怕事的人吗？可现在眼见得日本人在中国站稳了脚跟，不知道这亡国奴当到哪天才是个头……”

“这小日本得了失心疯了，去和美国人打，这次怕是要死得快了，只要我们中国人心齐，和美国人两头挤着打，迟早把他们赶下海去喂王八。”罗影咬牙切齿的样子逗笑了罗老板，他无奈笑着说：“谁要是得罪了我家囡囡可真是怕要没一天好日子过了。”

“嘿嘿，是啊，别人也就罢了，小日本我见一个恨一个。”

“哈哈，好一个‘别人也就罢了’。”

罗太太笑道：“爷儿俩又说什么好笑事情了，也说来让我笑笑。”

“干妈，干爹说您越来越漂亮了，人开心脸上的皱纹都少多了。”

“听听，听听，小嘴巴甜得来，能把人甜杀了。”罗太太笑得满脸的肉都嘟噜起来。三人前后簇拥着出门听戏去了，随行的还有张亮和梁叔。

博爱医院，一座中规中矩的西式建筑，灰色的三层楼，白色的罗马柱撑起门口的廊檐，门楣正中是一个大大的红十字标识。这是一家教会办的慈善医院，坐落在法租界。

罗影已经换成一身女装，月白上衣深蓝裙子黑布鞋，一身学生妹打扮很清爽，在出入的人群里一点儿也不惹眼。张亮远远跟在后面，罗影没让他来，但他终究不放心，还是悄悄跟来了。

罗影走进医院，很有礼貌地向一个女护士询问院长办公室在哪里，女护士看她一眼：“你也是来应聘护士的？”

罗影微笑着点点头说：“我来试试。”

罗影轻快地上楼，清脆的声音软糯可爱：“请让一让，让一让，谢谢。”终于停在二楼一个门前，镌刻着中英文的黄铜铭牌——爱德华·华莱士院长。

罗影轻轻叩门，里面一个疲倦的声音道：“请进。”

她轻轻推门进去，反手掩上门，在爱德华院长诧异的注视中微笑着大大方方走过去，躬身用英语说：“你好，爱德华院长。”来之前，她努力搜刮这脑海深处的记忆，那些儿时玛丽亚嬷嬷教给她的英语单词居然奇迹般的还待在那里，多年不说了，有点生硬。

爱德华院长笑了，用流利的汉语说：“你好，小姐。你可以用中国话跟我说。”

“爱德华院长，我是来请求您帮助的。”

“哦？你的亲人生病了吗？不像嘛。”他善良的蓝眼睛精明地看着她的表情。

“我的亲人们受伤了，他们缺医少药，需要您的帮助。”罗影看着他的眼睛，诚恳地说。

爱德华看一眼房门说：“哦？小姐，请坐。坐下慢慢说，发生了什么事？”

罗影换英语低声说：“这是您的一个朋友托我交给您的。”她从手袋里掏出一个手绢包放在桌上，打开，缓缓推到他面前。

那是一只旧手表，瑞士产的，做工精致，却已经不再光耀如新。爱德华一愣，眼神一亮，拿起表对着阳光反复细看，表蒙上有几条细微的擦痕，他把表翻转过来看看背面，那背面有一个用硬物刻画出的小小五角星。爱德华抬眼激动地看着罗影：“他在哪儿？他还好吗？”

“他在哪儿我暂时不能告诉你，但他现在很好，很安全。”罗影微微笑着点头，心里很高兴，看来他和张部长不是一般的关系啊。

“那就好，那就好！这几年，我一直在为他担心，担心啊！”

“谢谢您，爱德华院长。我一定代为转告，您一直还惦记他。”罗影放慢说话速度，看着爱德华的反应。

果然，爱德华开口了：“小姐，你是他的什么人？女儿？还是妹妹？”

“都是，都不是。”罗影调皮地笑了。

“嗯嗯，我懂了，你们是，同志？”

“呵呵，他是我伯伯，让我拿这表来找您，请您帮他个忙。他说：‘把这个给他，哪怕上海只剩一个人能帮我们，就一定是他！’”

“好，我不问了。你说，需要我做什么？”爱德华只好无奈地笑了。

“不说，不是信不过您，是不想您跟着担惊受怕。”罗影糯糯地安慰着一脸失望的爱德华。

“说吧，你伯伯需要我做什么？”

“帮我开一个野战医院最必须的物品清单，如果可以，帮我们买一点儿必需品。我们的医院被鬼子毁了，什么都没有了，他们杀伤员和医生护士，把医院烧了，只有几个医生护士在伤员和警卫拼死掩护下逃出来。”

“这些屠夫！”爱德华一拳砸在桌子上，“杀伤员！杀医护人员！这是违反国际法的！”

“他们眼里还有国际法吗？！他们就是些畜生！江苏、浙江，我们一寸山河一寸血！我亲眼看见他们把手无寸铁的妇女绑在树上一刀刀刺死！”

“好，你等着。我现在就给你列单子。”

“列最必需的，我们资金有限。”罗影说，“我把生意上的钱全挪出来了，也只有七千多大洋。”

“你还做生意？”爱德华惊奇了。

“家族生意，父亲被鬼子逼死了，只好我来接手。”

爱德华唰唰下笔写着，越写越慢，不断写上一行，又划掉一行。

终于，他嘘了一口气，抬头看看罗影，点点头说：“好了，我再抄一遍。”

罗影摇摇头说：“爱德华院长，我来抄。”在爱德华的指点下，她重抄了清单，拿起桌上的火柴，把原稿点着，放在烟缸里看它烧光，又用一点儿茶水涮涮，倒进盥洗池里冲干净。

爱德华看她仔细安静地做完这一切，暗暗叹道：这女孩子太细心了，跟她合作，安心。

“小姐，有些东西有钱也买不到，你等等。”他起身走到书柜前，用钥匙打开书柜下面的柜门，取出一个黑色皮面的小箱子。他很珍惜地把箱子放在桌上，打开，里面亮闪闪一排排整齐排列着刀子剪子钳子，精致小巧。罗影虽然不懂，也明白这一定是做手术用的器械。爱德华爱惜地抚摸着箱子说：“这是我父亲在我医学院毕业那天送给我的，德国造，最好的外科手术器械。现在市面上很难买到这么好、这么齐全的了。这是我的私人物品，我把它送给你伯伯。”

罗影犹豫了：“这是您父亲给您的礼物，给我们……不好吧？”

他合上箱子，不舍地拍拍它，往她面前决然一推说：“好好用它救人吧。”

罗影深深一躬说：“谢谢爱德华先生，谢谢您，代表所有将重返战场杀敌的人。”

爱德华说：“愿上帝保佑你。”

“上帝保佑您，爱德华院长。再见。”罗影用英语跟他道别，把清单装进手袋，提着箱子走向门口。

“等等。”爱德华喊住了她，说，“麻醉药，黑市也买不到，我去给你拿！”

罗影惊喜笑道：“好的，太谢谢您了！”

十分钟后，罗影走了，带着手术器械和宝贵的三盒麻醉药。

爱德华在屋里转了一圈，握着那块手表看了又看，感叹着，情不自禁地走到窗前，看着窗外马路上那个提着手术器械箱的女子背影远去。忽然，他发现一个戴礼帽的男人远远缀着她，他心里咯噔一下：坏了！

罗影在上海忙着，罗芳在宁城也没闲着。

译电室，窗户半掩着，免得淅淅沥沥的雨水潲进来，罗芳整理着刚译成中文的电报，走到池田面前说："池田君，这是翻译好的电文，请过目。"

"哦，这个我就不看了，你去送给藤井先生。"池田正在用密码本翻译一份急件，头也不抬挥挥手，罗芳一瞥之间看见几个字：据新四军内部情报，宁城有……她一手抿发想拖延一下时间再看看，池田却很警觉地抬头看她一眼："嗯？还有什么问题吗？"她故作俏皮地偏头笑笑转身走了。

可以确定，打入新四军内部的特务有电台，还在给日军发送情报。他这份情报的内容是什么？宁城有，有什么？难道他发现了暗瞳？还是发现了其他同志？忐忑。何仰融还没查到，又发现内部有敌特潜伏，她一下心焦起来。

她手捧着一沓电文，款款走近藤井办公室，开了一条缝儿的门里传来藤井的哈哈大笑声，一个中国人说："太君，我一定不负众望。不，是不负您的栽培！"

"吆西。何，你的，现在大日本帝国的忠实一分子。"罗芳凝神细听着已经走到办公室门口，她不能停下，因为她的脚步声已经惊动了屋里说话的藤井，她果断喊了一声："报告！"脸上堆出微笑推门进去，目不斜视走到藤井办公桌前双手递上译好的电文用日语说："藤井君，这是刚译好的电文，请您过目。"躬身后退一步，敛神凝息静等他的吩咐，完全是标准的日本女职员做派。藤井喜欢的就是这一套。

他浏览着那一沓电文，随口介绍道："罗小姐，这位是何桑。"罗芳这才顺着他手势方向转身看了一眼那位何桑，一个脸色青白、相貌清秀的男人，眼神却谄媚里深藏阴鸷、恐惧和急迫，正是照片上的叛徒。她微笑着对他微微一躬说："何桑好。"

何仰融从罗芳一进来就被她的清丽和气质吸引了，只是她眼风也不扫自己一下，这时见她向自己问好，立时骨头酥了几分，伸手给她说："罗小姐好。"罗芳却只微微一躬又转身看着藤井，何仰融无趣地退回沙发前坐下。藤井身后的何大头笑嘻嘻地对她微微一躬，她礼貌地颔首，视线又转回藤井身上。

藤井一页一页仔细看着那些电文，门外传来急促的脚步声，接着是池田喊报告声，藤井答应一声，池田大踏步进来，把一份急电呈送上来。藤井迅速看一眼电文一拍桌子骂道："八嘎！"惊得池田一愣，罗芳一低头朝后退了一步，何仰融本来坐着的，吓得跳起来垂手站着。

藤井两眼精光外露，仁丹胡子抖动着，"好！很好。"他注视着罗芳、何仰融，又扭脸看看身边的何大头，眼神在三人脸上来回扫过，缓缓说："支那人，有没有一个是可以信得过的？"罗芳默默一躬，何大头谄媚地笑着鞠躬翻译，何仰融咔地一个敬礼说："誓死效忠天皇陛下，誓死服从藤井阁下！"

藤井对池田说："叫侦缉队张震来。"眼神一转到何仰融脸上，端详良久说，"有密报说，在宪兵司令部内部，有共党的眼线。你，怎么不知道？"

"报告藤井少佐，我在那边只是一个侦察连连长，负责指挥机关的警戒保卫，潜入这边的眼线是他们的核心机密，我无权知道。不过……我听说过有个半大孩子，曾经硬闯过司令部，还引得哨兵开了枪，全院大搜索，但最后却无声无息了。说是上面说不用搜了，自己人。"

"哦？那是什么时候的事？"藤井瞳孔一下急剧收缩，聚成一点，追问道，"是不是宁城被新四军偷袭的前后？"

罗芳犹豫着朝藤井颔首："藤井君，我可以走了吗？"藤井点头，她微躬转身缓步离开。

何仰融回忆了一下肯定地说："就是宁城大捷的前两天！"他窒了一下，改口说，"是宁城被袭的前两天，出了那事以后，第二天一大早部队就开始调动，当时从特务营抽调了几十个最好的战士组成了敢死队，据说后方医院给他们每人发了酒和毛巾，很可能是专门冲着四三一基地去的。"

"原来是这样！一个阴险完满的计划。"藤井恶狠狠地说，"用一个女人调虎离山，把佐藤少佐引开；让一个瘸子在军官食堂下毒放火，把宪兵司令部的十一个军官统统消灭，就这样还怕动静不够大，派三个内线火烧库房，把宪兵司令部搅得翻天覆地！城外的新四军先是围了李墅的据点，然后围点打援，不但拔了李墅据点，狙击了增援李墅的援军，回手还佯攻了南大营。同时，却用最强大的力量在我们鼻子底下一举毁灭了四三一基地。据唯一生还的松木君说，战事前后一共只有半个多小时就结束了，打得干净漂亮，撤得非常迅速。”他感叹道，“多么精细完善的计划啊，执行得完美无缺。新四军付出了什么代价？最大的代价就是那五个内线特工！那五个人，居然有三个是宁城赫赫有名的大密探！”他捶着桌子怒道，“他们到底是皇军的大密探还是新四军的大密探？！我真不知道，现在，我们内部到底还有多少敌人密探？！”他的拳头在桌上咚咚敲着给他的演说打着鼓点，锋利如刀的目光狂怒地在何大头和何仰融脸上来回刮着，“你们支那人，到底有几个可以让我相信？！”何大头颤抖着做同声翻译，当他也闭嘴时，室内的空气紧绷得像一块脆弱的玻璃，只要再给它一拳就会哗啦一声碎一地。除藤井之外的人仿佛都凝固在这块玻璃里，一个个噤若寒蝉，连呼吸都恨不得轻了更轻。

咆哮声中，门外响起不高不低的喊报告声，他大叫一声：“进来！”张震应声而入，故作轻松地说：“藤井少佐，您找我？”

藤井忽然意识到自己的失态，挥着电报说：“看看这个！我们内部，还有新四军奸细！”何大头同声翻译。

张震愣了一秒说：“藤井少佐，你要我怎么做？”

“怎么做？我要你把这个内奸挖出来！何！”他厉声对何仰融说，“你的，以后跟他做事，听他的命令！有任何情报，都直接报告我，这个地方，你和他一样，随时可以来。”他又对张震厉声说，“何仰融，是最近从那边投顺的，我很信任他，任命他侦缉队副大队长。我要你们两个精诚合作，把宁城的地下抗日分子一网打尽！”

张震和何仰融两人深深对望一眼，眼底里都有一丝抵触与警觉。终于，张震无所谓地伸出手去，说：“何先生，欢迎。”

何仰融迟疑了一下伸出手轻轻一握说：“久仰，兄弟我以后跟你混，还请多多关照。”然后一低头。张震抽出手来拍拍他肩膀说：“好说，好说。你在那边什么官衔啊？”

“侦察连连长。”

“哦，那以后见了我要再有礼貌点。”张震伸出指头给他掸了掸肩头的灰尘说，“大哥我在那边级别比你高，在这边也一样！好了，把你知道的情况跟我仔细讲讲，咱们好一块抓老鼠去。”

藤井冷眼看着这两个貌合神离的支那人在他面前斗法，听何大头附在他耳边低声翻译他们的对话，知道自己刚才的安排已经足以让他们互相警惕、互相监视，更好为己所用了，于是换了一副笑脸说：“好，很好。这样就好，你们下去好好商量一下怎么干，商量好了向我汇报。你们的工作进程，每天要向我汇报，不许偷懒，干活去吧！”

何大头翻译完，张震大声答应：“是！”

藤井盯着他的眼睛说：“他的安全就交给你了，少一根汗毛，我都是不答应的。”

“是！”张震斜眼一瞥何仰融说，“看来，老弟要变成我的一个大麻烦了，你可别掉头发啊。”

张震揽着何仰融的肩膀看似亲密地朝外走去，手底下却加了劲儿扣住他肩井穴。何仰融那侦察连副连长也不是省油的灯，冷笑一声挺住，脸色自若地走出去。出门转向，几步远就是张震办公室，他一脚踢开门把何仰融推了进去。

何仰融一梗脖子说：“你什么意思？！我听说了，你不也是跟我一样举着手钻裤裆的货吗？在日本人面前，你是带路剿了指挥部才当了这个大队长的，可我也是提了人头递了投名状来的！你在那边职务是比我高，可你知道我叔叔是谁吗？说出来吓死你！”他看着张震鄙视的目光冷笑着说了一个名字，那名字真的吓了张震一跳，他继续冷笑道：“他闹共产的时候，我才三岁，你还在哪个野庙里满地爬呢！知道为什么我一个学生一进纵队就能在最核心最重要的特务营侦察连当副连长吗？就是因为我政治可靠！”

张震挠挠头想想说：“这还真是个理由，难怪皇军对你这么看重呢，好歹也是一张牌。看你叔会不会因为你跟皇军做交易。不过，你叔，家里还有别的儿女兄弟子侄吧？”

“哼，我们一家都是红军，国民党剿共，老家留下的人都被杀光了，我是他唯一的侄子！我投日本人，就是为了报仇！我一定要为我妈、我爷爷奶奶、我姥姥姥爷以及整个家族的人报仇！国民党屠了我九族，既然共产党灭不了国民党，还要和他们联合，那我就投日本人！灭族之恨，不报非人！”

张震龇牙嘲笑：“降了就是降了，别说得这么冠冕堂皇理直气壮，想觉得比我强？没用！现在皇军要你对付你唯一的亲人和共产党！你得乖乖听着！现在，就把你知道的情况说说吧。”

藤井办公室。张震、何仰融一走，他抓起电话拨了出去：“接冯静之。”何仰融是冯静之的人先截住的，在他那儿三天啥有用的也没说这才报告了自己。自己把人押到南大营亲审，立马就交代了新四军后方医院并带路去剿灭了这个医院。是冯静之无能还是其他原因？这些叛徒都不可靠，只能利用不能信任！

政保局局长冯静之的办公室豪华堂皇，他坐在大班椅上，看着心宽体胖的样子，手里把玩着两只玉球眯着眼想心事。电话铃响他伸手按着听筒，直等三声之后才拿起听筒威严地喂了一声。

藤井最恨的就是他这种拽着抻着的酸架势，整个一臭摆谱，欠骂！所以上来就是不客气道：“冯！你的，马上来！五分钟！”他咔地挂了电话，起身在屋里来回踱步，心知五分钟那家伙肯定来不了，可就想看他气喘吁吁赶来时诚惶诚恐的样子，那样子可以让他握有生杀大权的感觉更加强烈。

他心安理得地续了壶茶，并不知道那壶是原先佐藤的遗物。浩子给他准备好办公室时跟他说全部家具什物都是新买的，由此还报销了一大笔费用。袅袅茶香沁人心脾，他满意地呷了一口，坐回桌前，眼神不禁又落在刚送来的密电上：据新四军内部情报，宁城有共党地下情报网，经调查宁城被袭击前有该组织人员出入新四军指挥机关，提供包括宪兵司令部、四三一基地的准确情报。宪兵司令部四大密探里三大密探都是共党谍报人员，这难道是偶然吗？把他们招进来的佐藤已经死了，那些支那人满嘴没实话，所有的罪责都推到佐藤和那个络腮胡身上了，可是共党就那几个人？这宪兵司令部里，还有没有他们的探子？如果没有，他们真舍得豁出去把所有谍报人员一下全推出来送死？打死都不信！他把何大头叫来，等着冯局长上门。

门外传来急促的跑步声和呼哧带喘的报告声，他亲自去开门，盯着冯静之说："冯局长，你是难得一见啊。"说着抬腕看表，唔了一声紧皱眉头，再看一眼满脸油汗的冯局长。

冯静之强自镇定低头鞠躬，说："不好意思，卑职来晚了，我那汽车坏了，黄包车夫又忒慢，下次我一定准时到达、准时到达。"

藤井豁达地一挥手说："坐。冯局长，我泡了一壶好茶，时间久了，就不香了。来来来，据说这是最好的龙井，我还是第一次喝到这么好的茶叶。"说着手一挥，先行走到沙发的主位坐下。冯局长屁颠儿屁颠儿跟着坐下，恭恭敬敬看着藤井慢悠悠地给他斟茶，诚惶诚恐接过茶杯嗅着赞叹好茶，心里却七上八下，不知道这魔王忽然这么客气要给自己下啥套儿。

藤井慢悠悠看着他忐忑的样子，吊足他胃口了才用夹杂着汉语的日语说："你的缉私队队长死了，现在发财发财的干活怎么样了？"何大头逐句翻译着两人的对话，站在藤井身后，看着冯的脸色。

冯静之一听问这个，心一下放到了肚子里，呵呵笑着说："藤井君，缉私队队长是个肥缺儿，啥时候都不缺人选啊。"说着看一眼何大头，从身后拽出带来的那个沉甸甸的公事包。何大头眼睛瞧着别处，装看不见。冯静之低头拉开公事包，从里面取出一个手绢包双手递给藤井说："这是这个月的孝敬。"见藤井并不伸手，就放在他面前的茶几上，咣啷啷一响，何大头已然明白那是金条，一根一两重！他轻轻咋舌：原来藤井这个看起来粗憨的直人也有这么多心眼！没想到冯静之这个王八蛋居然已经勾搭上藤井！

藤井重重哼了一声回头瞪了他一眼，他才惊醒过来，谄笑着点头哈腰。藤井对冯静之说："宁城，还有很多抗日分子，共党的情报员、国民党的情报员很多。你们政保局，连缉私队队长都叫新四军杀了，你一点儿线索都没有？"

"我发现一个很奇怪的现象……"他看了何大头一眼。藤井说："你继续说，何的不许出去胡说！要是我发现今天这里的一个字泄露出去，我就杀你全家！连你老家的人统统杀掉！"

何大头不断点头哈腰连说不敢、不敢，心里却把姓冯的恨了个透：娘希匹的老王八你要讨好日本人也犯不着拿我做法，你说你的看我干什么？！但脸面上却一点儿也不敢露出来，政保局的阴狠毒辣他也略知一二，这些人大多是原来国民党中统的班底加一些地痞流氓兵痞，极其难惹。

冯静之摆足了谱儿，才神秘地凑近藤井低声说："最近我们发现宁城商会很可疑。以前，宁城的商铺也和农村小商贩做生意，但都是小打小闹，贩卖一些日用小百货、针头线脑。可是最近一个多月，忽然大批和乡下人做生意，不但卖小百货，还偷偷贩卖咸盐、电池、粮食等禁运品，而且收购乡下人手里的山货土产。我们缉私队化装出去跟踪调查，那是吃尽了苦头，最后发现，这些生意大多是跟新四军控制地区做的，他们这明显是资敌啊！这后面一定有人鼓动，不然这些商人没这么大胆子。孙队长被杀以后，他们更是肆无忌惮，生意越做越大了，半个匪区都有和宁城做生意的货郎商贩奔走，那些货郎里保不齐就有新四军的密探。"

"有这种事情？！查！严查！"藤井一拍桌子大喝。冯静之支支吾吾道："这个，上次您不是把和新四军有关的差事都交给侦缉队办了吗？"

藤井眼珠子一转，心里明白了，笑道："这个是让你查生意人嘛，缉私队不就是查走私资敌的吗？不管在哪里，你都可以放开手查！当然——"他有意无意地瞥了眼那包金条。

冯静之跳起来一个鞠躬致敬，大声说道："哈依！我的大大的明白！"接着看一眼茶几上的手绢包，悄悄朝藤井竖起两根指头晃了晃。

藤井起身慢慢踱步："你，好好干，前途大大的。"他顿了一下接着说，"你要查这些货物的来龙去脉，找到背后操纵的人，更要查违禁品和买卖、运送违禁品的人。查到的，货物统统没收，人统统抓了。抗日分子统统杀掉，共党和国民党的地下谍报人员，统统送到宪兵司令部来审！"何大头逐字翻译，冯局长听了沾沾自喜，今天的收获不是一般的大！他连声答应着，藤井却又发话了："给你一个月时间，如果不能查出宁城国共两党的地下谍报组织，那你就提着自己的脑袋来复命吧。"这冰冷的语调让他不寒而栗，看着何大头的嘴开合着把这句话翻译出来，吓得满头汗都出来了，站起身来再次向藤井鞠躬说："哈依！卑职决不辜负太君厚望。"背上冷汗飕飕直下。

藤井眼睛瞪着他，一直过了让他心惊胆战的五秒钟，才轻咳一声，说："冯桑，你，可以走了。"

冯静之这才直起腰来，偷偷看了一眼藤井，又瞄了一眼何大头，见两人都面无表情，赶紧鞠躬退出了。

藤井盯着他的背影，一直盯着，半晌，问何大头："何桑，这个人，你怎么看？"

"搂钱是把好手，抓探子应该也是好手，他可是当过中统情报站站长的，我听佐藤君说能混到这位置的都是厉害角色。不过……这个人，真不懂了。"

"嗯？你的意思是他在骗我？"藤井的大眼睛瞬间又变小了，射出凌厉的光芒。

何大头一躬身说："不敢，小的不敢妄加判断，只是觉得有点不可思议。"何大头靠近藤井一步小声说，"您说他来了小半年了，抓到过一个真正的中统、军统还是共党了？天天就是抓小贩砸商铺为难那些老实做生意的商人。"

藤井嗯了一声看着他欲言又止的样子不语，何大头壮着胆子又说："他今天明摆着就是向您要权的，上次您才给他们分了地盘，他来了不说抓抗日分子的事，开口就要侦缉队的地盘，这不是狮子大开口吗？您是慧眼，您是高人，一说叫他一个月内抓出共党国民党谍报人员，他就吓得快要尿裤。司马昭之心啊！"何大头说到这里见藤井的脸越来越黑，连忙打住。他知道这话藤井已经听入耳了。心想：姓冯的小样儿，想削我商会和侦缉队的势力，做梦！那里面可都有我姓何的一股呢！你能给藤井送黄货，以为我们就没送吗？傻 × 一个！

他俯首帖耳地等着藤井的指示，藤井来回转着，转到办公桌后坐下，他跟着过去，一眼瞥到那份密电，那是上海转来的！心里一惊却装作啥也没看见。

藤井沉思着，这些支那人，很让他不放心，到底谁是共党谍报员呢？今天见的这几个，张震、何仰融、冯静之，哪个都不应该是敌人，可哪个都有可能吧？他抬头看一眼何大头，这个人会不会也有嫌疑呢？想啊想的，想得他头都疼了，挥挥手让何大头走，这些支那人一个都不能相信，只能利用！佐藤的失误就是太自信，以为自己了解支那人、会以华制华，结果呢？死了！现在，自己布置了这三枚棋子互相监视、互相争斗、互相利用，让他们为了获得更多利益更卖命地为大日本帝国效劳吧。会有奇迹出现的，不管那些谍报员隐藏多深，也逃不过这三条最了解他们的猎狗。至于警察局那帮笨蛋，真派不上大用场。

他布好了这样一个局，心满意足地喝茶，品尝那淡淡茶香，回味无穷。他自认布的这个局，不管对手是谁，都会被这三条狗咬出来让自己狠狠按住的。他放下手里的茶壶，把密件归入一个文件夹，放入柜子里锁好，拍拍柜子门，似乎已经把那些无孔不入的谍报员锁进地牢。

冯静之回到政保局，一扫脸上笑呵呵软绵绵的表情，换了一副阴鸷狠毒的神色，坐在大班椅上沉思了半天，抓起电话喊来一个人——林剑锋。前中统上海站的外勤队员，曾经陆军学校的高才生，冷血杀手。

林剑锋进门神气十足地给冯静之敬了个军礼，身板笔挺站在他对面等候指示。

“小林，给你一个任务。”

林剑锋咔地立正，冯静之无心看这套表演，手朝下压压示意他坐下，接着说：“刚才藤井叫我过去，说宁城有共党谍报员，限期一个月叫我们挖出来……你的前任是被共党锄奸队杀的，尸骨未寒。我调你来，就是要查清共党的谍报网，把他们彻底从宁城赶出去。宁城，只能是我们的地盘。”

“是！”林剑锋中气十足地立正答道。

“还有，给我盯住侦缉队那帮家伙，那些商人想摆脱我们，还不都是侦缉队那帮家伙在背后撑腰。自以为是宁城的地头蛇，想断我们财路，没门！”

“他们是地头蛇，那我们就是强龙！看压不压得了他们这些土鳖！”

“小林，我一直琢磨，侦缉队这么护着那些商人，不让我们插手查他们和匪区交易的事情，是不是有什么其他背景？还有，这些商人忽然大规模和匪区交易，动机是什么？”林剑锋想说什么，他一抬手制止道，“赚钱当然是首要的，可是谁带的头？是怎么打开这样一条民间交易通道的？要知道，日本人自去年大肆清乡以后，采取的就是封锁、扼杀匪区经济的政策，本来受灾、清乡已经让匪区脆弱的经济崩溃了，就算今年不扫荡，饿也饿死了新四军。可是现在被这些商人一闹，这个政策的效果大打折扣。”

林剑锋终于插上了话：“这背后肯定有共党指挥，说不定就是他们在引导。”

“十有八九！共党擅长的就是这一套，可惜我们抓不到人和证据。在日本人那里，没有证据我们说话就不够响。如果搞大了，闹得像几年前那样商人罢市学生罢课，就得不偿失了。现在日本人不比以前，要讲大东亚共荣，讲怀柔政策，就是装也要装一装。如果闹大了，就算我们抓住了共党，也要挨板子。”他对林剑锋说，“把你的人都撤出去，严密监视那些和匪区做生意的大户，对活跃分子全程盯梢监控，查到违禁品就没收。”他微微笑了笑，“财源不能断，人可以放长线钓大鱼，货不能放。明白吗？”

“明白！”林剑锋迟疑了一下，问，“藤井的情报来源可靠吗？”

“日本人另有自己的情报系统，特高课和侦缉队之外一定还有其他秘密渠道，这个我们就不得而知了，也别打听，知道得越少越好。侦缉队那帮家伙靠不住，里面没准儿就有通共分子，万一以后出事……”

林剑锋恍然大悟道：“哦，不知道最好！谢谢局座！”见冯静之无话，匆匆走了。

冯静之摸着下巴上刚冒出的胡楂，从抽屉里拿出个德国电动剃须刀嗡嗡嗡地在下巴上来回转着，眼珠子也忽悠悠转着想主意。片刻，腮帮子带下巴都光溜溜的滑不留手，他仔仔细细收拾好剃须刀，主意也想好了。他伸手拨电话，叫来了情报科科长冯佩瑶。

冯佩瑶，他的亲侄女，二十六岁，面貌俊秀身材挺拔，比一般女孩儿高出一截儿，平时喜爱男装。一阵皮靴声咔咔咔地由远而近径直响到冯静之面前，一个戎装英俊男儿咔地立正敬礼，礼毕并不说话，乌黑的眼珠直盯着冯静之，静等他吩咐。

“佩瑶啊，坐坐。你看你，老是这副样子，寻常男人见了你都要抖三抖，以后……”

“我不嫁人。叔叔，有事？”冯佩瑶微微一笑在办公桌对面的椅子坐下，伸手在冯静之桌上的雪茄盒里拿了根雪茄出来，夹断了烟尾嗅了嗅，叼在唇边点燃，往椅背上一靠，大腿跷二腿地仰面朝天微微眯起了双眼，享受地缓缓吐了个烟圈。

冯静之皱眉看着她的做派，说实话心里有点受不了。他对这个侄女是又恨又爱，她的聪慧机智与胆量魄力比大多数男人都强，而且理智冷酷，是个做特工的奇才。可她简直就是个怪胎，好像老天爷硬生生把个男人的灵魂塞进了美女身体里，行事乖张性格怪僻让人受不了。他叹了口气说道：“我让你查的那事怎么样了？有什么进展？”

“基本清楚了，确实有这么个人，原先是中统安插在共党那边的，老资格，已经潜得很深，可以接触到核心机密了，四三一基地被共党干掉以后这个人被启用，但显然已经投了日本人。我猜，起码是双料货。”

“嗯，这就可以解释藤井密报的来源了。看来顺着这条线可以找到宁城共党情报网的线索。这人，得为我所用啊……”

“这很难。他是七十六号直接掌握的，我们插不上手。”

“插不上也得插！狗娘养的藤井要我一个月破案，不然砍我脑袋！”

“他不会真砍的。”冯佩瑶懒洋洋地翻个白眼望着屋顶，又吐了一串烟圈儿。

“不会？他砍络腮胡可是一秒钟都没犹豫！”冯静之不满地呵斥道，“坐好了！像什么样子。”

“你是络腮胡吗？那是个替死鬼，张震他都舍不得杀呢，会杀你？”冯佩瑶冷冷地坐正了，说，“他倒想把你们都杀了呢，可惜那样就没人替他干脏活了。”

冯静之不耐烦了：“你查了这么久，有什么主意直接说，别阴阳怪气的。”

“那只貂我们很难指望，也许还有其他人可用，我还在找。另外，我就不信那个张震是真的归顺了日本人，我查过他的底。之前是个毫无名气的小参谋，两年多前忽然被侯良生任命为财经委员，不久就被捕叛变了，他供认并招降的共党分子很快都成了日本人的大密探，在四三一基地事件中发动了对宪兵司令部的攻击，这都是巧合吗？”

“哼哼，这么明白的事我不信佐藤居然看不出，他一定还有什么撒手锏握在手里，可惜秘密被带进坟墓了。”

“据查，他当初是熬了大刑才归顺的，也是佐藤刚愎自用立功心切居然被他骗过，藤井对他只是怀疑并无证据。叔叔，你真没看出藤井的心思？我才不信。”

“怎么没看出……他是要让我们三个互相监视，自己斗个死去活来。”

“三个？”冯佩瑶眉头拧成一疙瘩，“谁啊？何大头还是警察局那条狗？”

“那就是四个了。也许更多，所有为他们所用的中国人。但他最不信任的就是我和张震，因为我们都是叛徒……叛徒！哈哈哈！”冯静之有点失态，旋即收声摸摸领口，恢复常态。

“何大头和苟六壬都没问题，何大头是战前就跟着佐藤的小伙计，胆小怕死胸无大志，最大的弱点是贪财。苟六壬原先是地面上的地痞，油盐不进的滚刀肉，本就是旧警察，霸道狡诈欺下媚上，日本人来了先进侦缉队，后到警察局，对付起中国人来更加心狠手辣，政治上与谁家都没交集。比较起来，倒是那个何大头最好对付。”

“你再仔细挖挖，要不惜一切手段布下眼线。要核心的、管用的。要想别人器重，就得自己有分量、有大用。何仰融那小子可惜了，要依着咱们的计划把他放回去……”

“那不可能的，那小子恨党国，报仇心切才投了日本人。他在咱们手里软硬不吃什么有用的都没招，却带着日本人抄了新四军的后方医院，共党肯定急着要他的脑袋，我们只要悄悄盯着他就不愁找不到新四军的锄奸队。”

“那小子不开眼，他叔叔是个厉害角色。可惜了一张好牌，明明可以胡清一色的，却弄了个小屁胡。你，挑几个精干的盯死他，从他身边打开突破口！严格保密，除了你我和参加任务的人，不得外泄。”冯静之陷入沉思。

冯佩瑶恍然大悟，唯有点头佩服。她见冯静之再无话，遂起身把抽剩的雪茄在烟缸里碾灭，冯静之轻轻叹气挥手示意她可以走了。刚走到门口，冯静之说话了：“侦缉队那帮人，我不信都是死心塌地跟张震的，想办法，在他身边砸个钉子进去。”

“侦缉队那帮人，除了王胜和赵小六子是国军的溃兵，其他的都是本地人，除了地痞混混就是乡下懒汉，一帮有奶就是娘的家伙，没什么信仰也没什么战斗力，敲诈勒索倒都是好手。砸钉子不是难事，拿钱砸就成。”

冯静之点点头：“去办吧。”听着她的皮靴声远去，他电话招来了总务科科长马斯六，问：“老马，咱们手里那些货都出得怎么样了？”

“出得差不多了，最近黑市里大米的行情很好，咱们扣的那几船米都卖了好价钱，盐也一样。最赚钱的还是那些大烟膏，都是这个数——”他悄悄给冯静之比画了一下说，“全是黄货。那些百货纸张啥的没什么油水，咱自己不好卖，我全叫那些商人自己赎回去了。”

“嗯，不错。你去吧，这摊子你给我盯紧了，好好干，前途无量啊。对了，收回来的钱，赶紧想办法换成黄金美钞。这年头纸币不值钱，大洋太惹眼。”

“宁城小地方，美钞黄金少，不好换。”

“笨蛋，你不会去上海换？你不会换金银首饰古董吗？江南富庶，历代重文，这些好东西应该不少，就是眼睛要亮一点，别被人骗了。”

“是，是。我明白了，局座高明。文物古董之类的，我会拿到上海叫行家鉴定，敢给我假的，抄他家！”

“等等！还是要搞点大洋，藤井要咱们把吃商会的吐出来，怎么着也得象征性地给他点。”

马科长一脸苦相，好像要抽他的筋扒他的皮似的龇牙咧嘴。冯静之冷笑：“羊毛出在羊身上，缉私队忙点就都有了。去吧。”

马科长走了，冯静之还在摸着下巴琢磨，一肚子坏主意咕涌涌地冒坏水，他自语道：“哼，好戏在后头！”盘算完毕，大主意已定，该安排的也安排了，他起身哼着昆曲：“你道翠生生出落的裙衫儿茜，艳晶晶花簪八宝填……”唱着唱着扭腰捏起兰花指摆了个羞花闭月的身段。他那肥肥白白的脸、微微凸起的肚、水桶般的腰，配合着这妖魅的身段表情令人汗毛要一根根竖起来……

35

一天之间，忽然杀机重重，罗芳和张震的心一下提了起来，表面上虽然都若无其事各司其职，心里却都提高了警惕，耳听六路眼观八方，冯静之的人手还没撤出去，张震已经得到耳报神的消息。他最关心的还是罗影有没有被跟踪，他心知其他人都是真正的商人，只有她是这一切的核心。他打了个电话到何记酱园，要两篓上好的酱菜，指明要小掌柜亲自挑，接电话的小狗子却说小掌柜的去上海了，早就坐船走了。这让他有点放心，起码政保局的人已经来不及跟踪她了。但他深知她的大胆和妄为，生怕她在上海再惹出什么事来。虽然自己和她没有联系，不怕暴露，但是以她和罗芳的关系，她要是出了事，就可能牵扯罗芳，牵扯到罗芳就连上自己。没事的时候都不是事，有事的时候什么都是事，更关键是摸不清密电的全部内容，就无从分析问题出在哪里。中午两人一起吃饭时商议了一下，决定多方下手，搞清密电内容。

罗芳在译电室心里七上八下，密电里的情报肯定与根据地的内奸有关，家里一定出了重大问题。一个何仰融还没搞定，不知道又出了什么事，越想她越觉心惊。

她斟杯茶给池田端过去，池田抬头给她一个感谢的微笑，她也微微一笑，手扶着池田的椅背说："池田君，晚上有时间吗？"

池田回头笑道："罗小姐有什么安排吗？"

"最近太累了，晚上一起去小上海喝一杯吧？晚上我和几个朋友坐坐，想请您一起放松放松。”

池田伸开双臂舞动两下，站起身说：“最近真的很累，也很闷，我一定去。”

罗芳轻笑道：“池田君一个人在宁城，身边也没什么朋友，老看您一个人闷着，下班也不出门玩玩儿。其实宁城好玩儿的地方还是蛮多的，风景也不错，天齐寺、大悲寺，都是香火繁盛建筑精妙的佛家胜地，虽然名气不大，可住持于佛法颇有心得，僧人虔诚信众不少。春天到了，迎春花和樱花都开了，池田君也该出去透透气。”说完调皮地微微一笑，笑得池田春心一荡，可是又赶忙压抑下去了。

“樱花，最美的樱花在富士山……”他出神地看着窗外，曼声吟哦道，“世上若无樱。心情宽畅多安宁。不盼花期讯。何地何时睹倩影？花落更伤神！”

“真美，此生一定要去富士山赏樱花……”池田的吟哦和罗芳的赞叹，把所有人的目光引了过来，池田发囧，低头佯装做事。

这个东大数学系的毕业生是个自视甚高的知识分子，对罗芳颇有好感，她是近卫夕颜小姐的闺密，温柔谦恭彬彬有礼，很符合他心里传统日本女人的形象。所以罗芳一表现出对译电的兴趣，他马上就视作接近她的绝好机会，不但教她，还想方设法让她进了译电室。但让他失望的是很快就发现张震对她穷追不舍，而且很快两人就热乎起来。他不想跟一个支那人争罗芳，胜了人家会说自己仰仗皇军的身份，败了更丢不起这人。现在，罗芳对他的邀请让他受宠若惊，心里兴奋不已。

罗芳若无其事地回到自己座位上，继续手头的工作，离中午下班还有一点儿时间时，她起身对池田说：“池田君，我想先走一步，可以吗？”池田会心一笑微微点头，她微微一躬整理好东西拿着手袋走了。池田有点发痴地看着她的背影，轻轻叹了口气。

她走在宁城街道上，随意瞧着街景，准备先吃碗面再去紫罗兰电影院旁那家理发馆做头发。突然，旁边小巷里冲出一个女人来，慌慌张张撞在她身上摔倒了，把她也撞了个趔趄，她伸手把那女人拉起来，那女人随口一句：“对不起，谢谢您。”她也随口答道：“没关系，不客气。”说完两人都愣住了，原来彼此对答用的竟然都是日语！

她打量着这个一身阴丹士林旗袍、眉眼清秀一脸惊惶的女人，那女人也看着她，忽然九十度鞠躬用日语急促地说：“救救我，小姐救救我！”罗芳还没反应过来，一个胖女人冲过来一把扯住那女子头发大力朝后拉去，在那女子的呼痛声中大骂道：“臭婊子烂娼妇，还敢跑？往哪里跑？！”一边骂一边鸡毛掸子在女子身上乱抽，那女子两脚撑地双手抱头大喊着：“小姐救救我，救救我啊！”

“哟？不是哑巴吗？怎么还会说话了？！我叫你装哑巴，叫你装哑巴！”顿时空气里充斥着噼噼啪啪的抽打声和女子的哭叫声。罗芳实在看不下去，踏上一步一把抓住胖女人挥动鸡毛掸子的手说：“放开！”

胖女人一挥手把她带了个踉跄，骂道：“哪里冒出来的臭小娘皮？！敢管我们家的事！也不问问这是谁家的人？”那胖女人手指差点儿戳到罗芳鼻尖上。说话间看热闹的人已经三三两两聚拢来，罗芳气急了，说：“你干什么打人？这女人怎么了你就这么当街打她？”

“打她？打她是轻的！这是我儿子买来的婊子，想骑就骑，愿打就打！关你屁事！”胖女人手里还抓着女子的头发，那女子被她扯得弯腰曲背，脑袋随着她的手势来回摆动，疼得满脸泪水，引得周围人对胖女人指指戳戳的。

罗芳想了想说：“这是个日本女人，你儿子从哪里买来的？买卖妇女是犯法的，更何况日本女人！你就不怕大日本皇军治你的罪吗？！”

“日本女人？”胖女人吓了一跳，抓着人头发的手不禁松了开来。那女子一出溜钻到了罗芳背后用日语说：“小姐救救我，小姐救救我。”周围的人也都听到了，纷纷交头接耳，议论着：“好像真是日本话！”

“瞎讲八讲，日本女人怎么会被卖给中国人？”围观的人纷纷点头，有人就说了：“只见过日本人杀中国女人奸中国女人的，哪有中国人敢动日本女人一根汗毛的？更不要说卖她了，肯定是假的。”

胖女人开始一怕，现在听大家议论，腰杆又挺起来了：“就是！日本女人怎么会被卖到窑子里？她是我儿子从春香楼赎出来的婊子，怎么可能是日本人？！”说着冲过来要拉人，罗芳奓开双手挡着说：“您别急，让我问清楚再说。不然，小心吃不了兜着走。”

胖女人这时也看出罗芳的打扮做派不是个一般妇女，倒是不敢对她动粗，只是绕着她去追着要抓那女子，嘴里还腥脏烂臭地大骂着，三个女人当街玩起了老鹰抓小鸡。围观的闲汉妇孺们看得嘻嘻哈哈，正闹着，一串自行车铃响，几个黑衣人冲了进来。罗芳挓挲着手正不知道怎么办好，一看见这几个人就像见了救星，忙喊道："小六子，浩子，快来！"

几个人嚷嚷着赶散闲人，小六子已经跑过来冲那胖女人就是一个大嘴巴，抽得她原地转了一个圈儿，坐在地上就号啕大哭起来："要命来，打杀忒人来，天杀的要出人命来！"

赵小六子也不理她，紧着问罗芳："嫂子，这是怎么了？"

罗芳说："这女子是个日本女人，被这女人当街追打，她直喊叫我救命。你帮我叫辆黄包车，我要带她回去问问是怎么回事。"

她用日语问那女子："你到底是谁？怎么被人卖了？"

"我叫由美子，来中国找我父亲佐藤一郎。"此话一出罗芳惊呆了，这居然是佐藤的女儿！真是报应啊！她有心不管这事了，可一看那女子楚楚可怜的样子，心一软，只好说："那你跟我走吧。"又走到胖女人跟前道，"这位大婶，这女子确实是日本人，我带走也是给你免祸，如果有什么问题请你儿子明天去宪兵司令部找我。对了，你儿子是谁？"

胖女人一见这架势也知道这女子是留不住了，可还是心有不甘，跳起来说："我儿子是警察局的苟队长！苟局长！我惹不起你，我让我儿子去找你算账！让你吃不了兜着走！"

赵小六子上去兜屁股一脚，胖女人被踹得做滚地葫芦吱哇乱叫，小六子大骂道："警察局在我们宪兵司令部眼里就是个屁！想憋就憋想放就放！一条狗也想在我们罗大小姐面前摆谱？滚你的高邮咸鸭蛋吧！"说着提脚又做要踢状，胖女人忙不迭爬起一溜烟儿地跑了，还不忘一路大骂着。

浩子已经叫了辆黄包车，一行人就朝小上海去了。

罗芳还在忙着带由美子在后院梳洗更衣，这件奇事已经被赵小六子打电话告诉了张震，浩子更是在小上海大堂里神乎其神地说给了何大头和其他客人。

晚饭时间，小上海二楼的雅座里，上首坐着池田，旁边是张震，另一边是何大头陪着，下面是赵小六子王胜浩子等人。张震身边留了两个位置，是给罗芳和那个日本女子的。大家对那个日本女子都好奇极了，急于知道她的故事。

菜上来了，酒也上来了，张震对池田说：“池田君，咱们开席吧？”

池田却眼睛看着门口说：“还是再等等。”

张震一笑说：“小凳子，上茶！”

不一会儿，罗芳和一个女子进来，大家都是眼前一亮。罗芳是一件白色折枝花织锦缎旗袍，由美子是一件天蓝色绣粉白色折枝梅花的丝绸和服，这件和服还是罗芳参加夕颜小姐婚礼时置办的，只穿过一次，没想到今天派上了用场。

她们的出现让一桌男人们一下站了起来，连浩子那样的人都不禁把自己的衣服理理整齐。池田朝由美子一鞠躬，伸手请她坐到自己身边，张震牵着罗芳的手坐在了他们下首。何大头忙得语无伦次，向由美子翻译着大家的问候。

张震好奇地问罗芳：“这是怎么回事？听说你救了个日本女人，就是她？”

罗芳把中午的见闻说了一遍，当然隐去了苟妈关于由美子是妓女的说法。然后说：“其他的我也不清楚，只能请由美子小姐自己说了。不过，”她笑着环视大家一圈，说，“你们这帮大男人，人家女孩子不愿意说的你们可不能没完没了地追问啊。”她又用日语重复了一遍这句话，笑着对由美子说，“由美子，他们问你话，你想说的就说，不方便的别理他们，有我呢。”

何大头和池田都不禁看她一眼，何大头想：“这女人有什么秘密要罗小姐帮她瞒着？”池田却觉得罗芳很有教养，懂得维护这个柔弱的日本女子。他看着由美子羞怯怯的样子，心里对她不禁有了一种怜惜之情。

罗芳给由美子夹了一筷子菜说：“快吃吧，看你的样子估计在苟家也没吃到什么东西。”

由美子在苟家受尽虐待，虽然中午罗芳给她端了一小碗馄饨吃，但看着一桌菜她还是很馋，恪于礼节才勉强忍住，可肚子不争气，一个劲儿咕咕叫，见罗芳给自己夹菜，以为一定是她听见了，羞得脸都红了，怯怯看了池田一眼，见他微笑着，这才低头快速吃起来。

张震见状端起酒杯说：“她们女人吃女人的，我们喝酒！美人美酒美食，今天是三美俱全！来，池田君，初次一起喝酒，我敬你！干！”说着很爽快地把一杯酒灌进肚里，朝池田一亮杯底，池田哈哈一笑朝他竖大拇指说：“张先生！爽快！”也举杯饮尽说，“好酒！”

男人们忙着喝酒，罗芳和由美子边吃边小声嘀咕着，酒过三巡，张震笑着对罗芳说：“怎么样？我可以给由美子小姐敬酒压惊了吗？”

“去你的，看见美女就动心思，不许！”她扬声对池田说，“池田君，由美子小姐就交给您了。她是佐藤君的千金，还请您多多关照。”何大头同声翻译，此话一出语惊四座，大家目光齐刷刷地射向由美子，池田的脸一下阴沉下来。

罗芳笑着指指那些人说：“他们啊，可罩不住由美子小姐。那个警察局的苟队长还是局长的，肯定不甘心我就这样把由美子小姐带走，还会找我麻烦，我可受不了那条狗的臭味。”

池田一拍桌子说：“姓苟的敢欺侮我们帝国的女人，我决饶不了他！如果他还敢找罗小姐麻烦，我一定活劈了他！”

张震阴阴地说：“这次，我们侦缉队和警察局的梁子是结定了。弟兄们，他警察局什么玩意儿？敢跟我们叫板？如果他们敢再来找罗小姐和由美子小姐的麻烦，就干他的！出了事，藤井少佐那里我扛着！”

池田摆手说：“今天，罗小姐和张队长的人救了由美子小姐，我代表帝国军人感谢你们。藤井少佐那里，我去说。”他很想问问由美子这到底是怎么回事，但又觉得场合不合适，强压下满腹疑问和愤怒。

“不会那么麻烦吧？你们千万别打起来……”罗芳有点惊慌又强作镇定地说着，但那脸上的笑容已然僵了。张震拍拍她放在桌上的手说：“别怕，这小上海，前院客栈住着王胜和何翻译官，后院墙很高，你要不放心我亲自去给你看门。”

罗芳嗔道：“谁要你看门？你又不是……”大家哄堂大笑，张震笑道：“这里离宪兵司令部一屁远的地方，王胜，有动静你就开枪，老子三分钟就能赶来！”

“警察局也是皇军的属下，我去和姓苟的说！由美子就住这儿，他要是不知好歹，我送他进宪兵队！”何大头的话让罗芳和由美子脸上惊慌退去，显出微笑。

张震嬉笑道：“好好好，大家喝酒，继续。池田君，这花雕酒你还喝得惯吗？我记得日本是出清酒的，都是米酒味道不大一样。”说着给池田又斟上了。

池田浅浅喝了一口叹道：“什么酒也比不上家乡的水啊，日本，我四年没回去了。”说着低低唱起一首歌，“春日高楼明月夜，盛宴在华堂。杯踪人影相交错，美酒泛流光。千年苍松叶繁茂，弦歌声悠扬。往昔繁华今安在，故人知何方？”他举杯起身，推开后窗，仰望着天上的一弯玄月说，“这首歌叫《荒城之月》，其实是从古汉诗来的，罗小姐，你能翻译一下吗？”他举杯对月，“敬月亮。”喝罢又唱起第二段。

由美子取一副干净的瓷碟瓷碗和瓷调羹，和着节拍轻击。

罗芳随着歌声用汉语低吟：“秋日战场寒霜布，衰草映斜阳。雁叫声声长空过，暮云正苍黄。雁影剑光相交映，离别断人肠。良辰美景今何在，回首心悲怆！”由美子眼睛红了，张震等人开始只是看着池田的面子才做出洗耳恭听的样子，可这时也不禁听入了神。歌声吟哦声在继续，配着清冷的叮铃声，忧伤沁入心脾。唱罢，大家都无语举杯与池田同干。

“荒城十五明月夜，四野何凄凉。长空依然旧时月，冷冷予清光。颓垣断壁留追忆，枯藤绕残墙。松林唯听风吹雨，不闻弦歌响！”这歌这词听得在座人人心酸，由美子已经潸然泪下。当池田唱到最后一段时自己也忍不住泪盈双目：“浩渺太空临千古，同倚此月光。人世枯荣兴亡尽，瞬息化沧桑。云烟过眼朝复暮，残梦已渺茫。今宵荒城唯明月，照我独彷徨！”

曲尽人无声，赵小六子一干人虽然没文化，却也听得心里全不是滋味，不知说什么好。何大头叹了一声：“打什么仗啊，真是造孽。由美子姑娘，别难过，过去的事情都过去了。”

池田唏嘘着说：“由美子，你父亲已经战死了。你知道吗？”

由美子手里的瓷调羹当啷一声坠落在瓷盘上，清脆地弹了一下跌落在地，在青砖地上溅起白色的瓷渣。

她的脸一下白得比那白瓷盘还白，两只眼睛木呆呆的不会转了。罗芳一把抓住她手臂轻轻摇晃着：“由美子，由美子？别这样啊，你这样太吓人了。”说实话，佐藤在中国、在宁城犯下滔天大罪，气死佐藤时罗芳那个解气啊，真觉得是干了一件大好事。可现在看着由美子这样，心里却有一点儿刺痛，她心疼由美子这个无辜的日本姑娘。

池田黯然说：“由美子，别伤心。这个地方，不是我们的家。”他又喝了一杯酒，大着舌头说，“今朝有酒今朝醉，明天死异乡！”张震夹了一块东坡肉放在他碗里，说：“池田君，吃肉，这花雕酒啊，有一宗，喝的时候爽快，后劲大，醉了可是要醉三天的。”

池田哭着说：“醉了好，醉了，就不想家了。我妈妈身体不好，真想回去看看她……”

“东京现在什么都贵，什么都缺。以前我父亲还每月按时寄家用，寄回的钱就算去黑市买东西，还是足够用的，可后来寄的钱越多越不够用了。我未婚夫也被征兵了，先是说在越南，后来就断了音讯。妈妈病得厉害，我在小酒馆里打工，赚不了多少钱，给爸爸写信，每次寄回来的钱像水一样花了，妈妈的病也不见好。”由美子哽咽着低声诉说，罗芳和张震等一干中国人大眼瞪小眼互相看着，浩子喃喃道：“光知道我们中国人日子难过，没想到连佐藤太君家里都不好过啊。”

何大头心想：这佐藤肯定养着外室，要不宁城商会孝敬他那么多金条和珠宝都去哪儿了？

张震和罗芳对视一眼，张震给池田又斟了一杯酒：“池田君，喝酒，中国有句老话，一醉解千愁。喝吧，醉了，就都忘了。”

罗芳轻轻搂着由美子肩膀，轻声说：“别伤心，慢慢说，你怎么跑中国来了？怎么又被卖了？”

由美子捂着脸说：“我未婚夫战死了，我妈妈病死了，我把小妹妹寄养在庙里，来中国找父亲。”她忽然哭泣起来，她双手抓着头发哭诉道，“可是国家骗了我！我报名做随军护士，不用自己出路费来中国。可他们把我送到樱楼！到那里我才知道是为军官服务！”她忽然投身池田怀里号啕大哭道，“池田君，你知道我那时天天、时时、刻刻最怕的是什么吗？是害怕在樱楼看见我爸爸！”池田拍拍她背，抚摸着她丝滑的和服，感受和服下微温的肌体，心里一阵悲凉。

当她说到自己被骗进樱楼，何大头和罗芳都惊呆了。佐藤好歹也是个少佐啊，怎么连他的女儿都会被如此对待？太可怕了！这小日本的心真不知道是怎么长的……

张震疑问地看着何大头，何大头刚一张嘴，罗芳赶紧用眼神止住他，微微摇头，何大头猛醒，不再翻译了。

"好不容易我到了上海，听人家说上海离宁城很近，我就逃了。我怕被樱楼的人抓住，只能躲开日本人。我又不会一句中国话，只好装哑巴，拿父亲的地址给人看。一个中国人说带我来宁城，把我骗到一条船上，可是到了宁城他们把我送到的地方还是妓院。我抵死不接支那人，后来，他们把我送给了那个苟队长……"说着她又放声大哭起来，一只手无力地捶打着池田胸前。他轻声安抚由美子说："别说了，你别说了。"说到最后两个人抱头痛哭，哭得一桌中国人大眼瞪小眼，心里也酸酸的。

罗芳不声不响斟了一杯酒端起来说："敬大家，祝该死的战争赶快结束！"

大家杯子一碰，发出一串叮叮铃铃的脆响，不知谁低声说："为不打仗干杯！"人们唏嘘着把酒喝了，赵小六子唱起了《孟姜女哭长城》："正月里来是新春，家家户户点红灯，别家丈夫团团圆，孟姜女丈夫造长城。"浩子走到窗口，探身从窗外树上摘了一片树叶，含在嘴里哀婉凄切地吹着，赵小六子粗粝不堪的东北腔难以入耳，却唱出了一股苍凉。听得人头皮发麻，鸡皮疙瘩都立起来了，只能以酒佐歌。唱着唱着，连楼下的喧哗声都渐渐平息了，店里的客人们不知道这帮平日趾高气扬的人今天怎么了，一个个赶紧吃完离开。

赵小六子终于唱到了"十一月里雪花飞，孟姜女出外送寒衣，前面乌鸦来引路，万喜良长城冷清清。十二月里过年忙，杀猪宰羊闹盈盈，家家都有猪羊杀，孟姜女家中空荡荡。"

说实话今天这气氛真的适合反战，张震心想：这要是在南大营搞这么一出，估计那些日本兵想死的心都会有了。他咳嗽一声，敲敲杯子大声说："好好的喝酒，搞什么搞？被你们搞得阴风惨惨像出殡一样！"

赵小六子一愣，有点尴尬，抹了一把眼角强笑着说："喝酒喝酒。我和络腮胡一样，都是东北的，仗打到今天，他死了，我回不了家……"

罗芳在男人们喝酒时，打发小凳子端了一盆热水带着香胰子和新毛巾来，此时轻轻拍拍由美子说："别哭了，看你把池田君都招哭了。好了，过来净面。看漂亮的由美子都成大花猫了。"她的话说得由美子一下从池田怀里起来，不好意思地看他一眼低声道："池田君，对不起，我失礼了。"

池田掏出手绢沾沾眼角，温情地说："由美子小姐，不要见外，这里，只有我们两个日本人，关照你是应该的。”

罗芳亲手拧了毛巾递给由美子，她不好意思地笑了笑，擦去脸上的泪痕和涂花的脂粉。池田看一眼洗净脂粉的由美子，暖黄色的灯光下，她白皙的皮肤和姣好的面容深深吸引了他。在大家左一杯右一杯忽悠下，他很快喝醉了，当一群醉醺醺的人说着唱着架着他下楼时，他已经醉得站都站不稳了，但还记得跟由美子告别：“由美子，再见。明天，我来看你。”

罗芳和由美子在小上海的门口，目送这群醉醺醺的男人离开。男人们都走了，小凳子也来摘小上海门前的黄纸灯笼，要打烊了。两个女子默默对视一眼，回身朝后院走去。小凳子提着灯笼帮她们照着亮儿，高楼深院的古雅黑暗中，银白粉蓝，两个娇艳的背影，鲜亮得有点妖媚，有点凄凉。

这一夜，罗芳没睡好。梦里，她第一次梦到了佐藤。

佐藤嘴巴开合着，一脸痛苦，一会儿狰狞，一会儿慈悲，却听不到他在说什么。惨白色的墙壁和白色的被单一点点朝他挤压过去，一点点淹没他，他努力呼吸着，伸出手臂徒劳地抓着空气。顺着他的目光，罗芳看见苍穹里几个影影绰绰的人影，袅袅飘来一个黑发覆面着鲜红嫁衣的少女。白色病床被一股淡淡的黑烟笼罩，隐约看得出一个杀人魔王从他脑门里被挤出来，飘飘荡荡地朝窗外散去，一片白色里只剩下一个慈祥的老头儿，罗芳终于听见他最后呼出的一个词：“回家……”这声音如春雷从远处隐隐滚来，越来越响，白色的病房变成满地白幡，漫天纸钱，漫山遍野回不了家的孤魂野鬼，依然在阴间捉对儿厮杀……

黑发覆面，着鲜红嫁衣的小女子飘然而来，仰头甩发，是小哑巴双目滴血的苍白面孔，她嘤嘤哭诉，忽然伸出鸡爪般坚硬如铁的手抓住罗芳手腕大喊：“救我！”却变成由美子抓住自己。罗芳腾地一下坐起来，愣怔了半天，才回味过来，那不过是一场梦。

远处，正传来滚滚春雷，几道闪电划破苍穹，照得窗上一亮一亮，树影摇曳。耳边，也真有女人嘤嘤哭泣的声音。她手抚前胸，抑制住心脏狂跳，想起隔壁是由美子住着。

她起身把汗湿的内衣换了，想了想披上外衣走到由美子门口轻轻叩门，低声问道：“由美子，你没事吧？”

“没事，我没事。”由美子抽泣着说。罗芳问：“要我陪你吗？”屋内窸窸窣窣的声音响着，由美子来开了门，对罗芳一鞠躬说：“罗妹妹，我可以这样称呼您吗？”

罗芳微微一躬还礼，说：“可以。要我陪你吗？新换住处，你一个人是不是害怕？”正说着，喀啦啦一串响雷滚过屋顶，由美子不禁啊的一声抓住罗芳的手，一阵急促的雨点沙啦啦打在屋顶，罗芳掩掩披着的衣服牵着由美子的手跟她进了屋，两人坐在被窝里都没说话，由美子双手抱肩下巴抵在膝盖上，罗芳拿个枕头倚在床头，默默看着她，心里涌上一阵怜悯，觉得这个无辜的女人很可怜，马上又暗自责备自己：为什么要同情一个手上沾满国人鲜血的魔鬼的女儿！

由美子幽幽地叹了口气：“我爸爸已经战死了？他是什么时候殉国的？”

“去年夏末的时候，他负了重伤，在医院里躺了十几天，还是没挺过来。”

“可怜的父亲，他一定受了很多罪。”她抬起头问罗芳，“支那人为什么要杀他？我的父亲是那么慈祥的一个人……”

罗芳迟疑了半天说：“你知道他是在一场什么样的战斗中负伤的吗？”

由美子抬头用疑问的眼神看着罗芳，罗芳低语：“他是为了增援四三一基地冲出城去的，只带了一小队人，结果中了埋伏。”

“四三一基地？”

“对。后来听说那是个特殊的秘密基地，里面用活人做试验，制造细菌弹，传播瘟疫。”

由美子瞪大眼睛不敢相信地说：“啊？怎么可能？太可怕了……他们一定弄错了。”

“后来去增援的皇军把那里烧成了一片白地，说是怕瘟疫扩散，传到城里。”

由美子颤抖着喃喃道：“不会的，我父亲不会干这么可怕的事情……”

罗芳默不作声，只是看着由美子惊恐的眼睛，两人对视片刻，由美子终于低下眼睑，双手捂住脸饮泣。罗芳拍拍她肩头，说：“哭吧，哭出来就好了。”

“为什么，为什么他们不告诉我父亲已经战死了？我是九月份申请来华的，他们已经知道了我父亲的死讯，为什么不通知我？如果知道，我不会申请的。”

罗芳叹了口气摇摇头。

夜，没有更漏，却也一点一滴地过去，两个女孩儿就这样在雨声里坐到了天色熹微。

天亮了，吃完早点，淅淅沥沥的小雨愈发没完没了，罗芳进了译电室，甩着雨伞，望一眼池田的办公桌，果然空着。她若无其事地坐在桌前，池田不在没人给她派活儿，她也不着急，拿着一份报纸津津有味看着。里屋电报员送出来的电报纸一张张摞起来，很快就增加到二三十张。九点钟，十点钟，十点半，桌上的电报纸越积越多，译电室的电话铃声急促响起，藤井很不满意地问："今天的情报怎么一份都没有送来？"

接电话的曹长吭吭哧哧地说："那个，报告藤井少佐，池田君今天请假了……怎么？好像是生病了，早饭也没吃，一直没出门。"

"……"

"是，是。"

"……"

二等兵捂住听筒对罗芳说："罗小姐，藤井少佐请您听电话。"

罗芳走过去接过电话："藤井君，您好。"

"罗小姐，池田君病了，今天，译电室你负责一下。马上把接到的电报统统译好送来。记住，不许有一份电报泄密。如果今天电报的内容泄露了，你就是唯一的泄密者。后果，你知道。"

藤井说一句，罗芳答应一声，可最后她不干了："藤井少佐，我只能保证我自己不泄密，可保证不了别人，藤井少佐，我不敢负这个责任……"说着她嘟起嘴微微跺了下脚，仿佛藤井可以看见似的，她的小动作引得旁边偷眼看的曹长哧哧笑了。她察觉到瞪了他一眼转过身去，藤井在电话那边说："罗小姐，为大日本帝国效力是不可以讲价钱的，军人以服从命令为天职，你虽然不是军人，但在译电室工作，就必须服从我的命令。否则……"隔着电话，罗芳都听得出藤井的脸色越来越难看，她只好顺着藤井诚惶诚恐地说："是，是，藤井君，我错了，我马上去工作。再见。"

曹长低头偷笑着，把那一沓电报单送到她桌上。

她先把那些电文翻了翻，把普通级别的放在一边，两份机密件挑出来，为难地问曹长："这两份是机密件，也要我译吗？我看了一下，好像不是用普通密码本的。"

曹长犹豫了一下说："藤井少佐刚才跟你怎么说？"

"他要我负责今天译电室的工作。"罗芳一脸无奈地对他说。

曹长二话不说站起来打开了保险柜，拿出一本藏蓝色布面的密码本给她，一脸认真严肃地说："这个，不许带出办公室，不许记录，我监视你使用。"

"哦，那随你吧。"罗芳嘟着嘴耸耸肩，接过密码本扔在桌上。她开始工作，过了一会儿伸手捋了一下散落在额前的头发，眼风扫了一眼曹长，那个木头真的眼睛盯着自己。她不动声色地继续低头工作。不一会儿，她先把机密件和几份与根据地有关的电文译好给藤井送去了，藤井皱着眉头看完，说："你把前两天那份机密件给我拿来。"罗芳用疑问茫然的眼神看着他。

"与侯良生部有关的！"藤井不耐烦了。

罗芳鞠躬不语迈着小碎步小跑着回到译电室，对曹长说："请把保险柜打开，藤井少佐要前天那份机密电文，关于侯良生部的。"她想了一下补充道，"请把与侯良生部有关的档案都给我，谢谢。"

曹长看她一眼，抓起电话向藤井请示，罗芳面无表情地看着他，直到他"哈依哈依"放下电话后，罗芳才慢悠悠地说："可以了吗？"

曹长低头致意，小跑着去打开了保险柜，翻出一个文件夹郑重其事地交给她，她好奇地翻开看了看，里面有大约十来张纸，最上面赫然是那份密电："宁城皇军内部疑有共党谍报人员。四三一基地地形图在其被捣毁前两日泄密。"她刚想翻看后面内容，曹长很客气地说："罗小姐，没有许可，这个你不能看。"

罗芳横了他一眼合上文件夹说："我去藤井少佐那儿看。"转身朝外走去。

曹长木着脸一言不发，跟在她身后一直到藤井门口。

罗芳只看了那一眼已经知道是纵队司令部内部出了问题，也不再急于看其他内容，老老实实把文件夹呈送到藤井面前，躬身略略后退一步，静候他进一步指示。

藤井打开文件夹看了一眼，对她说："你可以走了。"

罗芳微微一笑鞠躬退出。走出门一看，曹长还傻站在门口，说："走啦，文件已经交给藤井少佐了。”

内部出奸细了！可是怎么把消息尽快通知家里呢？她心里很焦急，默默算着罗影回来的时间。想到罗影，又想起张震说藤井针对与根据地做生意的商人把人撒出去，意图找出突破口，顿时又担心小罗影做事不够小心缜密露了马脚。无数操心……

转念间已经回到了译电室，她拿起蓝色密码本，刚才译电时强记了几组密码，她要再温习一遍，带出去是不可能了，那个曹长虎视眈眈的，要抄写也是不可能的，只有强记了。她刚看了一页，曹长走到她身后，恭敬地说：“罗小姐，下班了，这个我要收起来了。”

罗芳抬头嫣然一笑递过去说：“好啊。终于可以下班了，我早都饿了。”说着整理一下桌面文件，拿出手袋起身要走，抬眼一看，那曹长还看着自己，摇摇头笑道：“我就这么让你不放心吗？拿我当贼看着啊？池田君也没像你这样！”说完冷笑一声扬长而去，那咯噔咯噔的高跟鞋声带出明显的不满。

依旧是午饭时间，罗芳与张震在一家小店里吃面，罗芳把碗里的大排夹到张震碗里，不等他张嘴说啥就先开口了：“你天天在外面跑，多吃点。这阴雨天终于快过去了，你的身体还好吗？”

“再挨几天估计就没事了。都是旧伤，我也习惯了。”张震故作轻松地说着，罗芳知道，那些刑伤留下的后遗症，一定让他很痛苦，只是不知怎么帮他才好，轻轻抚抚他放在桌上的手，心疼地说：“照顾好自己，每天少喝点酒。脏衣服我下班过去拿回去洗，你不要弄冷水了。”

“说说密电的事。”张震忙转移话题，他不喜欢看罗芳婆婆妈妈的，她的爱意总是像小毛刷子弄得他心里痒痒的，无法集中注意力。

“密电原文是：宁城皇军内部疑有共党谍报人员。四三一基地地形图在其被捣毁前两日泄密。”张震眼睛精光一闪说：“能看到那张图的应该不会超过十个人，内奸就在十人里面。”罗芳沉思了一下问：“会不会有人在布置任务时把有图的消息泄露了？”

张震拧着眉头说：“也有可能。但是应该都是布置给战斗人员，这个面就不好说了。”

“另外，搞高级密码本的事还是没得手。池田今天没上班，藤井虽然让我代替他的工作，但是档案柜的钥匙还是由那个宪兵曹长管，而且工作时间他一直负责监视我，没有机会偷录。”

“要是有那个就好了，总部可以直接破译敌人的密电，那敌人的一举一动都透明了。”

“不过我默记了今天几份电文和电码，我感觉是普通密码加密的，好像有规律，但是我一下琢磨不出来，把这个转给家里，他们也许能解开。”

“由美子是个好机会，用她拿下池田，你看有可能吗？”

“我试试。这事只能是随缘，由美子很可怜，她是无辜的。”

“她是佐藤的女儿，你要千万小心。”

“我会把握的。”

“茉莉回来你一定要把藤井对商会的布置告诉她，要她千万小心谨慎。如果她出问题，就会出大麻烦。”他心里想却说不出口的话是：没人能过得了日本人的刑罚，除非死！更不要说那个小姑娘了。

36

上海街巷，车流人流熙熙攘攘，热闹非凡。很多百货商店打出了大减价的条幅，老大房的肉月饼、蜜三刀，五芳斋的粽子，松月楼的菜肉大包，更不要说紫罗兰的西点和奶油蛋糕，那味道，一阵阵扑鼻儿香！

罗影抱着手术器械箱坐在黄包车上，强忍着馋虫，叫车夫径直回罗宅。她眼睛不舍地看着老大房掠过身边，回头再看一眼，却瞄到一个穿灰西装的人坐在后面一辆黄包车上正看着自己。她心里一动，这人好像在哪儿见过？她叫车夫在大世界停一下，下去在路边买了一个肉粽子，她剥开粽子边吃边走，眼风扫到那灰衣人已经站在路边报摊旁佯装看报了，她跳上黄包车说声走，车夫撒丫子跑起来，接着就听见身后小贩喊："报纸！先生你还没给钱！"确定无疑那家伙在跟踪自己。她很奇怪，为什么在上海会有人跟踪自己？但为安全起见，她在黄包车篷的遮挡下从随身提袋里拿出米色短风衣穿上把领子立起来，又用一个白色宽发卡把头发一下拢到了耳朵后面，掏出一副眼镜一戴，迅速涂了涂口红，俨然变成一个女职员。手提袋一翻面，花提袋变成了蓝色提包，只有那只手术箱没法伪装。转过街角时她顿顿脚，车夫停了下来，回头诧异地看了她一眼，啥也没说伸手接过车钱拉着车跑了。

罗影转身进了路边一间杂货店，站在门边柜台前，把手术箱放在里面用腿挡着，眼睛瞄着玻璃门外的大街。果然很快就看见灰衣人坐着的黄包车匆匆跑过，她看了一眼店里的货物，有藤编的箱子倒是很精致，脑子一转计上心来，买了个藤箱。付好钱她把手术箱和提袋放进藤箱，文文静静地走到街边电车站，看着远处电车摇摇摆摆开来。

灰衣人慌慌张张东张西望跑回来，她心里一紧——这人在宁城见过！他怎么在这里跟踪自己？！跟了多久？难道自己暴露了？她表情淡定地看着驶近的电车跳上去走了。灰衣人扫了一眼她的侧影，站在街边到处张望。

电车哐啷啷地开出了两站地，她确定没人盯梢了，淡定下车，嘴角扯起一丝鄙视的微笑，脚步轻快地走了。她又乘了一辆黄包车转过两个路口，远远瞧着罗宅附近没什么异样，悄悄松了一口气。

按门铃进去，张妈接过她手里的箱子，看她变了模样有点诧异，却也知道这小姐穿衣打扮喜欢胡闹，也不在意，笑道："小姐今天这样打扮倒是漂亮了好多。"

"天啊，原来我一直很丑啊？"她夸张地笑道。张妈也笑呵呵地说："哪有女孩子家家的老穿男装啊，看着怪怪的……"

"张妈，跟我的张哥呢？"

"早晨你前脚走他后脚也出去了，怕是出去玩了。"

"这小子，不知疯到哪里去了。哼！"她在客厅看了一圈问，"我干妈呢？"

"太太和王太太刘太太她们去于会长家搓麻将了，说午饭不回来吃，老爷中午也不回来。太太吩咐了，小姐想吃什么我烧给你吃。"

"那帮我煮一碗荠菜大馄饨好了，谢谢哦。"

张妈答应着去厨房，罗影提着藤箱上楼去客房，洗把脸换了衣服躺在床上大瞪双眼看着屋顶，心里百思不解怎么会有人跟踪自己。回忆在上海这两天也没什么跑风漏气的地方，想了半天还是没想明白，摇摇头懒得再想，走下楼去在客厅茶几上拿份报纸随意翻看着，门口传来说话声："掌柜的？张妈，我家掌柜的回来了吗？"是张亮急匆匆回来了。

她翻着报纸抬头看他一眼说："张哥，啥事？给我买啥好吃的了？"眼里有一丝不满，小声说，"你跑哪儿去了？"

"你被人跟踪了，我又反跟踪那人，现在查清了，他是宁城政保局缉私队的人，叫宋保国，落脚的地方是七十六号。"

"奇怪，他怎么跟上我了？"

“我偷了他的钱包和证件，估计会耽误他一下。”张亮小声说，“现在不要管那么多，我们把已经办好的货装船，晚上就走，先回去再说。”

“我马上给干爹打电话！”

夜，一盏昏灯照着仓库门前巴掌大的地面儿，隐约可见仓库墙上“永达货栈”四个大字。这里是罗老板做黑市交易用的秘密仓库，外人只知道这是个代客发货的地方。

青布长衫的罗影和黑布裤褂的张亮快步走来，库房门无声开了，一道黄光射出来，里面已经有影影绰绰的人影晃动。胖乎乎的黄管事把他们迎了进去，看了她一眼说：“掌柜的好年轻，货已备好，您验验就可以装船了。”

罗影很潇洒地点头笑笑：“辛苦您了。”塞给他一大卷法币说，“给弟兄们喝酒。”

黄管事一竖大拇指说：“掌柜的够意思！”冲里面大喊一声，“掌柜的打赏！弟兄们好好干！”

“好嘞！”里面一片声地应和着，总共有几十号人，小罗影咋舌这仓库里面真大！

黄管事带着他俩一路朝仓库深处走去，细心的罗影逐箱验货。黄管事摇头笑道：“掌柜的，我们三圣堂的货还信不过？”

“呵呵，不是信不过你们，是信不过我自己。”她看完一箱，后面就有人封箱，别的货也就罢了，她最关心的就是那些西药，她皱着眉头看着黄管事，不知道那些药在哪里。

黄管事看出她的焦急，笑着在一箱敞开的香皂里翻了翻摸出几盒香皂，细心地打开包装盒，里面赫然是一盒盒针剂。她点头笑了，黄管事的把包装盒封好摆回去把几块香皂盖在上面，说：“我办事，罗老板都是放心的。”

“哈哈，那我也放心，不过我总得知道哪些是加料的吧？”

黄管事眯眯眼狡猾地笑笑：“你找收货人，凡是写和记的就是加料的，写何记的就是没料的，这样出了事您也可以说是我们发错货了。”

罗影大拇指一翘说：“大哥精明！”从兜里摸出一盒烟塞他兜里说，“小老弟又跟您学了一招儿！”

正说着门外传来一阵骚动，一个声音大声嚷嚷着："检查检查！你再拦着老子毙了你！"

"老总，我们这是有字号的地界，你也不满码头打听打听，就这么冲进来了！"

一群工人冲出去，围在门口闹嚷嚷的。罗影心里一惊，黄管事却按按她肩膀，说："没事，有我。大概又是来敲竹杠的。"

罗影和张亮站在货堆的阴影里，外面闹嚷嚷的声音一波又一波，罗影想出去，被张亮一把拉住，小声道："黄管事一定有办法，他会想办法应付，你出去只有找麻烦。"

时间分分秒过去，罗影急得转圈叹气，张亮说："你别动，我去悄悄看看。"

只听着前面一会儿是工人发横的声势汹涌，一会儿是黄管事的作好作歹说好话。终于，消停了。

工人们三三两两骂骂咧咧地回来干活，黄管事的用毛巾在头上擦着汗回来，看着罗影摇摇头说："你这货得赶紧走，估计被人盯上了。往日里就是敲敲竹杠，今天是真的想查货。"

张亮匆匆回来说："是白天盯你那家伙。他们不光查这里，又去了下一家，好像是挨排查。"

黄管事说："我们有人在外面盯着，如果是挨排查无所谓了，就怕是专门查我们。你们确定这家伙不是跟着你们来的？"

罗影看看张亮，仔细回忆来时路上情景，摇摇头说："我没发现。"张亮也摇头。

黄管事说："不是最好。"扭头招呼大家，"快干快干！早完事我请弟兄们喝酒！"

工人们小跑起来，罗影和张亮站在仓库门内阴影里点货，黄管事在船头阴影里指挥装船，天近拂晓，船终于装好了。

熹微天色里，黄管事带着她逐船看着，悄悄告诉她特殊货物装在哪里。罗影暗叹着装船的巧妙，违禁品都放在不打眼处，卸载方便，检查的却不会一眼看见，就算看见也会懒得去抽查那些用网具捆锁的散货，更不会发现散货里面夹带着违禁品。

罗影看着天边的启明星想要不要直接走，可又觉得不太礼貌，更要命的是手术箱没拿来。正在犹豫不决，一个工人抱着个藤条箱匆匆走过跳板，对黄管事耳语几句转身走了。

“掌柜的，老大叫我把这个交给你，说你好走了，不用回去。”

罗影一惊：“家里出什么事了？是不是有人去找麻烦？”

黄管事把箱子交给张亮豪气地说：“哈哈，谁敢找三圣堂的麻烦？！你放心走。”

罗影想想，朝黄管事一揖道：“好！大哥，青山常在绿水长流，小弟我先走了，一走百了！”

黄管事哈哈大笑道：“小兄弟聪明！一走百了！”说着走下跳板。看着工人撤了跳板解了缆绳，驳船汽笛低鸣，缓缓开动了。

罗影和张亮站在船尾，朝黄管事的挥挥手，在江面朦胧的雾气里看着岸边渐远，那些高楼大厦影影绰绰没入晨雾中。

复兴路七十六号。一个人在大发雷霆，拍着桌子大骂道：“跟丢了？都是猪脑子吗？这么重要的线索，就被你们跟丢了！”

两个便衣畏畏缩缩地站在他面前，低着头一声不响。

“滚出去！”一声大喝之后，两人灰溜溜地退了出去。

走廊，地板光亮如镜。两人匆匆走着，便衣甲低声问乙：“那个宁城来的家伙什么来头？”

“笨！想想啊，老蒋是哪儿人？他老家的人，有事没事都是事！你说你也是，那乡巴佬不利索，你是老人了，两个盯一个还盯不住！我昨天就是老婆喊肚子痛，非要我陪她去医院……要不绝跑不了那小子。”

“是啊，要是你在，我们怎么也不会跟丢。人家坐车，我两条腿跑，还不能让人发现，这怎么跟？”便衣甲气呼呼地说，“都是你那小同乡害的。真是乡下人见识，那么个小姑娘，能是什么要紧线索？就凭人家去了趟医院？就凭人家在乡下穿男装？一个跑单帮的小商人，又是个女孩子，在乡下可不是得装成男的？”

“老蒋别的我不服，他说共党那话我爱听：宁可错杀三千不能放过一个！”两人嘟囔着走进走廊尽头的办公室，咣当一声门关了。

宁城政保局。电报室里电键嘀嘀嗒嗒密集响着，女报务员拿起电报送给译电员，译电员译完站起来急匆匆去了冯静之办公室。

“报告局座！宋保国来急电有要事报告！”

冯静之叼在嘴角的烟翘了翘，手指头点点办公桌说：“放这里。”

译电员放下电报鞠躬出去。

冯静之心想，这小子去上海不过上七十六号联络联络感情，那个衙门里的人个个鼻孔朝天脾气大着呢，打算着他这次去能搭上线拉拉近乎就好，能有什么要事？

他慢吞吞地拿起电报纸扫了一眼忽然拿近了仔细看：

在沪发现何记小掌柜女学生打扮进入博爱医院，携一黑色小皮箱出，形状极为可疑。惜跟踪失败，未能发现更多线索。据查，何记货船已于今晨离开上海满载返回。

宋保国

冯静之拿着那张纸闭着眼睛想了半晌，拨电话叫来了缉私队的新队长林剑锋。

“林队长，你来宁城时间也不短了，何记你熟悉吗？”

“何记？不太熟。是个小字号，做点土产杂货酱菜生意，没啥油水。”

“这个何记最近活跃吗？听说掌柜的是个年轻女子？”

“啊，是啊，顶多十六七岁的毛丫头，着三不着两的，经常扮个小子下乡收货，挣个辛苦钱吧。不过，那几家铺子真正的老板是宪兵司令部的何翻译官，是他家祖产。”

“她一个小姑娘，经常去乡下？”冯静之眼珠子转着转着，一拍桌子低喝，

“给我盯死她！她今天早晨押货从上海回来，估计明天晚上到。你带着缉私队在码头等她，给我好好查！尤其要搜查一个黑色小皮箱。我怀疑这小妞夹带违禁品，也许还通共！”

林剑锋眼珠子转了转说：“要不要派弟兄在城外江家湾也设个卡子？防止他们把违禁品提前卸货？要是跟共党做生意，货不会进城吧？”

“好！想得周到，好好干，你小子大有前途！”冯静之拊掌叫好，林剑锋情绪大振，立正转身退出，刚走到门口冯静之道一声：“慢！”他停下脚步回头看去，冯静之已经离开座位，仰头看着天花板说：“江家湾……不好，这个地方不好。”林剑锋不明所以盯着他的眼睛。半晌，他大步走到墙上挂着的宁城地图前，手一招说：“你过来。”他手指顺着河道移动，在一个转弯处停下，点了点，转脸看了林剑锋一眼。

“妙！局座果然雄才大略！高，实在是高！这地方谁也不会想到有卡子，而且是个三不管地界，如果谁想资敌，肯定会选择这里卸货！”林剑锋兴奋得脸都红了，一拍腰间的枪说：“局座！我就在这里设卡检查，没有违禁品我就是检查收税，有违禁品老子就端了他！”

冯静之冷笑道：“你侦缉队不是要和我抢庄吗？老子就给你截和！去，多带几个得力弟兄，别怕吃苦，抓住通共分子升官，查扣违禁品有奖！”

林剑锋咔地一个立正，美得打了鸡血似的趾高气扬走了。

长长河道，柳岸雾岚，太阳在天上懒洋洋挂着，透过云层洒下软软光芒。

罗影没心情看风景，张亮更没那逸致。两人站在船头迎着初春的河风，眼睛直勾勾望着前面。

“张哥，你熟悉这边的河道港汊，你想想，有什么合适地方咱们得先把家里的货卸了。我越想越毛，眼皮子老跳，总觉得这趟不会一直这么顺。”

“这里一望无际的，村庄又稠密，鬼子伪军的据点多、哨卡多，不适合交接。再往前走是一片湖荡，湖荡那一面是咱们根据地，这一面是沦陷区，还有一面是国民党顽军李昌钰的驻地，那里水面港汊复杂，芦苇密布，是个合适地点。可我们事先没和家里约定，没人接应啊。”

“那也不管，先卸了再说，我这心一直咚咚跳……”

一串水鸟尖叫着掠过河面觅食，给死气沉沉的世界带来一股生气。罗影盯着河面的游鱼惊慌地潜入水底，水鸟们盘旋许久，终于离去。

太阳一点点落下来，挂在了山巅上。乡间路上，一串自行车载着气喘吁吁的黑衣人哐啷啷飞驰而来，田间散布着几个干活的农人，离路边近的吓得扔了手里的锄头就跑，离得远的手搭凉棚好奇看着。

为首的林剑锋喘得上气不接下气地催促着：“快，快！都给我快点！”

一个瘦子被个小土坎儿硌了一下：“哎哟妈呀！”咣！摔倒了，害得他后面跟着的人也稀里哗啦倒了一片。人没倒地时还都硬撑一口气，一旦倒了就爬不起来，躺在地上呼哧带喘的，没谁能起来也没谁想起来了。

林剑锋没办法，下车来坐在地上大张嘴牛喘。

“林队长，你，你真的有情报吗？弟兄们都快奔死了……”

“是啊，还有多远啊，兄弟我、我实在、实在跑不动了。”

林剑锋喘息着掏出地图看了半天说：“应该不远了，顶多还有二里地。”

瘦子叫得哎哟皇天地说：“二里地？那地图上的二里地做得准吗？这乡下曲里拐弯的蚯蚓路，一里地比两里地还长，再说这上上下下高低不平的，牛都能累死……”

“只要我们截住了何记的货船，就有油水。就算查不到共党，有没有违禁品还不是我们一句话？”林剑锋一拍挂在腰间的王八盒子，大家全会意地笑了。

有钱做动力，十来个缉私队队员很快又爬起来，推着自行车晃晃悠悠朝前走去。忽然，远处传来一声低沉的汽笛声，林剑锋大喊一声：“快跑！截住他们！那是船！船来了！”

当泛着波光的河面展现在他们眼前时，驳船正吃力地拖着一串货船从他们面前缓缓驶过，船头上伫立着一高一矮两个人，正是张亮和罗影。

林剑锋拔出手枪对天放了一枪：“停下！停下！缉私队检查！”

罗影哇地叫了一声抱头蹲下，大喊：“停船，停船！”

林剑锋等人掉头拼命蹬着自行车追赶，驳船拐过那个急弯，终于缓缓停住。

“跑什么跑？为什么不停船？！”

“你、你、你是谁？没、没、没看见卡子啊……这是怎么说？你们大老远打一枪，我的魂都要被你吓掉了。”罗影小脸煞白的张皇样儿惹得一群人哈哈大笑。林剑锋心想果然是个小丫头，再装也不过是猪鼻子插葱——装象！

他拍着胸脯匀顺了气儿，横着说话：“臭小娘皮！见到缉私队还敢跑？”

“队长欸，我真没跑，你一喊我就叫停船了，可是这船不听我话啊……”她扭头喊，“老大，船老大！你来跟老总说！（对林剑锋）我真的早就喊停船了呀。”

船老大闷闷地走来，那脚步踏得船板嗵嗵响，黑张飞的脸儿沉着，也横着说话：“这船在水里，人不能拧着它的劲儿走，这么大一个急转弯，十几条船拖着，怎么能说停就停？那还不撞成一团了？！老板呢，您要是想您的货平安到码头，我就只能这样开船，您要是不想，您来开！”

罗影尴尬地朝林剑锋耸耸肩摊摊手，他看看船老大看看罗影，张亮伫立在罗影身后，一手叉腰。再远一点，船工们手拿竹篙和各种工具，三三两两看着这边。他有点怯了，一摸到腰里的王八盒子胆子又壮了：“妈的，搭跳板！老子要上船检查！”

罗影皱着眉头用大拇指一指自己鼻尖儿说：“查我的货？为啥？我这货有合同有通行证，我何记虽然买卖不大，可是我二叔的产业，他可是藤井少佐眼前的红人！”

林剑锋朝地上啐了一口骂道：“呸！拿何大头吓唬老子？知道我们缉私队后面是谁？政保局！南京的汪主席！”

“汪主席？”罗影也下死力往地下啐了一口道，“汪主席也得听皇军的！你说，今儿这事要是汪主席知道了会听你的还是听藤井少佐的？”她冲他做了个鬼脸说，“再说了，汪主席多大的官儿啊，能听你宁城政保局拦路打劫这点屁事儿？要是他知道你给他惹事打劫了自己人，你猜猜他会怎么说？”

林剑锋说：“我不管那套，老子是缉私队，就是来查你的私货的！没有私货，你怕我查吗？”他说着踩着跳板上了船。

“那队长大人，我得先问问你啥是私货。不然，你到时候这个也是私货那个也是私货，我受得了，我二叔财迷，他的小心脏肯定受不了。况且，就算我们忍了，藤井少佐愿意少分一份儿吗？”张亮随着罗影的话音，猛地踏上一步冲着林剑锋嗷地吼了一嗓子，吓得林剑锋朝后一退被船帮绊着就朝后仰栽下去，张亮一把抓住他衣襟把他带回来，一口浓痰啐在他脚背上，隔着鞋袜打得他脚背生疼。他立刻软下来，赔着笑脸说："我们也是奉命来查，不查查回去也没法交差，这个——”他指指那些货说，“我们就随意翻检一下行吗？我们保证按规定检查，不私扣货物。”

罗影冷笑说："早说啊，那愿意看看就看看吧，非要惹得老娘生气。”她说话的口气一会儿一变，听的人心里个个好笑，林剑锋皮笑肉不笑地说："那我就叫弟兄们上船了？”

“上就上吧，不过两条，一是我们时间耽搁不起，大家伙儿肚子都饿了，你们把人手分开每条船都上两个快点查；二是叫你的兄弟手脚轻些，别把我的货砸了散了。行吗？”

林剑锋想想这两条也没啥，挥挥手里的王八盒子朝缉私队队员们一撇嘴，大家就呼啦啦每条船上跳上去两个人。林剑锋带着两个人在驳船上到处转悠，一个手下喝五吆六地叫船工把甲板上苫盖着的篷布打开，林剑锋盯着罗影的表情，她冷笑着吩咐："打开，打开给他看。”说完双手抱臂斜眼看看林剑锋，说，“叫你手下轻点儿，那可都是最新式的东洋搪瓷面盆和高脚痰盂，大和株式会社的货，我还赊着两成货款呢，碰掉了瓷儿就不好卖了。如果喜欢呢，挑几套回去，有媳妇的送媳妇挺不错。”

林剑锋听得直咋舌，能在日本人手里赊账的商家可没听说过，看来这何记还真有日本人背景。但他不死心，皮笑肉不笑地说："掌柜的小看我们缉私队了，下面舱里的货我们还得查查。”

“好啊，请便。”她一偏头，张亮在前面带路，林剑锋和两个手下跟着就下了底舱。

“洋布？队长！这里有违禁品！”

原本已经垂头丧气的林剑锋一下精神起来，叫嚣道："敢私运洋布？统统扣留！”

“林队长，您还没看我的采购合同和通行证吧？这些货，可都是有路引的。”

“有没有路引再说，我们还是要先查完。看来，你这次带的违禁品不在少数啊。”

“呵呵，那看你怎么说了。在我眼里，都是正常商品，没有什么违禁品。”

林剑锋到处东张西望，不只是看货物，还到处钻，连驾驶室和船工休息的地方都进去看了又看，罗影更加确定他在找那只手术箱，只是站在船甲板上冷笑。当他们终于一个个都集中在驳船甲板上之后，林剑锋听着手下一个个挨着汇报，无非是找到了电池、中药材和一些白报纸。他有点失望，但还是色厉内荏地吼道：“你一定还藏着什么没让我看！”

罗影无奈地摊开手说：“那你们再转转，再看！你们还有完没有啊？”她冲着那些缉私队的人好奇地问，“难道你们不饿吗？我都快要饿死了啊！看看天，马上就黑了！晚饭还要不要吃？老天爷，我还有好几十里水路要赶呢。”

缉私队队员们也嘟囔着不满地看着林剑锋，林剑锋无奈了，说：“好，大家把自行车搬到船上来，我们跟你们一起进城，给何记一个面子，给掌柜的做一回专职保镖如何？”

罗影作揖道：“那是太好了，我还为这最后几十里水路担心呢，万一要被什么人打劫了，我回去怎么交代？”

一路无话，罗影让船工提了大茶壶来，说：“船上简陋，大家自便。”又对张亮说，“张哥，把带的点心拿上来，给大家垫垫吧，我都饿得受不住了，一起吃点。”

张亮把几篓精致的粽子和几盒点心抱出来：“小掌柜的，这些可是你备着送礼的。”

“不管了，先祭了我的五脏庙吧。本来已经差不多要到了，现在怕不要搞到小半夜？”

她看一眼一脸疑虑制止队员的林剑锋，冷笑道：“爱吃不吃，随便你们。”嘴里说着手底下打开一篓肉粽，拿出一只径自剥开吃了。张亮也只管自己吃，吃完大碗喝茶，他的吃相终于引得那些家伙忍不住大快朵颐。罗影看着甲板上乱丢的粽叶摇头叹道：“我亲自挑的五芳斋粽子啊，暴殄天物啊。”

天黑了，月亮摇摇晃晃升起，在河面投下一片清辉，一路景色实在不错，若是遇着船上是文人雅士，没准会吟诗作赋喝二两，可惜这船上载了一帮各怀鬼胎的粗人，只会瞎扯淡。好不容易月到中天，驳船牛喘着把一串货船拖到码头，所有人都心头一阵轻松。

林剑锋坚持要把一部分货物扣押，喊叫着让码头工人把货卸到一边儿，那些工人都是何记雇来卸货的，又有浩子撑腰，哪敢听别人的？听了以后还有没有活干、有没有人发工钱都两说呢。

正闹着，早有人叫了何大头和侦缉队的人来，三句话不对付，两队人打了起来。

顿时现场一片混乱，何大头在混乱中被人一棒打到头上晕倒在地，张亮把他拖出来，兜头喷了一口水，才忽忽悠悠醒来。罗影大哭道：“二叔！我们宪兵司令部还不如个政保局吗？你给皇军干事还不如人家给南京当狗！”在她怂恿下，何大头一跺脚喊道：“给我往死里打！打死了有皇军撑着！”然后一头钻进码头管事的办公室，一个电话报告了藤井。

码头上，火把熊熊，汽灯摇晃，影影绰绰里不知道有多少人在喊打喊杀，不时有人惨呼痛叫。“砰！”一声枪响划破夜空，全场静默，有人问：“谁走火了？！”

一个阴森森的声音说：“把他们统统送到宪兵队去！”整齐的跑步声咔咔响起，包围了码头，场中人四处环顾，宪兵队已经杀气腾腾举着刺刀来赶人了。大家顿时都傻眼了，就连本来看热闹的罗影也傻了……怎么就闹成这样了？

她惴惴不安地捅了捅何大头，低声说：“二叔，不会连我们也抓了吧？”

何大头瞧着藤井的脸色哆嗦了一下：“他好像真生气了，该不是嫌我打扰他好梦了吧？”

“二叔，你小心啊。”她躲在何大头身后，把他一点点朝藤井那边推去，悄悄说：“给他的份子钱你送去了吗？”

“我，我……”

“天哪，二叔你该不是把钱拿去赌了吧？你胆子忒大了……”

何大头腿哆嗦得更厉害了，悄悄问：“那怎么办？现在怎么办？”

“还好我在上海给他办了礼物，你真是的，什么钱都敢动！”就在叔侄俩嘀嘀咕咕的时候，宪兵队已经把现场的人分了三拨：缉私队、侦缉队、干活的工人，船员们一直都站在船上看热闹没下来，看见宪兵队来了更是远远躲在阴影里，倒是没沾包。何大头一看也躲不了啊，小心翼翼地走到藤井面前鞠躬道："太君，我实在摁不住，给您添麻烦了。"

"八嘎！这些人统统的在这里搞什么名堂？！为什么不睡觉在这里打架？！"

"太君，是这样的，何记从上海办货回来，被缉私队半道截了，说是有违禁品又没查出来，非要把货扣了。码头归侦缉队管，侦缉队的弟兄看不过眼，说人家手续齐全又没查出什么，干吗和人过不去？就和他们争辩起来，两下里言语不和，就有点推推搡搡的，事情越闹越大，我只好通知您了。"指指自己流血的脑袋："连我都被打了……"

藤井虎着脸说："把商品清单和通行证拿来，我看！"

罗影赔着笑脸把货品清单和通行证双手奉上，点头哈腰说："太君，二叔的货大半都是在近卫家族的大和洋行办的，承蒙夕颜小姐关照，我还赊着二成的账款，缉私队的弟兄们要是把货扣了，我可怎么跟夕颜小姐交代呢？求求您让他们高抬贵手，放小女子一条生路吧，我帮二叔做这点生意不容易，这不是要我的命吗……"说着嘤嘤哭了起来，一副我见犹怜的样子。

藤井在汽灯下仔细看了一遍货单和通行证，脸掉得愈发长了，两只眼睛锃亮小刀子一样看着林剑锋问："你，她的货都核对了吗？"何大头虎视眈眈地做着同声翻译。

林剑锋苦着脸点头说："货倒是都对上了。"

"那你为什么还要扣货？"

林剑锋唯唯诺诺不知道怎么回答，两只眼扑棱扑棱看着何大头支支吾吾的。何大头喝道："太君问话，老实回答！为什么要扣何记的货？"

林剑锋觉得这话没法回，只好说："我不知道这货是大和洋行的，只是里面有洋布、电池，这是违禁品……"

"八嘎！难道宁城人不穿洋布吗？不用电池吗？大和洋行是帝国的贸易株式会社，只要大和洋行肯卖给他们，就不是违禁品！"藤井一听有大和洋行的货就心火上蹿，可要缉私队查商人们又是自己下的令，只好转问："为什么打架？！"

“我们怀疑何记的货物里有夹带私货，所以要他们把货卸在我们库房，他们不肯，侦缉队帮他们打我的人，弟兄们没忍住就动了手。”

“放屁！是他们先打人的，打了搬货的苦力，把货摔散了，我们看不过说两声他们就打我们。太君，你看我被他们打的！”浩子杵着个打得血葫芦一样的脑袋凑到藤井跟前，耀眼的汽灯下那模样真有点吓人。藤井摸出手绢捂住口鼻，命令道：“货物放行。侦缉队和缉私队统统回家睡觉！再敢打架统统宪兵队的干活！”

何大头捂着被打伤的头高兴得直冲藤井点头哈腰说：“太君英明！太君大大的好人！”扭脸对林剑锋喝道，“太君说了！货物放行，你再敢跟侦缉队打架就送宪兵队！”

罗影擦着眼泪满脸堆笑朝藤井一个九十度鞠躬，大声说：“谢谢太君！”推推何大头低声说，“二叔，你快送太君回去睡觉吧，跟太君说，明天带礼物去谢谢他。”

何大头谄笑着把话递给藤井，藤井的脸色才稍稍缓和了点，对宪兵队一挥手转身上了摩托车。

看着摩托车队的一串大灯光渐渐远去，场中人都大大松了一口气。侦缉队的人和码头上的苦力们一阵欢呼，有人打起了口哨。讥笑缉私队的笑语刺耳地此起彼伏，缉私队那十来个人这一天是又累又饿又气，也是满腹牢骚连声叫骂，林剑锋的脸红了又白又转成铁青，活像干滩晒鱼无比煎熬，死了的心都有。

罗影掏出手绢快步走到浩子跟前，帮他擦拭着满头满脸的血渍，充满歉意和感激地说：“浩子哥，这是怎么说？为了何记让您受这么大罪！”她忽然看见浩子在对她挤眼，仔细看看，原来只有一个小伤口，满脸的血都是抹上去的，但嘴里还是大声说：“我送您去医院。明儿中午，小上海我请客，今天来的都是朋友，大家一起去！罗影这里谢谢各位朋友了！”

她转脸对林剑锋说：“林队长，赶紧回去洗洗睡吧。欢迎明天有空去小号，中午小上海的便饭，也请您几位一起过去，不打不相识嘛！”

林剑锋黑着脸朝自己那些手下一挥手：“撤！”

何大头嘿嘿冷笑着说：“林队长走好。”

林剑锋心里恨得要命，耳边还得听着手下的人叽叽歪歪发牢骚。他一路走一路纳闷：如果我没搜到，她的货会藏在哪里？难道她真这么干净？越发觉得这小掌柜不简单，摆了这么大乌龙给自己，肯定有猫腻。现在是黑皮箱没找到，违禁品经藤井一番话变成了合法的，自己在藤井眼里印象极坏不说，明天还得挨局座骂，真是梅雨天捂霉了脑门子——霉透了。

时间往前倒退半天，一望无际的芦苇荡，太阳白花花地斜挂在天上。

“我们可不可以把货先藏在芦荡里？”罗影站在船头若有所思，却不知有没有可能，那些苇荡，在她眼里全都是一模一样的，“就是不知道过后能不能找到？”

张亮笑了，露出两排白牙：“那些芦苇荡在你眼里全都一样吧？”

“是啊，我每次看见它们都觉得走了十里和没走一样。”

“呵呵，在我眼里它们可都跟城里街道一样，有门牌号码的。”

“真的啊？！那太好了！我们就把货物藏在芦荡里，通知家里派人来取。”

“好。我也觉得这次那个宋保国是个祸害，就盼他和宁城联系不上就没事，不然冯静之那个老狐狸一定会派缉私队找我们麻烦。”

“码头那边有浩子和侦缉队，问题倒不大。我就怕那些王八蛋又生出什么坏主意，万一在江家湾堵我们，那里王胜就带两个人，缉私队涌过去怕是拦他们不住。”

“那我们就藏芦荡里，芦荡那头河道有个急拐弯，正好可以遮住往来船只和村人的视线。”

两人叫来船老大。

芦荡越来越近，驳船没入芦影，工人们扯开苫货的篷布，所有人都忙碌起来。

夜半小山村的茅草屋里，罗影把带来的小竹管递给张部长，细细密密的小字写满了薄薄的纸条。“暗瞳说这情报很重要，必须亲自交到您手里。”

张部长不忙看情报，先问：“这次上海采购情况怎么样？”

“基本顺利，爱德华院长专门送给您一箱手术器械，那是他父亲送给他的。”

张部长睿智的眼睛盯着她：“基本顺利？出什么事了？”

“从医院出来发现有人跟踪，张亮反跟踪偷了他证件，是宁城政保局缉私队的宋保国。”

“然后呢？”

“路上我甩掉了他，在码头上他又带人去仓库搜查，被三圣堂的人打发走了。在江家湾外的大拐弯，缉私队截住了我们，幸亏我们提前一步把家里的货卸了。但是在宁城码头，还是要扣货，显然是冲着我来的。”

张部长越听眉头越皱，说：“你确定是冲你？还是冲着货？”

罗影闭上了眼睛回忆被跟踪后的每个细节，半天才说：“一半是冲我，一半是冲货。我是换了女学生装去的医院，与在宁城截然不同，出来时手里多了个黑色手术箱（比画箱子大小），可能被姓宋的怀疑了。我甩了他以后可能更怀疑，就去码头查何记的货，找到货就找到我这个小掌柜。”

“之前他跟丢了你很可能就近汇报了上海的特务机关，才会去码头搜查，同时通知了宁城政保局，才有缉私队拦截和码头强行扣货。目的……可能以为你箱子装着电台！”

罗影笑了：“他们没搜到箱子，藤井在码头也把我的货都过了明路，他们没证据不能把我怎么样！”

“小丫头，不能大意啊，那个何仰融也是一肚子坏水……”侯良生担心地看着罗影。

张部长接道：“这几个坏蛆拱到一堆里，不知道后面有多少麻烦，你先休息，等命令。”

张部长和侯司令传看了纸条后都沉默了，侯良生卷了支烟递给张部长：“抗战进入相持阶段后，鬼子从全面进攻变为统治固守，根据地的情形也稍微缓解了一点儿，但宁城的形势越来越复杂了。老张啊，这对你的工作很不利。”张部长用小纸条点着了烟说：“是啊。我们在宁城的同志汇报说敌人的监控越来越严密，比如我们的报纸以前可以通过各种隐蔽渠道进入宁城，散发到学校、码头、公共场所，甚至敌伪机关，现在非常困难。进城的每道关卡都加强了搜身检查，连小孩儿的书包都要翻。何仰融的叛变投敌还没解决，又落实了咱们内部有内奸，而且是很接近核心层的内奸，心腹大患啊！”

“这个内奸很可能就在司令部里，得赶紧排查出来，不然暗瞳有暴露的危险，这小丫头暂时不能再来了。”

“我们连夜排查，所有接触过那张图的人一一安排谈话，看有没有人把这件事泄露出去，告诉谁了，要一查到底。”

“首先排查司令部的参谋们，还有你敌工部的人。”

“是。这样，我和参谋们谈，你和我的人谈。这样比较客观，不容易受以往印象和私人感情的影响。”

“好。就这么着。我这就安排人去一个个分头通知。”

“哎，等等。那个何仰融的事情怎么办？现在藤井要暗瞳保护他的安全，这锄奸的事情我想再听听你的意见。”

侯良生回头看了张部长一眼坚决地说：“必须尽快除掉！不能手软！对部队的影响太恶劣了，不处置不行。”

“好！那我就安排坚决干掉！”

“注意方法。”

两人正说着，张亮提着那只黑色手术箱兴冲冲进来：“报告！货起出来了！这是特别给你的。”他把手术箱双手捧给张部长，“完好无损！”

张部长和侯良生紧皱的眉头终于舒展开……

37

宁城，天将黎明时分，小上海后院的小门静悄悄地开了一条缝儿，一个瘦小身影机警地掩了进来，悄无声息直上阁楼。

罗芳从床上爬起来问：“怎么样？快换衣服。”

“这套破衣服好久不穿了，幸亏没丢。长胖了，差点儿钻不过那狗洞。”罗影一边换衣服一边嘟嘟囔囔。罗芳一抿嘴笑道：“看你，越来越像男孩子了，一张嘴就犯粗。”

罗影抓过桌上的水杯就往嘴里倒，一口气喝干了才说话：“这一趟我跑死了，张哥带人起货，我就怕天亮前赶不回来。”她说着从那堆破衣烂衫中摸出竹管交给罗芳。

罗芳仔细取出里面的纸条细细就着烛光看，皱着眉头，半晌才说：“上级命令，以后你归我领导，刺杀何仰融的方案由我们一起制订，你负责执行。你的小组，沿用四〇〇小组代号，我是四〇一，你是四〇二。”

“太好了！罗姐姐，我们又可以一起工作了！”

“傻样儿。你可得听话，不然我就不要你。”

“这下真好，我就啥都不用想了，干活不累，想事儿太累。”

罗芳摇摇头，又低下头去看那纸条儿了。罗影仰在床上说：“我睡会儿，好几天没睡了，我……”话没说完，细微的鼾声已起。

罗芳把报纸做的灯罩子挪了挪，小床，掩进了暗影里。

淅淅沥沥的雨滴滴答答下着，昏黄的灯一盏盏点缀着小城。小上海被热气腾腾的暖黄色灯光包裹着，传出笑声酒气和李香兰甜美的歌声：“夜来香，我为你歌唱……”

小城里的灯火一盏盏灭了，小上海的灯依旧亮着。店堂里的客人少了，可喝酒的喧闹声依然不减。那是张震、何仰融、浩子和何大头一干人，仔细看居然还有林剑锋手下的两个人——严立、高富狄。

高富狄晕乎乎地举杯说：“张队长，何翻译官，小弟，敬、敬你们！你们对下面的弟兄够意思！”他红着眼睛说，“不像我们，没爹的孩儿，当官的只知道自己搂钱，我们就靠那点津贴和米票糊口，还得天天听他们吆喝，干些没屁眼儿的事。”

张震也一举杯说：“是啊，我也听说你们缉私队的弟兄清苦，可你们扣了那么多货都哪儿去了？”

高富狄把一杯酒灌下去一抹嘴说：“哪儿去了？都被冯静之高价卖到黑市里了！买他货的人，都可以拿到缉私队的通行证，到南京、到下面皇协军地盘都好用。”高富狄说得痛快，严立在桌子底下拽他衣角，他不耐烦地一抖手说：“你拽什么拽？我说的难道不是实话？就咱们这新队长，难道不是花钱买的官？你没看局长办公室里新多了一尊玉佛和一只钧窑笔筒？哼，要是被上面和皇军知道了他那些臭事，还不把他撸了？”

“唉，你看吧，这个姓林的不是个善茬。”严立对何大头说，“何翻译官，他在何记吃了瘪，一准会找回场子来。我看他这几天就在憋坏水，天天派弟兄们在何记周围转悠，你叫你家小掌柜小心了，搞不好就被他抓小辫子。”

何大头一听火冒三丈，一拍桌子骂道：“这条狗还有完没完了？！皇军都说话了他还想干吗？”他很肉疼那天送给藤井的一套绝好瓷器和那块来自日本本土的和服料子，那都是在上海花大价钱置办来的。茉莉那个臭小娘皮还自告奋勇给藤井量了尺寸，要请城里最好的裁缝朱瘸子给他赶制出来，说是赶2月11日的日本建国纪念日，按日本人传统，那一天一定要穿最好的和服，参拜神社。

严立叹口气道：“何翻译官，你和小掌柜的都够义气，我们昨天那样为难小掌柜的，还动了粗，可小掌柜的不但没记恨我们，还偷偷给我们俩一人两块大洋，说看见就我俩没动手打人。两块钱事小，难得她眼里分得出好歹人。”

张震借题发挥说：“兄弟，咱干这行不就为了养家糊口吗？万事别做绝，得饶人处且饶人，喝酒！”

浩子也端一杯酒对严立、高富狄说：“你们缉私队的弟兄真该跟我们学学，你看我们队长，老虎不打、蜜蜂不捉，专门抓老鼠打苍蝇捏跳蚤，小的溜的好处也够吃够花了，那些害人精敲他竹杠也没处喊冤，大家皆大欢喜。”他笑嘻嘻獐头鼠目的样子很滑稽，话却让满桌人都听了进去。

何仰融除外，他正埋头喝闷酒，一腔子的不痛快。他是个身负血仇且野心极大的人，时至今日他觉得眼前一片灰暗。唯一的叔叔在共产党里当大官，自己千难万险投奔过去才只给了个连副，过的还是饥寒交迫的日子。原本以为提了人头来投日本人，一定会高官厚禄被日本人重用，没想到连端后方医院这样的绝事都做了，还是被藤井先扔在政保局憋了半个多月，说是保护其实是软禁。好不容易出来了，却被放在张震的手下，虽然每天有酒有肉比在根据地生活强了不少，可出人头地的日子却遥不可及，找当年灭族的国民党仇人更是提都别提。他心知自己所谓的报仇只不过是遮人耳目的借口，讲真是自己想高官厚禄一呼百应。他愤愤不平，觉得自己命运不济，本是根撑起金銮殿的大梁，却被扔在泥里打了地基。为啥走哪儿哪儿不待见自己呢？忽然被张震碰了碰，一愣神儿才反应过来，大家都举着酒杯在看自己。他意兴阑珊地举杯跟大家碰了一下也不看人，独自喝了。闷酒难喝，独酒易醉，别人才喝到七分，他已经醉了。

张震喊着：“小凳子！记账！老子、老子明天，明天来结账！”小凳子看着这一群喝得红头涨脸趔趔趄趄的人，哪一个也惹不起啊，好在张震的信用还凑合，吭哧半天也就答应着请他在账本子上随意画了个押完事。

这一群人呼啦啦走在大街上，冷清安静的大街顿时喧闹了。何大头喝多了，本该上楼睡觉的人，两只脚却跟着张震出了大门，还意犹未尽地喊叫着要去春香楼：“我请客！不去的都是怕老婆！我没老婆我不怕！”

大家嘻嘻哈哈地打趣：“我们有老婆的也不怕！去春香楼打茶围，何翻译官请客！”

“不就是打茶围吗？我请就我请！”

张震骂骂咧咧道：“打茶围干吗去春香楼啊？那么远，还不如叫几个姐儿在小上海唱堂会。”

浩子直着舌头说：“我知道近路，大家跟我走！”说着就从一条小巷钻了进去，小巷子好像还挺深，曲里拐弯的，两边都是些老旧民房。大家晃晃悠悠一窝蜂走着，全没注意到后面和路边的阴影里，闪着几双机警的眼睛。

半夜里，这小巷有点阴森森的味道。何仰融到底是当过侦察连连长的，虽然醉了，脑子却还清醒，嚷嚷着：“浩子，这曲曲弯弯阴森森的，不要有啥危险吧？”

浩子不耐烦道：“两边都是老住户了，有屁的危险。有危险也是找你的，小心别叫四爷的打狗队打了去！”浩子的话虽是说笑，却也搞得大家都醒了三分，何大头更是觉得后脖根子凉飕飕的，加快了脚步。

张震一把挽住何仰融大声骂：“闭嘴！都是乌鸦嘴！警醒点，快走！”

黑沉沉的尽头一片光亮，点缀着大红灯笼香艳的光芒，一行人一阵欢呼冲出小巷，眼前是一片豁亮啊。原来，已经到了宁城有名的花街柳巷，有个好听的名字——花乐坊。最大最豪华的那家就是春香楼，虽然已是深夜，这条街还是车水马龙人往返，笙歌丝竹莺啼喘，灯红酒绿蝶蜂乱，被底生波晓夜寒。

何大头兴奋得三两步跳上高高的石阶大叫：“王贵！给老子来个上好的包房，叫几个漂亮姐儿来，老子要打茶围！”

那个叫王贵的大茶壶弓腰哈背满脸淫笑地把这干人朝里让着喊道：“上好包房一间姐儿十个，何大官人打茶围！”

张震走到门前住了脚，朝春香楼门前那仨大红灯笼翻了翻白眼说：“换个地儿，这地方晦气。”他拍拍何仰融肩头说，“我可不敢让这宝贝疙瘩砸了。”

何大头挠挠头说：“娘希匹的我倒忘了，这地方虽然换了老板，到底是人家熟门熟路的，不吉利，不吉利。”说着抬腿儿下了台阶，领着众人朝隔壁一家海棠苑走去，气得赶着迎出来的老鸨子连声喊着留客，又骂王贵：“你这个死王八烂王八，连个客人都招呼不好……”

海棠苑的老鸨子欢欢姐水上漂似的迎上前来，发嗲道：“噢哟，何大官人好大场面，打茶围？我海棠苑新来的姑娘正经是学过戏的，袭人、墨玉、冷烟、茗香，你们几个快下来！”

浩子大叫：“四个姑娘怎么够？多叫几个！”

老鸨子闻言笑得浑身肉颤：“多叫多叫，这才是韩信点兵多多益善，我家姑娘管教恩客们欢喜。”

“难道给弟兄们一人发一个婊子让我们在这里扎营？小心政保局来封了你。”何大头笑嘻嘻搂住她在她粉脸上亲了一口调笑道，“欢欢姐是越老越有味道了嘛，来！这边再香一个！”说着又很响地在她脸上咂了一口。

老鸨子嗲笑着抱住他用猩红的大嘴在他胖脸上也狠狠咂了一口说：“噢哟，老娘的小心肝啊，这里盖个戳儿，一会儿不要逃票了好哇？”一手拽着他脖领子里那条松松垮垮的领带得意扬扬地朝里走去。大家哄笑着插科打诨：“这只图章敲得好看，欢欢姐帮我也敲一只玩玩。”

何大头凑趣道：“我是没老婆的人，这只图章香艳得明天都不要洗脸，你们这些有老婆的不怕回去罚跪？”

满堂春色驱散早春夜寒，海棠苑的装修虽然没有春香楼那么奢华，却也粉墙黛瓦、仿明的家具、葱绿的帘子茜红绡帐，格外多了几分雅致，再加上那些昏暗灯光下花枝招展的姑娘们，让何仰融两只眼睛都不够用了，薄薄的嘴唇微张着，心里感叹这才是天上人间啊！正想着就被一个软热温香的身体靠了上来，蛇一样的手臂环住了他的颈项，浓郁的香粉味道直刺鼻腔引得他连打了两个大喷嚏，一个甜腻腻的声音钻进耳朵：“哎哟，还是个雏儿呢，弟弟还没经过人事吧？来，姐姐带你玩儿。”说着两坨软软的肉就贴到了后背上轻轻蠕动着，他全身一激灵，觉得整个人都昏了。他闭上眼睛，那股香喷喷热乎乎的呼吸在颈项里缓缓吹拂，蛇一样的手臂环抱着他的腰身，那手还在朝下挪动，一股热乎乎的血气从脚底一下冲到头顶，一转身就抱住了那个连脸都没看见的女人，周围所有的声光影都消失了，他抱着一个活生生的女人，头埋在她的颈窝里，流下了眼泪。二十年，第一次，他觉得找到了一个让他温暖的人，让他暂时忘记恐惧的地方。

何大头领着一帮人去了一楼前厅后面一大片翠绿的细竹和雕花八宝屏风隔开的雅间，接着一群莺莺燕燕的女人涌了进去，一桌子茶点，妓女们唱小曲的，说荤段子的，讲笑话的，闹得一塌糊涂，谁都没点人头，当然也就没发现何仰融不见了。

等大家闹得消停点了，张震喊叫着："拿牌九来，拿骰子来，看看今儿谁的手气好！老子今天要大杀三方！"

开赌了，大家玩牌九的和玩骰子的分了两摊，玩儿得兴高采烈，妓女们在后面娇笑助威，赢钱的人不时把赢来的钱撒给她们，引得一片笑闹哄抢。正百般热闹中，忽然张震一惊，喊道："娘希匹的你们谁见何仰融那小舅子了？"

他这一嗓子还没人注意，他一拍桌子大喝一声："我小舅子呢！"大家这才全都愣住了，何大头说："哪个小舅子啊？"

"何仰融那个小王八蛋啊！藤井少佐把他交给我，说他少了根头发都要我赔！小猢狲跑哪儿去了？啥时候跑的？"

何大头笑道："小子进来时还在，估计被哪个狐狸精勾到被窝里了吧？"

大家大眼瞪小眼，谁也不知道那小子啥时不见了的，张震跺着脚叫道："叫老鸨子来！你们都给我搜！把这海棠苑翻过来也得给我找到他！"

大家正玩儿在兴头上，都不想动弹，张震跺着脚说："他在那边割了人头跑来的！藤井把他交给我保护，我天天把他带身边寸步不离，就怕他出啥事没法交代！何大头，今天可是你带我们来这狗屁窑子的，上次那缉私队姓孙的就死在隔壁！"他越想越毛，跺着脚喊道，"都去搜，快去！这不是让藤井要我的命吗？！"

大家一看他这样，一股脑儿冲出去，顿时海棠苑里人声鼎沸鸡飞狗跳墙。

张震在前厅里来回大踏步踱着，欢欢姐衣衫不整地从楼上一边掩着衣襟一边咚咚咚跑下来，冲何大头大叫着："何翻译官！你这是做什么孽啊？大半夜的失火了还是造反了，你把我这里搅得沸反盈天？"

何大头不耐烦地问："你问我？我还问你呢！我们一起来的小兄弟哪儿去了？"

"二十出头的雏儿？小白脸？"欢欢姐一脸不屑地说，"我以为多大事呢，不就是个臭男人吗？男人进了窑子你说能哪儿去？在月娇姑娘床上呢！"

张震一脸黑线地喝道："带我去找！"

"哎哟，难不成这位还有断袖之癖，那小白脸是你相公？"她朝何大头丢了个眼风嘲笑道，“难怪只打茶围不梳拢姑娘呢。”

“放屁！不说话没人拿你当哑巴卖了。”何大头看了眼一脸铁青的张震，推推欢欢姐，让她前面带着去月娇屋里。

一行人往楼上走着，各个房间里都传出骂声和嚷嚷声，浩子敲开一间屋，开门就泼出一盆水来，一个男人捂着脸一溜烟儿跑了。一个妓女一手叉腰一手提溜着盆骂道：“哪儿来的臭甲鱼烂王八，半夜三更的找老娘吃奶啊？老娘没空！好不容易才接到一个客，还被你搅和了，喝老娘的洗脚水吧！”

浩子站在那里擦着满脸的洗脚水跳起来骂道：“娘希匹个烂花娘……”满嘴的污言秽语一把掀翻了那妓女，骂道，“你这里面还藏着啥猫腻？老子例行检查！”闯了进去。

张震满脸焦躁跟着欢欢姐往前走，对周围一切视而不见。终于走到后楼梯口边儿上一间小小的门前，欢欢姐轻轻敲着门小声叫道：“月娇，月娇？”屋里传出木床吱吱嘎嘎的响动声和女人做作的呻吟和男人呼哧呼哧的喘息声。

张震一脚踹开屋门，大步进去喊道：“何仰融！何仰融！”

那大床颤了一下，床帏帐幔簌簌抖动着缓缓停下，张震气得上去一把扯开了帐子，两个光溜溜的肉体还没来得及分开，张震不管三七二十一，拖着上面那个的脚拖了下来。

何仰融猛然间被人这样拖下来羞耻心顿生，捂着下体坐在地上不敢抬头看人。张震扯下帐子扔在他身上，气得站在当地呼呼直喘。

欢欢姐笑着劝解道：“噢哟，人找到了就好嘛，大家不用气了。”她扭脸对何大头说，“何翻译官啊，求求你赶紧让你的兄弟都撤了吧，今天的茶围钱酒钱我统统不要了，你们赶紧走吧。统统走，以后不要来了，我海棠苑做不起你们的生意。”

张震阴森森地瞥了她一眼，她立即闭了嘴，悄悄站在一边。他朝床努努嘴说：“把他的衣服给他找来穿上，我在门外等他。”说完看也不看何仰融就走了出去。转身时他瞥了床上那女人一眼，一个年老色衰的女人脸色蜡黄坐在床上呆呆地看着这一切。

何仰融眼睛低垂着，只看见几双脚在屋里移动着，等人都出去了，他才抬起头来，把扔在地上的衣服一件件拿起来慌慌张张穿起，惊慌羞愧中手指哆嗦着怎么也扣不上衣扣。

一双温柔的手伸过来帮他扣衣扣，他不敢抬头看她。月娇轻声说:“弟弟，别怕，有我呢。”何仰融鼓足勇气抬起头来:“妈呀！”一声惊呼吓得屋外的人又闯了进来。

“姐姐老了，吓着弟弟了。”月娇凄然说。

何仰融呆呆看着这个曾和自己一夜风流欲仙欲死的女人，脸色蜡黄面容憔悴，起码有四十岁了。她一脸凄凉对张震说:“带他走吧，花街柳巷不是他来的地方。”一束月光照在她脸上，依稀还看得出昔日的美丽。

何大头叹了口气说:“没想到你还在做啊。二十年前你就是翠花楼的头牌，名动宁城的花魁……”

“不做，吃什么呢？老大嫁作商人妇，商人重利轻别离。转眼间连轻别离的人都没了，一家人都被杀光了，偏偏留下我这个连孩子都没有的贱人。要不是欢欢姐收留……”两行清泪，月光下晶莹剔透，簌簌而下。

张震从兜里掏出两个大洋扔在她脚下，拉着何仰融就走……

一行人走出海棠苑大门，大茶壶打着哈欠灭了门楣上的红灯，嘟囔着在他们身后咣地关上了大门。

夜深沉，星月皎洁，小巷阴深。一行人打着呵欠吆喝着边走边回忆刚才的赌局、女人和最后的搜查。浩子举着一串珍珠项链对着月亮查看:“这个好像是真的，估计值不少钱，够赔我一身衣服了。娘希匹的臭花娘敢泼我一身洗脚水，真晦气！”

其他几个也七嘴八舌说:“嘿，看我弄到了什么？金花簪子！”那人用牙咬了咬说:“嗯，十足真金！”

“你们傻，要那些金珠首饰有屁用，我只要大洋！”

“哈哈，我今天手气真不赖，真的是大杀三方赢了不少！”张震哈哈大笑着。

“我今天这只臭手真该剁掉！”浩子嘟囔，“要不是后来你叫搜查捡点洋落儿，今天真连裤子都得当了。”

一片哈哈大笑声回荡在夜空，不知谁家的老黄狗不满地发出几声低吠，引得远远近近的狗儿都有气无力地叫起来。

只有何仰融没精打采走在最后，大家都知道他今夜嫖了一个最老的老妓女，连钱都是大队长付的，打心眼里瞧不起他，各自说笑着谁也不搭理他。没人注意到走着走着，月光下一道极细的钢丝一闪勒住了他脖子，随即他被人一甩反背在背上，他都没来得及喊一声。月光下只见他翻白的眼珠，双手徒劳地抓住那根细细的钢丝，两脚挣扎发出轻捷的微声。巷子那头，传来浩子《十八摸》的歌声："一呀摸那个摸到月娇姐的眼眉梢……"

何仰融的喉头在歌声里咯咯响着，钢丝一直勒进肉里去，充血的眼珠子拼命翻着，翻着，嘴里涌出一线血渍，他的头终于朝一边歪倒着不动了。

一群人走到宪兵司令部门口，大家分手，这才发现何仰融又不见了。

张震挥舞着双手大骂道："娘希匹个小赤佬！不会又去嫖大娘了吧？！统统给我回去找！"

一行人面面相觑，何大头懒洋洋说："行啦，老兄。这一晚上你为他折腾得还不够吗？那海棠苑里我刚才瞄了一眼，咱宁城的名流可不少呢，你要是再去折腾一回，估计明天你这队长就当不牢。"

张震跺着脚说："都是你闹的！你看看这一晚上，一个小王八蛋丢两回！"

"嗨，一看你小舅子就没经过人事，第一次味道好着呢，肯定是又摸回月娇床上了。老婊子够骚，床上功夫好，拉黑灯老的还比小的强！"几个人涎着脸满嘴胡嘞嘞着，谁都不想再回去找何仰融了。

张震无奈看一眼天说："娘希匹的，就让他再风流一会儿，天一亮，浩子你去把他给我揪回来，看我怎么收拾他！散了吧，明天一早都给我按时来，我有活儿派给你们。"

大家一听这话如奉纶音，顿时作鸟兽散。

天亮，城门嘎吱吱被推开。一个老汉埋头弓腰努力推着粪车，轮声辚辚朝城门口去，守城门的士兵看都懒得看一眼就摆手让他出城去了。

左边那只洗净的粪桶里，蜷缩着一具尸体。

推车老汉低垂的破草帽下，是一张丑陋的脸。

38

藤井办公室，他凝神看一份战况通报，拍着桌子骂了一声混蛋，颓然靠在椅背上。

门外，张震扯着何大头慌慌张张跑来，两个人你推我我推你，终于是张震大喊了一声：“报告！”

藤井微眯眼睛颓丧地应了一声：“进来。”

张震苦着脸向他报告：“藤井少佐，那个何仰融，他失踪了。”

藤井一下瞪起了眼睛：“什么？！失踪了？什么时候的事情？”

“昨、昨天晚上……我们、我们去喝酒，出来，他、他就不见了。”

“喝酒？喝酒就把人喝丢了？”藤井眼睛瞪得跟牛蛋似的，在两人脸上刷来刷去。

何大头低头斜瞟了一眼张震，喃喃着说不清楚话。

藤井大喝一声：“不要看他！说！”

“喝完酒，我、我们还去了海棠苑……”何大头吓得哆嗦着迸出一句。

“海棠苑？你们集体去妓院？”藤井审视地看着何大头，又瞪一眼张震，眼神里流露出几分怀疑。

“哦，不不不，这个是这样的，在中国，去妓院呢，不一定是嫖妓。”何大头连说带比画地解释着，“我们是去喝花酒打茶围的，这个，就是喝喝酒，赌赌钱啥的。当然，有花姑娘的陪着，但是不上床。”他连连摇手说，“我们是坚决不上床的。嘿嘿。”

藤井被逗笑了，看张震、何大头谄笑着要顺杆爬，马上又一沉脸说：“那你们怎么把何仰融弄丢了的？仔细报告！隐瞒的杀头！”

“他跟我们一起出来，不知道怎么又自己跑回去了，我们想他不过是睡婊子去了，今早再去接他人就找不见了，海棠苑的老鸨愣说他没回去，现在正在我们侦缉队审着呢。”

“混蛋！上次春香楼死了一个姓孙的，这次海棠苑又搞丢一个姓何的！马上，封锁城门，全城搜查，把宁城的妓院统统查封，花姑娘统统送宪兵队，审完了送南大营，给皇军使用！你们几个……”他眼珠子转着看着颤颤巍巍的何大头和一脸懊恼的张震，一字一句说道，“你们两个，先由宪兵队甄别！昨晚一起去的人，也送宪兵队审完再说！”他立即给宪兵队打电话，很快，几个宪兵来把二人押进了宪兵队审讯室。

张震和何大头两人在宪兵队审讯室里困了三天三夜，虽然没动大刑，却也是一分钟都不能合眼，耳光皮鞭没少挨，搞得鬼哭狼嚎的。藤井在外面观察了几次，看着两人狗咬狗地干架，可供词记录了多少遍几乎都差不离，和其他人的口供也都对得上。也许，他们真的不知情？那个罗芳，听池田报告说整日里哭得眼睛红肿却始终没敢找自己说情，也没去审讯室看望张震，倒是个对大日本帝国有敬畏心的女人，但不敢保证时间久了她会不会去找夕颜小姐哭诉……

藤井深知这事肯定是共党和新四军的人干的，张震这家伙第一个就有嫌疑，可是翻来覆去就是找不到他的破绽。侦缉队这些人，贪生怕死，有奶就是娘，不可能都是张震的同伙，但他们的口供和他的都对得上，难道是提前串供？还是他真的无辜？要么就是一个狡猾的对手……

他把查封妓院的事交给了警察局，把全城抓捕嫌疑犯的事交给了政保局，命令他们不得放过一个可疑人员，初审之后的犯人移交宪兵队再审。一时间，全城被搅得乌烟瘴气人心惶惶……

孙耀祖和何仰融的死让宁城的汉奸们内心惶恐，人人心里都越发肯定这不是四爷干的就是国军干的，可是谁也不敢去撩这个骚，生怕藤井火气上来把屎盆子扣自己头上，更怕四爷的锄奸队或者军统的暗杀队找上自己。政保局和警察局倒是忙得不亦乐乎，嫌疑犯抓了上百个，竹杠敲得梆梆响，嫌犯被打得哭爹叫娘，可送到宪兵队，没落实一个真正的杀人犯。两件人命大案就这样成了悬案……

半个月过去，张震和何大头在宪兵队的地下室里都蔫了，天天躺着连话都懒得说了。昨天半夜张震还发起了高烧，吓得何大头狂砸门喊哨兵报告藤井。

藤井沉住气硬是不动声色，隔窗看了一眼就走了。何大头求着哨兵悄悄去告诉罗芳，说再不救他们出去张震就得死在里面了。

罗芳一听这消息，果然哭着求池田给夕颜发电报求救，池田犹豫着还是坚持要请示藤井。

池田去了藤井办公室，两人坐在沙发上喝茶，佐藤留下的那套茶具终于真正派上了用场。

池田说："罗小姐要请假去上海，理由是带由美子去求夕颜小姐为她在樱楼脱籍。我猜，她其实还是为了张震，她说不敢干涉您的公务，又心疼和担心爱人，顺便去散散心，眼不见心不烦。"

"哼，她是要去找夕颜小姐压我吧？宁城连着死了两个为大日本帝国效劳的人，这个张震嫌疑很大，我不能没查清楚就放人。"

池田不在意地说："为了两个支那人的死去得罪夕颜小姐，值得吗？"

"夕颜小姐会为了一个支那人放弃帝国的利益吗？"

池田笑了："在夕颜小姐眼里，那两个支那人怕是算不得帝国利益，死就死了，死人是不能给帝国效力的。真正能替帝国服务的，还得是活人，尤其是她喜欢的人。"

藤井愣住了，池田见状把藤井茶杯里的凉茶泼了，重新沏了一杯热茶，慢悠悠地说："死人，就像那杯凉茶，没了香气、热气，不能喝了。罗小姐，就像这杯热茶，她才是你需要的人，她在夕颜小姐面前说几句好话，比多抓几个嫌疑犯有用多了。而张震，就是这个杯子，你把杯子打碎了，夕颜小姐喜欢的热茶就没了。她会高兴吗？"他把热茶递给发呆的藤井，接着说，"你靠战功升官，我佩服。现在你是宪兵司令，是宁城的统治者，难道还靠打仗吗？”

藤井被池田问傻了：“龟田大佐给我的命令是为帝国征集尽可能多的物资和粮食……”

“你知道那个苟六壬这些天在干什么吗？”池田换了话题。

“他在关闭妓院，那些花姑娘……”藤井脸上露出色眯眯的微笑，“都送到南大营去了，你也可以去挑一个。”

池田微微摇头：“那些女人不干净，我不会碰的。那条狗，在这件事情里发了多大财我不知道。但是，他的人和政保局的人为争抢着封妓院当街火并……”

“这个我知道，让他们打去。发财就发吧，那是我扔给他们的骨头，他们会为了骨头狗咬狗。最好结仇，就会更好地互相监视，谁敢对帝国不利也藏不住！”藤井得意地笑着。

池田恍然大悟：“这个，就是农民的狡猾？”

藤井哈哈大笑：“不要以为农民傻，河里的鱼、田里的草、野外的兔子，它们都知道。”

“那罗小姐的假？”

“准！不过……”他眼珠子一转，问，“她知道你来我这里吗？”

“她陪由美子做衣服去了。”

“你先拖一天，就说还没顾上和我说，但又要她明白是托词。”藤井摸摸后脑勺，“不能让她以为我是怕了。何大头继续关着，张也不说放不放，先让医生给他看病。”

池田点点头：“等着看夕颜小姐怎么说。”

“我猜，夕颜小姐什么也不会说，会用其他方式暗示我。”藤井嘿嘿冷笑，“你们聪明人，不如我这个粗人，直来直去。”

宁城被两起凶杀案搞得鸡飞狗跳墙，全城搜遍嫌疑人抓了一大串，却连何仰融的尸首都没搜出来，就像人间蒸发了一样无影无踪。只有宁城的花街柳巷一夜失色，是真的被抄没关闭了。缉私队一下神气得不得了，新上任的林剑锋更是趾高气扬，自从在春芳楼前揍了苟六壬，在政保局人气大涨。

其实，藤井猜得还不够准确，冯静之与苟六壬当然是狗咬狗的利益之争，但冯静之与张震结的疙瘩不是一天两天了，这个阴毒的家伙认定侦缉队里有通共分子，打定了咬人的狗不叫的主意，表面上假惺惺地对终于从宪兵队审讯室里放出来的张震、何大头百般抚慰，暗地里却派人严密监视，令张震不得不加了一百二十分小心。而缉私队的人也与侦缉队的人水火不容，见面小则讽刺挖苦嘲讽讥笑，大则找碴儿吵架大打出手。几次三番闹得不像样子，被藤井申斥，冯静之一概推到缉私队队长林剑锋头上，搞得张震和缉私队队长成了平级挨骂，无形中抬高了自己的地位。

张震正好顺水推舟撂挑子养病，同时通知张部长可以不必顾及自己清查内奸。这下表面上政保局在内讧中占了上风，但很快藤井就犯了愁，绫子小姐玉碎、新四军地盘的谍报网捏在张震手里，他一撂挑子了情报上不来，自己就成了独眼龙甚至睁眼瞎。待到半个月之后发现新四军在宁城周边将一批铁杆汉奸除掉，去年清乡扫荡之后好不容易建立起来的村镇维持会再次崩塌，他才急了。只好把宪兵队审过的犯人交给张震去处理，交底说如果再审不出来就可以叫家属来赎人，算是一点儿抚慰和信任的象征，也是让他在这茬子事上分一杯残羹，目的当然是命他立即搜集新四军控制区域的各项情报。

阳光明媚碧水蓝天，美丽的千岛湖畔，湖面吹来习习清风，拂动紫岚如雪的短发，她的声音空灵悠远，仿佛要把一组组旧照片从遥远时空里扯出来。

凌紫风好奇地问她：“在上海发现有人跟踪时你就不怕吗？”

“怕，怎么不怕？怕得要死，我换衣服时手都在抖。那几天我吓得夜夜睡不着觉，不停反思总结每天的每个行动每句话，有没有破绽？有没有不妥？我走错的每一步、说错的每句话都可能拖累干爹干妈，都有可能导致任务失败。”

“那你还敢回去？在上海你还可以躲起来，那么大的城市，谁能找到你。宁城那一巴掌大的地方……”凌紫风直摇头。

“怎能不回去呢？张亮杀了孙耀祖，商会那些人本来就在猜测，他们可经不起日本人一顿打，他不回去就坐实了。再说了，我想来想去，也没什么把柄落在别人手上。我走了，任务怎么办？”

凌紫风笑了："那个何仰融到底是被谁杀的？”

“当然是张亮出手了，具体怎么做的我也不清楚。只知道我们的人几乎都出动了，罗芳居然能设计出这么精妙的计划，这里面最关键的核心人物居然是张震，当时我一点儿都不知道。那时我最怀念的就是在青训班的日子，再饿肚子睡觉踏实啊……”

39

政保局，冯静之又在大骂林剑锋：“你还能干点啥？！让你盯商人，你连个黄毛丫头都盯不住，还是宋保国在上海发现端倪；让你查共党和抗日分子，春香楼的案子还没破，海棠苑又出事了！案子案子破不了，财路财路把不住，真不知道要你这个队长干吗！”他心痛啊，案子不破，自己在宁城政界就站不住脚、压不住台；商铺花街，那是多大的两股财路啊，尤其是查封花街柳巷，那是多肥的肥肉，居然被警察局分了去，拼死拼活才搞回一半！商会这边何记的货没截了，搞得连藤井都惊动了，看来何大头还真跟日本人有交情。

林剑锋被骂得脸色酱紫，嘟囔着：“我们已经尽力了，上次跑了几十里去截何记的船，辛苦一天没想到被侦缉队横插一杠子……”

“娘希匹我叫你们去查何记，谁让你们和侦缉队打架？！不打架也不至于惊动藤井！”

“不是我们想打，是侦缉队的人太可恨了，除了那些肩挑背扛的小贩，只要是靠码头的大宗货物，他们都要插手，商会也认他们……”

“那你们就直接找商会！”冯静之一拳砸在桌上怒吼，“我不信他们跟周边国统区和共党辖区没有贸易！国统区的罚款，共党区的货要扣，人也要抓！”

“是，是。”

“上次何记小掌柜的那只黑皮箱到了你们也没找到，她肯定带回来了，怎么就会不翼而飞？那箱子里到底是什么？西药？电台？黄金？古董？”冯静之双手插在头发里抓狂，“多好的线索，就被你糊糊涂涂地搞断了，不是一件大功也是一注大财啊。”

“局座，那天拦截何记不成功，我在家想了两天，又带人沿河找了一路也没发现什么线索，但是我总觉得这个地方有蹊跷。”他走到地图前，点着地图说，“我们上次在这里截住他们，他们又往前开了两百多米才停住，我们上船没发现什么端倪，就是觉得驳船甲板上的货堆似乎有点不对劲，哪里不对劲当时也说不上来，后来我在码头上来回看，发现不对劲的地方是——”

冯静之急着催问：“什么地方有问题？”

“驳船甲板啊，甲板上堆货的地方很大，装卸又容易，可是那天何记驳船上甲板空了很多！显然他们把甲板上的货提前卸了。”他指着地图说，“局座，您看这儿。这里是一大片芦苇荡，里面港汊纵横，如果在这里布几条小船接货，神不知鬼不觉。我想，以后我们再设卡就设在芦荡边儿上，设暗卡！”

冯静之一拍手说：“好！有头脑！有办法！就这样办去。”他亲切地拍拍林剑锋肩头说，“小林啊，有潜质，是块好料子，不愧我对你的栽培。”

“那个，局座，那里有七八十里地，前不着村后不着店的，你看能不能给我们缉私队配辆汽车，起码配几辆摩托车，不然弟兄们真的跑不起。”

“这个嘛，”冯静之在办公室缓缓转了一圈坐下，一摁桌边说，“行！你打个报告，我跟上面要点经费，自己再出一点儿，搞辆车子还是应该的。”

“还有，我们缉私队的武器也需要补充一点儿长枪和重武器，机枪之类的，在外面遇到游击队啥的也好抵挡。”林剑锋想得很美，有车有长枪，既可以打也可以逃，有战斗力了，谁还敢拿老子不当爷？

冯静之痛快地答应了，这些都是可以跟上面申请的，又不用他破费一毛。只要手底下这支队伍硬气了，自己的腰杆子也硬气。他说：“小林，你这个思路就对了。七十六号为什么有那么大影响力？为什么人人闻之变色？不就是因为他们手底下硬。有枪有实力，还要心狠敢打拼，对那些抗日分子决不手软！”

他又打电话让冯佩瑶带宋保国过来。

他开门见山地说：“小宋啊，你是我们谍报工作的精英，这次在上海发现何记的线索，说明你心里有敌情，对谍报工作有感觉，有责任心，值得培养。佩瑶啊，我有个想法，你和小林分个工，他负责外围的武装缉私行动，你负责内线的谍报工作。情报科下设一个武装谍报队，全部配短枪，主要对付抗日分子的地下谍报网，给缉私队提供可靠情报。这个队长人选，你来考虑。”说着不经意地瞟了宋保国一眼，宋保国兴奋得小脸儿通红，眼巴巴看着冯佩瑶，冯佩瑶不动声色。

冯静之兴致勃勃地看着手下两大干将接着说：“缉私队配备车辆和轻重武器，负责各种缉私、抓捕地下抗日分子的武装任务。”林剑锋和宋保国二人听得比打了鸡血还亢奋，站得笔直的脚后跟用力一并，大喊着：“是！多谢局座栽培！”

冯静之挥挥手说：“好了好了，都下去抓紧办事，事情办好了，我是不会亏待你们的。”

林剑锋、宋保国屁颠儿屁颠儿地走了，冯佩瑶却一脸不高兴地看着二人背影一屁股坐沙发上了。

冯静之笑道：“怎么？还不高兴？”

“我有什么可高兴的？您老人家要扩大武装力量和我有什么关系？”

“傻丫头，嫌我不让你当那个谍报队长？”

“不当就不当呗，又不是什么了不起的官儿。以后呢，您就指着那俩愣头青给你抓抗日分子吧。我累了，明天去上海找点乐子。”

“说气话了不是？”冯静之走到她身边坐下，从咖啡壶里斟了一小杯咖啡放她面前，又拿起奶缸糖缸为她调制。等他慢慢把咖啡调好，冯佩瑶吊着的脸也现出了娇嗔的微笑，嘟着小嘴说：“人家想自己当那个队长嘛，掂着枪带一队人去办事，多威风！”

“说你傻你还真傻了？”他看看门口压低声音说，“也不看看这大气候，日本人现在是拿我们当大狼狗使唤，难道我们真给他冲锋陷阵去？你好歹也念过书，历史总知道一点儿吧？五胡乱华，那太久远，就不说了。蒙古人厉害吧？灭了大宋立了元朝，那又怎么样？没一百年就被咱的温柔乡磨酥了骨头，被个要饭的夺了江山。清朝又怎么样？最后还不是又被咱把皇帝赶出宫去。这日本人啊，哼哼——”

冯佩瑶低声：“你是说日本人也长不了？”

冯静之不语，看着侄女儿一脸奸笑。

“那你何苦来做这个汉奸？还不如窝在重庆享福。”

“哼，在重庆我算个屁，丢了地盘的就是丧家犬，怎么可能让我享清福？几次三番地派任务，那是何等凶险？毕竟，现在这边是日本人的天下。”

冯佩瑶恍然：“所以你就顺水推舟？”

“汪主席都做了南京政府的主席，我这样的算什么？也可以曲线救国嘛。”

冯佩瑶嗤笑道：“我面前就不要说这种冠冕堂皇的话了吧？反正脚踏两只船，以后东方不亮西方亮，总亏不着的。”

“所以我要搞这两个队伍，让俩愣头青出头卖命，应付日本人，也为我们自己添实力。而且，那些杀人越货的事，呵呵——”

“不脏咱的手！叔叔高明！”冯佩瑶这下对叔叔真的是佩服得五体投地了。这么复杂的局面，他居然能考虑得滴水不漏、面面俱到，果然姜是老的辣！“那咱们现在主要对付谁？总得拿出点手段来才能在藤井那里混过去吧。”

“共产党！”冯静之阴沉沉地吐出三个字。冯佩瑶心领神会地说：“东京、南京、重庆，都惹不起，也都有后路。这共产党以后也翻不起什么大浪，当然收拾他最好。”

冯静之摇摇头道：“不能小看了共产党，如果日本人站住脚，国共两党还能暂且相安无事，一旦赶走了日本人，委员长第一个要消灭的就是共产党！所以，对付共产党也是为党国效力，以后也可以记功。日本人那边，我们也可以提供准确情报。”

“是！”冯佩瑶心领神会一口喝干了咖啡，起身走了。

冯静之听着她远去的皮靴声，在屋里溜达着打起了小算盘。

刚才冯佩瑶以为他已经完全交了底，其实并没有。他的小算盘是发财，缉私队搜刮范围有限，只能是商人和货物，谍报队就不一样了，三百六十行哪儿都能查，哪儿都能去，只要有嫌疑的，统统可以抓、查、封、扣！只要枪在手，谁敢不听话？

现在宁城地界，有宪兵司令部，有南大营的皇军野战部队，有警察局，还有附近各路驻军设在这里的后勤部门、物资中转站和以各种名目存在的机构，共产党的地下谍报人员活动猖獗，军统的人也不消停。真正是鱼龙杂处，虾蟹满池。自己的政保局在这里地位仅次于皇军，可恨的是侦缉队隶属于宪兵司令部，一样是中国人，他们就比自己硬生生硬气了几分。

想到这里他忍不住狠狠地朝地上啐了一口：“呸！什么玩意儿，不就是靠着日本人吗？！”心里悻悻地想着：都是给日本人当狗，你凭什么就比老子叫的声音高？你张震也不过是个降将，保不住就是地下党！别让老子抓住你的痛脚，抓住了叫你不得好死！

他抓起电话又叫来了宋保国，特意交代：“你给我盯住了侦缉队那帮王八蛋，尤其是那个张震，看他有没有通共嫌疑！”

冯静之给上面打了成立谍报队和装备缉私队的报告，又从搜刮的民财里挑了几件上好的首饰和几根金条，跑到南京磨叽了半个多月，南京政府的达官贵人、狐朋狗友没少会，花街柳巷也没少去，酒楼舞厅更是哪儿好去哪儿。终于，他押着一卡车军火得意扬扬地回来了。

当缉私队队长林剑锋长枪短炮耀武扬威地开着一辆旧卡车招摇过市时，张震的侦缉队正骑着自行车满身臭汗地“巡逻”。林剑锋伸手在汽车喇叭上狠狠按着，发出刺耳的喇叭声，吓得浩子一激灵差点儿撞墙上去，跳下车就骂：“谁这是不想活了？！”

缉私队一伙人汽车屁股冒烟哈哈大笑着远去，看得侦缉队这帮孙子跳着脚骂大街。

张震心里咯噔沉了一下，脸黑得跟锅底似的。政保局忽然搞这么大动作，什么名堂？

他打发浩子带队继续转悠，自己蹬着自行车回了宪兵司令部，在办公室里皱着眉头琢磨了半天，直到把烟灰缸里的烟屁股堆满，这才拿起电话给小上海，订了最好的包厢，然后毕恭毕敬地进了藤井办公室。

傍晚，春风习习的宁城街头，新绿满城，一丛丛迎春花儿开得金灿灿的，江南水暖，连风都是温软的，一抹余晖给初绿树梢和青黛屋瓦洒上一层金粉，街面上满是斑驳婆娑的树影。

藤井难得地穿着白衬衫黄马裤就出了门，在张震和何大头伴随下朝小上海走去。脱了军装他像换了个人，眺望着远处夕阳感叹：“绵绵春雨懒洋洋，故友不来不起床。疲惫不堪借宿时，夕阳返照紫藤花。”

何大头约略翻译了诗词大意，张震一脸佩服地一竖大拇指说：“没想到藤井君还是个诗人，厉害！”心里却在纳罕：这鬼子在老家不是农夫吗？怎么还会念诗？居然也会有像人的时候……

藤井说：“这是我们日本国有名的诗人松尾芭蕉写的，大家都会唱。（唱）往日兵燹之地，今朝绿草如茵。写得就像是看见了这里……”

小上海包厢里一顿酒饭，三人各怀鬼胎，最终也只是吃喝而已，谁也没摸出谁的底牌。张震索性不去摸了，只是和何大头轮番劝酒，直喝得藤井心满意足，持箸敲着瓷碟，大着舌头唱起和歌。三人带着七分醉意闲聊很快就没了话题，张震提议：“藤井君，没想到你还是个雅人，又会唱歌又会念诗的。既然时间还早，我们去街上转转？城里很多好玩的地方你可能还没去过。”

藤井点头，扶着桌子摇摇晃晃站起身，三个人相互搀扶着出了小上海，在街上乱走。大街上灯光点点，街道两旁的店铺还开着，几个小孩儿挑着小灯笼边跑边嬉笑玩耍着蜂拥而过。

藤井忽然咕哝了一句什么，张震看着何大头，何大头低声说：“藤井君想家了。”

藤井眼睛还盯着那些孩子的背影，在高低不平的石子路上绊了一下，张震一把搀住了他。他甩开张震的手说：“我不是什么雅人，我就是个农夫！我，是一个好军人，不是一个好丈夫、好父亲。我的儿子——”他指指前面奔跑的小孩儿，“也那么大，不知道现在书念得好不好。”

“战争不好，吃吃喝喝多好的日子，可惜不能发财。”藤井伸手把何大头手里拎着的一瓶酒夺过来仰脖儿灌了一大口，喃喃道，“儿子，儿子……”他朝前伸出手，仿佛那样就可以摸到儿子。

张震和何大头看着他那样子一时有点目瞪口呆。

藤井连着灌了几大口酒，醉眼蒙眬地回头看着张震：“也许，我们就要走了……张，战争结束，你会当我是朋友吗？”

“藤井君这话是怎么说？你要调防了？”

“我是帝国军人，效忠天皇是我的本分。战死，是伟大的。”他的话音有点悲壮，他忽然扭头审视张震，用生涩的汉语说，“你是中国人，为什么效忠大日本帝国？”

张震挠头沉默良久，说：“你想听真话吗？”他长叹一声说，“我对于我的祖国来说，是罪人。我也当过抗日英雄……一念之差，现在是汉奸、叛徒、十恶不赦的走狗，我无颜见江东父老……晚上睡不着的时候，我对自己说：幸亏我是个孤儿！哈哈！”他笑得比哭还难听，像猫头鹰在叫，他抢过藤井的酒瓶狂喝几口说，“我是孤儿，以后是孤魂野鬼！”

何大头看看张震看看瞪着他的藤井，不知道怎么翻这段话。张震趺趺撞撞地扶着墙往前走，挥挥手说：“翻吧。今晚，我当他是朋友。”

藤井虽然脚步踉跄，心里却不糊涂，斜眼看着何大头：“他说什么？”

何大头先翻了朋友那句话，又看着藤井脸色翻了前面的话。

藤井驻足沉默了片刻，叫何大头把张震拉回来，对他说：“张！我佩服你今天终于说了真话。我，本来很看不起你，还有你。”他指指何大头。他抬脚缓缓朝前走去，自顾自地说，“我瞧不起所有支那人、支那军队，我们大日本皇军的一个师团、一个旅团、一个联队，就可以横扫一大片地区，遇到的都是些无用的拼命抵抗，只会引起我们屠杀的欲望！我们放手杀人放火，抢劫强奸，干所有在本土不敢想不敢干的事情，变成野兽。”他忽然立住脚转过身来冲张震挥手咆哮，“这都是你们的错！”

张震站在他对面，冰冷的眼神盯着藤井：“谁欠的债谁还。总有一天，我会下地狱，不知道可以在第几层遇见你。”

藤井也死死盯着他，何大头哆嗦着翻译了这句话就缩在后面墙角，满头满身的冒冷汗，后脖颈飕飕发凉，酒都吓醒了。

藤井忽然伸手在张震肩膀上拍了一下狂笑着说：“我们都会下地狱的！你永远在我下面一层，因为我效忠了我的帝国，而你是一个可耻的叛徒！哈哈哈，哈哈哈！”

他的狂笑吓得路边的行人纷纷躲避，他指着那些躲避的人笑道：“看啊，可怜的支那人，怯懦肮脏的支那人！”

张震牙咬得咯咯响，牙根子烧灼般剧痛，握紧的双拳关节处变成可怕的惨白，他极力克制不要一拳揍在藤井通红的脸上。

藤井笑得喘不过气指着他说：“你一定很想揍我吧？可是你不敢，不敢！哈哈哈，你是我的大狼狗！哈哈哈……”

突然，眼前黑影一闪，他头晕目眩地摇晃着倒在了地上，一直到后脑勺着地，他才感觉到左下颌剧痛。他一翻身跳起来，何大头吓得躲得远远的挓挲着手说：“别，别，别啊，这好好的怎么打起来了？”

街上一个人也没了，只是一扇扇门窗后面，一双双眼睛在一条条缝隙里偷窥。

藤井上下审视着张震苍白的脸和发红的眼睛，拳头握得紧紧的挥拳打过去，张震一闪身，藤井收回打空的拳头，两人斗鸡似的在街心缓缓转圈。

突然！一辆架着机关枪的卡车按着喇叭从他身后急速冲来，藤井一惊已经被张震拽着跳到路边，车上的人起哄大笑着驶去。

张震跳着脚骂：“林剑锋你个王八蛋，有种下来打！想撞死老子算啥狗屁本事！”心里却在偷乐，总算是给自己解了围。

藤井大骂：“八嘎！什么人的干活？！”

何大头说：“那是缉私队的人！”

张震气呼呼骂道：“娘希匹个林剑锋，弄了辆破卡车想造反了！连老子也敢撞，总有一天给你整趴下！”

藤井的酒已经有几分醒了，脸色阴晴不定地说：“走，我要慢慢尝尝你说的好酒。”说着又仰脖儿灌了一口，掉头蹒跚着朝宪兵司令部走去。张震和何大头一左一右跟着，何大头顺便儿给他耳朵里灌了不少关于冯静之、林剑锋的坏话……

红玫瑰二楼的舞厅，张震与罗芳相拥起舞，脸上的微笑和耳边细语的内容风马牛不相及。

“局势变化已经波及藤井这一级的军官了，他们开始对战局迷茫，对全面占领中国已经不抱希望了。”

“是。我也感觉到了，池田最近心情很差，说家里来信连十二岁的弟弟都要参加军训，怕是也要被征兵了。”

“他们的好日子快到头了，去年下半年他们就已经不敢再四处扩张了，战术也变成固守据点。”

“最近他们的物资军火调配，品种数量都在缩减，配给标准在下降，连大米都减少了。家里看了一定高兴。”

两人会心一笑，张震搂在罗芳腰上的手紧了紧：“胜利在望，赶跑鬼子我们就结婚，生一堆孩子，一个温温暖暖的家，我不要他们再做孤儿。”

罗芳把脸埋进他的肩窝，嗅着他的男人味儿，沉醉地由他带着旋转。

一曲终了，他们回到座位坐下，罗芳浅浅抿着红红绿绿的鸡尾酒。张震喝了一大口打了个响指叫来服务生，咂着嘴说：“什么玩意儿啊？还没白开水好喝，给老子搞点可乐、啤酒来，少用这花头糊弄老子！”

侍者看了罗芳一眼无奈地哈腰端走那杯鸡尾酒，说：“先生，您稍等，我马上给你换可口可乐。”

“要冰镇的！”张震伸胳膊把罗芳肩膀一搂，大腿跷二腿地仰在沙发上，抽着雪茄大吐烟圈。

罗芳微噘小嘴把他手从肩上打下去，说：“看你德行！”

“我就是标准的坏人啊，这德行怎么样？还算帅吧？”他扯着嗓子喊了声，“仆欧！”侍者托盘托着一瓶可口可乐和一只杯子从人群中穿行过来，他哈哈笑着说：“不错，滑溜得像鱼一样嘛。”说着用手指弹了一张法币给他，侍者点头哈腰笑着一扭腰滑溜地走了。

罗芳摇头笑道：“你别学得过了。”

音乐声起，张震拉着罗芳滑进舞池。

“组织上已经批准我们提出的假情报计划，但稍有变化，就是假情报由家里提供，用它指挥敌人，创造有利战机消灭敌人。”

“真的？！”张震大喜过望，搂着她连转了好几个圈儿，旁边一个阴恻恻的声音响起来：“张队长这是有什么大好消息要宣布啊？”

罗芳抬眼一看，在张震耳边说：“来了。”转脸笑问道，“冯局长也来玩儿啊？”

冯静之阴恻恻笑道：“这里也不光是你们谈情说爱的地方啊。”

张震带着罗芳旋转开去，说：“是啊，谁还不谈个情说个爱呢？”

冯静之转着跟上来笑道：“这么急着躲开我？听说你在藤井那里为我美言，还没谢谢你呢。今天，你尽兴玩儿，我来买单。”

“哪里哪里，都是皇军手下讨饭吃的人，咱们自己不相互帮衬着，难道还等着被人一口口吃掉？”张震嬉笑着旋转而去。

冯静之冷笑着盯着他的背影。

“我在藤井那里给他下了个套儿，跳不跳就看他自己了。看今天这架势，他迟早会跳。”张震笑嘻嘻在罗芳耳边细语。

何记酱园，来往的客人并不多，张亮在后院带着小狗子和几个工人倒腾那些酱菜缸。

罗影坐在柜台后面噼噼啪啪打着算盘，其实心里另有盘算。医院的东西搞到了一部分，但还不够，过几天还得去一趟上海；暗瞳的计划家里同意了，以后跑交通的活儿可能更多，得想个随时到处跑的理由。去别处进货卖货、下乡收货、回老宅看奶奶，还得再多想几个。

她暗自琢磨：如果搞部电台……在根据地的最后一段时间，张部长专门叫司令部的机要科长教过自己。转念一想：不行，罗芳姐说了，干啥都要等命令，不能胡来。

一个顽劣的孩子追着一只鸡咯咯叫着飞过门前，无聊的午后……

小狗子用衣袖抹着满头的汗进来，带进来一股酸臭味。

罗影捏着鼻子说：“小狗子，后院的活都干完了？”

“掌柜的，都干完了，院子扫了，酱缸也打开晒了，张哥带人把货也理好了，让我来跟您说一声。”

“知道了。快去打盆水洗洗，做生意要讲究，不能脏兮兮臭烘烘的。”

“是，小狗子记住了。”

"小狗子……跟你商量个事。"

小狗子眼睛扑棱着看罗影，生怕是要他滚蛋。

"你这名字……不好听，你明明是个人，干吗要叫狗子？"罗影摇头沉吟。

"穷人家要啥好名儿，我爹说家里那条大黄狗好几次大难不死。我生下来像只小病猫，哭不出声来，我爹说就叫狗子，借大黄狗的命压压好活。"

"还是叫小豆子吧。在我这儿，人就是人，不是狗。小钢豆儿，谁也咬不动砸不烂！"瞬间她想起了吴妈的小铜豆儿，眼里几乎要流下泪来。

小豆子见罗影忽然伤感，忙说："好好，我就叫小豆子，小掌柜您别伤心。您待我好，我知道的。"

藤井坐在自己的大办公桌后面，双手托着腮帮子，脸上露出不常见的疲惫与颓唐。

自从进入1943年，一切都不一样了，挑起太平洋战争看来像是一个错误，二月份美军占领了瓜岛，4月18日他们击落了联合舰队司令官山本五十六的座机，将星陨落。双线作战使帝国陷入严重的资源短缺和经济危机，而同为轴心国的德国和意大利日子也相当艰难，西西里登陆让墨索里尼的老巢被占，德国人被苏联人的顽强和苏联的严寒搞得灰头土脸。今年形势不但没有好转，反而越来越坏了。本土发来的罐头不再是全肉，给士兵配给的甚至不知道是什么东西与豆子的混合物，连大米都不够了。不但要求军队自己征粮，还日益加紧给国内输送物资……

他心情沉重地起身踱步，站在窗前看着外面的明媚春光，鼻子里却有股挥之不去的腐尸味道，眼前似乎看见秃鹫在飞来盘旋……

他不敢想，更不甘心。宁城，这个美丽的江南小城只要在自己手里一天，就一定要榨干它最后一滴油！为了帝国的利益，为了至高无上的天皇！其实，更是为自己……

心思转回这些天政保局与侦缉队的明争暗斗和争宠进贡，他嘴角浮起一丝蔑视的微笑。

"斗去吧，不管你们怎么斗，生杀大权都在我手里！"他再次翻开有关人员的档案材料，两拨人为首的都是支那最有实力两党的叛徒。

政保局局长冯静之，男，四十二岁。原国民党中统金山站站长，淞沪抗战后就与黑龙会秘密联系，淞沪会战大日本帝国一路横扫江浙，他果断投靠了黑龙会，明面上追随的是汪精卫。南京政府成立后，被派来宁城筹建政保局，在对付共产党方面，是一员干将。从自己接任宁城宪兵司令部司令后，各种抗日活动或明或暗大动作没有，小毛病不断，尤其是共党《新浙东报》，到处散发鼓动抗税抗捐，反抗帝国统治，有一次居然通过邮局寄到了自己桌上！政保局成立之后，宁城的抗日活动确实消停了许多，《新浙东报》也销声匿迹，冯静之的功劳还是很大的。

可是，这家伙最近居然瞒着自己搞事情，先是成立了武装谍报队，报告直接呈送给南京政府，对自己这个宁城宪兵司令只是抄送一份。这明摆着是与大日本皇军分庭抗礼要自立门户！接着又擅自扩充了缉私队，无视自己给他划分的地盘强行扩大势力范围，若不是打电话责问根本就不会来汇报。他脑海中浮现出那张谦卑虚伪的脸，血色不足的薄嘴唇翕动着，把一张武器装备清单双手递到自己眼前，那是包括轻重机枪在内足以武装一个中队的武器装备，还有一辆小轿车和一辆大卡车。

藤井牙疼似的捂着下巴犯琢磨：这老奸巨猾的小子搞这么强大的武装力量，想干什么？！

转念间他又想到了张震，这是个可以牵制冯静之的人物。

张震，男，二十三岁。原共产党侯良生部财经委员，1941 年在皇军扫荡时被俘，经历所有酷刑后被佐藤收服，并带路剿灭新四军指挥部、抓捕诱降战俘四名，是佐藤视为荣耀的杰作。但是！在新四军攻打四三一基地时，这些人偷袭宪兵司令部都死了。按络腮胡的口供和当时的现场调查记载，他们是假投降真抗日分子，他们一定是有计划地在宪兵司令部里发动了袭击。

关于宪兵司令部被偷袭一事，实在是个很蹊跷的事件。回忆当时情况：佐藤带人去抓王长林的姘头花姐，十一个军官居然就被个瘸子活活烧死在军官食堂里，同时两个反叛的密探烧毁了宪兵司令部的临时仓库，并对前去救火的皇军进行了攻击，造成伤亡十余人，王长林刺死花姐跑回宪兵司令部，三人最终战死。带队增援四三一基地的佐藤机关长在西门外遭到便衣武装阻击，后伤重不治身亡。此役中仅特务机关和宪兵司令部就有军官十二人、士兵八人为天皇陛下尽忠，宪兵队残部此后被编入战斗部队调往前线。

这个张震和那四个反叛的投顺者有撕扯不开的关系，却在甄别中撇得干干净净……他在屋里慢慢踱步转圈，越想越不安。查！一定要仔细查！

窗外两只争巢的灰喜鹊喳喳叫着吸引了他的目光，只见两只鸟上下翻飞斗成一团，羽毛纷飞，一片鸟羽随风飘进窗，落在他脚旁。两个都可用，但都不能完全放心，那就让他们斗去吧。那个冯静之城府极深，让他去暗查张震，有多少诡计都使出来！张自然会反击，这正好考验他们对大日本帝国的忠心。我只要静观其变，让他们互相监视互相牵制！当然，最核心的任务只能交给特高课和谍报队，在这里只有日本人才是真正可靠的。

藤井看一眼茶几上精致的紫砂壶、围棋，摇头叹道："佐藤君一定是被这些东西把军人坚硬的心泡软了，所以才死在这里！"他大步走去，把围棋子拢到围棋罐里，和棋盘一起塞进了沙发后面。"宁城，只要有一天在我手里，都要把它每一滴油榨出来！"他的大手掌在虚空中狠狠抓了一把，握紧，扭动，面色狰狞。

咚咚咚，随着敲门声传来池田的声音："报告！"

藤井沉声喝道："进来！"

门应声而开，池田大踏步进来双手呈上一页纸。

藤井一脸疑惑地接过，看一眼标题："结婚？"他皱着眉头看这个一脸书生气的家伙，穿着军装还是像个书生！

池田严肃认真地朝他一鞠躬，说："我申请与由美子小姐结婚。"一抬头，两只眼睛圆溜溜的在镜片后面直视藤井。

藤井不禁又气又笑，他咳嗽一声绷住脸说："帝国军人还没有在驻地结婚的先例。这个，我不能批准。"

池田朝前一步九十度鞠躬，说："少佐，由美子小姐是佐藤君的女儿，她历尽艰险才来到宁城，没想到佐藤君已经为帝国尽忠了。她现在孤苦无依又回不了本土，我想娶她，给她一个家庭和依靠。"

“佐藤君的女儿？”

“是。”

“从本土来找她父亲？”

“是。”

“她家里出什么事情了？”藤井的眉头拧成一疙瘩。

“去年，她的母亲病死、未婚夫战死，她参加了——”池田欲言又止，抬了抬眼镜不知该不该说出真相。

“她参加什么了？”藤井忽然想到了什么，眉毛一跳厉声问，“她是不是参加了帝国军队的妇女挺身队？”

池田低头默默不语。

藤井：“我记得你说过她是逃出来的，我还以为她是从家里逃出来……”

“她不知道挺身队是干什么的。本土招募时说是招护士，结果来到支那却让她为军官服务。”池田亢声说，“她也是帝国军官的女儿啊！我们难道眼睁睁看帝国军人的遗属受辱吗？”

藤井头疼了，这还真是个问题。帝国军官的遗属被编进妇女挺身队做军妓，传出去会败坏帝国军队的声誉，可是如果允许他们结婚……被上面知道了会不会追究呢？

池田似乎看透了他心里所想，说：“我是一个帝国军人，必须维护军人的尊严。夕颜小姐已经帮她恢复了身份，我娶她，如果有人追究自己承担，您就当不知道好了。”说着后退一步，大有不管你同不同意我就这样办了的气概。

藤井没想到这个平时一声不吭的白面书生居然有这份担当和血性，不禁对他刮目相看：“你是东大毕业生？”

“是啊，东大数学系的。”池田莫名其妙看着藤井，不知他啥意思。

“还是高才生？”

“不敢有负家族期望。”

“好。既然夕颜小姐已经给她恢复了身份，那我同意！帝国军人的荣誉要帝国军人来维护，你去办吧，不过不要大张声势。”

“谢谢少佐！我只请几个好朋友喝酒就算成亲了，不知少佐到时候能不能光临喝一杯喜酒？”池田大喜过望，立即九十度鞠躬，满脸喜色红彤彤的，连藤井也看笑了。其实他知道，东大的高才生大多都有良好的家庭背景，这样的人是要给面子的，不定哪天战争结束就会用到。回到本土，自己不过是个农夫，而他却可以借助良好的学历和家世背景飞黄腾达。想到这里，他不禁有几分羡慕嫉妒却不敢恨。

40

小上海里香味四溢客满店堂，留声机咿咿呀呀放着《贵妃醉酒》。楼下的客人们“王老板好”“李掌柜喝”地闹闹嚷嚷，楼上包间里却很安静，池田与由美子的婚宴，只有区区一桌客人。

藤井作为主婚人坐在了中间主位，左右两边坐着新郎新娘。罗芳和罗影两姐妹作为伴娘坐在新娘下首，松木和张震作为伴郎坐在新郎下首，何大头和浩子王胜坐了剩下的位子。

新郎穿着崭新的军装，面上洋溢着喜色，嘴角微翘露出笑容。新娘穿一身洁白的锦缎和服，上面是手绘的淡粉色樱花，领子里露出鲜红的长衣，金色丝绦扎着深红色锦缎的包袱在后腰上，脸上化着淡妆，很优雅，很妩媚，很喜庆。

池田是个内向又孤傲的人，在宁城几乎没有朋友，松木也仅仅因为同是大阪人且平时对他很恭谨才有些交往。除了藤井，今天的客人们与其说是新郎的，倒不如说是新娘的更贴切。他很清楚藤井的暗示，由美子曾是妇女挺身队逃妇，如果被人知晓是会被笑话的。所以他只是租了小上海后巷的一个小院为家，在这里办一桌酒，就算结婚了。

藤井和新郎新娘都不是爱热闹的人，这个婚宴安静且拘谨，似乎只是一群人平常在聚餐。要不是罗影在窗户上贴了大红双囍、在灯泡上挂了大红灯笼以及新郎新娘穿着礼服，很难看出这是一桌喜宴。

藤井简短致辞后，以长官身份代表长辈先接受了新人的敬酒，松木又代表日军同事敬了新郎新娘，新郎新娘又轮番给客人们敬酒。酒过三巡，小凳子端着大托盘一盘盘上着热菜，出门时忽然喊了一声：“先生，你找谁？这是雅间，你不能进。”

张震飞身冲出门，一把揪住了那个男人按在了墙上厉声问：“什么人？！想干什么？”

小凳子在他身后说：“我上菜时就见他在这边，出来看他还在这探头探脑、鬼鬼祟祟的。”

张震脑子急转，这人到底什么路数？难道是自己人？可藤井就在里面，谁知道这是不是陷阱，他把那人扭过身来喝问：“说！到底是干什么的？”

那人惊慌失措，汗如雨下地说：“我，我是，是政保局的……”

张震火从心头起，反剪住他胳膊的手往上猛地一抬，那男子涕泪横流大叫道：“我真是政保局的啊，我只是路过看看……”

藤井坐在里面听着何大头添油加醋地翻译，脸色越来越难看，池田紧咬着嘴唇，腮帮子愤怒得一鼓一鼓，由美子吓得脸色惨白握着罗芳的手簌簌发抖。罗芳用日语轻声安慰她：“不怕不怕，没事，可能是误会。”

张震的骂声传进来：“看什么看？！老子请客要你看？！娘希匹的老子地盘上请的都是尊贵客人，要你政保局来看个毬啊！”他故意不说藤井和日本人，就是想看看冯静之肚子里憋的什么尿，好在藤井那儿给他下蛆。

“啊！”一声惨叫之后，一个哭哭啼啼的声音说，“我真是政保局谍报队的，宋队长说何记的小掌柜有通共嫌疑，要我盯梢监视，这两天她一直在这里出出入入的，我才进来看看到底她在和谁联络……”

雅间里除了池田、由美子和藤井，所有人的目光都投向罗影。

罗影耸耸肩一歪脑袋对何大头说：“二叔，有人盯上咱家生意了，你说咋办吧？”

藤井环视一下大家，把目光放在罗影身上，问何大头：“他说什么？”

何大头毕恭毕敬地说：“外面那人说他是政保局谍报队的，他们队长让他盯梢我这小侄女，说她有通共嫌疑……”

藤井审视地看着罗影，她略带顽皮地一笑，双手摊开做无奈状。藤井心说：

这个毛丫头通共？

何大头解说道：“我这个小侄女，从小就帮我哥打理家里的生意，我哥死了，我就留她打理何记，我不是还要效忠皇军吗，哪儿有时间管自家生意。”

“哦？那为什么说她通共？”

外面传来噼啪扇耳光的声音和张震的骂声：“滚你的臭鸭蛋吧，何记你也敢动？那是何翻译官家的产业！”

“嗐，这个，太君。”何大头咽了下口水仿佛下定决心才坦白，“这个，通共和抗日分子，这个罪名是可以灵活运用的，有些不配合的殷实商人，用这个办法可以吓唬他们，轻了搞点零花钱。重了，可以抄没家产……”他边说边偷眼看着藤井，“现在，估计冯静之那家伙又盯上我何记了。”

藤井沉吟：“你是说他们是为了敲诈何记才盯梢你侄女？”

何大头说：“还能为什么？您瞧她这没心没肺的样子，能帮我看好店就不错了，还能通共？”

罗芳冷笑道：“藤井君，不管政保局还是侦缉队，这些人在敲诈百姓上都是……”她冷笑着住了嘴。

藤井看一眼何大头，何大头尴尬地笑了笑：“经费不足，经费不足嘛。”

由美子忽然说：“藤井君，那个强买了我的男人就是政保局的，他自己说原先就是地面上的恶霸。”

其实，何大头何尝不知道“狗遛人”是警察局的，由美子这显然是在帮罗影，于是也乐得不多话。

藤井的脸色愈发冷了，张震正好走进来，见他脸色冷峻便故作轻描淡写地说：“不好意思，一点儿小误会，那个笨蛋搅了池田君的婚礼，我揍了他一顿让他滚了。”他回到自己座位举杯朝新郎新娘说，“按中国人的习俗，我祝你们花开并蒂、幸福美满、早生贵子、白头偕老。”说完深深一躬仰头干杯，池田和由美子这才转过脸色来端起酒杯接受了祝福。

松木感叹道：“池田君，恭喜您与由美子小姐喜结连理，祝福你们！”他也恭恭敬敬端起一杯酒敬了他们。

罗芳也落落大方地起身敬酒，她特意对由美子说：“由美子，池田君是个优秀的人，好好爱他。”又对池田说，“池田君，您是我老师，也是朋友，由美子姐姐不容易，请善待她。”说完深深一躬，喝了杯中酒。

他们这一番又是说话又是敬酒的，全是用日语在交流，何大头也没有翻译。把个罗影看得无趣之极，她不敢看藤井，总觉得他眼睛里面有杀气，时刻想把自己脑子里七七八八的东西都盯出来。也不想看池田，对他完全不感兴趣。松木是老相识了，不用看也知道他这会儿全副心思都用在藤井和池田身上。于是她看着由美子的脸，那张脸薄施粉黛，表情羞涩满足略带点忧郁。难道这就是传说中的日本女人吗？她看着她渐渐出了神，那张脸渐渐化成了姐姐何逸梅婚礼上的脸，一样华服美妆，一样略带忧郁的眼睛。女人，婚姻？如果是好事为什么她们眼底都有一抹擦不去的忧郁？如果不是好事为什么她们都迫不及待地把自己嫁出去？这桌上的日本人都那么优雅有礼貌，与曾经见过的那么不同，由美子是杀父仇人的女儿，为什么却从她身上看到了姐姐？藤井是个十足的杀人恶魔，可现在却和记忆深处那些神父们没啥两样，虽然傲慢，却也和气。

她摇摇头，觉得有什么东西刺着自己眼睛。抬头，一个那么熟悉的戏谑微笑对着自己，杰克？她的嘴唇嚅动了一下没出声。梦醒了，她嬉笑着，给自己斟一杯酒，举杯对由美子说：“姐姐，祝你幸福，干杯！”她低声嘟哝着，“也为我自己。”她一口气喝完了杯中酒，嬉笑道，“我喜欢喝酒，喜欢中国人、日本人大家一起坐下来喝酒、唱歌、开心地笑。不要有人打扰，说什么通共不通共。不要想那些不开心的事，大家不打仗、不杀人，不敲我的店你的店他的店，统统都是朋友……”

罗芳摇头用日语笑道：“我这妹妹又喝多了。”

罗影殷勤地给每个人斟上了酒，看着何大头说：“二叔，我祝所有人开心快乐，新人幸福平安！”

这杯酒还没下肚，有人在门上叩了几下，又传来一个响亮的声音：“张队长！林剑锋求见。”全桌人都朝张震看去，池田皱起眉头，藤井面无表情。

张震酒杯在桌上一蹾哼了一声，站起身咬咬牙说：“林兄有何贵干？我这就出去。”

“不必了！还是有话里面说好。”随着门帘一撩，一个英气逼人的青年大步跨进来，一眼看见里面是这么个场面，也是一愣，张震朝他拱拱手走过去冷笑道：“林队长新官上任，还没来得及去恭喜你。”

林剑锋知道得罪人已经得罪到家了，没想到连藤井都得罪进去了。可还有什么办法呢？索性心一横，朝藤井一鞠躬，对其他人一拱手做了个罗圈揖，笑道：“林剑锋约束部下不力，搅扰了藤井少佐和各位的雅兴，特前来赔罪。”说着又鞠一躬，大步走到桌前自顾自拿杯子斟了一杯酒，此时他已经看明白了是池田和由美子结婚，他微笑着举杯对他们说：“恭祝池田君新婚大喜，百年好合！”说罢一口饮尽杯中酒，何大头故意不翻译。

池田犹豫了，由美子看看他，罗芳轻轻碰碰她手臂，由美子颔首轻声说：“谢谢。”

池田闻声盯着林剑锋缓缓端起酒杯，由美子也缓缓端起杯子，两人微微抿了一口放下杯子，冷冷看着林剑锋。在这个极其缓慢的过程中，何大头躬身站在藤井身后低声翻译着林剑锋的每一句话。

藤井轻轻咳嗽一声，林剑锋立即朝他一鞠躬。

“林，你很尽职。”这冷冷的声音从藤井嘴里吐出，令屋里的温度立即下降了几度。何大头直起腰来扬声翻译完，又一脸谦卑地躬身。

“谢谢藤井少佐！职责所在，卑职不敢懈怠。”

“这个小姑娘通共？”藤井指指正在没心没肺啃一只鸡爪的罗影。

林剑锋立正答道：“她一会儿男装一会儿女装，在上海扮成女学生去一家教会医院，出来时提着一只黑色小皮箱（他比画着大小），形迹可疑。”

罗影不干了，把鸡爪子朝空碗里一扔，抓起桌布一根根擦着手指，玩世不恭地说：“林队长，我知道你盯何记不是一天两天，都盯出花了！有啥把柄落你手里了？”罗影小泼皮般从椅子上跳起来说，“老子就这样儿了！我喜欢男装女装关你屁事？难不成我装男人比你帅你嫉妒了？还是我穿女装漂亮得闪瞎你狗眼了？我去医院看个伤风还要跟你报告？你那点小心眼子我还不知道，不就是你来小号收保护费我没给你脸吗？”她转身对藤井一鞠躬说，“藤井大人，宁城是皇军天下，百姓安居乐业。可这玩意儿指使手下光天化日闯进小店强收保护费，我有大日本皇军保护给你交的哪门子保护费？！”

罗芳一个劲儿拉她，用日语对藤井说："少佐，我这个妹妹父亲死得早，很没教养，您别见怪。"又呵斥罗影道，"少说两句！池田君和由美子的大喜日子，你就别添乱了。"

罗影虎视眈眈看着刚要张嘴说话的林剑锋说："你要是想钱想疯了，今天就当着藤井少佐的面说个数儿，何记拿得出的自然给你，拿不出的你逼死我也拿不出。要不你索性杀了我，省得天天算计着给我扣那些杀头诛九族的罪名！"

林剑锋被这个伶牙俐齿的小丫头堵得一句话说不出，气得满脸通红，张口结舌道："你，你血口喷人！"

"咦？我就奇了怪了，你编排罪名讹我一个小女子还闹到池田君的婚宴上来，居然还说我血口喷人？好！我问你，宁城谁最大？是不是藤井少佐？"说话间她一眼瞥到一直笑嘻嘻看热闹的张震微微皱眉，她不等林剑锋回答马上扭头对藤井一鞠躬，说："太君，我求您为小女子做主。这厮为几个臭钱死咬我不放，上次截我的船扣我的货在码头上跟侦缉队打架，您是亲见了的，今天又来搅局，连皇军的面子都不给。我今天在太君这儿告御状，青天大老爷！林剑锋敲诈勒索鱼肉乡里罪大恶极，小女子求您为宁城除这一害！"大段大段的话她字字珠玑斩钉截铁说得字正腔圆，最后一句她拖着长腔说完长揖到地又起身一个亮相，极其飒爽英姿。

林剑锋由怒到惊到怕，他也是有急智的人，见这是个缝儿立马哈哈大笑道："你个臭丫头当这里是在唱戏呢？"他这一说大家全笑了，浩子笑得从凳子上出溜到地下，何大头笑得边翻译边扳住藤井椅背直抽抽，池田和由美子先是愣神，听完何大头的翻译直接笑喷了。松木指着罗影笑道："小掌柜的大大的好！"藤井起先听着何大头的翻译脸色阴沉得吓人，此时阴晴不定地打量着林剑锋与罗影，琢磨着他们在演哪一出。

"呸！要不是小女子演戏逗大家一乐，你小子还有命站在这里吗？太君早把你拉出去咔嚓了！"罗影横了林剑锋一眼，一收架势笑嘻嘻地说着朝藤井一鞠躬，又朝大家做了个罗圈揖，"各位叔叔婶婶、大爷大妈、邻里乡亲，有钱的捧个钱场没钱的捧个人场，小女子这厢有礼了——啊！"

这下连藤井都笑了，等人家都不笑了他还在哈哈大笑，罗影目瞪口呆地看着他笑出了眼泪……

张震拉着林剑锋入席坐在自己旁边，喊叫：“小凳子！加一副碗筷！”喊罢先拿酒壶给自己斟上，又拿过浩子的酒杯满满斟了一杯递给他，说，“兄弟，够胆，以后跟哥混吧。那冯静之不是个东西，别看他让你当队长，一点儿实在好处没有。你说南京政府跟谁混？还不是皇军。你跟哥混直接就跟着皇军混了，还隔那么一层装模作样干吗？假装和皇军是两家，把自己撇得好像跟皇军没关系一样，谁信？有朝一日你不还是个汉奸！”

何大头翻译时很利索地把最后一句砍掉了，听得藤井微微点头，心里更坐实了冯静之是另搞一套，要撇清和皇军的关系。

林剑锋尴尬得不知怎么回答他，只好端起酒杯向藤井敬酒，又端酒跟池田赔罪，说：“不好意思，今天搅了池田君的婚宴，我自罚三杯，请您大人不记小人过，祝您和夫人白头偕老。”

藤井面色稍霁，不动声色地观察着这几个中国人。张震很年轻，精明强干却不够圆滑虚伪，这个林剑锋看年龄和他不相上下，也是满身锐气。何大头不值一提，浩子也不过是个喽啰角色。两个女孩儿很有趣，罗芳一口流利的日语，有近卫家小姐密友的背景，说话行事端庄大方；罗影娇憨顽皮，一脸稚气未脱眼神里却流露出商人狡黠。这些人也算是支那年轻人里的人尖子了，可惜都少了点气节。今天能背叛自己的祖国，明天背叛大日本帝国也是分分钟的事情。比较而言，池田和松木，虽然一个孤傲一个油滑，却都是帝国忠诚的军人，品格上就分出高下了。

酒觞交错中，张震也在悄悄观察着藤井、池田和林剑锋，藤井看着自己和林剑锋的眼神有细微的不同，同样的欣赏里带着几分轻蔑和怀疑，只是对自己更亲近一点。这也不过是因为对自己更了解，而非其他。林剑锋对自己是敌意掺杂着几分畏惧，因为自己的实力和在日本人跟前的地位都高于他。藤井的执拗、狡诈还有凶狠是毋庸置疑的，他是个职业军人，举止言谈无不透露着对天皇陛下的死忠，这是个难对付的敌人。池田却不一样，他是个正直的书呆子，一个数学家，现在却做着他不喜欢的工作，为了报效他的祖国。

张震明白自己最大的优势是有机会在这些人之间下蛆，至少先离间了政保局和藤井的关系，同时要靠这些人为自己织好厚厚的保护网。

他看一眼罗芳，她正拉着由美子浅笑低语，不时跟池田藤井聊几句。罗影这个小丫头，拉着松木在划拳……这小丫头，古灵精怪，刚才与自己配合得天衣无缝，可是眉眼间总觉得像一个故人，像谁呢？自己重刑后被佐藤扔在宪兵司令部门口时，是她送饭给自己吃才扛过来，那个雨夜，他仿佛看到了育婴堂小妹的眼睛。她们都叫茉莉，但茉莉是被上海的银行家收养了，怎么可能变了这乡下地方的破落户……

他正在出神，浩子拽了他一下，他才看见，藤井端了一杯酒正在哇啦哇啦地说什么。

“太君说，今天是池田君和由美子小姐的新婚大喜，他恭喜他们，也感谢各位前来祝贺。他要和各位喝一杯，各位要好好效忠大日本帝国，协助皇军把宁城的地下抗日分子统统消灭干净！”何大头恭恭敬敬地翻译。

大家一脸恭敬地听着，何大头话音没落，林剑锋已经一蹦子跳起来立正大喊：“效忠天皇，效忠皇军！”搞得几个大男人也都跟着站起来立正、大喊。藤井满意地轻轻挥手示意大家坐下，说：“好了，说好今天不谈公务的。喝酒，很久没有这么开心地喝酒了，我要好好喝一顿喜酒。小姑娘，你的，好好唱个戏大家听。”他最后一句话是对罗影说的。

何大头一听没翻译，先满脸堆笑“哈依哈依”地答应着，然后拍拍手对大家重复了藤井的话，对罗影说：“快，你不是最爱唱戏吗？赶紧的，给太君来一段。”

“来一段？你当我卖艺的啊？”罗影用鸡爪子指着自己鼻尖嬉笑道，“二叔，要我唱戏不难啊，可是唱什么好呢？”她眼珠子一转坏笑着说，“《击鼓骂曹》如何啊？”

何大头忙摇手道：“别别别！”一看罗影的眼睛又立起来，忙说，“那啥，我的乖侄女，今天是人家池田君的好日子，你不看僧面也看佛面，咱换个好听点的行不行？”

罗影歪着脑袋还在想，罗芳笑了：“妹妹别闹了，就唱一出《楼台会》好吗？小凳子，去把我的琵琶拿来。”说着掏出钥匙给了他。

“好吧，看池田君和罗姐姐的面子，我就不为难你了。《楼台会》就《楼台会》吧。”大家又喝了一轮酒，琵琶就取来了。罗芳轻拨琴弦，顿时如大珠小珠落玉盘，罗影拿一方手帕在面前一挥，手帕落下时，她已经从一个小滑头变成了千娇百媚的小姐，咿咿呀呀地唱了起来。

藤井先是一愣想笑，接着慢慢听入了迷，他一点儿都听不懂唱的什么，却被那优美的音律迷住了，何大头在他身后低声翻译着。

罗影声情并茂地一曲唱罢，满桌人都目醉神迷地看着她，她拿根筷子在酒杯上叮铃铃敲着，一脸顽皮笑道：“连叫好的都没有啊？看来我唱得不好！以后再不唱了。”说着小嘴一噘脸一扭哼了一声。这下大家全笑了，浩子鬼叫着：“好啊！好！”张震林剑锋也跟着叫好凑趣，罗影又哼了一声道：“都不是真心的。”小女儿情态一览无余，逗得大家再次哈哈大笑，只有张震眼风扫着林剑锋似乎出神了。

林剑锋心想，这么会演戏，判若两人啊……之前一直怀疑宋保国认错了人，现在看来那个女学生打扮急匆匆进入爱德华医院的人很可能就是她！

藤井听何大头给他讲了“楼台会”的故事，一下一下地鼓掌，说：“好，好。故事好，小姑娘唱得也好。”

罗影心里一惊，天，别又像佐藤那个老杂毛看上自己了吧……她连忙一正颜色拱手道：“谢谢太君夸奖。小女子不过是天天听楼下那留声机唱跟着瞎哼哼几句，真要说唱戏，还是梁家班的梁晓云，那是从宁城红到南京的名角儿。藤井少佐一定要去天仙大戏台听听她的戏，戏好人漂亮，看了梁家班的戏你才知道我这样的简直不值一提。”

藤井笑了，由美子对罗影说：“谢谢小妹，这个贺礼我收下了。”

张震道：“由美子小姐，我这里还有一份贺礼，是藤井君吩咐的，还请笑纳。”说着朝藤井看一眼，从兜里掏出一张纸双手递给池田。池田看一眼不知是什么东西，何大头早已凑过去看了个明白，说：“这是一份房契。”

张震说：“就是你租的那座小院子，我们侦缉队出面帮你买下了。”

池田说：“这怎么可以？”

“没什么不可以的。池田君成亲，中国人说成家立业，没房子哪能叫家？你和由美子小姐住自己的房子，她也安心，省得被人打扰。”

藤井很满意张震办的这件事，让他有面子，池田有里子，不错！

正说着外面又有人咚咚咚敲门，张震不耐烦地喊一嗓子：“谁？！今天出什么鬼了？吃个饭都不消停！”

藤井的眉头又拧了起来。

“藤井少佐，我是来喝喜酒的。”门帘一掀冯静之已经走了进来。手里托着一个精美的雕花小木盒，笑呵呵地对新人一拱手说：“恭贺新人，百年好合。”把木盒双手递了过去。

池田接过盒子递给由美子，对冯静之微微一躬说：“谢谢冯先生。”由美子也随之一躬，低声说谢谢。

冯静之微笑道：“打开，打开看看，喜欢吗？”

由美子疑惑地打开盒子，一对硕大晶莹圆润的珍珠耳环！白色珍珠被鹅黄缎子簇拥着流光溢彩。她轻轻叹了一声，觉得目眩神迷……

“呵呵，藤井先生，看来由美子小姐对这件礼物还算满意。”冯静之对礼物的效果很满意。

藤井微微皱眉看着冯静之，心底里泛上的第一个词就是“笑面虎”。

“听说我部下搅扰了池田君的婚礼，我很不安，特地赶来赔礼道歉。”冯静之心知上次扩充谍报队、缉私队等等一系列行动没有先报告藤井批准，已经让他心生嫌隙，他可不想这种矛盾扩大化。

藤井微微颔首，看一眼池田。池田对这个知之甚少的支那人第一面的感觉很微妙，总觉得这个人哪里不对味儿，但还是看在那珍珠的面子上客气地说：“一场误会，林队长已经是朋友了。冯局长既然来了，也请入座喝一杯喜酒。”

冯静之听了何大头翻译，大大方方坐了林剑锋给他让出的位置，面上并未表露出张震没按照级别规则给他让位的不满。张震微微一笑，懒洋洋地喊了一声：“小凳子，今儿真热闹，再加一副碗筷！”目视王胜，示意他出去看看。王胜会意地让出位置给林剑锋，一笑走了。

冯静之对他话语里的嘲讽置若罔闻，端起林剑锋给他斟满的酒杯，再次给藤井敬酒，嘀里嘟噜说了一大串，何大头翻译到：“太君，冯局长给您敬酒，祝您万事如意。”

藤井哦了一声，看着冯静之的眼睛，说："万事如意。"端起杯子抿了一口。

冯静之心里嘀咕怀疑地看着何大头，听他说："太君叫你凡事用心，别自作主张。"有点尴尬地朝藤井躬躬身一饮而尽。

藤井问何大头："你跟他说什么？他怎么这种表情？"

"我说太君叫他凡事用心别自作主张，听皇军的才能万事如意。这种小人，给他点颜色就敢开染坊，不能说好听的给他。"

藤井微笑点头，也就不再说什么了，其实心里明镜似的知道这几个支那人在钩心斗角。而这个何翻译官，显然是站在侦缉队一边。这对自己也是大日本皇军在宁城的地位稳固只有好处，让他们闹去吧。

冯静之还看着何大头，何大头说："太君叫你仔细点，别把差事干砸了。"

冯静之明知何大头在弄鬼，却也无可奈何。

罗芳见这刚和缓的气氛又要紧张，忙对罗影说："妹妹，再唱一段，给由美子添点喜气，也给大家助助酒兴。"说完又微笑着朝藤井用日语说了一遍，藤井点头。

罗影撒娇说："老唱戏不好玩儿，我给大家讲个笑话吧。"她歪着头想了想，说，"我就讲个狐狸精的笑话。"

罗芳一指头戳着她脑门说："我看你就是个小狐狸精，还讲狐狸精的笑话？你要骂我可小心我掐你。"

"不敢不敢，我怎么敢骂姐姐呢？"她转着眼珠子把一桌人看了一圈，笑道，"那我骂别人好不好啊？"

"死丫头，不许得罪一个客人！"

"那我得罪半个客人行不行？"

"神经，客人还有半个的？再说一次，不许得罪人！"

"唉，世道艰难啊，说个故事都这么多规矩。那好，罗姐姐，我不得罪人，得罪狐狸精好吧？"

"说吧，说得大家不笑还是仔细我掐你！"

姐妹俩斗嘴时，大家都有趣地看着她们。何大头在藤井身后逐句翻译，不等她们说完，大家已经笑出声了，反倒是两个当事人一本正经。

罗影看一眼众人嘟囔道：“不要笑了，这有什么好笑的啊？留点点笑容等我讲完再笑好吧？不要现在笑完了一会儿笑不出来我就惨了，我姐姐掐人很疼的哦。”此话一出众人更是大笑，连罗芳也不禁笑着掐了她一把说：“讲！闲话真多。”

罗影咳嗽一声，筷子敲着面前的菜碟说：“话说某年某月的某一天，一家酒肆里进来一个风流倜傥的胡公子，这位胡公子是谁是谁呢？”她目光在桌上所有男人脸面上一晃而过，筷子头儿点着，“不是你不是你也不是你！他呢，就是那个玉树临风花见花开人见人爱气死周瑜吓跑潘安的胡公子胡大壮啊！”她筷子头儿在碟上又是清脆一敲，缓口气说，“话说这胡公子进店干吗来了呢？你说你说你说呢？”几个被她点到的人你看我我看你，不知道怎么回答，她微微一哂道：“进酒肆还能干吗？喝酒呗！”众人面面相觑，有点狼狈。

“胡公子叫来小二要了一大壶好酒和一盘牛肉，喝着喝着就喝多了，在店堂里跳起探戈，当然了，怀里没有女狐狸精哦。小二和客人们看着高兴啊，一个有钱的阔佬就拿钱给小二，大声说：‘那胡公子的酒钱算我的，再给他来一壶，叫他好好让我乐一乐。’胡公子有酒就是娘，边喝边舞酩酊大醉，一不小心……”张震皱着眉头说：“不好笑不好笑，另说一个。”

“哼，我还没说完你就说不好笑，罗姐姐，罚他酒！”罗影不干了。

罗芳笑笑示意张震闭嘴，张震讪讪地说：“这里只有我是酒鬼，这小丫头片子一会儿怕是要骂我。”罗影冲他一吐舌头做了个鬼脸，这下众人笑得一发不可收拾了。藤井故作庄重地对张震说：“罚酒。对的。”

张震悻悻然喝了杯中酒，用威胁的目光看着罗影，似乎在说：不许编排我！

罗影一龇牙用筷子头儿一敲瓷碟接道：“那胡公子酒醉，手持酒壶边舞边喝，学女人做天魔舞又做胡旋舞，人人都以为他是女扮男装的戏子，看得乐不可支。忽然，裙底露出白花花毛茸茸第三条腿，酒客们定睛细看：‘妈呀！狐狸精来了！’四散而逃。唯有那阔老板不怕，说：‘我就喜欢狐狸精！’上去一抱，胡公子大喊：‘我是男人！’阔佬说：‘呸！男人有你这么娘的吗？’”说到此她眉眼鼻头皱成一团冲张震一伸舌头，一脸娇憨顽皮吴侬软语道来：“胡公子，别来无恙吗？”这下本来没笑的人们全都看着张震狂笑起来。由美子更是衣袖掩面靠在罗芳身上笑得花枝乱颤。

张震哭笑不得地指着她说：“你，你，你这个臭丫头，就知道你没啥好话。”

罗影眼睛都不眨一脸无辜地问大家：“你们都笑什么呀？刚才这笑话张队长听了很不爽啊。不许笑，都不许笑了。我重说一个好不好？”

张震眼睛瞪着她，她狡黠一笑道：“这次绝不骂你了。”众人拍手，心里却惕惕然东张西望，不知道这次小丫头要骂谁。

罗影筷子头儿一敲，叮铃一声，大家都停住笑声眼睛望着她。

“话说还是那间酒肆，一桌客人在喝酒。喝闷酒多没意思啊，这主人是个捉妖人，就拘来一个善于陪酒的女狐狸精，这个女狐狸精很喜欢戏弄人，于是主人说：‘不许戏弄客人，也不许戏弄主人，否则我把你关在葫芦里关上一万年！’女狐狸精坐定问道：‘那我戏弄狐狸精可好？’主人点头答应。”说到这里，她看看身边的罗芳，罗芳瞪她一眼，她嬉笑着转而说：“狐狸精说：‘其实狐狸精和观世音一样的，不分男女身，你喜欢我是女的我就是女的，你看我是男的我就是男的。而且，狐狸精都很聪明，不是因为我们真的聪明，而是我们旁边都是不如我们聪明的家伙。’”罗芳的眼神已经凌厉得要杀人了。

她还是口无遮拦地说：“你们知道狐狸精的‘狐’字怎么写吗？左边一小犬，右边一大瓜啊。”说着筷子头朝张震一指莞尔笑道，“张队长，这次我可没有骂你啊。”

大家顺着她颤动的筷子头朝张震两侧一看全笑了，他左边坐着冯静之，右边站着正在给藤井翻译的何大头。矮胖的冯静之正一脸愚忠谦卑地仰望藤井，胖大的何大头正一脸谄媚躬身给藤井翻译，小犬大瓜……正是笑话可笑不可笑全在应景，一桌人除了他俩全笑喷了。

何大头木呆呆地把话翻给藤井，藤井和池田、由美子看看一脸怒意的冯静之和苦瓜脸的何大头，越看越可笑，越发笑得不可收拾。张震笑完一摸脑袋骂道：“臭小娘皮，老子还是被你骂了！”

罗影朝他一龇牙笑道：“狐狸精有你这么笨的吗？”

顿时满屋笑声又起，林剑锋笑得一手拍着大腿一手点着张震道：“狐狸精，还是女的！”

哄笑间，王胜一掀门帘进来快步走到张震耳边低语，张震的脸立时黑下来道："真的？！"

王胜不多言语拿起一个空碗走到窗边啪一下扔出去，后院里一阵骚动，砰一声枪响！张震和林剑锋从椅子上腾地跳起，林剑锋一个箭步跳到门边，张震一个箭步跳到窗边，两人手里已经握着枪，浩子合身扑过去把林剑锋撞翻在地，喝道："你干吗？！"已是一把匕首顶在他喉咙上！林剑锋无奈地说："你顶着我干吗？"

何大头却一下躲在了藤井身后，藤井冷峻地拨开挡在身前的池田，缓缓站起来问："什么情况？"

松木扒在窗边探头看了一眼说："外面很多支那便衣。"

张震冷笑回头："冯局长，是你的人？"

何大头颤抖着把话翻给藤井。藤井大踏步走向窗前，冯静之说："误会，可能是误会。为了保护藤井君的安全，我叫谍报队在外面放了警戒。"

"警戒？你来看看你的警戒。"藤井话音冷得比腊月的河水还冰冷。

冯静之闻言有点惊诧，快步走到窗前朝下一看，自己带来的十几个谍报队队员被一群侦缉队队员用枪指着围成一团，双方剑拔弩张就差火并了。

张震咬着牙朝外喝道："下了他们的枪！跑了一个提头来见！"

又一群侦缉队队员涌进后院，二话不说连打带踹把谍报队队员的枪全下了。话说不是谍报队员窝囊，那也是挑过选过的人，只是被比自己多几倍的人拿枪指着，又看见了楼上窗口的藤井，谁也知道反抗的结果是什么，左不过是来混碗饭吃，再傻也不会拿命搏。

在藤井的怒视下，冯静之的脸都绿了，他这才知道刚才王胜出去远不是给自己腾座位这么简单，看来自己低估了张震这个小人……

罗芳也明白了张震所说在藤井那里给冯静之挖了个坑的真正含义。

三个月后，政保局的谍报队已经不复存在，林剑锋也在藤井命令下穿上了侦缉队的黑衣，给张震做了副手，而浩子却被调到缉私队做了新任队长宋保国的副手。

冯静之则无法忘记藤井拍着自己肩头意味深长的一笑：“冯桑，我知道你的忠心和苦心，回去好好干，南京方面我会替你美言的。”

思前想后，他在一个雨夜与一个神秘人物在杭州的西泠茶室见面……

41

傍晚，夕阳余晖洒在青瓦屋顶金灿灿的，燕子低回欲归家。小上海后院的天井里，张震提着个花里胡哨的点心盒子大咧咧地喊道：“小凳子，见罗小姐了吗？”

“罗小姐？没见啊。”

胡妈在围裙上擦擦手说：“罗小姐在家，我刚送了开水上去。”

张震笑道：“还是胡妈疼我。死小凳子，小心老子把你劈了当柴烧。”

他穿过月洞门走进后宅，咳嗽着把点心盒子举高：“罗小姐！”提着水壶下楼的罗影皱着眉头问他：“你干吗来了？”

“找你罗姐姐啊。”

“去，少来。罗姐姐不在家。”

“茉莉，不许对客人没礼貌。”罗芳站在二楼楼梯边嗔道。

“哼，狗屁客人。”罗影鄙视地一耸鼻头。

“还好有如狗屁，至少有人说声臭不可闻。”张震一点儿不气，油嘴滑舌。

“好了，你们是前世冤家吗？见面就吵。去，帮我买点水果。”罗芳把罗影支了出去，张震笑嘻嘻地上了楼，两人就坐在廊檐下的美人靠上聊起来，远看就是一对恋人在说悄悄话。

“现在国际国内形势都在朝有利于我们的方向转变，国内战局已经由被动防御转为战略相持阶段，毛主席的持久战论点深入人心，我们就是要拖垮拖死敌人，为战略大反攻积蓄力量。欧洲战场和苏联战场正义力量逐步占了上风，德、意鬼子在战场上开始败退。美国人在太平洋战场击毙了鬼子的海军司令，占领了瓜岛，这对我们都是极为有利的。我暗暗比较并报告了家里，最近三个月鬼子的物资配给量比去年下降了近百分之二十。”罗芳有点兴奋地通报着情况。

“鬼子的物资在枯竭，兵源质量也在下降。”张震两眼放光，“最近藤井传达上级指示，主要力量放在宁城，主要任务从军事进攻转为固守和抢夺物资，还计划下乡抢粮。南大营的鬼子换防，原先的主力部队只保留了一个中队，新调来的是杂牌军。”他随手拆开点心盒子，大声道，“胡妈，拿个漂亮盘子来！”

罗芳点头道：“各方面信息汇总分析，鬼子已经把巩固统治和经济掠夺放在第一位。这样根据地的军事压力会减轻，但经济困难会更大。”

“这点必须向家里汇报。还有，藤井现在对我们各税卡的收入把得很紧，经常会突然派人查账，想在税金里抽经费越来越难了。”

罗芳看着院子里胡妈把几个盘子交给罗影，说：“她在设法做回小上海的掌柜，对情报搜集和经费都有必要。”

“这是个好办法。另外冯静之最近刻意拉开与日本人的距离，以宁城政府姿态高调活动，拉拢工商各界和社会名流，把大部分力量用在和我们作对上。前些天他秘密去了趟杭州，我猜他暗地里与重庆方面联系，我在设法利用藤井的力量调查他。现在国共合作，这件事还要请示家里，如果他是重庆方面的人怎么办？”

“好。家里计划要抓住战机打敌人一下，就看藤井最想要什么情报了。”罗芳看着张震。

“第一，他们要新四军各级指挥官的活动情报，鬼子跟德国人学了新战术叫斩首行动，就是专门偷袭我们的指挥机关。据敌人内部通报，他们最近在太行山根据地对八路军的指挥机关取得了重大战绩。第二，他们要各种物资资源分布情报，以利经济掠夺需要。粮食、煤炭、矿产，啥都要抢，苟六壬那王八蛋出主意要抢宁城所有人家的铜器。藤井要求宁城的税收增加三成而且一定要收，决不通融。”

“好。那我们就从这两方面下手，报告家里，相互配合，家里提供假情报给我们，再由你设法提供给藤井。”

张震点头答应，转着眼珠琢磨：“那个池田我总摸不透，他被任命特高课课长以后，很少过问特高课的事，见了我也不说话，一张脸拉得比驴脸还长……”

“他是个知识分子，数学家，在电讯课也不爱说话，看着很清高。”

“不能看表面，咬人的狗不叫，他太聪明，防着他。”

“是，我常见由美子，有个女人牵制着，他……”

张震还是摇头：“非我族类其心必异，他脑子太好用了，有时候我觉着我说什么他都能看透，你千万小心他。”见罗芳点头，换了话题，“王胜建议想办法哄侦缉队和缉私队下乡，让家里找机会揍他娘的！”

“好。茉莉来了。”罗芳笑看罗影端着个大托盘走进后宅院的月洞门。

张震握着罗芳的手深情地看着她说：“敌人对所有中国人都不信任，不要以为我们现在站稳了。敌人的手法是利用中国人互相牵制互相监视互相打压。藤井看似职业军人不懂特工，但他很狡猾很执着，表面看他解散谍报队打压了冯静之对我们有利，其实他是把半个谍报队掺沙子掺到侦缉队来了，那个林剑锋就是贴在我身边的狗皮膏药，比络腮胡更难对付。所以，你要特别小心。你一定要好好管教茉莉，古灵精怪的太吓人了。她是我们最弱的一环也是最关键的一环，千万不能露出马脚！（扬声）小丫头，这么多好吃的，对我不赖嘛！”

罗影把茶点茶具一一摆好：“关你什么事？这是给我罗姐姐的！”说着打开点心盒子把点心摆在瓷盘里，朝张震一撇嘴，对罗芳娇憨地说，“慢聊，我不碍眼了。”

张震用罗影恰好听得见的声音说：“你这妹妹得好好调教了，她是真忘了刑讯室的可怕还是真不怕？还有冯静之、苟六壬那些狗呢！”她下楼的脚步顿时慢了，自问：“他啥意思？这是提醒我呢？”不由得回头望了一眼——两人正笑吟吟地看着自己。

待罗影走远张震才继续说：“现在还有个大麻烦，那个混在咱们内部的内奸，我这边还是没线索，完全查不到他的联络人，你那儿有没有再接到他的电报？”

罗芳也愁得直摇头：“藤井专门吩咐了池田，特级密电不许我接触。我只能接触普通密级的。上次是池田醉酒没上班，我才有机会看了一眼，还被那个曹长死盯着。不过……”她闭上眼睛仔细回忆当时那一眼看到的每个细节，脑海里闪现出那张电报纸，每一行、每个字、一格一格……忽然，她眼一睁说：“那份电报是从上海转发来的，发报单位的抬头代码是上海的！这个特务，不能只从咱们这儿找，得报告家里从上海方面查。”

“这样啊……那这就是个埋得很深的家伙，在咱家里已经潜伏很久了。很可能是国民党的人，可怎么在这节骨眼上给日本人情报？”

“还记得皖南事变吗？”罗芳幽幽地看着张震。他沉重地说：“看来，就算把小鬼子赶走了，和这些家伙还有一场恶斗。”

罗芳叹息：“本是同根生，相煎何太急！”

张震恶狠狠把烟头碾灭在脚下，笑道：“打就打，谁怕谁？！”

罗影匆匆离开却是为了去找张太太，她在小上海二楼雅间里搓了一天麻将，此时大约也该散了。

还没走进店堂就听到喧闹之声，原来是几个缉私队队员在与小凳子纠缠吵闹，浩子正替小凳子打抱不平：“他给我们侦缉队记账，那是我们信用好啊，不像你们，记账从来不还！”

小凳子苦着脸说：“您缉私队的人来了每次都说记账上，可每次问谁来结账都不说，这账上已经记不下了，害我回回挨掌柜骂，掌柜月月被老板骂……”

旁边食客讥讽道：“呵呵，现下吃霸王餐都吃得这么理直气壮……”

林剑锋大踏步走进人圈儿，一巴掌扇得闹事手下栽倒在地眼冒金星跳起来骂娘：“哪个王八蛋打我？”伸手就去掏枪，林剑锋一脚踹过去喝一声：“欠他多少钱？！”

小凳子哆嗦着把手里账本子奉上说：“三百八十七块大洋，还有些小零头就不要了，求您把这整数给结了吧！”

林剑锋对手下喝道：“去！拿钱来结账！”又阴森森地盯着小凳子说，“此店涉嫌黑市交易，立即封门！”小凳子脸上刚露出千恩万谢的笑容，立即又被冻成了冰块。

一直站在二楼观望的张太太满脸堆笑地踏下楼梯一迭连声招呼着：“呀，林队长来了，稀客，稀客呀！小凳子，快请林队长来二楼清风阁。”

店里的食客们本来见林剑锋发威已经纷纷起身，见状又驻足看戏。

林剑锋冷着脸走到一张桌边挥手将桌边碗盘推到一边，拉把椅子正襟危坐。

张太太尴尬地站在楼梯半当腰上下不得，罗影提了把茶壶拿着茶碗上前赔笑斟茶道：“林队长辛苦，大热天的，先喝口茶去去火。”

“是，天气太热，林队长公务繁忙，上火也是有的。”张太太目视小凳子，拉开张椅子坐在林剑锋对面，缓缓端起茶吹了吹，说，“这小厮不懂事，什么账不账的，都算了。”

“怎么能算了？我可不想落个纵容部下的罪名。”扭脸对立在身后的手下发令，“查这些人的良民证，有走私嫌疑和没有良民证的统统带回去调查！”

“何必呢，今天是我这小伙计得罪了您，明天让张会长亲自去您府上赔罪如何？”张太太喝令小凳子，“还不跪下给林队长赔罪？！惹这么大祸，看我不打死你！”

小凳子跪在林剑锋面前磕头磕得砰砰响，哭喊着：“林队长息怒，小凳子再也不敢了！”

店堂里的食客们原本还在看热闹，忽然被缉私队队员们挨个查看良民证，不时揪个人赶到墙角看起来，顿时乱成一锅粥……

张太太脸上挂不住了，一挺身站起来冷笑道：“林队长，好手段！区区几百大洋的饭钱不至于此吧？您想绝了的怕不止这生意？！这宁城没有讲理的地方，我们南京见！”

林剑锋一愣，罗影见机一把拉住转身欲走的张太太：“张太太别啊，小事一桩，何必弄僵？”转身对林剑锋一揖道，“林队长，何必呢？您这事吧，传出去怕不怎么好听。”她挠头道，“您看这乱糟糟的，也不是个说话的地方，要不，咱还是上楼谈？”说话间何大头和张震也走了进来，张震在人群外就吆喝着：“浩子！哦，娘希匹的浩子跟别人了。小凳子！上茶上酒，给老子弄几个凉菜，热死老子了！”

罗影朝林剑锋一挤眼说：“见好就收，咱赶紧上楼慢慢谈。”林剑锋犹豫间，那边张震已经调侃上了：“哟，林队长在办案啊？什么大案要案啊？摁了满店的人，恭喜发财啊！”

正说着林剑锋打发去拿钱的手下来了，见店内情景恶狠狠地将一包大洋拍在柜上："结账！点好了，三百八十七块大洋一个不少！"

何大头腆着肚子冷嘲道："果然发财！几百大洋算什么？这么大一票人，怎么也敲出上千大洋了，缉私队真是好生意。张大队，您应该跟林队长好好学学，他那地盘也没上锁吧？"

张震痞笑道："前有车后有辙，弟兄们！明儿起我们照章办理！"不知何时十来个侦缉队队员已经进店，此时同声应道："是！"王胜吆喝驱赶店内食客："去去去！都赶紧滚！滚你个高邮咸鸭蛋吧！等着吃屎呢？"众人一哄而散，罗影悄悄拉拉林剑锋衣袖，他眼见大势已去气呼呼下令："撤！"

闹完这一场，罗影又送张太太回家，陪她直等到在外应酬的张会长回来，罗影这才得空回到自己的小窝，前后脚罗芳就跟进来了，苦口婆心地教导她地下工作要学会情绪管理，任何时候都要动脑子、动脑子、动脑子！这一行没有真假，只有心机，所有的脱口而出都是深思熟虑，所有的表情都只是一副面具！戏子演戏只在台上，而我们分分钟都要演。聪明不能只挂在脸上，关键要心思缜密，先想后说后做，不能嘴比心还快。

罗影困劲儿上来疲惫地伸展身躯在小竹床上说："罗姐姐，可以明天再教吗？我累死了……"

"累死了也比被打杀好吧？地下工作，除了忠诚，管好嘴是第一位的。"罗芳叹气道，"茉莉，你是个好苗子，但你太幼稚天真，太容易暴露了。和魔鬼打交道一定要比鬼更鬼，怎敢掉以轻心？池田结婚那天，你不觉得自己话太多戏太过了吗？还有昨天对张震的态度，合适吗？这是我眼见的，没看见的呢？你得仔细想想，最近所说所做的所有事有没有破绽？哪里有？明天一早告诉我，好一起弥补！群狼环伺，你出事，整个暗瞳都完了，我们跑不跑得掉都难说，就算跑了，任务怎么办？！"

一番话说得罗影羞愧难当，脑子清醒了大半，仔细想想自己最近是有点得意忘形了……

天，又亮了。吃罢早饭罗影换了洗得清清爽爽的男装，一摇三晃地去了酱园，对张亮说："让小豆子去找胡管家来看店，你和我下乡去收债收货。"

小豆子说："小掌柜的，啥时我也可以看店啊？"

罗影笑着在他头顶拍了一下："怎么？也想学我？好好干，仔细学，有那么一两年、两三年的就差不多了。"

竹林深深，鸟鸣阵阵，一个樵夫打扮的人用望远镜在偷窥一片翠色深处的蜿蜒小路，一前一后一矮一高两个身影潜行。望远镜把远处的人拉近，正是罗影和张亮。

"樵夫"远远缀在他们后面。

一声画眉鸟求偶的叫声，一声接一声的叽喳着扑棱棱飞了起来，一处草丛晃了晃，一个背影隐没。

罗影擦汗，回头看一眼张亮说："画眉鸟飞了。"

"这些王八蛋，要不要我收拾了？"

"哼，蟊贼明了就不过是蟊贼了。咱们先去收货收债，好好遛遛这王八蛋。"

太阳当头，"樵夫"擦着满头满脸的汗用草帽扇着风坐在大石头上，伸着脖子看消失在前方小路上的两人，艰难地站起身跟去。

日影渐斜，张亮在一个小镇的店铺院子里和伙计扛着秤在称一大筐春笋。罗影一手拿根鸡腿啃着对排队交春笋的男女老少吆喝："乡亲们，都把根去了，土弄干净，不好的货色我是不收的。"

"樵夫"饿得肚子咕咕响，小镇就那么几十米长的一条街，不超过十家店铺，他走到一家饭铺的蓝布棚下，有气无力地喊一声："小二，一盘牛肉一壶酒，两碗米饭。"

一个婆婆端着一只粗瓷碗提着一个陶壶过来，笑眯眯地说："客人啊，已经过了饭点，没有菜了，就锅里还有点锅巴要吃吧？"

"……""樵夫"傻眼了。

"你这人啊，这么细皮嫩肉的，我看不是干粗活的吧？"婆婆叹口气说，"我拔两棵青菜帮你煮碗泡饭垫垫吧。前些天也是一个学生娃逃荒逃到乡下，只好给人干零活，造孽啊。”

“樵夫”感激得想哭，早晨出来得急就没吃饭，大半天连跑带颠儿地除了山涧的溪水天上的风，连个屁都没进过肚子，真真是饿惨了。他先低头猛喝了一大碗竹叶茶，喘出一大口热气，半趴在桌上缓气儿。一股喷香的肉味钻进鼻孔，抬眼，一只粗碗里盛着一只煮得稀烂的猪蹄杵在面前。再一抬头，自己跟了一路的罗影似笑非笑地看着自己。

他尴尬地看着她。“给我们做了大半天保镖饿了吧？吃吧，一会儿回去还得仰仗你。”罗影一拱手很江湖地说，“是缉私队的朋友吧？你看我也就做点小本生意挣点辛苦钱，跟你队长说，别派弟兄跟了，怪累的。要不干脆给我杆枪，我也学学咋用，自己防身就好。”

“樵夫”尴尬地看着她笑盈盈的眼睛和戏谑的嘴角，不好意思地说：“我也是被派了这差事，没法子，小掌柜别记恨我。”

“没关系啊，你愿意跟就跟呗，一会儿回去，我们还要雇挑夫，你愿不愿意赚点外快？”

“天哪，我哪是做挑夫的命啊，你就别臭我了，我吃饱了歇歇就回去。累死我了，这活儿我再也不干了，谁爱干谁干。”他捶着跑酸了的腿，仿佛快要哭出来。

婆婆端了一大碗锅巴泡饭来，慈祥地说：“吃吧，后生。可怜的，要不是闹鬼子你也不会跑到这山里来。”

“樵夫”语塞，尴尬地接过碗，点头谢了婆婆后低头往嘴里扒饭。

罗影同情地说：“我们这个镇子收完还要去下个镇子，你还要跟着我们走吗？大约还有四十多里地。天黑前要赶到，不然夜里山上有狼。要不干脆我们搭伙儿一起走，我知道你有枪，也可以给我们壮胆。”

“樵夫”红着脸说：“小掌柜的，我实在跑不动了……”

罗影笑吟吟地低声问：“小兄弟，缉私队的兄弟我都看着眼熟，你怎么面生呢？”

“我，是谍报队的……”

罗影心里嘀咕：谍报队不是散了吗？怎么还在？于是摇头叹道：“小老弟啊，

你真傻了，谍报队的跟着我跑啥？缉私队的好歹抓住我点把柄可以敲竹杠，你谍报队是管啥的？我就贩点私货违禁品你也管不着啊。白遛腿还跑这么远……”罗影用看天下第一大呆瓜的眼神瞧着“樵夫”，那婆婆在旁边听着了眼睛瞪得跟铜铃似的说：“啥？这细皮白肉的后生是给鬼子干事的？后生你咋这么傻呢？”

他羞愧得头都快低到桌面上了。

罗影很仗义地说：“算了，大婶，他也就混口饭吃的学生娃。”她问他，“小兄弟叫啥名儿？”

“戚晓武。”他声音跟蚊子似的吐出几个字，偷眼看婆婆。

“还姓戚？老家是戚家山的？那宁可跟着小掌柜学个手艺也好啊，跟着鬼子干……丢祖宗的人啊！”婆婆鄙视地摇摇头叹气走开。

“戚晓武，别生气，回去可别跟上面说。这一片去年皇军扫荡，烧杀抢掠，老乡都恨透了的。”罗影紧张地低声说，戚晓武默默点头，他忽然好恨自己。这一路走来，看见好几个被火烧毁的村落，百姓贫苦，生活艰难。所过村镇只要提起日本人，老乡们都是又恨又怕。他有点后悔，毕业之后找不到正经工作又不肯回乡务农，现在搞得自己人不人鬼不鬼。

“这樊婆婆刀子嘴豆腐心，你千万别往心里去，更不敢跟皇军报告啊，那可不得了，你一句话也许就是多少条人命呢。”

“嗯呢。我心眼没那么坏，干谍报队也就为每月那点米票和军票，总不能老大不小还从家里背米来吃吧。其实，我也不是想跟小掌柜的为难，只是上峰委派……”

“上峰委派？派你给我当保镖？回去替我谢谢你们冯局长。不过红包可没有啊，我小本生意赚钱不容易，你一路也看见的。”

“小掌柜的，不瞒你说，”他抬头四处看看，“冯局长说你老往新四军地界跑，有通共嫌疑，叫我跟着把你一路行踪跟谁说话说什么都要记下来。”他不想承认自己是汉奸，可是混到这步，自己也知道这就是当汉奸了。

“我通共？我二叔是谁你知道吗？宪兵司令部的何翻译官！你是不知道吧，我这买卖都是我二叔的，难道我想自断财路？”

“是这样啊……”他鬼鬼祟祟伸过头来小声说，“这我就明白了，冯局长啊，肯定和你二叔有过节，叫你二叔小心！”

“谢谢小哥儿！”罗影站起身来朝他一拱手说，“我回去一定禀告二叔，咱们有情后补。”一屁股坐下又骂道，“娘希匹的政保局，想整死我二叔，做梦！”

樊婆婆站在灶下朝这边瞅着，戚晓武忙伸手想捂她的嘴，说：“小掌柜别喊，千万别喊！”他是真怕被一嗓子喊出来，招一帮人来打汉奸。

张亮走来说：“小掌柜的，都收完了。”

“好，你赶紧吃饭，抓紧时间歇会儿。我去雇人往回送。”她抬头看看天说，“一会儿我们还抓紧去蠡口，今晚住蠡口了。”

张亮擦着满头汗坐下，婆婆端来给他留好的饭菜，说：“后生，趁热吃，都是在锅里给你焐着的。”说着给他斟了一大碗竹叶茶。

张亮和婆婆开心地聊家常，眼风偶尔瞥一下戚晓武腰间鼓囊囊掖着的枪。

罗影起身往外走，戚晓武忙着跟过去说：“小掌柜，我真的走不动了，我又不认识路，你能不能让我跟你雇的挑夫一起回去？”

“走不动在这里住一夜呗，跟他们回去也得走啊，好几十里呢。”

“我，这里我一个人也不认识……”

“哈哈，害怕人家拿你当汉奸杀了？”罗影低声笑道，“这里也没个客栈啥的，要不我跟樊婆婆说一声，你就住她家？”

戚晓武说：“我还有啥脸住她家？我回去，保准啥也不说，就说跟你们一路，啥抗日分子也没看着，我也真的啥都没看着。”

“这话说的，我们就是个赚辛苦钱的小商人，有啥不本分的事情让你看啊。再说我一家老小都在宁城，我二叔是宪兵司令部的翻译官，要通共还要命吗？”

“是啊，这么说你们通共也真说不通。”戚晓武摸摸头笑了。

说话间罗影已经走到了收货的小店门口，她大声喊着：“要五个挑夫，挑夫有人要做吧？”

“挑到哪里厢？几个铜钿啊？”

“挑到江家湾，一人八个铜钿。”

“小掌柜的，江家湾七八十里路呢，加一点儿吧，吃块烤番薯还要一个铜钿呢。”

“好！皇帝也不差饿兵，我就每人加两个铜钿。但是货一定要遮好，不要被雨水淋了，不要路上搞散了。晓得吗？”

“掌柜的放心，一定现在啥样送到也啥样，一斤一两也不会少的。这东西在我们这里不值钱。”旁边另外一汉子笑嘻嘻地说，“山里到处都有，挖来晒晒就好卖钱给你，小掌柜以后一定要常来的。”

戚晓武蹿过来，看着汉子们捆扎货物，悄悄对罗影说：“小掌柜的，让我跟他们一块儿回去吧，我实在跑不动了。”

“唉，既然你一定要走，那我只好好事做到底送佛送到西了。”她对刚才跟她讲价的挑夫汉子说，“大叔，麻烦你再找两个人，帮我把这小兄弟也捎下去。”

“好咧！”他扭头喊，“大嫂，借张竹椅用一下啊。”樊婆婆应了一声，他自顾去搬了张竹椅，又不知从哪里拿来两根扁担，用竹篾子捆扎起来。戚晓武看得目瞪口呆，喃喃道：“这个，就不用了吧……我能走的。”

罗影笑嘻嘻地上下打量着一身狼狈的他说：“他们跑起来飞快，你跟不上的，到时候还得等你，不够累赘的。”

“后生，小掌柜的钱不好赚，你就让我们赚她一点儿钱吧。”汉子憨憨地笑着，眼神里流露出一点儿狡黠。

罗影不置可否地一五一十把铜板点给汉子，挥了挥手里一根油青的竹棍儿对戚晓武说：“到了江家湾，我可就不管了啊，你自己回宁城应该没问题了吧？”调侃得戚晓武嘿嘿笑着不知说啥好。眼看着挑夫们把五挑货物打开分成四挑，每一挑子都差不多一人高，戚晓武看得心里特不是味儿。

一路上挑夫们抬着他一路小跑，大粒的汗珠一滴滴渗出在黝黑的肌肤上，又啪嗒嗒砸在泥土里。

樊婆婆的话在耳边回响：“还姓戚？老家是戚家山的吧？……丢祖宗的人啊！”

戚家山的戚家子孙，都是抗倭名将戚继光的后代，戚晓武的脸火辣辣红了……

罗影和张亮看着他们抬走了戚晓武，也起身朝山里更深处走去。

翠竹漫山遍野望不到头，一条若隐若现的小路蜿蜒山间，两个小黑点儿移动着。

罗影拄着竹棍儿弯腰喘得跟狗似的，咒骂着：“娘希匹个戚晓武，累死你老姐了。”

张亮伸胳膊抹一脸汗水说：“小掌柜的，咱在这儿歇一会儿吧。”

罗影看看天咬牙：“走！明天我们必须赶到梁坳。”

张亮说：“歇会儿吧，这山里每条小路我都认识，我们抄近路，来得及。”

罗影一听此言一屁股坐在地上接着就躺倒了，长长喘了口气说：“我的天欸，把戚晓武遛惨了我自己也累趴下了。”

张亮哈哈大笑，几只小鸟儿扑棱棱地飞跑了。

如意酒馆。一桌人喧哗着，小二飞跑着上菜。酒过三巡，王胜说：“哥们弟兄的，咱这一桌有意思了，你看看，讲武的，咱有侦缉队、缉私队、警察局、南大营的；讲文的咱有政保局、邮电所、商会、粮站、仓库的。咱在一起，宁城这地面上还有啥搞不定的？”

浩子笑道：“还真是啊，宁城地面有头有脸的地方都有咱的人了，咱要想捞点啥油水真是不要太容易了哦。”一桌人哄笑。

张震横了他一眼：“就知道捞油水，真不是做大事的人。”

王胜拍拍手说：“按酒桌上的规矩，我喝三个说话，谁也不许瞎吵吵！”他伸手拿过三只酒杯一一斟满。看一眼大伙儿，见无异议端起酒咕嘟嘟地喝了，把酒杯一蹾。他数了数人头一抹嘴说：“今天正好十个人，我提议，咱们也立个会结拜了，像桃园三结义，以后有福同享有难同当。如何？”说着把三个酒杯一一挪开，大家伸头一看，桌上三个清晰的酒杯印儿。戚晓武不信地伸手摸了摸，咋舌道：“真是真人不露相啊，张大队手下卧虎藏龙！”

张震笑道：“小老弟，我就喜欢读书人，跟着我总不会叫你吃亏的。林老弟，你觉得呢？”

“跟你混是皇军派的……和您拜把子？咱俩谁大谁小啊？”林剑锋眼带挑衅地笑问道。

“哈哈，林老弟，咱俩就别演了，谁还不知道谁底细？估计你在谍报队连我脚上长几个鸡眼都一清二楚，还不知道咱俩谁大谁小？”

“嘿嘿，彼此彼此。”林剑锋并非不想搭这条船，而是想让张震知道自己也不可小觑，现在目的达到，也就拱手道，“好，我愿意奉您为大哥，结拜为兄弟，今后有福同享有难同当！”他微微一笑，“大哥不像久居人下之人，我跟着您了。”

“我也愿意。”戚晓武学生上课般地举手道，惹得大家哈哈大笑，七嘴八舌地都说愿意拜把子结兄弟会。

张震哈哈一笑说：“好！”他叫小二过来，给每人斟了满满一碗酒，说道：“今天我们十兄弟在此结会，我，张震，愿以血为证以酒为盟，与九位弟兄结拜，从此有福同享有难同当！”说着从腰里拔出匕首，在指端轻轻一划，把血依次滴在酒碗里，把匕首塞到下首的王胜手里，王胜依样画葫芦，依次这么转了一圈，把个小二看得目瞪口呆。大家举起酒碗喝道：“有福同享有难同当，不求同年同月同日生，只愿同年同月同日死！”咕嘟嘟喝下酒，学着梁山好汉把酒碗一掷，咣啷啷一片山响，惊得周围的酒客都拧着脖子看他们，胆子小的直接会账溜了。

王胜大声吆喝：“老板！关店！老子今天要包场！”不等老板出来，食客们顿时作鸟兽散。

张震接着说：“既然今天咱弟兄结了会，也得起个名字立个规矩。咱先起名字，叫个啥呢？”

“十兄弟会？”林剑锋张嘴就来。

“好！还是林兄弟脑子快，读书多就是不一样！咱们以后就叫十兄弟会，不管后头再有谁入会，咱们十兄弟就是会里的十大元老。”

“对，张大队就是老大！”王胜说，“大家报下生辰八字，咱们排下座次。”

“好！”不一会儿，他们已经排出了先后，浩子居然排了老二，王胜悻悻然笑骂道：“娘希匹的，没想到让个蟊贼当了老二。”

“嘿嘿，谁叫我娘生得我时辰好呢？恰巧就比你早了一个时辰，嘻嘻。弟兄们都瞧着呢，以后三哥不许欺负二哥。”

哄笑声中张震说：“好了，现在我来立规矩。”他眼神凌厉地看了一圈，说，“第一，会里弟兄要精诚团结，有福同享，有难同当，不许自相残杀！”大家齐声说："是！"

"第二，不许骚扰小老百姓。我们十兄弟都是小老百姓家里出来的，如果我们再去骚扰他们，就是忘本。第三，不许淫人妻女。第四……"他摸摸头说，"我还没想好。总之，以后大家要抱团儿对付那些欺负我们的家伙，互助互利。怎么样？"

"你是大哥，你说了算。"

"大哥，有句话我不知道该不该说……"林剑锋犹豫着。

"说，林兄弟读书多，是智多星，你说。"

"大哥是仗义的人，我想其他弟兄也不会卖我。"林剑锋一咬牙低声说，"日本人长不了了！"他语惊四座，所有人立即四处张望，看周围有没有可疑的人。

他继续低声说："我看过最近的内部战况简报，欧洲战场、太平洋战场和咱国内，德国人和日本人都吃了瘪，我猜他们撑不了多久了！"

"什么意思？"张震盯着他眼睛。

林剑锋皱着眉头说："我们不能再给他们卖命了！"

王胜小声说："你是说咱给自己留条后路？"

张震沉声道："大家干这个不过是混饭吃，谁不养家糊口呢。林兄弟，你别是给弟兄们下套吧？"

林剑锋抓起面前筷子一撅两段："我若坑弟兄们，就如这筷子，分分钟让你们宰了！"

张震沉吟一下："别的不管，今后咱弟兄们都留个心眼儿，太缺德的事少干，能躲就躲，别把自己名声搞臭了，为一点儿米票军票犯不着把命搭上。"

浩子悄悄说："牢里关的那些人，咱善待他些，有人保的，就放了？"

戚晓武说："谍报队有好多新枪和子弹，我们偷点出来，可以偷偷卖给……"他把后面的话吞下去了。

邮电所的小陆说："再收到《新浙东报》，我可以想办法偷偷夹带着发出去。"

"嘘！大家千万各自小心，万一被日本人抓住不得了，我……"张震话音未落，王胜啪地把匕首掷在桌上，压低声恶狠狠地说："今天这些话谁要是捅给日本人，就算我认你是弟兄，只怕它不认！"刀尖没入桌面，刀锋在刀柄晃动下闪出冷光。

大家七嘴八舌赞成着，喝着酒又聊点闲话散了。

夜里，小上海后院的阁楼里，张震与罗芳细细说了十兄弟会的成立情况。罗芳惊喜之下握住张震双手说：“太好了！你什么时候考查的这些人？有这个十兄弟会，宁城各个要害部门差不多就都有我们的人了。”

“这些人都是经过长期仔细观察挑选的，初衷是结个保护网有事可以相互照应。只是这个林剑锋蹊跷，突然挑明了要对付日本人……”张震忽然心生疑虑。

“明眼人对眼下形势都有自己的判断，死心塌地当汉奸的毕竟少，今后十兄弟会可以做你的又一层保护色。”罗芳顿了一下，谨慎地说，“林剑锋这个弯子确实转得太急了，前天他在小上海的举动到底针对谁？你确定摸清他的底了？”

张震沉吟着说：“当然是针对我。他的履历做得很完美，没有瑕疵。安徽歙县人，小商人，家世清白，中学毕业在上海百乐门做侍应生，淞沪会战期间加入国军，后来部队投降日军，南京政府成立宁城政保局，他考进来。但就是这一点让我不放心，这么完美的履历，我怀疑他是军统的人。”

“小心没大差，必须提防他。此人精明，很有城府，不是一般人。”罗芳担心地看着张震，还想说什么张了张嘴却把话咽了下去。

张震轻轻抚摸着罗芳的手说：“放心，我会小心再小心的。不过他在小上海这么一闹，倒是有利于茉莉掌控小上海。”

罗芳依在他怀里，彼此听得到心跳声。她出了半天神，忧心地说：“是，但我怕茉莉揽这么多事会出纰漏，言多必失，出错的可能也越多。”他在罗芳耳边低声说：“不怕，还有我们呢。我有个心愿……打跑了鬼子，我们就结婚。”她仰望他的眼睛，欢喜里有一丝焦虑和怀疑，喃喃：“真的可以吗？”他桀骜的眼神里突然多了温柔，吻着她耳垂轻轻说：“当然！”

罗芳幸福地依偎着他，享受着这份温暖，幸福地闭上了眼睛，这一刻没谁比她更渴望胜利，她不愿想任何事情，只愿此刻即永远……

42

大晌午的，侦缉队楼道里几个人懒懒散散走过，大办公室里隐隐传来说笑声。

张震办公室门大敞着，他靠着椅背两脚跷在办公桌上，点了支烟夹在指端做样子，心里还在寻思昨夜酒桌上各人的表现。林剑锋的表现确实如罗芳所言不对劲，让他越琢磨越觉得有意思。这小子到底什么来头？履历说是安徽歙县人，但细听口音还是有些微差别。他驻防的地方远离宁城，怎么得知政保局要招人？若是军统的人冯静之又怎可能收录？且无论他是军统还是中统，十兄弟会所有成员都暴露在他面前，在国共合作期间还可以共同抗日，以后呢？难道是来掺沙子的？更可怕万一是日本人安插的呢？小心没大差，千万别阴沟里翻船……

张震还有个疑问，那田中诊所在四三一基地被毁灭后，罗芳曾发现那窗帘轻轻动了一下，可当自己再去检查时已经人去楼空。他一直留意却没什么发现，那房子到现在还空着，很蹊跷啊……这是要命的事，得弄清楚！

他双脚从桌上撂下，站起身来回在屋里转了几圈，拿枪别在后腰上出去了。

两小时后，玲珑石上出现三颗石子……

何记酱园。雨水在屋檐下织成一道雨帘，罗影两手支颐坐在柜台后发呆。被罗芳教训后想了许多，虽然心有怨气，觉得已经这么努力了还要被批评太冤枉了，可想到要活下去好好打鬼子就又释然了。事后越琢磨越觉得罗姐姐说得有道理，尤其是她对几件事的分析：吴妈危险时刻性命相搏时堪比教科书的表现；自己二次回宁城的首场戏，那是张部长一句句教、一次次演练过的，果然一战成功；反观自己在池田婚礼上的表现，哪儿对哪儿错，甚至哪句话哪个表情不对都做了详尽分析，不得不心服口服。

按上级指示，从现在开始，给根据地组织物资的工作要逐步交出去，专心配合暗瞳并担任交通员。张部长倒是同意了她重新接回小上海掌柜的意见，也只是建立一个新的情报搜集据点和做身份掩护，不得有丝毫疏忽！真怀念在青训班上课、演戏的日子……她长叹一口气，不看脸只听声还以为至少也得是个为生计烦恼的中年妇女。一天三次过玲珑石，刚才拿到了紧急指示。她手指噼里啪啦胡乱打着算盘，账簿却一页也没翻动，她在等。窗外的雨帘稀疏了，雨点落下的声音已经可以分出滴滴答答的点数，她扫一眼墙上的挂钟，伸个懒腰站起身走到后院。小雨沥沥拉拉地敲打着盖好的竹棚、酱缸、地面，张亮坐在竹棚下抽着旱烟。

罗影穿着木屐走进后院，掀开一只酱缸的盖帘看了看喊道："张哥，张哥！这酱缸怎么都进水了？你快来看看啊！"

张亮奇怪，心说小罗影从来没这种口气对自己说话过，这是怎么了？微微摇头呵呵一笑起身过来看。

"哦，好像是进了一点点水，没关系吧？要不我再加点盐进去？"

"加什么加啊？那盐不要钱买的啦？早就跟你说，把酱缸盖帘补补，小心落雨漏水。"她看一眼张亮莫名其妙的脸，继续大声嚷嚷，"我是看你救过我的分儿上才收留你，现在越来越不用心做事了！我是做生意的好吧？！"

"小掌柜的你这是怎么说？不就一点点小事儿吗？至于这样嚷嚷吗？"张亮心想罗影忽然这样肯定有原因，顺势跟她吵起来。

"一点点事情？我何记就靠这几十口大酱缸吃饭，你说一点点事情？哎哟皇天，你这是要我的命呀，要是这些酱菜坏掉了我二叔会打死我的啊！"罗影拿出小掌柜的架势哭天抢地闹起来。

酱园周围的店家和邻居们被引得三三两两走来看热闹。

两人在里面吵得热闹，外面看热闹的指指戳戳看得开心。

“噢哟，小掌柜老凶哦，人家老张好歹救过她的。”一个婆婆摇头道。

隔壁黄掌柜的袖着手道：“人家小掌柜没说错，开酱园的，不就指着几十口酱缸吃饭吗？落雨不盖好那是麻烦大了。”

“哟，可我怎么听着你那话音里有点幸灾乐祸呢？”

“嘻嘻，人家里面不吵了，你们两个看热闹的要吵起来了。”对面的新媳妇嗑着瓜子儿脚蹭蹬着门槛儿笑了。

黄掌柜的哼了一声负手摇头走了，嘴里嘀咕：“唯女子与小人难养也。”

“你妈就是女子，你就是小人！”那婆婆不依不饶地朝地下啐了一口。

张亮背着个小包袱气呼呼地走出来，看到外面围观的人一愣。

“看呀看呀，他要走了！”一个小孩儿喊道。

“又回去了，这年月活儿难找，小掌柜待他不薄，何必走。”

张亮咚地在柜台上捶了一拳喝道：“要我走，工钱给我结了！”

哗啦啦一大堆铜板倒在柜台上：“给你！够不够？不够我再添给你！”罗影把几张法币也拍在柜台上，气呼呼的。

“好，我走！”张亮把几张法币装兜里，又把铜板哗地收到斗笠里，摘下包袱，倒进包袱裹好，系在身上愤而走了。

婆婆说：“小伙子，真走啊？小掌柜的是个好东家。”

张亮一声不吭，闷头走了。刚才罗影低声在他耳边说的那句话还在心里翻腾：“快走，莲花街十号。组织决定！”他不知道出什么事了，也不知道罗影是不是有危险，但既然是组织决定自己就必须执行。但到底为什么呢？是自己暴露了还是怎么回事？多年部队训练，他已经习惯了服从命令，想不通就不想，服从命令听指挥。莲花街十号，去了就知道。

他一路看着门牌号走来，十号？原来是田中诊所。张亮伸手敲门，门悄无声息地开了，原来只是虚掩着。

他四处扫了一眼，身后并无可疑的人，周遭只有几个路人走过。他推门进去，顺手又关了门。这是个前店后院的宅子，一条小过道直通后院。过道一侧是挂着诊室牌子的大套间，另一侧是挂着药房牌子开着大玻璃窗的套间。过道里有两条长椅，显然是给候诊的病人坐的。

他先警惕地用一根手指撩开了诊室印着红十字的白门帘，一溜儿白色桌子首先映入眼帘。上面的瓶瓶罐罐都排得整整齐齐，唯有一只插着亮晶晶镊子的白瓷缸古怪地凸出来，下面压着一张字条。

“把这里租下来，仔细搜查每个角落，检查所有物品，一根针都不要放过。”白瓷缸里放着一些大洋，他倒出来数了数，十块，一大笔钱。他把字条和大洋揣兜里，又推开里间的门，屏风后面是一张铺着白单子的床，一个衣架，一张椅子，一个白色垃圾桶，再无其他东西。转回身细看，屋里现在虽然到处是灰尘，但还能看出曾经的整洁，地上没有一片字纸或其他垃圾，所有东西都摆放得井井有条，好像主人并未离开。就是这灰尘暴露了，一串脚印，穿皮鞋的脚印，只有进门的，没有出门的，他笑了。

“朋友，出来吧。”这座小城里穿得起皮鞋而且喜欢穿皮鞋的人还真不多，会是谁呢？

他悄悄拔出了枪，朝门口退去。

忽然，身后似乎有微风吹过，他一回头，门帘微微飘拂。

他蹿出去，外面没人，前门关得好好的，一个黑影在通道尽头的后院一闪而过。“好快的身法！”他没追出去查看，按张部长交代的，不该看的不看，不该知道的不问。显然，那是自己人，看自己拿到字条才放心离开。

他坐在过道长椅上又看了一遍字条，划了根洋火烧了。琢磨，租下这里？搜查每一个角落？这里和四三一基地有牵连，一定有绝大的秘密！这想法让他很兴奋。外面的雨又下大了，他贴着门缝儿朝外瞄了瞄，街上空无一人。他推门出去，走到隔壁一间小旅馆，大咧咧地说：“老板娘，给我一个单间。”老板娘很痛快地在身后的水牌上摘下一把钥匙扔给他说：“你不是何记的伙计吗？怎么还出来租房子啊？是不是——”她很八卦地低声问，“是不是要会女朋友啊？”

张亮厌恶地看了一眼她那乱蓬蓬的鸡窝头和血红的大嘴，把斗笠朝上推了一下，用烧伤的那边脸对着她一瞪眼，那女人马上乖乖闭嘴了。带他上楼去的路上，她忍不住又问：“你打算住几天？”

“你知道隔壁房子谁家的吗？我想租下来。”张亮很直接。

“天哪！你想租隔壁？”她唠叨的天性大发作，“那可是个凶宅！以前是娄掌柜的，结果日本人大轰炸，他出去在街上躲不及被炸死了。后来租给田中开诊所，结果莫名其妙人就不见了，他那个老婆不像老婆、护士不像护士的女人也跑了。”她摇头又摆手地说，“不吉利，不吉利。”

“那我要租房找谁？”

“你真要租？你不怕啊？”

“我怕谁？鬼都怕我！”张亮不耐烦地一扭脸。老板娘吓得一哆嗦，赔着笑脸说：“是，是，那凶宅也只有您这样的才镇得住。”她偷偷看一眼张亮，说，“租房找对面五金店的杨掌柜，那是娄掌柜的小舅子。”

张亮一听转身下楼，老板娘喊：“房钱，你还没给我房钱！”

“我连屋都没进给你什么房钱？”

“你拿了钥匙没有？拿了钥匙就要交房钱。”老板娘理直气壮，张亮噗地笑了，在兜里掏出几张法币来，抽了一张给她。

“这不够。”老板娘咧着贪婪的大嘴。

张亮冲她晃了一下拳头头也不回地走了。

当他再次进入田中诊所的时候，已经是这里的房客了。

话说自从林剑锋说要封了小上海那日后，张太太心里七上八下不得安宁。她原本是个养尊处优的阔太太，刚开始接了小上海只为了消遣，在那里打麻将顺便照看一下而已。没想到做起来才发现如此烦琐不堪，加之各路神仙的骚扰，看小茉莉做得风生水起的生意竟是个鸡肋。和自家先生说起只惹得他呵呵一笑：“知道我不容易了？这生意你看着那丫头做得顺，只不过是她有何大头做靠山，侦缉队那帮人肯护着。你怎么对付得了那些下三烂？还是交给茉莉打理吧。”她还不服气，又坚持三两天实在忍不得缉私队那些人天天坐在店里“查黑市”，终于聘罗影为掌柜，依照何大头的例年终给百分之十的分红，两人皆大欢喜，商讨一通之后，小上海歇业装修，罗影哄了松木教小魏几道日本菜点，二楼开起了日式料理。

至于田中诊所，张亮在门楣上挂出了元升土产贸易行的牌匾，前边是门面房，后院成了货场。宁城的生意人冷眼看着，嘴上不说心里都不待见他。开业时放了一挂鞭，除了左邻右舍的走过来看了看热闹寒暄了几句，冷清得不像个开张的样子。

商会的人们聊起来都大骂张亮不地道，连驼子都说："小掌柜的把他抬举起来，他就这样把东家的买卖抢了。"一时间宁城里是没什么人跟他做生意。

倒是罗影笑道："人各有志，随他去。看干妈的面子，再说他好歹也救过我，这年月难过活，给人活路就是给自己活路。"

张亮不管那些，放话出来："小号不做零售，只跟南京上海的贸易行做批发！"把原先罗影与根据地有关的生意接了过来。

夜，月明星稀。张亮提着盏风灯在后院各间屋里转悠。

他拿着根棍沿墙沿地面敲着，屋里明面儿上的东西都仔细检查过了，就差没拆墙掘地了，可二十几天过去还什么蹊跷都没发现。他是个胆大心细的人，挨着排一点点敲，一点儿也不着急。

他很奇怪一点，就是这田中诊所关张有段日子了，可为什么屋里连个老鼠爪痕都没有呢？宁城不是个肮脏的城市，可也不该连只耗子都不见啊。而且，每当清晨半睡半醒之间，就会隐隐嗅到一股若有若无的臭味，很怪的臭味，那种恶心到骨子里的臭。

终于，这天后半夜他又被这臭味儿惊醒了。一翻身爬起来，打着手电筒再次搜寻，雨后潮湿的气息里那种怪怪的臭味儿像游走的毒蛇若隐若现，他到处寻找，却发现臭味儿最浓的地方还在自己的住房里。

他上下打量着这间房子，这是原先药房里间兼田中卧室，这里所有的地面墙壁他早已敲打探寻过一遍，也撬过几块地板，都没发现什么。难道？他俯身钻进床底下，这里的地板依然平坦得严丝合缝儿，但那股异味儿还是毋庸置疑地清晰可辨。他用指节叩着地面，终于发现有一块地面的回声与别处略有不同。他拖开大床，发现一块切割得方方正正的地板严丝合缝地嵌着，如果不拉开大床根本发现不了。他把手放在那个浅浅的凹槽里一使劲儿，厚重的地板打开了，一股恶臭扑鼻而来。他屏住呼吸捂着口鼻仔细一看，木板的下面是一层厚厚的钢板，洞口一圈用胶皮垫圈密封。想起张部长曾说过田中是四三一基地的主要研究专家，他脸一下白了。关上翻板门，他先去后院找了把扫帚泼上煤油，又在原先的药柜里找出一个纱布口罩用酒精泼了戴好又用毛巾扎裹住，拿了件白大褂穿上，戴上胶皮手套。心里暗骂：奶奶的，难怪这柜子里有这些玩意儿，感情这地下还有奥秘。

一切搞好，他点着扫帚做的火把，又摸摸腰里的匕首，深吸一口气再次打开翻板门。他把火把伸向地洞里朝下照着，黑洞洞的隐约可以看见一个木楼梯向下延伸。他让火把烧了一会儿，才慢慢走下楼梯。

火把的光亮跳动着，却也只能照亮一小片地方，他没想到地下居然有这么大一个空间。

黑黝黝的四壁矗立着一排排铁丝笼，中间有一张铺着白被单的窄铁床，上面赫然是一只很大的灯，张亮四处打量，找到了灯绳，打开灯，一股凉气从脚底直到心底。

那些笼子，层层叠叠的笼子，里面全是老鼠，白的、灰的、黑的，大的、中的、小的。宽大的工作台上摆满了瓶瓶罐罐，几个大玻璃瓶里泡着东西，凑近一看，全是各种内脏，一个超大的瓶子里，赫然是一颗打开了头盖骨的人头……

张亮不是个胆小的人，多年征战的老兵，也是死人堆里爬出来的，他自认多惨烈的阵仗都吓不到他了，可是这景象把他吓着了。那些老鼠，全是死的。有的正在腐烂，有的只剩白骨，一个笼子里有一只巨大的黑老鼠，足有小猪仔大，狰狞的眼睛大瞪着，大张的嘴里似乎还有气息吐出，他走近仔细看看，它面前一摊飙射出的暗黑污渍，四肢脚爪硬邦邦的奓着，肚皮爆裂，隐约能看见一只小鼠挣扎欲出的鼠头，看来这家伙死前受了不少罪。

张亮强忍恶心，巡视着这间实验室，他不知道该如何处理，只能先把这里封起来，跟家里汇报，看怎么办。

他正准备上去，忽然墙角里有什么东西吸引了他的眼神。

那是一个背包，军用的。

他走过去，提了一下，很沉。

这间地下室里所有东西都很诡异，他不想打开它。

但是，万一万一里面是非常重要的东西呢？上面命令自己进驻这个地方仔细搜查，那就一定有上面的道理。

搜查，也包括这个背包。他小心翼翼打开背包，把里面的东西逐一取出。一共是十八本笔记，虽然是日文看不懂，但从插图判断一定是与试验有关的。最底下，是一个锁着的金属盒子，很重。他想了一下，把背包重新装好，随身提走。心想：这一定是最重要的东西。藏在哪里呢？如果密室的主人回来，这里能藏东西的地方没有一个他不知道；如果田中真死了，知道这里的人那是少之又少。他想想，提着背包上了后院。找了一只半旧的背篓，底下铺了油布，先把那只盒子放进去，又把那些笔记本夹杂在一些旧书报里放进去，最上面倒进去一些谷糠，就那么扔在柴房一角，拿些铁锨锄头蓑衣往上胡乱一盖，出门随手把门一带，只管走了。

回到房间他把翻板门盖好，把床拖回原处，仔细把地板擦干净，把背包塞进柴灶烧了。此时天已大亮，他心里越来越不踏实。打开大门看看外面，街上稀稀拉拉几个行人，隔壁旅馆的老板娘站在门口嗑香榧子，他想了想把门一关，溜达着想去何记酱园。

“哟，一大早就关了门，不做生意了？”老板娘涂得血红的嘴吧嗒着。他回头看了一眼：“批发生意，又不是要天天看店的。”

“嘿，你雇伙计不？我娘家三嫂的侄儿子……”

“还是等我先把自己的嘴糊住了吧，到时候一定找你。”

“哼！”老板娘一口香榧子皮啐在地上，看着他的背影肚里骂道，“丑得跟阎王爷家看大门的一样，老娘还懒得理睬你呢。”

张亮大大方方进了何记酱园，罗影迎出来说：“张掌柜来了，请坐，请坐。小豆子，给张掌柜看茶。”

小豆子麻溜儿地沏了茶来，站在一边眼馋地看着张亮：“张哥，你真行，这就成了张掌柜了。”

罗影喝道：“去去去！掌柜的说话有你什么事？出去！”

“嘿嘿，小豆子，眼红了？好好干活儿，跟小掌柜学着，没准儿哪天她一发善心把你撵出去就成了第二个小掌柜的。”张亮朝小豆子做了个鬼脸。

“嗯，他且得先跟我好好学学挨打呢。去！后院干活去，一点儿眼色都没有！”罗影拿出掌柜的架势，轻松把小豆子轰到后院去了。

面对敞开的店门，四下一览无余，两人坐在八仙桌两侧一边喝茶一边低声说话。

“我在诊所有重要发现。药房里间地下室有大批死耗子和可疑的东西，都臭了，怎么处理？还有十八本笔记本，一个锁着的密封铁盒子，我不敢乱动，都要赶紧送回去。怎么办？”

“你放哪儿了？要不先把笔记本拿到我这边藏好，那个盒子你亲自送回去。地下室……我也不知道啊，看家里怎么说吧。”罗影对那个死耗子什么的害怕极了，她知道和田中有关的死耗子都和瘟疫有关。她担心地看看张亮：“你千万不能碰那些铁笼子，你出来洗过澡没有？要使劲洗，把身上的脏东西都洗掉。”

张亮点头：“东西在后院柴房藏着。”门口人影一闪，他笑道：“那事不宜迟，我马上就走。今天城门口不知道谁值班？我怕我这买卖一开以后，你那些哥们儿都要找我的碴儿。”

“这样，都交给我，我在这儿等你，一起走。”

张亮点点头高声说：“掌柜的，谢谢你。那就这样说好了，我给你打下手，我们合作，赚的钱你六我四，好吗？”

“本钱是我的，我七你三。”罗影盯着张亮眼睛说。

张亮说：“好！成交！”两人一击掌，端茶。

小豆子从门外鬼头鬼脑进来，说：“呀，原来谈生意是这样的，我第一次见啊。”

“又偷听，下次拜托你光明正大地学生意好不好？后院的活儿都干完了吗？”

“报告掌柜的，后院的活儿都干完了，院子扫了，水缸灌满了，酱缸的盖子都打开了。”

“嗯。去柜台里边招呼着，顺便练习打算盘吧。账本上的字，继续好好认。”

小豆子屁颠儿屁颠儿地去了，一会儿，算盘珠子慢但是有节奏地响起来。

罗影送张亮到门口，看一眼天，说：“小豆子，给我拿把伞，收拾一点儿出门的干粮。”

小豆子清脆地答应了一声。

罗影看着街市上三三两两的路人，跟对面店里的老太太点头笑笑，返身进店里，坐下摸了两粒葵花籽磕着，心里想着那田中诊所都发凉。她很好奇那个盒子里到底装着什么，也很想知道那十八个本子里都写着什么。但她还是很害怕，总觉得那些东西让她心里发毛。那是些和瘟疫沾边、和魔鬼沾边的脏东西，一定要转交给组织，不能让他们祸害人。

她再三等待，张亮没来，天却淅淅沥沥地落起了雨点，她心里像猫抓一样越来越毛躁，终于一咬牙往田中诊所走去。

田中诊所门前，旅馆老板娘探头探脑鬼鬼祟祟朝里张望。罗影心里一惊，四顾无人，在老板娘肩上轻拍一下笑道："看什么稀罕呢？"

老板娘一哆嗦，回头一看轻拍胸脯说："噢哟，不得了，小掌柜的，刚才里面打得厉害，你快进去看看吧，不晓得出啥事体了。"

罗影侧耳倾听一下，里面静悄悄的，她把伞一收轻轻推开门溜进去，地面上散乱着被打成劈柴的长椅，被踹成破木片儿的门扇，一条血迹直向后院而去。

她悄无声息地朝后院走去，老板娘在后面隔着一截儿偷偷跟着，大气不敢出。

她瞄了一眼那间原先的药房，里面已是一片狼藉。

她继续朝后院走，一具尸体横在通道尽头，她盯了一眼松了口气，他不是张亮。

继续前行，后院里横七竖八躺了一地，个个都不动弹了。她急急忙忙走过去，一只手忽然抓住了她的腿，她低头一看那人手臂上刺着一条小小青龙，举起雨伞挥手照头一下打得那家伙又趴下不动了，吓得后面的老板娘啊的一声尖叫倒退两步一转身逃出去了。她环视着院子里的情形，把手里的伞放下，掂了根椅子腿儿在手里试了试，蹑手蹑脚竖着耳朵谛听着朝前走去。

忽然，柴房里有细微的声音。她跑进去一看，黑乎乎的柴房里一个人正死死摁着一个人，两人都在呼呼喘气却谁都打不过谁，她急切间看不清谁是谁，低声叫："张哥？"

就见底下那人使劲往起一撑，她已经看出上面那个不是他了，照头死命一棒，咔嚓一声闷响中带着细碎的骨裂声，那人扑倒在下面那人身上，后脑凹陷处迸出红白血花。她扔了棒子把上面那人翻到一边，只见下面那个果然是张亮，他嘴里往外冒着血沫子一张一张地想说什么。她忙把耳朵凑过去。“东西……东西在……在后面……后面竹篓里，快带走，快。”

“我先把你带走。你伤哪儿了？我看看。”

“不要……管我，快走，走！”张亮口里喷出一口血，一只手却死死指着屋角那堆杂物。

罗影顺着他指的方向看去，一个装着米糠的背篓被拉出半截，显见是刚被拉出半截两人就又打起来。她拉过背篓背上，又勉力扶起张亮，这才发现他背上插着一柄亮闪闪的手术刀。可是再低头一看，张亮已经耷拉着脑袋不动了，伸手在他口鼻前一试，已经没有呼吸。

这时，前面隐约传来老板娘咋咋呼呼的声音。她背起背篓，顺手抱起一件蓑衣拿顶斗笠往头上一扣，从后窗里跳了出去。

一路低头疾走脑筋急转，最重要的东西自己已经拿到，除了老板娘没人看见自己进去，张亮一死诊所的秘密就只有自己一人知道了。这东西必须马上藏好！诊所那边怎么办？怎么办？怎么办？！这个点儿去宪兵司令部找罗芳和张震都不合适，干脆去报案？！对！就是报案！这样就可以名正言顺见到张震，把消息透给他，让鬼子自己来收拾残局。她在细雨中匆匆走到卖萝卜丝油墩子小贩的巷口，左右看一眼无人注意，在那扇不起眼的小门上啪啪、啪拍了三下，停顿一会儿，又拍了三下。门开了，她二话不说挤了进去。环视一眼屋里，小贩的母亲——一个瞎眼老太太坐在床上摸索着糊火柴盒，一个五六岁的小丫头在帮忙。她没摘斗笠低声对小贩说：“把这个背篓藏好，不要动里面任何东西，千万不能动。”小贩接过背篓爬上阁楼，她跟上去把蓑衣脱下来盖在背篓上，附在小贩耳朵上说：“看好你的女儿，千万不能碰这个，很危险，非常危险。”小贩哆嗦了一下，紧张地点点头。

罗影掏出一块大洋塞给小贩：“给孩子买点吃的。”说完低头下了阁楼匆匆出门了。

她马不停蹄地去了宪兵司令部，门口的哨兵把刺刀一横挡住了她，她点头哈腰地说：“太君，我找我二叔，何翻译官，何大头。”

哨兵显然听不懂，她只好比画着电话，想打电话进去。哨兵不许，挺着刺刀赶她出去，幸亏看见浩子晃晃悠悠走出小楼。

“浩子！浩子！”她连蹦带跳地挥手喊，“浩子！快来！出事了，出大事了！”

“小掌柜的？你在这儿干什么？”浩子把罗影往外推，“你小心，这哨兵随时都可能给你一枪。”

罗影急切地说：“田中诊所，田中诊所出事了！死了好多人……吓死我了！”

“田中诊所？那里不是你那伙计租了开铺子了吗？”

“是啊，他今天跟我说要和我合伙下乡收货，我等半天不来就去找他，结果就发现……太可怕了。”

“你要怎么办？”

“我不知道，我想报告我二叔。”

“那你在这儿等着，我去告诉你二叔和张大队。”浩子急匆匆跑回去了。罗影这会儿才发现浑身衣服都汗湿了，两手心里全是汗。

不一会儿，张震和何大头带着几个人跑出来，推着自行车边上车边说：“浩子，你捎她。”

浩子推着车跑过来说：“坐后架上。”

一行人浩浩荡荡朝田中诊所飞驰而去，溅起水花片片，街上不多的行人纷纷侧目而视躲避着。

田中诊所门口，已经围了一小群人。那个杨掌柜在那里捶胸顿足地号叫：“天哪，这是怎么说啊？好端端的死这么多人，我这屋子以后还怎么租啊？！这不是要我的命吗？”

“噢哟，你们是不晓得嘞，里面好多死人啊。那个罗掌柜的，胆子好大，跑进去看热闹，一下就被一个死人抓住脚，一雨伞就把那死人敲晕忒了。”

“死人还会抓人脚？还能再死一次？不要瞎说八说了。”一个中年女人摇头鄙夷地看着旅馆老板娘。

张震跳下车来，对身后人说：“封锁现场，把他们都带回去做笔录。小掌柜的，你跟我们进去。”

“我不要进去，里面好恐怖的……”

“走吧走吧，没事的。”何大头拉了她一把，她不情愿地跟着进去了。

张震从听浩子说田中诊所出事那一刻心就提起来，知道是罗影报案心里更是七上八下，罗影为什么要报案？死人，显然是有人也发现了田中诊所的秘密，那秘密肯定与研究细菌战有关。张亮究竟发现了什么？他现在生死如何？

他走进诊所，就闻到弥漫的恶臭味儿，罗影在后面悄悄拽他衣襟，他回头看她，她正用衣袖捂住口鼻大声嚷嚷：“我不要进去，我害怕！”他一惊退出来：“娘希匹的，这么臭！去！”他冲浩子说，“搞几瓶白酒和毛巾来，这地方鬼气森森的，不要有什么恶秽冲撞了。”

浩子答应着跑了。

张震看一眼罗影，她微微摇头诡异一笑，马上又满脸恐惧地说：“我来找张哥，看见里面一塌糊涂，后院好几个死人，我听柴房里有声音，进去看他和一个人在打架，背上一把小刀子，我不敢进去，等他们不动了，我一看两个都已经死在里面了。”

何大头皱着眉头：“你跑来干什么？”

“他早晨去跟我说，要合伙进山收货，我出钱他出力，两家分成。我只要在江家湾去找好货栈，等着验货就好。我想也合适啊，就答应了。可是他一走就没影儿了，这天看着就下起雨来，我赶紧来叫他，就……”

何大头跺脚：“死丫头，你再别说了！”他赔着笑脸对张震说，“张大队长，这事跟我们何记一点儿关系都没有，你跟皇军那边可把这一段抹了。”

张震：“她是报案人，这我没法抹。”

何大头搓手跺脚地骂罗影：“我的小姑奶奶，你到底要给我惹多少麻烦才算完？你数数，从我收留你惹了多少事了？啊？你能不能消消停停窝在自家店铺里做生意啊？”

“我是窝在家里老老实实做生意的……”

张震作好作歹道：“算了算了，到时候再想办法吧，反正翻译官是你。”

“也不是我最先发现的，是旅馆老板娘，她趴在门口偷听来着。我就是路过进去看了看……”罗影小声嘟囔着，何大头窃喜，心说这小丫头心思就是快，忙说："对，对，她就路过进去看了看。"

张震没搭腔，心里琢磨跟藤井那里怎么说。就冲这屋里的味儿，没准儿就有瘟疫，必须封锁消毒，就怕小鬼子把四邻五舍的百姓都坑了。

他悄悄拉着何大头在一边嘀咕："老何，这田中以前干啥的你也清楚，这诊所里那味儿……"

何大头一听腿也哆嗦上了："天，这老小子不是在诊所里弄下啥了吧？他死这么久，那些东西都臭了？"他狐疑地看着张震，"那咱……还进去吗？"

张震说："这可是个烫手山芋，搁谁手里都不好受，咱还是报告藤井吧，叫他们防疫队来看看。可我害怕他们一来，这四邻五舍的人可就都得……"

"这样，咱就说这诊所主人走了，家里不知道还有啥，叫防疫队来看看。咱别说是田中的？"

"藤井不知道这诊所是田中的？"

"他知道啥，田中这事瞒得可紧了，要是佐藤在就没法了。他只知道田中是四三一的人，死了，根本就不知道田中在这儿开过诊所。只要咱们不说，谁告诉他？"

"这也行？"

"有啥不行的？你管好底下人的嘴就行，还有那些看热闹的。"

"那些人我去对付。"他去了隔壁旅馆，大堂里七八个人被几个侦缉队队员看着一脸惶恐。

他咳嗽一声，全部目光都集中在他脸上。老板娘摇着大花手帕扭着腰刚说了声："哟，张大队长！"就被他冷冷的目光吓了回去。他看着这些人足有一分钟，看得他们瑟瑟发抖，才阴沉沉地说："你们要是想自己和这条街的人都安生活着，就当今天的事没发生过！不然这一条街的人都得死，房子都得烧掉！"所有人都呆住了，老板娘吓得一屁股坐在椅子上。

"记住了，你们什么都没看见没听见，也不许跟任何人说！要是今天这事传出去，我就只能把你们和知道这件事的人统统灭口！"他扭头对何大头说，"何翻译官，麻烦你把他们的姓名住址统统记下来！"

何大头点头称是，过去登记他们的姓名住址，一边鼓着金鱼眼说："张大队长的话你们都听清记住了，这是为你们好，否则连我们都得担干系！”那些人一个个战战兢兢地报姓名住址摁手印，然后脚不沾地跑回家关门发抖去了。

浩子悄悄跟张震说：“我有个好主意。咱就说是例行检查看见这屋的门开着，进去发现出事了。好像是入户盗窃，没人知道是怎么回事。”

“那这么多死人怎么解释？胡说。”

“死人……就说是难民找人拉乱葬岗子埋了完事。然后再报告太君。”浩子眼珠子乱转，张震摇摇头叹口气说：“你当藤井是傻子啊？”左想右想也没有更好的办法，他看看何大头，再看看罗影，又看看浩子。何大头捅捅浩子说：“我看你说的办法行，就说是你路过发现的。至于里面死人了，那你们侦缉队就慢慢查案呗，啥时查出来再说。”

张震不置可否，看着何家叔侄俩微笑着说：“我怎么听怎么都是想把你何记撇清啊？把何记撇清我没说的，但别把屎抹到我们侦缉队来，那政保局的混蛋还等着踩我小尾巴尖儿，我可不想给姓冯的瞌睡送枕头。”他两手一抱胳膊，眼睛望着天。

罗影机灵地悄悄推推何大头说：“您的好处我们不会忘记，你说是吧？二叔？”

何大头摸着油乎乎的后脖根说：“这，这，好吧。张大队今日稍稍抬一下手，改天我请你喝酒。”

“喝酒就免了吧，这么大的命案，我怕那酒酸。不过，看小掌柜是罗小姐的干妹子，这个面子我卖给你了。我最近手头儿有点紧，想给你姐买点首饰，小掌柜的啥时去上海帮忙带几样？”

罗影为难地看看何大头，何大头心里肉疼却不得不笑着说：“那是应该的，罗小姐那么清雅高贵的气质，是得有那么一两样……”他看着张震翻白眼朝天的样儿，咬咬牙对罗影说，“两三样首饰才好，挑好的！”看着张震把眼神从天上收回来，他才悄悄松了口气儿。

张震满意地说：“弟兄们，把这里封了，等皇军来处理。”他吩咐完一摸脑袋对何大头和浩子说，“咦，你看我这记性。浩子，你现在可是缉私队的副队长，这事是你发现的，我们侦缉队路过陪你进来看了一眼，是吧？”说着朝浩子和何大头一挤眼笑了。

浩子摸摸头愣了一下："也是啊，我现在是缉私队的人了啊，可我咋老忘了去那边点卯……"

何大头哈哈大笑道："你伺候张大队伺候惯了，那个冯局长你还没伺候顺手。"他现在只想把这事跟何记摘开，跟何记摘开就是跟自己摘开，至于张震他们怎么糊弄藤井他才不在乎，也心知藤井没那么好糊弄，只能走一步看一步了。

藤井办公室。他也喜欢上了踱步，也喜欢上了站在阳台看外面的风景。

远处的假山连带后面烧毁的库房早已拆除填平变了操场，眼前的荷塘水榭和花园还在，细雨中花红柳绿、摇曳生姿，还有这亭台楼阁、粉墙黛瓦，很美。只是，这些美不知何时就要和自己告别了……

藤井叹了一口气，深深吸了一口烟又缓缓吐出，一串烟圈在眼前袅袅而去，那么飘逸。

中途岛大败，正面战场毫无进展，占领区被八路军和新四军蚕食，而本土力量已经几乎枯竭。国内对战争的质疑声开始悄悄蔓延，稍微有点脑子的人发出悲观论调。藤井转身看着墙上"武运长久"的条幅和案上的武士刀，眼睛里露出无奈和杀气。

桌上摆着张震一上班送来的情报汇总和一张前天的《新浙东报》，二者相互印证新四军浙东纵队司令部在四明山梁坳镇。

门外响起急促的脚步声，接着是张震喊报告的声音。他没有立即叫进，这家伙不是个急躁的人，对大日本皇军更是一副不卑不亢的劲儿，少了几分点头哈腰的奴气。今天这么急，一定是出事了，敲门声又响起，他低沉地喊了声："进来。"

张震和何大头一起进来，两人互相看看，还是张震先开了口："报告藤井少佐，莲花街十号发生命案，而且有不明异味，请少佐定夺。"

"命案？死了几个人？死的是什么人？什么人杀的？"

"目前还不知道那些人的身份，因为现场的异味很严重，我们……"

"异味？什么异味？"

"很浓烈的臭味，好像死尸。我的意思，想请少佐派防疫队先去处理一下。"

张震偷眼看了藤井一眼。藤井也正盯着他，两人视线相交，张震眼里露出一丝恐惧。

藤井心想：这人一向胆大包天，什么味儿能把他吓成这样？

他眼睛盯着张震："嗯？你以为是什么？死人吗？"

"我不敢乱说。因为那味道不是从死尸来的，好像是从另外一间房子出来的。"张震迟疑着说完看一眼何大头，何大头翻给藤井听。

藤井拧着眉头说："你还有什么瞒着我的？"

"这两年宁城周边一直时不时地闹瘟疫，我怕有什么干碍。"

藤井想了想，抓起电话给防疫队打电话，几句话之后，他对张震说："防疫队马上出动，你们也去看着。"

张震摇摇头，看着何大头。何大头只好点头哈腰道："防疫队去了，就暂时没我们事了吧？等他们把尸体送入敛房我们再去看也一样。"

藤井点点头，挥手让他们出去。听着两人脚步声远去，他又打了个电话然后起身出去。

折腾一圈下来已将近午饭时间，张震给罗芳打了个电话，油嘴滑舌地："阿芳啊，我请客，去红玫瑰吃牛排！"

罗芳一听这约定的暗号，马上微笑道："牛排？现在？我不是那么饿啊……（低声）还没下班呢。"她说着看了一眼池田。

"别矫情了，你那个班有什么要紧的活儿？"

池田笑道："去吧，张桑很认真的，你们很配。"

罗芳羞涩地飞红了脸，收拾了桌上的电文纸，拿出手袋里的小镜子照了照，又涂了点口红，这才起身跟池田鞠躬告辞。

同一时间，藤井坐着一辆摩托车与防疫队一起去了田中诊所。他才不相信事情如张震所说那么简单，这后面一定有什么秘密，或者阴谋。

防疫队到了田中诊所，不，元升土产贸易行，呼啦啦一大帮穿白大褂的冲进去，街坊四邻都躲在屋里窗前门后偷窥。先前张震的话都传开了，虽说谁都不知道为啥，但也都知道脖子上面脑袋要紧，正经连门都不敢出了。这一看穿白大褂的鬼子进去，大家都庆幸自己没在外面看热闹。

藤井没进去，站在街面上看着四周，四周的人一个个躲着走，附近的店面开始关门。他的脸沉了下来，占领区的老百姓，就像喂不回家的野狗，看着恭顺，其实个个都有二心。

那个张震，还有何大头，来报告时言辞闪烁，又不肯跟防疫队再来，这里面会不会有圈套？对这些支那人，他从来就没真心信任过。想到这里他也不想进去了，这些家伙都诡异得很，谁知道里面有什么陷阱。

隔壁旅社两扇玻璃门关着，他走过去推开门，一个妖冶的胖女人哆嗦一下低眉顺眼迎出来，一鞠躬说："太君好，有什么……"她已经哆嗦得不知道怎么说话了，只好回头喊，"桂香，给太君上茶！"说罢引着藤井朝店堂一侧的藤椅走去，用手里的大花手帕掸了掸，哈腰道，"太君请坐。"藤井虽然听不懂她说什么，也明白她的意思，脸上堆出一丝微笑，坐在藤椅上打量这间旅馆。老宅旧屋，面积也不大的二层砖木结构小楼，年过半百依然艳俗的老板娘，一切都显得那么平常。叫桂香的女子用茶盘端着陶壶陶碗过来，轻轻斟一碗茶，袅袅飘起一缕茶香。他轻轻抿一口，惬意地赞叹了一声，一杯茶喝完，外面一个宪兵进来，说防疫队队长要见他。

他点点头，宪兵拉开门，防疫队队长一手摘下防毒面具，走到离他几步远的地方止步一躬。

他收起安逸伸直的双腿，恢复了正襟危坐的姿态。一身防疫服的防疫队队长皱着眉头说："报告藤井少佐，搜查的那座房屋里有个地下实验室，里面很多试验用的老鼠已经死亡腐败。还有实验用品已经封存。从我的观察来看，这里是一个鼠疫实验室，留存的人体标本有明显的感染痕迹。幸亏那个地下室似乎已经废弃很久了，封存得也比较好。建议对建筑物隔离并做无害化处理。我的部下，正在对那里进行消毒。"他喘了一口气接着说，"至于院子里的尸体，都是才死的。据我推断，死亡时间不会超过二十四小时，也看不出感染迹象。但是为了保险起见，还是烧了吧。"

藤井越听眉头拧得越紧，怎么在自己鼻子底下有个地下实验室却没人报告？为什么这个地方突然死了这么多人？那些人是被谁杀死的？杀人的和被杀的都是什么人？无数疑问在脑子里打转，他一下站起来，想进去看看，一个废弃的实验室，有什么值得人在这里打打杀杀的？可是如果进去看现场，他一想到这里脑海里就跳出死老鼠、鼠疫的字样，他又无心深究了。战局已经这样，从支那撤退是迟早的事，这个敏感时刻多一事不如少一事，这要掀开就是个泼天大案，破不了轻则派往前线作战部队，重则上军事法庭，还是按防疫队队长的意见埋了吧。

想到这里他重重出了一口气，手一挥说："死人统统拉出去烧掉就地掩埋，地下室里的东西就地烧毁填平，那座房子……"他想说也烧掉，但看一眼窗外这里是闹市区，周围建筑连成一片，显然是烧不成了。他看着防疫队队长："你有什么好办法处理？"

防疫队队长眼珠子骨碌碌转转，说："房子里面统统消毒水喷洒，然后生石灰把地下室填平，房子拆掉用生石灰掩埋。只留外墙，封起来，不许任何人出入，违抗者杀掉！"

"好！就去执行吧。这件事情不要外传，防止引起不必要的恐慌。知道了吗？"

"是！"防疫队队长鞠躬退下。

回到办公室，藤井反复琢磨着上午张震与何大头的报告与表情，肚里暗骂支那人没一个好东西，这俩一肚子坏水儿，拿着皇军的米票粮饷，私底下不知道藏着掖着多少事不说，把自己支到前面。可他们怎知道这里有地下室，地下室里可能有鼠疫呢？既然有四三一基地，为什么城里还有秘密实验室？说不通啊……

还有，那些人为什么在那里被杀？难道是找到了什么重要的东西？会是什么呢？他大喝一声叫来了门外的宪兵："立即关闭城门！命令防疫队对院子里的尸体检查死因。然后再……"再怎么办他也没想好，只好先挥挥手让宪兵去传达命令了。他越想越觉得不对劲儿，联想到张震早晨送来的情报，立即派特攻队去了梁坳附近埋伏，实行斩首行动是既定任务，必须立即执行；另外四三一基地是新四军打的，那这次作案最大可能就是他们的人，如果他们在实验室找到重要东西，特攻队可以沿路截杀和截获。

话说罗影回来后就去了小上海，心里琢磨着要怎么不着痕迹地赶紧通知罗芳。好在东西已经放在了妥当处，她记着罗芳说过越是紧急情况越要沉住气，就要了一碗大排面，挑了个看得见宪兵司令部大门的座儿坐了，从兜里掏出几个香榧子仔细地剥着，细细品味。藤井出动她看见了，张震和罗芳手挽手出去，她也看见了。小凳子托着她那碗大排面来了："大排面来了，小掌柜的慢用。"她点头笑笑，一根一根挑着面，没心没绪地吃着。

张亮用命保住的那十八本笔记本、那个神秘盒子，要尽快送回家。刚才自己自作主张跑去宪兵司令部报案，也不知道做得对不对。那些东西一定很重要很重要，不然也不会有那么多人去抢。她眼前忽然电光石火一闪，那个抓她脚的人，胳膊上露出的那条小小青龙，这种刺青文身应该是什么帮会人物才有，那些人都穿着一样的青布裤褂，看那情形是在张哥回去之前就埋伏在那里了，而且先打开了地下室，才有满屋子的臭味。那些人一定是发现东西不见了才埋伏在那里的！这些情况，罗姐姐都不知道，现在也没时间和机会告诉她。怎么办？万一藤井也知道丢了重要东西，会不会马上封锁城门？！

想到这里她放下筷子扔了饭钱在桌上喊了小凳子一嗓子起身就走。她决心不等罗芳了，先把东西送出城再说！

午后小雨已经停了，她直接去了秘密联络点，把长衫一脱，里面是寻常农村男孩儿的短打扮，爬到阁楼上背起背篓对卖萝卜丝油墩子的小贩说："我走了，如果……"她抿了一下嘴，不知道怎么说，想了想，附在他耳边低声说，"如果我没回来，跟家里说，我死了，我埋了。记住，我埋了。"她拿顶斗笠往头上一扣，决然推门出去。

小贩茫然地看着她，高度近视的眼里一滴泪滴落。他看着罗影的背影，那背影里又叠现出吴妈的背影，他不知道她们叫什么，只知道那句联络暗号，他甚至每次都看不清她们的样貌，记忆最深刻的却总是背影。

罗影匆匆出城，走的是平时很少去的西门。不到一个时辰她就回来了，刚进城门，就听见急促的哨声、队列跑步声，她低头让斗笠遮住颜面，身后紧接着就传来关城门的吱嘎声，接着是满城乱响的摩托车声。她加快脚步，两旁的小店乒乒乓乓开始上门板。她从小巷三转两绕到了卖萝卜丝油墩子的小贩家，刚要敲门小贩已经打开门来一把把她拉进去。瞎眼老婆婆跪在菩萨像前，听见她进来颤巍巍摸索着站起来说："菩萨保佑，回来就好，回来就好。"

她笑一笑把背篓和斗笠放下，套上长衫，从容出去。顺路在张小开的百货商店里转了一圈，跟他打了几句无关紧要的哈哈，无非是问啥时去商会打麻将叫上自己如何如何的，买了个新到的上海洋点心盒子提着回来。

何记酱园的店门开着，远远就看见小豆子站在柜里像模像样地打算盘，她走到门口，小豆子一抬头，笑着迎出来，殷勤地去端茶。罗影重重坐下觉得心里好重，接过茶心不在焉地问：“今天生意怎么样？有人来找我吗？”

小耗子说：“生意还好了，卖了十二坛小酱瓜、三瓶酱螺蛳，大头菜卖了三斤二两，账我都记了，钱也都收在抽屉里，没有收法币，也没给人赊账，后面酱缸刚才雨歇了我也打开了。”

“嗯。不错。”罗影喝了几口茶才想起来似的问，“赊账？谁来赊账？”

“就是前面街角转弯后巷里的一个老太太，我说我是伙计不能做主，她就走了。”

“哦，我想想啊，对了，是有这么个老太太，下次来了赊给她吧。可怜见的，儿子死了媳妇跑了，自己带个屁大的孙子，下次来就把那最便宜的酱菜给她点，当做好事吧。”罗影想起那年那个城墙根下的老太太，她钻狗洞时多亏老太太给她打了个手势，才没撞上鬼子巡逻队。

“还有，上门都是客，没赊账给人家，也要对人家客客气气的。不许对穷人摆脸子，我们这生意，还要靠穷人。”

小豆子答应着，顺手抓过抹布又把柜台擦了一遍。他崇拜小掌柜的，比自己大不了几岁，会做生意，心还好。自己来了，不管吃什么，每天都能吃饱，还教自己打算盘、认字，三年以后还会有工钱，太感激哥哥给自己找的这个东家了。他努力干活，细心巴结小掌柜，这都是真心的。

罗影翻翻账本，喝了杯茶，撂下茶杯说：“你好好看店，我去小上海那边招呼去。”

小上海，明亮的汽灯已经点亮，后厨涌出的热气给明亮的灯光裹上一团团雾气，店堂里晃动的客人变成朦胧的影子。踏上台阶的一瞬，罗影有点恍惚，这一天电光石火般发生的一系列事情，让她有点喘不过气来。走过柜台，对小凳子说了声：“帮我煮一碗馄饨送到楼上。”

小凳子应了一声“好嘞——”她已经踏上楼梯。

二楼除了和式雅间，走廊里还摆着些两人散座。她挑了角落里一张矮桌坐定细细想着，有没有哪一步做错了？不知道哪里有漏洞，敌人怎么一下就封了城门？当然，死了这么多人，封锁城门似乎也是应该的。没过几分钟，听见小凳子和罗芳说话，忙伸头招呼：“罗姐姐！来尝尝小店的日式料理。小凳子，再来一碟天妇罗、一碗拉面！”

罗芳款款坐下后，笑道：“真是新官上任三把火，果然有新气象。”四下打量着低声说，“你个二百五，今天到底怎么回事？赶紧说！”

“当然，我也想赚赚日本钞票啊。”转而低声说，“你终于回来了，急死我了。田中诊所出事，张亮牺牲了，他找到了很重要的东西……”

罗芳看着她的眼睛正想发问，小凳子来上菜，转而笑吟吟说：“这料理看着还蛮正宗的。”罗影得意笑道：“尝尝。松木教的手艺。”

小凳子退下，罗影一五一十把张亮怎么来报告、自己怎么回田中诊所找他、怎么发现不明身份的敌人与张亮抢夺那些秘密物件、自己如何把张亮用生命夺下的物件转移藏匿、如何去宪兵司令部报案的全过程仔仔细细说了一遍。说完气都喘不过来了，她盯着罗芳微皱的眉头，焦急问道：“罗姐姐，我哪里做错了吗？我是不是应该先找你汇报？可是当时真的来不及，我又不敢直接闯到你那里去……”

罗芳关注的重点却不在那里，有一下没一下吃着饭，详细询问罗影关于张亮汇报的田中诊所的详情和全过程里的细节。

她把这一天的事、三方面的信息拢到一起慢慢捋着，张亮发现的十八个笔记本肯定是田中秘密研发细菌武器的记录，那个神秘铁盒里很可能装着病毒或疫苗。四三一基地毁灭第二天，自己和张震看到诊所窗帘的异动确实是里面有人。田中那天不在四三一基地还是逃脱了？出事后把私人笔记本和手头的试验标本藏好自己悄悄溜出了宁城！又或者是其他人来取走？可为何隔了这么久才取这些东西？又为什么不直接让藤井保护他并取走东西呢？那不是比这样偷偷摸摸更安全吗？这次，张亮杀死的人里有没有他？这个研制细菌弹的祸首是不是又逃脱了？按张震所说，藤井听了他的报告，当时并没命令封锁城门，而是带着防疫队去了田中诊所。负责监视的王胜说当时就嗅到里面飘出很浓烈的消毒水味道，藤井是听了防疫队队长汇报后才下命令封锁城门，现在正在连夜拉生石灰对那里进行填埋。浩子说从里面一共抬出六具尸体，都是白布单子蒙着直接用卡车拉到西门外乱葬岗子掩埋的。想到这里，她问罗影："你在里面看到几具尸体？"

罗影掰着指头，回忆当时情景："我一进门就闻到恶臭，溜一眼诊室的门是开着的，里面翻得很乱，药房里面的屏风打烂了，床也拖到屋子中间，但都没看到死人。过道里椅子砸烂了，但是也没死人。后院过道口，有一个，是两个！有一个我走过时抓了我的腿，我用雨伞打了他。院子里面有三个。然后，我听到柴房有声音，就进去。张亮和一个鬼子在地上扭打，他要爬到背篓那里去，鬼子在他背上扎了一把小刀子，很小很小的那种，亮闪闪的。那个扎他的鬼子也被他打得满脸是血，快断气的样子。我给他头上狠狠敲了一棍，应该是死了。"她忽然一抬头惊叫，"那应该是七具尸体啊！怎么跑了一个？完了完了，我怎么没有再每个人都补一棍子……"

罗芳皱着眉头说："你确定那个插了张亮一刀子的人死了吗？"她思索着说，"他那一刀子插在张亮背上什么地方？怎么会一刀子就把他扎死了呢？！你看清他了吗？"

罗影结结巴巴地说："我、我当时怕极了，没、没看他脸……"

"……田中……只有田中才能用手术刀刺中心脏！他死了？"

"肯定死了！他扎了张哥，我一气之下在他脑袋上狠狠敲下去，一棒子就把他头打烂了一大块，白花花的脑浆子都出来了，我吓得棒子都掉了……"罗影哆嗦了一下。

罗芳赶紧倒杯水给她，缓缓说："田中死了就好，他的笔记本也在你手上，这细菌战就暂时搞不成。可怎么少一具尸体呢？监视的人也没见抬伤员出来啊。"

罗影眨巴着眼睛想了想说："会不会那个抓我腿的家伙跑了？他手臂上有一条小青龙，应该是帮会中人，能和张哥打居然还没死的，应该功夫厉害！"她回忆着自己拿雨伞打下去的情形，摇摇头说，"我不能确定有没有把他打死，也许只是敲晕过去了。"她忽然脸露惊恐道，"糟了糟了！他看到我的脸了！"

罗芳眼皮子一跳："你确定？"

“是，我当时就是掌柜的打扮。那家伙趴在地上，一把抓住我脚，我吓一跳，挥手就给了他一雨伞，我看到他的眼睛，跟小猪眼一样，瞪得溜圆，然后就翻白眼了。”她扑哧笑了，“他那表情是不相信我会打他。”

罗芳的眉头越皱越紧了，她说：“不行，你带着东西撤回根据地。明天一早就走，就说去乡下收货了。”

罗影：“我这么一走会不会反而被藤井看出破绽？”

小凳子殷勤地上来清台并上了果盘和新茶，罗芳扬声说：“你明天下乡收货这里生意怎么办？”

“下乡收货不过三两天的事，这里让胡掌柜来招呼着，小凳子还敢不听话？”罗影笑嘻嘻地在小凳子背上拍了一下，小凳子连声说着不敢不敢端着脏碗盘退下。

“罗姐姐，如果我回不来了，你能猜出来我把东西藏哪儿了吗？”

“在何茉莉的坟里。”

罗影点点头，又担心地问：“我这样说是不是很容易被人猜出来？”

“那些不知道小茉莉故事的人很难猜出，但是知道的人就会猜出来。”罗芳看她一眼说，“包括你二叔，还有侦缉队的某些人。”

罗影一下跳起来：“我明天一早出城，先把东西刨出来送走再说。可我走了，你们和家里的联络怎么办？”

“再说吧。另外……”罗芳看一眼三三两两上楼的食客，凑到她耳边轻笑着说，“你怎么想到报告侦缉队？”

“我赌一把那个吃人肉的会帮我们，起码——”她调皮地笑看罗芳悄悄说，“会帮你。”

罗芳一愣，眉头紧锁……

这一夜，罗影、罗芳、张震都是一夜未眠。罗芳仔细回忆分析每个细节，怎么看罗影和张震的疑点都难以洗脱，决定启用夕颜这个保护伞。

藤井也同样度过了一个不眠之夜。一杯接一杯的浓茶，又苦又酽，刺激着他的味觉清醒着他的头脑，昨天从案发现场回来就有无数疑问一直在脑子里转。那里曾是田中诊所，张震报告时为什么不说？他们为什么要瞒着自己？这个田中与四三一基地有什么关系？他为什么在自己诊所地下室里秘密进行鼠疫实验？当时第一反应立即封锁城门，下午又派出了特攻队去新四军地盘，算是万全了吧？

他从保险柜里找出来《四三一基地玉碎案》的案卷翻看，一份玉碎将士名单赫然出现，果然有个田中——田中荣一郎，排在名单第一位。四三一基地是佐藤亲自负责，直接向横田大佐汇报，所有消息连当时身为谍报队队长的山崎都瞒着，接任宁城宪兵司令时听横田说四三一担负着帝国非常重要的秘密任务。那个基地的废墟自己去看过，即便被烧过炸过，防疫队还是又用生石灰再次填埋夯实，到现在寸草不生，无疑与细菌战有关了。这个田中荣一郎很可能就是基地的主持者，所以才会排名第一，但他和田中诊所是什么关系呢？田中诊所租约上的田中角荣是谁？且租约是四三一设立一年多前签的，如果是同一人，虽可以解释为什么诊所有秘密实验室，但他为什么这样做？

他转而想，从张震这些地头蛇表现看，明显知道一些内情，那为什么言辞闪烁不肯告诉自己？联想到之前上海来的密电，说自己内部有代号暗瞳的新四军密探，他一下跳了起来："此事重大！上面已经不信任宁城任何机关，包括宪兵司令部！"虽然自己已经采取了措施，但万一有失就是捅了天大的娄子！他来回踱着，这么多人来抢的东西一定非同小可！

这时他后悔了，后悔当时没有随防疫队进去勘验现场。现在所有的痕迹都被抹掉了，只听防疫队队长报告说里面有六具死尸，其中一具尸体显然和其他五人不是一伙儿，他杀了五个人企图从柴房窗户逃跑，没成功。而他的死因是被人用一把手术刀从背部刺入心脏，这个细节防疫队队长说得漫不经心，却让他心里一动。对于一个普通杀手来说，用手术刀就很罕见，从背部一刀直刺心脏更难！但对于一个外科医生，尤其是经常做人体解剖的医生来说却并不是难事，这也是防疫队队长对此漫不经心的原因。

那么，刺杀人的就是个医生，难道是田中？！被刺杀的很可能就是潜伏在宁城的新四军暗瞳！除了张震，和冯静之有没有关系？

防疫队队长说现场没有发现有价值的东西，那他们抢夺的东西去哪儿了？难道有人捷足先登？！是张震的人？可是张震等人显然不愿意去那里，是他们先把东西拿走了还是压根就没进去过？当时打斗那么激烈，周围邻居就没有发现什么？

他三步并作两步冲到办公桌前抓起电话发布了一通命令，把电话一撂，踱到沙发前坐下，抬腕看表已经是凌晨三点多。思路理清了，人也轻松了不少，他端起茶杯一口气喝尽，靠在沙发上闭目小憩。

他决定自己亲审这些人，张震那帮人未必靠得住。

出乎他意料的是，那些邻居们都说没听到什么，而张震和冯静之都有不在场证据。他心知这都不作数！

他看着旅馆老板娘鬼一样憔悴的脸和蓬乱的头发，怎么也没法把她和白天那个又骚又嗲的女人联系起来。只有她惊魂稍定之后快速开合的嘴唇和夸张的语调提醒他，这确实是一个人。

“噢哟，你不晓得那个娄太太啊，根本就不是病死的，硬是鬼魇死的！她家丫鬟说她一直身体蛮好，忽然就开始活见鬼！”她一脸紧张神秘地极力把脑袋伸向藤井方向低声说，“她跟丫鬟说，卧房的大床上有个白绫吊颈的女人，舌头有两尺长！厨房的水缸里有水鬼，夜里不停地哭，还会念《金刚经》呢。”被藤井拉来当翻译的松木听得脸都白了。

藤井看他一眼问：“这个女人说什么？”

松木颤着声音说：“她讲那个院子里有鬼，原来的女主人不是病死是被鬼吓死的。”

“八嘎！一派胡言！哪里有什么鬼？！她一定是在胡说八道。”

松木把他的话转告老板娘，老板娘双手拍着大腿说：“噢哟，我是从来不说谎的，这个世界怎么会没有鬼呢？那么多人死掉，没有鬼岂不是都投胎做人了，那这个世界还盛得下？”她啰啰唆唆没完没了说得口沫四溅，听得松木的脸都绿了，两腿瑟瑟发抖。气得藤井一拍桌子喝道：“混蛋！打！”两旁站着的日本兵上去就给老板娘几个大嘴巴子，扇得她口角流血杀猪般叫起来。松木忙说：“不许提鬼！藤井少佐问什么就答什么，明白？”

老板娘哭着鸡叨米般点头，藤井挥手让日本兵闪开，低沉地问道：“是谁教你们胡说八道的？说！”

“没人教啊，我句句实话，那个院子真的闹鬼啊！不信你问杨老板。”

“我就问你！谁教你们编这些鬼话来骗大日本皇军的？！”他凶狠的目光让老板娘顿时尿了，哩哩啦啦的尿液顺着椅子滴滴答答淌到地上，散发出浓烈的尿骚味。

“我，我真的没有骗太君，我不敢，真的不敢啊……”她真的怕了，张震的话在耳边隆隆作响：“记住了，你们什么都没看见没听见，也不许跟任何人说！要是今天这事传出去，我就只能把你们和知道这件事的人统统灭口！”她怕挨打，可是更怕死。而且，她知道田中诊所的事情泄露出去，鬼子真的会烧掉一条街！这所小旅馆是一家人唯一的生计、性命所羁，一旦没了，一家人就算留条命在，也是活不下去的。

藤井从她眼里读出真的恐惧，又盯了半天，才叫人把她拉出去收监。

一会儿，瘦小猥琐的杨老板被推进来。

“我不知道，我真的不知道啊。那座屋子是凶宅，我姐就死在那里，说是病死，可是满脸黢黑口鼻流血啊……姐姐死后，姐夫又被炸死了，亲家老爷就派人来把家搬走了，房子卖不掉，托我照看。”

松木把他的话翻译给藤井，藤井摸着长出胡楂子的下巴，默默思索。这些人的口供都很奇怪，都说那座屋里有恶鬼，可他根本不相信这世界有恶鬼！如果有，自己就算一个，自从踏上中国的土地，就已经变成恶鬼。所以，他不敢信鬼神。可这些支那人把恶鬼说得活灵活现，也是真正怕得要死，难道真有比自己更可怕的恶鬼存在吗？

他冷静地听杨老板一遍遍哭诉：“我真的什么都没听见、什么都没看着啊，我们隔着一条马路啊……我只管把房子租出去收租金，租不出去我也不敢进去啊。自从见了我姐姐死后的惨样，那个门我是一步也不敢踏进去了啊……”

听到第二十遍还是十八遍时，他已经不用翻译仅凭那带着抽泣的话语声就听出与前一遍是相同的了。

于是他换了问题：“田中诊所是什么时间租给田中的？”

“是民国三十年六月租给田中大夫的，后来他忽然走了，就是去年年初时候，连个招呼都没打。后来还是邮差来问我，我才发现他们走了。”

“他们搬走时带走什么东西知道吗？”

“我哪儿知道啊，就看见他家那女的，叫了辆三轮，提着两个箱子上车走了。我还以为她去去就回来的，结果再没见人。”

“后来又租给谁了？”

“租给一个叫张亮的生意人了，就前几天。开了个贸易行还没足月就出事了。”

“这个张亮是哪儿来的？什么地方人？做什么生意？”

“我真的不清楚，他有良民证，又交了三个月房租，说先租一年。”杨老板已经被鞭子抽得满脸满身是血，哭得眼泪鼻涕横流。

“白天里面发生了什么事知道吗？”

“出啥事了？不知道，就看见皇军进去了，不知道里面出啥事了。真是个凶宅啊，没人在里面待得长，都不得好啊。太君，您跟张亮说，这房子我不租了，三个月定金我退给他。我不租了……”

他眼看着再榨不出什么，只好挥手让人把挨了几十鞭子的杨老板拉走。

其他人更是茫然不知所以，满嘴胡说八道，一个胖老头儿挨揍之后居然哭喊着说：“皇军爷爷欸，你到底要我说什么啊？你叫我说什么我就说什么，求求你告诉我到底要听我说什么啊？”

藤井忙活了一夜，最后决定还是要从老板娘那里打开缺口，天亮时他上楼略躺了躺，眯了一个比猫还短的猫觉，勤务兵为他端来了早餐，吃光那两个紫菜裹着的白米饭团子，用酱汤漱了漱口，他精神饱满踩踏得楼梯板咔咔直响走向地下审讯室。在楼梯上遇到一身练功服打扮的张震，藤井露出一丝阴险而自认不可捉摸的微笑，走到地下室门口灵机一动吩咐把守卫全换成日本宪兵。

张震一摇三晃地进了侦缉队办公室，倚在门边没事人一样抽着烟。罗芳与他擦肩而过，打招呼时轻轻吐出两个字：“夕颜。”

张震狠狠吸了两口，把长长的烟头弹在地下室楼梯口，朝眼瞅着烟头咽口水的宪兵痞笑着弹了支烟给他，眼风一扫楼门口抬腿上楼，身后浩子小跑着跟上来好奇问道：“奇怪啊，昨儿晚上又抓什么重要人物了？怎么下面的守卫都换宪兵了？”

张震半夜里听到藤井打电话、后来去审讯室夜审，心知他已经对自己起了疑心。昨天最大的事情就是田中诊所的案子，所抓的人很可能就是田中诊所的左邻右舍，老板娘看见罗影进去，甚至看见她“打死一个死人”，是否通知她撤离？

他貌似不经意地说：“还是昨天那事吧，你今儿个见你那小掌柜了吗？”

“没啊。”浩子眼珠子叽里咕噜一转，走过来低声说，“要不要叫她避一避？”

“你是说？”

“藤井没准儿要把所有人都拉来折腾一遍，小掌柜对咱不薄，何大头也一直和咱侦缉队站一边儿，在皇军那边对咱美言一二……”

“那还问我？”张震笑着耸耸肩，拿钥匙开了自己办公室的门。

“也是啊！”浩子跟进去把几个萝卜丝油墩子和茶鸡蛋放桌上。

张震笑骂：“你好歹也是政保局缉私队的副队长了，还不赶紧去那边点卯？”

浩子摸摸头笑道：“呀！又忘了。我这就过去盯着那帮小子，别又冒啥坏水儿。”说着出去了。

话说罗影一早赶到何记酱园，边往嘴里塞着路边买的团子边喊道：“小豆子，把昨天备好的包袱拿来，我去乡下收货。何三儿病好点没？三天了还没来。你给我看好店，照管好后院的大酱菜缸，有事去找胡管家。我三两天就回来。”

小豆子一溜烟儿跑出来听一句一点头，说：“小掌柜，张哥走了，你带我去吧，也好路上给你壮个胆儿。”

“算了算了。”罗影一脑袋烦恼的样子说，“你给我壮胆儿？到时候还得我照顾你。帮我把店看好就行了，对客人要客气。那酱菜缸，一定照顾好，该晒的时候要晒，该盖的时候要盖，千万别让雨淋了。”

“知道了。”小豆子答应着已经又跑着把包袱从后堂抱来了，罗影接过包袱往身上一背，摸摸小豆子的头说：“米票给你，记得买米，不要把自己饿死了。记得每天记账，回来我是要看的，对不上我可是要打人！”说着拔脚就走了。

她打心眼里喜欢这个机灵的小伙计，也对他很放心。

她刚刚转过街角，浩子急匆匆地赶到了。

“小掌柜的，小掌柜！”

“哥，你来了？”小豆子从后院跑来。

“你家小掌柜的呢？”

“她去乡下收货了，刚走。你找她？”

“走了？走了就好。”浩子长出一口气，说，“她没说啥时回来？”

“说了，三两天就回来。哥，找她有急事？”

“没事，没事。”浩子摸摸弟弟的头说，“又长胖了嘛，你小子得好好干活，人家小掌柜待你不错。”

“小掌柜的对我可好了，还教我记账呢。她这次出去就让我看店，可信得过我了。”

浩子感慨地拍拍弟弟说：“好好干，你是遇到好人了。”他低声对弟弟说，“如果小掌柜回来，叫她先避避风头，怕日本人要找她麻烦。”

小豆子一惊，然后连连点头说：“好，一定一定！”

浩子没说话，转身走了，出了门回头喊了声：“好好看店！”

西门外，罗影背着竹篓在乱葬岗子上朝自己的坟行去，割着草紧一步慢一步地四处观望，大大的破草帽扣着还是满脸汗珠子滴滴答答，不是热的，是紧张和害怕。眼看走过一片新坟就到了，远处传来摩托车声，她扭头望去，几辆摩托车朝自己方向驶来！

她索性退到一边靠树坐下，冷眼旁观。

松木带着几辆摩托车朝乱葬岗子驶去，他不明白为什么要把刚埋掉的尸体起出来拉回去，还非让他带着防疫队的人干，这让他又想起了在四三一基地的日日夜夜，不寒而栗。

罗影也发现了松木，把草帽按得更低了。

“走！滚远一点！这里不许逗留！”她微微抬抬头看见松木皱着眉头呵斥自己，装作害怕的样子背起竹篓一跛一跛踉跄着离开了。

罗影走到远处一个小丘高处继续割草，看见松木远远捂着口鼻指挥穿白大褂的人把白布裹着的尸体一具一具挖出来。阳光下白灰飞扬弥漫，粉尘飘落在松木满是汗水的额头、脖颈蜇得生疼。他又退后几步，心想幸亏昨天听防疫队的没烧，要是烧成一团焦炭，今天藤井没准又要大骂自己笨蛋了。

太阳越升越高，罗影坐在树下掏出一块烤番薯啃着，看他们将尸体装上一辆卡车开走了。现在，她愈发确信，自己带出来的这些东西至关重要，与鬼子的细菌战一定有密切关系。

终于四周无人，荒野恢复了平静。她三步并作两步走到自己坟前，再次确认四处无人后，从竹篓里摸出一把小锄头快速刨开墓碑后面的土，一个油布包出现了，她匆匆打开看了一眼，是自己埋进去时的那些本子。她把它们扔进竹篓，回身继续往下挖，当锄头碰到铁盒发出清脆的声响时，她扔了锄头，用手小心扒开覆盖的土壤，把铁盒小心翼翼取出放入竹篓，把倒出来的猪草盖在上面，把自己的坟墓修复，背起竹篓匆匆离开。

远路无轻担，她背着竹篓挑荒僻无人的小路穿行，浑身大汗淋漓。梁坳，在连绵不断仿佛永远走不到头的小路那端，她不敢走原先那些较大的村镇，不敢冒任何险。罗芳说，在到达根据地前的这片游击区，政保局、特高课在各条路上都设了眼线，甚至可能设伏；还有侦缉队的密探、国民党顽军的密探，她只能按照自己大脑里那个地图上最僻静、最隐秘的那些小径绕来绕去。日落月升，她手持一根细竹竿拨打着脚前的乱草，防着随时可能蹿出的毒蛇。

太阳又升到了头顶，汗水湿透了衣衫，带的干粮也吃完了，她从头天中午走到现在几乎没停过，只在拂晓眯了一会儿，被太阳一晒直发晕。她在溪边掬了水泼在脸上让自己清醒一点儿。前面是个小村子，其实都称不上是村，只有三户人家，在青训班时，听苗翠翠说过，她有个远房表姑嫁在这里。她又累又饿连连喝着溪水，想在这里找点吃的。就在她这样想着时，一声枪响吓得她本能地蹿到竹林深处。

远处哭喊声、脚步声，嘈杂一片。她把竹篓藏在一丛竹子后，把四周落叶败草拢过去盖好，拣一根枯竹枝插在前面做了个记号，走了几步想想又在地上扯了把野草扎成一个草圈挂在面前的灌木上，这才放心地猫腰潜行，躲在路边竹林里朝小村望去。

小小的几户人家，一个妇女护着一个孩子拼命顺小路跑来，后面是几声枪响。

罗影为她焦急，她这样一直沿着小路跑是逃不掉的！她悄悄迎上去，随时准备一把把她拉进竹林。

妇女奔逃着，眼看就要逃到罗影身前了，罗影探出身去朝她招手。

忽然，一声枪响！一丛血花就在她胸前绽开，她在那一瞬间把孩子推向罗影，像只大鸟一样张开了双臂，眼里满是期冀和恳求……

罗影一把扯过孩子，捂着他的嘴把他拖进了竹林，回头看一眼那母亲，她努力挣扎着缓缓倒下，试图用自己的身体遮挡住远处那些人的视线。这，是她能为孩子所做的最后一点儿事了……

罗影半拖半抱地拖着孩子狂奔，尽量不撞到那些竹子，身后的喊声渐渐远去。也许那些人并没想追他们，但她不敢冒这个险，宁可跑远一点儿。

张大的嘴，已经吸不进也呼不出空气，眼前金星乱冒，汗珠四溅，瞪着的双眼看出去一片绿色的迷雾。两人从快跑变成快走、慢走、挣扎着走，终于一起倒在地下。

罗影抓着孩子双肩，还不等气息喘定就问那孩子："那些是什么人？为什么杀你们？"

孩子摇头，回头看来的方向，合不拢的嘴一扁，像要发出哭号声。

罗影一把捂住他嘴，在他耳边说："别哭，小心他们跟来！"

孩子惊恐地看着她，她肯定地点点头，孩子硬把哭声憋回去。

这时，她才真正打量着这孩子。是个只有六七岁的男孩，面黄肌瘦，三根筋挑着个大脑袋，一张脸上倒有大半被两只澄澈明亮的眼睛占了，那里面满满的惊惶与恐惧。他抽噎着，抬手擦一把眼泪鼻涕，说："哥哥，我不哭、不哭了……"

"那些是什么人？"

"不知道……"

"他们为什么杀你们？"

"不知道……"

"他们说中国话还是外国话？"

"听不懂……不知道……"

"学一句，跟我学一句他们的话。"罗影急了，怎么这孩子看着机灵居然一问三不知！在这个离梁坳那么近的僻静地方发生这样的事，她很担心。

那孩子显然还没有从刚才的事件里回过神来，有些怔愣。罗影怜惜地用袖子帮他擦擦额头的汗水，叹息一声，侧耳倾听远近处的声音。

许久，周遭的虫鸟都开始恢复了啼鸣，她才悄悄寻找回去的方向和路。在竹林里兜了好几个圈子后，她终于看到那个自己挂在灌木上的草圈，她让孩子待在那里千万别动，自己悄悄摸回小路边。

奇怪的是不但那女人的尸体没了，连路上的血迹都被打扫干净了。她脑海里闪出一个词：“潜伏！”有敌人在这里潜伏！她回忆着刚才的枪声，一下一下很有节制，不是那种嚣张的扫射，却是一定要人命的坚决。她的腿开始发抖，她紧张地谛听和观察，一点点往回退，一根草都不敢碰动。

她终于退回灌木丛，小孩还呆呆坐在那里，她拍拍他捂住他正要惊叫的嘴，示意他跟自己走。

孩子见她小心翼翼的样子满脸惊恐，一言不发紧紧抓住她的手。

他俩悄悄走到竹丛后面，挖出竹篓背好，再次判断方向，拉着孩子悄悄向山里移动。

天，一点点黑下来，竹林里已经几乎看不到天光。罗影咬着嘴唇四处张望，她实在不知道自己走错方向没有。

孩子抬头望着她，揪着她衣襟的小手晃了晃说：“哥哥，你要去哪里？”

“梁坳，我要去梁坳。”

“那你走错路了，我们走偏了。”

“你认识路？我们不能走外面的路，那些人追上我们就死定了。”

“我们可以走山上，穿过竹林翻过右手小山就是，我们刚才错过了。”

“你认识路？”

“我年年跟着妈妈在这一片挖笋。”

“天，你早不说！快带我走。”

小孩牵着她的手，两人踉跄着张皇前行，远处终于露出灯火点点。罗影舒了一口气，梁坳到了。顿时，两条腿有千斤重。她一手牵着孩子，踉踉跄跄朝前走，两只脚底板钻心痛。

司令部眼看到了，抬头望去，二楼那盏灯还亮着。她忽然心底一酸眼睛一热眼泪流下来了。

“哥哥，你哭了？”小孩瞪着无邪的眼睛。

“瞎说，我眼睛迷灰了。”她绕到后门，对哨兵说，“我找张亮。”她不知道这暗号还管不管用，但也只能这样了。

“找张亮？”哨兵上下打量着她，犹豫一下对另一个哨兵说，“你看着‘他’。”转身就跑进去了。老班长很快跑出来，看她一眼说：“让她进去。”哨兵啥也没说放行了。

一直走到院里，她四顾无人才说：“老班长，可饿死我了，快帮我搞点吃的。”

老班长说：“好，你先上去，这孩子交给我。”那孩子紧攥着罗影的手不放，罗影说：“我还有话要问他，您先去帮我整点吃的。”

老班长说：“要我帮你背竹篓吗？”她摇摇头，老班长叹口气走了。

罗影拉着孩子，扶着楼梯扶手摇摇晃晃地往上爬。

她一头撞进张部长办公室，就坐在地上。孩子也坐在她身边，一言不发地看着快步迎过来的张部长。

罗影小心地把竹篓解下来放在地上，张部长掩上门，伸手来提竹篓，她一把挡住：“小心！千万小心。”她的表情把张部长吓住了，他缩回手去扶她：“丫头，怎么累成这样？”

“等我，等我先问问这孩子。”

张部长怜惜地摇摇头，去给她倒开水。

“孩子，跟我学一句那些人说的话，一句就行，你仔细想想。”

孩子一下又眼泪汪汪的想哭，她搂着他说：“咱不哭，哭有什么用？你仔细想想，我们就能找到那些坏蛋，给你妈报仇。”张部长的眉毛一挑，看这阵势，出事了。他一声不响把茶缸递给罗影，悄悄退到一边看着两人。

那孩子抽抽噎噎说：“我和妈妈在门口晒霉干菜，就听到那边三爷爷叫得吓人，三奶奶在喊：‘快逃！快逃！’妈妈站起来看一眼拉着我就跑，一群穿黄衣服的人端着长长的带刀子的枪，妈妈推着我从屋后逃，那些刀上都有血，像杀了牛一样。后来，他们就开枪了。”

“他们一句话都没说吗？”

“八嘎？”孩子低头想想又抬头喊道，“八嘎！有一个人在喊：‘八嘎！’然后就开枪了！他们打死了我妈妈！妈妈！”

罗影搂着孩子轻轻摇晃着，一句话都不说。孩子哭号声中，她对张部长说：“有鬼子潜伏在后山，快派人去！那个小村子在山后大约四五里路，偏西边再走七八里，只有三四户人家，青训班苗翠翠的远房姑妈家在那儿。”

张部长走到门口喊了一声，大刘闪了进来。他说：“去侦察连，派一个班最精干的侦察兵去姚村，不要惊动里面的鬼子，侦察清楚马上回来报告。叫他们千万小心，这不是一般的鬼子！”大刘应声走了。

老班长推门进来，端着一大碗香喷喷的番薯泡饭，罗影接过来就喝了一口，烫得哈哈呵气，但还是忍着咽了下去。

“这丫头，看饿成啥样儿了。慢慢吃，我还给你烤着俩呢。”

“嗯嗯，老班长最好了。”她看一眼惊诧的孩子说，“去，跟爷爷去吧，爷爷有好吃的。我还有事。”

“你是姐姐？”孩子俩大眼珠子骨碌着，看看罗影又看那碗泡饭。

“快跟爷爷走吧，我这爷爷是货真价实的。”老班长拉着孩子朝外走，罗影跟着就关门，端着碗边喝边朝张部长办公桌走去。张部长也不吭气儿，只慈爱地看着她，静等她吃完再汇报。

罗影狂吃几口，停下来说：“张伯伯，张亮牺牲了！”她红着眼睛把竹篓里的东西小心拿出来，哽咽着说，“这是他用命在田中诊所抢出来的东西，我猜与细菌弹有重大关系。上次田中居然没死，这次是死透透了，我猜他回诊所就是为了这些东西。”她小心地把油布包打开，十八本笔记一本不少，神秘铁盒完好无损。她嘘了一口气，瘫坐在凳子上继续吃饭。

张部长拿起一本笔记凑到灯下细看，里面全是各种公式、数字和图表图示。他的心情很复杂，一是抓到了日军在华进行细菌战研究的证据，感觉很欣慰；二是对记录内容很震惊，敌人已经进行了这么深入的研究，如果在战场上全面使用后果不堪设想。

“说说当时你看到的情况，越细越好，边吃边说。”

罗影把张亮说的和自己所做所见的一切详细说了一遍，连防疫队把头天埋掉的尸体又挖出来拉回去都没漏掉。

张部长把所有事情细细在心里捋着，罗影抓紧继续吃饭，老班长用衣襟兜着两个烤得喷香的番薯进来，说：“丫头，这大半夜的没啥好吃的，还是这个又香又甜，稀饭不管饱，再吃点。”

“那孩子呢？”她还挂念着那个成了孤儿的孩子。

“睡了，还在哭呢。”

“那村里，估计就剩他一个了。”

张部长说：“茉莉，你也去睡吧。这回在家多待几天，看看宁城的情况再回去。”他还是喜欢叫她茉莉，也是为了不让人知道她现在的名字和身份。

“不行，我不回去他们怎么办？”

“你先去睡一觉，我还得好好想想。”

罗影不说话了，她也真的很累很累了，她往起一站才觉得这一趟不是一般地累，浑身酸疼，两条腿像灌了铅样简直就挪不动了。她晃了一下，老班长一把扶住了她：“丫头，累坏了吧？”

“没事，就是腿不会动了，哎哟，我脚好疼……”她说着就要哭，老班长和张部长都围着哄她。老班长小心翼翼帮她脱下鞋袜来，整个袜底都红了。

张部长说：“先坐着，坐着别动。”

老班长说：“我去舀盆热水来，烫烫脚，全是血泡，都破了。”他三步并作两步往外跑，张部长捧着她脚心疼地说：“怎么搞成这样？”

“怕鬼子汉奸劫我，不敢走平时的路，钻山沟来的，还迷路了，要不是救了这孩子没准就饿死在山里了。”她拖着哭腔说着，眼看着满脚血泡和血迹斑斑的袜子，心里那个难过全借着这劲儿哭出来了。

“别哭别哭，看变成花猫脸了，不是一直很坚强吗？”

“人家怕疼嘛，坚强是在鬼子跟前坚强，在自己家里不要坚强好吧？”罗影不好意思了，可还是扭着撒娇，破涕为笑。潜意识里，她已经把张部长当成了爸爸，自己却不知晓。

泡完脚，给磨破的脚上了药，老班长搀着她一瘸一拐去了张部长宿舍，她倒在床上就呼呼大睡，黑甜一觉，再醒来已经是日上三竿。睁开眼看见床头凳子上放着一个扣着的大碗，是老班长拿手的酸笋鸡汤，她端起碗先大口喝汤，然后捞起鸡腿大嚼，完全没有女孩子的吃相。门外匆匆的脚步声引起她的关注，她侧耳倾听，脚步声都是往张部长屋里去的。出事了？！

她三口两口吃完，急得在屋里乱转，没有命令她不能出去，连窗口都不能去。她立在窗口一侧，把窗帘微微掀条缝儿朝外窥视，只见院里岗哨林立，人人表情严肃。显然，戒备等级提高了。她不知又发生了什么，猜想是不是姚村的那帮鬼子出了乱子。

43

自从罗影离开宁城，这一天一夜，发生了太多的事情。

藤井的一连串动作虽还没有取得预期效果，却令张震很紧张，他到底为什么事发后突然派出一支特攻队出城？去哪儿了？连夜突审审出了什么？罗影有没有暴露？为什么不但守卫换了日本宪兵，连翻译都没有用何大头，而是把松木叫去了？第二天一大早谁都听得见老板娘杀猪似的号叫和哭声，张震不敢对她抱有幻想，罗影进过田中诊所的事肯定会被藤井审出来。看来，不管她有没有暴露，暂时都不能回来了。与罗芳擦肩而过后，他决定按既定方案去做事，稳稳坐在办公室里。不多会儿，何大头跑来探听消息。

他轻轻关上门，凑到张震跟前问："藤井这老小子葫芦里卖的什么药？"

张震往椅子上一仰两脚交叉着搭在桌上，示意何大头桌上有烟，两人抽烟、瞎聊，他需要一个让何大头自然而然提出夕颜的契机。何大头半天又把话题绕了回来："你说，藤井这是玩什么把戏？他抓了一群人自己审，连我都不让知道，难道说是怀疑我们？"

"怀疑什么？那些人是你杀的吗？"

"当然不是。怎么可能是我？就我这样儿能杀人？被人杀还差不多……"

"那你怕什么？"

"我那个宝贝侄女儿你又不是不知道，怎么又惹到这事上了？你说说，这不是要命吗？"

“你的意思是你侄女儿杀了那些人？”

“那倒不会。我就怕她把何记扯进去，那可是我的命啊！”

“她顶多就是个报案人有啥可怕的？我倒怕咱们瞒着藤井把我自己装进去！”

“你早晨听到没？我听浩子说，那个老板娘被打得鬼哭狼嚎的，还不把茉莉供出来？”

“那也没法子。我现在发愁的是藤井既然知道是茉莉最先发现的，怎么没去抓她来问话？”

“小豆子说她已经下乡收货去了。走了好，走了是非少啊，万一她被抓去审，供出是我们教她说瞎话的，那麻烦就更大了。闹不好不光是没收何记，连我们都要受牵连。”

“打住！”张震一下把脚从桌子上拿下来凑到何大头跟前低声说，“把‘我’后面那个‘们’字给我去了，那事可是你求我帮忙的，别把我扯进去。”

何大头狞笑着说：“我就是我们，现在我们是一条绳上的蚂蚱，得互相兜着！藤井明显已经不信任我们了，他昨天下午就派了特攻队出去了，走的南门！去你老家了！”他俯身凑到张震耳边压低声音说，“我从来就不信你真的投了皇军，我之所以不说，是为自己留一条后路。帮我，不然我们一起死！”

张震虽然心惊，却依然一脸玩世不恭：“我早就死过一次了，再死一次还这样儿。”肚里暗骂：该死的肥猪看着一脸蠢样儿，心里却这么明白，以前居然小看他了！

“老弟，你这样说就没意思了，话说好死不如赖活着。以前，咱们没少互相帮衬，这回，还是得互相帮衬着。好歹咱都是中国人，你说是不是吧？！”说到最后一句，何大头的脸上已经露出了狰狞。

“得得得，我服你了。”张震笑骂道，“真看不出啊，猪八戒也是卷帘大将！貌似我比你精，可每回都是我被你下了套儿，娘希匹的，要不说是吃人嘴软呢。说吧，有啥好主意？”

“藤井老小子不能不知道罗小姐的背景，你请罗小姐跟近卫夕颜小姐那边走动走动，比如你和她搞个订婚仪式，请夕颜小姐来参加，起码请她发个贺电来，这样藤井就算对我们有疑心，也得投鼠忌器不是？我呢，再叫商会张会长那边搞个什么庆典活动，从南京上海请几个记者啥的给他鼓吹鼓吹，也显示着咱宁城是大东亚共荣的好典范，给他点面子。这样，他里子面子都有了，这事也许就淡了，就算不能大事化小小事化了，也不会往咱哥们身上打板子，你侦缉队随便抓几个人顶罪就完事。”他挤咕着两只小猪眼盯着张震。

张震摸着下巴说：“这……容我想想。前面这两条倒是可以试试，你老小子只当个翻译官简直太屈才了，给你个正经官当当肯定爬得溜快。最后那招儿有点损，随便抓人顶罪，要是小偷小摸还行，这是杀人罪，要杀头的。结大仇的事，这年月不敢干绝了。”

“这年月怎么了？人不为己天诛地灭！要是藤井不逼咱们，当然用不着这一招，要是他逼咱呢？拿别人脑袋顶罪总比咱自己的强啊。”

“扯你个高邮咸鸭蛋吧，那些人是你杀的？张亮已经不是你何记的伙计了，他杀人跟你没关系，你别狗揽八泡屎好不好？”

“行！要的就是你这句话！不管他张亮是杀人的还是被杀的，第一他与何记没关系，第二人死灯灭死无对证，这案子慢慢查去吧。”何大头一口气把琢磨了一夜的鬼话说完，不错眼珠地看着张震。

张震摸着下巴转着眼珠慢慢琢磨，半天才说：“你说了这一堆都是对你有好处，我有什么好处？这皇军要是怪罪下来，我还得帮你顶缸，赔本的买卖……”

“好！”何大头狠狠心说，“你和罗小姐的订婚仪式、酒席的费用，都由我包了。”

“哈哈，好！痛快！老子就死皮赖脸一回！你去帮我操办，三天后我们在小上海订婚，一切费用你出，包括夕颜小姐的费用啊。”

“那当然。夕颜小姐的马屁一般人还拍不上呢，能为她效劳是我的荣光！”

“那你还不赶快去操办？顺便帮我把罗小姐请来。算了，不要你请了，我亲自去约她到红玫瑰谈。”

“妙！还是你有情调。”何大头目的达到，大拇指一竖，不要钱的迷魂汤顺手就送了一大碗，“到底是见过大世面的人，不像我们这些乡下土鳖。谈情说爱这种事就是要到咖啡厅去慢慢谈，听着音乐，喝喝咖啡，再去舞厅跳跳舞唱唱歌，一切笃定！”

张震笑着挥挥手说：“好了，快滚你的蛋吧。嘴甜得调了蜜似的，不定啥时候把我卖了还让我帮你数钞票呢。”

何大头哈哈一笑哼着滩簧小曲儿一步三摇地走了。

张震继续把两条腿跷在桌上看报纸，其实在支棱着耳朵听藤井的动静。时间静悄悄地过去了，藤井那老小子并没什么异动，只是偶尔打几个电话。眼看着到了中午吃饭时间，张震吹着口哨洗脸换衣服对着镜子梳了个油头，把办公室门啪地关上，继续吹着口哨上楼，去译电室。

罗芳安静地坐在桌前整理着当天收到译好的电文，张震的口哨声传来，池田抬头笑道：“罗小姐，你的罗密欧来了。”

“池田君，你又笑话我。”罗芳的脸一红，似嗔似喜地白了池田一眼。

“哈哈，去吧去吧，这些电文就交给我，一会儿我顺便给藤井少佐送去。”

“好，那就拜托您了。谢谢！”罗芳起身将电文交给池田，对他恭恭敬敬一鞠躬，退下两步，转身拿起手袋就燕子似的飞出去了。

门口的曹长几分轻佻地说：“罗小姐真美，羡慕池田君有这样的支那女朋友。”

“罗小姐是近卫夕颜小姐的同窗好友，夕颜小姐结婚她是伴娘。她还救过我夫人的命，是难得的朋友。”池田正色说。

“原来是这样，失敬了。”曹长站起身立正鞠躬道歉。

“以后，你要像尊重我一样尊重和信任罗小姐，不许胡说八道！”

“哈依！”曹长鼻尖有点冒汗，自己在家不过是个山野村夫，与高贵的夕颜小姐隔着十万八千里，而这个支那女人却可以和夕颜小姐平起平坐！他心里对罗芳的不敬烟消云散。

罗芳小鸟依人地扑到张震身前，笑着说：“怎么这么高兴？”

张震笑嘻嘻地说：“你猜？”

“是……藤井少佐给你涨薪水了？”罗芳扫一眼从身边走过的一个日本军官。

“涨薪水值得这么高兴吗？”

“那，在地上捡到宝了？”她冲他做了个鬼脸。

“瞎讲。那地上要有一粒米都会立马被蚂蚁搬走，还会有宝？还会等我去捡？”

三三两两下班的人有趣地看着这一对恋人，罗芳嘴一噘说：“不猜了！不讲算了！”转身就走，张震跟在后面想拉她手，被她甩脱，过往的人哄笑。

罗芳快步下楼，张震咳嗽一声正正领带跟在后面小声说：“哎哎，还真生气了啊？”

罗芳头昂得高高的在前面快步走着，脸上却绷不住开心地笑。正好侦缉队一帮人涌出来看见，顿时起哄：“大队长追媳妇，一追追了个俊媳妇！”

张震大声笑道：“起啥哄啊？老子今天要跟我媳妇求婚了，弟兄们，给老子助助威！”

顿时走廊里闹了个不亦乐乎。罗芳绯红着脸，被这帮人簇拥着走到了楼前面的草坪上，张震伸手在花坛里采了一支盛开的水红色月季花，走到她跟前单膝跪地说：“罗芳小姐，我，张震，今天正式向你求婚！请你嫁给我！”他举着花献给罗芳。

罗芳扭捏着不接，心想：这小子今天演的是哪一出？

侦缉队的弟兄们和过往的日本军官围了一圈，有节奏地鼓掌起哄：“求婚！求婚！同意！同意！”

罗芳羞红了脸，低头看着张震小声说：“你作死啊！人家尴尬不啦？”

“我亲爱的，接受我的求婚吧！”张震夸张地说道，两只眼睛全是调皮的笑意。

“讨厌！你再不起来人家走了啊。”罗芳说着就要转身，张震赶紧抓着她的手说：“我是认真的，求你同意吧。三天后我们就在小上海摆订婚宴，好不啦？”

“好啊！有喜酒喝啦！”围观的人又是一阵狂欢。

罗芳知道张震一定有新计划，于是红着脸小声说：“没这样的，一点儿诚意都没有，花还是现摘的。不行，我要你郑重其事地求婚！”

已经在旁边看了一阵的池田上前一步说：“罗小姐说得有理。你这样是不严肃、不郑重的，起码要有一样求婚用的信物才行。”

张震看着罗芳说：“我真心诚意地向你——罗芳小姐求婚。”他从脖子里解下一个小小的银锁，双手捧给她说，“这是我父母给我的唯一遗物，比生命还宝贵，我用它做我求婚的信物，请你嫁给我！”

罗芳接过银锁，眼里充满喜悦的泪光：“好，我愿意。”顿时周围响起一片掌声，浩子大喊：“恭喜大队长求婚成功！贺喜罗小姐！贺喜大队长！”大家七嘴八舌笑着闹着，罗芳双手把张震拉起来说：“人家结婚都是要钻戒的，你得补给我！”

“补，笃定补！”张震信誓旦旦地举手发誓，惹得围观者哈哈大笑。罗芳不好意思地粉拳轻捶他肩头，张震伸手拉过她，两人挽手款款而行。

听着身后的起哄声和口哨声，他头也不回挥挥手大声说：“弟兄们，谢谢啦！”

藤井在凉台上看着下面这闹哄哄一幕，一手托着下巴不知在琢磨些什么。

位于十字路口街角的红玫瑰一楼咖啡厅，张震与罗芳坐在一个可以看到几条路的卡座位置上，侍者微笑着问：“请问两位喝什么？”

“两杯红酒，今天是个好日子，喝点红酒庆祝一下。”

侍者微笑点头一躬：“恭喜，那再来点儿别的？”

“我要一块奶油蛋糕。”罗芳微笑低语。

“我也来一块！再上两个火鸟冰激凌！”

侍者兴奋地说：“好嘞！请稍等，马上就来。”踏着带弹性的步子去了。

张震笑嘻嘻地拍拍罗芳放在桌上的小手，深情地看着她说：“我真越来越离不开你了，我想结婚。”

“你刚才真不是演戏？”

“戏要演，但我也是真心想娶你。”张震溜一眼走远的侍者，换了严肃的语调，“这几天情况太诡异了。田中诊所的事情在发酵，昨夜藤井突击抓捕审讯了诊所四邻和房东，茉莉进过诊所的情况他肯定已经知道了，却没派人去抓捕她。今天上午他那屋电话一直不断。昨天下午他派出一个鬼子特攻队去根据地了。”

“特攻队？”罗芳秀目圆睁疑问地看着他。

“是一种特种部队，战斗力很强、装备也更好。他们被派到根据地去干什么？袭击我们的指挥机关还是为了截获田中诊所的东西？还是两样都有？”

“茉莉昨天一早已经带着东西回老家了，我叫她先不要回来。”

“希望她别被鬼子截住。”

“她很机灵，应该没事。我特别叮嘱了她不要走常规路线，她说知道很多小路，会避开村镇的。”

“那就好。张亮用命换来的东西太重要了，必须安全交给家里。”

“特攻队的情报也很重要，我立即设法通知家里。”

“这个我倒不太担心，我相信家里能抗住，我就担心茉莉碰上他们。鬼子肯定是汽车或者摩托车走大路，搞不好会追上她。”两人一时无语，交通员一旦上路，就像放出去的鸽子，全靠自己了。

“现在，我们都有暴露的可能，敌人是狡猾的。如果他们把佐藤留下的档案翻出来认真研究，难免会发现种种蛛丝马迹，就四三一基地案，顺藤摸瓜第一个就怀疑我。在这方面，他们是宁可信其有的，接着就是宁可错杀不可错放。昨天下午，藤井已经对所有中国人封锁了消息，明显提高了对我们的戒备。审讯时由松木翻译，何大头连边都不沾。所以，他也紧张了。”他把何大头今天去找他以及说的话一一告诉罗芳。罗芳笑了：“所以你马上演了一出求婚？”

“不只是演，也是我真心所想，赶走鬼子，我们就结婚。我要带你回家，浦东的一个小渔村，有吃不完的海鲜看不尽的海景。在那里安个小家，过平安乐和小日子。”

“好美的图画。”罗芳眼睛迷离地看着窗外的街道，好一会儿才收回目光。

“不是图画，一定会有那一天的，小鬼子的气数快尽了，挺住！”张震说罢，两人会心一笑，举杯一碰发出叮当脆响。阳光下血红的葡萄酒如美女般妩媚妖娆、勾魂摄魄，却又如鲜血般令人触目惊心。两人商定下一步计划，携手款款而出，人人都看得出这是一对柔情蜜意的热恋璧人，却不知他们心如铁石，信仰如钢。

藤井却头疼不已，早晨一上班横田大佐电话骂得他狗血淋头：“我的特工小组保护帝国重要专家，居然在你的眼皮子底下伤亡殆尽！宁城还是大日本皇军的天下吗？！田中是帝国最重要的财富之一，却在你的地盘上玉碎。马上给我把事情查清楚，把丢失的重要资料和试验品找回来！三天之内没有结果，你就切腹谢罪吧！”

田中诊所案他知道里面蹊跷多多，但没想到被杀的灰衣人都是上面派来的特工，他一肚皮火气没处撒：既然到宁城来办事，为什么不先找我？！为什么瞒着我？即便信不过支那人，难道连大日本帝国最忠诚的军官也不能相信了吗？

电话铃响，是南大营打来的。

南大营的军医官和防疫队队长一起对尸体进行了解剖检验，对所有死者的死因判定了结果，请他前去。他庆幸昨天松木没把尸体烧了。

他在停尸间里看了那些尸体。五具尸体，四具身体健硕，肌肉发达，身着一样的深灰色便衣，显然就是横田大佐说的特工组人员；一个穿西装、身材修长肤色白净的中年男子，很可能是帝国专家田中。解剖台上是一个赤裸裸被解剖的年轻男人。

除了那个专家，其他四人都是被重力击打后，或折断颈椎，或被踹断的肋骨刺入肺部和心脏，或被重力击打双太阳穴致死的。那个专家的死因却离奇，他先是被重力击打过，但伤不至死，军医官指指被解剖的尸首说：“显然，这个人在打他时已经力不从心。他的死因是后脑部被钝物重力击打导致颅骨重度破裂，脑浆都被打出来了。从头皮上残留的木刺看，他是被人用木棍打死的。”

藤井皱着眉头问：“这个打死他的人，能判断出是什么人吗？”

军医官摇摇头说：“我只是普通外科医生，不是法医，无法判断凶手是什么样人。但是有一点，人的头盖骨很硬，能用木棍打得人脑浆迸出的，一定是个很有力气的人。”

“十六七岁的女孩子可以吗？”藤井阴森森地问道。

“那怎么可能？十六七岁小女孩儿的臂力无论如何打不烂一个人的头骨。”军医官摇摇头。藤井又看向防疫队队长，他也摇摇头。

藤井在想，那个何记的小掌柜罗影是唯一有人看见事发后进过田中诊所的人，难道不是她打死了田中？那还有谁在她之前进去过？田中要取的资料和试验品被谁拿走了？是她还是打死田中的那个人？侦缉队的人与何记太熟了，不能用。他派了政保局的人去监视何记酱园，心知虽然自己命令政保局谍报队的人合并去侦缉队，但最精干的人都进了政保局情报科。姓冯的亲自送来报告，说何记正常开门，但小掌柜罗影已经下乡收货去了，情报科的探子已经在宁城周边的各条道路布下暗哨，尤其是通往新四军方向。这让他很满意，直觉告诉自己：这个女孩子一定知道田中诊所的秘密，否则，她跑什么？

“你觉得是那个支那人打死了这些帝国武士？”他指着还躺在解剖台上的张亮的尸体。

军医官说：“这个支那人看起来体形一般，但是骨骼肌肉都很强健，是习武之人。”他指着张亮的尸体说，“你看他手上的骨节、肌肉、皮肤，很可能是练过铁砂掌之类的中国功夫。再看看他们，”他指着那几个黑衣人，“他们的死因都是被徒手格斗重击要害部位，这个可能是第一个死的，一击致命。”

军医官最后指着中年人说：“这人其实是个文人，完全没有练过武的迹象。但是，”他看一眼防疫队队长说，“最后是他杀死了这个支那人。”

藤井看向防疫队队长。防疫队队长接道：“我们发现他时，他是在后院杂物间（柴房）。”藤井阴沉着脸说：“画图给我看。”

防疫队队长拿过一幅画好的尸体位置图指给藤井看：“我给他们编了号，这个一号，估计是第一个死的，位置在这里，通向后院的过道。二号、三号、四号，在后院，与支那人进行了激烈的搏斗，先后死亡。支那人也受了严重的内伤，右腿髌骨骨折、左臂脱臼、肋骨骨折导致肺部被刺伤，不知道他怎么挣扎爬到了这里。”

军医官接口说：“他最后的致命伤是背后这一刀。”他用力把张亮的尸体翻了个身，指指背上很细小的一个刀口，“他是被他——”他指着那个中年人尸体说，“用手术刀一刀刺入心脏致死的，这个人看来是我同行，而且对人体解剖非常熟悉。”

藤井的脸色更加难看了，这个人就是田中！他沉声问道：“按你们的看法，他们两个，一个是被木棍击中头部死的，一个是被刺中心脏死的。那么，不管谁先打中谁，都不可能再杀掉对方。是吗？”

军医官和防疫队队长对望一眼，两人默默点头。他们也对此百思不得其解，藤井来之前已经为此争论多时。

“那么，打死他的一定是另外一个人！”藤井逼视着二人，二人低头默认。

藤井大怒对防疫队队长斥责道："你的，为什么勘查现场的时候不报告？！"

防疫队队长被吓得后退一步鞠躬、立正，以示知错。

藤井更加愤怒："啊？！这么严重的案情，为什么当时不报告？"

"当时发现了实验室，我很震惊很慌乱，顾不上想别的，就忘记报告……"

"混蛋！你知道你做错了什么吗？！这个人——"藤井指指田中的尸体说，"他，很可能就是帝国的鼠疫专家田中先生，他这次带着护卫回来，是要取重要的东西。现在，就因为你勘查现场的时候不仔细、不报告，现场全部破坏，什么线索都没有了，东西也不知去向。怎么办？！"他越说越气，冲到防疫队队长面前狠狠扇了他一耳光咆哮道，"啊？！"

防疫队队长惊恐地低头连连谢罪。

"你！把当时看到的仔仔细细给我说一遍！"藤井咬牙切齿地一个字一个字低语，那语气比咆哮更令人害怕。

防疫队队长战战兢兢地指着画图，又仔细说了一遍当时看到的各种情形，包括回忆每个细节。在藤井脑海里，当时的情况一跃而出。

田中带着他的护卫队偷偷潜回田中诊所，去地下实验室取重要物品，当他发现东西不见了，就埋伏在诊所里等新租客上钩。

张亮（他昨夜已经分别让旅社老板娘、杨老板和被抓来的街坊四邻认尸，确定是张亮无疑）回来后与埋伏在屋内的护卫打起来，边打边往后院撤退，在过道里他先打死一个护卫，按旅社老板娘的口供，还有一个受伤昏倒在过道的。然后在院子里与剩余的三个护卫缠斗、负伤、杀死三个护卫，最后在爬进柴房后被田中刺死。

现在看来，那个在过道里被打昏的护卫醒来后立即逃离宁城，匆匆赶回杭州向横田大佐复命了，他显然不知道田中回去干什么。由此推断，田中此行一定是严格保密的，所以不与自己联系也可能与此有关，这更说明他的使命重大。

张亮去柴房显然是要逃跑，或者是取他在地下室发现的那个重要东西，或者兼而有之。田中此前一直躲着就是等他拿东西，所以直等到张亮要得手才出现，可惜文弱书生还是敌不过重伤的张亮反被打成重伤。就在他刺死张亮时，另外一人（显然是刚赶来的）用棍棒打死了他，取走了重要东西！

这个最后赶来的人，会是谁？！

藤井一言不发走了，留下军医官和防疫队队长在停尸间发愣。

藤井回到办公室，重重地一屁股坐进沙发里，双手狠命地揉搓着满头乱发，事情已经基本清楚，但却一点儿没辙儿，他只能等，等特攻队的消息。午饭，是勤务兵送到办公室来吃的，他一圈一圈踱步，像一匹荒野中的孤狼。

一阵急促的脚步声，是罗芳的。她捧着一份加急电报进来，默默双手递给他，然后微微鞠躬退后，离开。

电文是特攻队发来的：我已到达指定位置，未截获所说人、物。

藤井看着罗芳的背影，她一拉上门他就拿起电话："池田吗？特攻队的所有电报必须你亲自译电、亲自送来，不许任何人接触！"

"是！"池田莫名其妙，但还是遵从了。没等罗芳进门，他已经把她桌上所有与特攻队联系的东西都收走了，罗芳进来看了一眼桌面，他略显尴尬地说："藤井君……"

罗芳微微一笑："请不要解释，我理解。"她坐在桌前，想了想，从手袋里拿出一本小说看起来。

池田不好意思地搭讪："罗小姐看什么书呢？"

罗芳把书一合朝他递过去——《源氏物语》，书皮是手绘的，淡紫淡绿色主基调的画面，透着清新淡雅。

"你自己包的书皮？"池田诧异。

"还是我自己画的。"罗芳优雅地微笑。

"您真是个有品位的天才。"池田暗自想，这个女人还有多少令人惊喜的地方是自己不知道的？……藤井君对她的怀疑真是毫无来由。池田叹气，摇摇头伸手扶了扶滑落的眼镜，把书还给罗芳。

罗芳看了会儿书拿出信笺给夕颜写信，写了几行忽然一笑。撕了一页信笺唰唰写了两行，款款走到池田办公桌前说："池田君，有个事想请您帮忙。"

池田愕然，她还从没请他帮过什么忙，于是很客气地说："罗小姐不必客气，有事请讲。"

罗芳把那张信笺递给他说："池田君，今天张震向我求婚，还说三天后要摆订婚酒。"池田大笑说："知道知道，恭喜罗小姐。"她一脸娇羞，飞红了脸说："池田君，我想麻烦您帮我给夕颜小姐发封电报。我跟家里闹翻了，也没什么亲戚、朋友……更没几个贴心的。我们的习俗，订婚要有娘家人……"她说着眼圈红了，喃喃道，"我和夕颜小姐约定，无论谁结婚都做对方的伴娘。虽然这次只是订婚，我还是应该通知她。"

池田一听这个忙必须帮，啥也没说只微微颔首接过电报稿，快步走进电报室里去叫发报员把电报发了。

罗芳感谢地微笑颔首，他也回了一个微笑，能为这么优雅的小姐效劳，很荣幸。

译电室又静悄悄的了，只有里面电报室传来嘀嘀嗒嗒的电码声。

张震在自己办公室里看报，耳朵却听着从窗外、门外传来的每个细小的声音。隔壁再隔壁的藤井办公室里，时不时传来打电话的声音。他现在很后悔，罗芳一直要教他日语，自己却不屑于学。如果……这世道真是没什么如果可说。他一句也听不懂藤井在说什么，但却听得懂他的语气和语调。刚才，听他一口一个哈依，显然是接到上级的斥责电话了，训斥他什么呢？当然是田中诊所案，那就是说到目前为止他还没有更多线索，罗影也还安全。

时间一分一秒过去，他上午撒出去在宁城四处转悠的人都回来了，一个个陆续前来报告。鸡零狗碎说了一堆，有价值的不多。浩子说被埋掉的尸体又被挖出来拉去南大营了，王胜说田中诊所前后门都贴了封条，透过花窗可以看见院里已经被拆平并填埋夯实。

他又把自己、罗芳、罗影前前后后的所有言行都细细梳理了一遍，虽然有漏洞，但还都能说得过去，只要罗影不出问题就是无懈可击。他以不变应万变，静观藤井的下一步行动。

藤井自从接到横田大佐的电话，心里就一直在琢磨，自己的四招狠棋：突审、特攻队堵截、侦缉队明搜、政保局暗查，会不会起到杀招的作用。他自认这四招，是现下最好的办法了，目前最大的疑点还是聚集在何记酱园掌柜罗影身上。她经常出入新四军辖区，做生意之外很可能还参与抗日活动，甚至就是他们的坐探。尤其这次，田中诊所案一发她就跑了，又是目前所知唯一进过案发现场的人，而且还用雨伞打了一个抓住她脚的人，此人可以推定就是那个回去给横田大佐报信的护卫。

让他疑惑的是，到底谁打死了田中？难道是罗影进去前后还有人进去？军医官确定不是张亮打死了他，这两个人无论谁打死谁他都认为不合理。按他的说法，张亮挨了一刀后不可能再砸死田中，而田中被打得脑浆迸裂后也不可能再刺死张亮。这第三者是谁？！直觉告诉他一定与张震那帮人脱不了干系，他们来报告言辞闪烁，又不肯跟自己再进田中诊所，而且明显不愿意插手此案。想到这里他又觉得不对，如果与张震等人有关，那他们巴不得把查案权紧紧攥在手里，为什么要让自己去查？难道他们已经取走了东西，然后放心让自己查？他们就不怕留下什么蛛丝马迹被自己查到？

又想到那个冯静之，一边拉着南京政府作为虎皮与自己虚与委蛇，一边打着皇军的旗号拼命搜刮钱财，私下里还和重庆政府勾搭。他这么急着扩大自己势力与侦缉队斗法，明里看是和张震斗，暗里谁知道是不是和我斗呢？毕竟侦缉队是直属于宪兵司令部的，张震和自己一个楼办公……

那个胖翻译，看档案是跟着佐藤从上海日本商社一直到宁城，算是佐藤最信任的支那人，可他毕竟跟张震靠得更近。先不说这两个人在生意上狼狈为奸互相利用，就这次田中诊所案他们鬼头鬼脑的样子一定有阴谋！

还有那个警察局的苟六壬，居然强买了佐藤少佐的女儿做老婆，真是个王八蛋！而最近接连发生三起大案，他居然事先一点儿消息没有、事后一点儿线索没有，抓了几十个支那人在那里拷打审问，拿来的案卷不知所云，看着不是为破案更多是为了敲诈！

细数过来，这些竟没一个不可疑。除了贪生怕死就是贪财好色，谁知道他们对帝国有几分忠心？统统靠不住！

他忽然觉得，小小的宁城真正是池浅王八多，深不可测啊！难怪田中回来取资料会不通知自己保护，横田大佐根本就不信任宁城的任何人！任何！想到这里他更头疼了，田中案怎么破？横田大佐那里须得有个交代……他越想越烦躁，顺手抓起佐藤留下的紫砂壶啪地摔在门上！

夕颜小姐的回电很快就来了：甚好，恭喜，我来。近卫夕颜。

当发报员把回电恭恭敬敬送到池田桌上时，池田看了一眼跳起来大声说：“罗小姐！不得了了！夕颜小姐要亲自来参加你的订婚礼！”

罗芳惊喜地跳起来说：“真的呀？太好了！”她笑着跳着想要过电报纸去告诉张震。

池田却说：“你先别急，我把电报译出来先去报告藤井少佐。夕颜小姐要来，这是宁城的一件大事，必须报告藤井少佐。”他说着唰唰译电。

罗芳皱眉道：“池田君，这是我的私事，请不要打扰藤井君好吗？”伸手拿过电报喜滋滋地说，“池田君，那这两天我要请假，可以吗？”

池田微笑道：“可以，罗小姐请自便。”

罗芳拿着电报笑眯眯地跑出去，池田微笑着在来电记录簿上做好记录，拿着译好的电文去向藤井汇报……

张震正在屋里发呆，刚才听到藤井摔东西，不知又出啥事了。正这时传来罗芳的轻轻敲门声，他赶紧把脚丫子从桌上撤下来，起身一把拉开门说：“你怎么来了？有事叫我，我嗖就跑过去了。”

“我们的订婚典礼升格了！”她微笑着把电报纸推到他面前，“夕颜要来！”

张震喜笑颜开道：“真的？！她要来？你太有面子了！”说着头抵着罗芳脑门笑道，“谢谢！这下我们安全了。”后面一句如蚊蚋般耳语。

“你得好好准备，太寒酸了可不行。”罗芳扬声笑道，接着压低声音，“还有，特攻队来电说‘我已到达指定位置，未截获所说人、物。’茉莉安全了。”

“好！”接着他扬声说，“夕颜小姐来得赶紧好好安排，吃、住都要最好的！地方你挑，钱我出！”

“那当然！”

浩子路过门口，伸头问：“谁要来？”

“夕颜小姐。”张震乐颠颠儿地答道，罗芳满脸笑意冲浩子点点头匆匆走了。

浩子直奔张震面前：“恭喜恭喜，夕颜小姐来是大好事啊！她肯来那是天大的面子呢！我去报告藤井大太君。”

“先别，容我想想……”张震听他说报告藤井一愣，迟疑了，慢慢眉头都拧起来了道：“先别，这事我得再想想……”

浩子一把夺过电报纸：“还想啥想？夕颜大小姐，那是多少日本人都高攀不上的贵人，肯给咱中国人——哦不对——是肯给罗小姐面子，那是天大的喜事啊。”他低声说，“眼前这么多烂事，藤井大太君不定怎么琢磨你呢，有夕颜小姐顶一下，肯定能让太君高看你一眼。”

“瞎扯什么，就是最近这么多破事我才怕夕颜小姐来。万一在咱地界儿上出个意外，藤井的东洋刀砍我脑袋才快呢……”

浩子一听这话也傻了眼，这真是不好说，万一真出事了谁也担不起……

他挠着头地说：“动夕颜小姐……这个，她虽然是日本贵族可还算老百姓吧？这些年没听说四爷为难老百姓的……”

张震嘬着牙花子发愁：“这地界可不只有四爷，还有重庆的、土匪、帮会。前边孙队长和我小舅子的死还没破案，害得我们侦缉队糊里糊涂得罪了冯静之，又为了由美子和苟六壬那王八蛋结了仇，俩货肚子里不知道憋啥坏水要咱好看呢。万一他们阴咱一下……”张震打了个哆嗦，脸都白了。

浩子摇摇头说：“就凭他俩，还没那胆子动夕颜小姐。”

“明枪易躲，暗箭难防啊……去，叫何翻译官来，我们商量一下。另外，悄悄通知十兄弟会，要大家都警醒着，发现异常立即告诉我。”

浩子应声出去。

几乎同一时间，藤井接到了池田的报告。他看着桌上的译电，兴奋、狐疑、高兴、焦虑，一下全在脑袋里打转儿。田中诊所案还没一丝眉目，这又要来个贵胄小姐，万一……他不敢想下去了。池田疑惑地看着他的脸忽喜忽忧瞬息万变，说：“藤井少佐，这难道不是好事？夕颜小姐可不是谁都请得动的。”

“你这样，告诉罗小姐这个消息先不要扩散，夕颜小姐的行踪要严格保密。最近宁城附近抗日分子活动猖獗，很难说他们会不会借机闹事，万一有什么差错我们担当不起。”

“是。”池田鞠躬退出，但他心想罗芳已经去告诉张震了，如果侦缉队那些人知道了，还不折腾得全城鸡飞狗跳？还有什么秘密可言？他无奈地摇摇头，心想这不关我的事，可以提醒一下她，但不能让她认为自己什么都要向藤井告密。

待罗芳满心欢喜回来，池田只淡淡一笑道："罗小姐，夕颜小姐的事你最好不要搞得沸沸扬扬，小心那些抗日分子对小姐不利。"

罗芳一愣，说："呀！这我可没想到。我得去跟张震说，叫他千万别张扬。不过，谁敢跟侦缉队作对呢？又是在宁城里，那么多皇军守卫着，应该没事吧？"

池田只是微笑并不多说，罗芳一脸惶惑地朝他一鞠躬转身就出去找张震了……

她走出译电室没两分钟，发报员把一份电报放在了池田面前，他匆匆译完去了藤井那里。

电报是特攻队来的：今晨遭遇侯良生部侦察兵，虽已消灭但怀疑我部已暴露。经侦察判定侯良生部指挥机关仍在梁坳，请速指示下一步行动。

藤井站起来缓缓踱步，如果特攻队已经暴露，又没有南大营的大队支援，斩首行动失去突袭机会，成功概率就大大降低，如果让他们就此撤回，又有点不甘心。他走到地图前细看，特攻队所在小村就在梁坳旁边，到嘴的肥肉不咬一口怎行？！手一挥下了决心说："让他们相机执行第二套行动方案。"池田记录下他的命令，递过去让他签字后转身走了。

藤井搓着双手心里很激动，如果这次行动顺利，那特攻队回来就正好是夕颜小姐到达之时，自己的功绩直达天听，任何人也抢不去！太好了！

想到夕颜小姐，他马上想到她的安全问题，抓起电话叫来松木。

"松木，你去准备两间最好的客房，所有用品全部换成新的，要最好的。作为近卫小姐在宁城的住所。注意，保密！不许跟任何人泄露近卫小姐来宁城住哪里的消息。"

"近卫小姐一定不会喜欢跟别人住一栋房子，荷塘上那座小楼很好，环境优美，可以收拾出来给小姐住。"松木对于伺候人很有心得，顿时就有好主意。

藤井翻了翻眼睛，点头道："也好，你去办。一定要办好，让小姐满意。"

藤井是个村夫，对食宿这类事情一向不关心，也不讲究，他相信大阪来的松木比自己精通多了。他只要近卫夕颜住在宪兵司令部里，安全才是最重要的。

一切事情处理完已经天近黄昏，他伸个懒腰走到凉台上，园子里的美景尽收眼底，支那人真会享受啊！松木所说的那栋朱红小楼这么一看真的不错，独立建筑，四面环水，只有一道九曲桥连接岸边，且荷塘周围虽有假山奇石树木，但地势开阔，易于警卫。他满意地转身出了办公室，楼梯被他志得意满的脚步踩得嘎吱作响，他朝军官食堂走去，中途又折向大门。他要去小上海犒劳自己一顿，他没别的嗜好，美酒佳肴是他对生活的最高追求。

穿着军装的藤井走进小上海，喧闹的店堂立刻寂静下来。他放眼看去，那些支那人有的站起来冲他点头哈腰，有的埋头吃饭却偷眼溜着看自己，还有的加快吃饭速度，甚至还有的从兜里掏钱放桌上勾腰走了，留下没吃完的饭菜静静在桌上冒热气。

藤井不是佐藤，他是个职业军人，他不需要伪善，他很霸气地扫视着店堂，最先冲他点头哈腰的何翻译官凑过来殷勤地把他朝楼上让："少佐，请上楼，楼上雅间坐。"转身又喊，"小凳子，小凳子！快给太君上茶，上好茶，沏上好的龙井！"

"何桑，你的，跟这里很熟？"

"嗐，别提了。少佐，这里原来就是我家的买卖。"

"哦？那现在呢？"

"开饭馆这买卖和别的不一样，得整天盯着。我既然跟皇军效力，就只好把店盘给商会的张会长了。"

"嗯，你忠心大大的。"

两人在楼上雅间坐定，何大头笑呵呵地把菜名报给藤井，解释每道菜的妙处，听得藤井喉结直动，狂咽口水。

何大头为他又斟上茶水，说："您看这茶烟袅袅飘而不散，香气清而不腻，茶汤清澈，入口清爽，回味甘甜，很是提神醒脑。"

藤井品了品，还真是这样。他不禁咂了咂嘴，说："好！真好。我是个军人，从小到大受的训练就是忍饥耐寒、坚忍不拔，这些口舌享受是不讲究的。"

何大头乘机说："藤井君辛苦，宁城是个好地方，您在这里可以好好滋养一下身体。"

“好？我来之前，有人恭喜我说这里物阜民丰，油水大大的，可一来就接手个烂摊子，现在又死了这么多人，头疼得很，宁城的民风不好！”

“这个田中诊所的案子，跟咱宁城的民风真没关系。那宅子就是个凶宅，谁在那里都待不长。不说远了，就杨老板那姐夫，买了这宅子没三年，老婆就死了，还死得不明不白离奇怪异。皇军轰炸，就那么巧，他不跑也没事，跑出门那炸弹就落头上，死了。田中君租了这宅子开诊所，中国人说这行医卖药是行善积德，应该没事啊？可也没开过三个年头。这张掌柜就更奇怪了，租了宅子开商行，刚挂牌就出事了，饶上自己一条命不说，还带累好几条命。”

藤井冷笑着说：“我是军人，别和我装神弄鬼。战场上我没少杀人，我不杀人，人就杀我。如果真有鬼，那每天得有多少恶鬼跟着我！”他说得杀气腾腾，何大头吓得脸色煞白摇手道：“阿弥陀佛，您可不敢这么说。”他看一眼渐渐暗下来的窗外说，“路过的各路神佛菩萨保佑，赶走恶鬼，保佑众生。阿弥陀佛，阿弥陀佛。藤井君，佛经里的大力金刚、十八罗汉，那都是降妖除魔的。没有恶鬼，何需罗汉。”

藤井看着何大头的样子忍不住哈哈大笑，忽然转了话题道：“那个田中君，是不是就是四三一的田中君？”他眼睛盯着闻言手抖了一下的何大头，仿佛一眼看穿了他。

何大头苦着脸说：“藤井少佐，我就知道瞒不过你的火眼金睛去。”

藤井眼睛一瞪，脸拉下来半尺长：“你们，瞒着我什么？”

“田中诊所的田中君，”何大头的腰佝偻得更低了，他侧脸偷偷瞄一眼杀气腾腾的藤井，哆嗦着说，“就是四三一的田中君。只不过他一九四一年就先来开的诊所，后来才去的四三一，也许皇军缺医生吧。四三一毁了，横田大佐把我们全拘起来一顿好审，遭老鼻子罪了。又命令我们对这事严格保密，谁敢再提一个字统统枪毙，我们就没敢跟您禀报。”

藤井死盯着何大头恶狠狠地：“嗯？关于田中诊所，你还有什么隐瞒？”

何大头一脸冷汗，站那儿两腿不禁微微发抖，他抬手抹汗道：“我真的不清楚啊。您看我单身一个，从来连个头疼脑热都没有，连那诊所的门都没登过，哪儿有什么可隐瞒的啊……”

“那你们那天为什么不进去查案？”藤井咄咄逼人地继续追问。

“不瞒您说，”何大头又擦了一把汗说，“横田大佐审我们的时候，我们就觉得四三一……”他偷眼瞄了一下藤井，见他不动声色盯着自己，一狠心接着说道，“可能和这两年附近闹瘟疫有关……”

“什么？！”藤井眼睛一瞪，吓得何大头差点儿坐地上，他硬着头皮说：“我猜的，瞎猜的，那些都和皇军没关系，没关系。我们一进去，就闻到一股奇臭的味道，不是一般臭，像无数死猫死狗丢在大粪坑里沤久了，总之没法形容的恶臭。我们害怕，就想让防疫队的来看看，要是没事我们再进去……”他正说得藤井的脸色有点和缓，就听得楼梯咚咚响，他看一眼藤井，藤井示意他坐下。

小凳子用大号托盘端着四盘下酒菜进来，嘴皮子利索地报着菜名：“醉虾、醉蟹、水晶肴肉、白斩鸡。有刚炸的天妇罗太君要尝尝吗？您的下酒菜请慢用。热菜一会儿就得！”浓郁的鲜香味儿一下溢满屋子的每个角落，他一抬头发现屋里气氛不对，赶紧低头退了出去。

藤井仿佛一下忘记了刚才要说什么，伸着鼻子眯着小眼睛嗅着，头也不禁微微摇晃着，仿佛陶醉在香味中。

何大头总算是喘了一口气，伸脖子朝小凳子背影喊道：“小凳子，你这是什么意思？只上下酒菜，酒呢？天妇罗也来一份！”

小凳子道：“不知道太君喜欢什么，我们新进了日本清酒，还有洋人红酒，上好的花雕那是永远都有的。”

“话真多。”何大头一面斥责小凳子，又回头请示藤井，“藤井少佐，请问您喝什么酒？有贵国的清酒、洋人的红酒，还有我们本地的上好花雕酒。”

藤井眼珠子瞪着桌上的佳肴说：“既然是本地的佳肴，当然还是要配当地的酒了。”说着举筷夹了一块红白相间的肴肉填进嘴里，眯着眼睛哼唧着，咀嚼着，享受着这一刻的美味佳肴，仿佛忘了刚才的事。

何大头见状把一颗扑腾腾乱跳的心放在了肚子里，笑嘻嘻地让小凳子取上好的女儿红来。他陪着藤井喝酒吃肉，也在细细揣摩着藤井的喜好和弱点。用他的话说：“我是一条无骨鱼，只能对那些强大的家伙示弱，卑微到被人瞧不起、看不上，伺候他们开心了，不那么提防我了，就能找到容我滑过去的缝隙。”

他终于看到了藤井的缝隙，贪财之外，好吃好酒。

藤井咂嘴品味着女儿红的香醇，忽然说："你说的你们，是你和张震吧。他保护你的生意，给你方便，还有什么？"

何大头微微一愣，立即答道："太君明见。家父是乡下士绅，但在城里有几处店铺，父兄先后辞世把生意交给了我。我这些年在上海给大日本帝国效力，家里生意都荒废了。后来跟佐藤君回来，只好再接手，毕竟是祖产，家人靠它吃饭，宗族里没点财产也要被人欺压笑话……"

藤井一摆手说："别说这些虚的，说实话，你和张震到底什么关系？他到底是什么样的人？"

何大头歪着脑袋想了想说："我和他？怎么说呢，一半是同事，一半算朋友吧。"他看着藤井的脸色慢慢往下说，"不过，他认不认我这个朋友不好说。"

"哦？为什么？"藤井好奇了，抿一口酒做出倾听的样子。

"我和他本质上不是一路人。"何大头舔舔嘴唇说，"他是武将，玩枪，练武，有胆量，讲义气，心狠手辣。"藤井面无表情夹了块醉蟹在嘴里咔嚓嚓嚼着。

何大头只好继续讲："我呢，就是个小商人，贪财胆小爱占便宜，没本事，没魄力。做生意嘛，我这种人也做不大，本钱小，斗不过那些大商人，连地痞流氓和缉私队都敢趁我不在踩两脚。"他看一眼藤井还是不动声色只管吃喝。

"要不是跟着太君混事，您老开路条让我跟大和商社的货能顺利进出，我这点小买卖早被那些王八蛋折腾黄了。可我寻思着，也不能事事都来麻烦您呢，平常那些鸡零狗碎的事就请他帮我罩着……"

"他也在何记分红吧？"藤井冷冷横一眼何大头。

"那倒没有，就是时常给他点好处。比如这次夕颜小姐来，他订婚典礼的费用我就都包了。"他看一眼藤井忙接着说，"这不光是给他好处，主要是想为夕颜小姐效劳，这是我做梦都巴结不上的。"

藤井审视着他不语，显然在等他继续说，何大头心里鬼着呢，知道言多必失，遂挠着头说："其他实在没啥了。彼此帮忙，彼此帮忙。如果藤井君觉得不妥，我立马跟他划清界限！"

藤井深深地看了他一眼，问："为什么要划清界限？"

何大头肠子都悔青了，轻轻打了自己一个嘴巴，说："我说句无耻的话，您别瞧不起我。"他看看藤井脸色，藤井不置可否地哦了一声。

"我这个人贪生怕死胆子小，其实从小就是父亲眼里最没用的儿子。在佐藤君的洋行学生意，也不过是因为小心殷勤、努力做事才入了佐藤君法眼。我感念他的知遇之恩一直追随才有今天，也算在家乡小小地扬眉吐气了。"说着他有几分伤感地低下头，"可惜佐藤君战死了，我还能靠谁呢？不瞒您说，在支那人眼里，我就是皇军的一条狗，皇军叫我咬谁就咬谁，叫我往东不敢往西。只要您对谁有一点点不满意，我必须跟他划清界限！"最后一句他说得斩钉截铁，藤井一直看着他，觉得他说得还算实在。尤其是他给自己的八字评语，想想也应该是佐藤君提携他的原因吧。

藤井哼了一声道："那个张亮，是你何记的伙计，怎么忽然就自己做了掌柜？正巧就租了田中诊所？现在，田中诊所死了那么多人！你不觉得这太巧合了吗？"

何大头一下脸都绿了，立马跪在地上说："太君，藤井太君！那个张亮真的不是我何记的人啊！他原本是江湖中人，战乱落魄流浪街头，我侄女儿出门进货路遇劫匪，是他救了一命，于是小丫头就把他收留下来做伙计给碗饭吃，也算是知恩图报。哪承想时间久了人心不足蛇吞象，前些日子开始叽叽咕咕闹着要涨工钱，我没答应，他就故意淋坏了酱缸，小侄女说了他两句就翻脸了，要辞工。小侄女倒是好心，给他结清工钱不说还又瞒着我给了笔安家费。没想到这王八蛋索性拿着这安家费去租了房子要抢我家生意。小侄女只好跟他商量两家合伙，给他分账。这王八蛋，真是知人知面不知心啊……搞出这么多人命，坑死我了。太君明鉴，我是冤枉的啊……"何大头这番话真真假假说得声情并茂，把个藤井也听得一时辨不出真假了。他盯着何大头半晌，看着他眼泪鼻涕汗水顺着脸往下淌，终于挥挥手让他起来："不用这样，你忠于帝国，帝国也没有亏待你。我，还是信任你的。"

何大头闻言心里一块石头落地，赶紧伸手抹了眼泪鼻涕，又给藤井斟酒，也给自己满上，恭恭敬敬敬酒："藤井君，只要您信得过我，我一定死心塌地为您效劳，万死不辞。小号的生意靠您兴旺发达，您的分红只会越来越多，绝不会少！”

“你这么怕死，万死不辞就算了。分红嘛，用你们支那人的话说：多多益善！”他审视着何大头，看着他谄媚的胖脸拍拍他肩膀说，“你好好干活，帮我盯着张震和冯静之。”他停顿了几秒钟，何大头不错眼珠子不眨眼地看着他，用一副等待命令的忠犬眼神，藤井心说：虽然是条笨狗，但也算条忠狗吧，也只能信任他了。他叹了口气接着说：“这两个人打架不好，你帮我查查他们到底为什么打架。他们和你不一样，都是叛徒，”他指指心口说，“这里坏了，不值得信任。你明白吗？我要看看他们是不是还在跟原来的主子联络。”

“是！我一定仔细看着，如果他们良心坏了，不忠于大日本帝国、不忠于您，我立即报告！”他心里暗想：这可是有了整冯静之的金牌令箭了，给他上眼药那还不是小菜一碟儿，想到这里他忍不住朝外大喊一声：“小凳子！”

小凳子大声答应着腾腾跑上楼来：“何翻译官，您再来点啥？”

“热菜怎么还不上来？天妇罗呢？热菜呢？把蒸得酥烂的咕咾肉上一碗。再拿一坛女儿红上来！叫新来的艺伎烫酒。”小凳子答应着退出。何大头又躬身请示藤井：“太君，您是海量，我的这个酒量不行，要不我把松木君请来陪您喝几杯？”看藤井点头，他快步下楼去打电话，松木一听陪藤井喝酒，一溜小跑着就来了。

夜色沉沉，酒足饭饱，何大头和松木两人连说带唱带比画的，把个藤井哄得暂时忘记了所有烦恼。

最后，三个人勾肩搭背地唱着日本小调一起摇摇晃晃横行在大街上，令所有人都远远绕开。

其实酒醉心明白，别看藤井吃得香喝得乐好像放过了何大头，但他心里的猜疑并没完全消除，他对所有的支那人都不相信，用他的话说：“我杀的支那人太多了，那些垂死的眼神时时刻刻告诫我——支那人迟早是要复仇的！”何大头巴结自己，总是有所贪图，最直接的就是竭力想把田中诊所案淡化，他们一定比自己知道的多得多，而且在瞒着自己。

可怜何大头想摸藤井的底，却被藤井摸了自己的底去。

张震和罗芳在加速织自己的网，他们开始大操大办订婚典礼。罗芳请胡妈找人来把后院楼上楼下所有地方打扫得一尘不染，又亲自去定做新被褥和窗帘蚊帐、添置日常用品。人们都知道他们的订婚典礼上有个神秘的贵宾要来，这个贵宾比任何能想象到的人更高贵。而十兄弟会的人个个都竖着耳朵睁大眼睛留意着一丝一毫的风吹草动。

梁坳。罗影在屋里乱转，她不知道那个去姚村的侦察班，还没进村就被鬼子发现了。十二个人，牺牲了十一个，只有一个人在战友拼死掩护下才跑回来报告敌情。

他的报告让侯良生大吃一惊。

“我们成战斗队形分组小心搜索前进，但还是被敌人的隐蔽哨先发现了我们。我们边打边退，班长命令我首先脱离战斗隐蔽观察敌情，说我对地形熟，一定要把情况报告家里。这帮敌人很厉害，我们班都是老兵，可三个打不过他们一个。本来我们以为对付他们那个哨兵是手到擒来，没想到一上去就被他刺翻了一个，怎么出刀的都没看清，然后他又一个背飞摔晕了一个，用肘锤打倒了第三个，我们只好开枪打死了他。这引来了一大帮敌人，他们很快就占领了村口的有利地形，我们刚把被打晕的两个弟兄拉到暗处，一顿乱枪就把那里打成了马蜂窝。他们配有小钢炮和机关枪，班长命令我快跑，只有十分钟，他们就……”

侯良生大吃一惊：“十分钟？！一共有多少敌人？”

“可能还没有十分钟，只是我自己觉得有那么久。其实，我就看见班长他们不管多奋力还击其实都被敌人压制得根本不起作用。敌人的人数，参加战斗的我看到有三十多个，至少有五挺歪把子，但是枪声停止以后，我远远躲着观察到村口的房顶上至少还有二十多个人没动。”

“你怎么知道还有二十多人没动？”

“钢盔，月光下我看到屋顶上那些钢盔的反光。”战士在哽咽，他真的没想到这些鬼子这么能打。这些战友，都是一起出生入死好几年的老战友了，就这么牺牲了……

“侯司令，我们得给他们报仇，报仇啊！”

“你确定敌人还没跑？”

“确定。枪声停止后，班长他们的尸体都被绑上石头扔进了村口的水塘。如果要跑，干吗还打扫战场？”

“你下去吧。”侯良生默默盯着墙上的地图说，“老张，你怎么看？”

“来者不善。除了想截获交通员和她身上的东西，肯定是因为我们放出的消息。”

侯良生一拳砸在地图上说：“他们知道我在梁坳，想给我来个斩首行动！那我就吃掉他这拳头！”

“现在必须弄清敌人是只派了这支小分队还是还有大部队调动。我得问问小家伙。”张部长走到门口对大刘吩咐了几句，很快罗影就跑了进来。

“看来敌人上钩了，只是咬钩的是条鲨鱼！就怕南大营的也来扫荡，那就麻烦了。”侯良生低头琢磨地图。

张部长在问茉莉：“丫头，你出来时南大营的鬼子有没有动静？”

“没有。南大营的鬼子照常出操跑步，不像有出动的样子。要打仗了吗？我偷偷回去看看？我跑得很快的！”

侯良生笑笑说：“来不及了。如果南大营的鬼子也出动，我还得调整一下。”回头又盯着地图去了。他已经命令各部队向梁坳附近的关卡要道集结，占领有利地形，张开口袋吃这股鬼子，但如果还要对付扫荡的鬼子就要重新部署兵力。

“藤井是宪兵司令，他管不了南大营。”罗影一句话提醒了张部长，他说：“是。宪兵司令部与南大营的鬼子不相统属，理论上他无权调动。”

侯良生嗯了一声，但他不想打无把握的仗。

张部长也不催他，只是低头看地图，一时屋里静得落根针都听得见。罗影觉得很无聊，看着窗外小鸟在竹梢上啾啾叫着跳来蹦去，忽然扑啦啦两只鸽子飞来落在窗台上，罗影大叫：“鸽子！”张部长快步走去抓住一只，解下脚上绑着的一个小竹管。

罗影兴奋地叫道：“那只，那只！那只也有！”

张部长把手里的鸽子放了，又去抓那只鸽子，正在解小竹管时，就听罗影叽叽喳喳地说：“咦，这两只鸽子好眼熟啊，不是小魏大厨的吗？”

张部长火了："出去！不该说的不说，不该问的不问，没问你的别插嘴！"

侯良生抓着一把粟米走来撒在窗台上，对罗影说："小丫头片子啥都好，就是话太多。这两只鸽子是我的，养了几年了。天下鸽子长得一样的多了，你才见过几只？"说着拍拍她肩膀，"去那屋里看书吧。"罗影伸舌头做了个鬼脸悄悄退出去了。

看着她出去关上门，他说："老张，太严厉了吧？还是个孩子嘛。"

张部长没接话茬儿，眉头紧锁把竹管里取出的小纸条递给他说："最新情报。藤井派一个特攻队深入根据地，五十人、五门迫击炮、十挺歪把子。经过特殊训练，战斗力极强，目的是截获交通员和所带物品，对我指挥系统实施斩首行动。昨天中午南大营一个中队的鬼子、一个营的伪军出动，去向不明。另，茉莉暂勿归，危险！"

侯良生看到最后一句眉头一挑："那一张呢？说什么？这小丫头暴露了？"

张部长微微摇头说："看暗瞳语气倒不至于暴露，但是目前回去肯定有风险。田中诊所案发，她是报案人，鬼子肯定要抓她去审问，万一她露馅儿了呢？鬼子一定会严加拷问，她扛不住就把暗瞳暴露了。"

"小丫头不错，干脆给我得了。搞个侦察啥的太灵光了。"

"别，别想动我的人。我培养个人不容易。"

"小气。一看就是小心眼外加护犊子，你要怕她当侦察员太危险，让她搞机要。"

张部长摇头苦笑："还有啥比她现在的工作更危险？也好，这几天让她藏着好好歇歇，看看情况再说。暗瞳那边，现在还离不了她。"

张部长宿舍，罗影正无聊地翻着一本《论持久战》。张部长端着大茶缸子进来，热乎乎的茶水往桌子上一放，笑眯眯地说："看《论持久战》呢？不错，小丫头知道主动学习了。好，好。"

罗影仰头看着他说："没别的书啊……哪怕有本《聊斋》呢。我最喜欢《七侠五义》！"她又嘟囔着发牢骚，"持久战持久战，好像温水煮鸡蛋。怎么就不能一顿大炮把小鬼子轰大海里喂鱼呢？唉……咱新四军没大炮，国军有，可惜没小鬼子的多。就这么持久着，啥时候才能把小日本赶跑啊？"

张部长严肃地说：“好好学习，有些话你现在可能不懂，记在脑子里，以后慢慢会懂。这几天你跟着我，还是穿军装当假小子，不能暴露。就算我的勤务兵吧，尽量不在人前露面，知道吗？”

“是！”能穿军装是罗影最高兴的事，她跳起来挺胸敬礼，得寸进尺地问，“能给我发枪吗？”

“小丫头！”张部长笑着走了。

罗影耸耸肩继续看书、发呆，打着哈欠开始犯困。

没一会儿大刘来了，扔给她一套军装，一支枪，五发子弹。问：“今晚可能有情况，守好你的阵地。会打枪吗？首长特批给你五发子弹，别浪费了！不行你匀给我两发？”

罗影小嘴一噘：“你咋知道我不行？我的阵地在哪儿？”

“就这个窗口。你负责守着这窗口，如果有鬼子冲进二进院子，你就开枪打他们。要瞄准了，一枪一个！”

“是！保证完成任务！”她从窗口看下去，院里影影绰绰的人影晃动，再仔细看一眼，所有窗户都打开了。

作战室里在布置战斗，侯良生很有气势地说：“我来以身作饵，你们要是吃不掉这股鬼子就统统回去给我从排长干起！”

黎明前的至暗时刻，山路上一支队伍在悄悄移动，很难看清这是谁的队伍。

梁坳，司令部院里戒备森严，特务营在悄悄集结，一个班的通讯员骑马朝四面八方驶去，包了麻布的马蹄在石板路上敲出低沉的鼓点。

天边刚露出一线晨曦时，梁坳枪炮声大作，罗影端着枪很认真地从窗口里朝外瞄着，院里黑乎乎静悄悄，偶尔看见远处火光，听着枪炮隆隆，就是没用武之地，她又着急又兴奋，生怕轮不着自己打鬼子。说真的，就五十个鬼子，她觉得根本不可能攻进重重守卫的梁坳镇，更别说攻进这司令部了。

可是，这五十个鬼子真不是吹的，硬是有三十多个攻到了司令部前的小广场。但强弩之末，已经丢掉了重武器，挺着刺刀还想往院里冲。小广场四周的房顶上扔下十几个火把，把铺在场上的柴草点燃了，掺和了干辣椒和青草的柴草一旦点燃，火势不算大，但是浓烟很厉害，这“中国毒瓦斯”呛得鬼子们连咳带喊，有的人身上也已经着火，但还是端着刺刀拼了命地朝大门冲去，完全是不打算活命的战法。

侯良生站在楼上大声喊道：“缴枪不杀！新四军优待俘虏！”

拿手枪的鬼子朝他开枪，可惜烟雾中准头偏了那么几分，子弹从他耳边擦过，他大喝一声：“投弹！”

十几颗手榴弹乌鸦样飞落，这些鬼子真的“玉碎”了。

罗影在鬼子冲过来的刹那又紧张又兴奋，一阵手榴弹后，她知道没她什么事了，失望地把窗帘一放，抱着枪坐在床沿上叹息，听着外面人声鼎沸欢呼雀跃地打扫战场，一个人坐那儿生闷气。

好不容易外面消停了，大刘进来说：“嘿，小家伙，收枪了。”

“……一枪没放就收了？”罗影极其失望地叹了口气。

大刘笑嘻嘻地答道：“一枪没放是好事，要是让人家攻到院里，那外面那些支队长都得回去从排长干起了。”

罗影张大嘴闭不拢，半天才说：“这么惨啊？那鬼子都死了吗？”

“那当然。这些家伙信奉啥武士道，不肯当俘虏，都‘玉碎’了。”

“真可惜……”

“可惜啥？”

“我都没捞到打死一个啊。”罗影两手摊开，“好不容易有个机会打鬼子的……”

大刘摇摇头奇怪地看着她说：“你是个女孩儿吗？真不知道小脑袋瓜里装的啥，净想着打打杀杀的。”他拿过枪，伸手说，“子弹呢？怎么只有四发？”

“小气鬼，还有一发在枪里！”

大刘拉开枪膛看了看，把子弹退出来，笑笑走了。

罗影忍不住扒着门缝朝外看，走廊里人来人往脸上都喜气洋洋，总算是人都散了，她才悄悄摸到张部长办公室，推门进去，张部长正拿着毛巾在脸上使劲搓着。她伸手把指头抵到他后腰上沉声说：“不许动！”

“小丫头，你一进来我就看见了。还不许动呢，我要动了你这会儿早趴下了。”他哈哈大笑着转过来。

罗影噘着嘴说：“一点儿也不好玩儿，又没吓到你。”她歪着头打量着他说，“其实你根本没看到我，只是猜到是我所以不害怕。”

“嗯，分析得不错。那你为啥不一招制住我呢？对敌人仁慈就是对自己残忍。机会稍纵即逝，你让他反应过来你就输了。”

“哼，我才不相信你刚才能一下就制住我。”罗影从来没见张部长跟谁动过手，一直是个当官的模样，还是那种文绉绉的官。

“好，重来一遍试试。”张部长微微一笑转过身去。

罗影用手指顶住他后腰，但是她多了个心眼，朝后退了半步，只是虚顶着说：“不许动！”张部长一回身朝她手臂抓去，饶是她缩手快还是被捉住了手指头，接着她都没看清楚是怎么回事，就觉得手指头乃至整个手延续到胳膊钻心地痛，她为了保住手指不被拗断只好顺着来力的方向跪在了地上，就在张部长一笑要拉她起来时她就地一滚从他身前滚到背后在他屁股上伸出双腿使劲儿一踹，张部长一个踉跄往前扑了两步差点儿没摔个大马趴，她哈哈大笑着说：“张伯伯，这下你可没防着吧？”

“嘿，小丫头这招儿不错，灵活应变，好！哪儿学来的？”他拍打着屁股上的鞋印笑道，“这要是被人看到可糗大了。”

“小时候在育婴堂跟人打架学的。”她歪着头调皮坏笑的样儿让张部长心里一动，这模样好熟悉，在哪里见过呢？

“张伯伯，想什么呢？不是被我踹岔气了吧？”罗影坏笑着伸伸舌头，“伯伯，我那宝贝想交给你保管，我整天在外面跑，怕搞丢了。”说着她转身撩起衣服，张部长见状背转身走到桌边去拿桌上的旧报纸。

罗影撩起宽大的外衣，把紧贴腰间的一个布袋解下来，走到桌边打开，里面是一块紫色锦缎和一本薄薄的本子。她手抚紫色锦缎说：“你知道的，这是我亲爸妈给我留下的唯一信物，原来是个小被子，只留下这被面，以后找亲爸妈就靠它了。这本子是我继儒爸爸亲手给我订的，让我好好学习，还有本《词源》放家里了。”她不放心地看了张部长一眼：“很宝贵的哦，千万不能给我弄丢了。”她又打开本子，拿出一纸合约，“这是我和老管家胡德义的合约，他手里有我七千大洋，是和咱新四军做生意用的，生意交给张亮了，他牺牲了，就由你安排吧。”

张部长见她眼泪汪汪的，故意调侃道：“这么多钱？看不出你还是个小财主嘛！”

“张伯伯，这本金以前是五千，这两年除了和家里做生意，还有黑市买卖，总算赚了些。你不会连我都当老财打了吧？”

“傻丫头，张伯伯再穷也不会动你的钱的。”

罗影不好意思地笑了，喃喃着说：“我妈不是过日子的人，我姐虽然是娇小姐，对我却是极好的，我得为她们留点后手。给家里买物资可以用，但这钱还是我的啊。”

“呵呵，丫头，不用解释了。这是你的私人财产，我会替你好好保管的，放心。”他心里对这孩子有说不出的慈爱和疼惜，他不知道留在江西老区的父母妻儿怎么样了，这么多年都成了心病。看着罗影，他不禁感慨：“我大女儿要活着也像你这么大了……”

“怎么？你女儿怎么了？”

“没什么，十年了，我都没他们音讯……”张部长罕见的眼睛蒙上泪光，他摘眼镜揉揉眼，佯作擦眼镜。罗影同情地说：“张伯伯，你就当我是你女儿，等你找到她们，我找到爸爸妈妈，咱两家就一起吃饭，我请客！”

张部长点点头说：“等胜利了，我们一起去找。”

“对了，你为什么不让我回去了？”

“你就不想想，田中诊所出了这么大案子，就算鬼子没发现少了东西，也要让你这个报案人去录口供，没屎也要搅三下，然后从你嘴里挖出线索。何况，藤井现在最重要的任务就是挖出我们的情报人员，找回丢失的东西。这股来打司令部的鬼子，另一个任务就是拦截你和那些东西的，你回去就正好撞枪口上，不死也得扒层皮，何苦去冒那个险。”

“如果藤井想抓我前天就抓了。就算有我二叔帮我，没告诉藤井是我报的案，也瞒不了多久，他们只要把旅馆老板娘抓住一问就知道我进去过了。”

“等等，怎么又出来个旅馆老板娘？”张部长的眉头皱得又紧了。

罗影只好从头到尾连须带尾仔仔细细把事情经过又说了一遍，这次一个细节都没敢漏。

张部长说："那看来到田中诊所的这拨人确实没有通过宁城的鬼子，这说明派他们来的鬼子已经连宁城宪兵司令部都不信任了。当然，这可能不是针对日本人，主要是信不过里面的中国人。藤井不抓你就更可疑了，他一定是想放长线钓大鱼，那牵扯的面就更大了。不行，我得想想，想想……"他皱着眉头站在窗前不言语了。那满山的竹林在风中起伏摇曳，濡湿的空气被竹梢搅动着，送进一缕黏糊糊的风。

"坏了，我是不是又闯祸了？那罗姐姐他们会不会有危险？藤井肯定会抓我二叔问话的，不过他什么也不知道。"罗影悄悄看着他的背影，头上流下汗来，半天才小声问话。

"你不能回去了，我们得想法给那边一个假消息。"

"那，我是不是又要死一回了？"

"也不用，让你常去收货的王村维持会送信儿给你二叔，"他沉吟着说，"叫他们把你收的山货送回去，就说你离开王村后再没回去，他们去送货收钱。"罗影只有点头的份儿，仰脸看着紧皱眉头的张部长。

"从今天开始，学习密码和收发报，从最简单的莫尔斯电码到目前我们掌握的日本密码的片段。把这段时间用好。"

"学发电报？那我是不是就不用跑交通了？可我还是想练枪法，上次学了半年，一共只打过一发子弹。真要用枪，我还不知道能不能打得准。"罗影很欣喜。

"枪法要练，但是收发报、反跟踪、化装术，都要学。尤其是情报工作的纪律和原则，你必须要重新系统学习，我亲自教你。以前你遇到很多危险都是靠抖机灵和小聪明躲过去了，那是侥幸，你没遇到专业特工。"张部长的表情却越来越凝重。

44

宁城宪兵司令部，穿一身笔挺军装的藤井站在凉台上冷眼看着院里，他可没有佐藤的雅兴，吴派园林的亭台楼阁和荷风阵阵对他没啥诱惑力，甚至还不如一碗东坡肉。他现在满心想的是一会儿夕颜小姐就要来了，自己要亲自去码头迎接，然后妥善招待，好在尊贵的夕颜小姐那里留个好印象，为自己的仕途加分。当然，有机会一近夕颜小姐芳泽并为其效劳也是他的荣幸，更是作为一个日本男人一辈子酒后吹牛的资本。

正在他想入非非时，电话铃响，横田大佐的声音让他的头又开始疼：“藤井君，近卫夕颜小姐要在宁城参加你一个支那部下的订婚典礼。”横田的声音冷到了冰点。

藤井赶紧微笑着躬身说：“大佐阁下，是。那个支那女人是近卫小姐的同学，也是她结婚时的伴娘，两人关系非常好。入职前佐藤君对她的身份做了详尽调查，没有问题。日文很好，表现亲善，又是近卫小姐的好友，先在教育课，两年后调入电讯课。因为是支那人，所以这事我就没敢惊动您。”

“不用解释。宁城最近出了几件大案，你不好好破案，反而鼓动部下把近卫小姐拉去。什么意思？以为有小姐庇护就可以让我忘了田中案吗？”横田的话惊得藤井浑身冷汗，他连连说：“不敢，属下绝不敢有此想法，田中案我已经发现嫌疑人并做了严密布置……”

“不要光是务虚，要切实把案子破了。尤其是田中君留下的资料，那是帝国的财富！必须找回来。宁城最近的治安堪忧啊！记住，近卫小姐是帝国之花。你，一定要保证她的安全。”横田的语气终于和缓下来，没有再提三天不破案切腹谢罪的话。看来，近卫家族的面子还是得给的。藤井也稍稍松了一口气，连连称是，小心翼翼地挂了电话，少不得有了心花怒放的感觉。

借着近卫小姐到来的机会，田中案得以缓一下，但他并没有掉以轻心。他对张震、冯静之等人的怀疑一点儿没减轻，就想挖出来谁是抗日分子的密探。也许，两个都是呢？！他没有把他的接待计划通报张震，他相信，就像他知道张震的接待方案一样，张震对他的接待方案也是一清二楚，但他绝不会给他们任何机会来伤害近卫小姐。

此时张震正在操办他和罗芳的订婚仪式，在侦缉队一帮弟兄们的大肆张扬下，半个宁城都被搞得鸡飞狗跳，地点也从小上海变到了红玫瑰，在商会的张会长向藤井婉转地诉了一番苦之后，张震被叫进了藤井的办公室。

藤井正襟危坐在办公桌后，何大头微躬着腰站在一旁。张震喊了报告后进来，敬了个吊儿郎当的军礼，看见藤井眼睛一瞪，忙又重新敬礼，做出谦恭的姿态。低眉垂眼之际已经看清了藤井办公桌上的一切，包括那几本很眼熟的日记本——佐藤的工作日记！

张震虽然早有心理准备，但心脏还是狂跳了几下。他微微抬头看着藤井，藤井翻开一本日记，手指在上面轻点，眼睛却炯炯有神地盯着张震的眼睛：“你知道这是什么吗？”张震看向何大头，何大头如实翻译，眼睛快速地眨了一下。

张震不可能读懂何大头的意思，但他知道那是警告，关于日记本的警告。他伸直脖子朝日记本看了一眼摇摇头，但目光里充满了好奇。他对藤井恭恭敬敬地说：“我不认识贵国优美的文字啊。它一定是您的大作，诗，或者俳句？”

藤井嘴角微微牵动了一下，但还是冷冷道：“佐藤少佐，对你做了很深刻的分析和评判。”

张震冷笑：“不只是分析和评判吧？他还差点儿把我弄死。”

藤井继续冷冷盯着他：“他说，他从来不相信真正收服了你，你脑袋后面有反骨。”

“他收服我的方法很卑鄙。但我张某人是条汉子，一言九鼎，决不反悔。（忽然苦笑摇头）不，降了你们就算不得汉子了……我承认，我受不了那些酷刑。”他眼里流露出真正的痛苦与恐惧，“我服了佐藤君，但服不服你，还两说。”他直盯着藤井的眼睛一字一句地说，“我喜欢强大的朋友，或者对手。”

“我相信你已经看到大日本帝国的强大了，我也会让你看到我的强大。”藤井站起身来大步走到张震面前瞪视他，几乎鼻子贴着鼻子！这让张震很不舒服，但他依然强忍着不动，克制住想揍人的冲动与之对视。

“你，要办订婚礼，可以。要请谁我也清楚，你的贵宾就是我的贵宾。但是，”藤井冷冷盯着张震，“你不能把半个宁城搅得鸡飞狗跳！你想干什么？唯恐抗日分子不知道你请了谁吗？”

张震迎着藤井的眼神退缩了，他嘟囔道：“我不过是想把订婚礼办得漂亮点儿，讨媳妇儿欢心……”

藤井拍桌子：“混蛋！你要是把抗日分子招来了呢？如果夕颜小姐受到一点儿惊吓，都是我极大的耻辱！也……”他顿了一下，平息了怒气接着说，“保证夕颜小姐的安全才是第一位的！订婚地点，等我临时通知！人数不得超过五十个，人员名单必须提前送审！”

何大头同声翻译频频称是，张震尴尬点头，两人任藤井训斥得狗血喷头才终于退出。

何大头擦着满头油汗：“娘希匹的，还好有惊无险。老弟，跟着你混是分分钟要被咔嚓的啊，你能不能对他恭敬客气点？藤井可不是佐藤，他不跟你讲道理！”

张震嘴巴敷衍着何大头，心里却在琢磨：这藤井绝不是骂自己一顿这么简单。他一定有话没说，夕颜的事，他十有八九还有其他安排。

晚餐时间冯静之家里的餐桌上依旧只有冯静之和冯佩瑶两人，佣人王妈小心地端上饭菜垂手恭立在冯静之身后，他回头冷冷看了她一眼，她低头无声退出。

冯佩瑶端起碗吃饭，她心知诡计多端的叔叔又有什么话要说了。果不其然，冯静之夹了一块鸡翅放在她碗里，没话找话地说：“佩瑶啊，最近忙什么呢？”

冯佩瑶笑了：“叔，你想说啥就直说，别绕弯子。”

“那个夕颜小姐要来了。藤井以为能瞒住我，可惜侦缉队那帮家伙都是大嘴巴，哈哈。”

“你什么意思？”冯佩瑶慢慢把啃完的鸡骨头放在桌上。

“张震想用她保自己过关……”

“那我们就碰碰这个夕颜？”

梁坳，张部长在用实景演练亲自训练罗影，她正低着头挨训。

张部长指着罗影的脑门发火：“这种情况是应该这样反应处理的吗？地下工作，靠的是脑子，不是蛮干！眼观六路耳听八方察言观色只是获取信息，这离情报还有十万八千里！只有对所有信息综合分析思辨得出实质性的可用内容才叫情报！情报还要送到使用者手里才能最后发挥作用。就说田中诊所案，你获得信息不请示不汇报擅自跑到宪兵司令部报案，你出的什么头？如果当时不是有其他同志在背后做工作掩护你，暗示那里有瘟疫才让藤井没有亲自勘查现场就让防疫队把现场处理了，掩盖了你和张亮留下的痕迹，你当时就暴露了！而且藤井不是傻子，从他后来一系列的动作，明显他在加紧追查这个案子，会把每个进过现场的人都抓去审问，甚至设法恢复现场，仔细寻找蛛丝马迹！你以为东西转移走了就万事大吉了？你是暗瞳小组一分子，你的安危关系到暗瞳小组的安危！现在你一撤，暗瞳小组不但少了一条腿，还连带罗芳都多了几分嫌疑！”他缓了一口气，看着垂头耷拉脑的罗影说，“斗智斗勇！斗智斗勇！！一定要记着先斗智再斗勇！”

罗影低头喃喃：“可是当时情况紧急……”

“所以你就慌神了？”

“我怕鬼子再回来跑不掉，那张亮就白死了……”

“所以你来不及分析判断情况的紧急程度就行动了。”张部长缓和了语气说，“现在回头来分析，我们仔细看看来的这些人，面生、便服、青龙文身，没有谍报队、特高课或宪兵的陪同和街道警戒，而宁城的这些人你都差不多面熟，是不是？”罗影默默点头，张部长继续说：“如果田中通知了藤井，他怎会不派人一起去？青龙文身是日本帮会青龙会的标志，这说明他们是秘密来的，那就算有人逃脱，也不大会找宁城鬼子，这时间就有缓。对吗？”

罗影这下算是服了，旋即担心起自己所为的后果来：“那姐姐……怎么办？”说着拖出哭腔来。张部长拍拍她肩头叹息：“现在知道怕了？她在后面替你擦屁股，眼前还在坚持。”

罗影双手合十向天：“老天爷，保佑姐姐平安！保佑保佑！”

这第二次从宁城撤出，老班长给罗影彻底剪了个小子头，找了件小号的旧军装换上，在张部长办公室的墙角里搭了张铺，她就算是张部长的勤务兵了。每天早晨跟着警卫班出操跑步，白天就猫在张部长宿舍里学习。时事政治、化装、报务、跟踪与反跟踪、射击，除了警卫班班长大刘、报务科长老宋，张部长只要有空就亲自教她。

化妆，在青训班时三姐妹已经教过她了，现在她要学的不是戏妆，而是让自己变样。从举手投足变成男孩子学起。

张部长找了一面镜子，她挂在屋角的柱子上，实话说，她一直以为自己不漂亮，没法和养母、姐姐比。养母那话软糯糯的总带着刺：“哦哟，格小巨头那嫩搞法，小辰光看着老灵格，越长越不来斯了。”言下之意清清楚楚：你小茉莉越长越丑了……这曾经很让她伤心，甚至不敢照镜子，生怕今天又变丑了。但自从跑交通以后她反而庆幸自己这张越长越普通的脸了，再配上她那发育不良毫无女性性征的瘦竹竿儿身材，就是个非常一般的半大小子，没人会多看一眼。

“你现在要学的化装，不是让自己变得多漂亮，而是要怎么迅速变得和前面一个你不一样。这可以帮你完成任务，更可以救命。”

“是像狐狸精一样变来变去吗？”

“傻丫头，是像孙猴子一样七十二变。你上次拿斗笠蹲墙角让自己消失，很好。还不够，所有人能看到的地方呢？”张部长说着话，一边把袖子挽起露出一圈白袖口，灰色粗布军装的领子掖到里面成了个无领衫，眼睛在四周扫了一眼，抓过茉莉床上的旧包袱皮往腰间一系，拽过床头那条半新不旧的白毛巾往肩头一搭，一弓腰说：“客官，里边请，里边宽敞！小店有包子、米饭、炒菜，楼上雅座一位！”

罗影已经笑得直不起腰来：“张伯伯，你这是一秒变身啊……”

张震订婚的日子到了！夕颜小姐大约中午到达，订婚礼将在下午举行。小上海闭门谢客，装点得喜气洋洋。

早晨，藤井办公室。他再次打电话向上海方面核实了情况，夕颜小姐已经由上海驻军派兵护卫乘小火轮出发了，预计今天中午到达宁城码头。南大营已经派兵封锁了码头，直到夕颜小姐安全抵达宪兵司令部之后才会解除戒严。他已经命令政保局、警察局、侦缉队全部撒到街上，严密监视和检查行人的良民证，昨天夜里警察局已经清查了全城户口，把可疑分子和无业游民赶出了城，各保甲里正带人清扫了街道，主要街道的商铺都挂出了日本国旗。而宪兵司令部内外，早已明岗暗哨层层密布。他细想一遍，觉得没啥漏洞了。

松木进来报告说："藤井少佐，夕颜小姐的房间都准备好了，请您检查。"藤井一声不响朝荷塘水榭走去，一直走到门口才忽然问道："昨天叫你搞的浴室洗手间搞好了吗？"

"搞好了。"松木快步走了几步，把他领进小楼一楼左侧的房间，有古色古香的红木脸盆架梳妆台梳妆凳，梳洗化妆用品琳琅满目，另一侧用八宝屏风隔开的是一只巨大的淋浴木桶。角落里一只崭新锃亮的白瓷抽水马桶，显然是新装的，底座的水泥还没干。藤井绕着那马桶转了半圈儿，问："这个冲到哪里去？"

"嘿嘿，那里，那里。"松木有点尴尬地指指后墙，外面是美丽的荷塘。藤井皱皱眉头咧嘴笑了，他对这种煞风景的事总是很欣赏。

小上海后宅，罗芳已经换好了衣服，一件青缎绲边盘扣的酒红色烂花乔其绒旗袍，配着一串珍珠项链，脚下是黑色高跟皮鞋，愈发衬得她面白唇红、明眸皓齿。她推门出来，把个来接她的张震看呆了。

两人出了小上海，门外黑压压一片侦缉队的人推着自行车候着，一辆黑色小轿车停在门口，缉私队的宋保国从车里跳出来，满面含笑地说："罗小姐、张队长，冯局长派我来听您二位差遣，请上车。"

张震笑道："你们冯局长怎么忽然这么好心了？把新汽车借给我用，不怕我压塌了啊？"

"张队长说笑了，冯局长是真心为您二位高兴。这不，我亲自当司机，保证服务一流。”

张震还想说啥，罗芳娇嗔道：“你呀，不识好人心！宋队长，您别理他，他就好开玩笑。冯局长那里，改天我亲自登门拜谢。”

她说着拉着不太情愿的张震上了车直奔码头，乌泱泱的侦缉队在一片自行车铃声中跟着掠过街头。

宁城码头，岸上岗哨林立，各个泊位一条船没有，连附近房屋朝码头的窗户都紧闭着，屋顶上站着荷枪实弹的哨兵。沿街虽然还没戒严，但看热闹的人们也都明智地躲在屋门和窗后伸着脖子眺望，街道上行人寥寥，只有孩子们天不怕地不怕地奔来跑去。

码头外两百多米远一座小丘上，荒废的破庙佛塔里，几个人踩着木梯趴在钉着破板条的窗户上朝码头偷窥。一支步枪稳稳握在一个汉子手里，他眯眼瞄准，枪口缓缓移动，准星轻轻滑过张震、浩子的脑门。他旁边那人握着副旧军用望远镜，观察着码头上的动静。

持枪者兴奋地说：“我准备好了，目标一到，随时可以打他个稀巴烂！”

持望远镜者说：“沉住气，一定要一枪毙命！我们没第二次机会。”

“没问题！那个混蛋，我真想现在就给他一枪！”

“记住！我们的目标是藤井，还有那个日本女人。”

“好吧。我第一打藤井，第二打日本娘们，如果还有机会，我就干掉那个叛徒！”

宁城闹市，主干道旁的一座民房里，两个一脸精悍的男人在二楼的竹帘后朝窗外张望，穿学生装的年轻人守着一台起爆器！但主事的显然是穿黄包车夫号服的中年人，举动中看得出两人都是训练有素的军人。

学生模样的人看看手表：“藤井过去了。你确定是炸第二辆车？”

黄包车夫：“按藤井的习惯，他的车一般都在第一辆，站长说那个日本娘们很可能就坐第二辆。”

学生仔：“妈的，我们直接干死藤井多好？杀个日本娘们有屁用！”

“那娘们是皇族，杀了她估计天皇都得心疼，藤井算什么？”

“这倒也是。”学生仔看一眼黄包车夫，“你说姓冯的会不会……”

“炸了就分头跑，咱俩不能都折在这里。直接坐长途汽车走，如果车站被封锁就分头出城，三天后在杭州西湖边的三潭印月碰头。”

天气闷热，知了狂噪。张震和罗芳站在码头前的凉棚下静候，侦缉队的人四散闲坐发呆。浩子不知从哪里拖了两把椅子来给张震和罗芳。大中午的太阳肆意挥洒光芒，驱除了闲杂人等的码头更加空旷，张震不禁又抬腕看了看表。他忽然有点心神不定，直觉告诉他要出事！他看一眼面色如常的罗芳，侧过头去凑在她耳边悄悄说：“我们的人会不会横插一手？”

他心里真的忐忑！面临如此复杂艰难的局面，还要时刻警惕来自同志和战友的子弹，他怕极了，不知自己能不能过上二十三周岁的生日……

“我也在担心，不过我相信张部长。”罗芳似乎感受到他的紧张与沮丧，轻轻捏了捏他的手，温柔地朝他微微一笑。这笑容暖化了他的心，但随即一根冰冷的尖刺刺入心底：她会不会成为我的软肋？

“你说冯静之会不会插一手？”

“他我倒不怕……”张震轻轻一笑。

随着一声蛮横的汽车鸣笛声，藤井带着宪兵队到了。

张震起身迎上去，藤井的目光却先落在了罗芳身上。她的美丽晃了他的眼，有那么一瞬间，他的大脑一片空白，眼里只有这个女人，但也仅仅一瞬间。在宪兵队列队的骚动声中，他审视着这一对璧人——是敌人吗？

“报告！侦缉队张震携未婚妻在此恭候近卫夕颜小姐，请指示！”

藤井挥挥手表示知道了，眼睛扫视四处东倒西歪的侦缉队队员们，微微皱眉。张震朝他吊儿郎当地微微一躬，转身朝自己的部下笑骂：“娘希匹的，给老子集合！列队！”他横眉立眼地吆喝詈，终于让这帮家伙在宪兵队后面列成了还算整齐的两队。浩子又招呼雇来的西洋乐队摆好阵势，乐师们呜呜啦啦地调着音。总算是在沉闷的汽船喇叭声传来时，一切准备就绪。

废弃佛塔，持枪者咬着牙在水泥墙面上一下一下狠狠地磨着子弹头，用满是老茧的手指擦了擦弹头，眯着眼仔细端详一下，满意地把三发磨去尖的子弹压进弹仓，推拉枪栓，子弹上膛！枪口微微探出破窗缝隙，对准缓缓驶进泊位的小火轮，移动着瞄准了舱门口……

急促的脚步声传来，观察者持枪急转身，枪口对着来人。

来人一把摘下破草帽不容置疑地命令："是我！行动撤销！马上撤离！"

小火轮靠上了码头，船舱里袅袅婷婷走出来夕颜小姐，天青色的小洋装、鹅黄色的阳伞、白色高跟鞋。她的美貌和风姿令人再看不到其他人，所有人都注视着她。

罗芳迎上前去，张震拉拉她，回头对藤井恭敬地做了个请的手势，藤井这才回过神来，快步上前。船工拴好缆绳，夕颜的贴身侍女扶着她款款走下船来。

持枪者回头看一眼窗外，急了："目标就位，来得及！"说着回身瞄准，屏气凝神就要开枪！

来人是大刘，他手中的草帽掷出，冲着持枪者破风而来，罩在他头上！

持枪者转身怒目："干吗？！"

来人："上级命令行动取消！立即撤离！"

持枪者："为什么？！"

大刘毫不客气地上来拽他："命令就是命令！走！"

码头，藤井上前给夕颜小姐敬礼，她只是朝他礼貌地微微点头，径直走到罗芳面前。

老同学见面分外开心，两人手挽手地朝码头外走去。藤井无趣又无奈地跟随着，不满地横了张震一眼，张震也无奈地朝他一摊手、耸耸肩，跟在两位女子后面朝外走去。

码头大门外，三辆轿车依次停在那里。罗芳回头，疑问地看张震，张震殷勤地快步走上前，他也犹豫了：该让夕颜坐谁的车？藤井的最安全，商会的也问题不大，最吃不准的是冯静之的！

藤井把张震推开，拉开自己车的车门，恭敬地请夕颜小姐上车。张震朝罗芳点点头，罗芳轻轻对夕颜小姐说了句话，夕颜微笑地对藤井点头，由罗芳扶着上车，又示意罗芳上车同行。罗芳看一眼藤井，他少见地咧出一个谄媚的微笑，请罗芳上车。然后自顾转到副驾位置去上车坐下。张震见状飞跑着跳上冯静之车的驾驶座，一脚油门紧紧跟上，把冯静之和宋保国气得跳脚。何大头和浩子飞快地蹿上了商会的车。

就这样，三辆架着机枪的摩托车开道，藤井的车一马当先，冯静之的车第二，商会的车跟着，后面宪兵队的两辆大卡车气势汹汹地尾随护卫。这车队浩浩荡荡从码头出来，在围观者众目睽睽之下扬长而去。

闹市，随着远处响起“电驴子”的咆哮声，看热闹的小孩儿们奔跑喧闹叫喊着：“来啦！来啦！”一声清脆的口哨，声音大得超乎寻常。街旁民房二楼里的俩人对视点头，注目窗外，学生仔有点紧张，额头上渗出汗珠，黄包车夫在他肩上拍了拍，紧盯窗外路边上一颗不显眼的白石子说：“第一辆车头一靠近那个白石子就按下去！”

学生仔双手按在起爆器上：“是。”

第一辆车上，藤井两眼炯炯有神地扫视着前方街面，抄着手看热闹的闲汉、奔跑的小孩儿、沿街铺面门前的太阳旗，如果不是每隔不远就站着穿黑制服的警察和刺刀闪闪的日军，简直是一派祥和。

夕颜和罗芳低语，她看着那些古色古香的街道、绿树、修竹，发出赞叹：“真没想到，这样一座小城可以这么幽静雅致，真美。街道干净，人也干净，没有乞丐，真难得。”

罗芳苦笑：“哪里能一个乞丐都没有呢？是藤井少佐把他们都请到城外庵堂里去吃斋饭了吧？”

藤井回头，认真地说：“罗小姐说得是，他们都在城外，每天有一顿饭吃。”

夕颜这才看了他一眼，说：“藤井桑很好，懂得天皇的真意。”

藤井咧嘴笑着频频点头说："为天皇陛下效劳，应该的，应该的。"他回转头之前，扫了罗芳一眼，罗芳从那一眼里看到了一丝认可与感激，她还以微微一笑。

藤井直视前方，心里无数个念头打转儿："背后这个支那姑娘，和夕颜小姐关系亲密，又是张震这个抗日嫌疑分子的未婚妻，她究竟是什么人？"来到宁城，他对宪兵司令部里每个支那人都做了背景调查，罗芳自然也不例外。完美的调查报告，加上他对女性的蔑视，这个人很快被忽略了。可是这次自己刚刚对张震、何大头再次进行重点调查，她居然不动声色地就把夕颜小姐搬来了……为什么？巧合还是刻意？用贵族关系来抬高自己身价地位还是为张震撑腰？他对罗芳的动机产生了怀疑。如果是前者，他可以重用她来向近卫家族示好，如果是后者呢？他陷入了深思……

罗芳却继续与夕颜窃窃私语，不时发出清脆的低笑声。俩人仿佛回到了学生时代，夕颜对宁城的第一印象好极了，对一切都充满了好奇。

三辆轿车为主体的车队威风凛凛地开进城，按藤井的意思，要让夕颜小姐浏览一下市区，进入了市中心。沿途越来越繁华了，在罗芳的指点解说下，夕颜不时发出低低的赞叹声。突然！车后传来一声巨响！紧接着他们乘坐的轿车在爆炸气浪中腾地被抛起，又重重落下朝前冲去！罗芳和夕颜都狠狠地撞在了前座的椅背上发出惊呼！

"加速！回司令部！"藤井大喝，在方向盘上重重磕了一下搞得满脸是血的司机加大油门，不理会周围一切朝前冲去，罗芳眼看着一辆开道的摩托车被他撞飞。身后，响起急促的机枪扫射声！她拼命回头朝后看去，冯静之提供的那辆车被爆炸的烟尘包围着，什么都看不清，但从飞落的保险杠可以判断——目标就是那辆车！她不禁失声大叫："张震！"

惊魂未定的夕颜小姐鼻子流血、满脸是泪地惊呼："怎么了？！发生什么事了？"

罗芳已经大哭起来："张震！有人炸了他的车！"她的大脑急速运转：是谁？！针对谁？！

藤井已经掏出手枪紧握在手里，头也不回地说："夕颜小姐，你的安全我负责！放心！”

罗芳搂住夕颜：“对不起！真的对不起！宁城一向很安静的，我没想到，没想到……”

“罗芳，我不要紧，张君怎么样了？藤井桑！回去！命令你的人，救张震！”

藤井愕然回头，见夕颜坚定严肃地看着自己，那语气不容置疑。他犯难了……

罗芳也看着他，眼神里有哀求，又犹豫地看向夕颜，她哭着对藤井说：“藤井君，停车！我要下去。”

藤井铁青着脸看着她：“不行。”

罗芳：“请送夕颜小姐去司令部，我要去找我爱人！”她声音不大却无比坚定，她坚决地看着藤井，伸手打开车门，大有你不停我就跳车的架势！

藤井被惊呆了，这个柔弱的女子为了爱人居然敢这样！一股热血冲顶，他的男子汉气概被激发了。他低喝：“停车！”车子猛地刹住，他跳下去把已经冲出来的罗芳推回车里对司机命令：“立即送夕颜小姐回司令部！我去救张桑！”司机立即一脚油门，汽车飞驰而去。罗芳和夕颜从后视窗里看着藤井拦下一辆殿后的摩托车，掉头朝爆炸现场方向驶去。

爆炸现场，张震乘坐的车已经被炸翻，四脚朝天像个被翻身的大王八，四个轱辘还在转。后面那辆小轿车斜斜地冲上了街边，半个车身扎进了一家米铺里，簸箩、铺板、米粒撒得到处都是。浩子捂着脑袋正从车里爬出来，弓着腰贼眉鼠眼地四处张望，一眼看见张震的车，跌跌撞撞扑了过去。

他趴低了从车窗看进去，张震趴在方向盘上不知死活。浩子急了，伸手去拽车门，怎么也拽不开。他抬脚猛踹已经破碎的车窗玻璃，想把被卡住的张震拉出来。油箱里的油哧溜溜地往下淌，车头在冒烟。

浩子急得朝周围的宪兵大喊大叫，可是没有一个日本兵理他。这时，一阵摩托车声轰鸣，藤井来了！

浩子拼命挥舞着双手大喊：“救命！太君救命啊！”

藤井对身边的宪兵一挥手，呼啦啦跑过来十几个，他指了一下翻过来的汽车，十几个人围过去大声吆喝着把汽车翻了过来，接着撬开车门，撬开变形的座椅，拽出张震抬着就跑。浩子看他们跑也跟着撒丫子，边跑边回头看，那车头冒出火苗子了！跑出去十几步远，他一头钻进路边一家铺子里趴在一口大缸后面，身后已经轰的一声又炸了……

藤井看了一眼昏迷不醒的张震，指挥人将他立即送南大营日军医院，浩子急忙要扒上车，被跟车的宪兵踹下来，浩子只好冲藤井打躬作揖地求告，藤井朝宪兵点点头，宪兵才算让他上车跟着照顾。

藤井环视爆炸现场，阴沉着脸听宪兵队队长毫无头绪地报告，藤井命令他封锁整条街，挨家挨户严格搜查！又令传令兵通知封锁城门，全城戒严，通知南大营，报告事态。

传令兵开着摩托车一溜烟儿去了，宪兵队队长也小跑着去传达和执行命令，藤井转悠着勘查爆炸现场。只见街心路面被炸了个坑，铺路的大块青石条被炸得支棱着七扭八歪，两边店铺的玻璃、门板、伸出来的摊档全部被爆炸气浪打得七零八落，挨着、擦着的人都是头破血流。七八个重伤的人躺着，挣扎着，有枪伤有炸伤。这炸药肯定是 TNT 了，幸亏埋放量不够大，如果足够大，自己那辆车也难以幸免！能搞到 TNT 的人，只有两种来源：军队、黑市！他决定，重点还是要在冯静之和苟六壬身上找线索！张震……目前嫌疑最小！

藤井恶狠狠看着街两旁的民房和哭号恐慌的居民，内心极其愤怒——一件天大的好事变成一场灾难，他真想放火烧了整条街！可是碍于夕颜小姐，他绝不敢此时明目张胆地做太有悖于天皇“大东亚共荣圈”的事。万一她在上面给自己捅出去，自己就得背上治理无能的名声被调到前线去打仗！幸亏夕颜小姐无恙，否则浑身是嘴都辩不清了。现在，得更多想想怎么在她面前挽回影响。他在路边来回大步踱着，所有人都离他远远的，唯恐他手里那把已经出鞘的武士刀朝自己劈下来！

宪兵司令部，夕颜强作镇定下了车，罗芳扶着她的胳膊，明显感到她在颤抖。

罗芳强笑着安慰她，微微颤抖的语音里透着恐惧：“夕颜，上帝还是眷顾我们的。你看，我们不都好好的吗？”

夕颜点点头，喃喃着：“托庇天照大神保佑。支那，真的是永不屈服吗？”她审视着罗芳，罗芳暗自心惊：这个老同学已经完全不是当年那个单纯的学生了！她掏出手绢为夕颜轻轻擦拭鼻血。

“我不知道，也不想知道。我现在只想知道我爱人怎样了……”罗芳说着不禁落泪。夕颜看着罗芳，一时说不出话来。她也觉得自己刚才的话过分了，连忙说：“我失礼了。不过，藤井已经去了，他会尽力的。”

罗芳流泪不语，脑子里却不住地想，谁干的？为什么时间路线都掌握清楚目标却弄错了？难道是自己人怕伤了自己？那为什么不怕伤了张震？显然不是张部长部署的行动！是游击队？他们未必弄得到这么好的炸药！更大的可能是冯静之！他的底子是中统，南京政府的嫡系，跟重庆也有千丝万缕的联系，如今的战局，他干这事的可能性太大了。既能打击张震提高自己在日本人心目中的地位，又可日后向重庆政府邀功。更可能的是，他怀疑张震的真实身份！在这些汉奸眼里，如果张震暴露，自己也就毫无秘密可言。藤井难缠，冯静之更难缠！如果，把嫌疑引向冯静之让他们狗咬狗呢？万一他们真的也是抗日的怎么办？管不了这许多了！

罗芳越想越着急，却又无计可施，不禁浑身发冷，止不住泪水。用沾着夕颜鼻血的手绢拭泪，却搞得脸上更是一塌糊涂。面对夕颜，她把这一切都归结为担心未婚夫。

松木早已迎上来，迎接夕颜小姐和罗芳去荷塘水榭休息。她们这时才注意到司令部里岗哨林立，杀气腾腾的日本兵警戒着，对经过身边的夕颜行注目礼。

松木谦卑地引导夕颜与罗芳在水榭安顿下来，两人惊魂未定，只略为梳洗。

“罗芳，你不是说宁城很安全吗？”

“……我也没想到会这样。”罗芳一边帮她梳头一边说着又有点哽咽，“我很喜欢这江南小城，静谧、优美，民风也很淳厚，就想让你也来看看。没想到居然会这样！”

夕颜看着镜子里两人相依偎的形影，叹道：“是我连累了张桑。”

“不是你，谁会对你下手呢？”罗芳轻轻绾好夕颜的长发，喃喃道，“只要他还活着，我要他立即辞职，和我一起去上海，无论做什么……”她抬眼看镜子里的夕颜，“你会帮我们在上海随便哪个商社谋个差事吧？”

“你的意思是？”

“我不想他再做那些喊打喊杀的事了，随便做个小职员就好。”

“看来，你觉得他是因为效忠我们才被炸？”

罗芳惶恐：“不、不，也许还有其他原因，他这段时间因为工作得罪了人，还有由美子的事。你晓得的，中国人之间争权夺利……也蛮难说的。”

夕颜看着镜子里的罗芳为她把最后一支发簪插好，伸手摸摸绾好的发髻，微笑道：“不要怕，我还是你的那个好朋友、老同学。中国人之间的争权夺利——”她冷笑两声，“我会过问。你和他都不必担心，只要是效忠帝国的人，必不会被排挤轻视！”

罗芳含泪挽住夕颜：“有些事我不懂也不想懂，我只希望我们都好好的，回到小时候……”

“傻！人总是要长大的，每个人都要承担自己那份责任。”她审视罗芳，“回不到小时候了，我们都回不去了……”

罗芳垂下眼帘，默默鞠躬：“您请更衣歇息，我去外面看看，准备午餐。”夕颜点点头，目视她细碎急促的脚步和微微颤动的背影，说：“她真的很爱他，在这里陪我更多的是为他还是为我？”她陷入沉思，脑海里浮现临行前园明君的话：“这个罗芳拜托你考查一下，也许以后可大用。”如果考查罗芳，那个张震也必须一起考查！

罗芳出来恳求守在外面的松木派车送自己去看张震，松木挠头说：“送你去南大营？不行。这里，你不能出去；那边，也不会让你进去。”

“松木君，请多多关照。晚上小上海我请客，你随便点。”罗芳神情惶急。

松木摇头：“罗小姐，我、你、张，统统都是朋友。但是，”他悄悄四周看看，低声说，“田中君死了，藤井太君在查所有支那人，张桑、小掌柜的、冯的，统统都查！我不能送你出去。藤井君……”他比画了一个抹脖子的动作，朝惊讶地大瞪双眼看着自己的罗芳点点头，狡黠地眨眨眼说，“罗小姐何必求人？陪好夕颜小姐万事大吉。她高兴，藤井太君就高兴，张桑就没事；她不高兴，太君就不高兴，张桑就……”他又比画了一个抹脖子的动作。

罗芳神情复杂，一脸似懂非懂的表情点点头。

“你，好好陪着夕颜小姐。我，去帮你打听张桑。好吗？”

罗芳感激地连连点头：“好、好，谢谢松木君！我早晨在小上海为夕颜小姐定了午餐，您能帮我去取吗？”说着从手袋里拿出几块大洋塞给松木，又鞠躬。松木连忙回礼：“为夕颜小姐和罗小姐服务应该的。”说着匆匆离去。

夕颜换了一袭玉色丝质长裙、草编拖鞋，素面朝天看着极是清雅，罗芳陪着喝茶闲谈。

不多会儿松木就提了个三层大食盒在荷塘对面朝罗芳招手，她出去与松木急切交谈几句，忧心忡忡地提着食盒回来。夕颜微微一笑说：“别担心了，他不会有事。”

罗芳边摆布餐桌边叹气：“怎么可能？他那车都炸翻了，现在要做手术……”

夕颜说：“放心，只要他还有一口气在，藤井就会尽全力救他的。”她俏皮地朝罗芳眨了一下眼说，“为了让我高兴。”

罗芳破涕为笑，搂住夕颜说：“是！他必须为你救我的爱人。”她开心地拉着夕颜，“来，尝尝这江南小吃，都是你没吃过的！”夕颜看着布置得典雅俏丽的餐桌，白瓷海碗里养着株浅紫色碗莲，一对儿小小的红金鱼优哉游哉，精致玉瓷碟里五颜六色的菜点淡淡香气袭人来。她欣赏一番才满意地坐下。

南大营日军医院的手术室里，张震昏迷着。门外，浩子匆匆找来了何大头，向护士打听张震的伤势。医官出来，皱着眉头叫人准备血浆。何大头上前小心问询，医官说：“现在要手术！”

浩子听完，扑通跪在医官面前哭喊：“求你！救救我大哥！救救我大哥！我以后给你当牛做马！”

何大头一边替他翻译，一边也九十度鞠躬，说：“这是夕颜小姐朋友的未婚夫，藤井少佐很看重他，请务必帮忙、多多关照！”

医官一听伸手推开浩子吼叫：“准备手术！血呢？！”说着转身又进了手术室，两个护士小跑着跟进去。

何大头和浩子在外面走廊上转悠，何大头套浩子的话："你觉得这事会是谁干的？"

浩子四处扫一眼，悄悄凑他跟前儿比了个四，说："除了四爷谁敢？"

何大头微微摇头道："难道不会是重庆派来的？"

浩子问："重庆派来的？那就炸藤井和夕颜小姐去了，那功劳多大？再说了，大哥是四爷那边的叛徒，前面那姓孙的还有个尸首，姓何的小舅子连骨头渣儿都没见！"

"去！少把他和姓何的往一块拉扯！……我总觉得这事跟姓冯的有牵连。"

"也是啊。那王八蛋一直看张大队不顺眼，这一年多除了捞油水，功夫都下在他身上了。"

何大头点点头，故作神秘地四处看看，声音压得更低地说："你说他会不会是故意闹一下栽赃咱们？不对……炸了张大队那嫌疑就落他自己身上了。"

浩子挠头仰脸看着天花板琢磨："他又不蠢……"想着张震对自己查到那家伙与重庆方面秘密来往非常重视一事，忽然一拍大腿咋呼道，"他就是要炸大哥！既除掉大哥还能向重庆邀功求赏！而且那个怎么说来着？兵不厌诈！越是让日本人觉得他嫌疑最大越说明他不可能干这事！"何大头一把捂住了他的嘴，示意走廊那头瞪着他们的日本护士："悄悄！你想死啊！"他说着朝那护士点头哈腰地说，"没事，没事。"何大头最怕的就是田中案扯上自己，灵机一动对浩子说，"有道理！姓冯的好狠毒！田中案还没结，再炸了夕颜小姐，藤井得玩完，咱这些人都得拉去甄别，就没人去扒他的老底！宁城就成了他的地盘！"

"那咱咋办？"

"不管谁问，都往姓冯的那儿扯！反正咱的人被炸，除了抗日分子他就是头号嫌疑犯！"

浩子伸出大拇指赞道："高！我回去就和弟兄们吹风，日本人那边你上菜。"

日已西斜，微风轻拂柳枝轻扬，荷塘里莲花摇曳水波潋滟，十几条锦鲤懒洋洋地游弋。罗芳换了一袭宽松的月白色长裙陪夕颜坐在宽阔的水榭前品茗赏荷，紫檀长几上八宝漆盒和玻璃果盘盛着苏式精美茶点和果品，整套雨过天青色青瓷茶具引得夕颜亲手煮茶。伴着江南丝竹袅袅乐声，夕颜微微叹息道："这么优美的地方，刚才街面上的人看着也都温顺，怎么会有人老想反抗呢？"

罗芳默默为她斟一盅茶，慢慢剥着香榧子，放在她面前的淡绿色瓷碟里。

片刻，夕颜幽幽地叹一声："我们是不是真的再也回不到从前了？"

"为什么要长大呢？……永远不长大多好。"

夕颜无语，拿起一块精致的绿豆糕，一点点捏碎，丢入荷塘中点起涟漪，红的白的锦鲤摇头摆尾地游来争食，煞是好看。

罗芳轻轻道："这些鱼儿真美。在你眼里，我是不是也像这鱼儿？"

夕颜笑了："怎么会呢？你是我最好的朋友啊。"

罗芳略带忧伤地看着那些鱼儿，也捏碎了一块绿豆糕，一点点丢入水里，来的鱼儿愈发多了。她苦笑着抬眼望着夕颜道："别人呢？"

夕颜扭脸看着她，正色道："那要看什么人了。凡是反抗我大日本帝国的，活不过这些鱼儿！"她拍拍手掸掉残渣儿，冷冷道，"帝国的利益，就是天皇陛下的利益，说到底，也是我的利益。"她看着哑然无语的罗芳，粲然一笑道，"你不用担心，我会永远当你好朋友的，你的爱人，我也会当他朋友。中国话叫，爱屋及乌。你是那座给过我温暖友爱的屋子，精致、美丽、温馨，谁忍心打坏呢？他，就是房顶上那只鸟儿，就算他叫得再难听，长得再难看，只要还落在你这座屋子上，我就会给你面子。"

罗芳端起青瓷茶盏双手举到额头，轻轻对夕颜说："敬你。他现在只怕会更丑了。"说着莞尔一笑，喝了一口。

夕颜也举起茶盏抿了一口笑道："他是替我受伤的，再丑你也得忍了。"

罗芳道："只要他活着，我永远就只记得当初他最英俊的样子。"

夕颜啧啧着打趣她道："酸！别跟我背诗掉书袋啊。好啦，聊点开心的事。订婚仪式被搅和了，怎么办？"

罗芳："今天办不成还有明天，明天我去他病床边办！"

夕颜一脸戏谑地调侃道："他到底用什么办法叫你死心塌地？我看他长得真很一般啊，一咧嘴一口大金牙，又俗又难看！"说着站起身走到罗芳身边，揽着她肩膀，两人挤坐一张藤椅，叽叽喳喳说着彼此心爱的男人、江南水乡的美景美食，恍若又回到学生时代。但两人心里都清楚，那时的光景再也回不去了……

医官终于出了手术室，边脱手术服边对浩子说："他脱离危险了。"

浩子感激不尽地将刚才央求何大头去拿来的一卷军票塞到他兜里，又把一个小上海的三层大食盒提来，掀开盖子给他看看。

那医官做了五个多小时手术早已又累又饿，盖子打开刹那溢出的香味儿令他口水横流。浩子殷勤地问："这个帮您送到哪里？"

医官一屁股坐到门边刚才浩子坐的椅子上，指指面前。何大头拖过两把椅子并起，浩子把饭菜碗筷一一摆在椅子上。

医官早已不管不顾地撕了一条鸡腿大嚼起来，何大头看着他肉渣儿、骨头渣儿在嘴角堆积掉落，不免恶心。

不一会儿，医官助手和护士也渐次出来，看着医官大吃大喝禁不住吞咽口水。

浩子见状忙说："我去打电话再叫几个菜。"

何大头说："还是我去吧。"他对护士小姐咕噜了几句日语，护士小姐笑着对他连连鞠躬，在前面迈着小碎步带路。

医官一伸脖子，把一大块东坡肉囫囵咽了下去，冲护士喊："带何桑开救护车去！多多带好吃的鸡！"

医官第一时间向藤井电话汇报了张震情况，藤井脑子里忽然闪过佐藤工作日记里的一段话：这个支那人的意志力终于被田中君冷静的无麻醉手术击溃！他原本有希望熬得过酷刑，但正是田中君冷静专业的工作，打垮了他的心理防线。在他眼里，田中君无疑是比我可怕百倍的魔鬼。

藤井心里一动，马上让医官把张震严格隔离开，不许任何人接近，去照顾他的人一律赶走！医生不以为意地挂了电话。挂了电话藤井嘴角露出一丝阴毒的微笑："不管你脑袋里装着什么鬼，我一定要撬开来看看。"

黄昏的荷塘水榭沐浴在金色余晖中，荷风阵阵莲花盛开，美景中两个美女正在水榭里用餐，与周遭景色融为一体，像一幅绝美的工笔仕女图。

何大头站在荷塘对面警戒线外拼命朝陪夕颜用晚餐的罗芳挥手，她故作诧异地看着何大头，询问地看一眼夕颜，夕颜微笑示意她自便。罗芳快步走下台阶到塘边扬声问他：“何翻译官，有事吗？”

“张大队长醒了！”何大头用一块大白手帕擦着满头汗喊道，“他让我来报信儿！”

罗芳欣喜地跳起来：“太好了！谢谢你啊！”她转身快步走到夕颜面前说，“他醒了！我可以去问问吗？”

夕颜慢悠悠地放下筷子，说：“叫他进来。”

罗芳看着还没吃完的夕颜迟疑一下说：“这不好吧？我先让他等着。”夕颜微笑颔首，继续慢悠悠品尝江南小吃。

罗芳示意何大头等待，他立即谦卑地朝夕颜鞠躬，走到树后找了块石头坐下。

两个美女悠闲地吃好了晚餐，罗芳把一个浸着茉莉花绿茶的大玻璃碗端到夕颜面前说：“你先净手，我叫人来收拾桌子。”

夕颜微微点头，微笑道：“去吧。叫他来这里，我也听听。”她朝罗芳调皮地眨眨眼，“对你的他有好处。”她轻轻拍手，随行侍女小碎步进来伺候，罗芳才去了。

深夜，张震躺在手术床上。麻醉渐渐退去，他还沉浸在噩梦中。仿佛在炼狱，黑暗中青色火焰闪耀，无形的恶鬼，铁叉钢钎挥舞，最可怕手术刀那猝不及防的一闪，浑身无一处不疼。爬，得爬出这炼狱！他爬进黑色的孔道，孔道弯曲，渐渐箍紧他全身，箍得气都透不过来。挣扎，只有爬出去才能活！转过一弯又一弯，远处，有光！白色的光！爬！爬！！噗！瞬间解脱禁锢，浑身浸透在白光中！终于挣脱了炼狱！麻醉渐渐退去，他迷迷糊糊一睁眼，头顶的无影灯、恍惚中看不清的人脸，田中？田中！再一扭脸儿，雪白四壁和各种医疗手术器械，吓得他怪叫一声翻身跳下！他摔倒在地带倒了本能伸手抓住的输液架，砸翻了治疗车。

浩子在外面忽然听到张震的怪叫和一大片稀里哗啦的响声，推门就冲了进去！

张震正在地上挣扎，一眼看到浩子，大叫：“娘希匹的我在哪儿？！”

浩子抱着他连说：“没事没事，你被炸伤了，藤井少佐送你在皇军的医院里救命呢。”

“我被炸伤了？……我想想，想想。”张震抱着剧痛的头思索。

浩子说：“嗨呀！你不会什么都忘了吧？今天你订婚，我们去接夕颜小姐，回来路上不知被哪个王八蛋炸了……”

张震忽然想起来了！他两手乱扯着身上手上的电线、输液管，挣扎着说：“快，带我去看罗芳！她怎样了？！”

浩子按住他出血的手说：“罗小姐没事！夕颜小姐也没事！她们都在宪兵司令部！”

医官走近看着张震，数数他脉搏，满意地点点头，对浩子说：“他没有生命危险，脑震荡又刚做过手术需要休息，请你离开。”接着吩咐护士把张震抬上病床，说完径自走了。

众人走后浩子悄悄跟张震说：“好像是夕颜小姐叫藤井回来救你的。罗小姐，这个！”他竖起了大拇指，点点头走了。

45

这个夜晚，注定很多人睡不着觉。

冯静之在家中客厅踱到书房，书房踱到卧室，躺到床上又翻来覆去睡不着，把个冯太太烦得要死。她一翻身坐起来拿把扇子呼啦啦猛扇，骂道：“你到底要不要睡啦？又在想哪个小妖精？！想就出去找，不要搅得老娘睡不着！”

冯静之下床就走，嘴里嘟囔着：“天下唯女子与小人难养也。”

“放你的千秋大屁！老娘几时要你养过？我光陪嫁几辈子都吃不尽，指望你那点小钱？我老早饿死好了！”

冯静之摇头出了卧室，冯太太气得从床下捞起自己的珠绣拖鞋朝门口甩去，大叫：“关门！”

冯静之置若罔闻，扬长而去。拖鞋撞在门框上，鞋上的珠花散了一地……

客厅电话铃响，他三步并作两步抓起听筒，低声：“喂？”

冯佩瑶兴奋地低声报告：“林剑锋已经接应到那两人，送他们去杭州了。”

“好！叫大家明天一切照常，转告林剑锋暂时别回来。不，叫他马上回来照常工作，接人的事必须严格保密。”

这时，电话里突然传出一声轻轻的咔嗒声。

冯静之火了，扭头对卧室大喊：“又在搞什么？！”

冯佩瑶在电话那头轻笑道：“姑妈查岗呗，看看是哪只狐狸精打电话来。”

“老货，总有一天休了她！”

“好了，你们吵了这么多年还没吵够啊。对了，今天在外面放风的那人没跑出来，怎么办？”

“笨蛋！”冯静之忍不住破口大骂，“娘希匹的，就那么点事都做不好，叫他待家里别乱走动……装病吧。盯紧他。”

“用不着吧？他什么也不知道，只是打个口哨……”

“猪脑子！他是我们的人！看到车队打什么口哨？他解释得清楚吗？藤井会跟他讲理？跟我们都不会！”

冯佩瑶懒洋洋地说：“那就叫他永远闭嘴呗。”

“说你猪脑子你比猪脑子还笨！这时候平白无故弄出条人命来？你脑子里有屎啊？！”他没听到挂掉电话后又一轻微的咔嗒声。

警察局，苟六壬还待在办公室里不敢回家。白天已经被藤井叫去臭骂一顿，只得亲自带人在爆炸街道及周边街道挨家挨户搜了一天，抓了几十个“嫌疑犯”扔进了监狱，又连夜开审，却一点儿有用线索都没查到。这会儿累得跟狗一样四仰八叉躺在沙发上，等小跟班的那一壶热水来洗脸泡脚。什么抗日分子他根本就不感兴趣，炸了张震那孙子，好啊！太解气了！欺负老子、夺妻之恨，遭报应了吧？！老子好不容易当了警察局局长可以和你小子平起平坐了，你仗着日本人从来不把老子放眼里！查案子？谁爱查查去吧，老子得歇歇！

说实话，他这会儿最大的愿望就是去春香楼让窑姐儿伺候着美美地泡个澡。上次那日本婊子感觉正经不错，够爽！可惜被姓罗的小妞给弄走了，后来居然还嫁了特高课的日本军官！真丧气！可仔细想想，日本人惹不起，姓罗的也惹不起，只能自认倒霉。

正胡思乱想着，小跟班吃力地提着一大桶热水进来，倒进已经摆好的大木盆里。这是个眉清目秀的小厮，苟六壬把他从妓院里弄出来的，只有十五六岁，凤眼剑眉水蛇腰，唇红齿白的。

他斜眼看着小跟班，骂道：“洗脸水也不先倒出来，难道要老子用洗澡水洗脸吗？”

小跟班忙赔笑说：“局座，我这就去再拎壶水来。”

“娘希匹的，不用了！来！帮老子脱衣服。”

小跟班忙走过来谄笑着，帮他解衬衣扣子，脱了上衣，露出屠夫似的一胸脯黑毛……

拂晓的梁坳，张部长屋里还亮着灯。窗外传来一声鸡叫，接着远远近近的公鸡都叫起来。他起来关了灯在窗前伸了个懒腰回到桌边，手里铅笔缓缓敲打着桌面，面前土纸上一个字也没有。

墙角里小床上，罗影和衣蜷缩着酣睡。

大刘提着一壶开水进来，给他倒了一杯放在手边。张部长问他：“城里有消息来吗？”

“没有。我把人撤出去了，沿线都有人接应。”

张部长缓缓走到罗影床前，说：“你确定昨天撤出时所有行动都终止了？”

“都终止了。五支队的侦察班和城工委的锄奸队都传达到了，五支队的人是我现场直接带回来的。我当面向城工委的负责同志传达的命令，他说他们没有安排行动，又带我去锄奸队当面落实的。”

张部长：“你听见的确实是爆炸声？”

罗影揉着眼睛坐起来，看看两人，好奇地问：“张伯伯，你们一夜没睡？”

张部长看她一眼没搭腔。

大刘对张部长肯定地说：“没错。爆炸声响时我们已经离开码头，码头上的敌人也都护送日本女人进城了。没多久就听到巨大爆炸声，紧接着是机枪声，但没有其他还击的枪声。”

“你确定只有一次爆炸？”

“两次。第一次是 TNT。第二次声音小，有黑色浓烟升起，可能是汽车油箱爆了。”

张部长低着头转悠，自言自语道：“爆炸，爆炸……炸谁？谁炸的？……近卫夕颜？藤井？我们的人？国民党的人？到底是谁？”他越走越快，忍不住骂娘，“关键时刻，连个信儿都没有！真不知道这些人都是干什么吃的！”

罗影坐在床边一直不错眼珠地盯着他，这时忽然插嘴道：“我回去！”

张部长烦躁地："没你什么事！老实待着，不许偷跑！大刘，给我看紧了她！这时候一丝纰漏都不能出！"

宁城，曙光冒出树梢，早起的鸟儿叽叽喳喳叫着，燕子掠过低空，追逐蚊子和昆虫。

小上海的后院，小魏大厨摸起菜筐、扁担又放下，看看笼子里两只鸽子，拿了小米来喂它们。

正在扫地的胡妈笑道："看你心神不定的，想女人了？一大早转来转去也不干活。"

小魏大厨说："我这不是想去买菜嘛，可是街上戒严，出不去啊。"

胡妈："找何大头啊，求他给你开路条。"

"这……还是让东家去说吧，那人没钱不办事的。我一个伙计……"

"等你东家来？怕是今天不用开张了。去找罗小姐试试，她的话，他准听。"

"去过了，罗小姐不在家。"

"哎哟，看我这猪脑子，她在那边（下巴颏儿指指宪兵司令部方向），昨天松木来叫我替她拿换洗衣服过去。听说……"她神秘兮兮地贴近小魏大厨耳边说，"昨天冯太太在这儿打麻将，接了冯局长的电话，说张队长被人炸了要戒严，叫大家赶紧回家！"

小魏大厨大惊："炸的是他啊？谁干的？"

胡妈百事通样儿地撇嘴小声道："杀汉奸的，还能有谁？不是四爷就是国军！"

一阵脚步声响，何大头踩得楼板晃悠悠的下来了。他横着膀子瞪着小猪眼看胡妈："又在胡说八道什么？小心皇军给你花生米吃！"

胡妈低头走开，扫帚挥舞着扫得尘土飞扬。

小魏大厨给何大头点了支烟递上，说："何翻译官，我要出城买菜，您看这个……"

何大头脖子一梗，两眼一翻说："没门！昨天抗日分子炸了皇军车队，张队长重伤住院！你还想出城？我都出不去！"

小魏大厨惊讶道："您都出不去？那我这菜怎么办？"

"凉拌！告诉你，昨天差点儿连夕颜小姐都炸了，罗小姐现在还在司令部陪着她呢。藤井被上面骂得狗血淋头，出城？长点心吧。这几天最好连门都别出，小心被皇军咔嚓了！"

小魏大厨连连点头答应："是是，您消息灵通，听您的没错。生意是老板的，小命是我自己的，我小命要紧。"见何大头被他捧得飘飘然，他又追问了一句，"张大队长的伤没事吧？"

"汽车都炸翻了，你说能没事吗？"何大头鄙视地说，"多亏了浩子，拼命把他救出来，藤井看夕颜小姐面子，把他送南大营军医院了。太君给他开刀，说没大碍了，活罪有得受的。"

"太君给他治伤！这面子大了。"

"他有个屁面子，藤井少佐那是看夕颜小姐的面子，夕颜小姐的面子又是给罗小姐的！所以呀，以后你可得把罗小姐巴结好了。"

小魏大厨谄笑道："罗小姐自然是要巴结的，可她哪只眼看得见我这厨子？我还是先巴结您吧。您坐，我去给您煮碗馄饨。"

没一会儿，何大头心满意足地抹着嘴儿去了宪兵司令部。小魏大厨抄着手闲得无聊，走向后院又去逗弄他那两只鸽子，玩了一会儿，把鸽子撩上天，拿着根绑了红布条的细竹竿晃了晃的，看它们朝天外飞去……

南大营日军医院，张震昏睡着，藤井背着手和医官观察着他。

医官看看手表和心电监护仪，低声说："他快醒了。"

藤井点点头出去，医官招手让个穿白大褂、手术帽压着眉毛、戴着口罩眼镜的医生靠前站，俯身看张震。

藤井站在门外，从探窗里盯着张震。

灯猛地亮了！张震被强光刺激，猛地一手遮着光线睁开了眼睛。

戴眼镜的医生冷冷地把他手拨开，扒开他的眼皮检查瞳孔。

张震懵懂中惊叫一声："田中？！"猛然坐起来！

两个医生强行要把他按倒，他挣扎了一下，心里忽然真正清醒了，软软倒下，又闭上了眼睛。他强忍着头疼暗想：鬼子又玩什么花样？田中早死翘翘了，怎么又来一个？难道是他兄弟？这搞的什么鬼？田中诊所案，藤井明显把自己当重点怀疑对象，搞不好是他布局唬我。这次幸亏是炸了我，没准儿能借此解除他的怀疑。镇定，一定要镇定，没准他就猫在哪儿偷看！千万不能露出马脚，那边罗芳才好借助夕颜让他服服帖帖的以后再不敢对我们动坏心眼。

藤井又等了几分钟，见张震没了后续就耐不住了，他大步进来走到手术台前，粗暴地踢了一脚病床。

张震睁眼微微动了动嘴唇，藤井低着头逼视着他眼睛，指指对面拿着手术刀的眼镜医生说："看来你对田中先生记忆深刻。"张震一愣，暗骂：果然是狗 × 的唬我。

藤井面无表情地看着张震，张震略带恐惧地看着眼镜医生，盯了良久，忽然虚弱地笑了，对藤井说："太君，你真能逗，差点儿吓死我。"

藤井阴沉着脸，狐疑地看看他又看看眼镜医生："你，什么意思？"

"不是田中，"张震咧嘴笑道，"田中去年就死了！哈哈，在城外基地里烧得渣渣都不剩！嘿嘿，死得好，死得好啊！哈哈！"

藤井阴森森地问："你，为什么怕田中？"

张震火了："那王八蛋整得我生不如死，比下十八层地狱还要命。他要是活着，你敢让我整他不？老子也在他身上试试清朝十大酷刑！！"他挥着缠满纱布的胳膊，狂乱扫视站着的三个人，忽然盯住眼镜医生爆出一连串的方言粗口，眼镜医生被他吓得步步后退。藤井完全听不懂，只是看他愤怒的表情知道他非常痛恨田中，他大喝一声："住口！"

张震愣了一下，嘟囔着收了声。这时，他才觉得头痛欲裂，双手抱头呻吟起来。

在藤井眼里，这就是装病！他看向医官，医官扯开张震的手，看了看他青筋凸出、涨得通红的脸，用听诊器听了听心脏，示意眼镜医生给量了血压。对藤井说："他是创伤后应激反应，脑震荡，不能暴怒，血压太高了，很危险！"

藤井一想，这小子是夕颜小姐关照的人，可不能整死了。看样子，他虽然深恨田中，但确实不知道田中又来宁城已死在田中诊所了。也许田中诊所的案子确实和他没什么关系，他冷冷看着张震，指指医生说："田中死了，还有他们。你，要敢对大日本帝国有一点儿不忠，生不如死，很容易！"

张震悻悻然地看了他一眼，扭过脸去。藤井正准备离开，一个女护士快步走来躬身向他报告："藤井君，外面有您电话，很紧急！"

藤井大步走出，女护士小跑着在前面带路。医生办公室，两个医生见他黑着脸进来，都匆匆一鞠躬退了出去，将门带上。办公桌上，黑色的电话听筒搁在桌上。

藤井拿起话筒刚说了句："我是藤井——"就被对方粗暴地打断了。

"混蛋！怎么还没护送夕颜小姐离开宁城？！你是怎么向我保证的？！夕颜小姐少了一根头发，你就切腹谢罪吧！"

横田暴怒的声音传来，藤井吓得差点儿拿不住听筒，他恭恭敬敬地听横田足足骂了五六分钟，才趁他喘息的机会说话："横田大佐，抗日分子使用了TNT，幸亏天照大神庇佑，夕颜小姐毫发无伤，她说还想玩两天，没有装甲车我也不敢轻易送小姐出城……"

"混蛋！宁城最近很不安宁！你难辞其咎！装甲车，我马上派去！已经命令南大营冈本少佐接替你维持治安，剿灭抗日分子！明天，装甲车一到，立即派一个中队护送夕颜小姐来杭州，从杭州回上海。至于你……等候命令！"横田的吼声震耳欲聋，藤井吓得面色如土。

横田每说一句，藤井恭恭敬敬答应一声，横田说完，他已经汗流浃背、止不住两腿哆嗦。横田说完最后一句，他连答应的话都说不出了，颓然挂了电话，坐在椅子上发愣。

藤井沮丧地垂头出来，聚在门外的医生忙散开看向别处。藤井打起精神挺胸凸肚地大步走了，只是那脚步声不免有点拖沓。在张震这里没找到漏洞，他不甘心就这样败给一个支那叛徒。突审罗芳，换个方向探寻线索！但罗芳现在陪着夕颜小姐，虽然他想破案，却不敢在夕颜面前造次……他眉头一皱计上心来！

荷塘水榭，夕颜正和罗芳挑丝绸面料。这是罗芳早就跟张小开约好的，他从杭州、南京、苏州、湖州等地搜罗了各色丝绸面料和绣片，有些连罗芳都没见过没听说过。原本是要去他家店里看的，这下可好，全城戒严！罗芳傻眼了，已经跟夕颜把海口夸出去了……还是何大头出主意，找了松木，派了宪兵队的卡车去张小开家连人带货统统拉了回来。这会儿，把个客厅搞得像个绸缎铺了。

张小开带着一个专做丝绸的老买办，给夕颜小姐从料子的来历和历史典故到原料、工艺说得头头是道，夕颜和罗芳看得眼花缭乱，听得心驰神往。夕颜恨不得把每样都留下。这会儿大家全忘了昨天的事，尤其是夕颜，不时发出惊叹，拿起料子在身上比着，让张小开抱着镜子来回照，笑得开心极了。

大家正忙着、笑着、挑着，松木匆匆来了，探头探脑在门外朝罗芳招手。

罗芳正把一块红色锦鲤图案的苏绣摆在一块松香色的万字纹提花锦缎上，和夕颜头并头地看着商议着，张小开捧着一块珍珠灰色的素缎，笑吟吟地说："试试这块，有惊喜哦。"

罗芳看一眼他手里的料子，不相信地回头继续看自己的搭配，对夕颜说："我觉得这就是绝配！"

夕颜说："那颜色也还行，我们试试。"抬头她就看到了松木在急慌慌地朝罗芳招手，脸一沉威严地问，"干什么？"

松木吓得垂首低眉，小声说："藤井少佐叫罗芳小姐去问话。"

罗芳闻声朝他看去，又看看夕颜，问："藤井君能稍微等会儿吗？"

松木看着夕颜一鞠躬，说："藤井司令官命令，不敢有误。"

夕颜冷冷地说："没看到我们正忙？叫他等着。"

罗芳略有不安地搓搓手说："我还是先去吧，让藤井君久等……"她怯怯地看着夕颜。

夕颜眼里忽然露出一丝被冒犯的怒火，略抬高了声音对松木说："请转告藤井君，有话请到这儿来说。"

松木在她逼视下鞠躬喏喏退下，夕颜冷哼了一声，转身见张小开已经把那块红锦鲤绣片摆在了铺开的珍珠灰素缎上，果然眼前一亮！她不禁拍手赞叹："好！艳丽、雅致、奢华！全有了，又不过分。"她看了张小开一眼，说，"没想到张先生居然如此有品位！好！"

罗芳笑道："你别小看他，人家可是读过法国 ESMOD（法国高级时装学院）的呢，巴黎的香榭丽舍大街走过无数回。"

夕颜惊讶道:“真的?”她认认真真上下打量着张小开,只见他穿一双棕白色镶拼的三接头皮鞋、笔挺的白西裤、白绸衬衫,白净的脸上戴着副金丝眼镜,洗得清清爽爽的头发略微散乱,一脸潇洒不羁的笑容,真如玉树临风。

张小开嬉笑着说:“罗小姐过誉了,我也就学了一年多,时间还大半花在了卢浮宫和塞纳河畔,美术、美女、美食才是我的真爱,学纺织和服装只是为了敷衍家父。按他的说法,只有做实业赚钱才是正经。”

夕颜调侃道:“才学了一年多?是被家乡的美女拽回来了?”她看一眼罗芳笑了。

张小开捋捋被风吹乱的头发刚要说话,被藤井中气十足的声音打住了。

“报告!”藤井已经立正站在了门边。

夕颜缓缓转身,对旁边伺候的人说:“把藤椅搬来。”

藤椅朝着门口方向摆在了她身边,她冷冷地说:“转过去,我要挑料子,这叫我怎么挑?”

佣人赶紧把藤椅转向,正对着那一排排、一摞摞的料子。夕颜缓缓坐下,对张小开说:“这个搭配不错,替我收起来。净枝(贴身女佣),记清楚了,这两样是搭配在一起的。”又问张小开,“张先生,你是学服装的,给点建议,这块料子做什么款式好?”

“我建议您做和服。”他又拿过一块大红素缎,随手叠拼着说,“这块做长衣和配饰,绣片做袋带,前襟和领口配上苏绣的樱花。您看,喜欢吗?”

罗芳惊讶极了,叫道:“呀,看不出你这花花公子还真有一手!”

张小开得意地说:“你真以为我一年多白念啊?夕颜小姐,我再帮您配几套?”

夕颜连连颔首,说:“你的品味,我相信。”

张小开瞄了一眼恶狠狠瞪着自己的藤井,有点尴尬地说:“夕颜小姐,我这边先挑,您先忙别的?”说着看看藤井。

藤井的面色好看了点,其实他心里已经把罗芳和张小开的祖宗十八代骂了个遍。他想不通夕颜小姐为什么那么喜欢这些花花绿绿的东西,把自己晾一边儿对这俩支那人那么好!

夕颜回头，瞥了藤井一眼，点点头说："请稍等。净枝，带藤井君去客房，上茶。"

藤井朝夕颜鞠躬，随净枝退下。夕颜朝罗芳做了个鬼脸，捂嘴轻笑。罗芳也扑哧笑了，张小开佩服地冲夕颜一伸大拇指，说："夕颜小姐果然有派头！这个藤井，我们平时看到都吓得要死，在您面前温顺得像小绵羊。"

夕颜微微一笑，罗芳说："夕颜小姐什么身份？贵族！藤井君脱了那身军服，不过就是个农夫。他在夕颜小姐面前，就像清朝的将军在皇族面前一样，得叫主子。还好，日本人文明，不用下跪。"

罗芳一席话说得夕颜心里美滋滋的，坐在那里腰杆更直了，真的拿出皇家风范来了："你们不用怕他。"她看着罗芳和张小开，慢悠悠地说，"他怎么对支那人，你们怎么看他，我心里都清楚。"她森然地看着他们，罗芳和张小开忽然觉得心里一阵发凉。看他们忽然露出惧意，她调皮地笑了，在罗芳腋下轻轻挠了一下，罗芳忍不住笑出声来。

夕颜道："你们放心吧，我什么都不会跟藤井说。要说……"她偏着头俏皮地看着罗芳，又看看张小开，促狭地说，"就说你们都是抗日分子！叫他把你们都抓起来！"话没说完她已经笑得直不起腰来。罗芳和张小开猛地被她一吓差点儿跳起来，见她笑了才松了口气。

张小开抚着心口夸张地说："夕颜小姐，这个玩笑可不好乱开，他真会杀人的！"

夕颜听了，冷笑道："那你以为，我就不会杀人吗？"

张小开傻眼了，他怀疑地看着夕颜，说："您一个皇族小姐，有教养、有文化、有品位，又长得这么美……杀人？这、这不像您做的事啊……"他看着罗芳，"求求您罗小姐，帮我美言几句，您这同学，好端端一个美女……太吓人了。您不会害我吧？"

罗芳同步翻译着他的话，夕颜越听越美，听到他最后对罗芳的那几句，终于绷不住笑了，对罗芳说："他真的吓坏了？"

罗芳已经笑得直不起腰来，咳嗽着用日语对夕颜说："差不多了，再吓真要尿裤子了。"

夕颜恶作剧地正色道："你跟他说，我看你的面子，汉语怎么说？……暂且寄下他这颗狗头！死罪可免，活罪难饶……还有什么？算了，就这样吧。"

罗芳强忍住笑，如实翻译给张小开，张小开真的要吓尿了，她忍不住朝他眨眨眼。张小开才稍稍松了口气，但依然装作吓坏了的样子大叫："夕颜小姐饶命啊！我帮您好好选料子，全都送您！真的，真的！"说着跑到面料那里，扯起一块樱红色的绸料子在身上比画着缠出一个极妖娆的形态，这下夕颜和罗芳都完全绷不住了，笑得前仰后合，张小开也嬉笑着说："两位小姐，我的演技如何？"

话说这边玩得开心大笑，那边客房里的藤井气得浑身乱颤在屋子里大步从东走到西，从西走到东，踩得楼板咚咚响。净枝在一旁微微低头站着，一声不响。一杯茶在托盘里，静静地飘散着茶香。

藤井走到净枝面前，忽然深深鞠躬，大声说道："请向夕颜小姐通报，谢谢！"净枝奇怪地看他一眼，默默向他鞠躬还礼。

"拜托了，请代为向夕颜小姐通报，感激不尽。"藤井再次鞠躬。

净枝指指自己嘴巴，啊啊了一声，摆摆手。藤井诧异，才知道净枝是个哑巴。他只好坐下，端起茶杯一口气将茶水喝干，连茶叶都嚼着吃了。他皱眉想着，自己是不是太鲁莽了？夕颜小姐这样的贵族，为什么宁可和支那人说笑也不愿见自己？就为那一堆绫罗绸缎？她什么没见过，难道还会稀罕这些玩意儿？很快，谜底解开了……

夕颜终于在张小开的殷勤服务下，和罗芳一起选完了衣料。她有点累了，但想起藤井还在等着，懒洋洋地对男佣说："叫藤井来。"待他出去，她悄悄对罗芳使了个促狭的眼色，说，"你想要我帮你做什么？说说。"

罗芳歪着头想想说："没什么啊，只要他随时准我请假去看你就好。"

"哦？还有呢？"她精明地打量着罗芳。

罗芳抿嘴笑道："当然还有啦，如果能加薪更好了。您知道，我和张的薪水都只有那么一点点，以后结婚了怎么够用……"

藤井已经进来，罗芳后半句话听得清清楚楚。他心里一动，一个贪财和贪图安逸的人不会有大志向，看来她和张震也许都不是什么值得深挖的人。他向夕颜小姐一鞠躬道："宁城宪兵司令藤井次郎听从夕颜小姐吩咐！"

夕颜心说：这才像个样子，不要当个破司令就把我不放在眼里。但她表面上还是和颜悦色地说："藤井君辛苦。我来此探访朋友，给你添麻烦了。"

"不敢。为小姐效劳是我的职责！"藤井激动地鞠躬。

"你不是要找我这同学嘛，在这里一并说吧。"

藤井犹豫了，略带迟疑地问："夕颜小姐，我可以带她去客房问话吗？"

夕颜冷冷看他："哦？难道我在这里不方便吗？"

"不敢。我……"他迟疑了一下，说，"我是个粗人，问话内容也怕小姐没兴趣。"

"我本来没什么兴趣，现在反而有兴趣了。问吧，我想听。"夕颜颇有兴趣地看着藤井，示意他坐下。她笑吟吟地看着罗芳用汉语说："你猜，他会问你什么？"

"他是我上司，是译电室有事找我？"她看着藤井微微躬身说，"藤井少佐请讲。"

夕颜目视她微笑道："坐着说。"罗芳看一眼面色难看的藤井略犹豫，夕颜目视她坐下。

"罗小姐，昨天的爆炸，差点儿伤及夕颜小姐，我作为宪兵司令，必须对每个人进行甄别。其他人都是由特高课宪兵队负责（说到这里他意味深长地看着罗芳的眼睛，话里透着威胁），你是夕颜小姐的朋友，所以我亲自甄别。"

罗芳惊讶地问："甄别我？有没有搞错？我未婚夫被炸，我的客人和我也差点儿被炸死！"

藤井不回答罗芳，起身转向夕颜微微一躬："打扰了您的雅兴，请小姐见谅。"

夕颜无可无不可地挥挥手里的扇子，示意他继续。张小开和老帮办识相地远远躲了出去。

"罗小姐，你请夕颜小姐来宁城，事先都告诉过谁？"藤井逼视罗芳。夕颜只坐着喝茶，冷眼旁观。

罗芳坦然地望着他说："之前并不能确定夕颜小姐是否能来，所以跟谁都没说。池田君接到夕颜小姐的回电，译好给我看了一眼就给您送去了。我当时非常高兴，就跑去告诉张震，侦缉队好几个人在，他们知道了全大队就都知道了。您吩咐要保密，我们也一再要大家保密，可后来大家帮忙一起操办……”罗芳有些尴尬不安，她犹豫一下，抬头对藤井说，“都是我不好，我们该去上海办的。只是想着夕颜小姐没来过宁城，真心想请她来玩玩，大家一起开心一下，没想到……”

夕颜打断了她的话，微笑道：“这不怪她，我早就想来玩的。我去哪里，行程很多人都会知道，今早还有几个记者打电话说赶来采访宁城的大东亚共荣，却进不了城。”心里却咯噔了一下：她邀请我来的时间点很微妙啊。

藤井朝夕颜微躬，算是那个问题过去了。他又指指满桌满地的绫罗绸缎问罗芳：“他们怎么在这儿？我已经下了禁令，任何人没有我的允许不得进入宪兵司令部！”

罗芳朝他微微一躬说：“原计划夕颜小姐来了要去街上逛逛，看看宁城的风貌、特产和丝绸。现在不便出去，张小开是我朋友，今早我就打了电话，请松木君开车去接。人和货物，进来前都仔细搜查过。”

夕颜道：“是我吩咐的。”

藤井语塞，向夕颜鞠躬，又问罗芳道：“我想请教罗小姐，这么大的案子，你认为是什么人干的？”

罗芳茫然，她看看藤井，又看看夕颜，皱着眉头想了想，无奈苦笑道：“什么人……不知道啊？总是他得罪了什么人吧？（见藤井看着夕颜）您认为目标是夕颜？怎么可能呢？她这么漂亮风雅，从没来过这里，也没害过谁，谁会炸她？”

“这应该问你宪兵司令吧？”夕颜冷冷地看着藤井。

藤井此时知道，自己已经得罪了这位大小姐，可是话说到这地步，也只能硬着头皮问下去了。他向夕颜鞠躬，说：“罗小姐是我的下属，也肩负维护宁城治安的职责。您是她的好友，她更应该为您的安全尽责。”他转而对罗芳追问，“以华治华，是佐藤君招聘支那人进入宪兵司令部的原则。请你履行职责，认真想想，什么人会对夕颜小姐不敬？会反抗大日本帝国的统治！”

罗芳对藤井微微一躬，正色道：“我只是译电室的翻译，工作职责在译电室，外勤的事我真的不懂。但是，我听张震说不安分的人一直都有，您不是一直让他调查这些人吗？我没遇到过，也不想遇到。可去年死的那个缉私队姓孙的，尸体上留条是新四军；还有今年丢的那个姓何的，到现在没找回来；前些天田中诊所发现死人，现在又炸了我未婚夫……（惊恐）下次会不会是我？！”

夕颜的脸色已经很难看，盯着藤井问：“这都是真的吗？那两人怎么回事儿？”

藤井大囧，慌忙解释道：“姓孙的是政保局缉私队队长，在妓院闹事被人杀了，留条子说是新四军，我们调查结果，很可能是情杀后故意布下的迷魂阵。”

“很可能？那姓何的是什么人？丢了还是跑了？”夕颜眼神锐利地盯着藤井问。罗芳旁观心惊，自己这个老同学早已今非昔比，心机很深，反应很快！对田中案一字不提是她早已知道！

“姓何的是侦缉队副队长，失踪原因至今不明，也是逛妓院后不见了。鉴于两次事件都发生在妓院，我们关闭了宁城所有妓院，整顿风气。”

“笨蛋！关闭妓院有什么用？这两起案子破了吗？线索呢？”

“……”藤井无话可说，只能给夕颜连连鞠躬。

夕颜站起来，缓缓走动着，她看了净枝一眼，净枝赶紧斟了茶用托盘端了过去，她端起来抿了一口，嫌烫，劈手把茶泼到净枝脸上！净枝躬身不敢起来。

藤井看到这一幕不禁哆嗦了一下。但他知道，有些话现在不说以后就更没机会说了。他不能顶撞夕颜小姐，于是矛头指向罗芳，倔强地说：“就是有很多我们雇佣的支那人不肯为帝国效劳，让以华治华的政策失去功效，才搞成现在这样。”

夕颜哦了一声转身面对藤井，对这话题明显关注，她目视藤井示意他继续说下去。

藤井得到鼓励，振振有词地说：“皇军占领宁城时，城里也很不安宁，商人抗捐，引起学生和市民骚动，佐藤君铁腕治理，一周才恢复秩序。那时候只有宪兵司令部，帝国的命令很容易执行。佐藤君是一个聪明的军人，他贯彻帝国大东亚共荣的政策，成立了维持会、商会，又建立支那人组成的侦缉队，配合宪兵队把宁城治理得很好。”他看着夕颜，夕颜不动声色听着，他继续说，“但是，这些支那人从没有真正顺服。他们还在悄悄地反抗大日本帝国。连那些表面上替我们工作的人——”他看一眼罗芳，罗芳平静地低头坐着，纹丝不动。

“也不是全都真心替帝国效劳！”藤井的声音提高了几度，夕颜也不由得顺着他的视线看向罗芳。

“说具体的。”夕颜端杯轻轻吹了吹净枝又捧上的茶水，淡淡地说了一句。

“以华治华，我不反对。可是这些支那人钩心斗角、消耗精力时间内斗，完全不把帝国的事情放在心上！政保局、侦缉队、警察局各自为政，指望他们破案根本不可能！很多人就是来赚薪水的，根本不想效力。”他看向罗芳。

夕颜望向罗芳，问：“是这样吗？你也一样？”

罗芳站起来，对夕颜微微欠身，想了一下说：“我可以说几句真话吗？是对老同学，不是对日本贵族，更不是对上司。”

夕颜看着她的眼睛，藤井脸色更难看了，大喝：“放肆！”

罗芳也看着夕颜，咬着嘴唇，脸色渐渐变红。夕颜看着她微微摇头笑了：“倔劲儿又上来了，老毛病还没改？”见罗芳不吭气，笑道，“好了，说吧，说吧。”

“我是来赚薪水的。因为我要吃饭、要生活，还想活得好一点儿。宪兵司令部给的薪水高，所以我辞了小学老师的工作来应聘。但是，我也知道别人怎么看我，虽然当面说起来都是羡慕，可我们这种人在他们眼里就是汉奸！”

藤井大怒：“胡说！谁敢？！写下他们的名字，统统抓了！”

罗芳冷笑了一声：“嘴上谁也不会说，心里呢？最难看透是人心啊……（她叹息着看夕颜）我们是同学，是朋友，我对你没有敌意。但是，这是国家和民族的事，我虽然年轻不懂也管不了，但我知道在中国的文化里，帮你们做事就是汉奸！藤井君，不要动不动就说抓人。抓得完吗？都抓了关哪里？难道都杀了？就算都杀光了，你们要这一片荒地有什么用？”

夕颜和藤井都吃惊地看着她，一个纤弱女子，怕得浑身发抖，嘴巴还是犟得要命，大逆不道的话说个不停！她颤巍巍走到夕颜面前饮泣道：“这些话我从来不敢跟人说，躲在被窝里都不敢说，连张震都不知道我这些傻想头，但我想对你说。为了逃婚我和家里闹翻了，一个人在这里无依无靠。他是个孤儿，没钱没亲人，不高，不算英俊，也不风流倜傥，还杀过人，不是我们曾经想过要嫁的那种人。你问我看上他什么，我只看上他真心对我好！”她忍不住大哭起来，夕颜站起身走来搂住她，把自己的手绢递给她擦泪。

“藤井君，知道我为什么住在小上海吗？因为那里离司令部近！因为何翻译官和侦缉队的兄弟住在那里！你知道吗？我怕死了……我怕明天上街就被人当汉奸杀了！我和他，像孤魂野鬼，没人看得起，没人靠得住，我们互相依靠，抱团取暖！”她绝望地看着夕颜，“就这样，藤井君还是信不过我们！你说，我们要怎么做你们才满意？！”

此情此景，夕颜也忍不住陪她落泪，藤井傻眼了。他从没想到这个小女人居然心里藏了这么多事，有这么大委屈。他犹豫了，难道他们真的是忠心耿耿的？我冤枉了他们？

夕颜扶罗芳坐下，示意净枝拿湿毛巾来给她擦脸。她与藤井对视一眼，藤井低头，她挥手示意他退下，他微微摇摇头。她审视着他，心说今天怎么遇到两个如此倔强之人。

她静静坐在罗芳旁边，等她平静下来，净枝拿了扇子来为夕颜打扇。

罗芳擦干泪，不好意思地对夕颜苦笑，去墙角桌上拿起冰在大盆冰水中的玻璃瓶斟了一盏淡红色饮品端给她低声说：“对不起，我失态了。尝尝这个，我亲手做的冰镇酸梅汤。”

夕颜抿了一下又喝了一口，笑道：“这个好，酸酸甜甜，还有玫瑰花香，怎么做的？”

“简单极了。用上好青梅腌制成梅干，然后加冰糖熬制，熬好后待温度降到不烫手，加玫瑰花。然后在大盆里放冰水，把汤碗放入冰镇，冰好就可以喝了。做这个没别的，就是不能心急。”说着，她有意无意看了一眼藤井。

藤井朝她微微低头致意，但还是要把想问的话说出来：“罗小姐，刚才我失礼了。但我还是想问你，支那人里谁可疑？谁和你过不去？我帮你解决。”

罗芳苦笑道：“藤井君还是没有明白我的苦衷，那只是一种感觉。我已经为你们做事，不能再没有证据胡乱攀咬别人。抗日，是杀头大罪，我不能乱说。”屋里静得落根针都听得见，净枝和男佣缩在墙角里恨不得能变成隐身人，张小开和老帮办恨不得能从凉台跳下去。罗芳咬着下嘴唇站在那儿，低着头一动不动，一副抵死不后退的样子，满头满脸的汗珠滴落。

藤井怒喝："什么？！"不满地瞪着她，又不死心地转脸看夕颜。夕颜面无表情地看着两人，脸冷得像挂了霜。空气中好像有无数道冷箭，在三人之间嗖嗖来去。僵持，罗芳和藤井显然谁都不想先退一步。夕颜心里也自有她的想法，只管欣赏起手里的檀香扇。

许久，她瞥了一眼，罗芳背上隐约露出汗湿的影子，藤井脸上的怒意也越来越盛。她暗想：差不多了，再绷下去，弦就断了。真闹翻了，自己反而不好处理。于是她微笑道："好了，这事儿到此为止。净枝，刚才的酸梅汤记住了吗？"旁边净枝朝她深深鞠躬表示明白了，又向罗芳连连鞠躬致谢。

"你喜欢，这东西在我们这里不算什么稀罕物儿，就是做得干净精致的不多。这是我自己做的，给你包一大包带回去，消暑开胃是极好的。"罗芳僵硬的脸略松，扯扯嘴角笑道。

夕颜对罗芳叹道："坐下吧，还站着干什么？两个人都坐。"

藤井受宠若惊，鞠躬坐下。

夕颜关切地问罗芳："你的订婚仪式怎么办？"

罗芳叹气，说："现在这样子，还能怎么办？只能先等他伤好了再说。而且……"她犹豫一下看藤井不语。

夕颜皱眉，瞥了一眼藤井，对罗芳说："你不用管他，该干什么还干什么。等张桑的伤好了，也别搞什么订婚了，直接办婚礼。宁城不安定，你来上海，我给你办！"说着她略顿了一顿，接道，"藤井君，你最近的表现我也略知一二，委派你镇守宁城，不是来享福的！我知道你还有一件事，是要催我走吧？"

藤井不言语，向夕颜一个九十度鞠躬不起，默认了她的话。

"原本我还想再待几天，看看你怎么破案。宁城这么不安静，你居然毫无办法！本来有记者要来报道这场订婚礼，宣扬大东亚共荣，现在怎么办？！你好自为之吧。"藤井听出她最后的话已经近于呵斥，本已躬着的腰吓得一躬到底，不敢起身。

罗芳见状也不好说什么，也不想说什么。只是她从夕颜的话里，听出来这位老同学有很多她以前不了解的地方，隐隐觉得，这把保护伞并不简单，也许蕴藏着更大的危险。她暗自提醒自己：小心，再小心，更小心。

她朝夕颜微微一躬，指指旁边挑好的面料，轻轻说：“你们慢慢聊，我先把东西帮你收好。”

夕颜朝她微微点头，她轻手轻脚去收拾，耳朵听着夕颜与藤井的谈话，手里不停地将挑好的面料一块块叠整齐。那些丝绸又轻又滑，叠起来很不容易，净枝来给她帮手。

夕颜此时的态度已经和缓，藤井也终于敢挺直腰杆了。

他毕恭毕敬地说：“横田大佐再三指示，请夕颜小姐赴杭州游览，派来专程接您的装甲车已经在路上了。”

夕颜不开心地说：“装甲车？那东西怎么能坐人？闷也闷死了。”

藤井满头冒汗地再三鞠躬：“夕颜小姐，横田大佐的命令，我不能违抗。能不能请您坐我的车，我连夜安排在底盘焊上防弹钢板，以防万一？”

夕颜皱着眉头，不予回答。

罗芳叠好了料子，示意男佣把屋内的一只樟木箱抬来，将面料整整齐齐装进去。她边装边对夕颜说：“好了，别生气了。你来看看这口箱子，猜猜是什么木头？”

夕颜好奇地走过来，嗅了嗅：“咦？怎么有股香味？你熏过了？”

罗芳笑道：“这叫樟木箱，是香樟木做的。天然香味，驱虫防蛀还防潮。我们这里嫁女儿一定要陪嫁一对，我分你一只。”她搂着夕颜，在她耳边说，“别让藤井少佐为难，他好歹也是我上司。”声音虽低，也恰好能让藤井听见。

夕颜点点头，对藤井说：“你可以退下了。她为你说好话，以后不许为难她！”

藤井大喜，朝夕颜深深一躬：“谢谢小姐！”直起腰看夕颜用下巴颏儿朝罗芳示意，他僵住了，难道还要我向这个支那女人鞠躬？夕颜的眼神开始变得凌厉，罗芳见状忙摆手说：“不要不要，我承受不起。”

但藤井在夕颜的逼视下不得不向罗芳行礼，罗芳也赶紧鞠躬回礼。

藤井又落实一句：“夕颜小姐，那我就去安排您离开的事宜了。”

夕颜微微颔首，有点嘲笑地说：“可别把行程告诉任何人啊，包括我。提前两小时通知我就行了。”藤井的汗又冒出来了，连连鞠躬，二话不说退下。

身后，是两个女人的低笑声，一个放肆，一个隐忍。这笑声像针扎一样刺疼了藤井的心，伤了他大和男人的自尊！

受尽夕颜折辱的藤井回到办公室，坐在桌前阴沉着脸开始一样样收拾东西。他终于想明白了：自己根本就动摇不了夕颜对罗芳的看法，不能动罗芳也就意味着不能动张震。宁城的这些支那人是不可征服的，不管你用软刀子还是小钢炮，他们都是那样子。看着好像逆来顺受，其实心里一直都有老主意。只要看到你有一点儿虚弱、一丝缝隙，马上就会咬你一口！孙耀祖、何仰融，一个政保局缉私队队长、一个侦缉队副大队长，死得不明不白，最可恨的是杀了帝国的鼠疫专家田中君，这次又差点儿炸到了尊贵的夕颜小姐！到现在不但破不了案，连点有用的线索都找不到！明知是抗日分子干的，就是抓不到凶手！他沉重地长出一口气：自己，真的无能……

他耳边始终回响着横田的咆哮：“你切腹谢罪吧！切腹谢罪吧！谢罪吧！”心灰意冷的藤井拿出佩枪放在桌上。

要死，切腹是最痛苦的一种方式。它不仅是死亡，还是一种仪式，是为了自己的错误和过失，向天照大神、天皇陛下谢罪，向横田大佐和层层叠叠的上司们袒露忠心，向自己的祖宗、族人告白，洗刷自己带给他们的耻辱。

藤井呆望着对面空无一物的白墙，他不想死，更不想切腹。他想不出能请谁来做介错人（切腹自杀者的助手），不想不完美地切腹让自己丢脸，更不想死在自己的屎尿里。他又看了一眼桌上的手枪，如果自杀，他更愿意用枪。尽管那不是武士的死法，那又怎样？自己本来就是个农夫，不是武士！

突然电话铃炸响，他惊得差点儿跳起来！忙伸手接听，却是何大头来的，说警察局那个苟六壬找到了有用的线索，现在正押着人犯在大门外求见。藤井正一肚子火没处发泄，这苟六壬是瞌睡送了个枕头！他恶狠狠地叫他让苟六壬把嫌疑犯交给宪兵队，自己在下面候着！刚放下电话谍报队队长急匆匆来了，把监听和监视冯静之、张震、苟六壬、何大头的情况汇总送来。张震躺在南大营里与外界隔绝，自然没什么可说的；何大头和苟六壬除了敲诈勒索那些琐碎也没其他疑点；冯静之昨夜和冯佩瑶通了个十分可疑的电话……

冯静之的情况引起他的警惕，虽然不能确定他们说的什么事，但一定与昨天的爆炸案有关！

藤井回想着自己来宁城一年多遇到的事情，不禁叹息。他实在想不出自己哪儿出了错，只能恨恨地叹息：不是我无能，是敌人太狡猾！还有手下那些支那人不合作！抓不住抗日分子，就是因为他们把心思都用在内部争权夺利抢地盘上，抓抗日分子的事他们根本没放心上！这黑锅不能自己一个人背，死也得让他们先死！那个阴阳怪气的冯静之和南京政府打得火热，对自己却阳奉阴违。他拼命扩大自己的武装势力一定有阴谋，中统的叛徒再背叛大日本帝国一次也是寻常。那个苟六壬，就是一个地痞恶霸，除了欺负老百姓没其他本事。叫他维护地面治安，他只会刮地皮搂钱，居然还敢抢了佐藤君的女儿做老婆！对大日本皇军大大的不敬！早想收拾这两个混蛋，只为让这些支那人互相牵制和破案才留到现在。这次，一定要着落在他们身上为自己解围！至于张震……他有一个夕颜小姐密友的未婚妻，又没找到他什么破绽，这次又被抗日分子炸了……藤井琢磨半天，决定暂时还是不惹他为妙，只能先把冯静之和苟六壬推出去顶缸了。

他忽然想起派出去的特攻队，执行第二方案怎么还没回音？但现在顾不上那事，要先下去审审那个嫌疑犯，虽然直觉告诉他那很可能就是苟六壬乱抓的倒霉鬼，可万一有用呢？就算没用，还可以让他指认冯静之和苟六壬！

藤井想明白了，哪怕被派去上战场也比现在就切腹自杀强！决定乘夕颜小姐还在，晚上去求她帮自己在横田大佐面前美言几句。大主意一定，他立即觉得浑身通泰，神清气爽，拿起桌上茶杯咕咚咚一气喝干，甩掉了身上的军装，大踏步去地下室了。

梁坳，张部长终于松了一口气，小魏的鸽子带来了消息，虽然只有很简单的信息，但总算是知道了大致情况——夕颜和藤井、罗芳安全，张震伤重已脱离危险，全城戒严搜索；暗瞳暂时没有暴露迹象。

宁城连出两件大案，敌人一定会疯狂报复，同时也会在城里加大搜捕力度，他已经通知宁城及周边地区所有地下组织和游击队全部进入静默，侯良生也部署了根据地的反扫荡反清乡工作，部队全部转移到山里隐蔽。各乡都在抓紧坚壁清野，决不让敌人抢走一粒粮食、一头牲畜。

现在，最头疼的是王长林牺牲，四〇〇小组失去组长，暗瞳小组缺了外围协助，他们的工作就更加艰险！他左思右想，特殊时期，尽管暗瞳在静默，也不能没有交通员。他看看窗外，估摸着罗影这会儿可能在老宋那里学发报，就锁好门去了走廊那头的报务科。

果然，罗影在全神贯注地摁着电键模拟发报，手法虽然还不熟练，但已经有模有样了。老宋聚精会神地在她背后看着指点，一段发完，他点点头，拍拍罗影的肩膀说："行，就这样练下去。"他一转身，看见张部长刚要招呼，张部长示意他去忙别的，他会意地走了。

罗影咬着下嘴唇，继续手里嘀嘀嗒嗒的练习，随着指法越来越熟练，她的速度也越来越快了。忽然听张部长说："停！"她一抬头，笑着还没说出话来，就见他一脸严肃地说："发报，不是越快越好。一定要清晰，你这乱成了一锅粥，让收报的人怎么收？"

"不乱啊，我觉得挺清楚。"罗影嘟囔。

"你知道内容，自然觉得清楚。可收报者不知道，让他怎么从一团乱麻里顺利收报？"

张部长把她扒拉开，自己按动电键开始模拟发报，嘀嘀嗒嗒声沉稳清脆，节奏分明。然后他不断加快节奏，仍然很清晰。罗影惊讶得张大嘴巴合不拢，等他停下才感叹道："张伯伯，您也会啊！"

老宋在房间那头笑道："他是我老师。"

张部长没空说那些没用的，对罗影说："你听出我刚才发的什么意思了吗？"

罗影默默想着，闭上眼睛，手指在桌边轻轻敲着，然后睁开眼睛朝张部长点点头说："没全听懂，也没全记住。大概意思我知道了。"她转身朝外走，屋里其他人刚才都没注意张部长按键的内容，这时只是抬头看了看他们的背影，又各自工作了。

张部长办公室，罗影站在他面前，说："张伯伯，我又要出任务了吗？"

张部长慢慢把一撮干辣椒叶子揉碎，混在烟丝里，又仔细在旧报纸边上裁下一小条，放上“烟丝”，缓缓卷着一根又粗又长的烟卷。

罗影不错眼珠地看着他，说：“我要回宁城了？”他没有回答她，只是默默看着墙壁出神。

罗影急了，拉着他衣襟拽了拽大声问：“是不是罗姐姐他们出事了？”张部长一回脸嘘了一声怒视她。“内奸未除你怎敢？！”他咬牙切齿低喝道，样子吓人极了。

罗影压低声音，有点眼泪汪汪地说：“是真的吗？他们真的出事了？那天我就看你表情不对……这两天你一直在着急，你在……等消息！”她盯着他，一字一句地说，“一定出事了，让我回去。我一定有办法。”

张部长看着她，不说话。

侯良生急匆匆走进来，问：“怎么样？情况清楚了吗？”

张部长反问他：“撒出去的侦察兵都回来了吗？”

侯良生挠头：“回来了，前天那股敌人被阻击后很快就撤了，外围也再没什么动静，可是城里情况不明，我总觉得有什么地方不对头。”

罗影两只眼睛骨碌碌转着，看看他看看张部长，一副跃跃欲试的样子。

张部长和侯良生两人脸对脸大眼瞪小眼，瞪了半天，张部长才下决心，咬牙说：“我们试试。”他转脸看向罗影。

“我准备好了！”罗影跑到小床边，从当枕头的小包袱里掏出自己的破柳条布裤褂，说，“我去换衣服。”说着就往外跑。

“等等！”张部长对侯良生说：“给丫头找一套小子的衣服，要旧的、合身的、深色的，六七成新。”

侯良生点头出去。

罗影不解地看着张部长：“为啥是六七成新？”

“换一套六七成新的，你就可以扮城里普通人家的孩子，商店、饭馆、学校去哪儿都行。”

“那倒是。不过我可以把这破衣服穿里面，万一有啥事方便换装逃跑。”她悄悄笑着说了拿手术箱那回换装逃脱的事，张部长点头给她竖了个大拇指：“猫抓老鼠，你就是那只最小的耗子，就要这样多动心思，时刻留意。”

罗影忽然仰头看天发起了愣，半晌突然说：“那个内奸，一点儿线索都没有吗？”

张部长已经盯她半天了，答道：“没有。”

“那……那情报上是怎么说的？可以透露一下吗？”

“有一点与你有关，他知道打四三一前两天有疑似交通员来，是个半大小子。”

“他见过我！”罗影脑子急转，喃喃道，“每次来我都很小心……遇见的人虽然多，注意我的人……有三个？”

“哦？谁？”

“一个是被我撞倒的哨兵。第二个是在这门口遇到的，我缩在墙角斗笠遮着脸，一个手背上长颗带毛痣的人在我面前停留了一下，是左手。还有一个是你们在开会我闯进来，你马上用身体挡住我出来，走出门有个人问：‘这谁呀？’”她看着沉思的张部长追问，“这算不算是线索？”

侯良生进来把一套八成新衣裳递给罗影：“去试试。”她拿着衣服转身就跑，瞬间回来，已经是个清清爽爽的小子。她又拿了墙上挂着的草帽扣头上，说：“要是腰里扎根草绳我就是农家小子。扔了绳子换个学生帽我就是学生。对吗？”在说农家小子时，她挺胸一手叉腰一手擦汗；说学生时，双手垂下在裤缝儿边，规规矩矩给两人鞠躬。神情状态截然不同。张部长和侯良生对视一眼，点点头，异口同声道：“不错！”

罗影说：“侯司令，给我把小枪吧。”

侯良生摇摇头笑道：“小丫头片子，还惦记着枪呢？没有！带枪容易暴露，不安全。”

罗影眼泪汪汪地看着张部长：“张伯伯，我怕被鬼子抓住。我……信不过我自己。”她最后一句话低若蚊蚋。张部长心疼极了，却无法表达。他抓住她的双肩，严肃地说：“你这次去，是做交通员，宁城那么多人认识你，一定要藏好了。你的任务是摸清罗芳和张震的情况，通知他们完全静默，带回情报。”他迟疑了一下，“你接近他们前要注意观察，如果有异立即离开，千万不要犹豫。把看到的情况带回来，我在江家湾等你。”

侯良生大步走过来双手摁住她双肩摇了摇，说：“丫头，记住，不管多难，都不许做蠢事。看情况不对，跑！你很机灵的，时刻提高警惕就行。一路上都有人暗地放哨，进城前没问题，进城后可全靠你自己了。当心！”

“告诉暗瞳，叫他们一定要坚持住！”张部长忧心忡忡地盯着罗影，“你要记住，任何时候，任务第一！”

半小时后，她穿着破柳条布裤褂出发了，头上扣着个破草帽，怀里又揣个陪伴她跑交通的“日本地瓜”。包袱里除了那套半新旧的衣服，还有两个热乎乎的烤白薯和两个煮鸡蛋。

张部长坐在那儿思虑半天，忽然说：“我错了。”侯良生疑问地看着他。“城外不应该静默！要趁这机会把以前我们想扫掉的谍报网残余分子干掉！要毫无章法，毫无规律，三三两两地搞掉，包括那些维持会。中间立场的教育保留，铁杆汉奸坚决除掉，换我们的人。”

侯良生会意地笑了：“我们在外面打得越热闹他们在里面就越安全。”

宁城，宪兵司令部。藤井审完了嫌疑犯，发现了意外之喜——那个嫌疑犯是冯静之手下。在爆炸现场，他看见车队驶来吹了一声口哨，然后迅速离开，接着爆炸就发生了！

苟六壬很得意地汇报了抓到此人的经过。他先抓了那条街上所有当时在场的人，然后一个个审，每个人都得仔细说清楚自己当时在什么地方、什么位置，在干什么，看见什么，谁有异常举动。就这样，有人供出了这个章怀义，他们在他家里把他抓捕归案。

这个嫌疑犯在警察局已经受过刑讯，只不过苟六壬看着冯静之的面子没有动大刑。进了宪兵队，在藤井面前大刑没用了三五套，就什么都招了。

他说：有人给他两块大洋，叫他在那个店门口看着，夕颜小姐的车队来了就吹口哨，吹完就走。什么也不用干就挣两块大洋很诱人，他就答应了。其他什么都不知道。至于给钱的那人，他根本不认识，就是在酒馆喝酒遇到的一个客人……

藤井叫苟六壬带路，带着宪兵队押着章怀义，去指认他吹口哨的地方，包围了那片地方，对所有房屋仔细搜查，询问每一户当天情况：都谁在家，在哪间屋，在干什么，有没有外人。不配合调查的统统抓去宪兵队！

很快，就查出了引爆者当时藏身的地方。房主战战兢兢地供述了当天的情况：黄包车夫拉着一个学生来，说是父子俩，孩子病了，每天要去医院打针，租房子住几天，可以先付租金，预付了一周的钱，房主就同意了。那天爆炸后谁也没注意到他俩啥时走的，只是在床底下发现了这个东西——起爆器。也不知道是干什么用的，反正房租先付了，房主也就没在意。

藤井不死心，命人把房主押回了宪兵队，要他描述两人相貌画像，第一时间全城通缉并发给了杭州特务机关，报告了横田。

至于章怀义，既然是冯静之的人，就不能轻易放过，还得审！这事布置得如此巧妙，绝对不是一般人所为，也没他说的那么简单！

此时，张震躺在病床上百无聊赖，其实心思转得比谁都快。他一直在猜想：谁干的？！他仔细回想着这两年来的人和事，用排除法算计着。

炸车队，时间、地点都对，但为什么炸我？明明第一辆车上藤井、夕颜都在，却不炸他们？是没掌握好还是故意避开他们？按照爆炸强度，绝对是TNT，这种炸药自己人很少能弄到，即便有，也只能是纵队司令部派出的人。那侯司令和张部长必然知道，可他们是绝不会派人来炸车队的！假如是重庆方面的人，会是军统还是中统还是国军的小部队？他不相信国军会派小部队来宁城，国军大部队作战可以，小分队……他蔑视地笑了。如果是特务，那拥有训练有素职业军人的军统行动队可能性更大，中统的人在这方面就差远了。不过也难说，中统也是受过专业训练的，爆破是必修课。无论中统军统，都不乏坚决抗日的铁血分子。宁城，自己还没查探到军统组织，那个林剑锋很可疑，先观察着吧。中统，冯静之就是明摆着的，这小子脚踩两只船，明里当着汉奸，暗地里和重庆眉来眼去，是个双料货。他和自己斗，明面上是争权夺利钩心斗角，暗地里呢？这要炸死自己，就不是内讧那么简单了！他陷入了深思……

冯静之炸自己，很可能跟太平洋战局有关！明眼人都知道小日本快撑不住了，难道那小子是察觉了自己的真实身份？！他忽然想，能不能玩个借刀杀人？

国共之间，终有一战……他轻轻打了自己一嘴巴，暗骂：想干吗？眼下国共合作呢！

想明白这事，他轻松了。他知道罗芳这会儿一定陪着夕颜，他相信她的能力，用夕颜压住藤井，保护暗瞳渡过难关全靠她了！转念一想，自己刚才想到的那些，藤井会想不到？他脑子没佐藤好使，但他研究了佐藤留下的日记。就凭老王八蛋一直派人监视自己，那里面就没什么好话！藤井这人一根筋，认准的事就会不惜一切做下去！假如他怀疑了谁，一定会认真查到底。浩子和何大头再没来看自己，两个可能——一是被撤出去查案子了，二是被挡在外面不许与自己接触。第二种可能性更大！

张震知道自己现在只能静等敌人出错，不管谁干的，我是被炸的，所以我不是“敌人”！这是个最简单的逻辑，也是自己的护身符，何况还有夕颜那把保护伞呢。现在，就等藤井抓住冯静之的把柄，洗脱自己的嫌疑。

冯静之办公室，他此时已经知道了章怀义被捕的事情，正背着双手一圈一圈缓缓踱步。冯佩瑶匆匆走来：“叔！”

冯静之微微摆摆手继续思考，冯佩瑶焦急万分，却不得不看着他转圈儿，静候他的吩咐。他终于又转到了她面前，关爱地打量她焦急的面庞，微笑道：“怎么？他招了？”

“你派的什么㞞包？还说是死士呢！连一晚上都挺不住就全招了！”

“哦？全招了？”冯静之慈爱地看着这个有点惊惶的侄女，他没儿子，一直拿这假小子当儿子看待。

“全过程都招了！最可恨还口口声声说自己是你的人，你可以为他作证！”

“对我有什么风险吗？”

“什么风险？你的人啊！”冯佩瑶急眼了，“就这一句话，日本人就放不过你！”

“我的人？政保局的人多了，难道要我一个个给他们打包票？”冯静之已经坐在了沙发上，悠闲地修剪着保养得很好的指甲，“一个小文员，平时都几乎见不着我的面儿。他贪小便宜，为陌生人的两块大洋去吹了个口哨，我管得着吗？”

“你怎么知道？我还没和你细说呢！”冯佩瑶吃惊地看着自己这位貌不惊人的叔叔，平时在她印象里是平庸、胸无大志、碌碌无为，居然……

“放心吧，他就知道这么多，打死他也就这些了。”他笑眯眯地看着惊讶的冯佩瑶：“死士嘛，知道这么多就够了。帮我去倒杯茶来……”

冯佩瑶疑惑地去斟茶，思索着说：“就算他只知道这么多，藤井也不会善罢甘休！”

“藤井嘛，我丢给他个线索，能不能抓到就看他的本事了。”冯静之轻轻吹着浮沫，慢慢抿了一口香茶说，“那两个倒是真汉子，看运气吧。小林给他们把逃跑的路线和钱都安排好了，我真希望他们能跑掉。”

“那从他们身上会追踪到咱们吗？”

“你说呢？”叔侄俩相视哈哈大笑。

“那你说藤井下一步会怎么办？”冯佩瑶探究地看着叔叔。

“假如你是藤井，你会怎么办？”

杭州，码头。一艘小火轮靠岸，穿着蓝布长衫的大个子和穿着短裤褂的小个子随着人群下船，宁城里拉黄包车的“父亲”变成了小生意人，“儿子”做了跟班。

码头出口，日本哨兵的刺刀闪亮，挨个检查证件。两人对视一眼，大个子很平静地从兜里掏出良民证，小个子见状照做。他们跟着人流排队，缓缓朝出口走去。

忽然，一声汽车急刹车声，出口一阵喧闹！大个子伸长脖子朝前看去，一卡车宪兵跳下车来，封锁了出口！小个子一阵紧张，看向大个子，大个子捏了捏他的肩膀，说：“别紧张，我们是良民。”小个子咬咬牙，点点头，与大个子靠得更紧了。

检查明显严格了许多，两个宪兵拿着张纸仔细对照每个人的脸查看。

小个子有点惊惶：“他们有画像！”

大个子咬牙：“是福不是祸，是祸躲不过！别怕！”

小个子咬咬牙："你去后边，如果我完了，替我报仇！"

出口的每个人都被搜身，所有携带的行李都被打开仔细检查，不时有女人孩子发出哭叫声，又很快压抑住。

"你去后面，我杀一个够本，杀俩赚一个。你小，乘乱好溜。"大个子随着人慢慢往前挪，小个子抓住他不撒手跟着。他一甩手甩脱了小个子，往前快走两步，插在一个老头儿前面。

小个子愣了愣，低头坐到地下脱鞋，磕出里面的沙子。一滴眼泪，落在脚下。

排队人流缓缓朝出口蠕动，每个人脸上都是一副逆来顺受的麻木表情。大个子眼看到了出口，队伍后面传来一阵争吵声，接着是厮打声，队伍顿时乱了。后面的人在躲避、奔跑，也有人看热闹聚拢。宪兵们分出一部分人冲进码头维持秩序，拿画像比对的两人显然也分心了，大个子点头哈腰地递上良民证，又顺从地打开了手提箱，宪兵把箱里的几件换洗衣服倒在地上一件件抖开检查后放行，他把衣服搂到箱子里，合上箱子点头哈腰地赶紧离开。

排队的人们乱糟糟的，那队伍已经不成形状。宪兵们冲进人群，一个胖子正把小个子摁在地上痛打，被宪兵几枪托打得滚在一边。

一个宪兵用生硬的汉语怒吼："为什么打架？"

胖子："他偷我东西！"

小个子："我没有！"

宪兵把二人揪到一边，对人群呵斥："排队！"又对二人，"打架？狠狠地打！你们两个，互相打耳光！"

小个子还在犹豫，胖子已经恶狠狠扇了他一个大嘴巴，打得他摇晃一下半个脸火辣辣地疼，耳朵也嗡嗡响。他伸手就给胖子一耳光！

周围的宪兵们哈哈大笑。

胖子又打回来，小个子又打回去，几个回合下来，两人都有点想明白了。小个子下手轻了点，胖子也轻了点，没几下，就被宪兵发现了。他先给胖子一枪托，又踢了小个子一脚，两个人都滚倒在地上，满脸又是血又是泪又是汗的，喘息着看着对方。

宪兵走上前又踢了他们几脚，喝道：“起来！再打！”

两人挣扎着慢慢爬起来，有气无力地互殴着，周围的宪兵们终于看腻了，出口处的人也终于走完了，宪兵们这才心满意足地走了。

胖子和小个子互相搀扶着，摇摇晃晃地朝出口走去，拿画像的两个宪兵看看他俩，两人的脸已经肿得跟猪头似的，更别说那满脸的污秽，估计就是他们妈都认不出了……俩宪兵摇摇头，让哨兵检查放行。

满脸是血的小个子，走进一条小巷，向一个老婆婆讨来半盆水，默默洗了脸，在老婆婆的叹息声中离去……

黄昏的荷塘水榭波光潋滟，罗芳独自依在窗边看着南大营方向发呆。她挂念受伤的张震，不知道他现在什么情况。松木说他没事，在南大营有医生护士照顾。浩子昨天托松木带信儿上来，说藤井把自己和何大头都赶出来了，不让任何中国人去探望照顾。刚才他在下面荷塘对岸比画着，说今天依然如此，他连宪兵司令部大门都出不去。

显然，藤井并不因为夕颜今天的话放松对张震的监控。而且他自上午碰钉子走了之后再没露面，也显得不太正常。虽然出了爆炸案他有很多事要忙，但还有什么比讨好夕颜更重要更有用呢？

正琢磨着，就看见藤井抱着个白花花的东西大步走来。再走近点，原来抱着的是尊玉观音。她不禁暗骂道：“真是个土包子，送礼都这么不讲究！这么晚来，除了送礼一定还有别的目的。”

藤井也看到了罗芳，大声问道：“夕颜小姐休息了吗？我要拜见！”

“藤井君请稍等，我去问问。”

藤井低头看看抱着的玉观音信心满满，很高兴这从佐藤保险柜里继承的宝贝今天可以派上大用场，但也不免有点心疼——前些天还打算要带到上海去换了黄金，现在却成了过路财神……

夜，月色如水，竹影映墙，冯静之凭窗发呆。杭州传来大个子的消息，他被杭州特务机关的机关长横田大佐的手下发现，但在抓捕过程中拒捕受伤昏迷，正在抢救中……如果说章怀义的被捕在他意料之内，大个子的被捕就有点出乎意料了，他本以为这是最不可能被生擒的一个人。此时，他是最希望大个子伤重不治的人，而横田和藤井却是最希望大个子醒过来的人……

冯佩坐在沙发上目不转睛地看着冯静之，等他吩咐。

“你去一趟杭州！”冯静之转身压低声音，“那个大个子，最好是醒不过来！”

“他对我说，决不做俘虏。”冯佩瑶的眼里有一丝惧意，转而成了恨意，“我必须去！”

“千万小心。我担心，这里面会有陷阱，如果你掉进去，就全完了。”

“我会仔细的，如果是陷阱，我会踩吗？”冯佩瑶轻笑着，眼睛像机警的狐狸一样放光。

“章怀义那边有消息吗？”还在转圈儿的冯静之没头没脑地问了一句。

“我正想汇报这事呢。藤井抓了那么多人，大部分放了。剩下的十几个里有章怀义、大个子的房东、章怀义吃饭的小饭馆老板，田中诊所和爆炸点近旁的户主、店老板。”

冯静之停下脚步看着冯佩瑶，静听她继续讲。

“这些人肯定在经受进一步审讯，但审讯只有日本人参加，连翻译都不用中国人。审讯情况一无所知，一点儿风都探听不到。”

“正常。藤井想用黑幕吓唬我们。”他顿了一下，盯着冯佩瑶一会儿忽然说，“你哪儿都不用去！”

冯佩瑶吃惊：“那大个子……”

冯静之叹息：“我在想，他醒了会说啥？……东北沦陷，他父母没了，家里最有出息的两个弟弟跟着东北大学流亡到北平，又跟着义勇军杀回南满，不知生死。日本人并屯，整个家族几乎都没了，那小个子是他族里的子侄，逃出来报信的，老族长最后一句话只有一个字：‘杀！’”他停住脚步问冯佩瑶，“你说，他会跟鬼子说是你指派的吗？”

冯佩瑶缓缓摇头：“我也信他。可……”

“你说没人熬得过日本人的酷刑吗？”

冯佩瑶打了一个冷战，没说话。

“你我都是熬不过的，但他也许可以。”冯静之透过墙壁看向远方，“有个人熬过去了。”

“你说张震？！”

冯静之轻轻嘘了一声，指指卧室摇摇手指：“这人留着是个祸害。至于大个子，我来赌一把。仇恨，刻骨的仇恨，可以抵一半勇气。另一半，是他知道反正也活不成了，何不做个英雄？”

“可是万一……”冯佩瑶还是有点惧怕。

“以不变应万变吧。”冯静之叹息着，“本想一石二鸟，搞不好火烧连营……”

“要死快了，几点钟了？还不进来挺尸？！”冯太太尖刻的叫声从卧室传来，冯佩瑶无语摇头，冯静之朝她点点头，她猫一样无声地走了。

一大早，罗芳把夕颜送上了藤井的车，他特意说明底盘连夜焊了钢板，夕颜礼貌地朝他微笑，转而和罗芳告别。

“我走了。等你的张好了，就一起来上海办婚礼。”

“我很遗憾，事情搞成这样……”罗芳把一个沉甸甸的紫檀木盒子帮她放在后座上。夕颜好奇地看着她，她看一眼藤井微笑说：“那尊玉观音，我帮你配了底座和盒子，这样才恭敬。”

夕颜抱了抱她：“傻妹子，我又没怪你。”

“可我还是很难过……相聚的日子这么短……”两个不再年幼的女孩儿拥抱着，眼睛都有点发红，藤井把视线移向天空。

夕颜上了车，哑巴女仆和男随从指挥士兵们把一箱箱行李搬到大卡车上，装甲车轰鸣开路，后面卡车上一个中队的鬼子护送。罗芳与夕颜依依不舍地挥手道别……

送走夕颜，藤井命令罗芳继续留在荷塘水榭，接受“保护”。张震继续被“保护”在南大营的日军医院里治疗，不许任何人探望。

藤井忙于审讯那些嫌疑犯，最后疑点最大的还是那个章怀义。但审来审去，他知道的似乎也就那一点儿——小饭馆里的陌生人、两块大洋、看见车队吹口哨。藤井找来了画师，让他口述陌生人的相貌特征，画出了嫌犯画像。特高课的日本特务，拿着这画像在各个城门和政保局、警察局、维持会、商会、邮局秘密侦查。这一切，都只有宪兵司令部的日本人参与，对所有中国人严格保密。

此刻，南大营的病房里，张震正在“挺尸”。他直挺挺躺在病床上，两眼瞪着屋顶。黑乎乎的病房里，闷热，潮气弥漫，他觉得自己要闷死了。他嘟囔着：“谁说舒服不如倒着？这天天躺着就是活受罪！每根骨头都疼，屁股蛋子的两坨肉都不是自己的了……”

其实他更焦心的是一点儿外面的消息都没有，藤井自从带着假田中来诈过自己一回后再没来过。浩子、何大头更别提了，第二天就被赶走了，之后连松木都没来过！每天见到的就是那个木头木脸的日本医官，还有一个冷冰冰的中年女护士。而这俩人，每天和自己说的也不超过三句话：感觉怎么样？吃药。该打针了。他们对自己就像对着一段木头。

他回忆着藤井来时的每个表情每句话，概括起来是一个表情，三个问题。一个表情，就是没有表情。三个问题，你醒了？你知道的田中案和炸车案情况？你怀疑谁？

这个粗人怎么忽然变得这么高明了？张震心里充满恐惧，这恐惧来自于对外界的一无所知。藤井隐藏对自己的敌意，为什么？封锁外界的消息，除了对自己的怀疑外，关于爆炸案，他还弄到了什么线索？能明确的只有一点，就是他怀疑所有中国人，尤其是为日本人干活的中国人。

张震冷冷地笑了，离开中国人藤井能查到什么？他忽然觉得，如果真的完全屏蔽中国人来查这个案子，也许是对自己最有利的。藤井手里对自己最不利的就是佐藤留下的日记和当年的审讯记录，最难以解释的是自己与王长林等四人的关系。之前因为佐藤的死和敌人的内讧，侥幸混过了审查，这次恐怕混不过去了……

难道，这次爆炸案，是有人想借刀杀人？他们不炸夕颜和藤井故意炸自己，即使炸不死，也会逼敌人翻旧账？张震打了个冷战，他想得头都疼了，嫌疑最大的还是冯静之。在一片漆黑中，往哪儿走都可能是陷阱。他决定：以不变应万变，死扛！

想通了，睡了。没一会儿，轻微的鼾声响起。

罗芳在荷塘水榭，躺在停放过小哑巴尸体的红木大床上，看朦胧月色照进雕花窗户，在床前地上刻出同款花纹。一只蚰蜒从朦胧光影中爬过，留下一条曲曲弯弯亮晶晶的痕迹，仿佛默默昭告天下：我走了，我来过。仿佛，是小哑巴的魂灵来看望。

已经被软禁在这里五天了，门外站岗的宪兵每天按时送三顿饭和两瓶开水，却绝不和她说一句话，他们每四小时换班，都是老兵，如同坚硬岩石般的面庞，毫无表情。熬过了最初的恐慌，一是有夕颜做挡箭牌，二是爆炸案确实与暗瞳无关，罗芳心里渐渐笃定，这一定是藤井那小子的伎俩，没想到一个农夫也会打心理战。但要说一点儿不紧张也是瞎话，首先是担心家里断了联系情况不明，莽撞地把茉莉派回来，她是这链条上最弱的一环，一旦崩坏就满盘皆输。随即她就笑了——以老师的经验和智商，绝对不会让她回来。其次担心小魏，怕他擅自行动。开始最担心现在反而最不担心的是张震，因为她知道何大头一定会把自己安好的消息传到他那儿。她坚信，只要消息通畅，就不怕！

这里看似风平浪静，外面一定浊浪滔天。那就既来之则安之，在这里静观其变吧！她忽然笑出了声，笑自己太自信了，这里岂是想走就走想住就住的？藤井在没有进一步线索之前，不会打消对所有中国人的怀疑，尤其是对张震的怀疑，把自己圈在这里也是为了摸自己和张震的底，看我们会不会露出破绽。那安心歇着，装傻扮呆做一个温顺的弱女子，就是最好的对策。明天，让门口的宪兵把自己办公桌上的《源氏物语》拿来，倒是可以借此消磨时间……

与此同时，在城墙边的泄水洞里，吱吱几声耗子叫，飞跑出一只大耗子，带着几只小耗子。洞里，一双黑幽幽的眼睛在朝外张望。

拉枪栓声！是日军的巡逻队！

“耗子为什么乱跑？去看看！”

罗影听不懂全部，但听懂了“看看”这个词，她猜是耗子的叫声惊动了巡逻队，她往洞里深处缩了缩，学着猫叫。

刺刀在月光下一闪，捅了进来！她又学着猫咪大叫了一声，手指头在地上扒拉着，模仿猫咪受惊逃跑的动静。

刺刀在洞里乱搅了几下，一个黑影遮住洞口，手电筒的光柱扫来，罗影吓得闭上眼睛，把头和身体埋进污水里。

刺刀在污水里搅了几下从石砌洞壁上刮过，罗影慢慢睁眼，黑影消失了。她耐心等待，皮靴踏地的声音渐渐远去，在寂静的夜里，唯有她的呼吸声。

她咬咬牙悄悄钻了出去，蹲在墙根下侧耳谛听，周围只有蝉鸣蛙声，她像一个黑色的幽魂，悄然而去。

小上海的后门口，罗影躲在窄巷墙壁的暗影中走来，从脖领子里掏出挂在颈上的一把钥匙，轻轻打开小上海的后门溜了进去。

后厨窗根下，她偷偷探头，扔了个小石子打在酣睡的小魏大厨身上，再伸头，小魏已经站在窗前，一伸手把她提溜了进去。月光下两人耗子般嘀嘀咕咕了很久，罗影端着一碗剩饭悄悄进了自己原先的小屋，爬上了阁楼。

罗芳还是被软禁在宪兵司令部，小魏也完全打探不到她的具体情况，只是听来吃饭喝酒的浩子等人偶尔露出只言片语，知道她“没事”。

探听不到确切消息，罗影没法回去复命，决定冒险去听何大头的“窗根儿”，等何大头上班后爬进他房间天花板与屋顶间的夹层，在那里安营扎寨。

一天又一天过去，何大头除了喝酒打牌找女人，没说出什么有用的。皇天不负苦心人，终于在第五天晚上听到了想要的消息。

这天晚上，何大头屋里没那么闹腾，罗影只听出三个人的声音：何大头、浩子、松木。

三个人喝着小酒净扯些荤的烂的没用的，听得罗影昏昏欲睡。忽然，一句话飘进她耳朵里……

何大头屋里，松木醉醺醺地看着何大头：“你的酒，不好喝，你对大日本皇军的心坏了……”

“老弟，你喝多了。”何大头心一惊脸上却装着满不在乎，他拍着敞开的肉乎乎的胸脯，“我的心，大日本皇军的，我的酒，最好的！浩子兄弟，你说是不是？”

“何翻译官是宁城里对皇军第一忠心耿耿的人了，全城人都知道！”浩子给松木斟满了酒，说，“咱俩走一个！”两人说着滋溜一声把酒喝了。

松木笑道：“你们支那人，和我们不一条心，要是一条心就怪了！你（指指浩子）！还有你（指指何大头），都在给自己留后路，盼着我们走……”

何大头和浩子面面相觑，尴尬地笑着。何大头哭丧着脸：“你们走了我俩只有更倒霉，宁城人本来不过是在背后用吐沫喷我们，以后怕是要围着用石头砸了。”

浩子使劲儿点头，松木想了想，点头认可。

何大头小心翼翼地问松木：“老弟，你是怎么个看法？这战局……你消息灵通。”

“战局？……战局！”松木长长地叹了口气，“傻子都知道，自从诺曼底登陆战局就不对了，欧洲、莫斯科、太平洋……连本土也被炸了，东京大火……”松木面露恐惧地边说边摇头。何大头和浩子瞪大了眼睛：“怎么可能？！东京都被炸了？！”

“开始我也没信，可是……现在我信了。”松木沮丧地对何大头说，“看来我回老家卖面条的日子不远了。说吧，你们想知道什么？”他的小眼睛狡黠地看着何大头。

“那啥，那个……罗小姐？”

“……你问她干什么？”松木飞快地打断了何大头。

“她是我家房客啊，还欠着我三个月房钱呢！小娘皮的，想搭她的顺风车和夕颜小姐家商社搞点大买卖，定金都付过去了，万一她栽了……”

“罗小姐很好，有夕颜小姐护着，过几天就能回家了。”

“那就好！满上，满上！”何大头一拍大腿，给松木又斟了一杯酒，“干！”喝完抹抹嘴说，“老弟你以后也别当这小曹长了，那些黄头发蓝眼睛的美国人英国人都不是善茬，东洋货很好卖，咱们合伙去上海做生意得了！”

“何翻译官，也带我一个！”浩子上赶着凑热闹。

“去去去，那哪儿都有你，你还是去找你的张大队长，他道道多着呢。”何大头笑着打了浩子一巴掌。

浩子愁眉苦脸道：“他？这次怕要倒霉，藤井到现在都不让我去看他……”

何大头大大咧咧地说：“放心，罗小姐没事他就没事！不信你问他。”指指正在啃鸡腿的松木。

浩子可怜兮兮地看着松木：“松木君，您就给我个准话吧，我老大到底能不能过了这一关？”

“唉……我算看清楚了，这些支那人里，只有你对他是真心的。他们（指指何大头），都是坏人！”

何大头摸摸脑后的槽头肉嘿嘿笑道：“他是我好朋友，可要为他送命就不值得了，我还得留着这大好的脑袋喝酒吃肉！”他搂着浩子说，“这兄弟虽然是个小贼，对哥们倒不错，够义气！看我面子，你就说说张震这倒霉蛋到底啥情况？”

松木卖关子道：“那不行，藤井说了，这是秘密，谁说出去就死！”

“松木君，求您了，就把你那秘密透露那么一点点吧。”浩子祈求地看着松木。松木眼睛看着自己放在桌上的手，浩子看过去——那手指头分明做出点钱的动作！

“你敲竹杠敲到我头上了？咱们还是不是朋友了？！”

何大头一把摁住要跳起来的浩子，松木狡黠地笑着。浩子嘟囔着从兜里掏出一卷法币放在松木摊开的手掌里，松木依然手心向上中指在桌面上敲敲，浩子赌气地从贴身口袋里掏出几个大洋拍在他手心里。松木坦然将钱装进兜里，何大头嬉笑着不语。

松木神秘地勾勾指头，何大头和浩子将头凑过去，松木在他们耳边大叫一声：“张桑没事！”两人吓一跳坐倒，愣了一下哈哈大笑，松木已经笑得直不起腰。

躲在顶棚上的罗影一把捂住扑哧笑出声的嘴巴，浩子耳朵灵，立即抬头看着屋顶：“上面有人！”

“不可能！”何大头话音没落，上面传出细碎的耗子跑动声和猫叫声，松木大笑指着耗子：“你兄弟！”

好不容易松木笑完了，才慢慢说道：“张震沾了罗小姐的光，藤井君本来信了那个冯静之的话，以为张震在施苦肉计，当年诈降骗过了佐藤，现在又想骗自己。”

“姓冯的真是个混蛋！什么苦肉计？万一真炸死了呢？”浩子大叫。

何大头摇头：“我看啊，是冯静之的借刀杀人计。”

“没准就是他干的！那小子上次去杭州和重庆的人碰头，张大队还不让我说！”

“×！还有这事儿？！脚踩两只船啊！”何大头暗暗记下，一定要透给藤井。

“不管他什么计，现在藤井君都不相信了。警察局抓住了他一个手下，据说……”

松木的声音太小，罗影怎么也听不清了，好在关键信息都知道了，警察局抓了冯静之手下的什么人，她觉得一点儿也不重要了。

第六天大清早，小魏大厨的鸽子又飞出去了，这次带回去的，是确切的好消息。

当王胜和赵小六子不断把城外的坏消息报告藤井后，他终于放下了对张震的猜疑，把重点放在冯静之那边。其实他巴不得能卖给夕颜小姐一个面子，只要理由充足且冠冕堂皇。第十天罗芳回来了，罗影向她传达了张部长的命令后带着详细情报回了根据地，正式成为穿军装的新四军战士。

暗瞳彻底静默，躲过了藤井和冯静之的明枪暗箭。冯静之最后被请去地牢“甄别”，吃了一个月牢饭。总算是大个子至死都没吐口，冯佩瑶更是上下打点四处活动，南京政府又数次过问，他才没受什么大刑只挨了几鞭子，外加缺吃少喝不让睡觉顺便减了减肥，利索地抛出几个倒霉蛋儿让藤井交了差。而城外的游击区暗地里渐渐变了色，新四军的堡垒户遍地开花，演变出一个个堡垒村，维持会会长和保甲长多数是“白皮红心”。战局变化让藤井懒得再去为城外费心，只要保住宁城和几个大据点，上边满意就好。

谁都没想到形势转化得那么快，1945 年 4 月 30 日，苏军攻克柏林；5 月 9 日德国宣布投降；7 月份，中美英三国发布了《波茨坦公告》，敦促日本投降；8 月 6 日、9 日，美军在广岛和长崎下了两个“蛋”——“小男孩”和“胖子”，炸死几十万人，日本天皇扛不住了，乖乖宣布投降，却死要面子活受罪，取个名字叫“终战”。管它叫什么呢，对老百姓和军人来说，战争结束了！

五十多年过去，紫岚苍老的声音里依然透着兴奋和激动：“正随着战略大反攻部队势如破竹前进时，小日本投降了！我们胜利了！苦苦盼望了那么久的胜利忽然降临，我惊呆了……”

新四军已经包围了宁城，部队严阵以待正在做攻城准备，指挥部就设在江家湾的江家大院。

罗影和尤家三姐妹正在院子里忙着写抗日标语，忽然几个参谋冲出指挥部作战室大叫：“小鬼子投降了！我们胜利了！”大家全是一愣，只见侯良生和张部长并肩走出房间，侯良生挥着手里一张电报纸大喊：“小日本投降了！”几个参谋笑着跳着：“胜利了！胜利了！”所有人冲到院子里欢呼跳跃，罗影傻乎乎地看着他们，大脑一片空白……

尤雪梅摇着罗影大笑：“你乐傻了呀？我们赢了啊！不用打仗了！”

罗影恍恍惚惚地喃喃：“爸，你听到了吗？日本人投降了，我们赢了……我们赢了呀！报仇了！”她忽然蹲在地上大哭起来。那些打着绑腿、穿着布鞋跳跃的脚，在她身边此起彼伏，忽然一个人拉起她：“胜利了你哭什么？”

罗影抬眼看，一把抱住了拉她的人叫道：“苗翠翠！我们报仇了啊！小鬼子投降了！”苗翠翠被她这一嗓子勾起家仇，脸上的笑容僵了，她双膝跪地，从喃喃低语到对着天空大喊：“爹、娘、花花、来娣、铁头！小日本投降了！我们报仇了！胜利了！”她的叫声让院子里忽然安静了片刻，紧接着响起更大的欢呼声：“胜利了！”两个女孩子抱头痛哭，积攒了很久的仇恨和痛苦终于在欢呼声中宣泄而出，哭了个痛快。

片刻之间，江家湾的小街上贴满了庆祝胜利的标语，鞭炮声此起彼伏震耳欲聋。罗影忙着写标语、贴标语、喊口号，累得筋疲力尽嗓音嘶哑，依然忍不住叽叽喳喳。

夜幕降临，兴奋过后肚子饿了，她跑去找老班长要吃的，才发现作战室里依然灯光明亮，窗影里人们依旧忙碌。她悄悄跑到张部长房间门口，大刘示意她走开："首长在开会。"

她把老班长给的烤红薯分给大刘一个，耸耸肩嘟囔着回自己小屋："鬼子都投降了还忙什么……"心里却已经在琢磨自己什么时候回宁城，要怎么收拾何大头。开心地以为这下可以光明正大地穿着新四军军装进城，再不用装神弄鬼了，连做梦都梦见自己威风凛凛地抓着何大头回老宅，摁在继儒爸爸坟前胖揍的情景……

可惜，好梦被打断了，她被人从何大头身边狠狠拉开，接着听到一声大叫："做梦还能踢人啊！"

眼睛一睁，大刘捂着肚子蹲在床边，哼哼唧唧地说："首、首长叫你……"

和衣而睡的罗影一骨碌爬起来，揉着眼睛往外走，嘟囔："我那是踢何大头的，谁叫你凑上来……"

张部长屋里，侯良生正气呼呼地说："不投降？！他们凭什么不投降？！"

罗影刚把门推开一条缝儿，见状吓得不敢进来，又不好不进来，只好探头看着屋里。

"要进就进不进出去！干什么探头探脑？！"

张部长见罗影扑棱着眼睛吓得要退出，忙喊："进来进来，正找你呢。"

罗影进来溜着边儿走到张部长面前，偷偷看一眼侯良生，吐了下舌头小声问："怎么？宁城鬼子不肯投降？"

侯良生大骂："奶奶的，天皇都降了他还敢不降！那老子打到他投降为止！关了城门欺负老子没炮？"

罗影笑嘻嘻地说："关了城门有什么用？还有我呢！报告侯司令，战士罗影前来报到！"

侯司令扑哧笑了："你带突击排去钻耗子洞？"

罗影耸肩："钻什么啊，咱不是有炸药吗？放耗子洞里炸他！"

"小丫头这主意不错！可以考虑！南门附近的耗子洞在哪儿？"他说着把她拉到宁城地图前，她仔细看着地图，标出泄水洞位置："泄水洞外有一条自然形成的阴沟，洞口有一大丛长得很茂盛的迎春花，沟沿有芦苇。"

张部长："刚才咋说的？能不打尽量不打！"

“不战而屈人之兵当然好，但我必须有备用方案！所谓城下之盟，那一定是先要大兵压境才行。”

张部长笑呵呵点头赞同，对罗影说：“考考你，猜猜，叫你来干什么？”

罗影俩眼珠子骨碌着在侯司令和张部长脸上来回转，俩人都绷着脸不说话。她有几分沮丧道：“有啥可猜的……反正不会是让我去打鬼子，最后一下下了，都不让我去杀几个小日本，以后都没得杀了。十有八九是让我回去传令取情报，知己知彼百战不殆！”

侯良生不禁失笑：“哟，还知道转文了，这浙东小抗大（青训班）没白上。”

张部长严肃地说：“垂死挣扎的狼更残忍疯狂，不要以为天皇宣布投降小鬼子就都听话，总有一些疯子不按常理出牌。宁城的鬼子关了城门不肯缴械投降，这葫芦里不知卖的什么药。你立即出发，秘密潜回宁城联络暗瞳，摸清鬼子真实意图马上回报。”

罗影做鬼脸：“我猜到了。”

“还有一个重要任务。”张部长没有理睬她的鬼脸，更加严肃地说，“佐藤曾经建立了一个秘密档案，这个不能落在别人手里也不能被销毁，国民党也一定会盯住这个档案。命令暗瞳抢在国民党前面拿到这个档案，包括佐藤的日记。”

“是！”

“一定要多加小心注意安全，不得大意！”

“是！”

张部长不放心地叮咛：“不光要防着鬼子，那些汉奸和国民党潜伏者也要千万提防！防着那些反水汉奸替国民党摘桃子，他们对我们是宁可错杀不可错放！这些话也传达给暗瞳！”

“放心吧张伯伯！保证完成任务！”罗影笑嘻嘻信心十足的样子让张部长愈发不放心，他还想说点什么。侯良生不耐烦了说：“你怎么也变得婆婆妈妈了？大刘！”

大刘应声而入，侯良生命令：“带一个班护送罗影进城，换便衣！”

张部长：“听她指挥，进城以后远远跟着，别反而把她暴露了。”

大刘：“是！”

罗影皱着眉头扯头发："大刘，那耗子洞只有这么大——"她双手比画着泄水洞的大小，说，"我也只能勉强钻过去，你这块头……怕不是要削掉一只肩胛？"她转对侯司令，"司令伯伯，张伯伯又没有派我去攻城，还是我自己去吧，人多了只会添乱。"

侯良生看着张部长不语。张部长点头，对大刘说："把她送到宁城西门，在城外警戒策应。"

罗影随大刘出门，侯良生和张部长简短交谈后发布命令："包围宁城！封锁东南北门！留一条路让他们逃。"

张部长说："我亲自带反战同盟的龙一去前线喊话，给他们演一出四面楚歌！"

"给他们放日本歌《荒城之月》，那曲子，叫他们听了想死的心都有。"罗影兴奋地出主意。

于队长兴冲冲喊着报告进来，把抱着的一大摞油印传单放到桌上："张部长，这是赶印出来的传单！中日文对照的《终战诏书》，反战同盟的小松翻译、文老师刻的。"

罗影伸手就抓了一沓塞进书包打进包袱里，张部长伸手要制止，她咬牙说："我一定要带，不会出事！"

黎明前的天黑漆漆的，泄水洞里伸手不见五指，罗影只能靠摸索前行，当她把头小心翼翼探出泄水洞时，觉得一丝异样——头顶日军哨兵巡逻声真的消失了？再看看对面的菜地、小路、低矮民房，安静得只听到寥落的虫鸣。

她小心翼翼钻出洞来快速朝菜地里蹿去，直起腰看一眼城墙上——没哨兵。她蹑手蹑脚快步走在僻静小巷里，远处传来摩托车车队的轰鸣声，她推开一扇小门躲进小院里。

淅淅沥沥的水声，一个三四岁瘦得三根筋吊着个大脑袋的小男孩儿在墙角的尿桶撒尿，她探看一眼无人的小巷，关了门。

"哥哥外面怎么了？"小男孩儿拽着她裤脚，罗影轻轻嘘了一声说，"我也不知道，有地方洗洗吗？"

小男孩指了指角落竹棚边一口井，她跑去打了半桶水匆匆洗了洗，见院里没人，从包袱里拿出半旧学生装套身上，变身成背书包的学生。小男孩儿眼巴巴看着那个煮鸡蛋，她拿起塞到他手里："乖，哥哥走了。"

四门紧闭的宁城，压抑得空气似乎都凝固了，大街上几乎看不到行人，连这个时间应该出现的日本巡逻队都没出现。

忽然，传来一阵喧闹声！马路对面一条巷子里苟六壬正打着手电招呼力夫往一溜儿板车上装东西，他那凶恶的胖娘咋呼着："仔细点！不要磕了碰了，碰坏了你赔不起！"扭头又对苟六壬叨叨，"儿啊，咱真要走吗？妈舍不得这院子……"

"少废话！赶紧的，再不走就来不及了，一会儿再叫四爷连西门也堵了……"

罗影把学生帽帽檐又拉低了一点，按最近路线朝小上海后巷方向跑去。

大街上，缉私队的卡车从她身边呼啸而过。她想了想，跑到张小开家的百货大楼后街，几年来她已经把这里的道路、楼层结构摸得熟得不能再熟，她悄悄翻进走廊窗户上小小的气窗。

幽暗的走廊空无一人，她的每一步都发出空洞的回音。看门人正在一楼大堂里转悠，巡视着琳琅满目的柜台。她脱了鞋提在手上，猫腰顺着楼梯一口气爬上大楼顶层，在走廊尽头有个卫生间，她把那摞印着中日文对照《终战诏书》的传单放在了窗台上，用一颗小小的石子压着。这个小小的窗口正对着百货大楼临街闹市，那些传单就静静躺着等风来！

鸡叫了，天边露出曙光，罗影开心地跑了。她知道只要一阵稍微大点儿的风，它们就会如同蝴蝶飞向街面和人群！

太阳徐徐升起，天香茶园，老道站在墙边探着身子朝城外方向侧耳倾听，风里传来大喇叭隐隐约约喊话声："日军官兵们！你们的天皇已经下诏书投降了！"他看向城门楼，只见那些日本兵也躲在沙包后面伸长了脖子，不一会儿城外的电喇叭里又传出沉痛的日语声。他转回了身，两个老茶客凑上来，悄悄打听："外面在喊什么？哇啦啦一早上了。"

"小日本投降了！天皇下的令！"老道神神秘秘地凑在他们耳边接着说，"听，现在是日本话，鬼子也在听……"

城门楼上忽然传来日语呵斥声，一个军官挨着排用皮带狠狠抽打着立正站成一排的士兵。一声枪响，军官的帽子掉了，日本兵全都卧倒。

日本人投降了！这消息像起于青萍之末的微风，很快席卷了还被日军盘踞的宁城，又像一根针瞬间刺破了气球，放出人们心中压抑已久的那口恶气！罗影放出的那些“蝴蝶”随风飞舞，很快就一传十十传百，过了一夜甚至像无性繁殖一样撒遍了全城！宁城一片欢腾，是那种掩藏不住又小心翼翼加意收敛的心花怒放，心知肚明地相视一笑，没有道理又理由十足的酒局，蹦蹦跳跳欢笑的孩子们手里的鞭炮，早起菜场主妇们笑盈盈提在手里的鸡鸭鱼肉随炊烟飘散香味儿弥漫在各条街道。

日军宪兵司令部里一片死寂，军官士兵们个个阴沉着脸如丧考妣。

通宵未眠的藤井坐在办公桌后，一纸电文和一把武士刀横放在桌上，他的表情阴晴不定。

宪兵司令部和宪兵队的几个下级军官站在他对面慷慨陈词：“投降！是军人的耻辱！我们不能辜负天皇陛下……”

“我们为天皇出征，就这样投降了？向没有打败我的人投降？回家？脸呢？！”

“我不能想象回去以后的日子，亲人、朋友、送我上战场的妻子和儿子，我不能在他们鄙视下活一辈子！”崩溃的军官声泪俱下。

一直沉默的一个宪兵小队长忽然掏出手枪大喊一声：“投降？我宁愿死！”一枪击碎了自己的天灵盖！站在他身边的松木本能地一把抱住了他摇晃的身体，被鲜血和脑浆溅了一脸，藤井瞬间从椅子上跳起来！

一屋子人全震惊了，呆愣几秒后，全体围向跪地抱着战友尸体的松木，看着他把死者轻轻放在地上，把自己的帽子脱下盖在死者脸上。藤井为首，立正站在他身前，脱帽致敬……

那个崩溃的军官慢慢拔出了枪，松木一抬眼看见跳起来抓住了他的手：“不！”

军官茫然地看着天喃喃：“儿子，我不是懦夫，我是你的英雄，英雄……”

“你死了他们怎么办？！以后谁去保护他们养活他们？！”

藤井大吼一声：“都住嘴！”他烦躁地来回踱步，终于下定决心，“天皇陛下说终战！是终止战争！下一步怎么办等命令！去！都回去严守自己的岗位！宁城治安不能乱！抗日分子，杀！”

所有人低头服从命令，藤井继续下令：“松木，野田君按战死记录，骨灰送回本土。”

宁城城外，新四军和抗日民众在挖战壕，沙袋垒砌的工事后面电喇叭在不停播放《终战诏书》，反战同盟的龙一和小松的嗓子已经哑了，尤雪梅搬来一架留声机，顿时天空上飘荡着《荒城之月》的歌声。城楼上的日本兵们，低下头的眼睛湿润了，抬着头的在看着无尽天空一脸茫然，他们想不通——怎么就败了……这些底层士兵们，很多还不知道“小男孩”和“胖子”已经摧毁了他们的家乡，那里的亲人们再也等不到他们回家。

江家大院，罗影兴奋地向张部长和侯司令汇报宁城内的情况。

“鬼子投降的消息在宁城已经传开了！百姓们都高兴极了，悄悄议论着日本人什么时候滚蛋。苟六壬那个铁杆汉奸，已经搬家跑了。宪兵司令部里，有个小队长在集体向藤井请愿时自杀了……”

“请愿？什么意思？”张部长眉毛挑了一下。

“不投降呗。”罗影鄙夷地继续说。

侯司令皱眉，看张部长。

“那就打！”侯司令只有这斩钉截铁的三个字。

“参加请愿的都是什么人？藤井什么态度？南大营的情况呢？”

“参加的是宪兵司令部的军官和小队长，藤井还在犹豫，他只是宪兵司令，指挥不了南大营，打还是降龟田说了算。但他命令手下全部坚守岗位、维持秩序、继续抓抗日分子。对了，池田没参加请愿，他……（模仿罗芳口气）好像如释重负。由美子在收拾行李，他们想回日本。”

“秘密档案的事情呢？”

“确实有，但谁都不说档案藏在哪儿，很可能是藤井自己掌管，还在查。”

“都要死了还嘴硬，得从精神上打垮他们。今非昔比，不是做不到的。”张部长看侯司令。

“你确定？咱俩还是一个唱红脸一个唱白脸吧，我先打他狗娘养的一下，打疼了就好谈了。”

张部长示意罗影：“你休息一下等命令，注意隐蔽。”罗影点头退出，关门的刹那，看见张部长和侯司令又头对头趴在桌上地图前……

罗影带着新的指令回宁城去了，新四军通过大喇叭广播和风筝撒传单，向宁城日军发出了最后通牒：不投降就开战！

宁城的东南北门都被新四军紧密封锁，攻城的堑壕一夜合围，地道挖到了城墙下。唯一留下的西门顿时人潮汹涌，别说苟六壬那样的汉奸逃，连避战乱的人们都携家带口驱车挑担离开宁城，子弹不长眼，更何况万一小鬼子发疯屠城怎么办？！守门的日军哨兵只是木怔怔地看着中国人逃出城去，也许在纳闷——我们战败了，你们跑什么？平时耀武扬威的汉奸们也销声匿迹，对出入人员的检查明显松懈了。

罗影发现这一情况大乐，一身寻常男孩儿打扮背着个包袱，装作在混乱中与家人走散了，前后奔走呼唤着寻找着进了城。她带给暗瞳的不只是命令，还有一套崭新的新四军军装和一封侯良生的亲笔信。

这一天，杀气与心机并存；这一夜，注定又是一个不眠之夜。

同一时刻，罗芳坐在译电室手里拿支笔在纸上乱画，不时抬头看一眼心不在焉的池田。他察觉了她的注视，苦笑：“我们要走了，你准备怎么办？这里，马上就很危险了。”

罗芳惴惴不安地问：“我一个小职员不会太危险吧？你们什么时候走？要不，我就先回家？”

“回去吧，向父母低头道歉没什么。”池田直接跳过了罗芳第一问，接着说，“这里也没什么需要你做的事情了，走吧。”

罗芳低头想了想，忽然抬头说：“能不能再帮我一次？给夕颜小姐发个电报，我想去上海……”

池田深深看了她一眼，慢慢说了两个字："可以。"

罗芳低头拟电，电话铃响了，池田示意曹长接电话，却是张震找罗芳的。

罗芳接过电话对曹长颔首致谢，听筒里已经传来张震咋咋呼呼的声音："罗小姐，中午请你吃饭，你想吃哪里？"

"又吃？我去年做的衣服都不好穿了……"罗芳眉头皱起来，池田和曹长不禁莞尔，罗芳羞涩地扭过身去。

"怕什么，再做新的！状元楼！不吃别后悔！"

"那……人家要先回去换衣裳。"

不出罗芳所料，她发给夕颜的电报一直到中午也没收到回电，带着一脸失望下班了。

小上海后宅的罗芳房间，罗影把小竹管交给了她，又打开了包袱——一套崭新的新四军军装。罗芳抱着军装流下了百感交集的眼泪，她读完张部长的指示换了旗袍去赴张震的约会，低声嘟囔："换上旗袍才能更快穿上军装。"罗影茫然地看着她出门的背影，还没来得及告诉她那军装原本有两套，临出门张部长又抽回了一套……

一天乱哄哄过去，街上日军巡逻队、谍报队、缉私队、侦缉队在大街小巷疯狂抓捕散发传单的人，宪兵司令部和政保局、警察局的监牢里关满了人，审讯室不时传出鬼哭狼嚎。

罗芳严令罗影不许出门，她焦急地想知道一点儿外面的情形，索性趁何大头出门后揣着两个饭团钻进了他屋顶的阁楼……

南门外的大喇叭在又交替播放了一夜的《终战诏书》和《荒城之月》后，黎明时分忽然响起了一个坚定的声音："宁城的守军们，龟田大佐！我是侯良生！今天中午十二点你们必须开门投降！否则我们将开始攻击！我的耐心是有限的！宁城，是我们的！起爆！"随着他的命令，一声巨响之后南门一处城墙上空腾起浓烟、灰尘碎石砖块，尘埃落下，人们看到城墙被炸开一个巨大的豁口。那是侯良生集中了他手里所有炸药，战士们奋勇挖掘一夜地道，把它们填进罗影在地图上标出的泄水洞里爆炸的结果。

南门城楼上的日军疯狂朝外扫射，但新四军并没有乘机发动进攻。

新四军阵地上一片沸腾，大刘兴冲冲地说："司令员！给我一个连，现在就冲进去！"

侯良生端着望远镜观察城楼上的日军说："十二点，到时候不开城门你就冲进去！"

龙一重复翻译侯良生命令的声音，一遍遍在空中回荡，很快就传到了南大营、宪兵司令部，龟田和藤井自然也都知道了。

宁城宪兵司令部，藤井端坐办公桌后，面容憔悴，眼里满是血丝，平常刮得精光的下巴上冒出青色胡楂儿，那柄战刀和手枪依然端端正正放在桌上，离他放在桌上的手指只有一寸，那些手指，在微微颤抖。一声巨响之后，一个电话报告了城墙被炸开的消息，然后是松木载着何大头飞驰而来呈上记录下的侯良生命令，紧接着是龟田电话命令他去南大营参加军事会议。他的心情随着一个个消息急速变化着，震惊、愤怒、痛苦、颓丧、茫然之后，脸上忽然露出腾腾杀气，立即拨出一连串电话，下达了一连串命令……

张震和何大头一起在办公室竖着耳朵倾听藤井的动静。

藤井转动大串钥匙锁门声、大皮靴把走廊地板踩得咔咔作响声，当脚步声远去，何大头的头从张震办公室门边儿上探出来，看着藤井全副武装的背影。藤井似乎背后有眼睛，猛回头瞪了何大头一眼，吓得他一缩脖，又赶紧站出来谄笑着鞠躬："太君，那个……"

藤井眼风冷飕飕地扫来，何大头忙说："没事，没事，您忙。"

"现在，宁城还是我的天下！我的！"藤井一字一句说完，扭头大步走了，把个何大头吓得不轻，回头看着张震说："他这是几个意思？我怎么后脖颈子凉飕飕的……"

"他刚才打电话都说什么了？"张震朝何大头勾勾手指让他进来，自己走到窗边。

何大头摸着后脖颈子神秘地对张震说："城墙！城墙被你老东家炸塌了！"他见张震只哦了一声还盯着自己，迟疑了一下说，"听不大清楚，第一个电话是说钱，我猜是打给松木的，他管着军需财务。后面几个有给谍报队野田的，还有给冯静之和骂苟六壬的，要他们维持治安，擅离职守的枪毙！……好像还提到了商会，他压低了声音，不确定……”

“娘的，老小子要跑！搞不好还要捎带上商会几个大老板弄钱！”

何大头一下跳起来：“绑票？！”

“你通知张老板他们，赶紧躲起来以防万一！”窗外汽车声响，张震看着藤井离开。

“我？”何大头犹豫地看着张震，“万一让藤井晓得还不砍了我？”

“笨蛋！一个电话的事，他又没千里眼顺风耳，哪里就知道了？这兵荒马乱的，他们逃了也正常。”

何大头恍然大悟，抬腿就走，张震叮咛：“去小上海打！”

张震看着静悄悄的走廊，一间间办公室房门紧闭。他晃悠着走到藤井办公室门口扫了一眼，据他观察藤井并没有佐藤那么小心在门上搞什么暗记，只是加了两道暗锁。为此，他悄悄配了开锁工具，买了锁具练习已久，行动方案也在心里计划了无数次，今天终于逮着机会，必须冒险！

他换了一双鞋底极其干净的旧软底布鞋，沿走廊在每个房门紧闭的办公室门口听了听，除了低语声，几乎没什么动静。说干就干，他从兜里掏出开锁工具轻轻拨弄锁簧，开锁工具毕竟不是钥匙，藤井又是连转几圈锁到了头的，他好不容易打开了一道锁，就听到有人上楼，连忙退回到自己办公室门口，点支烟叼着，一副闲得无聊的样子。

松木抱着一个账簿目不斜视地走来，也不理他，去敲藤井的门：“报告！”

张震故意咳嗽两声，痞笑道：“松木，别装得一本正经了，藤井不在。”

松木疑问地看着他。“不信继续敲。”张震晃悠着走到他跟前，弹了一支烟给他。松木又敲敲门，把耳朵贴在门上听听，这才接过烟笑嘻嘻地示意要去张震办公室，张震耸耸肩，无所谓地朝自己办公室走去。

松木关了门，神秘地问：“太君呢？他叫我来的。”

“我哪儿知道，就听他接电话，然后出门，大皮靴咔咔的，全楼道都听得见。你这是？”

“太君让我报账。新四军把城墙炸塌了，知道吗？”

“那么大动静，我又不聋……”张震一脸惆怅，“听说了吗？苟六壬那王八蛋带着全家跑了，光细软拉了七八车。”

松木一脸艳羡：“王八蛋的，应该抓住统统没收！靠皇军发的财，该皇军享用！”

“冯静之那老小子比他捞得多了去了，大日本皇军可别让他也跑了啊。唉！我怎么没想到给自己多捞点，弄点钱全花了，现在连跑路的钱都没有。”他笑嘻嘻地对松木说，“要不，我们去把那老王八蛋家抄了？那比清几次乡都肥！”

松木的眼睛都亮了，嘴上却说：“我得向太君汇报才行。”说着狠狠吸了一口烟转身走了。

张震目视松木的身影消失在楼梯口，两个日本军官从办公室小声嘀咕着走出办公室，匆匆走过他面前径直下楼。他回到办公室窗前，看着两人走出办公楼，赶紧再次走到门口略作观望，又去藤井门口弄那锁。正在聚精会神对付锁时，忽觉身后有人！他一个急转身抓住来人直接摁倒捂嘴掐脖，膝盖已经狠狠跪在来人胸口上！这时才注目一看——浩子正翻着白眼蹬腿儿。

张震稍稍松开掐住他脖子的手，恶狠狠看着他眼睛，浩子喘出一口气用无辜的眼神看着他。

“不许出声！慢慢站起来！”张震低声在浩子耳边说，浩子点不了头，只眨眼表示明白。张震仍然捂着他嘴，把他从地上拽起来，拖进自己办公室，一脚磕上了门。

“你干什么悄悄摸到我背后？！”

“我没有……我、我就是有点好奇，你开、开……你撬锁的技术不行！”浩子支吾着忽然口舌便利起来，“你那家伙就不对路，这活儿怎么不叫我？一眨眼就给你开了！”

张震森然盯着浩子眼睛：“你不怕？”

“都这会儿了，还怕毬啊……你一定惦记他那个大保险柜，我能开！”

“好！打开了，钱归你，别的归我！”

浩子一愣，恍然大悟，手指头比了个四晃了晃疑问地看张震，缓缓点头道：“这下好了，大哥！以后带我混。看我的！”

窗外，摩托车队出动的声音，松木和谍报队野田坐在第一辆车上朝大门外疾驰去……

南大营，卡车队等待装车，到处都有人在奔忙、打包搬运装备辎重，野战医院的车队已经开出营房大门。龟田的作战室里一片肃穆，会议桌和地上散落着几张不同版本的中日文对照《终战诏书》传单，龟田抱臂支颐阴沉沉立在房间另一端看着沙盘，军官们围在标示两军对峙情况的沙盘前沉默不语。龟田终于抬起头来环视一圈，最后视线落在藤井脸上："你说，这种可以炸开城墙的坑道还有几条？"

藤井退后一步低头，无法回答。

"你不是一直说，新四军没有攻坚能力吗？"

藤井嘴角抽搐一下，无言以对，再次鞠躬。说实话，他真的不知道啊，憋了一肚子的八嘎牙鲁不知道送给谁。

龟田冷笑一声，看一眼一个灰头土脸的中队长："告诉他，城墙是怎么炸塌的。"

中队长用教鞭在沙盘上指点着说："他们昨天傍晚开始，从堑壕这里运出土装麻袋垒工事，当时以为只是在加固围困我们的工事……没想到是在地下土工作业。刚才我检查了被炸开的地方，他们把坑道一直挖到城墙下的涵洞，用大量TNT炸药填塞后引爆。"他一鞠躬退后，后果不用说了，大家都知道。

一个参谋接着说："他们的坑道基本完好，而且不知道还有多少条，如果他们从坑道里出击，发起一次冲锋就可以突破我们的防线。"

龟田看着藤井发话："你不是一直在对他们搞物资禁运吗？他们哪来这么多TNT？！"

这话问得……太没逻辑了吧？！禁运物资和TNT有关系吗？藤井不想就这样被龟田作为替罪羊和出气筒一直逼问，抬头立正回答："他们一直在蚕食占领区和四处活动，不时袭击、偷窃我们的物资和运输队，今年这种活动加剧了，他们攻击据点、抢劫仓库和弹药库，每次战斗他们都有一定缴获，7月以来，他们逼使我们退出了两个大型据点、八个中小型据点，补充了大量军火，包括炸药。"

“你是说，是军人们作战不利才造成这个结果？”龟田的语气冷得结冰，所有军官都对藤井怒目而视，虽然他们都知道他说的是实话。

“不是我们作战不勇敢，是敌人太狡猾！还有，那些投顺者不能真正效忠我们、配合行动，遇到攻击很快就放弃战斗，甚至做敌人内应。”藤井顶住了所有人的逼视，话锋轻轻一转，让大家的愤怒略微得到平息。龟田终于把视线又转回了沙盘：“十二点，他们真会进攻吗？终战令已下，但这不是投降令！怎么办？”

没有回答他的问题，所有人都低头看着自己鞋尖，仿佛那里有什么非常需要这一刻来仔细研究的东西。忽然，一个尖厉的声音刺破了寂静：“我！和我的中队决心死守那个豁口！不惜玉碎！”是那个灰头土脸的中队长，他的中队驻守南门，这次爆炸损失了十来个士兵。其他军官看着龟田，一个军官向前一步，说：“听从您的命令！”所有军官都齐声高呼：“听从命令！”

龟田看着沙盘，看看腕表，干巴巴地对参谋说：“请示师团长，详细汇报目前情况，就说我们愿意为效忠天皇陛下死战，请他示下。”参谋领命快步离开，龟田疲倦地挥挥手：“散会。”目视藤井说，“你，留下。”众军官向他行注目礼散去，脚步声不复往日的嚣张与狂妄。

空荡荡的会议桌，主席位的高背椅孤零零矗立着，龟田嗒然坐下，示意藤井坐到他身边来。

藤井看着他仿佛一夜老了十岁的面庞，不禁微微叹息。

“承认战败的日子很难过。”龟田捡起一张传单朝不知所措的藤井苦笑，有点惆怅地接道，“以后会更难过。我现在不知对你说什么，继续训斥吗？这又不是谎言，是真的。只是，我能想象出士兵们不是被我们告知而是从敌方得知时的心情，你呢？你能想象吗？他们是多么沮丧，会认为被欺骗被抛弃了！而你，却让这（挥挥传单）白纸黑字、满天开花！这几年，你们在干什么？”

“我研究过佐藤君留下的日记，宁城抗捐结束那天他写下一句话：地火运行，空气在燃烧。这座城市……从来就没真正被征服过，不管用什么办法。”藤井只能深深叹息，无奈说了实话。

“对付新四军，有什么更好的办法？”

藤井看着龟田，犹豫难言。

“说，现在还有什么可隐瞒的？”

藤井苦笑摇头：“没什么可说的，一切都晚了……”

“说实话，最后的时间，你准备干什么？”

“我想过切腹，”藤井小心翼翼地看着不动声色的龟田，“又放弃了。我听从天皇陛下的命令。终战了，但陛下还需要我这样的人效力。如您所说，以后的日子更难。”

龟田冷冷地笑了：“本土已经一片瓦砾，回去抬尸体吗？”

藤井：“如果需要，我抬！那里，是家。”

龟田不语，起身踱步到沙盘前：“打，还是不打？”口气已经很犹豫了。

“天皇陛下已经发了《终战诏书》，不能违背。”

“我不能投降……”

“他们留下了西门。”

“你是说，他们也不想打？”

“如果我们不投降，就难说了。走吧，您是武士，就让我这农夫来受这屈辱。”

龟田审视着藤井，低头思忖半晌，抬头看着窗外，缓慢地说：“你怎么保证自己的安全？”

藤井杀气腾腾地说：“这两天我一直在抓抗日分子，真的，假的，统统抓，我将把他们集中到我的司令部。”

龟田瞬间明白了藤井的想法，转身对他说：“好！宁城，就交给你了！我在本土等你，保持联系！”他朝藤井颔首微躬。

藤井从来没有受到过如此荣宠和礼遇，激动得眼含热泪九十度鞠躬向龟田还礼。

“你去吧，我也该走了。”

藤井刚走到门口，龟田忽然说：“把他们都绑到南门豁口！做人墙！马上！南门的中队留下看守！”

藤井一愣，刚想问他们是谁，忽然醒悟：“是！”他不得不佩服龟田的狠辣和精明。

且说张震和浩子在藤井办公室，打开保险柜只看见他收藏的两只短枪、几把做工精美镶嵌珠宝的匕首、一包金条、几张银行汇票和一些珠宝，浩子忙着把财物敛进包袱皮里，瞬间打成一个严严实实的小包袱贴身绑在背上，再把宽大的香云纱大褂穿在外面。

窗外传来藤井汽车驶来、停下的动静，他焦急地催促："大哥，快闪！"

张震忙着翻阅几个卷宗和几本佐藤日记，却没有发现什么秘密档案。他不及细看用外衣一裹快步离开，浩子精细地锁好保险柜，用衣袖擦抹接触过的地方，又一路猫腰后退擦抹地面，把门原样锁好。

藤井一路大踏步上楼，一边对跟随他的宪兵下令，进屋后又打了几个电话，命令警察局和政保局把抓到的嫌疑犯都直接送去南门交给驻守的日军。

侦缉队大办公室的门敞开着，赵小六子一人在坚守，刚才张震来转了一圈就走了，其他人不知去了哪里。他听见从地下走廊里传来一阵骚动，探头一看，宪兵正和何大头驱赶一群犯人往外走。

"何翻译官，这是上哪儿去？"

"送他们去南门！"何大头路过赵小六子身边时，小声对他说，"送他们去堵城墙！"又朝他一挤眼走了。

"堵城墙？"赵小六子一愣，心一沉，"这可咋整！"他在屋里转了几圈，却发现自己一点儿办法没有。

楼上，藤井终于坐定喝了一口茶，开始慢慢思索，他瞥一眼腕表上的时间——九点零八分，这一早晨好慢、好艰难。十二点，侯良生说的十二点还不开城门投降，就要实施进攻，他相信在那之前龟田大佐一定会安排好作战部队撤离，只留下自己和宪兵队维持治安。刚才的军事会议总算自己应对得当，不但没有被龟田当作替罪羊，还获得了他的首肯，并暗示以后回到本土还会关照，太好了！至于之后，自己当然不会做什么玉碎之类的愚蠢举动，回家，才是最重要的！心里这么想着，他走到保险柜前……

"报告！"一声中气十足的喊声让藤井去开保险柜的手缩了回来，他眯眼想了一下，亲自去开门："冯局长，有事吗？"

冯静之居然沉着接住了藤井的逼视，笑吟吟不失礼貌亦不谦卑地说："藤井司令官，我来汇报这几天情况。"

"哦？说吧。"藤井大步走到办公桌后端坐，静静看着冯静之。

冯静之一反常态地自顾走到办公桌对面的椅子坐下："天皇陛下的《终战诏书》在广播上一发布，这城里就不安静了。"他看一眼面无表情的藤井，继续说下去，"昨天早晨，百货大楼有人撒传单。"他把一张传单放在桌上，藤井冷冷看着他的眼睛。"下午，这传单被翻印了至少五个版本在全城张贴散发。"他又从公文包里拿出几张传单放在桌上，朝藤井推了推，见他还是无动于衷，有点尴尬地继续，"昨天晚上，城内开始出现抢劫。另外，警察局的苟局长，昨天早晨已经携款潜逃，全家人不知去向。警局已经瘫痪，抢劫的人里，就有警员。据此，我恢复了谍报队和缉私队共同上街配合宪兵队维持治安。"他专注地看着藤井的眼睛，察言观色。

"恢复谍报队，维持治安？你说你是来汇报，我看你是来接管宁城的吧！"藤井一按桌子起身，顺手拿起桌上战刀唰地抽刀出鞘直指冯静之鼻尖！冯静之一动不动直视藤井的眼睛，指尖点点桌上传单缓缓说："藤井司令，战争结束了，治安还是要有人维持的。"

"天皇陛下的战争结束了，作为军人的战争还不一定！宁城，现在还是大日本皇军的天下！就你那谍报队和缉私队，欺负老百姓可以，和大日本皇军对抗？"冷笑，手起刀落，冯静之的眼睛已经闭上，一声轻响桌子一角被劈落在地。

"去和你的主子说，想接收宁城，等上面的命令！敢捣乱？宪兵队的地牢刚空出来！滚！"

冯静之本已两腿颤抖，闻听一个"滚"字顿时放心，也冷笑着站起身说："藤井司令说话客气点，也许明天我们就主宾易位了。"说完一鞠躬，看也不看藤井转身就走，貌似有骨气了一回，但汗水湿透的后背出卖了他。

藤井狠狠啐了一口："混蛋！"走去一脚踹上了门。他当然知道冯静之这套鬼话是半真半假，也知道他和重庆暗通款曲已久，重重敲打之后，看着那头肥猪终于又怕了方觉心里舒畅了些。说实话，本以为自己要重点对付的是国军和冯静之，可没想到今早却是新四军侯良生给了自己一闷棍！

龟田走了，自己也是要走的，跑路要用钱，以后过日子更要钱，幸亏自己提前有所准备，这多亏佐藤遗物的提醒，那老狐狸真是一把弄钱的好手！他大步走到套间卧室里，拖出一个军用背包倒空快步走到保险柜前，打开保险柜大惊！正暴跳如雷咆哮着要打电话叫宪兵上来，松木兴奋地冲进来。

藤井暴怒地吼道："出去！"

松木笑嘻嘻也不说话，屁股顶着办公桌把背上的行军背囊费力地卸下，发出沉重咣当声，他两眼发亮看着暴怒的藤井笑道："司令官，不要生气，看看这个！"他奋力把背囊推倒——足以闪瞎眼睛的金条、成捆的美钞、璀璨珠宝铺满桌子！

"冯静之这个混蛋，把最多最好的都留给了自己！按您的命令，我只把这些给你背来了，好久没有背过这么沉重的东西了。"松木咧嘴大笑，双眼闪闪发光双手插在珠宝里让它们在指间滑落。藤井被如此巨大的财富惊呆了，一愣之下，抓起几根金条和一把珠宝塞给松木，一起哈哈大笑。

笑声，被电话铃声打断了，是大门警卫打来的："新四军谈判代表来了！"

藤井眼珠子转着："新四军？谈判代表？"

"谈判好！谈好了可以回家！"松木急切地指指桌上的财宝，央求地看着藤井。

"让他们进来！"

松木抓紧把一桌宝贝敛到背包里，吃力地想背走，藤井指指里间卧室："你留下做翻译。"

"我去叫何大头？"松木有点犹豫。

藤井苦笑："你以为还找得到他？"松木恍然点头，把背囊拖进卧室关门出来。

藤井心里有几分惧怕，如果说冯静之代表的重庆政府因国军远在百余里之外眼下威胁不到自己，手中掌握的宪兵队还能让他完全有底气对其保持强势的话，那新四军的兵临城下就让他不得不恐惧，说实话谁也不想在战争结束时失去生命。他只是好奇，新四军代表是怎么进城的？他是什么样的人？

“报告！”门外传来宪兵的喊声。

“进！”藤井整理一下衣服正襟危坐，摆出驴死不倒架的姿态。松木站在他身后，眼珠子滴溜溜转着盯住门口。

宪兵推门进来，一脸疑惑地说：“他、他们来了……”说着往门边一让，穿着新四军军装的张震大步进来，身边是穿旗袍的罗芳。藤井猛地站起身来双手撑在桌上：“是你？！”松木呆住了。

张震大步走到藤井面前自我介绍：“藤井司令官，我是新四军特别委员张震，这位是我的翻译。”

藤井盯着张震一屁股坐在椅子上，低头喃喃：“原来是你……果然是你，佐藤错了，我们都错了。”

张震微微一笑：“佐藤没错，我是他的功勋，也是他的心头刺。他一直在给我挖坑，派人监视我，你不也这样吗？”

藤井慢慢抬起头来：“暗瞳？你们就是暗瞳？！你这个骗子！小人！肮脏的间谍！”

张震一颗颗解开扣子，袒露胸膛恶狠狠瞪着藤井：“骗子？小人？肮脏的间谍？都是你们逼的！为了我的祖国，为了我的人民，为了今天！我忍受无人能忍的酷刑！我不惜牺牲一切！你们，土匪！强盗！杀人狂！啊呸！没资格说我！”他整个胸前全是红彤彤和暗紫色的瘢痕，没有一丝正常的皮肤，触目惊心。

藤井恶毒地笑着：“你恨我？来杀我啊！”

外面爆竹和鞭炮声已经迫不及待地响起来，张震伸手朝窗外一指：“有几个中国人不恨？！说实话我恨不得你不肯投降，那我就可以名正言顺杀了你！”

“可惜你是来受降的！”藤井直视张震，眼神里流露出一丝凶悍。

张震咧嘴笑了：“我是联络官，受降，得我们侯司令来。这是侯司令给你的亲笔信。”郑重地双手将信件奉上，藤井也双手接过，拆开信件看了一眼罗芳。

一直在做同声翻译的罗芳微笑着用日语说：“请看第二页，我已经翻译好了。”

藤井看完，装腔作势道：“战争已经结束了，可是我还没接到进一步命令，十二点，我做不到。”

“既然战争结束了，绑在南门豁口里的囚犯是什么意思？”

“你们不是要十二点攻城吗？那就先过他们那一关好了。”藤井阴险地笑着。

“你们这是违反《日内瓦协定》的！”罗芳气愤地顶了一句，藤井阴森森地看着她一言不发。

张震不耐烦了：“十二点！这是侯司令给你们的最后期限！”他抬腕看表，“还有二十一分钟，放人，开城门，升白旗，投降！不要以为我们只有南门一条道，等我们打进来，全城的百姓会撕碎了你们！”罗芳同声翻译，藤井的神色有点犹豫。

“死，还是降，你说了算！”他虎视眈眈盯着藤井，两人斗鸡般对峙，张震有恃无恐，藤井心里打着小算盘却不愿就此示弱。

池田拿着电文夹匆匆走进来，见状诧异地站在门口，在门上敲了两下。

藤井朝他点点头：“来吧，该来的都会来。我为你重新介绍一下这两位，新四军代表张震先生、罗芳小姐，我们一直在找的暗瞳！”

池田清白的脸没什么表情，只是嘴角抽搐了一下，把一纸电文双手递给藤井，沉默地看了一眼罗芳。

电话铃急促响起，藤井接电话：“……什么？！”

张震和罗芳不约而同看表、相视一笑，张震：“西门也堵死了吧？”

藤井手里的话筒无力地落下，松木、池田、门口的宪兵都眼巴巴看着他。

“我们可以半个小时摧毁四三一，你这个西门能坚持多久？宁城现在的兵力，除了你的宪兵队和南门一个中队日军、一个团伪军，还有什么可调动的兵力？嗯，冯静之的谍报队和缉私队大约还能集合一半人，但他听不听你的调遣你心里有数。警察局的苟六壬昨天就跑了，警察已经作鸟兽散。哦，我还得向你报告一下，侦缉队已经解散，所有武器已经被我锄奸队收缴，他们占据了城内各关键位置制高点，你出了这座小楼，我就不能保证你的生命安全。”张震笑看藤井。

藤井强作镇静：“你威胁我？！”

张震手一摊：“还用我威胁吗？城外新四军已经围城，时刻等我的信号强攻！”

“你？信号？”

“有疑问？这几年，佐藤和你一刻不停地监视着我，可你们的清乡扫荡真正成功过几次？四三一基地何等机密，可惜没等它发挥作用就毁灭了！你还怀疑我们的通信能力？”

“你、你们是怎么做到的？！是谁？谁？！”藤井崩溃咆哮，这也是他一直想知道的。

张震冷笑：“你永远都休想知道！我只告诉你，我们，是不可征服的！男人、女人、老人、孩子！所有被战争残害的人！你们可以杀我们，但永远征服不了我们！”

藤井气得浑身乱颤，再次抓起战刀，松木一把死死抱住他：“藤井君！战争结束了！我们回家！回家！”

罗芳怜悯地说：“不要垂死挣扎了，日本已经成了一片废墟，为你的祖国祈祷吧。回家，去照顾你的亲人和孩子，他们现在成了最弱者。”

藤井如遭雷击，停止了挣扎，喃喃：“儿子？你在哪儿？儿子！我要回家！”喊出这一嗓子后，他忽然清醒了，看着罗芳，放下战刀，带着几分茫然坐回到椅子上，低头看着桌面。忽然，那份电文落入眼中！他一把抓起电文仔细看了一遍又一遍，顿时如释重负，冲着张震哈哈大笑，直笑得喘不上气来。罗芳疑惑地看着他，他把电文推到她面前，对张震笑道：“没想到吧？你们政府命令，我们只能向国军投降！你们还是输了，输给自己的政府！”

张震两眼一翻，调侃地看看天看看地：“国军？他们在哪儿？去向他们投降啊！你以为走得出宁城？！”

一直冷眼旁观的池田忽然说话：“这几年在宁城，我们的对手一直是他们，我为什么要向没有打败我的人投降？”

藤井恶狠狠地说：“我们是军人，以服从命令为天职！”

池田苦涩地说：“我们投降了……投降的军人还算军人吗？！你去投降，我不降！”

罗芳上前一步，拦住了怒气冲冲往外走的池田：“池田君，冷静，战争已经结束了，千万不要做傻事。”

池田冷笑道："你以为我要去切腹？"他忽然爆发，"我才不会切腹！我是个数学家，开战不是我决定的，战争也不是我打败的，我无愧于天皇和国家！我为什么要切腹？"他抓下军帽扔在藤井桌上，"我自由了！我要回去教书，搞我喜欢的数学，我讨厌政治，讨厌战争！"

他的话惊得藤井愣在那里，张震同情地看着他缓缓说："池田兄，一切都结束了，好好回家，当老师，教一群孩子，再也不要战争。"

池田忽然对罗芳说："要我投降可以，我向你投降！向新四军的暗瞳投降！"

藤井喝道："池田君！"

池田看着罗芳一字一句地说："我佩服你的计谋、他（看看张震）的勇敢。（对藤井）这几年，我们在这里处处掣肘，始终抓不住新四军的主力，总是被动。我终于明白，这就是他俩干的！他差点儿丢命进了侦缉队，她冒着生命危险待在我的译电室，就为了搞情报……我服了。"他摇着头走了，没有再看任何人一眼。

张震抬腕看表，对藤井厉声喝道："你还有五分钟！打？还是降？！"

松木快速拨通南门守军电话，把话筒捧到藤井面前，恳求地看着他："藤井君！"藤井犹豫地接过听筒，松木朝他深深一躬："拜托了！替所有弟兄拜托了！拜托您带我们回家！"最后一句已经带着哭腔，那个宪兵也深深鞠躬。

藤井一下拔出战刀架在张震脖子上："你就不怕死？！"几乎同时，右手一直放在手袋里的罗芳掏枪直指藤井的脸！

张震哈哈一笑，恶狠狠地说："砍啊！看谁死得更难看！"

藤井脸色阴晴不定看向松木，松木直接喊出来："不要！"

罗芳用日语喝道："怕死我们就不会在这里！你还有三分钟！"

藤井咬牙切齿终于收刀，对着话筒吼道："放人，开城门！……这是命令！放掉所有囚犯！打开城门！不许开枪！统统回南大营！"

藤井挂了电话，颓然坐下，整个人好像被抽掉了筋骨。

张震笑嘻嘻地说："这才对嘛，现在我们可以坐下慢慢谈谈细节了。"

松木为张震和罗芳搬来椅子，摆在办公桌对面，三个人终于在谈判桌上坐下来。

罗芳礼貌地对藤井说："借用一下电话。"她拨通了小上海的电话只说了一句话，“第一步完成。”

小上海店堂，没有一个人吃饭，全乱哄哄在聊天。小魏守在柜台里，放下电话就往后院跑，放出鸽子用系着红布条的竹竿把它们撵上天。

天香茶园，罗影正目不转睛地看着小上海方向。两只鸽子飞来，鸽哨嘹亮！她瞬间从怀里扯出一面红旗，转身朝城外来回挥舞！茶园的老道长惊讶地看着她，又探身看城外围城的新四军。这时城楼上传来口令声，他拽拽罗影衣服，示意她看城楼。

城楼上，日军中队长正在集合士兵，罗影顿时紧张！可那些士兵很快随着口令声下了城楼，然后爆发了一阵欢呼声！老道长已经跑到了可以看到豁口处的地方，朝罗影喊道：“放人了！那些犯人！都放了！”他奔到鼓前，奋力敲响了《得胜令》！

罗影看着城门大喊道：“城门开了！城门开了！”她举起红旗画了几个圆圈，情不自禁随着鼓点起舞，如天女下凡。

城外战壕里的侯良生和张部长看到罗影挥舞的红旗，相视一笑，大刘还在伸着脖子问：“小丫头什么意思？开始进攻吗？”侯良生在他背上狠狠拍了一下：“傻小子！我们不用攻城了！”他扭脸对张部长说，“你的人，个个都顶一个支队啊！大刘！命令各部队按一号方案执行！”

缓缓打开的城门，城里的人们慢慢聚拢来，瞻前顾后地一步步朝门口走去，忽然有人大喊：“日本人走了！”

日本兵果然列队离开，忽然被释放的囚犯们一脸懵懂行尸走肉般缓缓走出、爬出城墙豁口，看着人群蓝天，恍若隔世……

罗影冲出人群朝城门外跑去，心花怒放……

当冯佩瑶闯进冯静之家里报告新四军进城的消息时，他正被太太撕打哭闹得快崩溃，家被宪兵队抄了是小事，连局里的仓库和总务科都被抄了！他根本无暇问及宋保国为什么也会和太太一起被绑在家中，只是努力评估日本人对自己的威胁有多致命。抄家不伤人，难道他们的目的只是财物？松木带宪兵队抄家的时间与自己去找藤井的时间重叠是巧合还是设计？眼看新四军的最后通牒时间就要到了，藤井会怎么做？固守还是投降？自己能不能坚持到国军赶来？他脑子里急速飞转着无数个念头，都被新四军进城当头一棒打散了……

他呆坐在沙发里的样子可怖，脸色从涨红到青紫到惨白，表情瞬息万变，愤怒、失望、惊恐、狠毒等等不一而足。连冯太太都被吓住，悄悄躲进卧室。冯佩瑶吓得紧盯着他，一个劲儿问：“叔？叔？要不要叫医生？”

终于，他的脸色渐渐缓过来，恶狠狠道：“叫屁！给林剑锋打电话！立即把门口政保局牌子摘了，换国民政府牌子！换青天白日旗！马上！”

冯佩瑶立即打电话，冯静之在屋里绕着圈嘟囔：“抄我的家？正好说明我不是汉奸，是抗日分子！”看一眼茶几上的茶壶抄起来就给自己脑门一下，顿时壶碎血流，冯太太吓了一跳冲出来抱着有点摇摇晃晃的冯静之大哭：“祖宗！你这是要干什么？！”

冯佩瑶倒是只看了一眼，朝她叔竖起大拇指，接着讲自己的电话。

冯静之挣脱太太的扶持，对冯佩瑶继续下令：“立即拘捕城内大汉奸，尤其是商会那几个王八蛋，抓人抄家封门！”

未被松绑的宋保国凑上来，点头哈腰地说：“局座，我立即带谍报队去！”

冯静之冷冷扫了他一眼：“老实待着，给我继续保护太太！”

冯太太和宋保国两人顿时脸色变得苍白，冯太太哀求地看着冯佩瑶。

冯佩瑶耸耸肩，双手一摊，对冯静之说：“还是我亲自去吧，你们慢慢聊。”转身扬长而去，把个冯太太恨得牙痒。

宁城大街小巷，百姓们夹道欢迎整齐列队进城的新四军，所有日伪军都回到南大营放下武器待命，藤井等人留在宪兵司令部，在张震陪同下等待与侯良生见面。

罗芳在向张部长做了简短汇报之后，各条街道上新四军以班为单位开始巡逻，在十兄弟会成员带领下分头抓捕缉私队、谍报队和乘乱打砸抢人员，而侦缉队的人大多已经在赵小六子和浩子安排下交出武器自行解散，少数罪大恶极的被王胜和赵小六子带人关进了宪兵队的地牢。

夜幕降临，罗芳已经检查完档案室所有柜子，依然没有找到秘密档案。但是，有个文件柜少了一节，档案员说池田叫人搬走了，她带着疑问去了池田家的小院。

由美子忐忑地给她端来了茶点，悄悄退出，让她和池田单独谈话。

“池田君，我想请你帮忙。”她说着朝池田微微一躬。

“请坐。你应该很累了，请用茶。”池田冷淡地用礼貌在彼此间画出鸿沟。

罗芳扫了一眼房间里打得整整齐齐的行李，端茶喝了一小口才说：“池田君，你还在为我欺骗了你而气愤？”

“我不想谈这个问题，请用点心。”他把一碟茶点礼貌地推向罗芳一侧。

“我理解。但是，也请你理解我，因为你是个好人，讲道理的人。”罗芳有点激动了，她指着自己的心说，“我是中国人，我为保卫自己的祖国而战有错吗？你是日本人，你为祖国做你不情愿的事情，而我是自愿的！不惜冒着生命危险！为了我的祖国，我愿意牺牲一切！生命、名誉、尊严、一切！不要以为只有你清高、你伟大，真正的伟大你不懂！”她越说声音越大，最后接近嘶吼。

池田惊呆了，由美子闻声吓得跑来看发生了什么事。

罗芳坚定地把茶点碟子推回池田面前：“我不是来喝茶的，也不想吃茶点，我把你当朋友，需要你的帮助！”

由美子站在丈夫身后，轻声说：“罗小姐是好人，救过我的命。”

池田固执地说：“那是她认为你是日本人！有利用价值！”

由美子惊讶地说：“她不让那恶婆娘打我时，还不知道……”

“那她也是有所图！”话一出口，池田自己也觉得是强词夺理了。

由美子疑惑地看着他：“夫君，你怎么了？”

“当然有所图，救人一命胜造七级浮屠，我在为自己积德。你们杀人，我们救人，就算死了，也是我在天堂俯视你们。”

池田被罗芳噎得一时不知说什么好，由美子温柔地看着他：“罗小姐请求您的帮助呢……”

池田沉默良久，起身走进卧室，墙角里有一节放倒的铁皮文件柜，旁边是一只盛满汽油的水桶。他默默开锁，打开柜门，里面是满满的卷宗和日记本……

“这里记录的都是中国的人和事，日本……用不着了。”他看一眼罗芳不再言语。

由美子怯怯地问：“罗小姐……”

“还是叫我妹妹吧。”罗芳轻轻揽住由美子的腰，“怕出不了城？”

由美子急切点头：“我们是日本人，你们会不会不让……”

“你在中国杀过人吗？”由美子快速摇头。“害过人吗？”罗芳面含笑意继续问。由美子急了：“没有，我没有！我保证池田君也没有！”

“那你怕什么？”罗芳揶揄地笑着，“怕我们把池田君留下吗？不会！我们在战场都缴枪不杀优待俘虏，何况你们已经投降了。”她看着由美子担心地看向行李，握着她手笑道：“你们人和行李都可以走。”

“你保证？”由美子难以置信，在樱楼她听过那些军官们相互炫耀是怎么对付中国人的，逃亡的路上她也见过日本人对中国人的生杀予夺。

罗芳轻轻拥抱了由美子：“我用人格保证。”

“我们还是朋友吗？”

“当然。”

“那池田君呢？”由美子抓着罗芳双肩审视她的眼睛。

罗芳看一眼站在卧室门外的池田郑重地说：“没有了战争，我们当然是朋友。”

池田如释重负转身看着窗外天空：“终于结束了……”

第二天，池田把特高课的所有装备移交给了张震和罗芳，包括电台、档案、长短枪支，唯有密码本他烧了……

黄昏，斜阳余晖，把秋天的竹林染成一片金色。

张震带着二十多人的队伍行进在通往根据地的路上，每个人都背着一长一短两支枪，两个人专门负责赶着两辆装载电台、档案、枪弹的马车，前面一条岔路口，一个小小茶亭，大家都走累了，四处散坐着喝茶，张震放出警戒，才安心坐下接过罗影递来的茶碗，笑嘻嘻地问：“小茉莉，真不记得我了？”

罗影疑问地看着他：“记得？谁？”

“它。”张震把手里的火柴盒递给她，“打开看看。”

罗影将信将疑地轻轻拉开火柴盒，一只蝴蝶颤抖着翅膀慢慢飞出来……

“杰克哥哥？杰克哥哥！真的是你！”罗影一下扑到张震身上，搂着他脖子撒欢，“你让我猜得好苦！”

“笨丫头，你送我馄饨那晚，恍惚中我看到了你的眼睛……”

“你叫了一声茉莉！”

“是，可我不敢相信，也猜了很久。”张震笑道。

戚晓武走来，将身上背着的两支枪摘下放在茶桌上，把卖茶老汉吓得哆嗦着往后退，罗影也一下撒开了张震。

张震笑骂道：“搞什么鬼？别吓唬老人家。”

戚晓武笑笑：“张大队，大局已定，我们也该分道扬镳了。”

张震一愣：“晓武？”他眼珠子一转，感叹，“是啊，该分道扬镳了。”他看一眼站在茶亭外的赵小六子，“兄弟，还有你吧？军统哪个单位的？”

赵小六子走上前来，立正敬礼，一脸肃然地说：“国民党军统调查局浙江站行动组少校组长赵保国！”张震正色还礼：“有你的啊，这么大官居然在我手底下装熊！牛×！兄弟！”说着他给了赵小六子一个大大的熊抱，“赵保国！好名字！后改的？”

赵小六子笑着捣了他一拳：“按军阶该你给我敬礼的。这个敬意，是给兄弟，也是给贵党的！”

张震一收往日的嬉皮笑脸，严肃认真地给赵小六子敬礼：“新四军浙东纵队参谋张震。”

“张震这名字是当参谋才改的吧？”赵小六子眨眼笑道。

“这都知道！兄弟真是整日打雁今天叫雁啄了眼，失敬失敬！”

赵小六子：“你看你，装正经也就那么一会儿。你们新四军打四三一基地牛，老哥我佩服！可我们也没全站在干滩上看热闹……”

“花姐暴露是你专程告诉我的。”张震点点头，叹息，“可惜我还是没能救得了她。”

“她是故意让佐藤抓住的，看得出来，她在等人。”赵小六子也叹息道，“她一定是在等一个重要的人，与那天司令部的行动有关。”他盯着张震，“她是舍生取义……可我一直没琢磨透，她到底在等谁？”他忽然一愣，恍然大悟道，“她等的那个人！（他压低声音附在张震耳边）小茉莉！她喊了一嗓子香烟洋火桂花糖！”

张震紧紧拥抱住赵小六子：“兄弟，以后还会再见吗？”

赵小六子挣脱他的怀抱，整整衣冠：“兄弟，（学京剧道白）此一别山高路远，但愿得兄弟不要再见！”

张震默然点头，戚晓武走上前来立正敬礼：“军统杭州站行动组少尉组员戚祖光！哥，我不是汉奸，不是胆小鬼，我也是戚家山的好儿郎！”他微笑着指了指自己右肩胛骨，又看一眼远处的罗影。

张震又一愣：“第一次遇刺，是你有意替我挡了一枪！”

“螳螂扑蝉，我是黄雀。王长林一直盯着你，我盯着他。可我没想到，他居然也是你的人……”

张震一把抱住戚晓武：“我就觉得你那一跤跌得蹊跷，刚刚好把我撞开，刚刚好有人开枪！身手敏捷！伪装高超！”张震放开戚晓武，后退一步，对二人作揖，“以前我一直自视甚高，今天才知道天外有天。敬佩！救命之恩感激不尽！”

赵小六子感叹：“既生瑜何生亮！共产党能培养出花姐和你这样的人，乃是党国之大不幸啊……”

张震大笑：“以后战场相见，我决不先开第一枪！”

赵小六子一竖大拇指：“这点我做不到。”

戚晓武犹豫道：“我们兄弟以后真要走到那一步吗？”

赵小六子喝道：“放什么狗屁？走了！”朝张震深深地看了一眼，道，“兄弟，但愿后会无期！”

赵小六子和戚晓武走了，在众人复杂的目光里，他俩没有向众人告别，连看都没多看一眼，走了十几米远，罗影忽然捡起茶桌上的两支短枪追上去塞给戚晓武。

戚晓武扬声说:“这是你们的战利品，我不要。”

“谍报队有两个鬼子跑了，你们拿着防身。”罗影坚决地把枪塞进戚晓武手里。

张震也扬声说:“小六子，鬼子虽然投降了，但防身的家伙，还得拿着！”

赵小六子回头一笑:“防狼？”两人异口同声道，“狼吃肉，狗吃屎！”哈哈大笑声中，两拨人分道扬镳。

“故事就这样结束了？那俩军统特务就这么放了？”凌紫风惊讶地看着紫岚，一脸难以置信。

“傻丫头，那是国共合作时期，他们是友军！”

“后来呢？真的后会无期了？”

紫岚脸上一阵怅然掩过了笑意，略带惆怅遗憾地说:“真希望是后会无期啊……可惜……”

凌紫风见状赶紧换了个话题:“这会儿你开心了吧？回到根据地又可以放开了撒欢。”

“讲真我不愿意做地下工作，回到根据地我坚决要求去部队，尤家三姐妹和苗翠翠她们都去了宣传队，我喜欢演戏，张部长就让我也去了，算是奖励吧。”紫岚爽朗大笑。

“那罗芳呢？她后来和张震结婚了吗？”

紫岚叹气摇头……

凌紫风手机叮咚一声，是潇潇发来微信：书写完了吗？我还等着看大结局呢。

梁坳后山竹林小径，罗芳身着一袭阴丹士林蓝旗袍，手提藤箱缓缓而行，妥妥一个女教师。她不时驻足回头，有万般不舍。在敌人心脏潜伏三年多，根根汗毛都无时无刻不警醒着，她实在是身心俱疲了。潜回根据地足足睡了三天三夜，连吃饭都是罗影送进屋里，连侯良生听说都觉得心疼，亲自命老班长天天给她开小灶，做好吃的。休整了不过一个月，又要奉命出发了。国民党一边抢夺胜利果实，一边明里暗里搞摩擦，新四军让出了宁城，司令部回到梁坳，聪敏如她，已经嗅到了硝烟味……

她羡慕张震和罗影，一个如愿去了一线战斗部队，一个遂心进了宣传队演戏，而自己还必须留在地下工作岗位。她舍不得根据地，舍不得和自己人在一起的轻松快乐，舍不得家里这份安全感。她本想回家看看母亲，也想试着和父亲和解，可是张部长说前些日子一个打入敌伪政权的女同志就是因为思家心切，认为胜利了可以回家了，结果被老家不明真相的群众当汉奸杀了……杀了！死在自己不惜牺牲一切保护的百姓手里！张部长闻讯大哭一场，亲自去掩埋了她的尸体，抚慰亲人，为了不暴露她的真实身份，却连一个轰轰烈烈的葬礼都不能给她，只是将一纸亲手填写的抗日烈士证书和一笔抚恤金给了她的父母，告诉他们："你们的女儿是抗日战士，这烈士证是侯司令亲笔签发。"

竹林小径弯弯曲曲，鸟雀在竹枝上鸣唱跳跃，不知何处传来牧童的笛声，她真的不想走，尤其是张震让她心里隐隐作痛，定好的婚期，却成了不辞而别。他浑身的刑伤已经不适合做地下工作，而自己却接到了新任务……

镇外打谷场，张震正和战士们玩擒拿格斗，已经从一对一发展到一对五，几个人都是灰头土脸，一个憨憨的粗壮战士已经打急了眼完全没了章法，抽冷子抱住了张震后腰大叫："打呀！我抱住他了！"话音没落，已经被张震一下子把他从肩上摔了出去！一大群战士欢呼围观看热闹不嫌事大。

憨小子爬起来把上衣扒了，不服气地喊着冲上来："再来！"

罗影飞跑来钻进人圈儿大叫："还玩？！罗姐姐走了啊！"

张震一愣，被憨小子一头撞了个屁股蹾儿，一骨碌爬起来问："什么？！"

罗影跳着脚上来拽着他就跑："快追！要来不急了！"

张震在战士们的哄笑声中撒腿就跑，一回头见罗影朝另一个方向跑忙追来："她走哪条路？"

"跟我来！"罗影朝后山小路狂奔。

罗芳已经不再犹豫，她不愿再想那些伤感的、没用的，出山的小河就在前方，送她的乌篷船已经在河边等候，她最后回望一眼梁坳方向快步向小船走去，决心再不回头。

就在她跳上小船的一瞬，身后响起罗影尖利叫声：“罗姐姐！等等我！”

她浑身紧了一下，低头对撑船的大刘说：“开船。”

大刘朝罗影看了一眼：“她好像有急事，还有张参谋。”

罗芳不语，夺过竹篙使劲一撑，小船滑过水面顺流而下。

“等等！等等！张伯伯让你带上煮鸡蛋！”罗影一边飞跑一边呼喊，张震只是埋头飞奔。

大刘：“你真不等他们了？”

“执行命令！”罗芳头也不回只是使劲撑船，大刘无奈，朝岸边欲跳来的张震双手一摊。

张震见状猛地止步呆呆望着渐行渐远的小船和船上罗芳的背影。

罗影飞奔来大喊：“罗姐姐！真的不要告别吗？！”

罗芳没有转身，右手缓缓举起挥动着、挥动着。

罗影一转身摇着张震双肩急道：“怎么办呀？你还要不要追？要追就快啊！”

张震只默默看着罗芳放在背后的左手，那左手清晰地比画出两组数字，那是莫尔斯电码——等我。

小船随着小河转弯，不见了……

紫岚的声音有些哽咽：“这是她留给我的最后印象——背影，挥手告别的背影。”

凌紫风沉默了一会儿悠悠地问：“难道你们永远都是留给亲人背影吗？”

紫岚答非所问：“回去后，张部长转交给张震一封信，上面只有一行字，左手写的仿宋体——我们不能成为彼此的软肋。……当年，我不懂，等我懂了却连他们的背影都见不着了……”

“左手写的仿宋体？”凌紫风充满疑问地说，“你确定是她写的？不是别人？毕竟，那是你们的通用字体。”

“我不知道……但我宁愿相信。很久以后，我也曾无数次想过这个问题……”

“暗瞳小组就这样结束了？”

“暗瞳结束了，还有紫风，还有其他的，生命不息，战斗不止！”

“紫风？和我有关？”凌紫风差点儿惊掉了下巴……

紫岚神秘地微笑，答非所问地喃喃：“战友，就是在战斗中可以把后背交给他的人，是生死关头可以托妻寄子的人，是可以一起向死而生的人！再见，也许是再也不见，那又如何？我们永远是战友！”

三年后，南京，总统府礼堂，领座小姐罗影看见打扮得雍容华贵的罗芳与气宇轩昂的中年男子携手而入，她眼睛一亮刚要张嘴，却见罗芳眼神里一丝警告改口招呼道：“太太，请问您几排几号？我为您领座儿。”

又过了将近一年，上海解放那天，入城式的秧歌队里，罗影看见花园饭店想起当年夕颜大婚情景，不免多看几眼。忽见一扇窗里罗芳微微一笑，瞬间心中狂喜：“姐姐看到我了！看到我了！姐姐，我为你舞！”多年后，还有人记得那个舞得肆意张扬的女孩。

张震作为首长的保卫干部自然眼观六路耳听八方，花园饭店那扇开着的窗户怎能逃过他的目光。罗芳，那个心心念念想了五年的爱人就在那里，默默对视一眼，悲喜交集，用余光看她缓缓关上窗户……

几天后，罗影接到临时任务，在永安百货“偶遇”罗芳。相视一笑、擦肩而过，两人眼角余光恋恋不舍看着对方，绕柜台一圈再会，她手里神不知鬼不觉地多了支口红，彼此耳边只有一声低语：“再见。”“珍重！”

“我知道她又要走了，而张震还在苦苦等她。”罗影完成任务后找到忙得焦头烂额的张震，三分钟时间，寥寥数语，两人都不知道她去了哪里，但又似对她的去向心知肚明。罗影担心地问：“杰克哥哥，那你怎么办？”张震疑问地看她，“就一直等下去？”张震抬腿就走，罗影又喊了他一声。他扭头说：“这还用问？！脑子呢？”

一年、三年、五年，十年、二十年、三十年，深夜灯下写信的张震一成不变，起始一句都是：罗芳吾妻，许久不见甚是想念……一封封无从投递的书信渐渐装满挎包、抽屉、箱子。化名成了他终身的名字——“我怕她回来找不到我。”

罗影只能默默看着他青丝白发、矢志不渝，与他相望于江湖，相忘于江湖，渐渐断了消息……

紫岚微微叹息道：“我终于懂得，在这条战线上工作，最重要的品质只有两个字——无我；最铭心刻骨的情话也只有两个字——等我。”

（全书完）